Jo Nesbø
Schneemann

Jo Nesbø

Schneemann

Kriminalroman

Aus dem Norwegischen
von Günther Frauenlob

Ullstein

Die Originalausgabe erschien 2007
unter dem Titel *Snømannen*
bei H. Aschehoug & Co., Oslo.

ISBN 978-3-550-08757-8

Gesetzt aus der Sabon
Satz: LVD GmbH, Berlin
Druck und Bindearbeiten: CPI – Clausen & Bosse, Leck
Printed in Germany

TEIL I

Kapitel 1

Mittwoch, 5. November 1980. Der Schneemann

Es war der Tag des ersten Schnees. Um elf Uhr vormittags fielen plötzlich und ohne jede Vorwarnung dicke Schneeflocken aus einem farblosen Himmel und legten sich auf die Felder, Gärten und Wiesen von Romerike wie eine Armada aus dem Weltraum. Um zwei Uhr nachmittags waren bereits zwei Räumfahrzeuge in Lillestrøm im Einsatz, und als Sara Kvinesland eine halbe Stunde später ihren Toyota Corolla SR5 langsam und vorsichtig zwischen den vornehmen Häusern des Kolloveien hindurchsteuerte, lag der Novemberschnee bereits wie eine weiße Daunendecke über der hügeligen Landschaft.

Sie fand, dass die Häuser bei Tageslicht irgendwie anders aussahen. So anders, dass sie fast an seiner Garageneinfahrt vorbeigefahren wäre. Als das Auto beim Bremsen ins Rutschen geriet, hörte sie hinter sich ein Stöhnen, blickte in den Rückspiegel und sah das genervte Gesicht ihres Sohnes.

»Keine Sorge, es dauert nicht lang«, versprach sie.

Vor der Garage prangte ein großes schwarzes Stück Asphalt in all dem Weiß. Dort musste der Möbelwagen gestanden haben. Ihr Hals schnürte sich zusammen. Hoffentlich war sie nicht zu spät gekommen.

»Wer wohnt denn da?«, kam es vom Rücksitz.

»Ach, nur ein Bekannter von mir«, anwortete Sara und überprüfte im Rückspiegel, ob ihre Frisur noch saß. »Zehn Minuten, okay? Ich lasse den Schlüssel stecken, dann kannst du Radio hören.«

Ohne eine Antwort abzuwarten, stieg sie aus dem Wagen und trippelte auf glatten Sohlen zu der Tür, durch die sie so oft ein und aus gegangen war. Nur nicht am helllichten Tag, wie jetzt, gut sichtbar für die neugierigen Augen der vornehmen Nachbarschaft. Ihre spätabendlichen Besuche waren sicher nicht weniger anrüchig gewesen, aber zumindest kam es ihr passender vor, so etwas nach Einbruch der Dunkelheit zu machen.

Drinnen im Haus summte die Klingel wie eine Hummel in einem Marmeladenglas. Während sie wartete und spürte, wie die Verzweiflung in ihr hochstieg, warf sie rasche Blicke nach rechts und links zu den Fenstern der Nachbarschaft, doch sie sah nur die Spiegelungen der schwarzen, kahlen Apfelbäume, des grauen Himmels und der milchig weißen Landschaft. Als sie drinnen endlich Schritte hörte, atmete sie erleichtert auf. Im nächsten Augenblick war sie im Haus und lag in seinen Armen.

»Geh nicht weg, Geliebter!«, flehte sie und hörte bereits das Zittern unterdrückter Tränen in ihrer Stimme.

»Ich muss«, erwiderte er, und es klang wie der Refrain eines Liedes, dessen er mittlerweile überdrüssig war. Seine Hände suchten die altbekannten Wege, derer sie niemals überdrüssig geworden waren.

»Nein, du musst nicht«, flüsterte sie ihm ins Ohr. »Aber du willst. Du kannst es nicht mehr ertragen.«

»Das hat doch nichts mit uns zu tun.«

Sie hörte die Verärgerung in seiner Stimme, während seine kräftige und doch so zärtliche Hand über die Haut ihres Rückens nach unten glitt und sich unter den Bund ihres Rocks und ihrer Strumpfhose schob. Sie waren wie eingespielte Tanzpartner, die die kleinsten Bewegungen ihres Gegenübers kannten, die Schritte, den Atem, den Rhythmus. Erst die weiße Liebe, die gute. Dann die schwarze, der Schmerz.

Seine Hand strich über ihren Mantel und suchte unter dem dicken Stoff ihre Brustwarzen. Er verlor nie die Lust daran, fand immer wieder dorthin zurück. Vielleicht weil er selbst keine hatte?

»Hast du vor der Garage geparkt?«, fragte er und kniff fest zu.

Sie nickte und spürte, wie ihr der Schmerz einen Pfeil der Lust in den Kopf schoss. Ihr Schoß hatte sich längst für die Finger geöffnet, die gleich ihren Weg dorthin finden würden. »Der Junge wartet im Auto.«

Seine Hand hielt abrupt inne.

»Er weiß nichts«, stöhnte sie und spürte das Zögern seiner Finger.

»Und dein Mann, wo ist der jetzt?«

»Na, wo wohl? In der Arbeit natürlich.«

Jetzt war sie es, die ärgerlich klang. Zum einen, weil er ihren Mann erwähnt hatte und sie kaum über ihn sprechen konnte, ohne schlechte Laune zu bekommen, und zum anderen, weil ihr Körper jetzt nach Liebe verlangte, jetzt sofort. Sara Kvinesland öffnete seinen Hosenschlitz.

»Nicht ...«, stammelte er und packte ihr Handgelenk. Da gab sie ihm mit der anderen eine kräftige Ohrfeige. Verblüfft sah er sie an, während sich über seinem Wangenknochen ein dunkelroter Fleck ausbreitete. Sie lächelte, fuhr ihm mit den Fingern durch die dichten schwarzen Haare und zog sein Gesicht zu ihrem herunter.

»Von mir aus kannst du fahren«, fauchte sie. »Aber erst fickst du mich noch mal. Verstanden?«

Sie spürte seinen keuchenden Atem an ihrem Gesicht. Erneut schlug sie mit der einen Hand zu, während sie spürte, wie sein Glied in ihrer anderen wuchs.

Er stieß jetzt härter in sie, mit jedem Mal etwas härter, aber trotzdem, es war vorbei. Plötzlich war sie empfindungslos, die Magie war verloschen, die Spannung verschwunden. Einzig ihre Verzweiflung war geblieben. Sie verlor ihn. Jetzt, da sie hier auf seinem Bett lag, verlor sie ihn. All die Jahre der Sehnsucht, all die Tränen, die sie vergossen hatte, all die Verzweiflungstaten, die sie um seinetwillen begangen hatte. Und er hatte ihr niemals etwas zurückgegeben. Abgesehen von dem einen.

Jetzt stellte er sich ans Fußende des Bettes und nahm sie mit geschlossenen Augen. Sara starrte auf seine Brust. Anfangs hatte sie der Anblick irritiert, doch mit der Zeit hatte sie Gefallen gefunden an der durchgehenden weißen Hautfläche über seinen Brustmuskeln. Er erinnerte sie an alte Statuen, bei denen man die Brustwarzen aus Scham weggelassen hatte.

Sein Stöhnen wurde lauter. Sie wusste, dass er gleich mit einem gewaltigen Brüllen kommen würde. Wie sie dieses Geräusch geliebt hatte. Diesen immer wieder überraschenden, ekstatischen, beinahe schmerzerfüllten Gesichtsausdruck, als übersteige der Orgasmus jedes Mal aufs Neue seine wildesten Erwartungen. Sie wartete jetzt nur noch auf dieses letzte Brüllen, den dröhnenden Abschied in seinem kahlen Schlafzimmer, das längst all seiner Bilder, Gardinen und Teppiche beraubt war. Danach würde er sich anziehen und in einen anderen Teil des Landes ziehen, wo ihm, wie er ihr beteuert hatte, eine Stelle angeboten worden war, die er nicht ablehnen konnte. Ihre Beziehung jedoch konnte er ablehnen, all das hier. Und trotzdem vor Genuss brüllen.

Sie schloss die Augen. Aber es kam kein Brüllen. Er war erstarrt.

»Was ist los?«, fragte sie und schlug die Augen auf. Sein Gesicht war tatsächlich verzerrt. Aber nicht vor Ekstase.

»Ein Gesicht«, flüsterte er.

Sie zuckte zusammen. »Wo?«

»Da draußen, vor dem Fenster.«

Das Fenster befand sich am Kopfende des Bettes, direkt über ihr. Sie drehte sich herum und spürte ihn aus sich herausgleiten. Sein Glied war bereits erschlafft. Das Fenster über ihrem Kopf war so weit oben, dass sie aus ihrer Position nichts sehen konnte. Und zu weit oben, als dass man von außen hätte hineinsehen können. Da es draußen bereits dunkel wurde, sah sie nur das doppelte Spiegelbild der Deckenlampe.

»Du hast dich selbst gesehen«, meinte sie. Ihr Ton klang beinahe bittend.

»Das hab ich auch erst gedacht«, sagte er und starrte noch immer auf das Fenster.

Sara zog die Knie an, richtete sich auf und blickte in den Garten. Und da war es, das Gesicht.

Vor lauter Erleichterung lachte sie laut los. Das Gesicht war weiß, mit Augen und Mund aus schwarzem Schotter, der vermutlich aus der Einfahrt stammte. Als Arme dienten zwei Apfelbaumzweige.

»Aber mein Gott«, rief sie lachend, »das ist doch nur ein Schneemann!«

Dann ging ihr Lachen in Weinen über, und sie schluchzte hilflos, bis sie seine Arme um sich spürte.

»Ich muss jetzt gehen«, flüsterte sie unter Tränen.

»Bleib noch ein bisschen«, bat er.

Sie blieb noch.

Als Sara zur Garage ging, stellte sie fest, dass beinahe vierzig Minuten vergangen waren.

Er hatte ihr versprochen, sie anzurufen. Er war schon immer ein guter Lügner gewesen, aber dieses Mal freute sie sich darüber. Schon bevor sie zum Auto kam, sah sie das weiße Gesicht des Jungen, der sie von der Rückbank aus anstarrte. Als sie am Türgriff zog, stellte sie zu ihrer Überraschung fest, dass das Auto abgeschlossen war. Sie sah durch die beschlagene Scheibe zu ihm herein, doch erst als sie ans Seitenfenster klopfte, machte er ihr auf.

Sie stieg ein. Das Radio war aus. Es war eiskalt im Auto. Der Zündschlüssel lag auf dem Beifahrersitz. Sie drehte sich zu ihrem Sohn um. Er war blass, seine Unterlippe zitterte.

»Alles in Ordnung?«, fragte sie.

»Nein«, sagte er. »Ich hab ihn gesehen.«

In seiner Stimme schwang der dünne, schrille Unterton mit, den sie nicht mehr gehört hatte, seit er als kleiner Junge zwischen ihnen auf dem Sofa gesessen und sich beim Fernsehen die Hände vor die Augen gehalten hatte. Doch jetzt war er im Stimmbruch, gab ihr keinen Gutenachtkuss mehr und begann sich für Motoren und Mädchen zu interessieren. Und eines Tages würde er sich mit einem von ihnen in ein Auto setzen und sie verlassen, auch er.

»Was meinst du damit?«, erkundigte sie sich und drehte den Zündschlüssel.

»Der Schneemann ...«

Als der Motor nicht ansprang, befiel sie jähe Panik. Dabei wusste sie gar nicht, wovor sie eigentlich Angst hatte. Sie starrte durch die Windschutzscheibe und drehte den Schlüssel noch einmal. Konnte die Batterie ihren Geist aufgegeben haben?

»Und, wie sah der Schneemann aus?«, fragte sie, trat aufs Gaspedal und drehte den Schlüssel verzweifelt und mit einer solchen Kraft, als wollte sie ihn abbrechen. Ihr Sohn antwortete, aber seine Worte wurden von dem ohrenbetäubenden Aufbrüllen des startenden Motors übertönt.

Sara legte den Gang ein und ließ die Kupplung kommen, als

hätte sie es plötzlich sehr eilig fortzukommen. Die Räder drehten auf dem weichen, lockeren Neuschnee durch. Sie gab kräftiger Gas, aber sie bewegten sich nicht vom Fleck, nur das Heck des Wagens bewegte sich langsam zur Seite. Schließlich hatten sich die Räder durch den Schnee bis zum Asphalt durchgefressen, und sie schossen auf die Straße hinaus.

»Papa wartet auf uns«, sagte sie. »Wir müssen uns beeilen.«

Sie schaltete das Radio ein und drehte die Lautstärke auf, um das Auto mit anderen Geräuschen als ihrer eigenen Stimme zu füllen. Ein Nachrichtensprecher verkündete zum hundertsten Mal, dass Ronald Reagan in der vergangenen Nacht Jimmy Carter in der amerikanischen Präsidentschaftswahl besiegt hatte.

Als der Junge noch einmal etwas sagte, blickte sie in den Rückspiegel.

»Wie bitte?«, fragte sie laut.

Er wiederholte es, aber sie verstand ihn noch immer nicht, so dass sie das Radio leiser drehte, während sie den Wagen den Hang Richtung Hauptstraße hinuntersteuerte. Dort unten konnte man den Fluss erkennen, der sich wie ein Trauerflor durch die Landschaft zog. Sie zuckte zusammen, als sie bemerkte, dass der Junge sich zwischen den Sitzen nach vorn gebeugt hatte. Seine Stimme war ein trockenes Flüstern dicht an ihrem Ohr. Als sei es wichtig, dass niemand sonst seine Worte hörte.

»Wir werden sterben.«

Kapitel 2

2. November 2004.
1. Tag. Kieselaugen

Harry Hole fuhr zusammen und riss die Augen auf. Es war eiskalt und dunkel. Eine Stimme hatte ihn mit der Nachricht geweckt, dass das amerikanische Volk an diesem Tag darüber entschied, ob sein Präsident auch in den nächsten vier Jahren George Walker Bush heißen würde. November. Nun waren sie wirklich langsam auf dem Weg in die Finsternis, dachte Harry. Er schlug die Decke zur Seite und stellte die Füße auf den Boden. Das Linoleum war so kalt, dass ihm die Fußsohlen weh taten. Er ließ den Radiowecker mit den Nachrichten laufen, ging ins Bad und betrachtete sich im Spiegel. Auch hier November: schlaff, grau und wolkenverhangen. Die Augen wie immer blutunterlaufen und die Poren auf der Nase so groß wie schwarze Krater. Die Ringe unter den Augen mit der hellblauen, alkoholgespülten Iris würden verschwinden, wenn er sich erst mit warmem Wasser gewaschen, abgetrocknet und gefrühstückt hatte. Nahm er jedenfalls an. Harry war aber nicht ganz sicher, wie sich sein vierzigjähriges Gesicht im Laufe des Tages halten würde. Ob sich die Falten glätten und der gehetzte Gesichtsausdruck verschwinden würde, mit dem er aus seinen quälenden Alpträumen aufgewacht war. Wie in den meisten Nächten. Sobald er die kleine, spartanisch eingerichtete Wohnung in der Sofies gate verlassen hatte, um wieder Hauptkommissar Hole im Osloer Dezernat für Gewaltverbrechen zu werden, ging er jedem Spiegel aus dem Weg. Dann starrte er nur noch in die Gesichter anderer Menschen, um deren Schmerzen und Achillesferse zu finden, deren Alpträume, Motive und Gründe, sich selbst zu betrügen. Er lauschte ihren ermüdenden Lügen und versuchte einen Sinn darin zu finden, Leute einzusperren, die sich schon längst selbst eingesperrt hatten. In einem Gefängnis aus Hass und Selbstverachtung, das er selbst nur allzu gut kannte. Er fuhr sich mit der Hand über die blonden Haarstoppeln, die genau 193 Zentimeter über den kalten Fußsohlen aus seiner Kopfhaut sprossen. Seine Schlüsselbeine ragten wie Kleiderbügel unter der Haut hoch. Seit dem letzten Fall hatte er viel trainiert. Geradezu frenetisch, wie er fand. Neben dem Fahrradfahren hatte er begonnen, im Kraftraum im Keller des Präsidiums Gewichte zu stemmen. Es gefiel ihm, wenn die brennenden Schmerzen einsetzten und jeden Gedanken verdrängten. Trotzdem war er immer nur dünner geworden. Das Fett war verschwunden, und die Muskeln hatten sich wie schmale Streifen zwischen Haut und Knochen geschoben. Und während er früher breitschultrig gewesen war und – wie Rakel meinte – auf eine natürliche Weise athletisch, glich er jetzt dem Bild eines gehäuteten Eisbären, das er irgendwo einmal gesehen hatte: ein muskulöses, aber schockierend mageres Raubtier. Er stand ganz einfach kurz vorm Verschwinden. Nicht dass das irgendwie wichtig gewesen wäre. Harry seufzte. November. Es würde noch finsterer werden.

Er ging in die Küche, trank ein Glas Wasser gegen die Kopfschmerzen und starrte verwundert aus dem Fenster. Das Dach auf der anderen Seite der Sofies gate war weiß, und das reflektierte Licht stach grell in seinen Augen. In der Nacht war der erste Schnee gefallen. Er dachte an den Brief. Solche Briefe bekam er immer wieder mal, aber dieser letzte war mit seiner Anspielung auf Toowoomba wirklich sehr speziell gewesen.

Im Radio hatte jetzt ein Naturprogramm begonnen. Eine Stimme redete voller Begeisterung über Seehunde. »Jeden Sommer versammeln sich die Seehunde in der Beringstraße, um sich dort zu paaren. Da die Männchen in der Überzahl sind und sich gegen harte Konkurrenz durchsetzen müssen, bleiben sie während der ganzen Paarungszeit bei ihrer Partnerin. Das Männchen bewacht sein Weibchen, bis das Junge zur Welt gekommen ist und alleine zurechtkommt. Nicht aus Liebe zu dem Weibchen, sondern aus Liebe zu seinen eigenen Genen. Nach Darwins Theorie ist die natürliche Selektion im Kampf ums Überleben der Grund für die Monogamie der Seehunde in der Beringstraße – und nicht die Moral.«

Na dann, dachte Harry.

Die Stimme im Radio überschlug sich fast vor Begeisterung: »Aber bevor die Seehunde die Beringstraße verlassen, um im offenen Meer Nahrung zu suchen, wird das Männchen versuchen, das Weibchen zu töten. Und warum? Weil sich ein Seehundweibchen nie zweimal mit demselben Männchen paart. Es geht dabei um eine Art biologische Risikoverteilung des Erbmaterials, genau wie im Aktienmarkt. Für sie ist es biologisch sinnvoll, sexuell freizügig zu sein, und das Männchen weiß das. Indem er ihr das Leben nimmt, hindert er sie daran, andere Seehundjunge in die Welt zu setzen, die seinem eigenen Nachwuchs Konkurrenz machen.«

»Wir sind doch wohl auch Teil der darwinistischen Theorie, warum verhalten sich also Menschen nicht wie Seehunde?«, fragte eine andere Stimme.

»Aber das tun sie doch! Unsere Gesellschaft ist weiß Gott nicht so monogam, wie sie aussieht. Und sie ist das nie gewesen. Eine schwedische Studie, die vor kurzem veröffentlicht wurde, zeigt, dass fünfzehn bis zwanzig Prozent aller Kinder einen anderen Vater haben als sie – und der mutmaßliche Vater – glauben. Zwanzig Prozent! Das bedeutet, jedes fünfte Kind lebt mit so einer Lüge. Und sorgt für biologische Vielfalt.«

Harry drehte den Sender weiter, auf der Suche nach einigermaßen erträglicher Musik. Bei Johnny Cashs Rentnerversion von »Desperado« blieb er hängen.

Es klopfte laut an der Tür.

Er ging ins Schlafzimmer und zog sich eine Jeans an. Dann machte er die Tür auf.

»Harry Hole?« Der Mann trug einen blauen Overall und sah ihn durch dicke Brillengläser an. Seine Augen waren klar wie die eines Kindes.

Harry nickte.

»Haben Sie Pilze?« Der Mann verzog keine Miene bei dieser Frage. Eine lange Haarsträhne klebte ihm schräg auf der Stirn. Unterm Arm hatte er ein Plastikschreibbrett mit Clip, unter dem ein dicht beschriebenes Blatt klemmte.

Harry wartete auf eine erklärende Fortsetzung, aber es kam nichts. Nur dieser offene Blick.

»Das«, erwiderte Harry, »ist wohl meine Privatsache, wenn man's genau nimmt.«

Der Mann deutete ein Lächeln an, als hätte er diesen Witz langsam ein bisschen zu oft gehört.

»Pilze in der Wohnung. Schimmel.«

»Ich habe keinen Grund zu dieser Annahme«, sagte Harry.

»Das ist ja gerade das Problem mit Schimmel. Der zeigt sich nur selten wirklich deutlich.« Der Mann zog Luft durch die Zähne ein und wippte auf den Ballen.

»Aber?«, hakte Harry nach.

»Er ist trotzdem da.«

»Warum sind Sie da so sicher?«

»Ihr Nachbar hat auch welchen.«

»Ah ja, und Sie meinen, der kann sich ausgebreitet haben?«

»Schimmel breitet sich nicht aus. Hausschwämme breiten sich aus.«

»Und ...?«

»Da ist ein Konstruktionsfehler in der Ventilationsanlage, die an der Hauswand entlangführt. Da drin hat Schimmel herrliche Lebensbedingungen. Darf ich mal einen Blick in Ihre Küche werfen?«

Harry trat zur Seite. Der Mann steuerte auf die Küche zu, wo er ein fönartiges, oranges Gerät an die Wand presste. Es piepte zweimal.

»Ein Feuchtigkeitsmesser«, erläuterte der Mann und blickte auf das Display. »Dachte ich's mir doch. Und Sie haben wirklich nichts Verdächtiges gesehen oder gerochen?«

Harry hatte keine klare Vorstellung, was der Mann meinte.

»So ein Belag wie auf altem Brot«, präzisierte der Mann. »Schimmelgeruch?«

Harry schüttelte den Kopf.

»Hatten Sie gerötete Augen?«, fragte der Mann. »Müdigkeit? Kopfschmerzen?«

Harry zuckte mit den Schultern. »Klar, die hab ich, seit ich denken kann.«

»Meinen Sie, seit Sie hier wohnen?«

»Möglich, aber ...«

Doch der Mann hörte ihn gar nicht. Er hatte ein Messer aus seinem Gürtel gezogen. Harry verstummte und starrte auf die Hand, die sich hob und mit voller Kraft zustieß. Es klang wie ein Stöhnen, als die Klinge durch die Gipsplatte hinter der Tapete drang. Der Mann zog das Messer heraus, stieß noch einmal zu und hebelte ein Stück beinahe pulverisierte Gipsplatte heraus. Dann holte er eine kleine Taschenlampe hervor und leuchtete in das entstandene schwarze Loch. Zwischen seinen überdimensionalen Brillengläsern bildete sich eine tiefe Falte. Dann steckte er seine Nase tief in das Loch und schnupperte.

»Aha«, rief er. »Seid gegrüßt!«

»Wie? Seid gegrüßt?«, fragte Harry und näherte sich.

»Aspergillus«, verkündete der Mann. »Eine Schimmelart. Da gibt es an die drei-, vierhundert verschiedene Arten, aber die sind nicht so leicht zu unterscheiden. Außerdem wachsen die auf diesen harten Unterlagen so dünn, dass man sie gar nicht sieht. Aber dieser Geruch ist ganz eindeutig.«

»Und das ist ein Problem?«, fragte Harry und versuchte sich zu erinnern, was er noch auf dem Konto hatte, nachdem er seine Schwester Søs, die, wie sie es ausdrückte, ein bisschen am Down-Syndrom litt, mit seinem Vater auf eine Reise nach Spanien geschickt hatte.

»Die sind nicht wie echte Hausschwämme, das Haus wird deswegen nicht zusammenbrechen«, erklärte der Mann. »Aber Sie vielleicht.«

»Ich?«

»Wenn Sie anfällig sind. Es gibt Leute, die krank werden, wenn sie die gleiche Luft wie Schimmel atmen. Die hängen dann jahrelang in den Seilen und werden häufig für Hypochonder gehalten, weil niemand etwas findet und die anderen im Haus gesund sind. Dabei fressen diese Untiere Tapeten und Gipsplatten auf.«

»Hm, und was schlagen Sie vor?«

»Na, dass ich diese Scheißviecher vernichte, natürlich.«

»Und mein Konto gleich mit, ja?«

»Das zahlt die Hausversicherung, Sie persönlich kostet das nichts. Ich brauche in den nächsten Tagen nur Zugang zu Ihrer Wohnung.«

Harry holte die Ersatzschlüssel aus der Küchenschublade und reichte sie ihm.

»Außer mir kommt sonst niemand«, erklärte der Mann. »Nur dass Sie Bescheid wissen. Es passiert heute ja so viel.«

»Ach wirklich?« Harry lächelte traurig und sah aus dem Fenster.

»Häh?«

»Nichts«, sagte Harry. »Bei mir gibt es ohnehin nichts zu klauen. Aber ich muss jetzt weg.«

Die niedrig stehende Morgensonne glitzerte auf der gläsernen Front des Präsidiums, dem Hauptquartier des Polizeidistriktes Oslo, das seit dreißig Jahren unverändert auf einer Anhöhe am Grønlandsleiret im Osten des Zentrums lag. Die zentrale Schaltstelle der Polizei lag damit – wenn auch unbeabsichtigt – in unmittelbarer Nähe der kriminell aktivsten Stadtteile und zudem in unmittelbarer Nachbarschaft des »Bayern«, des Osloer Gefängnisses. Das Präsidium war umgeben von einem Park mit welkem Gras, trockenen Blättern und ein paar Linden, die im Laufe der Nacht von einer dünnen Schneeschicht überzogen worden waren und die kleine Grünfläche wie einen geschmückten Totentempel aussehen ließen.

Harry ging über den schwarzen Asphaltstreifen zum Haupteingang und betrat die Eingangshalle, in der Kari Christensens Wanddekoration aus Porzellan und rieselndem Wasser ihre ewigen Geheimnisse flüsterte. Er nickte der Securitaswache an der Pforte zu und fuhr mit dem Aufzug in die sechste Etage, zum Dezernat für Gewaltverbrechen. Vor einem halben Jahr hatte er ein neues Büro in der roten Zone bezogen. Manchmal kam es aber noch vor, dass er in den engen, fensterlosen Raum lief, den er sich früher mit Jack Halvorsen geteilt hatte. Jetzt saß dort Magnus Skarre, und Jack Halvorsen lag in der Erde des Vestre-Aker-Friedhofes. Seine Eltern hatten ihren Sohn ursprünglich zu Hause bei sich in Steinkjer beerdigen wollen, da Jack und Beate Lønn, die Leiterin der Kriminaltechnik, noch nicht verheiratet gewesen waren. Sie hatten ja nicht einmal zusammengewohnt. Als die Eltern aber erfuhren, dass Beate schwanger war und im Sommer Jacks

Kind zur Welt bringen würde, hatten sie sich darauf geeinigt, ihn in Oslo zu beerdigen.

Harry ging in sein neues Büro, das für ihn wohl immer so heißen würde. Schließlich hieß auch das fünfzig Jahre alte Stadion des FC Barcelona auf Katalanisch noch immer Camp Nou, das »neue Stadion«. Er ließ sich auf seinen Stuhl plumpsen und schaltete das Radio ein, während er den Bildern zunickte, die auf dem obersten Regalbrett an der Wand lehnten. Irgendwann in ferner Zukunft, wenn er einmal daran dachte, Nägel zu kaufen, würde er sie aufhängen. Ellen Gjelten, Jack Halvorsen und Bjarne Møller. In dieser Reihenfolge standen sie da, chronologisch. Der Club der toten Polizisten.

Im Radio redeten norwegische Politiker und Soziologen über die Präsidentenwahl in Amerika. Harry erkannte die Stimme von Arve Støp, dem Verleger des Erfolgsmagazins »Liberal«. Er galt als einer der kompetentesten, arrogantesten und unterhaltsamsten Meinungsbildner. Harry drehte die Lautstärke auf, bis die Stimmen durch den Raum hallten, nahm die Peerless-Handschellen von der Tischplatte seines neuen Schreibtisches und übte sich im Speedcuffing am Tischbein, das schon ganz zersplittert war. Angewöhnt hatte Harry sich diese Unsitte auf einem FBI-Kurs in Chicago, wobei er die Technik im Laufe der einsamen Abende in einer heruntergekommenen Wohnung in Cabrini Green noch perfektioniert hatte, begleitet vom Streiten der Nachbarn und mit Jim Beam als einziger Gesellschaft. Es ging dabei darum, die geöffneten Handschellen so um das Handgelenk des Häftlings zu schlagen, dass der gefederte Riegel herumschwang und auf der anderen Seite des Handgelenks arretierte. Mit Präzision und dem richtigen Schwung konnte man sich so an einen Häftling ketten, bevor dieser überhaupt reagieren konnte. Harry hatte das beruflich noch nie gebraucht, und auch das andere, das er dort gelernt hatte, war ihm erst ein einziges Mal von Nutzen gewesen: wie man einen Serienmörder festnimmt. Die Handschellen schlossen sich klickend um das Tischbein, während man im Hintergrund die Stimmen im Radio hörte:

»Wie lässt sich Ihrer Meinung nach die Skepsis erklären, die man hierzulande George Bush entgegenbringt, Arve Støp?«

»Wir sind ein überbehütetes Land, das im Grunde nie in irgendeinem Krieg gekämpft hat. Das haben wir immer schön den anderen überlassen. England, der Sowjetunion und den USA, ja, eigentlich verstecken wir uns seit den Kriegen Napoleons hinter dem Rücken unserer großen Brüder. Norwegens Sicherheit baut auf der Gewissheit auf, dass die anderen schon einschreiten werden, wenn es darauf ankommt. Das läuft bereits so lange so, dass wir den Blick für die Realität verloren haben und glauben, die Erde sei im Grunde bloß von Menschen bevölkert, die uns – dem reichsten Land der Welt – nur Gutes wollen. Norwegen ist eine plappernde, strohdumme Blondine, die sich in irgendeinem Hinterhof in der Bronx verlaufen hat und sich jetzt darüber entrüstet, wie brutal ihr Leibwächter mit den Leuten umspringt, die sie überfallen wollten.«

Harry wählte Rakels Nummer. Neben der von Søs war Rakels Nummer die einzige, die er auswendig wusste. Als er noch jung und unerfahren gewesen war, hatte er geglaubt, ein schlechtes Gedächtnis sei ein Handicap für einen Ermittler. Mittlerweile wusste er es besser.

»Und dieser Leibwächter ist George Bush und die USA?«, fragte der Moderator.

»Ja, Lyndon B. Johnson hat einmal gesagt, die USA haben sich diese Rolle nicht ausgesucht, sondern ganz einfach eingesehen, dass es sonst niemanden gibt, der sie übernehmen könnte, und damit hat er recht. Unser Leibwächter ist ein frisch bekehrter Methodist, ein Kerl mit Vaterkomplex, einem Alkoholproblem, begrenzter Intelligenz und so wenig Rückgrat, dass er nicht einmal seinen eigenen Militärdienst anständig zu Ende gebracht hat. Kurz gesagt, ein Mann, über dessen heutige Wiederwahl wir uns freuen sollten.«

»Ich gehe davon aus, dass Sie das ironisch meinen?«

»Überhaupt nicht. Ein derart schwacher Präsident hört auf seine Berater, und die sind nirgendwo besser als im Weißen Haus. Auch wenn man durch diese lächerliche Fernsehserie über das Oval Office den Eindruck bekommt, die Demokraten hätten das Monopol für Intelligenz, findet man die schärfsten Denker in Wirklichkeit im äußersten rechten Flügel der Republikaner. Norwegens Sicherheit ist in den besten Händen.«

»Eine Freundin von einer Freundin von mir hat Sex mit dir gehabt.«

»Ach wirklich?«, fragte Harry.

»Nicht mit dir«, sagte Rakel. »Ich rede mit dem anderen bei dir im Zimmer. Mit diesem Støp.«

»Sorry.« Harry drehte das Radio leiser.

»Nach einem Vortrag in Trondheim. Er hat sie in sein Zimmer eingeladen. Sie war durchaus interessiert, hat ihn aber darauf hingewiesen, dass sie eine amputierte Brust hatte. Er hat sich daraufhin ein bisschen Bedenkzeit erbeten und ist zurück in die Bar gegangen, dann aber doch wiedergekommen und mit ihr nach oben verschwunden.«

»Hm, ich hoffe, es hat den Erwartungen entsprochen?«

»Nichts entspricht den Erwartungen.«

»Nein«, pflichtete Harry ihr bei und fragte sich, worüber sie eigentlich gerade redeten.

»Wie sieht es mit heute Abend aus?«, fragte Rakel.

»Acht Uhr im Palace Grill ist gut. Aber was soll denn dieser Unsinn, dass man da nicht reservieren kann?«

»Ich denke, das soll dem Ganzen einen etwas exklusiveren Touch geben.«

Sie verabredeten sich in der Bar nebenan. Nachdem sie aufgelegt hatten, blieb Harry nachdenklich sitzen. Sie hatte glücklich geklungen. Unbeschwert. Gutgelaunt. Er fragte sich, ob er sich für sie freuen konnte. Was empfand er dabei, dass die Frau, die er so über alles geliebt hatte, jetzt mit einem anderen Mann glücklich war? Rakel und er hatten ihre Zeit gehabt, und auch er hatte seine Chancen bekommen. Und sie vertan. Warum sollte er also nicht glücklich darüber sein, dass es ihr gutging? Warum nicht endlich den Gedanken begraben, dass alles auch so ganz anders hätte laufen können? Warum konnte er in seinem Leben nicht endlich einen Schritt weiterkommen? Er nahm sich selbst das Versprechen ab, sich noch ein bisschen mehr Mühe zu geben.

Die morgendliche Dienstbesprechung war rasch überstanden. Gunnar Hagen – Kriminaloberkommissar und Dezernatsleiter – ging die aktuellen Fälle einzeln durch. Es lag nicht viel an, denn zurzeit hatten sie keinen Mordfall auf dem Tisch, und nur solche

Fälle hielten die Abteilung wirklich in Atem. Thomas Helle von der Vermisstenstelle der Kriminalwache war auch anwesend. Er berichtete von einer Frau, die jetzt schon ein Jahr lang vermisst wurde. Keine Spur von einem Gewaltverbrechen, keine Hinweise auf einen möglichen Täter und keine Spur von ihr. Die Hausfrau und Mutter war zuletzt gesehen worden, als sie ihre Kinder, einen Jungen und ein Mädchen, morgens in den Kindergarten gebracht hatte. Ihr Ehemann und ihr gesamter Bekanntenkreis hatten ein Alibi, von ihnen kam definitiv niemand als Täter in Frage. Man einigte sich darauf, dass das Dezernat für Gewaltverbrechen den Fall unter die Lupe nehmen sollte.

Magnus Skarre richtete einen Gruß von Ståle Aune aus – dem Psychologen, der immer wieder für das Dezernat arbeitete. Er hatte ihn im Ullevål-Krankenhaus besucht. Harry spürte einen Anflug von schlechtem Gewissen. Ståle Aune war nicht nur sein Berater bei gewissen Kriminalfällen, sondern auch seine persönliche Stütze im Kampf gegen den Alkohol, und außerdem der einzige Mensch, den er annähernd als seinen Freund bezeichnen konnte. Es lag schon eine Woche zurück, dass Aune mit unklarer Diagnose eingeliefert worden war. Trotzdem war es Harry noch nicht gelungen, seinen Widerwillen gegen Krankenhäuser zu überwinden. Mittwoch, dachte er. Oder Donnerstag.

»Wir haben eine neue Kommissarin«, verkündete Gunnar Hagen. »Katrine Bratt.«

Eine junge Frau in der ersten Reihe erhob sich unaufgefordert, allerdings ohne zu lächeln. Sie war sehr hübsch. Hübsch, aber sie betont es nicht, dachte Harry. Dünne, fast strähnige Haare hingen leblos um das ebenmäßige, blasse Gesicht mit dem ernsten, eher müden Ausdruck, der Harry schon bei anderen bildschönen Frauen aufgefallen war. Sie waren es schon so gewohnt, angestarrt zu werden, dass sie sich längst nicht mehr darum kümmerten. Katrine Bratt trug ein blaues Kostüm, das ihre Weiblichkeit betonte, aber die dicken, schwarzen Strümpfe unter dem Rock und die praktischen Stiefeletten widerlegten jeden Verdacht, sie könnte diese Wirkung kalkuliert haben. Statt sich wieder zu setzen, blieb sie stehen und ließ ihren Blick über die Anwesenden schweifen, als hätte sie sich erhoben, um die anderen zu betrachten, und nicht umgekehrt. Harry schätzte, dass sie sich ihre Kleidung und ihr Auftreten an diesem ersten Tag gut überlegt hatte.

»Katrine war vier Jahre bei der Kriminalpolizei in Bergen, wo sie hauptsächlich mit Sittlichkeitsverbrechen zu tun hatte, aber sie hat auch eine Zeit im dortigen Dezernat für Gewaltverbrechen gearbeitet«, fuhr Hagen fort und blickte dabei auf einen Zettel, auf dem Harry einen Lebenslauf vermutete. »Juraexamen an der Uni Bergen, 1999, Polizeihochschule und jetzt also Kommissarin bei uns. Sie hat vorläufig keine Kinder, ist aber verheiratet.«

Eine der beiden schmalen Augenbrauen von Katrine Bratt hob sich kaum merkbar. Hagen musste das gesehen oder sonst irgendwie bemerkt haben, dass der letzte Teil der Information überflüssig gewesen war, denn er fügte rasch hinzu:

»... sollte sich jemand dafür interessieren.«

Das drückende Schweigen, das darauf folgte, sagte Hagen vermutlich, dass er mit seiner letzten Bemerkung alles nur noch schlimmer gemacht hatte. Er räusperte sich zweimal kräftig und verkündete dann, dass sich all jene, die sich noch nicht für die Weihnachtsfeier angemeldet hätten, das noch bis Mittwoch tun könnten.

Stühle wurden gerückt, und Harry war bereits auf dem Flur, als er hinter sich eine Stimme hörte:

»Ich gehör dann wohl dir.«

Harry drehte sich um und blickte in Katrine Bratts Gesicht. Unwillkürlich fragte er sich, wie hübsch sie wohl wäre, wenn sie es darauf anlegen würde.

»Oder du mir«, sagte sie und zeigte eine Reihe weißer Zähne, doch ihr Lächeln erreichte ihre Augen nicht. »Je nachdem.« Ihr moderater Bergener Dialekt ließ Harry vermuten, dass sie aus Fana, Kalfaret oder einer anderen bürgerlichen Gegend stammte.

Er ging weiter, und sie holte ihn mit ein paar schnellen Schritten ein: »Scheint so, als hätte der Kriminaloberkommissar dich nicht informiert.«

Sie sprach Hagens Amtstitel übertrieben deutlich aus.

»Aber du sollst mich in den nächsten Tagen hier ein bisschen einweisen. Bis ich alleine laufen kann. Was meinst du, kriegst du das hin?«

Harry musste lächeln. Sein erster Eindruck von ihr war positiv, aber man musste mit allem rechnen. Harry war immer bereit, seinen Mitmenschen eine Chance einzuräumen, auf der Schwarzen Liste zu landen.

»Ich weiß nicht«, meinte er und blieb vor der Kaffeemaschine stehen. »Lass uns mal hiermit anfangen.«

»Ich trinke keinen Kaffee.«

»Egal. Die ist selbsterklärend. Wie auch das meiste andere hier. Was hältst du von dieser Vermisstensache?«

Er drückte auf den Knopf für »Americano«, eine Brühe, die etwa so amerikanisch war wie der Kaffee auf den norwegischen Fähren.

»Was soll ich davon halten?«

»Glaubst du, sie lebt noch?« Harry versuchte sich möglichst neutral auszudrücken, damit sie nicht spürte, dass er sie auf die Probe stellte.

»Hältst du mich für blöd?«, fragte sie und sah mit unverhohlenem Abscheu zu, wie die Maschine hustend ein schwarzes Gebräu in den weißen Plastikbecher spuckte. »Hast du nicht zugehört? Der Kriminaloberkommissar hat doch gesagt, dass ich vier Jahre bei der Sitte gearbeitet habe.«

»Hm«, machte Harry. »Tot?«

»Wie ein eingelegter Hering«, sagte Katrine Bratt.

Harry nahm den weißen Becher. Plötzlich hatte er das Gefühl, er könnte gerade eine Kollegin bekommen haben, die er schätzen konnte.

Als Harry am Nachmittag nach Hause ging, war der Schnee auf dem Bürgersteig und der Straße geschmolzen. Die dünnen, leichten Flocken, die durch die Luft wirbelten, wurden vom nassen Asphalt aufgesaugt, kaum dass sie sich darauf niedergelassen hatten. Er ging in seinen angestammten Plattenladen auf der Akersgata und kaufte die neueste CD von Neil Young, obwohl er den Verdacht hatte, dass die gar nicht so gut war.

Als er die Tür seiner Wohnung aufschloss, spürte er, dass irgendetwas verändert war. Es klang anders. Oder es roch anders. An der Schwelle zur Küche blieb er wie angewurzelt stehen. Auf einer

Seite fehlte die gesamte Wand. Das heißt, dort, wo noch am Morgen eine helle, geblümte Tapete auf einer Wand aus Rigipsplatten gewesen war, starrte er jetzt auf rostrote Ziegel, grauen Mörtel und ein graugelbes Geflecht mit Nagellöchern. Auf dem Boden stand der Werkzeugkoffer des Pilzmannes, und auf dem Küchentisch lag ein Zettel, dass er morgen früh wiederkäme.

Er ging ins Wohnzimmer und legte die Neil-Young-CD ein. Eine Viertelstunde später nahm er sie deprimiert wieder aus dem Player und legte stattdessen Ryan Adams auf. Wie aus dem Nichts meldete sich der Wunsch, etwas zu trinken. Harry schloss die Augen und starrte auf das tanzende Muster aus Blut und schwarzer Blindheit. Wieder dachte er an den Brief. Den ersten Schnee. Toowoomba.

Das Klingeln des Telefons schnitt durch Ryan Adams' »Shakedown On 9th Street«.

Eine Frauenstimme stellte sich als Oda aus der »Bosse«-Redaktion vor und fragte, ob er sich noch an sie erinnere. Harry erinnerte sich nicht mehr an sie, wohl aber an die Sendung. Sie hatten ihn im Frühjahr einmal eingeladen, um etwas über Serienmörder zu erzählen, da er der einzige norwegische Polizist war, der jemals beim FBI gewesen war, dieses Thema speziell studiert und überdies schon einmal einen echten Serienmörder gejagt hatte. Harry war damals dumm genug gewesen, die Einladung anzunehmen. Damals hatte er sich eingeredet, er hätte es getan, um etwas Wichtiges und einigermaßen Qualifiziertes über Menschen zu sagen, die töteten – und nicht etwa, um selbst in der populärsten Talkshow des Landes aufzutreten. Im Nachhinein war er sich da nicht mehr so sicher gewesen. Aber das war noch gar nicht das Schlimmste. Viel übler war die Tatsache, dass er sich vor der Sendung einen Drink genehmigt hatte. Harry war damals überzeugt, es sei wirklich nur einer gewesen, doch während der Sendung hatte es so ausgesehen, als hätte er mindestens fünf intus. Seine Aussprache war wie immer deutlich gewesen, aber sein Blick verschleiert und seine Analysen oberflächlich. Seine Schlussfolgerungen war er ganz schuldig geblieben, weil der Moderator da schon einen frischgebackenen Europameister in der Disziplin Blumendekoration in Empfang hatte nehmen müssen. Harry hatte das nicht kommentiert, mit seiner Körpersprache aber mehr als deutlich gezeigt, was er von der Blumendebatte hielt. Als der Talkmaster ihn lächelnd fragte, welche Beziehung ein Kommissar des Morddezernats zu norwegischer Blumendeko habe, antwortete Harry, die Kränze auf den norwegischen Beerdigungen nähmen im internationalen Vergleich sicher einen vorderen Platz ein. Vielleicht hatte er es seiner leicht angeschickerten Nonchalance zu verdanken, dass er die Lacher im Studio auf seiner Seite hatte und der Produzent ihm nach der Sendung auf die Schulter klopfte. Er habe seine Message rübergebracht, hieß es. Und dann war er noch mit einer kleinen Gruppe ins Kunsternes Hus gegangen, wo man ihm reichlich Drinks ausgab. Als er am nächsten Tag aufwachte, verlangte sein Körper mit jeder Faser nach mehr, schrie nach mehr. Da es ein Samstag war, saß er bis Sonntagabend im Schröders und trank Bier, bis Rita, die Bedienung, bei Kneipenschluss zu ihm kam und ihm mit Hausverbot drohte, falls er sich jetzt nicht endlich auf den Heimweg machte. Am nächsten Morgen erschien Harry pünktlich um halb acht in der Arbeit. Wenn auch niemand Nutzen von einem Polizeiermittler hatte, der nach der Morgenbesprechung ins Waschbecken kotzte, sich an den Bürostuhl klammerte, Kaffee trank, rauchte und sich wieder übergab, dieses Mal in ein Klo. Doch das war der letzte Rückfall gewesen, seit April hatte er keinen Tropfen mehr angerührt.

Und jetzt wollten sie ihn also wieder im Fernsehen haben.

Die Frau erklärte, es gehe um den Terrorismus in den arabischen Ländern und um die Frage, wie aus gebildeten Menschen der Mittelklasse plötzlich Mordmaschinen wurden. Harry unterbrach sie, noch bevor sie zum Ende gekommen war.

»Nein.«

»Aber wir hätten dich so gerne hier, du bist so … so … Rock 'n' Roll.« Sie lachte mit einer Begeisterung, über deren Echtheit er sich nicht im Klaren war, aber jetzt erkannte er ihre Stimme. Auch sie war an diesem Abend im Kunsternes Hus gewesen. Sie war auf eine jugendliche, etwas langweilige Art hübsch gewesen, hatte auf eine jugendliche, etwas langweilige Art geredet und Harry gierig angestarrt. So wie eine exotische Speise, von der sie nicht wusste, ob sie nicht zu exotisch für sie war.

»Ruf jemand anders an«, empfahl Harry und legte auf. Dann schloss er die Augen und hörte Ryan Adams fragen: »Oh, baby, why do I miss you like I do?«

Der Junge blickte zu dem Mann auf, der neben ihm an der Anrichte stand. Das Licht aus dem verschneiten Garten fiel auf den kahlen, glänzenden, massiven Schädel seines Vaters. Mama hatte gesagt, Vaters Kopf sei so groß, weil er ein so großer Geist sei. Er hatte sie gefragt, warum er ein Geist sei, aber sie war ihm nur lachend durch die Haare gefahren und hatte gesagt, das sei bei Physikprofessoren nun einmal so. In diesem Augenblick wusch der große Geist Kartoffeln unter fließendem Wasser, bevor er sie mit Schale in einen Kochtopf gab.

»Papa, willst du die denn nicht schälen? Mama macht das immer ...«

»Deine Mutter ist nicht hier, Jonas. Also machen wir das jetzt auf meine Weise.«

Er war bei diesen Worten nicht laut geworden, aber trotzdem lag etwas in seiner Stimme, das Jonas zum Schweigen brachte. Er verstand nie so richtig, wann sein Vater wütend wurde. Und manchmal merkte er nicht einmal, dass er wütend war. Nicht bevor er Mamas Gesicht sah, diesen ängstlichen Zug um ihren Mund herum, der Vater aber immer nur noch wütender zu machen schien. Er hoffte, dass sie bald wieder nach Hause kam.

»Papa, die Teller nehmer sonst nicht.«

Der Vater knallte die Schranktür zu, und Jonas biss sich auf die Unterlippe. Dann senkte sich das Gesicht seines Vaters zu ihm herunter. Es glitzerte in den hauchdünnen, viereckigen Brillengläsern.

»Das heißt nicht nehmer, sondern nehmen wir«, korrigierte der Vater. »Wie oft muss ich dir das eigentlich noch sagen, Jonas?«

»Aber Mama sagt ...«

»Mama hat ja auch keine saubere Aussprache. Verstehst du? Weder in dem Ort, aus dem Mama kommt, noch in ihrer Familie pflegt man die norwegische Sprache.« Vaters Atem roch salzig und nach fauligem Tang.

Die Haustür ging auf.

»Hallo, da bin ich wieder«, hörten sie vom Flur. Jonas wollte aus der Küche rennen, doch sein Vater hielt ihn an der Schulter zurück und zeigte auf den ungedeckten Tisch.

»Wie fleißig ihr seid!«

Jonas konnte das Lächeln in ihrer abgehetzten Stimme hören, während er hastig Tassen und Besteck zum Tisch trug.

»Und was ihr für einen schönen großen Schneemann gebaut habt!«

Jonas drehte sich fragend zu seiner Mutter um, die sich den Mantel aufgeknöpft hatte. Sie war so schön. Ihre Haut und ihre Haare waren dunkel wie seine, aber in ihren Augen lag fast immer eine unglaubliche Zärtlichkeit. Fast immer. Sie war nicht mehr so dünn wie auf dem Hochzeitsfoto mit Vater, aber er merkte, dass sich die Männer nach ihr umdrehten, wenn sie in der Stadt waren.

»Wir haben aber gar keinen Schneemann gebaut«, sagte Jonas.

»Nicht?« Die Mutter runzelte die Stirn und befreite sich von dem langen rosa Schal, den sie von ihm zu Weihnachten bekommen hatte.

Vater trat ans Küchenfenster. »Das müssen die Nachbarjungs gewesen sein«, mutmaßte er.

Jonas kletterte auf einen Stuhl und sah nach draußen. Und tatsächlich, auf der Wiese direkt vor dem Haus stand ein Schneemann. Er war wirklich groß, wie Mutter gesagt hatte. Mit Augen und Mund aus Kieselsteinen und einer Möhrennase. Doch er hatte weder Hut noch Mütze oder Schal und auch nur einen Arm. Einen dünnen Zweig, der, wie Jonas glaubte, aus der Hecke stammte. Aber irgendetwas war an diesem Schneemann merkwürdig. Er stand falsch herum. Jonas hätte nicht erklären können, warum, aber ein Schneemann sollte doch in Richtung Straße blicken, ins Freie.

»Wieso …«, begann Jonas, wurde aber von seinem Vater unterbrochen:

»Ich muss wohl mal ein Wörtchen mit denen reden.«

»Warum?«, fragte Mama vom Flur. Jonas konnte hören, wie sie den Reißverschluss der hohen schwarzen Stiefel aufzog. »Das macht doch nichts.«

»Ich will nicht, dass die einfach so bei uns auf dem Grundstück herumrennen. Ich kümmere mich drum, wenn ich wiederkomme.«

»Wieso guckt der nicht zur Straße?«, wollte Jonas wissen.

Mutter seufzte auf dem Flur. »Und wann kommst du wieder, Liebling?«

»Irgendwann morgen.«

»Um wie viel Uhr?«

»Wieso? Hast du eine Verabredung?« Die Stimme seines Vaters klang mit einem Mal so leichthin, dass es Jonas schauderte.

»Nein, ich dachte bloß, dass ich dann ja das Essen fertig haben könnte«, erwiderte seine Mutter und kam in die Küche. Sie trat an den Herd, warf einen Blick in die Töpfe und drehte zwei Platten höher.

»Mach du nur das Essen«, sagte sein Vater und drehte sich zu dem Zeitungsstapel auf der Anrichte um. »Ich komm dann schon irgendwann.«

»Na gut.« Sie trat hinter ihn und drückte sich von hinten an ihn. »Aber musst du denn wirklich schon heute Abend abreisen?«

»Meine Gastvorlesung ist morgen früh um acht«, erklärte der Vater. »Und vom Flughafen bis zur Uni brauche ich eine Stunde, ich würde das nicht schaffen, nicht mal mit dem ersten Flieger morgen früh.«

Jonas sah an den Nackenmuskeln seines Vaters, wie er sich entspannte. Seine Mutter hatte wieder einmal die richtigen Worte gefunden.

»Warum guckt der Schneemann zu uns in Haus?«, wiederholte Jonas seine Frage.

»Geh und wasch dir die Hände!«, befahl die Mutter.

Sie aßen schweigend. Nur einmal fragte Mutter, wie es in der Schule gewesen war, und Jonas gab darauf wie immer nur eine kurze, vage Antwort. Er wusste, dass zu detaillierte Antworten zu unangenehmen Nachfragen seines Vaters führen konnten, der dann immer wissen wollte, was sie auf dieser traurigen Schule denn eigentlich lernten – oder nicht lernten. Wenn er ihn nicht gar zu verhören begann: mit wem er gespielt hatte, was dessen Eltern taten und woher sie kamen. Fragen, auf die Jonas zum Ärger seines Vaters nie die richtigen Antworten wusste.

Nachdem Jonas ins Bett gegangen war, hörte er, wie sich sein

Vater unten von seiner Mutter verabschiedete. Danach fiel die Tür ins Schloss, und kurz darauf hörte er draußen das Auto starten und fortfahren. Jetzt waren sie wieder allein. Mutter schaltete den Fernseher ein. Ihm fiel ein, was sie ihn gefragt hatte: warum er so gut wie nie mehr einen Spielkameraden mit nach Hause brachte? Er wusste nicht, was er darauf antworten sollte, schließlich wollte er sie ja nicht traurig machen. Stattdessen war er jetzt traurig. Er biss sich in die Innenseiten seiner Wangen, spürte den angenehmen Schmerz bis in die Ohren ausstrahlen und starrte auf die Metallstangen des Mobiles, das unter der Zimmerdecke schwebte. Dann stand er auf und trat ans Fenster.

Der Schnee, der im Garten lag, reflektierte so viel Licht, dass Jonas den Schneemann erkennen konnte. Er sah einsam aus. Jemand hätte ihm einen Schal und eine Mütze geben sollen. Und vielleicht einen Besen, an dem er sich festhalten konnte. Im gleichen Moment kam der Mond hinter den Wolken zum Vorschein, so dass die schwarzen Zähne aufblitzten. Und die steinernen Augen. Unwillkürlich hielt Jonas die Luft an und trat zwei Schritte zurück. Diese funkelnden schwarzen Augen starrten nicht einfach nur die Hauswand an, sie sahen hoch zu ihm. Jonas zog die Gardine zu und kroch wieder ins Bett.

Kapitel 3

1. Tag. Cochenille

Harry saß auf einem Barhocker im Palace Grill und las die Schilder mit den gutgemeinten Aufforderungen, nicht um Kredit zu bitten oder auf den Pianisten zu schießen. »Be Good Or Be Gone«. Es war noch früh am Abend, und die einzigen anderen Gäste waren zwei Mädchen, die an einem Tisch saßen und sich mit ihren Handys unterhielten, sowie zwei Jungs, die zwar mit reichlich Finesse und der richtigen Körperhaltung Dart spielten, aber trotzdem nicht trafen. Dolly Parton, die bei den Wächtern des guten Country-Geschmacks anscheinend wieder auf Wohlwollen stieß, säuselte mit nasalem Südstaatenakzent aus den Lautsprechern. Harry sah noch einmal auf die Uhr und wettete mit sich selbst, dass Rakel Fauke um sieben Minuten nach acht in der Tür stehen würde. Er spürte die knisternde Spannung, die er immer bei ihren Wiedersehen empfunden hatte, und redete sich selbst ein, das sei nur Konditionierung, so wie das Sabbern der Pawlow'schen Hunde, wenn sie die Glocke hörten. Heute Abend wollten sie essen und sich über das Leben unterhalten, das sie führten, genauer gesagt: das *sie* führte. Und über Oleg, den Sohn, den sie mit ihrem russischen Exmann hatte. Rakel hatte früher einmal in der norwegischen Botschaft in Moskau gearbeitet. Über den Jungen mit dem zurückhaltenden, verschlossenen Wesen, zu dem Harry trotzdem einen guten Draht gefunden hatte und mit dem ihn inzwischen so viel verband. Gefühle, wie sie in dieser Tiefe zwischen Harry und seinem Vater nie bestanden hatten. Als Rakel schließlich nicht mehr gekonnt und die Beziehung beendet hatte, war er nicht sicher gewesen, welcher Verlust ihn stärker traf. Doch jetzt wusste er es. Denn jetzt war es sieben Minuten nach acht, und sie stand in ihrer typischen Haltung in der Tür. Er konnte den nach innen geschwungenen Rücken förmlich unter seinen Fingern und die Glut der Haut unter den hohen Wangenknochen auf seinem Gesicht brennen spüren. Er hatte gehofft, sie sähe nicht so gut aus. So *glücklich*.

Als sie am Tisch war, umarmten sie sich, wobei er peinlich darauf achtete, sie zuerst loszulassen.

»Was guckst du denn so?«, fragte sie, während sie sich den Mantel aufknöpfte.

»Das weißt du doch«, antwortete Harry und hörte, dass er sich erst hätte räuspern sollen.

Sie lachte leise, und dieses Lachen hatte die gleiche Wirkung wie der erste Schluck Jim Beam: Eine warme Ruhe breitete sich in ihm aus.

»Nicht«, sagte sie.

Er wusste genau, was dieses Nicht bedeutete. Fang nicht wieder an, erspar uns diese Peinlichkeiten, es gibt keinen Weg zurück. Sie hatte es leise gesagt, kaum hörbar, doch trotzdem fühlte es sich wie eine schallende Ohrfeige an.

»Du bist dünn geworden«, stellte sie fest.

»Haben mir schon mehrere gesagt.«

»Ist unser Tisch …?«

»Der Kellner holt uns.«

Sie nahm ihm gegenüber auf einem Barhocker Platz und bestellte einen Aperitif. Campari, natürlich. Harry hatte sie deshalb immer Cochenille genannt, nach dem natürlichen Pigment, das dem würzigen, süßen Likör die charakteristische Farbe gab. Und weil sie es liebte, sich knallrot zu kleiden. Sie selbst behauptete immer, das sei eine Warnfarbe. Auch Tiere würden ja starke Farben nutzen, um den anderen zu zeigen, dass sie besser Abstand hielten.

Harry bestellte sich noch eine Cola.

»Warum bist du so dünn geworden?«, fragte sie.

»Pilze.«

»Was?«

»Die fressen mich vermutlich auf. Das Hirn, die Augen, die Lungen, die Konzentration. Saugen alle Farben aus meiner Erinnerung. Die Pilze wachsen, und ich verschwinde. Sie verwandeln sich in mich und ich mich in sie.«

»Was redest du da?«, platzte sie mit einer angewiderten Grimasse hervor, aber Harry sah das Lächeln in ihren Augen. Sie hörte ihn gern reden, auch wenn er nur blödelte. Dann erzählte er ihr von der Schimmelattacke in seiner Wohnung.

»Wie geht es euch?«, fragte Harry.

»Gut. Bei mir ist alles in Ordnung, und Oleg geht es auch gut. Aber er vermisst dich.«

»Hat er das gesagt?«

»Du weißt, dass er das tut. Du solltest dich ein bisschen mehr um ihn kümmern, weißt du.«

»Ich?« Harry starrte sie entgeistert an. »Aber das war doch nicht meine Entscheidung.«

»Na und?«, sagte sie und nahm den Drink entgegen, den ihr der Barkeeper reichte. »Dass du und ich nicht mehr zusammen sind, bedeutet doch nicht, dass die Beziehung zwischen Oleg und dir nicht wichtig ist. Für euch beide. Keiner von euch beiden bindet sich gern an andere Menschen. Deshalb solltet ihr auf die wenigen, die ihr habt, gut aufpassen.«

Harry nippte an seiner Cola. »Wie läuft es mit Oleg und deinem Arzt?«

»Er heißt Mathias«, seufzte Rakel. »Sie arbeiten daran. Sie sind so ... unterschiedlich. Mathias würde ja gerne, aber Oleg macht es ihm nicht gerade leicht.«

Harry spürte, wie ihn das innerlich befriedigte.

»Mathias arbeitet ja auch so viel.«

»Ich dachte, du magst es nicht, wenn deine Männer so viel arbeiten«, sagte Harry und bereute es im gleichen Augenblick. Doch statt wütend zu werden, seufzte Rakel nur traurig:

»Du hast nicht nur gearbeitet, Harry, du warst besessen. Du *bist* deine Arbeit, und was dich antreibt, ist nicht Liebe oder Verantwortungsbewusstsein oder Solidarität. Nicht einmal deine persönlichen Ambitionen. Es ist deine Wut, deine Rachsucht. Und das ist nicht richtig, Harry. Du weißt, was passiert ist.«

Ja, dachte Harry. Ich habe diese Krankheit auch in dein Haus kommen lassen.

Er räusperte sich: »Aber deinen Arzt, ... den treiben die richtigen Dinge an, ja?«

»Mathias macht noch immer die Nachtschichten in der Notaufnahme. Freiwillig. Dabei hat er daneben auch noch sein volles Vorlesungsprogramm am Anatomischen Institut.«

»Vergiss nicht, dass er auch noch Blut spendet und Mitglied bei Amnesty International ist.«

Sie seufzte: »B Rhesus negativ ist eine seltene Blutgruppe, Harry. Und du unterstützt Amnesty schließlich auch, das weiß ich.«

Sie rührte mit einem orangen Plastikstäbchen, auf dessen Spitze ein Pferd thronte, in ihrem Campari. Das Rot umspülte die Eiswürfel. Cochenille.

»Harry?«, fragte sie.

Etwas in ihrer Stimme ließ ihn aufmerken.

»Mathias und ich werden zusammenziehen. In den Weihnachtsferien.«

»So schnell?« Harry fuhr sich auf der Suche nach einem Rest Feuchtigkeit mit der Zunge über den Gaumen. »Ihr kennt euch doch gerade erst ein Jahr.«

»Anderthalb. Wir überlegen uns, im Sommer zu heiraten.«

Magnus Skarre starrte auf das warme Wasser, das über seine Hände und dann ins Waschbecken lief. Wo es verschwand. Nein, es verschwand nicht, es war nur nicht mehr hier. Wie diese Menschen, über die er in den letzten Wochen so viele Informationen zusammengetragen hatte. Weil Harry ihn darum gebeten hatte. Weil Harry gesagt hatte, das Ganze könne noch eine andere Bedeutung haben. Und weil er Magnus' Bericht bis zum Wochenende haben wollte. Was wiederum bedeutete, dass er Überstunden machen musste. Dabei wusste Magnus, dass Harry ihnen nur deshalb solche Aufgaben gab, damit sie in dieser Sauregurkenzeit aktiv blieben. Das kleine, dreiköpfige Team der Vermisstenstelle wollte diese alten Fälle nicht wieder ausgraben, sie hatten nicht die Zeit dafür.

Als er über den menschenleeren Flur zurück zu seinem Büro ging, bemerkte er, dass die Tür offenstand. Er war sich sicher, sie geschlossen zu haben, und außerdem war es schon nach neun Uhr, die Putzfrauen waren also längst fertig. Vor zwei Jahren hatten sie einmal Probleme mit Diebstählen gehabt. Magnus Skarre riss die Tür auf.

Katrine Bratt stand mitten im Zimmer und sah ihn mit hochgezogenen Augenbrauen an, als wäre es ihr Büro, in das er gerade gestürmt war. Dann drehte sie ihm wieder den Rücken zu.

»Ich wollte nur mal sehen«, sagte sie und ließ ihren Blick über die Wand schweifen.

»Was sehen?« Skarre sah sich um. Sein Büro war genau wie alle anderen, nur mit dem Unterschied, dass es kein Fenster hatte.

»Das war früher sein Büro, stimmt's?«

Skarre zog die Stirn in Falten. »Was?«

»Hole. Das war all die Jahre sein Büro, oder? Auch während er diese Serienmorde in Australien bearbeitet hat?«

Skarre zuckte mit den Schultern. »Ich glaub schon. Wieso?«

Katrine Bratt strich mit der Hand über die Tischplatte. »Warum hat er das Büro gewechselt?«

Magnus ging um sie herum und ließ sich auf den Stuhl fallen. »Es gibt kein Fenster. Und außerdem ist er Hauptkommissar geworden.«

»Und er hat dieses Büro zuerst mit Ellen Gjelten und dann mit Jack Halvorsen geteilt«, sagte Katrine Bratt. »Und beide wurden getötet.«

Magnus Skarre legte die Hände hinter den Kopf. Die neue Kommissarin hatte echt Klasse. Die spielte gut und gerne eine Liga über ihm. Er hätte wetten können, dass ihr Mann irgendein Chef war und reichlich Geld hatte. Ihr Kostüm sah teuer aus. Aber wenn man sie genauer betrachtete, fielen einem gewisse Unstimmigkeiten auf. Ein Schönheitsfehler, der nicht in Worte zu fassen war.

»Glaubst du, dass er ihre Stimmen gehört hat und deshalb umgezogen ist?«, fragte Bratt und studierte eine Norwegenkarte an der Wand, auf der Skarre in der Region Østland die Heimatorte aller seit 1980 Vermissten eingekreist hatte.

Skarre lachte, ohne zu antworten. Sie hatte eine schmale Taille und ein leichtes Hohlkreuz. Er wusste, dass sie wusste, dass er sie betrachtete.

»Wie ist er eigentlich so?«, fragte sie.

»Warum fragst du?«

»Das will doch wohl jeder wissen, der gerade einen neuen Chef bekommen hat.«

Sie hatte recht. Es war nur so, dass er Harry Hole nie so richtig als Chef gesehen hatte. Okay, er gab ihnen gewisse Aufgaben und leitete die Ermittlungen, darüber hinaus erwartete er von ihnen aber nur, ihm nicht im Weg zu stehen.

»Wie du vielleicht weißt, ist er einigermaßen berüchtigt«, sagte Skarre.

Sie zuckte mit den Schultern. »Von seinem Alkoholproblem weiß ich, ja. Und dass er Kollegen angezeigt hat. Anscheinend wollten ihn alle loswerden, aber der vorige Kriminaloberkommissar soll eine schützende Hand über ihn gehalten haben.«

»Bjarne Møller war das«, sagte Skarre und blickte auf die Karte. Auch um Bergen hatte er einen Kreis gezogen. Dort war Møller vor seinem Verschwinden zuletzt gesehen worden.

»Und dass die Leute hier im Haus es nicht mögen, wie die Medien ihn zu einer Art Popstar aufgebauscht haben.«

Skarre saugte an seiner Unterlippe. »Er ist ein verdammt guter Ermittler. Das zählt für mich.«

»Du magst ihn also?«, fragte Bratt.

Skarre grinste. Sie drehte sich um und sah ihn direkt an.

»Was heißt schon mögen?«, sagte er. »Ich will mich dazu nicht weiter äußern.«

Er schob den Stuhl nach hinten, legte die Beine auf den Tisch, streckte sich aus und tat so, als müsse er gähnen. »Und was machst du so spät am Abend noch hier?«

Es war ein Versuch, wieder die Oberhand zu gewinnen. Schließlich war sie bloß eine einfache Kommissarin, und noch dazu neu.

Aber Katrine Bratt lächelte bloß, als hätte er etwas Witziges gesagt, ging durch die Tür und war weg.

Verschwunden. Apropos. Skarre fluchte, richtete sich wieder auf und schaltete den PC ein.

Harry wachte auf, blieb auf dem Rücken im Bett liegen und starrte an die Decke. Wie lange hatte er geschlafen? Er drehte sich um und blickte auf die Uhr auf dem Nachttischchen. Viertel vor vier. Das Essen war eine Quälerei gewesen. Er hatte zugesehen, wie Rakels Mund redete, Wein trank, Fleisch kaute und ihn mit Haut und Haaren auffraß, während sie davon sprach, mit Mathias für ein paar Jahre nach Botswana zu gehen. Die Regierung dort habe ein gutes Programm zur Aidsbekämpfung ins Leben gerufen, aber es fehlten Ärzte. Auf ihre Frage, ob er sich wieder mit jemandem träfe, nannte er seine Jugendfreunde Øystein und Holzschuh. Der eine ein alkoholkranker, Taxi fahrender Computerfreak, der andere ein alkoholkranker Spieler. Letzterer hätte Weltmeister im Pokern sein können, wenn es ihm nur gelänge, sein eigenes Gesicht genauso perfekt unter Kontrolle zu haben, wie er das der anderen zu lesen vermochte. Er erzählte ihr sogar von Holzschuhs fataler WM-Niederlage in Las Vegas, bis ihm mit einem Mal klarwurde, dass er das alles schon einmal erzählt hatte. Außerdem stimmte es nicht, dass er sie traf. Er traf sich mit niemandem.

Er beobachtete, wie der Kellner die Gläser am Nebentisch mit Schnaps füllte, und hätte ihm in einem Moment geistiger Umnachtung beinahe die Flasche entrissen und sich an den Mund gesetzt. Stattdessen willigte er ein, mit Oleg in das Konzert zu gehen, mit dem er seiner Mutter schon seit Wochen in den Ohren lag. Slipknot. Harry hatte sie im Unklaren gelassen, was für eine Band sie da auf ihren Sohn loslassen wollte, denn obgleich ihn diese Bands mit ihrem obligatorischen Todesröcheln, ihren Satanszeichen und Highspeed-Basstrommeln in der Regel nur amüsierten, hatte er Lust, sich diese Band einmal anzuhören. Slipknot hatte definitiv etwas.

Harry schlug die Bettdecke zurück und ging in die Küche. Er ließ das Wasser laufen, bis es kalt war, legte die Hände zusammen und trank. Aus der eigenen Hand, von der eigenen Haut hatte ihm das Wasser schon immer am besten geschmeckt. Dann erschrak er, ließ das Wasser ins Becken klatschen und starrte an die schwarze Wand. War da nicht etwas gewesen? Hatte sich da nicht etwas bewegt? Oder war das nur die Bewegung der Luft, wie eine unsichtbare Welle, die unter Wasser über das Seegras streicht? Über tote Fährten, Finger, die so dünn waren, dass man sie nicht mehr sah, Sporen, die schon vom leichtesten Lufthauch fortgetragen werden, um dann an anderen Stellen erneut zu fressen und zu saugen. Harry schaltete das Radio im Wohnzimmer ein. Es war entschieden. George W. Bush würde eine zweite Amtszeit im Weißen Haus antreten.

Harry ging zurück ins Bett und zog sich die Decke über den Kopf.

Jonas wachte von einem Geräusch auf und zog sich die Decke vom Gesicht. Er war ganz sicher, ein Geräusch gehört zu haben. Ein Knirschen wie von Schnee unter schweren Stiefeln, das die Stille des Sonntagmorgens zwischen ihren Häusern zerriss. Er musste geträumt haben. Aber der Schlaf wollte sich nicht wieder einstellen, obwohl er die Augen schloss. Stattdessen meldeten sich wieder Teile seines Traumes. Er sah seinen Vater reglos und still vor sich stehen. Das funkelnde Licht ließ seine Brillengläser zu einer undurchdringlichen, eisigen Oberfläche werden.

Es musste ein Alptraum gewesen sein, denn Jonas hatte Angst. Er schlug die Augen wieder auf und sah, wie sich die Metallstangen unter der Decke bewegten. Dann sprang er aus dem Bett, öffnete die Tür und lief über den Flur. Es gelang ihm, nicht in das Dunkel im Erdgeschoss zu starren, sondern ohne Pause bis vor das Schlafzimmer seiner Eltern zu rennen. Unendlich vorsichtig drückte er die Klinke nach unten. Dann fiel ihm ein, dass sein Vater verreist war, und Mama würde er ja ohnehin wecken. Er schlüpfte ins Zimmer. Ein weißes Viereck aus Mondlicht zog sich über den Boden bis zum unberührten Doppelbett. Die Zahlen des Radioweckers strahlten ihm entgegen. 01:11. Jonas blieb einen Augenblick verwirrt stehen.

Dann ging er wieder auf den Flur. Zurück zur Treppe, auf der das Dunkel bereits wie ein riesiger, klaffender Schlund auf ihn wartete. Von unten war kein Laut zu hören.

»Mama!«

Er ärgerte sich, als er hörte, wie ängstlich sich das kurze, harte Echo anhörte. Denn jetzt wusste dieses Dunkel Bescheid.

Er bekam keine Antwort.

Jonas schluckte. Dann begann er nach unten zu gehen.

Auf der dritten Stufe spürte er etwas Nasses unter seinen Füßen.

Ebenso auf der sechsten. Und der achten. Als wäre hier jemand mit nassen Schuhen gegangen. Oder mit nassen Füßen.

Im Wohnzimmer brannte Licht, aber Mama war nicht da. Er trat ans Fenster, um zu Bendiksen zu sehen. Manchmal ging Mama einfach zu Ebba hinüber. Aber auch dort waren alle Fenster dunkel.

Er ging in die Küche zum Telefon, und es gelang ihm tatsächlich, die Gedanken auf Distanz zu halten und das Dunkel nicht über sich kommen zu lassen. Er wählte Mamas Handy-Nummer. Und spürte nichts als Freude, als er ihre weiche Stimme hörte. Aber das war nur eine Ansage, eine Bitte, seine Nummer zu hinterlassen, bevor Mama ihm einen schönen Tag wünschte.

Aber es war kein Tag, es war Nacht.

Er ging in den Windfang, schob seine Füße in ein Paar von Papas großen Schuhen, zog sich die Daunenjacke über den Schlafanzug und ging nach draußen. Mama hatte gesagt, der Schnee würde morgen wieder verschwinden, aber noch war es kalt. Ein leichter Wind strich flüsternd und murmelnd durch die Eiche am Tor. Es waren nur knapp hundert Meter zu Bendiksens Haus, und zum Glück standen auf dem Weg dorthin zwei Straßenlaternen. Sie musste dort sein. Er blickte nach links und rechts, um sich zu vergewissern, dass ihn niemand aufhalten konnte. Da sah er den Schneemann. Er stand wie zuvor da, regungslos, zum Haus gewandt, und badete im kalten Mondlicht. Trotzdem sah er jetzt anders aus, hatte mit einem Mal etwas beinahe Menschliches, Vertrautes. Jonas sah zu Bendiksens Haus hinüber und wollte schon losrennen, aber er tat es nicht. Stattdessen blieb er stehen und spürte den zaghaften, eiskalten Wind direkt durch sich hindurchwehen. Er wandte sich noch einmal zum Schneemann um. Denn jetzt war ihm klargeworden, was sich verändert hatte und warum ihm dieser Schneemann plötzlich so vertraut vorkam. Er hatte einen Schal bekommen. Einen rosa Schal. Den Schal, den er Mama zu Weihnachten geschenkt hatte.

Kapitel 4

2. Tag. Verschwunden

Gegen Mittag war der Schnee im Zentrum von Oslo geschmolzen. Aber als Harry und Katrine Bratt nach Hoff hinauffuhren, waren dort die Rasenflächen der Gärten noch weiß. Im Radio sang Michael Stipe über die Gewissheit, dass etwas schiefgelaufen war, und über das Kind, das im Brunnen saß. In dem stillen Villenviertel und einer noch stilleren Straße deutete Harry auf einen silbernen Toyota Corolla, der vor einem Zaun parkte.

»Da ist Skarres Auto. Du kannst dahinter parken.«

Das Haus war groß und gelb. Zu groß für eine dreiköpfige Familie, dachte Harry, während sie über die Kieselsteine der Auffahrt zum Eingang gingen. Um sie herum tropfte und gurgelte es. Im Garten stand ein Schneemann mit Schlagseite und schlechten Zukunftsaussichten.

Als Skarre ihnen die Tür öffnete, beugte sich Harry hinunter und betrachtete das Schloss.

»Keine Spur von einem Einbruch«, sagte Skarre.

Er führte sie ins Wohnzimmer. Auf dem Boden saß ein Junge, der ihnen den Rücken zudrehte und sich einen Zeichentrickfilm im Fernsehen ansah. Die Frau, die vom Sofa aufstand und Harry die Hand gab, stellte sich als Ebba Bendiksen vor, die Nachbarin.

»Birte hat so etwas noch nie gemacht«, sagte sie, »jedenfalls nicht, seit ich sie kenne.«

»Und wie lange ist das?«, fragte Harry und sah sich um. Vor dem Fernseher standen große, schwere Ledermöbel und ein achteckiger Sofatisch mit getönter Glasplatte. Die Stahlrohrstühle hingegen, die um den hellen Esstisch standen, waren leicht und elegant und hätten sicher auch Rakel gefallen. An den Wänden hingen zwei Porträts von Männern, die voller Ernst und Würde auf ihn herabblickten und wie die Chefs einer Bank aussahen. Daneben moderne Kunst: abstrakte Bilder, die vor nicht allzu langer Zeit unmodern geworden waren, um gleich darauf wieder sehr modern zu werden.

»Zehn Jahre«, sagte Ebba Bendiksen. »Wir sind da drüben genau in dem Jahr eingezogen, in dem Jonas auf die Welt gekommen ist.« Sie deutete mit einer Kopfbewegung auf den Jungen, der noch immer auf dem Boden saß und auf den rasenden Roadrunner und den explodierenden Kojoten starrte.

»Und Sie haben heute Nacht die Polizei gerufen?«

»Ja.«

»Der Junge hat etwa gegen Viertel nach eins geklingelt«, sagte Skarre und blickte auf seine Notizen. »Die Kriminalwache wurde genau um null eins dreißig verständigt.«

»Mein Mann und ich sind mit Jonas erst noch mal zurück ins Haus gegangen und haben dort nach ihr gesucht«, erklärte Ebba Bendiksen.

»Wo haben Sie gesucht?«, fragte Harry.

»Im Keller. In den Badezimmern. In der Garage. Überall. Es ist doch wohl sehr seltsam, dass jemand auf diese Weise abhaut.«

»Abhaut?«

»Verschwindet. Fortgeht. Der Polizist, mit dem ich telefoniert habe, hat gefragt, ob wir uns um Jonas kümmern und alle anrufen können, die Birte kennt und bei denen sie sein könnte. Ansonsten sollten wir bis zum Morgen abwarten, um zu sehen, ob sie vielleicht in der Arbeit auftaucht. Er hat mir erklärt, dass Vermisste in acht von zehn solcher Fälle innerhalb weniger Stunden wieder auftauchen. Wir haben versucht, Filip zu erreichen ...«

»Den Ehemann«, fiel ihr Skarre ins Wort. »Er ist in Bergen, wo er eine Vorlesung hält. Er ist irgend so ein Professor.«

»Physik.« Ebba Bendiksen lächelte. »Aber sein Handy war aus. Und wir wussten nicht, in welchem Hotel er abgestiegen ist.«

»Er wurde heute Morgen in Bergen verständigt«, sagte Skarre. »Er müsste bald hier sein.«

»Ja, Gott sei Dank«, sagte Ebba. »Nachdem wir von Birtes Kollegen erfahren haben, dass sie dort auch nicht zur gewohnten Zeit eingetroffen ist, haben wir uns wieder an Sie gewandt.«

Skarre nickte bestätigend. Harry gab Skarre mit einer Handbewegung zu verstehen, dass er das weitere Gespräch übernehmen sollte, und ging selbst zum Fernseher, wo er sich neben den Jungen hockte. Auf dem Bildschirm zündete der Kojote gerade die Lunte einer Dynamitstange an.

»Hallo, Jonas. Ich heiße Harry. Hat dir der andere Polizist gesagt, dass Fälle wie dieser meistens gut ausgehen? Dass die Vermissten ganz von selbst wieder auftauchen?«

Der Junge schüttelte den Kopf.

»Tun sie aber«, sagte Harry. »Wenn du raten solltest, was würdest du tippen, wo deine Mutter jetzt ist?«

Der Junge zuckte mit den Schultern. »Ich weiß nicht, wo sie ist.«

»Ich weiß, dass du das nicht weißt, Jonas, das weiß im Moment keiner. Aber welcher Ort kommt dir als Erstes in den Sinn, wo könnte deine Mutter sein, wenn sie nicht hier ist oder arbeitet? Und zerbrich dir nicht den Kopf darüber, ob es wahrscheinlich ist oder nicht.«

Der Junge antwortete nicht, sondern starrte nur auf den Kojoten, der vergeblich versuchte, die Dynamitstange wegzuwerfen, die ihm jetzt an der Hand klebte.

»Habt ihr eine Hütte oder so etwas, wohin ihr öfter mal fahrt?«

Jonas schüttelte den Kopf.

»Einen bestimmten Ort, wohin sie geht, wenn sie allein sein will?«

»Sie wollte nicht allein sein«, sagte Jonas. »Sie wollte mit mir zusammen sein.«

»Nur mit dir?«

Der Junge drehte sich um und sah Harry an. Jonas hatte braune Augen, genau wie Oleg. Und in diesem Braun sah Harry zum einen die erwartete Angst, aber auch Wut, was ihn sehr überraschte.

»Warum sind die Leute verschwunden?«, fragte der Junge. »Die, die dann wiederkommen.«

Die gleichen Augen, dachte Harry. Die gleichen Fragen. Die wichtigen.

»Die hatten alle möglichen Gründe«, sagte Harry. »Manch einer hat sich bloß verlaufen. Man kann sich auf die unterschiedlichsten Arten verlaufen, weißt du. Andere haben einfach nur eine Pause gebraucht und sich irgendwo versteckt, um ein bisschen Ruhe zu haben.«

Die Haustür ging auf, und Harry sah den Jungen zusammenzucken.

Als sich die Wohnzimmertür hinter ihnen öffnete, explodierte das Dynamit in der Pfote des Kojoten.

»Guten Tag«, sagte eine Stimme. Scharf und beherrscht gleichermaßen. »Wie ist der Stand der Dinge?«

Harry drehte sich schnell um und sah einen Mann um die fünfzig in einer Anzugjacke, der zum Sofatisch ging und die Fernbedienung nahm. Im nächsten Moment implodierte das Fernsehbild zu einem weißen Punkt, begleitet von einem protestierenden Knistern des Apparats.

»Du weißt, was ich davon halte, mitten am Tag fernzusehen, Jonas«, sagte er resigniert, als wollte er den Anwesenden klarmachen, was für ein hoffnungsloser Job der des Erziehungsberechtigten in der heutigen Zeit war.

Harry stand auf und stellte erst sich vor, dann Magnus Skarre und Katrine Bratt, die bisher nur an der Tür gestanden und alles beobachtet hatte.

»Filip Becker«, sagte der Mann und schob sich mit der Fingerspitze die Brille hoch, obwohl sie längst auf der Nasenwurzel saß. Harry bemühte sich, Augenkontakt herzustellen, um sich einen ersten Eindruck von dem potentiell Verdächtigen zu verschaffen, sollte es sich denn wirklich um einen Fall handeln. Aber die Augen waren hinter den reflektierenden Brillengläsern nicht zu erkennen.

»Ich habe mittlerweile alle angerufen, mit denen sie Kontakt aufgenommen haben könnte, aber keiner weiß etwas«, sagte Filip Becker. »Was wissen Sie?«

»Nichts«, sagte Harry. »Aber Sie könnten uns helfen, indem Sie nachsehen, ob Koffer, Rucksäcke oder Kleider fehlen, damit wir uns ein Bild machen können«, Harry musterte Beckers Gesicht, ehe er fortfuhr: »... ob dieses Verschwinden spontan oder von langer Hand vorbereitet war.«

Becker erwiderte Harrys forschenden Blick, dann nickte er und ging die Treppe in den ersten Stock hoch.

Harry hockte sich wieder neben Jonas, der nun auf die schwarze Mattscheibe starrte.

»So, so, du magst also Roadrunner?«, fragte Harry.

Der Junge schüttelte stumm den Kopf.

»Warum nicht?«

Jonas' Flüstern war kaum zu hören: »Willy Kojote tut mir leid.«

Fünf Minuten später kam Becker wieder herunter und verkündete, es fehle nichts, weder Reisetaschen noch Kleider, abgesehen von den Sachen, die sie getragen hatte, einschließlich Mantel, Stiefel und Schal.

»Hm.« Harry kratzte sich das unrasierte Kinn und sah zu Ebba Bendiksen. »Können wir mal in die Küche gehen, Becker?«

Becker ging vor, und Harry gab Katrine ein Zeichen mitzukommen. In der Küche begann der Professor sofort, Kaffee in einen Filter zu löffeln und Wasser in die Maschine zu füllen. Katrine blieb an der Tür stehen, während Harry ans Fenster trat und nach draußen sah. Der Kopf des Schneemanns war schon zwischen die Schultern gesunken.

»Wann sind Sie gestern Abend von zu Hause aufgebrochen, und mit welchem Flugzeug sind Sie nach Bergen geflogen?«, fragte Harry.

»Ich bin hier gegen halb zehn los«, sagte Becker, ohne zu zögern. »Das Flugzeug ging um fünf nach elf.«

»Hatten Sie danach noch einmal Kontakt mit Birte?«

»Nein.«

»Was glauben Sie, ist geschehen?«

»Ich habe keine Ahnung, Herr Kommissar. Wirklich nicht.«

»Hm.« Harry sah nach draußen auf die Straße. Seit sie gekommen waren, hatte er nicht ein einziges Auto vorbeifahren hören. Eine wirklich stille Gegend. Allein diese Stille kostete in diesem Teil der Stadt vermutlich ein paar Millionen zusätzlich. »Was für eine Ehe führen Sie und Ihre Frau?«

Harry hörte, dass Filip Becker seine Tätigkeit unterbrach, und fügte hinzu: »Ich muss das fragen, schließlich kommt es vor, dass Ehepartner ganz einfach weggehen.«

Filip Becker räusperte sich. »Ich kann Ihnen versichern, dass meine Frau und ich eine ganz ausgezeichnete Ehe führen.«

»Hatten Sie trotzdem schon einmal den Verdacht, sie könnte heimlich eine außereheliche Beziehung haben?«

»Das ist ausgeschlossen.«

»Ausgeschlossen ist ein starkes Wort, Becker. Außereheliche Beziehungen sind eigentlich recht häufig.«

Filip Becker lächelte leicht. »Ich bin nicht naiv, Herr Kommissar. Birte ist eine attraktive Frau und überdies einige Jahre jünger als ich. Und sie stammt aus einer ziemlich freizügigen Familie, wenn ich das so sagen darf. Aber sie selbst ist anders. Außerdem habe ich einen ziemlich guten Überblick über ihr Tun und Lassen, um es mal so auszudrücken.«

Die Kaffeemaschine bullerte warnend, als Harry den Mund öffnete, um genauer nachzuhaken. Er entschied sich anders.

»War Ihre Frau in der letzten Zeit irgendwie launisch? Ist Ihnen etwas aufgefallen?«

»Birte ist nicht depressiv. Sie ist nicht in den Wald gegangen und hat sich erhängt oder im Meer ertränkt. Sie ist irgendwo da draußen, und sie ist am Leben. Ich habe gelesen, dass immer wieder Menschen verschwinden und plötzlich wieder auftauchen, und dass es dafür in der Regel ganz banale Erklärungen gibt. Das stimmt doch, oder?«

Harry nickte langsam. »Haben Sie etwas dagegen, wenn ich mich ein bisschen im Haus umsehe?«

»Warum wollen Sie das?«

Der scharfe Klang in Filip Beckers Frage zeigte Harry, dass dieser Mann es gewohnt war, die Zügel in der Hand zu haben und über alles informiert zu werden. Dass seine Frau gegangen sein sollte, ohne ihm etwas zu sagen, stand dazu in krassem Widerspruch. Harry hatte es im Stillen auch schon ausgeschlossen. Eine gutsituierte, angepasste, gesunde Mutter mit einem zehnjährigen Sohn macht sich nicht einfach mitten in der Nacht aus dem Staub. Und da war noch etwas. In der Regel kümmerte sich die Polizei nicht um Fälle, bei denen die gesuchten Personen erst so kurz vermisst wurden. Außer es gab einen Anhaltspunkt, der für einen kriminellen oder anderweitig dramatischen Hintergrund sprach. Genau das hatte ihn bewogen, persönlich hier herauf nach Hoff zu fahren.

»Manchmal weiß man nicht, wonach man sucht, bis man es gefunden hat«, antwortete Harry. »Das ist eine Arbeitsmethode.«

Es gelang ihm, Beckers Augen durch die Brillengläser zu fixieren. Sie waren nicht wie die seines Sohnes, sondern glänzten durchdringend hellblau.

»Bitte«, sagte Becker, »sehen Sie sich ruhig um.«

Das Schlafzimmer war kühl, geruchsfrei und aufgeräumt. Auf dem Doppelbett lag eine gehäkelte Decke. Das Bild einer älteren Frau stand auf einem der Nachtschränkchen. Die Ähnlichkeit ließ Harry annehmen, dass dies Filip Beckers Seite war. Auf dem anderen Nachtschränkchen stand ein Foto von Jonas. Im Kleiderschrank mit den Frauenkleidern roch es schwach nach Parfüm. Harry überprüfte, ob die Haken der Kleiderbügel im gleichen Abstand voneinander hingen, wie das meistens der Fall war, wenn sie eine Zeitlang in Ruhe gelassen worden waren. Schwarze Kleider mit Schlitz und kurze rosafarbene Pullover mit Pailletten. Unten im Schrank befand sich ein Schubladenelement. Er zog die oberste Lade heraus. Unterwäsche. Schwarz und rot. Nächste Schublade. Hüfthalter und Strümpfe. Dritte Schublade. Schmuck, drapiert auf knallrotem Filz. Ein dicker, protziger Ring mit glitzernden Steinen fiel ihm auf. Hier erinnerte alles ein bisschen an Las Vegas. Und auf dem ganzen Filz kein freies Plätzchen mehr.

Vom Schlafzimmer führte eine Tür direkt in ein frisch renoviertes Bad mit Dampfdusche und zwei Edelstahlwaschbecken.

In Jonas' Zimmer setzte Harry sich auf einen kleinen Stuhl. Auf dem niedrigen Tisch stand ein Taschenrechner mit einer Reihe von komplizierten, mathematischen Funktionen. Er sah neu und unbenutzt aus. Über dem Tisch hing ein Poster mit sieben Delphinen und ein Ganzjahreskalender. Ein paar Zahlen waren eingekreist und mit kleinen Vermerken versehen. Harry las, dass es sich um die Geburtstage von Mama und Opa handelte, die Ferien in Dänemark und einen Zahnarzttermin morgens um zehn. An zwei Tagen im Juli stand bloß »Doktor«. Aber Harry fand keine Einträge für Fußballspiele, Kinobesuche oder Geburtstagspartys. Dann fiel ihm ein rosa Schal auf, der auf dem Bett lag. Eine Farbe, mit der bestimmt kein Junge in Jonas' Alter gesehen werden wollte. Harry hob den Schal hoch. Er war feucht, trotzdem nahm er den typischen Geruch von Haut, Haaren und weiblichem Parfüm wahr. Das gleiche Parfüm, das er auch im Kleiderschrank gerochen hatte.

Er ging wieder nach unten. Blieb vor der Küche stehen und lauschte Skarre, der einen Vortrag darüber hielt, wie man in der Regel bei Vermisstenmeldungen vorging. Kaffeetassen klirrten. Das Sofa im Wohnzimmer wirkte riesig, vielleicht wegen der schmächtigen Gestalt, die darauf saß und in ein Buch blickte. Harry trat näher heran und sah ein Bild von Charlie Chaplin in voller Montur.

»Wusstest du, dass Chaplin ein englischer Ritter war?«, fragte Harry. »Sir Charles.«

Jonas nickte. »Aber in den USA haben sie ihn rausgeworfen.«

Jonas blätterte.

»Warst du im Sommer krank, Jonas?«

»Nein.«

»Aber du warst beim Arzt. Zweimal.«

»Mama wollte mich bloß untersuchen lassen. Mama ...« Seine Stimme versagte plötzlich.

»Du wirst schon sehen, sie kommt bald wieder«, sagte Harry und legte eine Hand auf die schmale Schulter des Jungen. »Sie hat ja nicht mal ihren Schal mitgenommen. Den rosanen, der oben in deinem Zimmer liegt.«

»Jemand hat den um den Hals des Schneemanns gewickelt«, sagte Jonas. »Ich hab ihn mit ins Haus genommen.«

»Deine Mutter wollte sicher, dass er nicht friert.«

»Sie hätte ihren Lieblingsschal niemals dem Schneemann gegeben.«

»Dann war das sicher dein Papa.«

»Nein, das hat jemand gemacht, nachdem Papa weg war. Heute Nacht. Der, der Mama geholt hat.«

Harry nickte langsam. »Wer hat eigentlich diesen Schneemann gebaut, Jonas?«

»Weiß nicht.«

Harry sah durch das Fenster in den Garten. Deshalb war er gekommen. Genau aus diesem Grund. Plötzlich war es ihm, als spürte er einen eisigen Hauch durch die Wand und das Zimmer ziehen.

Harry und Katrine saßen im Auto und fuhren über den Sørkedalsveien in Richtung Majorstua.

»Was ist dir als Erstes aufgefallen, als wir ins Haus gekommen sind?«, fragte Harry.

»Dass die Leute, die dort zusammenleben, nicht gerade unter Seelenverwandtschaft leiden«, antwortete Katrine und fuhr ohne zu bremsen durch die Mautstation. »Dass diese Ehe vielleicht unglücklich ist. Und dass sie in diesem Fall die Hauptleidtragende sein muss.«

»Hm. Warum?«

»Das ist doch offensichtlich«, sagte Katrine lächelnd und sah in den Spiegel. »Diese Geschmacksunterschiede.«

»Das musst du mir schon genauer erklären.«

»Sind dir nicht dieses hässliche Sofa und der Tisch aufgefallen? Typischer Achtziger-Jahre-Stil, so etwas wird von Männern gekauft – meist zehn Jahre zu spät. Sie hingegen hat den Esstisch aus weißlasierter Eiche mit dem Aluminiumgestell ausgesucht. Und die Vitra.«

»Vitra?«

»Die Stühle, die an dem Tisch standen. Kommen aus der Schweiz. Teuer. Scheißteuer sogar. Mit etwas günstigeren Kopien hätte sie so viel sparen können, dass es auch noch für eine neue Wohnzimmereinrichtung gereicht hätte.«

Harry bemerkte, dass das Wort »Scheiße« aus Katrines Mund gar nicht so hässlich klang, sondern bloß einen sprachlichen Kontrapunkt setzte, der ihre Klassenzugehörigkeit unterstrich.

»Und was heißt das?«

»Bei der Größe des Hauses und dieser Lage spielt Geld sicher keine Rolle. Vermutlich war es ihr ganz einfach nicht *erlaubt*, sein Sofa und seinen Tisch auszuwechseln. Und wenn ein Mann ohne Geschmack oder sichtliches Interesse für die Einrichtung so etwas tut, sagt mir das etwas darüber, wer da wen dominiert.«

Harry nickte, wie um sich selbst zu gratulieren. Sein erster Eindruck hatte ihn nicht getrogen. Katrine Bratt war gut.

»Sag mir lieber, was *du* denkst«, bat sie. »Schließlich soll ich etwas von dir lernen.«

Harry sah aus dem Fenster auf die alte, traditionsreiche, aber nie sonderlich ehrwürdige Kneipe Lepsvik.

»Ich glaube nicht, dass Birte Becker das Haus freiwillig verlassen hat«, meinte er.

»Warum nicht? Es gab keine Anzeichen von Gewalt.«

»Weil es gut geplant war.«

»Und wer ist der Täter? Der Ehemann? Es ist doch immer der Ehemann, oder?«

»Wenn man einmal davon absieht, dass der hier in Bergen war.«

»Sieht ganz so aus, ja.«

»Er hat das letzte Flugzeug genommen, kann also nicht wieder zurückgekommen sein, bevor er morgens die erste Vorlesung gehalten hat.« Katrine gab Gas und rauschte bei Dunkelgelb über die große Majorstua-Kreuzung. »Wäre Filip Becker schuldig, hätte er sicher auch den Köder geschluckt, den du ihm hingeworfen hast.«

»Köder?«

»Ja, von wegen launisch. Du hast Becker gegenüber doch angedeutet, sie könne auch Selbstmord begangen haben.«

»Ja und?«

Sie lachte laut. »Komm schon, Harry. Es ist doch nun wirklich bekannt, dass die Polizei nur bedingt aktiv wird, wenn es nach Selbstmord riecht. Das dürfte sogar Becker wissen. Und du hast ihm die Chance gegeben, eine Theorie zu stützen, mit der er die meisten seiner Probleme lösen könnte, sollte er wirklich schuldig sein. Stattdessen hat er bloß betont, seine Frau sei glücklich gewesen wie der Mops im Paletot.«

»Hm, und du meinst, ich wollte ihn mit dieser Frage auf die Probe stellen?«

»Du stellst doch ständig alle auf die Probe, Harry. Mich zum Beispiel.«

Harry antwortete erst, als sie weit unten auf dem Bogstadveien waren.

»Die Menschen sind oft klüger, als man denkt«, bemerkte er und schwieg dann, bis sie im Parkhaus des Präsidiums standen.

»Ich muss den Rest des Tages alleine arbeiten.«

Er sagte das, weil er an den rosa Schal gedacht und einen Entschluss gefasst hatte. Das Material, das Skarre über die vermissten Personen zusammengetragen hatte, musste so schnell wie möglich durchgesehen werden, er musste so schnell wie möglich seinen nagenden Verdacht überprüfen. Und sollte er sich bewahrheiten, musste er mit dem Brief zu Kriminaloberkommissar Gunnar Hagen gehen. Diesem verdammten Brief.

Kapitel 5

4. November 1992. Totempfahl

Als William Jefferson Blythe III. am 19. August 1946 in der kleinen Stadt Hope in Arkansas das Licht der Welt erblickte, waren genau drei Monate vergangen, seit sein Vater bei einem Autounfall ums Leben gekommen war. Vier Jahre später heiratete Williams Mutter erneut, und er nahm den Namen seines neuen Vaters an. In jener Novembernacht, sechsundvierzig Jahre später, 1992, legte sich weißes Konfetti wie Schnee auf die Straßen von Hope, um zu feiern, dass ihre Hoffnung, das Kind ihrer Stadt, William – oder einfach nur Bill – Clinton zum zweiundvierzigsten Präsidenten der Vereinigten Staaten gewählt worden war. Der Schnee, der in jener Nacht über Bergen fiel, erreichte wie üblich nicht den Boden, sondern schmolz noch in der Luft und wurde wieder zu dem Regen, der die Stadt seit Mitte September durchweichte. Erst als der Morgen kam, hatten sich einige Flocken wie feiner weißer Puderzucker auf die Gipfel der sieben Berge gelegt, die die hübsche Stadt bewachten. Auf dem höchsten Gipfel, dem Ulriken, wartete bereits Polizeikommissar Gert Rafto. Schlotternd atmete er die kalte Bergluft ein und zog dabei die Schultern bis unter den breiten Kopf hoch. Sein Gesicht war von derart vielen Falten durchzogen, dass er aussah wie ein Ballon, dem man die Luft rausgelassen hatte.

Die gelbe Kabinenbahn, die ihn und drei Kollegen von der Kriminaltechnik der Bergener Polizei zu dem populären Aussichtspunkt 642 Meter über der Stadt befördert hatte, hing leicht schwankend in ihren soliden Stahlseilen. Sie war sofort außer Betrieb genommen worden, nachdem sich am Morgen die ersten Touristen bei der Polizei gemeldet hatten.

»Ach, du Scheiße«, platzte einer der Kriminaltechniker heraus.

»Das kann man wohl sagen«, bestätigte Rafto. Seine Augen blitzten zwischen den Falten hervor.

Die Leiche, die vor ihnen im Schnee lag, war derart zerstückelt, dass man nur anhand einer unverletzten Brust erkennen konnte, dass es sich um eine Frau handelte. Der Rest erinnerte Rafto an den Verkehrsunfall in Eidsvågneset im Jahr zuvor, bei dem ein Lastwagen in einer scharfen Kurve seine Ladung verloren hatte. Die Aluminiumprofile hatten das entgegenkommende Auto buchstäblich in Stücke gehackt.

»Der Mörder hat sie hier getötet und zerstückelt«, sagte einer der Techniker.

Ein Hinweis, der Rafto reichlich überflüssig erschien, da der Schnee rund um den Leichnam mit Blut durchtränkt war. Die länglichen Spritzer an der Seite deuteten darauf hin, dass mindestens eine Pulsader aufgeschnitten worden war, während das Herz noch schlug. Er notierte sich, dass er herausfinden musste, wann es in der Nacht aufgehört hatte zu schneien. Die letzte Bahn war tags zuvor um fünf Uhr nachmittags gefahren. Natürlich konnten Opfer und Täter auch über den Wanderweg gekommen sein, der sich unter der Bahn nach oben schlängelte. Oder sie waren mit der Fløybanen auf den benachbarten Berggipfel gefahren und von dort herübergelaufen. Aber diese Wege waren beide recht anstrengend, so dass Rafto eher auf die Kabinenbahn tippte.

Im Schnee waren die Fußspuren zweier Menschen zu erkennen. Die kleinen stammten unzweifelhaft von der Frau, auch wenn von ihren Schuhen jede Spur fehlte. Die anderen mussten folglich vom Täter stammen. Sie führten zum Weg hinunter.

»Große Stiefel«, stellte der junge Kriminaltechniker fest, ein hohlwangiger, hagerer Mann von der Insel Sotra. »Mindestens Größe 48. Das muss ein kräftiger Kerl sein.«

»Nicht unbedingt«, widersprach Rafto und reckte schnuppernd die Nase in die Luft. »Der Abdruck ist uneben, sogar hier oben, wo es flach ist. Das könnte darauf hindeuten, dass die Person kleinere Füße als Schuhe hat. Vielleicht wollte er uns täuschen.«

Rafto spürte die Blicke der anderen und wusste, was sie jetzt dachten. Dass er, der Superbulle und Medienliebling, sich mal wieder hervortun wollte. Große Klappe, markantes Gesicht, voller Tatendrang und Durchsetzungsvermögen. Kurz und gut: ein Mann, wie geschaffen für die Schlagzeilen. Bis er ihnen allen plötzlich zu groß geworden war, nicht nur der Presse, sondern auch den Kollegen. Von einem Tag auf den anderen hatten sie genug davon, dass er – wie sie meinten – nur an sich selbst und seinen Platz im Rampenlicht dachte und in seinem Egoismus zu vielen jungen Kollegen auf den Schlips getreten und über zu viele Leichen gegangen war. Rafto aber kümmerte sich nicht darum, da sie nichts gegen ihn in der Hand hatten. Fast nichts. Tatsächlich war schon mal die ein oder andere Wertsache von einem Tatort verschwunden. Ein Schmuckstück oder eine Uhr, etwas, das einem Opfer gehört hatte und das wahrscheinlich niemand vermissen würde. Bis eines Tages einer seiner Kollegen nach einem Stift suchte und eine Schublade in Raftos Schreibtisch öffnete. So die offizielle Version. Auf jeden Fall fand dieser Kollege drei Ringe, und Rafto wurde zum Kriminaloberkommissar zitiert, vor dem er eine Erklärung abgeben musste. Man legte ihm nahe, zu schweigen und seine Finger bei sich zu behalten. Das war alles. Aber danach begannen Gerüchte zu kursieren, von denen bald auch die Presse Wind bekam. Und als die Polizei ein paar Jahre später wegen Gewalt im Dienst angeklagt wurde, überraschte es niemanden mehr, dass man recht bald einen Mann fand, gegen den konkrete Beweise vorlagen. Einen Mann, wie geschaffen für die Schlagzeilen.

Gert Rafto war schuldig im Sinne der Anklage, daran zweifelte keiner. Andererseits wussten aber auch alle, dass der Hauptkommissar als Sündenbock einer Kultur herhalten musste, die schon lange in der ganzen Behörde Einzug gehalten hatte. Gegen ihn sprachen einige von ihm selbst unterzeichnete Berichte über Festnahmen, bei denen die Verdächtigen – die meisten Kinderschänder und Drogenhändler – auf der alten Treppe, die zu den Zellen hinunterführte, gestolpert waren und sich hier und da Blutergüsse zugezogen hatten.

Die Zeitungen kannten keine Gnade und verpassten ihm einen Spitznamen – Eisen-Rafto –, der nicht gerade originell, aber recht passend war. Doch damit nicht genug: Die Journalisten gruben auch noch ein paar alte Feinde auf beiden Seiten des Gesetzes aus, die die Gelegenheit beim Schopf ergriffen, ihm eins auszuwischen. Als seine Tochter eines Tages weinend von der Schule nach Hause kam und berichtete, sie würde »Eisentreppe« genannt, reichte es seiner Frau endgültig. Er könne doch wohl nicht erwarten, dass sie einfach still zusah, warf sie ihm an den Kopf, wie er die ganze Familie in den Dreck zog. Als er daraufhin wie so oft zuvor die Beherrschung verlor, verließ sie mit ihrer Tochter das Haus. Diesmal für immer.

Es war eine harte Zeit gewesen, doch er hatte nie vergessen, wer er war. Eisen-Rafto. Als seine Quarantäne vorüber war, setzte er alles daran, die verlorenen Chancen wieder wettzumachen, und arbeitete Tag und Nacht. Aber niemand war bereit zu vergessen, die Wunden saßen zu tief, und er spürte den Widerstand. Niemand wollte, dass er zurück auf die Titelseiten fand und sie an all das erinnerte, was sie so verzweifelt hinter sich zu lassen versuchten. All die Bilder zerschundener Menschen in Handschellen. Trotzdem wollte er es ihnen beweisen. Ihnen zeigen, dass sich ein Gert Rafto nicht für immer begraben ließ und dass die Stadt dort unten ihm gehörte und nicht den Soziologen und Memmen mit ihren Glacéhandschuhen, die brav in ihren Büros hockten und Kommunalpolitikern und Journalisten bereitwillig in den Arsch krochen.

»Mach ein paar Fotos und versuch die Tote so schnell wie möglich zu identifizieren«, wies er den Techniker mit der Kamera an.

»Und wie soll das gehen?«

Dieser Ton gefiel Rafto ganz und gar nicht. »Irgendjemand hat diese Frau vermisst gemeldet oder wird es demnächst. Leg einfach los, fang an.«

Rafto stieg auf den Gipfel und wandte sich von der Stadt ab. Vor ihm lag das, was man in Bergen einfach nur »Vidden« nannte – die Ebene. Sein Blick glitt über die Landschaft und blieb bei einer kleinen Anhöhe hängen, auf der ein Mensch zu stehen schien. Aber konnte das sein? Er stand vollkommen still. Oder war das nur ein Steinmännchen? Rafto kniff die Augen zusammen. Er war unzählige Male mit seiner Frau und seiner Tochter hier oben unterwegs gewesen, konnte sich aber nicht daran erinnern, dort drüben jemals etwas bemerkt zu haben. Er ging zurück zur Kabinenbahn und lieh sich von den Angestellten ein Fernglas. Fünfzehn Sekunden später stellte er fest, dass dort kein Steinmännchen stand, sondern bloß drei dicke Schneeklumpen, die jemand übereinandergestapelt hatte.

Rafto mochte die Hanglage oberhalb von Bergen nicht. Und auch nicht die ach so pittoresken, schiefen, unisolierten Holzhäuschen mit ihren engen Treppen und Kellern, in denen es immer dunkel war. Trotzdem blätterte der trendbewusste Geldadel ohne mit der Wimper zu zucken Millionen für ein authentisches Bergener Haus hin. Das wurde dann so lange renoviert, bis auch der letzte Original-Holzsplitter entfernt war. Hier oben hörte man keine Kinder mehr über die Bürgersteige rennen. Die hohen Preise hatten die Familien mit Kindern längst in die Vorstädte auf der anderen Seite der Berge vertrieben. Jetzt herrschte hier eine Stille wie in einem verwaisten Büroviertel. Trotzdem hatte er das Gefühl, beobachtet zu werden, als er auf der Steintreppe stand und klingelte.

Nach einer Weile ging die Tür auf, ein blasses, ängstliches Frauengesicht kam zum Vorschein und sah ihn fragend an.

»Onny Hetland?«, fragte Rafto und hielt ihr seine Marke hin. »Es geht um Ihre Freundin, Laila Aasen.«

Die winzige Wohnung hatte eine merkwürdige Aufteilung, bei der das Bad an die Küche grenzte, die wiederum zwischen Schlafzimmer und Wohnzimmer lag. Onny Hetland hatte es irgendwie geschafft, ein Sofa und einen Sessel mit grün-orangem Bezug zwischen die burgunderfarben gemusterten Tapeten zu quetschen, und auf den paar Quadratmetern, die noch frei waren, stapelten sich Zeitschriften, Bücher und CDs. Rafto stieg über eine umgestürzte Wasserschale und eine Katze, um zum Sofa zu kommen. Onny Hetland setzte sich auf den Sessel und fingerte an ihrer Halskette herum. Der grüne Stein, den sie als Anhänger trug, hatte einen schwarzen Riss. Vielleicht ein Materialfehler. Vielleicht Absicht.

Onny Hetland hatte am frühen Morgen durch Lailas Partner Bastian vom Tod ihrer Freundin erfahren. Auf ihrem Gesicht spiegelte sich trotzdem Entsetzen, als Rafto schonungslos die Details vor ihr ausbreitete.

»Wie schrecklich«, flüsterte sie. »Davon hat Bastian nichts erzählt.«

»Wir wollten damit nicht an die Öffentlichkeit gehen«, erklärte Rafto. »Bastian hat mir gesagt, Sie seien Lailas beste Freundin?«

Onny nickte.

»Wissen Sie, was Laila oben auf dem Ulriken wollte? Ihr Lebensgefährte hatte nämlich keine Ahnung. Er war gestern mit den Kindern bei seiner Mutter in Florø.«

Onny schüttelte den Kopf. Etwas zu entschlossen. Ein Kopfschütteln, das keinen Zweifel aufkommen lassen sollte. Aber nicht die Bewegung als solche war das Problem, sondern die Hundertstelsekunde Verzögerung, mit der sie eingeleitet worden war. Gert Rafto brauchte nicht mehr als dieses Zögern:

»Es geht hier um Mord, Fräulein Hetland. Ich hoffe, Sie erkennen den Ernst der Lage und sind sich darüber im Klaren, welches Risiko Sie eingehen, wenn Sie mir nicht alles sagen, was Sie wissen.«

Verwirrt starrte sie den Polizisten mit dem Bulldoggengesicht an, der seine Beute schon witterte:

»Wenn Sie auf Lailas Familie Rücksicht nehmen wollen, verstehen Sie die Sache falsch. Es wird so oder so herauskommen.«

Sie schluckte. Onny Hetland sah noch immer genauso ängstlich aus wie in dem Moment, in dem sie die Tür geöffnet hatte. Dann gab er ihr den letzten, entscheidenden Stoß, eine eigentlich lächerliche Drohung, die jedoch bei Schuldigen wie Unschuldigen immer wieder durchschlagende Wirkung zeigte:

»Sie können es mir jetzt gleich erzählen oder zum Verhör mit aufs Präsidium kommen.«

Die Tränen kullerten aus ihren Augen, und ihre kehlige Stimme war kaum hörbar, als sie sagte:

»Sie wollte da jemanden treffen.«

»Wen?«

Onny Hetland holte zitternd Luft. »Laila hat mir nur seinen Vornamen gesagt und was er arbeitet. Und dass es ein Geheimnis ist, von dem niemand erfahren darf. Vor allem nicht Bastian.«

Rafto senkte die Augen auf seinen Notizbock, um seinen Eifer zu verbergen. »Und der Vorname und der Beruf sind?«

Er schrieb Onnys Angaben auf. Sah auf seinen Block. Ein ziemlich häufiger Name. Aber da Bergen eine relativ kleine Stadt war, hielt er diese Information für ausreichend. Er spürte mit seinem ganzen Ich, dass er auf der richtigen Spur war. Und mit diesem Ich meinte Rafto dreißig Jahre Polizeierfahrung und eine Menschenkenntnis, die auf genereller Menschenverachtung beruhte.

»Eines müssen Sie mir noch versprechen«, verlangte Rafto. »Sie dürfen das, was Sie mir jetzt gerade gesagt haben, erst einmal niemandem sonst erzählen. Auch keinem der Familie. Und erst recht nicht der Presse. Nicht einmal anderen Polizisten. Haben Sie das verstanden?«

»Auch nicht ... der Polizei?«

»Auf gar keinen Fall. Ich leite die Ermittlungen und muss genau wissen, wer welche Informationen hat. Bis Sie etwas anderes von mir hören, wissen Sie nichts.«

Endlich, dachte Rafto, als er wieder draußen auf der Treppe vor dem Haus stand. Als etwas weiter oberhalb ein Fenster geöffnet wurde und Glas aufblitzte, hatte er erneut das Gefühl, beobachtet zu werden. Aber wenn schon? Die Revanche war ihm sicher. Gert Rafto knöpfte seinen Mantel zu und spürte den schauderhaften Regen kaum, als er in stillem Triumph über die rutschigen Straßen in Richtung Zentrum lief.

Es war fünf Uhr nachmittags, und Bergen ruhte noch immer unter einer dicken Wolkendecke, aus der unaufhörlich Regen niederströmte. Auf Gert Raftos Tisch lag die Namensliste, die ihm der Berufsverband geschickt hatte. Er hatte begonnen, die Kandidaten mit dem passenden Vornamen auszusondern. Bisher waren es nur drei. Seit seinem Besuch bei Onny Hetland waren erst zwei Stunden vergangen, und Rafto glaubte, bald zu wissen, wer Laila Aasen getötet hatte. Die Lösung des Falls in weniger als zwölf Stunden. Das würde ihm niemand nehmen können, diese Ehre gebührte dann ihm, und nur ihm. Weil er selbst nämlich die Presse informieren würde, die das Präsidium belagerte und unter die sich inzwischen auch Vertreter der Zeitungen aus der Hauptstadt gemischt hatten. Der Polizeipräsident hatte Order gegeben, die Details des Leichenfundes nicht an die Öffentlichkeit kommen zu lassen, aber die Geier hatten trotzdem längst Aas gewittert.

»Irgendwo muss hier was durchgesickert sein«, sagte der Präsident und sah Rafto an. Doch der gab keine Antwort und verkniff sich sein zufriedenes Lächeln. Denn jetzt hockten die Reporter dort draußen und warteten nur darauf, Gert Rafto mit ihrer Berichterstattung wieder zum König der Bergener Polizei auszurufen.

Er drehte das Radio leiser, in dem Whitney Houston seit Anfang Herbst hartnäckig beteuerte, ich werde dich immer lieben. Als er gerade den Hörer abnehmen wollte, klingelte sein Telefon.

»Rafto«, bellte er ungeduldig. Er wollte weitermachen.

»Ich bin der, den Sie suchen.«

Die Stimme, die er hörte, verriet dem degradierten Polizisten sofort, dass er es weder mit einem Scherz noch mit einem Irren zu tun hatte. Der Anrufer klang kühl und beherrscht und hatte eine deutliche, sachliche Ausdrucksweise, so dass man die üblichen Besoffenen und Idioten von vornherein ausschließen konnte. Aber in der Stimme verbarg sich auch noch etwas anderes, das Rafto nicht recht einzuschätzen wusste.

Er räusperte sich zweimal laut. Nahm sich Zeit. Als wollte er zeigen, dass ihn dieser Anruf nicht vom Sockel haute: »Mit wem spreche ich?«

»Das wissen Sie selbst.«

Rafto schloss die Augen und fluchte leise. Verdammt, verdammt, jetzt will der sich stellen. Das hätte bei weitem nicht den gleichen Effekt wie eine Festnahme durch ihn, Gert Rafto, persönlich.

»Und wie kommen Sie darauf, dass ich es auf Sie abgesehen habe?«, fragte der Polizist mit zusammengebissenen Zähnen.

»Ich weiß es ganz einfach«, antwortete die Stimme. »Und wenn wir das hier auf meine Weise regeln können, werden Sie kriegen, was Sie wollen.«

»Und was will ich?«

»Sie wollen mich verhaften. Und das können Sie auch. Aber allein. Hören Sie mir jetzt genau zu, Rafto.«

Der Beamte nickte zerstreut, doch dann besann er sich und antwortete: »Ja.«

»Wir treffen uns am Totempfahl im Nordnespark«, sagte die Stimme. »In genau zehn Minuten.«

Rafto überlegte blitzschnell. Der Nordnespark lag beim Aquarium, das schaffte er in weniger als zehn Minuten. Aber warum sollten sie sich gerade dort treffen, in einem Park an der Spitze einer Landzunge?

»Dann kann ich sehen, ob Sie allein kommen«, erklärte die Stimme, als hätte sie seine Gedanken gelesen. »Wenn ich noch andere Polizisten sehe oder Sie zu spät kommen, verschwinde ich. Für immer.«

Raftos Hirn arbeitete auf Hochtouren. Er hatte keine Zeit, ein Team für eine Festnahme zu organisieren. Das musste er in seinem Bericht vermerken, um zu erklären, weshalb er diese Festnahme allein hatte durchführen müssen. Mit etwas Glück konnte das klappen.

»Okay«, willigte Rafto ein. »Und was jetzt?«

»Ich sage Ihnen alles und nenne Ihnen meine Bedingungen, bevor ich mich ergebe.«

»Was für Bedingungen?«

»Dass ich während der Verhandlung keine Handschellen trage und die Presse keinen Zutritt hat. Und dass ich an einen Ort komme, an dem ich mich nicht mit anderen Gefangenen abgeben muss.«

Rafto begann zu husten. »In Ordnung«, sagte er und sah auf die Uhr.

»Moment, es gibt noch weitere Bedingungen. Fernsehen auf dem Zimmer und alle Bücher, die ich haben will.«

»Das lässt sich einrichten«, versprach Rafto.

»Wenn Sie den Vertrag unterschrieben haben, komme ich mit Ihnen.«

»Was, wenn …«, begann Rafto, aber das Tuten im Hörer verriet ihm, dass der andere schon aufgelegt hatte.

Rafto parkte an der Werft. Das war nicht der kürzeste Weg, aber von dort hatte er einen besseren Überblick über den Park. Die große Grünanlage lag in einem hügeligen Gelände voller ausgetretener Wege und kleiner Erhebungen mit gelbem, welkem Gras. Die Bäume zeigten mit schwarzen, knorrigen Fingern auf die dunklen Wolken, die von Askøy übers Meer herangetrieben wurden. Ein nervöser Rottweiler zerrte an einer straffgespannten Leine einen Mann hinter sich her. Rafto versicherte sich, dass er seine Smith & Wesson in der Manteltasche hatte, als er am Nordnes-Bad mit seinem leeren weißen Becken vorbeiging, das wie eine überdimensionale Badewanne aussah.

Hinter der Biegung des Weges sah er den zehn Meter hohen Totempfahl, ein Zweitonnengeschenk aus Seattle zum neunhundertjährigen Geburtstag von Bergen. Er hörte seinen eigenen Atem und das Schmatzen seiner Schuhsohlen auf dem nassen Laub. Es begann zu regnen. Kleine, harte Tropfen klatschten ihm ins Gesicht.

Eine einzelne Person stand am Totempfahl und sah in Raftos Richtung, als hätte sie damit gerechnet, dass er über diesen Weg kommen würde.

Rafto umklammerte den Revolver, während er die letzten zehn Meter zurücklegte. Zwei Meter vor der Person blieb er stehen. Kniff die Augen im Regen zusammen. Das konnte doch nicht wahr sein.

»Überrascht?«, fragte die Stimme, die er erst jetzt einordnen konnte.

Rafto antwortete nicht. Sein Hirn begann erneut zu arbeiten.

»Sie dachten wohl, Sie würden mich kennen«, fuhr die Stimme fort. »Dabei kenne nur ich Sie. Und deshalb wusste ich auch, dass Sie das hier im Alleingang machen wollten.«

Rafto starrte vor sich hin.

»Es ist ein Spiel«, sagte die Stimme.

Rafto räusperte sich: »Ein Spiel?«

»Ja, Sie spielen doch so gern.«

Rafto legte seine Finger um den Griff des Revolvers und hielt ihn fest, um sicherzugehen, dass sich der Lauf nicht verhakte, sollte er die Waffe schnell ziehen müssen.

»Warum gerade ich?«, fragte er.

»Weil Sie der Beste sind. Und ich nur gegen die Besten spiele.«

»Sie sind verrückt«, flüsterte Rafto und bereute es im gleichen Augenblick.

»In diesem Punkt«, nickte der andere mit der Andeutung eines Lächelns, »gibt es wohl kaum Zweifel. Aber auch Sie sind verrückt, mein Lieber. Das sind wir wahrscheinlich alle. Ruhelose Geister, die nicht mehr nach Hause finden. Das war schon immer so. Wissen Sie, warum die Indianer diese Dinger hier gemacht haben?«

Die Person vor Rafto trug Handschuhe und klopfte mit einem Finger gegen den Holzstamm mit den geschnitzten Figuren, die übereinander hockten und aus großen, blinden Augen über den Fjord starrten.

»Um den Seelen Halt zu geben«, fuhr die Person fort. »Damit sie sich nicht verlaufen. Aber so ein Totempfahl verrottet. Und das soll er auch, das ist ja der Sinn des Ganzen. Ist er erst weg, müssen sich die Seelen eine neue Heimat suchen. Vielleicht in einer Maske. Oder in einem Spiegel. Oder vielleicht auch in einem neugeborenen Kind.«

Vom Aquarium hallten heisere Schreie aus dem Pinguingehege herüber.

»Wollen Sie mir sagen, warum Sie sie getötet haben?«, fragte Rafto und hörte, dass auch er heiser geworden war.

»Schade, dass das Spiel aus ist, Rafto. Es hat Spaß gemacht.«

»Und wie haben Sie herausgefunden, dass ich Ihnen auf der Spur bin?«

Als der andere die Hand hob, trat Rafto automatisch einen Schritt zurück. Sein Gegenüber ließ etwas am ausgestreckten Finger baumeln: eine Halskette, an deren Ende ein tropfenförmiger, grüner Stein mit einer schwarzen Kerbe hing. Rafto spürte sein Herz schneller schlagen.

»Onny Hetland wollte zwar erst nichts sagen, aber schließlich hat sie sich dann doch ... nun, wie soll ich das sagen ... überreden lassen?«

»Sie lügen.« Rafto sagte es tonlos und ohne jede Überzeugung.

»Sie hat mir erzählt, Sie hätten ihr Schweigen auferlegt, auch gegenüber Ihren Kollegen. Da war mir klar, dass Sie mein Angebot annehmen würden. Dachten Sie, das hier könnte die neue Heimat für Ihre Seele werden, eine Art Auferstehung?«

Der kalte, dünne Regen legte sich wie Schweiß auf Raftos Gesicht. Er hatte den Finger auf den Abzug des Revolvers gelegt und konzentrierte sich darauf, langsam und beherrscht zu sprechen:

»Sie haben sich für den falschen Ort entschieden. Hinter Ihnen liegt das Meer, und am Ende jedes Weges wartet ein Polizeiwagen. Niemand kann von hier entkommen.«

Der andere schnupperte. »Riechen Sie das, Gert?«

»Was?«

»Angst. Adrenalin hat einen ganz bestimmten Geruch. Aber darüber wissen Sie ja selbst Bescheid. Ich bin sicher, Sie haben es auch gerochen, wenn Sie Ihre Häftlinge verprügelt haben. Laila hat so gerochen. Besonders als sie mein Werkzeug zu sehen bekam. Und Onny erst recht. Vermutlich weil Sie ihr von Laila erzählt haben. Gleich als sie mich sah, wusste sie, was mit ihr geschehen würde. Dieser Geruch ist ziemlich erregend, finden Sie nicht auch? Ich habe gelesen, dass einige Raubtiere ihre Beute nur wegen dieses Geruchs finden. Stellen Sie sich das mal vor, ein zitterndes Beutetier, das sich irgendwo versteckt und dabei genau weiß, der Geruch seiner eigenen Angst wird es verraten.«

Rafto sah auf die behandschuhten, leeren Hände des anderen, die ganz entspannt seitlich an seinem Körper herabhingen. Es war helllichter Tag, und sie befanden sich unweit des Zentrums von Norwegens zweitgrößter Stadt. Dank seiner Abstinenz in den letzten Jahren war er für sein Alter körperlich in guter Form. Seine Reflexe waren schnell, und er verstand sich noch immer aufs Kämpfen. Um den Revolver zu ziehen, würde er nur den Bruchteil einer Sekunde brauchen. Warum hatte er also solche Angst, dass seine Zähne klapperten?

Kapitel 6

2. Tag. Cellular phone

Kommissar Magnus Skarre lehnte sich zurück und schloss die Augen. Die Frau, die sogleich in seinem Kopf erschien, trug ein Kostüm und drehte ihm den Rücken zu. Schnell riss er die Augen wieder auf und sah auf die Uhr. Sechs. Zeit, eine Pause zu machen, schließlich hatte er sämtliche Standardprozeduren, die nach einer Vermisstenmeldung anfielen, erledigt und alle Krankenhäuser angerufen und nachgefragt, ob eine Birte Becker eingeliefert worden war. Danach hatte er die Taxizentralen durchtelefoniert und nach Fahrten in der entsprechenden Gegend gefragt. Auch mit Birtes Bank hatte er Kontakt aufgenommen, jedoch nur, um bestätigt zu bekommen, dass sie weder vor ihrem Verschwinden größere Beträge abgehoben noch in der Nacht oder am folgenden Tag Geld aus dem Automaten gezogen hatte. Die Polizeiwache im Osloer Flughafen hatte alle Passagierlisten für den vergangenen Abend eingesehen, aber unter dem Namen Becker nur ihren Mann Filip auf dem Flug nach Bergen gefunden. Skarre hatte auch mit den Fährlinien gesprochen, die nach Dänemark oder England fuhren, obwohl sie sich nicht ins Ausland abgesetzt haben konnte, denn ihr Ehemann hatte ihnen ihren Pass gezeigt, den er zu Hause verwahrte. Der ehrgeizige Kommissar hatte das übliche Sicherheitsfax an alle Hotels in Oslo und Akershus geschickt und schließlich eine Fahndungsmeldung an alle operativen Einheiten, inklusive der Streifenwagen im Stadtgebiet von Oslo, herausgegeben.

Jetzt fehlte nur noch die Überprüfung ihres Handys.

Magnus rief Harry an und informierte ihn über die Lage. Der Hauptkommissar keuchte, im Hintergrund war Vogelgezwitscher zu hören. Bevor er auflegte, fragte Harry noch nach ihrem Handy. Skarre stand auf und ging auf den Flur. Die Tür zu Katrine Bratts Büro stand offen, und das Licht brannte, es war aber niemand da. Er ging über die Treppe hoch in die Kantine.

Die Essensausgabe war schon geschlossen, doch es gab noch lauwarmen Kaffee in einer Thermoskanne, und auf einem Rollwagen an der Tür standen Knäckebrot und Marmelade. Es hielten sich nur vier Personen im Raum auf, und eine davon war Katrine Bratt. Sie saß an einem Tisch an der Wand und las Dokumente in einem Aktenordner. Vor ihr standen ein Glas Wasser und eine geöffnete Butterbrotdose mit zwei Broten. Sie trug eine Brille, doch Rahmen und Gläser waren so dünn, dass sie kaum auffiel.

Skarre goss sich Kaffee ein und ging zu ihrem Tisch.

»Hattest du geplant, Überstunden zu machen?«, fragte er und setzte sich.

Magnus Skarre glaubte ein Seufzen zu hören, bevor sie ihren Blick von den Akten nahm.

»Woher ich das weiß?«, kam er ihrer Frage lächelnd zuvor. »Tja, weil du dir zu Hause Brote gemacht hast. Du wusstest also schon heute Morgen, dass die Kantine um fünf schließt und du sicher länger bleiben würdest. Tut mir leid, so wird man wohl als Ermittler.«

»Ja, wird man da so?«, fragte sie, ohne eine Miene zu verziehen, während ihr Blick zurück zu den Akten huschte.

»Jau«, bekräftigte Skarre, schlürfte seinen Kaffee und nutzte die Gelegenheit, sie genauer anzusehen. Sie saß etwas vorgebeugt, so dass man ihr in den Ausschnitt gucken und die obere Spitze eines weißen BHs erspähen konnte. »Also, diese Vermisstenmeldung heute … Ich hab ja nicht mehr Informationen als alle anderen. Trotzdem glaube ich, dass sie vielleicht noch immer irgendwo da oben in Hoff ist. Vielleicht irgendwo unter dem Schnee oder vergraben im Laub. Wenn nicht in einem der vielen kleinen Seen oder Bäche da oben.«

Katrine Bratt antwortete nicht.

»Und weißt du, warum ich das glaube?«

»Nein«, antwortete sie leise, ohne von ihren Akten aufzusehen.

Skarre streckte sich über den Tisch und legte ein Handy genau vor ihre Nase. Katrine sah mit resignierter Miene auf.

»Das ist ein Handy«, erklärte er überflüssigerweise. »Du hältst das wahrscheinlich für eine ziemlich neue Erfindung. Aber schon im April 1973 hat der Vater des Handys, Martin Cooper, via Handy das erste Gespräch mit seiner Frau geführt. Natürlich hatte er damals keine Ahnung, dass diese Erfindung für uns bei der Polizei einmal das wichtigste Hilfsmittel beim Aufspüren verschwundener Personen sein würde. Wenn du eine gute Ermittlerin werden willst, solltest du gut zuhören und dir diese Dinge einprägen, Bratt.«

Katrine nahm ihre Brille ab und sah Skarre mit einem Lächeln an, das ihm gefiel, wenn er es auch nicht zu deuten wusste. »Ich bin ganz Ohr, Herr Kommissar.«

»Gut«, fuhr Skarre fort. »Weil Birte Becker ein Handy besitzt. Und ein Handy Signale aussendet, die von den Basisstationen in der Nähe aufgefangen werden. Nicht nur, wenn man anruft, sondern auch dann, wenn das Telefon eingeschaltet ist. Die Amerikaner haben das deshalb von Anfang an *cellular phone* genannt. Weil es mit Basisstationen, die jeweils engumgrenzte Bereiche, also Zellen, abdecken, in Verbindung steht. Ich habe bei Telenor nachgefragt, und die Basisstation in Hoff empfängt noch immer Signale von Birtes Handy. Dabei haben wir das ganze Haus abgesucht und dort kein Handy gefunden. Sie hat es auch bestimmt nicht direkt am Haus verloren, das wäre ein zu großer Zufall. Ergo ...« Skarre hob wie ein Zauberkünstler nach einem erfolgreichen Trick die Hände. »Wenn ich diesen Kaffee ausgetrunken habe, werde ich die Zentrale anrufen und einen Suchtrupp losschicken.«

»Viel Glück«, wünschte Katrine, reichte ihm das Handy und blätterte um.

»Das ist ein alter Hole-Fall, oder?«, fragte Skarre.

»Ja, stimmt.«

»Damals dachte er auch, wir hätten es mit einem Serienmörder zu tun.«

»Ich weiß.«

»Ach ja? Dann weißt du ja vielleicht auch, dass er sich geirrt hat? Und das nicht zum ersten Mal. Hole ist wirklich krankhaft besessen von diesen Serientätern, als würden wir hier in den USA leben. Dabei hat es hierzulande noch überhaupt keinen Serienmörder gegeben.«

»In Schweden schon. Thomas Quick, John Asonius. Tore Hedin ...«

Magnus Skarre lachte. »Du hast deine Hausaufgaben gemacht. Aber wenn du etwas über richtige Ermittlungen wissen willst, schlage ich vor, dass wir jetzt ein Bier trinken gehen.«

»Danke, ich bin nicht ...«

»Und vielleicht etwas essen. Besonders viel hast du da ja nicht mit.« Skarre gelang es endlich, ihren Blick einzufangen und festzuhalten. Ihre Augen hatten einen seltsamen Glanz, so als schwelte weit hinten ein Feuer. Einen solchen Glanz hatte er noch nie gesehen. Er glaubte tatsächlich, der Grund für dieses Feuer sei er, er musste im Laufe ihres Gesprächs zu ihr durchgedrungen sein.

»Du kannst das dann als ...« Er tat so, als suchte er nach dem passenden Wort. »... Unterrichtseinheit auffassen.«

Sie lächelte. Breit.

Skarre spürte seinen Puls steigen, und ihm wurde ganz warm. Fast glaubte er schon, ihren Körper auf seiner Haut zu spüren, seine Finger auf ihrer Strumpfhose, wie sie sich mit einem knisternden Geräusch weiter nach oben vortasteten.

»Was willst du eigentlich, Skarre? Die Neue in der Abteilung anmachen?« Sie lächelte noch breiter, und der Glanz wurde unverkennbar. »Sie so schnell wie möglich flachlegen? Wie die kleinen Jungs auf den Kindergeburtstagen, die auf die größten Kuchenstücke spucken, damit sie ihnen niemand mehr streitig macht?«

Magnus Skarre ahnte, dass sein Unterkiefer etwas nach unten gesackt war.

»Ich will dir mal ein paar gute Tipps geben, Skarre. Lass die Finger von Arbeitskolleginnen. Vergeude deine Zeit nicht damit, in die Kantine zu gehen und Kaffee zu trinken, wenn du glaubst, eine heiße Spur zu haben. Und versuch nicht, mir weiszumachen, dass du in der Zentrale anrufst. Du rufst doch nur Hauptkommissar Hole an, der dann entscheidet, ob man einen Suchtrupp losschickt oder nicht. Und der ruft dann die Einsatzzentrale der Bereitschaftspolizei an, die das Personal dazu hat, und nicht unsere Zentrale.«

Katrine knüllte das Butterbrotpapier zusammen, zielte auf den Mülleimer, der hinter Skarre stand, und warf. Er brauchte sich nicht umzudrehen, um zu wissen, dass sie getroffen hatte. Als sie den Aktenordner zuklappte und aufstand, hatte er sich wieder einigermaßen gefangen.

»Ich weiß nicht, was du dir einbildest, Bratt. Du bist eine verheiratete Schnalle, die zu Hause wahrscheinlich nicht das kriegt, was sie will, und deshalb auf einen Kerl wie mich hofft, der bereit ist, sich ... sich ...« Er fand die richtigen Worte nicht. Verflucht, er fand die richtigen Worte nicht. »Ich hab dir doch nur angeboten, dir ein paar grundlegende Sachen beizubringen, du ... du alte Schlampe.«

In diesem Moment war es, als würde vor ihrem Gesicht eine Gardine zur Seite gezogen, so dass er mit einem Mal direkt in die Flammen blickte. Einen Moment lang war er überzeugt, sie würde ihm eine knallen. Aber nichts geschah. Als sie wieder sprach, wurde ihm klar, dass er das alles bloß in ihrem Blick gelesen hatte, sie hatte keinen Finger gerührt, und ihre Stimme klang vollkommen beherrscht:

»Tut mir leid, wenn ich dich missverstanden habe«, sagte sie, doch ihr Gesicht zeigte, für wie unwahrscheinlich sie das hielt. »Außerdem hat Martin Cooper bei seinem ersten Gespräch nicht seine Frau angerufen, sondern seinen Konkurrenten Joel Engel in den Bell Laboratories. Was meinst du, wollte er ihm etwas beibringen, Skarre? Oder wollte er bloß protzen?«

Skarre blickte ihr nach und sah, wie sich ihr Rock um den Po schmiegte, als sie auf den Ausgang zuschritt. Verdammt, diese Frau war der vollkommene Wahnsinn! Am liebsten wäre er aufgesprungen und hätte ihr irgendetwas hinterhergeschmissen. Aber er wusste, er hätte nicht getroffen. Außerdem war es wahrscheinlich sowieso besser, sitzen zu bleiben, denn er hatte Angst, seine Erektion könnte noch immer zu sehen sein.

Harry spürte, wie sich seine Lungen gegen die Innenseiten seiner Rippen pressten. Sein Atem beruhigte sich langsam wieder. Nicht so sein Herz, das hektisch in seiner Brust trommelte. Die Trainingsklamotten waren vom Schweiß durchnässt und schwer, als er am Waldrand beim Ekeberg-Restaurant stehen blieb. Dieses ehemalige Szene-Restaurant aus der Zwischenkriegszeit war einmal Oslos ganzer Stolz gewesen, schließlich thronte es hoch oben am Hang im Osten der Stadt. Doch irgendwann waren die Menschen nicht mehr bereit gewesen, den weiten Weg vom Zentrum bis hinauf zum Wald auf sich zu nehmen, so dass sich der Betrieb nicht mehr gelohnt hatte, das Haus war verfallen und hatte sich in eine Spelunke für abgehalfterte Salonlöwen, alternde Trinker und einsame Seelen auf der Suche nach anderen einsamen Seelen verwandelt. Zu guter Letzt war das Restaurant geschlossen worden. Harry fuhr gern hier hinauf, raus aus der gelben Smogglocke, die über der Stadt lag. Dann joggte er über das Wirrwarr der Wege, über die steilen Anstiege, die ihm Widerstand boten und die Milchsäure in seinen Muskeln brennen ließen. Er setzte sich gern hier oben auf die regennasse, überwucherte Terrasse der schiffbrüchigen Restaurant-Schönheit und blickte über die Stadt, einst seine Stadt, die jetzt aber nur noch seine Konkursverwalterin war und seine ehemalige Liebe beherbergte. Die Stadt lag in einem Kessel, umgeben von Höhenzügen. Die einzige Rückzugsmöglichkeit war der Fjord. Die Geologen behaupteten, Oslo sei ein toter Vulkankrater. Und an Abenden wie diesem malte sich Harry manchmal aus, all die Lichter der Stadt seien kleine Perforationen der Erdkruste, durch die die glühende Lava hindurchschimmerte. Ausgehend vom Holmenkollen, der wie ein weißes, hell erleuchtetes Komma auf dem Höhenzug der anderen Seite der Stadt lag, versuchte er zu berechnen, wo Rakels Haus lag.

Er dachte an den Brief. Und an das Telefongespräch mit Skarre, der ihn gerade über die Signale von Birte Beckers verschwundenem Handy informiert hatte. Sein Herz schlug jetzt ruhiger und sandte ruhige, regelmäßige Signale an sein Hirn, dass er noch immer am Leben war. Wie ein Handy an eine Basisstation. Herz, dachte Harry. Signal. Brief. Was für ein kranker Gedanke. Aber warum hatte er ihn dann nicht längst verworfen? Warum überlegte er dann bereits, wie lange es dauern würde, zurück zum Auto zu laufen, nach Hoff zu fahren und zu überprüfen, wer hier kränker war?

Rakel stand am Küchenfenster und sah zu den Fichten, die den Blick zu den Nachbarn versperrten. Auf einem Treffen mit den Grundeigentümern hatte sie vorgeschlagen, ein paar der Bäume zu fällen, um für etwas mehr Licht zu sorgen, war aber auf einen derart deutlichen, schweigenden Widerstand gestoßen, dass sie nicht einmal auf einer Abstimmung bestanden hatte. Die Fichten wehrten unerwünschte Blicke ab, und so wollte man das hier oben am Holmenkollen, wo der Schnee lange liegen blieb, die BMWs und Volvos auf dem Heimweg zu den elektrischen Garagentoren vorsichtig durch die Haarnadelkurven der steilen Straßen steuerten und zu Hause die Hausfrauen in der Babypause warteten, fitnessstudiogestählt und mit dem Essen auf dem Tisch, das sie mit kleinen Hilfestellungen ihrer Au-pairs gekocht hatten.

Rakel hörte Olegs Musik sogar durch die dicken Zwischendecken der Holzvilla, die sie von ihrem Vater geerbt hatte. Led Zeppelin und The Who. Als sie in seinem Alter gewesen war, wäre es undenkbar gewesen, Musik zu hören, die so alt war wie ihre Eltern. Aber Oleg hatte diese Platten von Harry bekommen und spielte sie mit echter Hingabe.

Sie dachte daran, wie dünn Harry geworden war, irgendwie verschrumpelt. Wie ihre Erinnerung an ihn. Es war schon erschreckend, wie schnell ein Mensch verblassen und verschwinden konnte, obwohl man einmal so intim mit ihm gewesen war. Oder vielleicht gerade deswegen: Man war sich so nah gewesen, dass es einem anschließend, wenn es vorbei war, so unwirklich vorkam wie ein Traum, den man schon fast vergessen hat. Vielleicht hatte es sie deshalb so schockiert, ihn wiederzusehen. Ihn zu umarmen, zu riechen, seine Stimme zu hören und den Mund mit den seltsam weichen Lippen zu sehen, die in starkem Kontrast zu dem harten, immer faltigeren Gesicht standen. Diese blauen Augen, die vor Intensität aufblitzen konnten, wenn er etwas erzählte. Genau wie früher.

Trotzdem war sie froh, dass es vorüber war. Sie hatte diese Beziehung hinter sich gelassen und wollte weder ihre Zukunft mit diesem Mann teilen noch seine schmutzige Wirklichkeit zu einem Teil ihres und Olegs Lebens werden lassen.

Es ging ihr jetzt besser. Viel besser. Sie sah auf die Uhr. Bald würde er hier sein. Denn im Gegensatz zu Harry war er pünktlich.

Mathias hatte plötzlich im Sommer des vergangenen Jahres vor ihr gestanden. Bei einem Gartenfest des Holmenkollen-Grundeigentümerverbandes. Er wohnte nicht einmal in der Gegend, sondern war von Freunden eingeladen worden. Er und Rakel saßen den ganzen Abend zusammen und redeten. Im Grunde nur über sie. Und er hörte ihr aufmerksam zu, irgendwie wie ein Arzt, hatte Rakel gedacht. Doch dann rief er zwei Tage später an und fragte sie, ob sie ihn nicht auf eine Kunstausstellung ins Henie-Onstad-Senteret in Høvikodden begleiten wolle, Oleg könne gerne mitkommen, denn es gäbe auch eine Ausstellung für Kinder. Das Wetter war schlecht, die Kunst mittelmäßig und Oleg miesgelaunt. Aber Mathias schaffte es mit seiner guten Laune und den spitzen Kommentaren über das begrenzte Talent der Künstler, die Stimmung aufzuhellen. Und anschließend fuhr er sie nach Hause, bat um Entschuldigung für die schlechte Idee und versprach lächelnd, sie nie wieder irgendwohin mitzunehmen. Außer natürlich, sie bäten ihn darum. Danach war Mathias eine Woche nach Botswana gereist und rief sie am Abend seiner Rückkehr wieder an, um zu fragen, ob sie sich wiedersehen könnten.

Sie hörte ein Auto die steile Auffahrt hochfahren. Er fuhr einen Honda Accord älteren Baujahrs. Aus irgendeinem Grund gefiel ihr das. Er parkte vor der Garage, nie darin. Auch das gefiel ihr. Genauso, wie sie es mochte, dass er jedes Mal Wäsche zum Wechseln und seinen Kulturbeutel mitbrachte und am nächsten Tag wieder mit nach Hause nahm – außerdem fragte er sie immer, wann sie ihn wiedersehen wollte, und nahm nicht alles für selbstverständlich. Natürlich würde sich das bald ändern, aber sie war bereit.

Er stieg aus dem Auto. Er war groß, fast so groß wie Harry, und lächelte mit seinem jungenhaft offenen Gesicht zum Küchenfenster, obwohl er nach seinem unmenschlich langen Dienst todmüde sein musste. Ja, sie war bereit. Bereit für einen Mann, der für sie da war, sie liebte und ihre kleine Dreieinigkeit für wichtiger hielt als alles andere. Dann hörte sie den Schlüssel im Schloss, den sie ihm letzte Woche gegeben hatte. Mathias hatte sie dabei erst wie ein Fragezeichen angesehen, wie ein Kind, das soeben eine Eintrittskarte für die Schokoladenfabrik bekommen hat.

Die Tür ging auf, er war im Haus, und sie flog ihm in die Arme. Sie mochte sogar den Geruch seines Wollmantels. Der Stoff schmiegte sich herbstlich kühl an ihre Haut, doch sie spürte bereits die wohlige Wärme des Körpers dahinter.

»Was ist los?«, lachte er in ihre Haare.

»Ich habe so auf dich gewartet«, flüsterte sie.

Sie schloss die Augen und hielt ihn eine ganze Weile fest.

Schließlich blickte sie in sein lächelndes Gesicht. Er war ein hübscher Mann. Hübscher als Harry.

Er löste sich aus ihrer Umarmung, knöpfte den Mantel auf, hängte ihn an den Haken und ging in die Küche, um sich die Hände zu waschen. Das tat er immer, wenn er aus dem Anatomischen Institut kam, wo sie es in den Vorlesungen mit wirklichen Leichen zu tun hatten. So wie Harry sich immer die Hände gewaschen hatte, wenn er direkt von einem Mordfall kam. Mathias holte den Kartoffeleimer aus dem Schrank unter dem Waschbecken, schüttete sie in das Becken und begann sie unter dem fließenden Wasser abzuschrubben: »Und wie war dein Tag, meine Liebe?«

Sie dachte, dass sie fast jeder andere sicher erst nach dem gestrigen Abend gefragt hätte, schließlich wusste er, dass sie sich mit Harry getroffen hatte. Und auch dafür mochte sie ihn. Sie erzählte und sah dabei aus dem Fenster. Ihr Blick glitt über die Fichten und die Stadt dort unten, deren Lichter bereits zu blinken begannen. Er war jetzt irgendwo dort unten. Auf der hoffnungslosen Jagd nach etwas, das er niemals finden würde, niemals. Er tat ihr leid. Nur dieses Mitleid war geblieben. Dabei hatte es am gestrigen Abend durchaus Momente gegeben, in denen sie still geworden waren und sich ihre Blicke ineinander verhakt hatten. Diese Augenblicke waren wie kleine elektrische Schläge gewesen, aber immer wieder rasch vergangen. Bis nichts mehr zu spüren war, nichts. Die Magie war verflogen. Sie hatte ihre Entscheidung getroffen. Nun stellte sie sich hinter Mathias, schlang die Arme um ihn und lehnte ihren Kopf an seinen breiten Rücken.

Sie spürte die Muskeln und Sehnen unter seinem Hemd arbeiten, während er die Kartoffeln schälte und in den Topf legte.

»Wir könnten noch ein paar gebrauchen«, meinte er.

Sie bemerkte eine Bewegung an der Küchentür und drehte sich um.

Oleg stand da und sah sie an.

»Kannst du nicht noch ein paar Kartoffeln aus dem Keller holen?«, bat sie und sah Olegs dunkle Augen noch dunkler werden.

Mathias drehte sich um. Oleg rührte sich nicht vom Fleck.

»Ich kann auch gehen«, bot Mathias an und nahm den leeren Eimer aus dem Schrank.

»Nein«, sagte Oleg und trat zwei Schritte vor. »Ich gehe schon.« Er nahm Mathias den Eimer aus der Hand, drehte sich um und verschwand durch die Tür.

»Was war das denn?«, fragte Mathias.

»Er hat bloß ein bisschen Angst im Dunkeln«, seufzte Rakel.

»Das weiß ich schon, aber warum ist er trotzdem gegangen?«

»Weil Harry gesagt hat, dass er das tun soll.«

»Was tun soll?«

Rakel schüttelte den Kopf. »Na genau das, wovor er Angst hat, obwohl er eigentlich keine haben will. Als Harry hier war, hat er Oleg ständig in den Keller geschickt.«

Mathias runzelte die Stirn.

Rakel lächelte traurig. »Harry ist nicht gerade ein Kinderpsychologe. Und Oleg hörte sowieso nicht mehr auf mich, wenn Harry vorher etwas gesagt hatte. Andererseits gibt es da unten ja wirklich keine Monster.«

Mathias schaltete den Herd ein und fragte leise: »Wie kannst du dir da so sicher sein?«

»Du?«, drohte Rakel lachend. »Hattest *du* etwa auch Angst im Dunkeln?«

»Was heißt hier *hatte*?«

Doch, sie mochte ihn. Es war besser. Ein besseres Leben. Sie mochte ihn, sie mochte ihn.

Harry parkte den Wagen auf der Straße vor Beckers Haus. Er blieb sitzen und starrte auf das gelbe Licht, das durch die Fenster in den Garten fiel. Der Schneemann war zu einem Zwerg zusammengeschrumpft. Aber sein Schatten streckte sich trotzdem noch bis zum Zaun.

Harry stieg aus. Er schnitt eine Grimasse, als das stählerne Tor in den Angeln kreischte. Im Grunde wusste er, er hätte klingeln sollen, schließlich war ein Garten genauso privat wie ein Haus. Aber er hatte weder Geduld noch Lust, jetzt mit Professor Becker zu diskutieren.

Der nasse Boden federte leicht. Harry ging in die Hocke. Der Schneemann reflektierte das Licht, als wäre er aus mattem Glas. Während des Tauwetters hatten sich die Schneekristalle verklumpt, doch da es jetzt wieder fror, zogen sich die Klumpen zusammen, so dass der Schnee nicht mehr leicht, fein und weiß, sondern grauweiß, dicht und grobkörnig war.

Harry hob die rechte Hand, ballte die Faust und schlug zu.

Der Kopf des Schneemanns platzte, kippte über die Schultern nach hinten und stürzte auf das braune Gras.

Harry schlug noch einmal zu. Dieses Mal von oben durch die Halsöffnung. Seine Finger gruben tiefer und fanden, was sie suchten.

Er zog seine Hand zurück und streckte sie triumphierend vor dem Schneemann in die Höhe. Mit der gleichen Geste demütigte auch Bruce Lee seine Widersacher, wenn er ihnen das Herz präsentierte, das er ihnen gerade aus der Brust gerissen hatte.

Es war ein rot-silbernes Nokia-Telefon, dessen Display noch immer schwach leuchtete.

Nur das Gefühl des Triumphs war erloschen. Denn er wusste, dies war kein Durchbruch in den Ermittlungen, sondern nur das Zwischenspiel in einem Marionettentheater, bei dem ein Unbekannter an den unsichtbaren Strippen zog. Es war zu einfach gewesen. Jemand hatte gewollt, dass sie dieses Telefon fanden.

Harry ging zur Tür und klingelte. Filip Becker öffnete. Seine Haare waren strubbelig, und sein Schlips hing schief. Er blinzelte mehrmals, als hätte er geschlafen.

»Ja«, antwortete er auf Harrys Frage. »So ein Handy hat sie.«

»Darf ich Sie bitten, mal ihre Nummer zu wählen?«

Filip Becker verschwand im Haus, und Harry wartete. Plötzlich tauchte Jonas' Gesicht in der Türöffnung hinter dem Windfang auf. Harry wollte ihn begrüßen, doch im gleichen Moment begann das rote Handy eine Melodie zu spielen.

Er sah Jonas' Gesicht aufleuchten. Sah, wie das Gesicht des Kleinen unerbittlich arbeitete, ehe die spontane, verwirrte Freude über das vertraute Klingeln des mütterlichen Handys verschwand und der nackten Angst Platz machte. Harry schluckte. Diese Furcht kannte er nur allzu gut.

Als Harry seine Wohnungstür aufschloss, nahm er den Geruch von Gipsplatten und Sägespänen wahr. Die Vertäfelung der Flurwand war abmontiert und auf dem Boden gestapelt worden. Das Mauerwerk darunter zeigte weiße Flecken. Harry fuhr mit dem Finger über den hellen Belag, der aufs Parkett rieselte. Er steckte den Finger in den Mund. Es schmeckte salzig. War das der Geschmack von Schimmel? Oder bloß eine Art Salzausschlag, der Schweiß des Fundamentes? Harry zündete ein Feuerzeug an und lehnte sich dicht an die Wand. Kein Geruch, nichts zu sehen.

Nachdem er ins Bett gegangen war und im hermetischen Schwarz des Schlafzimmers lag, dachte er an Jonas. Und an seine eigene Mutter. An den Geruch der Krankheit und ihr Gesicht, das immer mehr im Weiß des Kissens verschwunden war. An die Tage und Wochen, in denen er mit Søs gespielt hatte, während ihr Vater immer stiller geworden war. Sie alle hatten so getan, als wäre nichts geschehen. In diesem Moment war ihm so, als hörte er draußen im Flur ein leises Rascheln. Wie von unsichtbaren Marionetten-Schnüren, die immer länger wurden, durch das Dunkel schlichen, es langsam aufzehrten und ein schwaches, zitterndes Licht zurückließen.

Kapitel 7

3. Tag. Dunkelziffer

Das kraftlose Morgenlicht drang durch die Gardinen im Büro des Kriminaloberkommissars und ließ die Gesichter der beiden Männer ganz grau aussehen. Kriminaloberkommissar Hagen zog die Stirn über seinen schwarzen, struppigen Augenbrauen in Falten, während er Harry zuhörte. Einen kleinen Sockel auf dem gewaltigen Schreibtisch krönte der weiße Knochen eines kleinen Fingers, der laut der Inschrift einmal dem japanischen Bataillonskommandanten Yoshito Yasuda gehört hatte. Während seiner Zeit auf der Militärakademie hatte Hagen in seinen Vorlesungen über den Finger gesprochen, den sich Yasuda während des Rückzugs aus Burma im Jahre 1944 vor den Augen seiner Männer aus Verzweiflung selbst abgetrennt hatte. Erst ein Jahr zuvor war Hagen zu seinem früheren Arbeitgeber, der Polizei, zurückbeordert worden, um die Leitung des Dezernats für Gewaltverbrechen zu übernehmen. Da in dieser Zeit recht viel passiert war, hörte er relativ geduldig zu, während sein erfahrener Hauptkommissar über vermisste Personen dozierte.

»Allein in Oslo werden jedes Jahr mehr als sechshundert Personen vermisst gemeldet. Nach ein paar Stunden tauchen dann aber alle wieder auf, mit Ausnahme von ein paar Dutzend. So gut wie keiner bleibt länger als ein paar Tage vermisst.«

Hagen fuhr sich mit dem Finger über die Haare auf der Nasenwurzel, die seine Augenbrauen verbanden. Er musste die Budgetsitzung beim Polizeipräsidenten vorbereiten. Es ging um wichtige Kürzungen.

»Bei den meisten Vermissten handelt es sich um Menschen aus psychiatrischen Kliniken oder um demente Senioren«, fuhr Harry fort. »Aber auch die geistig Fitten, die es bis nach Kopenhagen schaffen oder sich das Leben genommen haben, werden gefunden. Sie tauchen auf Passagierlisten auf, ziehen sich Geld aus dem Bankomat oder werden an einem Strand angeschwemmt.«

»Worauf willst du hinaus, Harry?«, fragte Gunnar Hagen und blickte auf die Uhr.

»Auf das hier«, sagte Harry und warf eine gelbe Mappe auf den Schreibtisch seines Vorgesetzten.

Hagen beugte sich vor und blätterte die zusammengehefteten Zettel durch.

»Ich muss schon sagen, Harry, du bist sonst ja nicht gerade der große Berichtschreiber.«

»Das ist Skarres Produkt«, sagte Harry kurz. »Aber die Schlussfolgerung ist von mir, und die folgt jetzt mündlich.«

»Bitte fass dich kurz, ja?«

Harry starrte auf seine Hände, die er in den Schoß gelegt hatte. Seine langen Beine hatte er ausgestreckt. Er holte tief Luft. Wusste, dass es keinen Weg mehr zurück gab, wenn er es erst ausgesprochen hatte.

»Es sind zu viele verschwunden«, begann Harry.

Die rechte Hälfte von Hagens Augenbrauen zuckte nach oben. »Das musst du mir erklären.«

»Die Erklärung findest du auf Seite 6. Eine Übersicht über vermisste Frauen im Alter von fünfundzwanzig bis fünfzig zwischen 1995 und heute. Frauen, die in den letzten zehn Jahren nicht wieder aufgetaucht sind. Ich habe mit der Vermisstenstelle der Kriminalwache gesprochen, und die sind ganz meiner Meinung. Das sind einfach zu viele.«

»Zu viele im Vergleich zu was?«

»Zu früheren Jahren. Zu Dänemark und Schweden. Und im Vergleich zu anderen demographischen Gruppen. Die verheirateten oder in festen Beziehungen lebenden Frauen sind total überrepräsentiert.«

»Die Frauen sind heute selbständiger als früher«, gab Hagen zu bedenken. »Manch eine geht ihren eigenen Weg, bricht aus, verschwindet möglicherweise mit einem anderen Mann ins Ausland. Das merkt man dann an der Statistik. Was soll da schon dran sein?«

»Aber die sind auch in Dänemark und Schweden selbständiger. Und da finden sie sie ja auch wieder.«

Hagen seufzte. »Wenn die Zahlen so vom Durchschnitt abweichen, wie du meinst, hätte man das doch vorher bemerken müssen?«

»Skarres Zahlen beziehen sich auf das ganze Land. Vermisstenmeldungen werden sonst nur in den jeweiligen Distrikten behandelt. Das Kriminalamt führt zwar ein landesweites Vermisstenregister, aber das bezieht sich auf die letzten fünfzig Jahre und umfasst auch die Vermissten von Schiffbrüchen und großen Unglücken wie der Alexander Kielland. Der Punkt ist, dass sich nie jemand für ein Muster im ganzen Land interessiert hat. Niemand vor uns.«

»Okay, aber wir haben nicht die Verantwortung für das ganze Land, Harry. Wir sind hier in Oslo.« Hagen schlug mit beiden Handflächen auf die Tischplatte, um zu signalisieren, dass die Audienz vorüber war.

»Das Problem ist aber«, wandte Harry ein und rieb sich das Kinn, »dass es nach Oslo gekommen ist.«

»Was *es*?«

»Gestern Abend habe ich das Handy von Birte Becker in einem Schneemann gefunden. Ich weiß wirklich nicht, was *es* ist, Chef. Aber ich glaube, es ist wichtig, das herauszufinden. Und zwar so schnell wie möglich.«

»Statistik ist interessant«, sagte Hagen, griff geistesabwesend nach dem Knochen von Bataillonskommandant Yasuda und drückte mit dem Fingernagel dagegen. »Und ich verstehe auch, dass diese letzte Vermisstensache Grund zur Besorgnis gibt. Aber das reicht nicht. Also sag mir, was hat dich dazu veranlasst, Skarre auf diese Sache anzusetzen?«

Harry sah Hagen an. Dann zog er einen zerknitterten Umschlag aus der Innentasche und reichte ihn Hagen.

»Der lag in meinem Briefkasten, kurz nach meinem Auftritt im September in dieser Fernsehsendung. Bis jetzt habe ich das bloß für Unsinn gehalten.«

Hagen zog den Zettel heraus und sah Harry kopfschüttelnd an, nachdem er die sechs Zeilen gelesen hatte: »Schneemann? Und was soll *The Murri* bedeuten?«

»Das ist es ja eben«, sagte Harry. »Ich fürchte, dass *es* eben das ist.«

Sein Chef sah ihn verständnislos an.

»Ich hoffe, ich irre mich«, fuhr Harry fort. »Aber ich fürchte, vor uns liegen verdammt finstere Zeiten.«

Hagen seufzte. »Was willst du, Harry?«

»Eine Ermittlungsgruppe.«

Hagen starrte Harry an. Wie die meisten anderen im Präsidium hielt auch er Harry für eigensinnig, arrogant, reizbar, instabil und alkoholkrank. Trotzdem war er froh, dass dieser Mann in seiner Mannschaft spielte. Er hätte nicht in der Haut eines Verbrechers stecken mögen, dem Hole auf den Fersen war.

»Wie viele?«, fragte er zum Schluss. »Und wie lange?«

»Zehn Personen. Zwei Monate.«

»Zwei Wochen?«, fragte Magnus Skarre. »Und vier Personen? Das soll eine Mordermittlung sein?«

Missbilligend sah er die anderen drei an, die sich in Harrys kleinem Büro zusammengedrängt hatten: Katrine Bratt, Harry Hole und Bjørn Holm von der Kriminaltechnik.

»Mehr habe ich von Hagen nicht gekriegt«, rechtfertigte sich Harry und kippelte mit seinem Bürostuhl nach hinten. »Und es ist keine Mordermittlung. Jedenfalls vorläufig noch nicht.«

»Und was ist es dann?«, fragte Katrine. »Vorläufig?«

»Eine Vermisstensache«, sagte Harry. »Die allerdings gewisse Ähnlichkeit mit anderen Fällen dieser Art aufweist, die es in den letzten Jahren gegeben hat.«

»Hausfrauen und Mütter, die irgendwann im Spätherbst plötzlich verschwinden?«, fragte Bjørn Holm, der von Skreia nach Oslo gezogen war, gemeinsam mit seinen Elvis-, Hardcore-Hillbilly-, Sex-Pistols- und Jason-&-The-Scorches-Platten, drei handgenähten Anzügen aus Nashville, einer amerikanischen Bibel, einem etwas zu kurzen Schlafsofa sowie einem Esstisch, der drei Generationen Holm hinter sich hatte. Das alles hatte in einem Anhänger Platz gefunden, den er mit dem letzten Amazon, der 1970 bei Volvo vom Band gerollt war, in die Hauptstadt gezogen hatte. Bjørn Holm hatte den Amazon für zwölftausend Kronen gekauft, ohne allerdings zu wissen, wie viel er gelaufen war, da der Kilometerzähler nur bis 100 000 ging. Das Auto war aber mittlerweile der Inbegriff dessen, was Bjørn Holm ausmachte und woran er glaubte, und für ihn roch dieses Auto mit seiner Mischung aus Kunstleder, Blech, Motorenöl, sonnengebleichter Hutablage, Volvo und alter Rückenlehne besser als jedes andere. Für Bjørn Holm war es nicht einfach nur Schweiß, der in der Rückenlehne steckte, sondern ein edler Firnis der Seelen, Essgewohnheiten, Lebensstile und des Karmas der früheren Besitzer. Die Original Fuzzy-Dice-Plüschwürfel am Rückspiegel standen für die richtige Mischung aus echter Liebe und ironischer Distanz zu einer vergangenen amerikanischen Kultur, die wie geschaffen war für einen norwegischen Bauernsohn, der mit Jim Reeves im einen Ohr und den Ramones im anderen aufgewachsen war und beide gleichermaßen liebte. Jetzt saß er mit seiner Rastamütze in Harrys Büro und glich eher einem Drogenfahnder als einem Kriminaltechniker. Unterhalb der Mütze prangte an beiden Seiten des Gesichts ein enormer feuerroter Backenbart, der Bjørn Holms rundes, freundliches Gesicht einrahmte, während ihm seine leicht vorstehenden Augen mit dem stets verwunderten Ausdruck etwas Fischiges gaben. Er war der Einzige, den Harry unbedingt in seiner kleinen Ermittlungseinheit hatte haben wollen.

»Da wäre noch was«, sagte Harry und schaltete den Projektor ein, der auf einem Papierstapel auf seinem Tisch stand. Fluchend hielt sich Magnus Skarre die Hand vor die Augen, als die unscharfe Schrift plötzlich auf der Haut seines Gesichts aufleuchtete. Er trat zur Seite, und Harrys Stimme ertönte hinter dem Projektor:

»Dieser Brief lag vor genau zwei Monaten in meinem Briefkasten. Kein Absender, aufgegeben in Oslo. Ausgedruckt mit einem normalen Tintenstrahldrucker.«

Katrine hatte unaufgefordert das Licht ausgeschaltet, so dass der Raum jetzt im Dunkeln lag, einzig erhellt von dem reflektierenden Viereck an der Wand.

Sie lasen schweigend.

Bald fällt der erste Schnee. Und dann wird er wieder auftauchen. Der Schneemann. Und wenn der Schnee verschwindet, wird er wieder jemanden mitgenommen haben. Und du musst dich fragen: »Wer hat den Schneemann gemacht? Wer macht Schneemänner? Wer hat The Murri geboren?« Denn der Schneemann weiß es nicht.

»Wie lyrisch«, murmelte Bjørn Holm.

»Was bedeutet *The Murri*?«, fragte Skarre.

Der Ventilator des Projektors rauschte monoton als Antwort.

»Viel interessanter ist die Frage, wer der Schneemann ist«, meinte Katrine Bratt.

»Offensichtlich jemand, dessen Hirn die eine oder andere Justierung braucht«, stellte Bjørn Holm fest.

Skarres einsames Lachen erstarb.

»*The Murri* war der Spitzname einer Person, die mittlerweile tot ist«, kam Harrys Stimme aus dem Dunkel. »Ein Murri ist ein Aborigine aus Queensland in Australien. Zu Lebzeiten hat dieser Murri überall in Australien Frauen ermordet. Keiner weiß genau, wie viele. Sein wirklicher Name war Robin Toowoomba.«

Der Ventilator knisterte und flüsterte.

»Dieser Serienmörder«, sagte Bjørn Holm, »den du getötet hast.«

Harry nickte.

»Heißt das, du glaubst, wir haben es hier auch mit einem zu tun?«

»Bei diesem Brief kann man das wohl nicht ausschließen.«

»He, he, Moment mal, immer mit der Ruhe!« Skarre hob die Hände. »Wie oft hast du schon Alarm geschlagen, seit du durch diese Sache in Australien berühmt geworden bist, Harry?«

»Dreimal«, antwortete Harry. »Mindestens.«

»Und trotzdem hatten wir es hier in Norwegen noch nie mit einem Serientäter zu tun.« Skarre warf einen kurzen Blick auf Bratt, um sich zu vergewissern, dass sie zuhörte: »Hat das mit diesem Serienkillerkurs beim FBI zu tun? Siehst du die deshalb überall?«

»Vielleicht«, räumte Harry ein.

»Dann möchte ich dich daran erinnern, dass wir hier in Norwegen wirklich noch nie mit so etwas zu tun hatten, sieht man mal von diesem Pfleger ab, der die Alten zu Tode gespritzt hat, die sowieso bald sterben mussten. Nie. Diese Typen gibt es vielleicht in den USA, aber auch da hauptsächlich im Film.«

»Falsch«, widersprach Katrine Bratt.

Die anderen drehten sich zu ihr um. Sie unterdrückte ein Gähnen.

»Schweden, Frankreich, Belgien, Deutschland, England, Italien, Holland, Dänemark, Russland und Finnland. Und da sprechen wir nur von den aufgeklärten Fällen. Niemand redet laut über die Dunkelziffer.«

Es war so dunkel, dass Harry die Röte in Skarres Gesicht nicht sehen konnte, wohl aber das Profil seines Kinns, das er aggressiv vorgeschoben hatte.

»Wir haben nicht mal eine Leiche, und ich könnte dir ganze Stapel von solchen Briefen zeigen. Leute, die noch viel verrückter sind als dieser ... dieser Schneemann.«

»Der Unterschied besteht darin«, erklärte Harry, er stand auf und ging ans Fenster, »dass dieser Typ hier gründliche Arbeit geleistet hat. Der Name *The Murri* ist in keiner Zeitung je erwähnt worden. Das war Robin Toowoombas Spitzname, als er für einen Wanderzirkus boxte.«

Das letzte Tageslicht schob sich durch einen Wolkenspalt. Er sah auf die Uhr. Oleg hatte darauf bestanden, so rechtzeitig zu fahren, dass sie sich auch noch Slayer anhören konnten.

»Wo fangen wir an?«, fragte Bjørn Holm.

Harry trat wieder an seinen Schreibtisch.

»Holm nimmt den Garten und die Wohnung von Becker so unter die Lupe, als würde es sich um den Schauplatz eines Mordes handeln. Überprüf besonders das Handy und diesen Schal. Skarre, du erstellst eine Liste der verurteilten Mörder, Vergewaltiger, Verdächtigen ...«

» ... und was sonst noch an Abschaum auf freiem Fuß ist«, vollendete Skarre.

»Bratt, du schreibst einen Bericht über die Vermissten und versuchst ein Muster zu finden.«

Harry wartete auf die unausweichliche Frage: Was für ein Muster? Aber sie blieb aus, Katrine Bratt nickte nur kurz.

»Okay«, sagte Harry. »Dann los.«

»Und du?«, fragte Bratt.

»Ich geh in ein Konzert«, verkündete Harry.

Als die anderen aus seinem Büro verschwunden waren, sah er auf seinen Block. Er hatte nur ein Wort notiert. Dunkelziffer.

Sylvia rannte, so schnell sie konnte. Sie lief auf die Bäume zu, dorthin, wo sie am dichtesten standen, in die beginnende Dämmerung. Sie rannte um ihr Leben.

Ihre Stiefel standen noch offen und hatten sich bereits mit Schnee gefüllt. Sie hielt das kleine Beil ausgestreckt vor sich, als sie durch die niedrigen, blattlosen Zweige brach. Der Kopf des Beils war rot und glatt von Blut.

Sie wusste, dass der Schnee, der gestern gefallen und in der Stadt längst geschmolzen war, auf dem Höhenzug der Sollihøgda gut und gerne bis zum nächsten Frühjahr liegen bleiben konnte, auch wenn diese Gegend nur eine knappe halbe Stunde vom Zentrum entfernt war. Genau in diesem Moment wünschte sie sich aber, sie wären niemals in diese gottverlassene Gegend gezogen, in diesen Rest Wildnis gleich am Rande der Stadt. Wie viel lieber wäre sie jetzt über schwarzen Asphalt gelaufen, auf dem sie keine Spuren hinterließ, in einer Stadt, deren Lärm ihre Schritte übertönte und in der sie in der großen, sicheren Menschenmenge untertauchen konnte. Aber hier war sie ganz allein.

Nein.

Nicht ganz.

Kapitel 8

3. Tag. Schwanenhals

Sylvia rannte immer tiefer in den Wald. Hinein in das Dunkel. Eigentlich hasste sie den November, diese Zeit, in der die Nacht mit einem Mal so früh hereinbrach, doch heute konnte es ihr nicht schnell genug dunkel werden. Sie schlug sich in die dichtesten Stellen des Waldes, damit ihre Spuren im Schnee nicht mehr zu sehen waren und sie sich verstecken konnte. Sie kannte sich hier gut genug aus, um sich orientieren zu können, so dass sie nicht versehentlich wieder zurück zum Haus laufen würde und damit in die Fänge dieses ... dieses Etwas. Das Problem war nur, dass der Schnee die Landschaft über Nacht verändert, sich auf alle Wege und Felsen gelegt und alle Konturen verwischt hatte. Und dann die Dämmerung ... Sie verzerrte alles nur noch mehr, ganz zu schweigen von ihrer eigenen Panik.

Sie blieb stehen und lauschte. Ihr keuchender, schmerzhafter Atem zerriss die Stille und klang wie das Butterbrotpapier, das sie morgens von der Rolle riss, um die Schulbrote ihrer Mädchen einzupacken. Als es ihr schließlich gelang, für einen Moment die Luft anzuhalten, hörte sie nur das Blut in ihren Ohren pochen – und das leise Glucksen des Baches. Der Bach! Sie gingen für gewöhnlich am Ufer entlang, wenn sie Beeren pflückten, Fallen aufstellten oder nach den Hühnern suchten, die doch immer nur der Fuchs geholt hatte. Der Bach führte hinunter zur Schotterstraße, auf der früher oder später ein Auto kommen musste.

Sie hörte jetzt keine anderen Schritte mehr. Keine brechenden Zweige und kein Knirschen im Schnee. War sie ihm doch entkommen? Gebeugt hastete sie weiter in die Richtung, aus der das Glucksen kam.

Der Bach sah aus, als flösse er über ein weißes Laken durch eine Vertiefung im Waldboden.

Sylvia stieg hinein. Das Wasser reichte ihr bis zu den Knöcheln und drang sofort durch ihre Stiefeletten. Es war so kalt, dass es ihre Beinmuskulatur lähmte. Dann begann sie stromabwärts zu laufen. Es platschte laut, wenn sie ihre Beine hob, um möglichst lange, raumgreifende Schritte machen zu können. Keine Spuren, dachte sie triumphierend. Und ihr Puls sank, obgleich sie noch immer rannte.

Das hatte sie sicher den Stunden in der Tretmühle des Fitnessstudios zu verdanken, die sie im letzten Jahr dort verbracht hatte. Sie hatte sechs Kilo abgenommen und durfte mit Fug und Recht behaupten, dass ihr Körper in besserer Verfassung war als der der meisten anderen Fünfunddreißigjährigen. Das behauptete auf jeden Fall Yngve, den sie letztes Jahr bei einem dieser Inspirationsseminare getroffen hatte. Gott, wie hatte er sie inspiriert! Wenn sie doch nur die Uhr zurückdrehen könnte. Elf Jahre zurück. Was würde sie nicht alles anders machen! Sie hätte Rolf nicht heiraten sollen. Und sie hätte abtreiben lassen sollen. Jetzt, da die Zwillinge auf der Welt waren, war der Gedanke natürlich vollkommen unmöglich. Aber vor der Entbindung, bevor sie die Kleinen gesehen hatte, ihre Emma und Olga, wäre es noch möglich gewesen. Dann würde sie jetzt nicht in diesem Gefängnis stecken, das sie sich selbst so sorgsam errichtet hatte.

Sie fegte die Zweige zur Seite, die über den Bach hingen, und sah aus dem Augenwinkel ein aufgeschrecktes Tier im Grau des Waldes verschwinden.

Sie ermahnte sich, nicht so mit den Armen zu rudern, sonst verletzte sie sich noch mit dem Beil am Bein. Es waren erst Minuten vergangen, doch es kam ihr bereits wie eine Ewigkeit vor, dass sie im Stall gestanden und geschlachtet hatte. Zwei Hühnern hatte sie bereits den Kopf abgehackt und wollte gerade das dritte schnappen, als sie das Knirschen der Stalltür hinter sich hörte. Natürlich schreckte sie zusammen, schließlich war sie allein zu Hause und hatte weder Schritte noch ein Auto draußen auf dem Hof gehört. Als Erstes war ihr das seltsame Werkzeug aufgefallen, eine dünne Metallschlinge an einem Handgriff. Es ähnelte den Fallen, mit denen sie Füchse fingen. Und als derjenige, der dieses Werkzeug in der Hand hielt, zu reden begonnen hatte, war ihr sofort klargeworden, dass sie diesmal die Beute sein sollte, dass sie sterben sollte.

Ihr war sogar erklärt worden, warum.

Sie hatte der kranken, aber klaren Logik gelauscht, während sich das Blut durch ihre Adern wälzte, als würde es bereits gerinnen. Und schließlich war ihr gesagt worden, wie sie sterben sollte, bis ins kleinste Detail. Als die Schlinge erst rot und dann weiß zu glühen begann, hatte sie in wilder Panik um sich geschlagen und gesehen, wie das frisch geschliffene Beil durch ein Stück Stoff unter dem erhobenen Arm des anderen drang, wie sich Jacke und Pullover öffneten, als hätte sie an einem Reißverschluss gezogen, und der Stahl einen roten Strich auf die nackte Haut zeichnete. Während der andere nach hinten taumelte und schließlich auf dem vom Hühnerblut glitschigen Boden ausrutschte, war sie auf der Rückseite des Stalls durch die Tür gestürmt, die sich zum Wald hin öffnete. Zur Dunkelheit.

Die lähmende Kälte hatte mittlerweile ihre Knie erreicht, und ihre Kleider waren bereits bis zum Bauchnabel durchnässt. Aber sie wusste, dass es nicht mehr weit bis zur Schotterstraße war. Von dort brauchte sie höchstens eine Viertelstunde bis zum nächsten Hof. An der Biegung des Baches stieß ihr linker Fuß gegen ein Hindernis, das über die Wasseroberfläche hinausragte. Es knallte, und mit einem Mal griff etwas nach ihrem Fuß, so dass sie stürzte. Sylvia Ottersen landete auf dem Bauch im Bach, schluckte Wasser, das nach Erde und faulen Blättern schmeckte. Sie zog die Arme unter sich und kniete sich hin. Als sich die erste Panik gelegt hatte und sie verstand, dass sie noch immer allein war, bemerkte sie, dass ihr linker Fuß festhing. Sie tastete mit der Hand unter Wasser und suchte nach den Baumwurzeln, in denen sich ihr Fuß verfangen hatte, doch stattdessen ertasteten ihre Hände etwas Glattes, Hartes. Metall. Ein Bügel aus Metall. Sylvias Augen suchten nach dem Gegenstand, gegen den sie gestoßen war, und sah plötzlich am Ufer etwas im Schnee liegen. Es hatte Augen, Federn und einen blassrosa Kamm. Wieder spürte sie die Panik in sich aufsteigen. Es war der abgetrennte Kopf eines Huhns. Nicht einer der Köpfe, die sie gerade abgetrennt hatte, sondern einer von denen, die Rolf verwendete. Als Köder. Nachdem sie nachgewiesen hatten, dass der Fuchs im letzten Jahr sechzehn Hühner geholt hatte, hatte die Gemeinde ihnen gestattet, in einem gewissen Umkreis um den Hof und weitab von allen Wegen eine begrenzte Anzahl von Fuchsfallen aufzustellen – sogenannte Schwanenhälse. Am besten plazierte man diese Fallen unter der Wasseroberfläche, während der Köder nach oben herausragte. Wenn der Fuchs ihn schnappte, klappte die Falle zu und brach dem Tier das Genick, so dass es sofort starb. Auf jeden Fall theoretisch. Sie fühlte mit der Hand nach. Im Jagddepot in Drammen, wo sie die Fallen gekauft hatten, waren sie darauf hingewiesen worden, die Federn seien so hart gespannt, dass die Bügel das Schienbein eines erwachsenen Mannes durchschlagen konnten. Sie spürte in ihrem ausgekühlten Fuß jedoch keine Schmerzen. Ihre Finger fanden das dünne Stahlseil, das am Schwanenhals befestigt war. Ohne das Spanneisen, das im Werkzeugschuppen auf dem Hof lag, konnte sie die Falle nicht öffnen. Überdies war jede dieser Fallen mit einem Seil an einem Baum befestigt, damit ein verletzter Fuchs sich nicht mit der kostspieligen Vorrichtung davonmachen konnte. Die Hand folgte dem Stahlseil durch das Wasser bis zum Ufer. Dort war das Metallschild mit ihrem Namen, wie es die Vorschrift verlangte.

Sie erstarrte. Hatte sie da nicht in einiger Entfernung einen Zweig brechen hören? Sie spürte, wie ihr Herz wieder zu trommeln begann, während sie ins Dunkel starrte.

Taube Finger folgten dem Seil durch den Schnee, während sie auf die Böschung des Baches kroch. Es war am Stamm einer jungen, soliden Birke befestigt. Nach einigem Suchen fand sie den Knoten unter dem Schnee, aber das Metall war zu einem harten, unbezwingbaren Klumpen zusammengefroren. Sie musste ihn aufbekommen, sie musste von hier fliehen.

Da hörte sie wieder das Knacken eines Zweiges. Dieses Mal näher.

Sie kroch um den Stamm herum, von dem Geräusch weg, und lehnte sich gegen das Holz. Versuchte sich einzureden, dass sie keine Panik zu bekommen brauchte und sich der Knoten schon lösen würde, wenn sie nur lange genug daran zog. Auch ihr Schienbein war sicher intakt, und die Geräusche, die sie gehört hatte, stammten vermutlich bloß von einem Reh. Sie probierte ein Ende des Knotens loszubekommen und spürte keinen Schmerz, als ihr ein Nagel abbrach. Aber es war zwecklos. Schließlich beugte sie sich hinunter und biss in den Stahl, dass es knirschte. Verdammt! Jetzt hörte sie ganz deutlich die leichten, ruhigen Schritte im Schnee und hielt den Atem an. Die Schritte verstummten irgendwo auf der anderen Seite des Baumes. Vielleicht war es nur Einbildung, aber sie glaubte zu hören, wie jemand tief die Luft einsog und witterte. Sie saß vollkommen reglos da. Dann gingen die Schritte weiter. Das Geräusch wurde leiser, entfernte sich.

Zitternd hielt sie den Atem an. Jetzt musste sie sich nur noch befreien. Ihre Kleider waren durchnässt, und wenn niemand sie fand, würde sie im Laufe der Nacht garantiert erfrieren. Im gleichen Moment kam ihr das Beil in den Sinn! Sie hatte es ganz vergessen. Das Stahlseil war dünn. Wenn sie es auf einen Stein legte und ein paar Mal gut zuschlug, war sie frei. Das Beil musste im Bach gelandet sein. Sie krabbelte hinein, steckte die Hände in das schwarze Wasser und suchte den steinigen Grund ab.

Nichts.

Verzweifelt sackte sie auf die Knie, während ihr Blick den Schnee auf beiden Seiten des Ufers absuchte. Plötzlich sah sie die Klinge des Beils zwei Meter vor sich aus dem Wasser ragen. Sie wusste es, noch ehe sie den Ruck des Seils spürte und sich längs in den Bach warf, so dass das Wasser eisig kalt über sie strömte und ihr Herz stocken ließ. Wie eine verzweifelte Bettlerin streckte sie ihre Hand zu dem Beil. Es war einen halben Meter zu weit weg. Ihre Finger krümmten sich nur um Luft. Ihr kamen die Tränen, doch sie zwang sie zurück, später konnte sie immer noch weinen.

»Na, willst du das haben?«

Sie hatte weder etwas gehört noch etwas gesehen. Aber vor ihr im Bach hockte eine Gestalt. Diese Gestalt. Sylvia kroch nach hinten, aber die Gestalt folgte ihr, das Beil in der ausgestreckten Hand vorgereckt:

»Dann hol's dir doch.«

Sylvia kniete sich hin und nahm das Beil.

»Was willst du denn damit?«, fragte die Stimme.

Sylvias panikartige Furcht war blanker Wut gewichen, die in ihr überkochte, mit heftigen Folgen. Sie stürzte sich mit hocherhobenem Beil nach vorn und schwang es am ausgestreckten Arm herum. Aber das Stahlseil hielt ihr Bein fest, so dass das Beil nur die Dunkelheit durchtrennte. Im nächsten Augenblick lag sie wieder im Wasser.

Die Stimme lachte leise.

Sylvia wälzte sich auf die Seite. »Geh weg!«, stöhnte sie und spuckte Kies.

»Ich will, dass du Schnee frisst«, sagte die Stimme, erhob sich und hielt sich einen Moment die Seite, an der die Jacke aufgeschlitzt war.

»Was?«, fragte Sylvia verblüfft.

»Ich will, dass du Schnee frisst, bis du dir in die Hose machst.« Die Gestalt hatte sich etwas außerhalb des Stahlseilradius' aufgestellt und betrachtete sie mit leicht geneigtem Kopf. »Bis dein Bauch so kalt und voll ist, dass er keinen Schnee mehr schmelzen kann. Bis nur noch Eis in dir ist. Bis du dein wahres Ich bist. Jemand, der keine Gefühle hat.«

Sylvias Hirn fasste den Befehl auf, verstand seinen Sinn aber nicht. »Niemals!«, schrie sie.

Die Gestalt machte einen Laut, der sich mit dem Glucksen des Baches mischte. »Schrei nur, meine liebe Sylvia. Aber es wird dich niemand hören, niemals.«

Sylvia sah, wie die Gestalt etwas hochhob und einschaltete. Die Schlinge zeichnete sich wie ein rotglühender Tropfen vor der Dunkelheit ab. Sie zischte und rauchte, als sie mit dem Wasser in Berührung kam. »Glaub mir, du wirst dich dafür entscheiden, Schnee zu fressen.«

Mit lähmender Gewissheit ging Sylvia auf, dass ihr letztes Stündlein geschlagen hatte. Nur eine Möglichkeit blieb ihr noch. Die Dunkelheit war in den letzten Minuten mit aller Macht hereingebrochen, doch sie versuchte sich weiterhin auf die Gestalt zu konzentrieren, die zwischen den Bäumen stand, während sie das Beil in der Hand wiegte. Das Blut prickelte in ihren Fingerspitzen, als es wieder in Bewegung kam und wie sie Bescheid zu wissen schien. Ihre letzte Chance. Das hatte sie mit den Zwillingen geübt. An der Scheunenwand. Und nach jedem Wurf hebelten die Mädchen das Beil aus der aufgemalten Zielscheibe auf der Scheunenwand und riefen triumphierend: »Du hast das Biest erledigt, Mama! Du hast es erledigt!« Sylvia schob den einen Fuß etwas vor. Ein Schritt Anlauf, das war optimal für die richtige Kombination von Kraft und Präzision.

»Du bist verrückt«, flüsterte sie.

»Was das angeht ...«, erwiderte der andere – und Sylvia meinte ein Lächeln zu erkennen –, »bestehen wohl kaum Zweifel.«

Das Beil wirbelte mit einem leisen, singenden Laut durch die dichte, beinahe greifbare Dunkelheit. Sylvia stand perfekt ausbalanciert, den rechten Arm nach vorn gestreckt und blickte der todbringenden Waffe nach. Sah sie zwischen die Bäume fliegen und hörte sie einen Zweig abtrennen, ehe sie im Dunkel verschwand und sich mit einem dumpfen Laut irgendwo unter den Schnee grub.

Sie presste ihren Rücken gegen einen Baumstamm, während sie langsam zu Boden sackte. Spürte die Tränen kommen und versuchte sie dieses Mal nicht zurückzuhalten. Denn jetzt wusste sie es. Dass es kein Nachher mehr gab.

»Sollen wir anfangen?«, fragte die Stimme sanft.

Kapitel 9

3. Tag. Loch

»Mann, wie geil war das denn!«

Olegs begeisterte Stimme übertönte das Zischen und Sprotzen in der überfüllten Kebabbude. Irgendwie schienen alle die Idee gehabt zu haben, nach dem Konzert im Spektrum hierherzukommen. Harry nickte Oleg zu, der verschwitzt in seinem Kapuzenpulli neben ihm stand, immer noch zu einem unhörbaren Beat mitwippte und dabei unaufhörlich über die Bandmitglieder von Slipknot redete. Harry hatte die Namen noch nie gehört, da in den CD-Booklets der Band nur wenig Informatives stand und hippe Musikmagazine wie *MOJO* oder *Uncut* erst gar nicht über solche Gruppen berichteten. Harry bestellte am Tresen und sah auf die Uhr. Rakel hatte gesagt, sie würde Punkt zehn hier vor der Tür stehen. Harry musterte Oleg noch einmal. Der Junge redete und redete. Wann hatte das begonnen? Wann war er zwölf geworden und hatte sich entschlossen, Musik zu mögen, in der es um die verschiedenen Stadien des Todes ging, um Fremdheit, Kälte und Verdammnis? Vielleicht sollte Harry sich Sorgen machen, aber er machte sich keine. Irgendwo musste er ja anfangen, seine Neugier zu stillen und in Rollen und Kleider zu schlüpfen, um etwas zu finden, das ihm passte. Es würden auch noch andere Dinge kommen. Bessere. Und schlechtere.

»Dir hat's doch auch gefallen, oder, Harry?«

Harry nickte. Er brachte es nicht übers Herz, ihm zu sagen, dass ihn das Konzert enttäuscht hatte. Dabei hätte er nicht recht in Worte fassen können, was ihm missfallen hatte, vielleicht war es einfach nicht der richtige Abend gewesen. Kaum waren sie im Spektrum, hatte sich seine Paranoia bemerkbar gemacht, die sonst immer der Trunkenheit folgte, sich aber im letzten Jahr auch in Phasen absoluter Nüchternheit gemeldet hatte. Und statt in Stimmung zu geraten, fühlte er sich beobachtet, so dass er stehen blieb und die Gesichter um sich herum musterte.

»Slipknot ist echt geil«, schwärmte Oleg. »Und diese Masken waren ja wohl bloß noch krass. Besonders die mit der langen, dünnen Nase. Sah aus wie ein ... ein ...«

Harry hörte nur mit einem Ohr zu und hoffte, dass Rakel bald auftauchte. Die Luft in der Kebabbude kam ihm auf einmal schrecklich stickig und drückend vor, als hätte sich eine dünne Fettschicht über Haut und Mund gelegt. Er versuchte, dem nächsten Gedanken auszuweichen. Aber der war schon unterwegs zu ihm, bog bereits um die letzte Ecke. Er brauchte einen Drink.

»Das war eine indianische Totenmaske«, erläuterte eine Frauenstimme hinter ihnen. »Und Slayer waren besser als Slipknot.«

Harry sah sich überrascht um.

»Slipknot post doch eigentlich bloß, oder?«, fuhr sie fort. »Lauter recycelte Ideen und abgedroschene Phrasen.«

Sie trug einen glänzend schwarzen, hautengen, knöchellangen Mantel, der bis zum Hals zugeknöpft war. Nur die dicken schwarzen Boots waren darunter zu erkennen. Das Gesicht war blass, die Augen geschminkt.

»Das hätte ich wirklich nicht erwartet«, sagte Harry. »Dass du dich für solche Musik interessierst.«

Katrine Bratt lächelte kurz. »Eigentlich habe ich doch gerade das Gegenteil gesagt.«

Ohne weitere Erklärungen wandte sie sich dem Mann hinter dem Tresen zu und gab ihm gestikulierend zu verstehen, dass sie ein Mineralwasser wollte.

»Slayer ist doch voll Panne«, murmelte Oleg kaum hörbar.

Katrine drehte sich zu ihm um. »Und du musst Oleg sein.«

»Ja«, bestätigte Oleg mürrisch, zog seine Tarnhose hoch und schien nicht recht zu wissen, was er von der Aufmerksamkeit dieser erwachsenen Frau halten sollte. »Woher weißt 'n das?«

Katrine lächelte. »Hey, du sprichst aber gar nicht so, als kämst du vom Holmenkollen! Hat Harry dir das beigebracht?«

Das Blut schoss Oleg ins Gesicht.

Katrine berührte ihn leicht an der Schulter. »Sorry, ich bin bloß neugierig.«

Der Junge war mittlerweile so rot geworden, dass seine Augenlider zu glänzen begannen.

»Ich bin auch neugierig«, sagte Harry und reichte Oleg seinen Kebab. »Ich schätze mal, dass du das Muster gefunden hast, nach dem du suchen solltest, oder? Wenn du Zeit für ein Konzert hast?«

Harry sah ihr an, dass sie die Warnung verstanden hatte, keine dummen Scherze mit dem Jungen zu machen.

»Ich hab was gefunden, ja«, antwortete Katrine und öffnete ihre Mineralwasserflasche. »Aber du bist beschäftigt, wir können morgen darüber reden.«

»So beschäftigt bin ich nun auch wieder nicht«, gab Harry zurück und hatte Fettfilm und Erstickungsgefühle vergessen.

»Es ist geheim, und hier sind so viele Leute«, zögerte Katrine. »Aber ich kann dir ja ein paar Stichworte ins Ohr flüstern.«

Sie beugte sich vor, und durch den Fettdunst nahm er den Geruch eines beinahe maskulinen Parfüms wahr, bevor er ihren warmen Atem an seinem Ohr spürte:

»Ein silberner Passat hat gerade draußen auf dem Bürgersteig gehalten, drinnen sitzt eine Frau, die deine Aufmerksamkeit zu erregen versucht. Ich tippe mal, das ist Olegs Mutter ...«

Harry richtete sich abrupt auf und blickte durch das große Fenster zum Auto. Rakel hatte die Scheibe heruntergelassen und sah zu ihnen hinein.

»Aber klecker mir bitte nicht das Auto voll!«, mahnte Rakel, als Oleg sich mit seinem Kebab auf den Rücksitz schob.

Harry stand neben dem geöffneten Fenster. Sie trug den schlichten hellblauen Pullover, den er so gut kannte. Er wusste genau, wie die Wolle roch und wie sie sich anfühlte, wenn man darüberstrich oder seine Wange dagegenlehnte.

»War das Konzert gut?«, fragte sie.

»Frag Oleg.«

»Was war das eigentlich für eine Band?« Sie betrachtete Oleg im Rückspiegel. »Die Leute tragen hier alle so komische Sachen.«

»Ach, ruhige Lieder über Liebe und so«, erwiderte Oleg und

zwinkerte Harry schnell zu, als sie ihren Blick vom Rückspiegel abwandte.

»Danke, Harry«, sagte sie.

»Nichts zu danken. Fahr vorsichtig.«

»Wer war die Frau da drinnen?«

»Eine Kollegin. Sie ist neu.«

»Ach ja? Sah aus, als würdet ihr euch schon recht gut kennen.«

»Wie meinst du das?«

»Ach, ihr ...«, begann sie und verstummte abrupt. Dann schüttelte sie langsam den Kopf und lachte. Ein tiefes, aber klares Lachen, das von weit unten aus ihrer Kehle kam. Sicher und unbeschwert. Genau in dieses Lachen hatte er sich damals verliebt.

»Tut mir leid, Harry. Gute Nacht.«

Die Scheibe glitt nach oben, und das silberne Auto fuhr los.

Harrys Weg über die Brugata war ein Spießrutenlauf, überall Kneipen, aus deren offenen Türen Musik drang. Er fragte sich, ob er im Teddys noch einen Kaffee trinken sollte, wusste aber, dass das keine gute Idee war. Er entschloss sich vorbeizugehen.

»Kaffee?«, wiederholte der Typ hinter dem Tresen ungläubig.

Die Jukebox im Teddys spielte Johnny Cash, und Harry fuhr sich mit einem Finger über die Oberlippe.

»Haben Sie einen besseren Vorschlag?« Harry hörte die Stimme, die aus seinem Mund kam. Sie klang bekannt und zugleich unbekannt.

»Tja«, meinte der Mann und strich sich seine fettig glänzenden Haare nach hinten. »Der Kaffee ist nicht gerade frisch, wie wär's mit einem frisch gezapften Bier?«

Johnny Cash sang über Gott, Taufe und neue Versprechen.

»In Ordnung«, sagte Harry.

Der Mann hinter dem Tresen grinste.

Im gleichen Moment spürte Harry das Handy in seiner Tasche vibrieren. Er nahm es, schnell und angespannt, als hätte er darauf gewartet.

Es war Skarre.

»Wir haben gerade eine Vermisstenmeldung hereinbekommen, die ins Schema passt. Verheiratete Frau mit Kindern. Als der Mann mit den Kindern vor ein paar Stunden nach Hause kam, war sie auf einmal verschwunden. Sie wohnen tief drinnen im Wald auf der Sollihøgda. Von den Nachbarn hat sie keiner gesehen, und sie kann auch nicht mit dem Auto weggefahren sein, denn das hatte der Mann. Und auf dem Weg sind keine Fußspuren zu sehen.«

»Fußspuren?«

»Da oben liegt noch Schnee.«

Das Halbliterglas wurde klirrend vor Harry abgestellt.

»Harry? Bist du noch da?«

»Ja, ja, ich denk bloß nach.«

»Worüber?«

»Stand da irgendwo ein Schneemann?«

»Hä?«

»Ob da ein Schneemann stand.«

»Woher soll ich denn das wissen?«

»Dann lass uns hochfahren und nachsehen. Steig ins Auto und hol mich vor Gunerius in der Storgata ab.«

»Können wir das nicht morgen machen, Harry? Ich will heute Abend eigentlich noch eine flachlegen, und diese Frau wird doch nur vermisst. Das eilt doch nicht so.«

Harry starrte auf den Streifen aus Schaum, der sich am Rand des Glases wie eine Schlange nach unten wand.

»Im Grunde ...«, widersprach er, »... eilt es ganz schrecklich.«

Der Barkeeper starrte verwundert auf das unangetastete Bier, den Fünfziger auf dem Tisch und den breiten Rücken, der durch die Tür verschwand, während Johnny Cash ausatmete.

»Sylvia wäre auf keinen Fall einfach so weggegangen«, beteuerte Rolf Ottersen.

Rolf Ottersen war dünn. Genauer gesagt, ein Gerippe. Aus seinem bis oben zugeknöpften Flanellhemd ragte ein langer, magerer Hals hervor, auf dem ein Kopf saß, der Harry an einen Wattvogel erinnerte. Aus den Ärmeln hingen schmale Hände mit langen, dünnen Fingern, die sich unablässig verknoteten, wanden und zuckten. Die Nägel der rechten Hand waren lang und spitz gefeilt wie Klauen. Die Augen wirkten ungewöhnlich groß hinter der dicken Brille mit der runden Stahlfassung, dem Lieblingsmodell der Radikalen in den Siebzigern. An der senfgelben Wand hing ein Plakat, das Indianer zeigte, die eine Anakonda trugen. Harry kannte das Bild von einem Joni-Mitchell-Album aus der Hippie-Steinzeit. Daneben hing die Reproduktion eines bekannten Frida-Kahlo-Porträts. Leidende Frau, dachte Harry. Ein Bild, das sich eine Frau ausgesucht hatte. Das Zimmer mit dem unbehandelten Kiefernboden wurde von Lampen erhellt, die wie eine Mischung aus alten Paraffinlampen und braunen Lederleuchten aussahen. Sie konnten gut und gern selbstgemacht sein. An der einen Wand lehnte eine Gitarre mit Nylonsaiten, die vermutlich Rolf Ottersens gefeilte Fingernägel erklärte.

»Wie meinen Sie das, sie wäre auf keinen Fall einfach so weggegangen?«, fragte Harry.

Vor ihnen stand ein Tisch, auf den Rolf Ottersen ein Foto von seiner Frau und den zehnjährigen Zwillingen, Olga und Emma, gelegt hatte. Sylvia Ottersen hatte große, etwas schläfrige Augen, wie jemand, der sein ganzes Leben lang eine Brille getragen hatte und es jetzt mit Kontaktlinsen versuchte oder seine Sehkraft durch eine Laseroperation zurückgewonnen hatte. Die Zwillinge hatten die Augen ihrer Mutter.

»Sie hätte etwas gesagt«, beharrte Rolf Ottersen. »Eine Nachricht hinterlassen. Es muss etwas passiert sein.«

Trotz der Verzweiflung klang seine Stimme gedämpft und mild. Rolf Ottersen zog ein Taschentuch aus der Hosentasche und führte es zu dem schmalen, blassen Gesicht, in dem die Nase abnorm groß erschien. Er schnäuzte sich kurz und laut.

Skarre steckte den Kopf durch die Tür. »Die Hundestaffel ist da. Sie haben auch einen Leichenhund mit.«

»Dann legt mal los!«, sagte Harry. »Hast du mit allen Nachbarn gesprochen?«

»Jau, aber noch immer nichts Neues.«

Skarre schloss die Tür, und Harry entdeckte, dass Ottersens Augen noch größer geworden waren.

»Ein Leichenhund?«, hauchte er.

»Das ist nur so ein Ausdruck«, wiegelte Harry ab und machte sich eine Notiz im Hinterkopf, dass er Skarre ein paar Tipps in Sachen Ausdrucksweise geben musste.

»Dann verwenden Sie die also auch, um nach lebenden Menschen zu suchen?« Der Tonfall des Ehemanns klang flehend.

»Aber sicher«, log Harry, statt ihm zu erklären, dass Leichenhunde nur an Stellen anschlugen, an denen tote Menschen gelegen hatten. Weder für Drogen noch für verlorene Gegenstände oder lebende Wesen waren sie zu gebrauchen. Die nutzte man nur für Tote. Punkt. Aus. Ende.

»Sie haben sie also heute Nachmittag um vier Uhr zum letzten Mal gesehen?«, fragte Harry und blickte auf seine Notizen. »Bevor Sie mit Ihren Töchtern in die Stadt gefahren sind. Was haben Sie da eigentlich gemacht?«

»Ich war im Laden, während die Mädchen Geigenstunde hatten.«

»Im Laden?«

»Wir haben ein kleines Geschäft in Majorstua. Handgemachte afrikanische Kunst, Möbel, Decken, Kleider, alles Mögliche. Wir importieren das direkt von den Herstellern, die ordentlich dafür bezahlt werden. Eigentlich kümmert sich hauptsächlich Sylvia darum, aber donnerstags haben wir immer lange geöffnet, und dann wechseln wir uns ab. Sie kommt mit dem Auto nach Hause, und dann fahre ich mit den Mädchen wieder runter. Ich bin im Laden, während die beiden im Barrat Due Geigenstunde haben. Von fünf bis sieben. Anschließend hole ich sie ab, und wir fahren wieder nach Hause. Kurz nach halb acht waren wir wieder hier oben.«

»Hm. Wer arbeitet sonst noch im Laden?«

»Niemand.«

»Aber das heißt dann doch, dass Sie donnerstags, wenn eigentlich alles auf ist, etwa eine Stunde geschlossen haben?«

Rolf Ottersen verzog seinen Mund zu einem Lächeln. »Es ist ein sehr kleiner Laden. Wir haben nicht viele Kunden. Bevor der Weihnachtsrummel losgeht, eigentlich so gut wie gar keine.«

»Wie ...?«

»NORAD. Die unterstützen den Laden und unsere Lieferanten als einen Teil des Außenhandelsabkommens mit der Dritten Welt. Entwicklungshilfe.« Er räusperte sich leicht. »Der Signaleffekt ist wichtiger als Geld und kurzsichtiger Verdienst, finden Sie nicht auch?«

Harry nickte, obwohl er nicht an Entwicklungshilfe oder Afrika dachte, sondern an Uhrzeiten und Fahrtstrecken in Oslo und Umgebung. Aus der Küche, in der die beiden Zwillinge ein spätes Abendessen aßen, hörte er ein Radio. Er hatte im Haus keinen Fernseher gesehen.

»Danke erst mal.« Harry stand auf und ging nach draußen.

Drei Wagen standen auf dem Hof. Einer davon war Bjørn Holms Volvo Amazon, jetzt schwarz lackiert mit einem Rallyestreifen in Schachbrettmuster, der sich über Dach und Kofferraum zog. Harry blickte in den klaren Sternenhimmel und sog die Luft ein. Es roch nach Fichtenwald und Holzfeuer. Vom Waldrand hörte er das Keuchen eines Hundes und die aufmunternden Befehle des Hundeführers.

Um in die Scheune zu kommen, schlug Harry wie besprochen einen Bogen, um keine Spuren zu zerstören, die eventuell wichtig waren. Aus der geöffneten Tür drangen Stimmen. Er ging in die Hocke und studierte im Licht der Türlampe die Fußabdrücke im Schnee. Dann stand er auf, lehnte sich an den Türrahmen und fischte sich eine Zigarette aus der Schachtel.

»Sieht aus wie ein Tatort«, stellte er fest. »Blut, Leichen und umgestürzte Möbel.«

Bjørn Holm und Magnus Skarre verstummten, drehten sich um und folgten Harrys Blick. Der große offene Raum wurde von einer nackten Glühbirne erhellt, die an einem Kabel vom Deckenbalken hing. Auf der einen Seite des Raumes stand eine Drehbank vor einer Tafel, an der Werkzeug hing; Hammer, Sägen, Zangen, Bohrer. Kein elektrischer Schnickschnack. Auf der anderen Seite war mit Maschendraht ein Bereich abgetrennt, in dem Hühner auf Stangen hockten oder in Stakkatoschritten auf dem Stroh am Boden herumstolzierten. Mitten auf dem grauen, unbehandelten, blutverschmierten Boden lagen drei kopflose Körper. Neben dem umgestürzten Hauklotz drei abgetrennte Köpfe. Harry steckte sich die Zigarette zwischen die Lippen, ohne sie anzuzünden, betrat die Scheune, wobei er darauf achtete, nicht auf das Blut zu treten. Dann ging er neben dem Hauklotz in die Hocke und betrachtete die Hühnerköpfe. Das Licht seiner Taschenlampe blinkte matt in den schwarzen Augen. Er hob eine weiße durchtrennte

Feder hoch, die am Rand versengt aussah, und musterte dann die glatten Schnittflächen an den Hühnerhälsen. Das Blut war geronnen und schwarz. Er wusste, dass dieser Prozess sehr schnell eintrat, nach kaum mehr als dreißig Minuten.

»Siehst du etwas Interessantes?«, fragte Bjørn Holm.

»Mein Kopf analysiert im Moment nur Hühnerleichen. Berufskrankheit, Holm.«

Skarre lachte laut und zeichnete Schlagzeilen in die Luft. »Grässlicher dreifacher Hühnermord. Voodoo auf dem Land. Harry Hole auf den Fall angesetzt!«

»Viel interessanter ist jedoch, was ich nicht sehe«, fuhr Harry fort.

Bjørn Holm zog eine Augenbraue hoch, sah sich um und nickte langsam.

Skarre musterte ihn misstrauisch. »Und das wäre?«

»Die Mordwaffe«, antwortete Harry.

»Ein Beil«, präzisierte Holm. »Die einzig vernünftige Art, Hühner zu schlachten.«

Skarre schnaubte. »Wenn die Frau die geschlachtet hat, hat sie das Beil sicher wieder an seinen Platz zurückgelegt. Diese Bauern sind doch immer so ordentlich.«

»Was Letzteres angeht, gebe ich dir recht«, meinte Harry und lauschte dem Gegacker, das irgendwie aus allen Richtungen zu ihnen schallte. »Deshalb ist es ja so interessant, dass der Hauklotz umgestürzt ist und die Hühnerleichen einfach so herumliegen. Und das Beil ist nicht an seinem Platz.«

»An seinem Platz?« Skarre blickte vielsagend zu Holm.

»Wenn du mal die Güte hättest, dich umzudrehen«, sagte Harry, ohne aufzublicken.

Skarre blickte noch immer zu Holm, der zu der Tafel nickte, die hinter der Drehbank hing.

»Oh, verdammt«, kam es von Skarre.

An dem leeren Platz zwischen dem Hammer und der rostigen Säge zeichnete sich der Umriss eines kleinen Beils ab.

Von draußen war Hundegebell zu hören, Gewinsel und dann das aufgeregte Rufen des Hundeführers, der jetzt gar nicht mehr ermunternd klang.

Harry rieb sich das Kinn. »Wir haben die ganze Scheune durchsucht, und vorläufig sieht es so aus, als hätte Sylvia Ottersen die Schlachtung mittendrin abgebrochen, um mit dem Werkzeug in der Hand den Ort zu verlassen. Holm, kannst du die Körpertemperatur dieser Hühner messen und uns etwas über den Todeszeitpunkt sagen?«

»Jau, kein Problem.«

»Hä?« Skarre kapierte gar nichts mehr.

»Ich will wissen, wann sie hier abgehauen ist«, erläuterte Harry. »Konntest du was mit den Fußabdrücken da draußen anfangen?«

Der Kriminaltechniker schüttelte den Kopf. »Da sind zu viele Leute herumgelaufen, außerdem brauche ich mehr Licht. Ich habe reichlich Abdrücke von Rolf Ottersens Stiefeln gefunden sowie ein paar andere, die in die Scheune führen, aber keine nach draußen. Vielleicht ist sie aus der Scheune getragen worden?«

»Hm. Dann müsste es da tiefere Spuren geben. Von dem, der sie getragen hat. Schade, dass keiner durch das Blut gelaufen ist.« Harry kniff die Augen zusammen und blickte auf die dunkle Scheunenwand, bis zu der das Licht der Glühbirne nicht reichte. Vom Hof waren das Winseln eines Hundes und das Fluchen des Polizisten zu hören.

»Skarre, geh mal raus und guck nach, was da los ist«, bat Harry.

Skarre verschwand, und Harry schaltete wieder die Taschenlampe ein und ging zur Wand. Er fuhr mit den Fingern über die groben Bretter.

»Oh, ist das ...«, begann Holm, verstummte aber, als Harry gegen die Wand trat. Sie gab einen dumpfen Laut von sich, dann kam der Sternenhimmel zum Vorschein.

»Eine Hintertür«, sagte Harry und starrte auf die schwarze Silhouette der Fichten vor der schmutzig gelben Lichtkuppel, die über der Stadt lag. Dann richtete er den Schein der Lampe auf den Schnee. Der Lichtkegel fiel unmittelbar auf die Spuren.

»Zwei Personen«, stellte Harry fest.

»Es ist dieser Köter«, berichtete Skarre, als er zurückkam. »Der will nicht.«

»Er will nicht?« Harry folgte den Spuren mit dem Lichtkegel.

Der Schnee reflektierte das Licht, aber die Spuren verschwanden im Dunkel zwischen den Bäumen.

»Der Hundeführer kapiert es auch nicht. Er sagt, es sieht so aus, als hätte der Hund Angst. Auf jeden Fall weigert er sich, in den Wald zu gehen.«

»Vielleicht riecht er einen Fuchs«, mutmaßte Holm. »Hier gibt's viele Füchse.«

»Füchse?«, schnaubte Skarre. »Dieses Riesenvieh hat doch wohl keine Angst vor einem Fuchs.«

»Vielleicht hat er noch nie einen Fuchs gesehen«, meinte Harry, »erkennt aber den Geruch eines Raubtiers. Es ist doch ganz rational, sich vor etwas zu fürchten, das man nicht kennt. Wer diese Angst nicht hat, lebt nicht lange.« Harry spürte, dass sein Herz schneller zu schlagen begann. Und er wusste, warum. Wald. Und Dunkel. Diese unbändige, vollkommen irrationale Angst, die es zu überwinden galt.

»Bis auf weiteres müssen wir das hier wie einen Tatort behandeln«, sagte Harry. »Fang schon mal mit der Arbeit an. Ich folge diesen Spuren.«

»Okay.«

Harry schluckte, bevor er durch die Hintertür trat. Es war fünfundzwanzig Jahre her, aber trotzdem setzte sich sein Körper zur Wehr.

Es war bei Großvater in den Herbstferien in Åndalsnes gewesen. Der Hof lag am Hang unter den mächtigen Romsdalsbergen. Harry war zehn Jahre alt und war ein Stück in den Wald gegangen, um nach der Kuh zu sehen, die Großvater rief. Er wollte sie vor ihm finden, vor allen anderen, und beeilte sich deshalb. Stürmte wie besessen über die weiche Blaubeerheide und die winzigen krummen Zwergbirken. Die Pfade kamen und gingen, während er geradewegs auf das Glockenläuten zulief, das er zwischen den Bäumen zu hören glaubte. Dann hörte er es wieder, etwas weiter rechts. Er sprang über einen Bach, duckte sich unter einem Baum hindurch und rannte mit schmatzenden Stiefeln über ein Moor, als er von einem Regenschauer überrascht wurde, der wie ein Schleier aus Wasser auf ihn zukam und den steilen Berghang duschte.

Bei all seinem Eifer hatte er nicht bemerkt, dass langsam die Dunkelheit hereinbrach, aus dem Moor nach oben gekrochen kam, zwischen den Bäumen heranschlich, sich wie schwarze Farbe auf die Felswände legte und am Grunde des Tals sammelte. Stattdessen blickte er nach oben und verfolgte einen großen Vogel, der hoch am Himmel seine Kreise zog. Dazu musste er den Kopf so weit in den Nacken legen, dass er hinter sich die Felswand sehen konnte. Und dann steckte plötzlich ein Stiefel fest, so dass er der Länge nach zu Boden schlug, ohne den Sturz noch mit den Armen abfangen zu können. Alles wurde schwarz, Nase und Rachen waren mit einem Mal voller Moor, Tod, Fäulnis und Dunkelheit. In den wenigen Sekunden, die er im Matsch untergetaucht war, konnte er die Dunkelheit förmlich schmecken. Und als er wieder hochkam, fiel ihm auf, dass alles Licht verloschen war. Über die Berggipfel verschwunden, die plötzlich stumm und schwer über ihm aufragten und ihm zuflüsterten, dass er nicht wusste, wo er war, dass er schon lange die Orientierung verloren hatte. Ohne zu bemerken, dass er einen Stiefel verloren hatte, rappelte er sich hoch und begann zu laufen. Er musste doch bald etwas sehen, das er kannte. Aber die Landschaft war mit einem Mal wie verzaubert, und die Steine sahen aus wie die Köpfe von Zauberwesen, die aus der Erde wuchsen und mit Heidefingern nach seinen Beinen griffen. Die Zwergbirken waren Hexen, die sich vor Lachen krümmten und ihn in die Irre schickten, mal nach Hause, mal in die Verdammnis, mal zur Großmutter und mal hinein ins große, schwarze Loch, dorthin, wo das Moor zum Abgrund wurde, in dem Vieh, Menschen und ganze Wagen auf Nimmerwiedersehen verschwanden.

Es war fast Nacht, als Harry in die Küche taumelte und in Großmutters Arme fiel. Sein Vater, sein Großvater und alle Erwachsenen des Nachbarhofes waren längst auf der Suche nach ihm. Sie fragte ihn, wo er gewesen sei.

Im Wald.

Aber ob er denn nicht ihr Rufen gehört hätte? Sie hätten immer wieder seinen Namen gerufen, die ganze Zeit.

Er selbst erinnerte sich nicht mehr daran, doch später war ihm mehrfach erzählt worden, wie er vor Kälte zitternd auf der Ofenbank hockte, apathisch vor sich hin starrte und schließlich antwortete: »Ich dachte, da hätte jemand anderes gerufen.«

»Wer sollte denn das gewesen sein?«

»Na, die anderen. Großmutter, weißt du eigentlich, dass man die Dunkelheit *schmecken* kann?«

Harry war erst ein paar Meter im Wald, als sich eine intensive, fast unnatürliche Stille um ihn legte. Er leuchtete mit der Taschenlampe auf den Weg, denn jedes Mal, wenn er den Lichtkegel in den Wald hineinschweifen ließ, rannten die Schatten wie aufgeschreckte Geister zwischen den Bäumen entlang, bis sie im schweigenden Dunkel verschwanden. Aber es vermittelte ihm kein Gefühl von Sicherheit, inmitten dieser Finsternis in einer Blase aus Licht gefangen zu sein. Im Gegenteil. Durch den stockfinsteren Wald zu tappen, während er für seine Umgebung gewiss mehr als sichtbar war, flößte ihm das Gefühl ein, nackt und schutzlos zu sein. Zweige kratzten ihm über das Gesicht wie die Finger eines Blinden, der die Züge eines unbekannten Menschen zu ertasten versucht.

Die Spuren führten zu einem Bach, der glucksend seinen eigenen, raschen Atem übertönte. Dann verschwand eine der Spuren, während die andere dem Bach nach unten folgte.

Er ging weiter. Der Bach schlängelte sich mal hierhin, mal dorthin, aber er hatte keine Sorge, sich zu verlaufen, da er ja nur seine Spuren zurückverfolgen musste.

Ganz in der Nähe schrie warnend eine Eule. Das Ziffernblatt seiner Uhr glühte grün und sagte ihm, dass er bereits eine Viertelstunde unterwegs war. Es war an der Zeit, kehrtzumachen und einen ordentlich ausgerüsteten Suchtrupp mit einem Hund loszuschicken, der keine Angst vor Füchsen hatte.

Harrys Herz stockte.

Es war direkt an seinem Gesicht vorbeigestrichen. Vollkommen lautlos und so rasch, dass er nichts gesehen hatte. Nur der Luftzug hatte es verraten. Dann hörte Harry das Geräusch von Federn auf Schnee und das wimmernde Piepsen eines kleinen Nagers, der gerade zu Beute geworden war.

Langsam atmete er aus, leuchtete ein letztes Mal in den Wald und drehte um. Doch nach einem Schritt blieb er wieder stehen. Er wollte zurück zum Hof gehen, einen Schritt nach dem anderen, tat dann aber doch, was er tun musste. Er schwang die Taschenlampe herum. Und da war es wieder. Ein Blitzen, ein Lichtreflex, den es mitten im Wald so nicht geben durfte. Er näherte sich dem Blitzen. Sah sich um und versuchte, sich die Stelle zu merken. Es war ungefähr fünfzehn Meter vom Bach entfernt. Er hockte sich hin. Nur der Stahl ragte heraus, aber er brauchte den Schnee gar nicht wegzuschieben, um zu wissen, was das war. Ein Beil. Ein kleines Beil. Sollte sich auf der Klinge einmal Hühnerblut befunden haben, war es längst weggewaschen. Rund um das Beil gab es keine Fußspuren. Harry leuchtete herum und sah ein paar Meter entfernt einen abgetrennten Zweig auf dem Schnee. Jemand musste das Beil mit großer Kraft hierher geschleudert haben.

Im gleichen Moment überkam ihn wieder dieses Gefühl. Wie im Spektrum vor ein paar Stunden – das Gefühl, beobachtet zu werden. Instinktiv knipste er die Taschenlampe aus, und das Dunkel breitete sich über ihn wie eine Decke. Er hielt den Atem an und lauschte. Nein, dachte er. Du darfst das nicht zulassen. Das Böse kann nicht von einem Besitz ergreifen. Im Gegenteil, es ist nur die Abwesenheit von etwas anderem, das Fehlen von Güte. Das Einzige, wovor du hier Angst haben musst, bist du selbst.

Aber das ungute Gefühl wollte ihn nicht loslassen. Jemand starrte ihn an. Etwas. Die anderen. Das Mondlicht fiel auf eine kleine Lichtung am Bach, wo er den Umriss einer Person auszumachen glaubte.

Harry schaltete die Taschenlampe wieder ein und leuchtete in Richtung Lichtung.

Sie war es. Sie stand aufrecht und regungslos zwischen den Bäumen und sah ihn an, ohne zu blinzeln. Mit den gleichen großen, schläfrigen Augen wie auf dem Bild. Harrys erster Gedanke war, dass sie wie eine Braut gekleidet war. In Weiß. Und dass sie hier mitten im Wald stand wie vor einem Altar. Das Licht ließ sie glitzern. Harry holte zitternd Luft und fischte das Handy aus seiner Jackentasche. Bjørn Holm antwortete nach dem zweiten Klingeln.

»Sperr alles ab«, befahl Harry. Sein Hals war trocken, rau. »Ich ruf inzwischen Verstärkung.«

»Was ist denn passiert?«

»Hier steht ein Schneemann!«

»Ja und?«

Harry erklärte.

»Das Letzte habe ich nicht mitgekriegt«, rief Holm. »Die Verbindung ist so schlecht.«

»Der Kopf«, wiederholte Harry. »Der Kopf gehört Sylvia Ottersen.«

Am anderen Ende wurde es still.

Harry bat Holm, den Spuren zu folgen, und legte auf.

Dann ging er in die Hocke, lehnte sich an einen Baum, knöpfte den Mantel ganz zu und schaltete das Licht aus, um die Batterien zu schonen. Und dachte bei sich, dass er fast vergessen hatte, wie es schmeckte, das Dunkel.

TEIL II

Kapitel 10

4. Tag. Kreide

Es war halb vier Uhr morgens, als Harry todmüde seine Wohnungstür aufschloss. Er zog sich aus und ging direkt unter die Dusche. Versuchte nicht nachzudenken, während das glühend heiße Wasser seine Haut lähmte, die angespannten Muskeln massierte und seinen durchfrorenen Körper auftaute. Sie hatten mit Rolf Ottersen gesprochen, aber die weiteren Verhöre konnten bis morgen warten. Oben in Sollihøgda hatten sie die Befragung bei den Nachbarn längst abgeschlossen, so viele gab es da ja nicht. Aber die Spurensicherung und die Hunde waren noch immer im Einsatz und würden das wohl auch noch die ganze Nacht sein. Sie hatten nur eine kurze Zeitspanne, bis die Spuren unbrauchbar wurden, weil neuer Schnee darauffiel oder es taute. Er drehte die Dusche ab. Der Dampf vernebelte das ganze Badezimmer, und als Harry den Spiegel abtrocknete, beschlug der sofort wieder aufs Neue, was sein Gesicht verzerrte und seinen nackten Körper seltsam konturlos erscheinen ließ.

Er putzte sich gerade die Zähne, als das Telefon klingelte. »Harry.«

»Stormann. Der Pilzmann.«

»Sie rufen aber spät an«, sagte Harry überrascht.

»Ich dachte, Sie sind in der Arbeit.«

»Wieso?«

»In den Nachrichten wurde über diese Frau in Sollihøgda berichtet, da hab ich Sie im Hintergrund gesehen. Ich hab die Ergebnisse des Tests.«

»Und?«

»Sie haben Schimmel in der Wohnung. Noch dazu eine ziemlich üble Sorte. Versicolor.«

»Und das heißt?«

»Dass es die in verschiedenen Farben gibt. Wenn man sie denn überhaupt sieht. Abgesehen davon bedeutet das aber auch, dass ich bei Ihnen noch weitere Wände einreißen muss.«

»Hm.« Harry hatte die vage Vermutung, dass er mehr Interesse zeigen, sich mehr Sorgen machen oder wenigstens noch etwas fragen sollte. Aber das konnte er nicht, nicht nach dieser Nacht.

»Dann fangen Sie eben an.«

Harry legte auf und schloss die Augen. Wartete auf die Gespenster, die sich jetzt unvermeidlich einstellen würden. Es sei denn, er griff zur einzig hilfreichen Medizin, die er kannte. Vielleicht würde er in dieser Nacht aber auch jemand Neues kennenlernen. Er wartete förmlich darauf, dass sie aus dem Wald gekrochen kam, mit ihrem großen, weißen Körper ohne Beine, eine verwachsene Bowlingkugel mit Kopf, an deren schwarzen Augenhöhlen Krähen hockten und die letzten Reste der Augäpfel herauspickten, während die Lippen längst vom Fuchs gefressen worden waren, so dass ihn nur noch die entblößten Zähne angrinsten. Vielleicht würde sie kommen, wer weiß, das Unterbewusstsein ist unberechenbar. So unberechenbar, dass er nach dem Einschlafen träumte, mit dem Kopf unter Wasser in einer Badewanne zu hängen, wo er das dumpfe Blubbern von Blasen und das Lachen einer Frau hörte. Auf der Emaille wuchs Seegras, das sich nach ihm ausstreckte wie die grünen Finger einer weißen Hand.

Das Morgenlicht fiel in hellen Rechtecken auf die Zeitungen, die auf dem Schreibtisch von Kriminaloberkommissar Gunnar Hagen lagen. Sylvia Ottersens Lächeln prangte auf den Titelseiten, begleitet von den Schlagzeilen: »Ermordet und geköpft«, »Im Wald enthauptet«, und – die kürzeste und vermutlich beste: »Enthauptet«.

Harrys eigener Kopf schmerzte schon seit dem Aufstehen. Jetzt hielt er ihn vorsichtig zwischen den Händen und dachte sich, dass es auch nicht schlimmer wäre, wenn er gestern tatsächlich getrunken hätte. Am liebsten hätte er die Augen geschlossen, aber Hagen sah ihn direkt an. Harry bemerkte, dass sich der Mund seines Gegenübers noch immer öffnete, schloss, verzog, kurz gesagt, dass er Worte formulierte, die Harry nur über eine schlecht eingestellte Frequenz erreichten.

»Und das bedeutet ...«, fuhr Hagen fort, und Harry erkannte, dass es an der Zeit war, die Ohren zu spitzen, »... dass diese Sache von nun an oberste Priorität hat. Wir werden also deine Ermittlungsgruppe aufstocken und ...«

»Abgelehnt«, fiel Harry ihm ins Wort. Die Formulierung dieses einen Wortes fühlte sich in seinem Schädel wie eine Explosion an. »Wir können die Leute requirieren, wenn wir sie brauchen, aber vorläufig möchte ich, dass nur wir vier an den Besprechungen teilnehmen. Nur wir vier.«

Gunnar Hagen starrte ihn entgeistert an. Bei Mordfällen umfassten die Ermittlungsgruppen und Sonderkommissionen immer mindestens zwölf Mann. Sogar bei einfachen.

»Die Assoziationen und Gedanken sind in einer kleinen Gruppe freier«, fügte Harry hinzu.

»Assoziationen?«, rief Hagen verblüfft. »Wie wäre es denn mal mit normaler Polizeiarbeit? Mit Spuren und Indizien, Verhören, dem Sammeln von Informationen? Und wer soll die Datenkoordination übernehmen? Bei einer größeren Gruppe ...«

Harry hob die Hand, um den Redeschwall abzuwürgen. »Das ist es ja gerade, ich will nicht darin ertrinken.«

»Ertrinken?« Hagen starrte Harry entgeistert an. »Dann sollte ich den Fall vielleicht lieber jemandem übertragen, der schwimmen kann.«

Harry rieb sich leicht die Schläfen. Er wusste, Hagen war klar, dass es auf dem Dezernat derzeit niemanden sonst gab außer Hauptkommissar Hole, der eine solche Ermittlung leiten konnte. Harry wusste überdies, dass es einem Gesichtsverlust für den neuen Kriminaloberkommissar gleichgekommen wäre, den Fall an das Kriminalamt abzutreten. Eher hätte er sich seinen stark behaarten rechten Arm abgehackt.

Harry seufzte: »Normale Kommissionen kämpfen schon damit, sich bei der aufkommenden Datenflut irgendwie über Wasser zu halten. Und das bereits bei einem gewöhnlichen Fall. Bei Enthauptungen auf den Titelseiten ...« Harry schüttelte den Kopf. »Die Leute werden wieder verrücktspielen. Nach dem kurzen Bericht in den Nachrichten gestern Abend gingen allein hundert Tipps ein. Du weißt schon, Besoffene, die üblichen Anrufer plus ein paar neue. Menschen, die einem erzählen können, dass der Mord in der Offenbarung des Johannes so beschrieben steht und so weiter. Heute sind es auch schon wieder zweihundert. Und warte nur, bis herauskommt, dass es noch mehr Leichen sein könnten. Lass uns mal davon ausgehen, dass wir zwanzig Leute brauchen, allein um diese Hinweise zu bearbeiten, alles zu überprüfen und Berichte zu schreiben. Lass uns ferner davon ausgehen, dass die Ermittlungsleitung zwei Stunden pro Tag aufwenden muss, um all die neuen Informationen zu lesen, zwei weitere, um sie zu koordinieren, und noch einmal zwei, um die Gruppe zu versammeln, sie zu informieren und alle Fragen zu beantworten. Dazu kommt dann noch eine halbe Stunde, um festzulegen, mit welchen Informationen man in die Pressekonferenz geht, die ihrerseits fünfundvierzig Minuten dauert. Das Schlimmste ist ...«

Harry presste die Zeigefinger auf seine schmerzenden Kiefergelenke und schnitt eine Grimasse.

»... dass dieser Aufwand von Ressourcen bei einem normalen Mordfall vermutlich eine gute Investition ist. Weil es da draußen immer jemanden gibt, der etwas weiß und etwas gehört oder gesehen hat. Kleinigkeiten, die wir mühsam zusammensetzen müssen oder die wie durch Zauberei auf einen Schlag den ganzen Fall lösen.«

»Genau«, sagte Hagen, »und deshalb ...«

»Das Problem ist«, fuhr Harry fort, »dass wir es hier nicht mit einem solchen Fall zu tun haben. Nicht mit einem solchen Täter. Diese Person hat sich niemandem anvertraut und sich nie in der Nähe eines Tatorts gezeigt. Niemand da draußen weiß etwas, so dass uns all die Hinweise nicht helfen, sondern nur behindern. Und sollten wir wirklich etwas finden, Spuren oder Indizien, dann sind sie für uns ausgelegt worden, um uns zu verwirren. Kurz und gut, wir haben es hier mit einem ganz anderen Spiel zu tun.«

Hagen lehnte sich auf seinem Stuhl zurück, legte die Fingerkuppen zusammen und sah Harry nachdenklich an. Dann blinzelte er wie eine dösende Eule und fragte:

»Für dich ist das also ein Spiel?«

Harry fragte sich, worauf Hagen hinauswollte, während er langsam nickte.

»Und was soll das für ein Spiel sein? Schach?«

»Tja«, meinte Harry. »Eher so etwas wie Schach mit verbundenen Augen.«

Hagen nickte. »Du denkst also an einen klassischen Serienmörder, einen kaltblütigen Täter mit überlegener Intelligenz und einem Sinn fürs Spielerische, für die Herausforderung?«

Mittlerweile ahnte Harry, worauf Hagen anspielte.

»Ein Mann wie aus dem Lehrbuch dieses FBI-Kurses? Wie du ihn damals in Australien getroffen hast? Einen würdigen Widersacher für ...«, der Kriminaloberkommissar schmatzte, als könnte er die Worte schmecken, »... für jemanden mit deinem Background?«

Harry seufzte. »Ich sehe das etwas anders, Chef.«

»Ach ja? Denk dran, Harry, ich war auf der Militärakademie. Was glaubst du, wovon die angehenden Generäle da träumen, wenn ich ihnen von Feldherren erzähle, die ganz auf sich gestellt den Lauf der Geschichte verändert haben? Meinst du, die wollen stillsitzen und auf Frieden hoffen und ihren Enkeln erzählen, dass es sie zwar gegeben hat, niemand aber je erfahren hat, zu was sie im Kriegsfall imstande gewesen wären? Das sagen sie vielleicht, aber sie träumen von etwas ganz anderem, Harry. Sie träumen davon, wenigstens einmal die entscheidende Gelegenheit zu bekommen. Es ist ein soziales Bedürfnis von uns Menschen, gebraucht zu werden, Harry. Deshalb malen die Generäle im Pentagon ständig den Teufel an die Wand, sobald irgendwo in der Welt ein Chinaböller losgeht. Ich glaube, du wünschst dir einfach, dass dieser Fall etwas Besonderes ist, Harry. Du willst es so sehr, dass dir der Teufel erscheint.«

»Der Schneemann, Chef. Du erinnerst dich doch an den Brief, den ich dir gezeigt habe?«

Hagen seufzte. »Ich erinnere mich an einen Verrückten, Harry.«

Harry wusste, dass er jetzt aufgeben und den Kompromissvorschlag auftischen sollte, den er bereits durchdacht hatte. Dass er Hagen diesen kleinen Sieg gönnen musste. Stattdessen zuckte er mit den Schultern: »Ich will meine Gruppe so, wie sie jetzt ist.«

Hagens Gesicht verschloss sich und wurde hart. »Ich kann das so nicht gestatten, Harry.«

»Du *kannst* nicht?«

Hagen hielt Harrys Blick stand, doch dann geschah es. Er wich ihm aus. Nur für den Bruchteil einer Sekunde, aber das war lang genug.

»Es gibt hier auch gewisse Rücksichten zu nehmen«, rechtfertigte sich Hagen.

Harry versuchte seine unschuldigste Miene aufzusetzen, während er Salz in die Wunde streute: »Was für Rücksichten, Chef?«

Hagen blickte auf seine Hände.

»Was glaubst denn du? Vorgesetzte. Presse. Politiker. Wenn drei Monate vergangen sind und wir den Mörder noch immer nicht haben – was meinst du, wer dann Stellung nehmen muss zur Vorgehensweise im Dezernat? Wer muss dann erklären, dass wir nur vier Mann auf den Fall angesetzt haben, weil sich kleine Gruppen besser eignen für ...« Hagen spuckte die Worte aus wie faulige Krabben: »Assoziationen, freies Denken und Schachspiel? Hast du dir das mal überlegt, Harry?«

»Nein«, antwortete Harry und verschränkte die Arme vor der Brust. »Ich habe mir Gedanken darüber gemacht, wie wir diesen Kerl schnappen können, und nicht darüber, wie wir später unser Scheitern erklären könnten.«

Harry wusste, dass er es sich damit leichtmachte, aber die Worte trafen ins Schwarze. Hagen blinzelte zweimal. Öffnete den Mund und machte ihn wieder zu. Plötzlich schämte Harry sich. Warum musste er es immer auf diese kindischen Wettstreite ankommen lassen? Sie hatten doch keine Bedeutung, es ging ihm nur darum zu gewinnen, egal gegen wen. Rakel hatte einmal behauptet, er wäre am liebsten mit einem extralangen Mittelfinger auf die Welt gekommen, der ständig hochstehe.

»Es gibt im Kriminalamt einen Mann namens Espen Lepsvik«, sagte Harry. »Der hat Erfahrung mit großen Ermittlungen. Ich kann mit ihm reden und ihn bitten, eine Gruppe aufzustellen, die mich fortlaufend unterrichtet. Ansonsten arbeiten unsere Gruppen parallel und unabhängig. Und du kümmerst dich gemeinsam mit dem Chef der Kripo um die Pressekonferenzen. Was hältst du davon, Chef?«

Harry brauchte die Antwort nicht abzuwarten. Er sah die Dankbarkeit in Hagens Augen. Und wusste, dass er diesen Wettstreit gewonnen hatte.

Als Harry wieder in seinem Büro saß, rief er als Erstes Bjørn Holm an:

»Hagen hat ja gesagt, wir machen es so, wie ich gesagt habe. Wir treffen uns in einer halben Stunde in meinem Büro. Rufst du Skarre und Bratt an?«

Er legte auf. Dachte an das, was Hagen über die Generäle gesagt hatte, die ihren Krieg wollten. Dann zog er die Schreibtischschublade heraus und machte sich auf die verzweifelte Suche nach einer Aspirin.

»Abgesehen von den Fußabdrücken haben wir am mutmaßlichen Tatort keine Spuren des Täters gefunden«, verkündete Magnus Skarre. »Aber noch schwieriger fällt mir zu verstehen, warum wir auch keine Spuren vom Opfer entdeckt haben. Schließlich hat er der Frau den Kopf abgetrennt, da müsste es doch massenhaft Spuren geben. Aber nichts. Nicht mal die Hunde haben reagiert. Das Ganze ist mir echt ein verdammtes Rätsel.«

»Er hat sie im Bach getötet und ihr da auch den Kopf abgeschnitten«, schlug Katrine vor. »Ihre Spuren verschwanden doch etwas oberhalb im Bach, oder? Sie ist durchs Wasser gelaufen, um keine Spuren zu hinterlassen, aber er hat sie trotzdem gefunden.«

»Womit hat er das gemacht?«, fragte Harry.

»Beil oder Säge, was sonst?«

»Und was ist mit den Verbrennungen an den Schnittstellen?«

Katrine blickte zu Skarre. Beide zuckten mit den Schultern.

»Okay, Holm überprüft das«, ordnete Harry an. »Und wie ist er danach vorgegangen?«

»Vielleicht hat er sie durch den Bach bis zur Schotterstraße gezogen«, mutmaßte Skarre. Er hatte nur zwei Stunden geschlafen und trug seinen Pullover auf links, aber niemand brachte es übers Herz, ihm das zu sagen. »Ich sage ›vielleicht‹, weil wir auch da nichts gefunden haben. Gar nichts. Und eigentlich hätten wir was finden müssen. Eine Blutspur an einem Baumstamm, abgeschürfte

Haut an einem Zweig oder einen Fetzen ihrer Kleidung. Aber wir haben seine Fußspuren an der Stelle entdeckt, an der der Bach unter der Straße hindurchfließt. Daneben waren auch Spuren im Schnee, die von einem Körper stammen könnten. Aber das wissen nur die Götter, denn die Hunde haben auch an dieser Stelle nicht angeschlagen. Nicht einmal dieser Scheiß-Leichenhund! Das Ganze ist mir echt ein …«

»… verdammtes Rätsel«, wiederholte Harry und rieb sich das Kinn. »Ist das nicht total unpraktisch, ihr im Bach stehend den Kopf abzutrennen? Schließlich ist das ja nur ein schmaler Graben, in dem man sich kaum bewegen kann. Warum?«

»Ist doch einleuchtend«, meinte Skarre. »Die Spuren fließen mit dem Wasser weg.«

»Ich finde das gar nicht einleuchtend«, erwiderte Harry. »Schließlich hat er uns ihren Kopf dagelassen, die Spuren scheinen ihm also vollkommen egal zu sein. Wieso gibt es dann keine Spuren von ihr bis zur Straße …«

»Eine Bodybag!«, warf Katrine ein. »Ich habe mich gerade gefragt, wie er sie so weit durch dieses unwegsame Terrain tragen konnte. Im Irak haben die so Bodybags mit Schulterriemen verwendet, die man wie einen Rucksack tragen kann.«

»Hm«, machte Harry. »Das würde auf jeden Fall erklären, warum der Leichenhund unten an der Straße nicht angeschlagen hat.«

»Und warum er das Risiko eingehen konnte, sie dort abzulegen«, ergänzte Katrine.

»Abzulegen?«, fragte Skarre.

»Dieser Körperabdruck im Schnee. Er hat sie da hingelegt, während er selbst sein Auto geholt hat. Das er vermutlich irgendwo in der Nähe von Ottersens Hof abgestellt hatte. Das könnte ihn etwa eine halbe Stunde gekostet haben, einverstanden?«

Skarre murmelte ein widerwilliges: »In etwa, ja.«

»Diese Säcke sind schwarz und sehen für jeden, der da möglicherweise vorbeigefahren ist, wie Abfallsäcke aus.«

»Da ist aber keiner vorbeigefahren«, bemerkte Skarre säuerlich und unterdrückte ein Gähnen. »Wir habe mit allen da oben in diesem Scheißwald gesprochen.«

Harry nickte. »Was sollen wir von Rolf Ottersens Aussage halten, dass er zwischen fünf und sieben im Geschäft war?«

»Das Alibi ist einen Dreck wert, solange wir keinen Kunden haben, der im Laden war«, meinte Skarre.

»Er kann es hin und zurück geschafft haben, während die Zwillinge Geigenstunde hatten«, sagte Katrine.

»Aber er ist einfach nicht der Typ für so was«, widersprach Skarre, lehnte sich zurück und nickte, um seine eigene Schlussfolgerung zu bestätigen.

Harry hätte am liebsten ganz generell etwas über die Fähigkeiten der Polizei gesagt, einen Mörder am Aussehen zu erkennen. Aber in der Phase, in der sie sich jetzt befanden, sollte sich jeder frei äußern können, ohne dass ihm widersprochen wurde. Erfahrungsgemäß kamen die besten Ideen aus Gedankensprüngen, die nicht richtig zu Ende gedacht oder schlichtweg falsch waren.

Die Tür ging auf.

»Howdy!«, grüßte Bjørn Holm. »Tut mir schrecklich leid, aber ich hab mich mal um die Mordwaffe gekümmert.«

Er zog sich seinen Ölmantel aus und hängte ihn an Harrys Garderobe, die sofort Schlagseite bekam. Darunter trug er ein lila Hemd mit gelber Stickerei und einem Text auf dem Rücken, der verkündete, dass Hank Williams – ungeachtet seines Totenscheins aus dem Winter 1953 – am Leben ist. Er ließ sich auf den letzten freien Stuhl fallen und sah in die Gesichter der anderen, die ihn erwartungsvoll anstarrten.

»Was ist los?«, fragte er lächelnd, und Harry wartete auf Holms Lieblingswitz, der prompt nachfolgte: »Ist jemand gestorben?«

»Die Mordwaffe«, drängte Harry. »Jetzt red schon.«

Holm grinste und rieb sich die Hände. »Ich hab mich natürlich gefragt, woher die Brandwunden an Sylvia Ottersens Hals stammen könnten. Die Rechtsmedizinerin hatte keine Ahnung. Sie meinte nur, die kleinen Arterien waren so verschlossen wie sonst nur bei Amputationen, um die Blutungen zu stoppen. Bevor der Knochen durchgesägt wird. Und als sie das mit der Säge sagte, musste ich an etwas denken. Ich bin ja auf dem Bauernhof aufgewachsen …«

Bjørn Holm beugte sich mit glänzenden Augen vor, und Harry

musste unwillkürlich an einen Vater denken, der das Weihnachtspaket mit der Modelleisenbahn öffnet, die er für seinen neugeborenen Sohn gekauft hat.

»Wenn eine Kuh kalben soll, das Kalb aber schon tot ist, ist der Kadaver manchmal zu groß, um von der Kuh ohne fremde Hilfe herausgepresst zu werden. Und wenn er dann noch falsch liegt, kann man ihn nicht ohne Risiko für die Kuh rauskriegen. Dann muss der Tierarzt mit der Säge kommen.«

Skarre schnitt eine Grimasse.

»Ich rede hier von einer Säge mit einem sehr dünnen, biegsamen Sägeblatt, das man in die Kuh schiebt und dann wie eine Schlinge um das Kalb legt. Und dann zieht man hin und her und sägt den Kadaver durch.«

Holm machte es mit den Händen vor.

»Bis er in zwei Teile zerlegt ist und man ihn rausholen kann. In der Regel ist das Problem dann gelöst. In der Regel. Denn natürlich kommt es auch mal vor, dass man mit dem Sägeblatt die Kuh verletzt, so dass sie verblutet. Vor ein paar Jahren haben die Bauern in Frankreich eine praktische Erfindung gemacht, mit der dieses Problem gelöst wurde: eine glühende Schneideschlinge. Sie besteht aus einem einfachen Plastikgriff, an dessen Enden ein dünner, superstarker Metalldraht befestigt ist. Man legt die Schlinge um das, was man abschneiden will. Dann schaltet man den Strom ein. In nur fünfzehn Sekunden glüht der Draht weiß, und wenn man dann auf einen Knopf am Handgriff drückt, beginnt sich die Schlinge zusammenzuziehen und durch den Kadaver zu schneiden. Man muss das Werkzeug nicht hin und her bewegen wie eine Säge, was das Risiko minimiert, die Kuh zu verletzen. Und sollte sie trotzdem mit dem Draht in Berührung kommen …«

»Du willst uns doch wohl nicht wirklich so ein Werkzeug verkaufen?«, fragte Skarre grinsend und heischte mit seinen Blicken nach Bestätigung von Harry.

»Aufgrund der hohen Temperatur ist der Metalldraht vollkommen steril«, fuhr Holm fort. »Er überträgt weder Bakterien noch vergiftetes Blut vom Kadaver. Und durch die Hitze werden die kleinen Adern verschweißt, so dass es kaum zu Blutungen kommt.«

»Okay«, sagte Harry. »Bist du dir sicher, dass er so ein Gerät benutzt hat?«

»Nein«, erwiderte Holm. »Ich könnte das testen, wenn ich so ein Ding auftreiben könnte, aber der Tierarzt, mit dem ich gesprochen habe, meinte nur, diese Schneideschlingen seien in Norwegen vom Landwirtschaftsministerium nicht zugelassen worden.« Er sah Harry mit einem Ausdruck tiefen und echten Bedauerns an.

»Gut. Auch wenn das nicht die Mordwaffe ist, würde es zumindest erklären, wie er ihr im Bach den Kopf abtrennen konnte. Was meint ihr?«, wandte er sich an die anderen.

»Frankreich«, kommentierte Katrine Bratt trocken. »Erst die Guillotine und dann das.«

Skarre schürzte die Lippen und schüttelte den Kopf. »Hört sich zu verrückt an. Wo soll der denn dann so eine Schlinge herhaben, ich meine, wenn die hier nicht zugelassen ist.«

»Das wäre doch mal ein Ansatzpunkt, checkst du das, Skarre?«

»Also ich halte nichts von diesem Dingsbums.«

»Tut mir leid, wenn ich mich unklar ausgedrückt habe«, sagte Harry. »Ich meinte: ›Du checkst das jetzt, Skarre.‹ Sonst noch was, Holm?«

»Nein. Eigentlich hätte ja reichlich Blut am Tatort sein müssen, aber wir haben nur in der Scheune Blut gefunden, und das stammte von den geschlachteten Hühnern. Apropos Hühner, die Abgleichung der Körpertemperatur mit der Raumtemperatur hat ergeben, dass sie etwa um halb sieben geschlachtet worden sind. Das ist aber ein bisschen unsicher, weil eines der Hühner etwas wärmer war als die anderen.«

»Hatte bestimmt Fieber«, feixte Skarre.

»Und der Schneemann?«, fragte Harry.

»Auf einem Berg von Schneekristallen, die jede Stunde ihre Form ändern, findet man keine Fingerabdrücke, aber man dürfte Hautreste finden, da die Kristalle ja scharfkantig sind. Vielleicht auch Fasern von Handschuhen oder Fäustlingen, sollte er welche getragen haben. Aber wir haben nichts von beidem entdecken können.«

»Gummihandschuhe«, schlug Katrine vor.

»Sonst war da nichts«, schloss Holm.

»Na ja, wir haben ja immerhin den Kopf. Habt ihr ihre Zähne …?«

Harry wurde von Holm unterbrochen, der ihn beleidigt ansah. »Ob wir nachgeschaut haben, was sich darin festgesetzt haben könnte? Und ihre Haare? Fingerabdrücke am Hals? Sonst noch was, was die Techniker nicht berücksichtigen?«

Harry nickte entschuldigend und sah auf die Uhr: »Skarre, auch wenn du der Meinung bist, Rolf Ottersen wäre nicht der Typ für so etwas, finde bitte raus, wo er war und was er gemacht hat, als Birte Becker verschwand. Ich unterhalte mich mal mit Filip Becker. Katrine, du überprüfst die anderen Vermisstenfälle inklusive dieser beiden und suchst nach Übereinstimmungen.«

»Okay«, sagte sie.

»Du musst alles abchecken«, verlangte Harry. »Zeitpunkt des Mordes, Mondphase, was im Fernsehen lief, Haarfarbe der Opfer, ob sie sich die gleichen Bücher in der Bibliothek ausgeliehen hatten, am gleichen Seminar teilgenommen haben, die Quersumme ihrer Telefonnummern … Wir müssen rauskriegen, wie er sich seine Opfer sucht.«

»Warte mal«, sagte Skarre. »Sind wir denn schon sicher, dass es einen Zusammenhang gibt? Sollten wir nicht für alle Möglichkeiten offen sein?«

»Verdammt, du kannst so offen sein, wie du willst«, erwiderte Harry, stand auf und versicherte sich, dass er die Autoschlüssel wirklich in der Hosentasche hatte. »Solange du tust, was dein Chef von dir verlangt. Der Letzte macht das Licht aus.«

Harry wartete vor dem Fahrstuhl, als er jemanden kommen hörte. Die Schritte hielten hinter ihm an.

»Ich habe heute Morgen in der großen Pause mit einer der Zwillingsschwestern gesprochen.«

»Ja und?« Harry drehte sich um und sah Katrine Bratt an.

»Ich hab sie gefragt, was sie vorgestern gemacht haben.«

»Vorgestern?«

»Der Tag, an dem Birte Becker verschwunden ist.«

»Genau.«

»Sie und ihre Schwester waren den ganzen Tag mit ihrer Mutter in der Stadt. Sie erinnerte sich so genau, weil sie nach einem Arztbesuch noch im Kon-Tiki-Museum waren. Dann haben sie bei einer Tante übernachtet, während ihre Mutter eine Freundin besuchte. Der Vater war daheim und hat das Haus gehütet. Allein.«

Sie stand so nah vor ihm, dass Harry ihr Parfüm riechen konnte. Diesen Duft hatte er bis jetzt noch an keiner anderen Frau gerochen. Sehr würzig und ohne jede Süße.

»Hm. Mit welcher von den beiden hast du gesprochen?«

Katrine Bratt hielt seinem Blick stand. »Keine Ahnung. Ist das wichtig?«

Ein helles Pling verriet Harry, dass der Fahrstuhl gekommen war.

Jonas zeichnete einen Schneemann. Eigentlich sollte er lächeln und singen, er hatte einen fröhlichen Schneemann malen wollen. Aber es gelang ihm nicht. Der Schneemann starrte ihn nur ausdruckslos von dem großen, weißen Papier an. Der riesige Hörsaal um ihn herum war beinahe still. Nur das Kratzen und Klopfen von Vaters Kreide dort vorne auf der Tafel war zu hören, und die Füller der Studenten, die eifrig mitschrieben. Er mochte keine Füller. Wenn man damit schrieb, konnte man nichts ausradieren, nichts verändern, dann blieb alles, was man gezeichnet hatte, für immer da. Als er heute Morgen aufgewacht war, hatte er gedacht, Mama sei wieder zurück und alles wieder in Ordnung. Er rannte ins Schlafzimmer, doch da stand nur Vater, zog sich an und sagte, er solle schnell in seine Kleider springen, da er heute mit in die Universität dürfe. Füller.

Der Raum fiel zu Vaters Podium hin ab, er erinnerte irgendwie an ein Theater. Vater hatte kein Wort zu den Studenten gesagt, nicht einmal, als er mit Jonas in den Raum gekommen war. Er nickte ihnen nur zu, deutete auf den Platz, auf den Jonas sich setzen sollte, und trat dann an die Tafel, wo er zu schreiben anfing. Die Studenten schienen das gewohnt zu sein, denn sie begannen gleich mitzuschreiben. Die Tafel hatte sich mittlerweile mit Zahlen, kleinen Buchstaben und seltsamen Zeichen gefüllt, die Jonas nicht kannte. Sein Vater hatte ihm einmal erzählt, er schreibe seine Geschichten in einer ganz eigenen Sprache, die man Physik nennt. Als Jonas ihn fragte, ob das auch Märchen seien, erwiderte sein

Vater lachend, die Physik sei nur in der Lage, die Wahrheit zu sagen. In dieser Sprache könne man nicht prahlen, selbst wenn man wollte.

Einige dieser seltsam runden Zeichen waren richtig lustig. Und schön.

Kreide rieselte auf Vaters Schulter. Eine feine, weiße Schicht, die sich wie Schnee auf den Stoff seiner Jacke legte. Jonas starrte auf den Rücken seines Vaters und versuchte, ihn zu zeichnen. Aber auch das wurde kein fröhlicher Schneemann.

Plötzlich wurde es vollkommen still im Raum. Alle Füller hatten aufgehört zu schreiben. Denn die Kreide war erstarrt. Sie verharrte ganz oben auf der Tafel, so dass sein Vater den Arm hoch über den Kopf strecken musste, um dorthin zu gelangen. Es sah so aus, als hätte sich das Stück Kreide dort oben festgesetzt und sein Vater hing an der Tafel wie Kojote an einem dünnen Zweig über einem Abgrund. Dann begann die Schulter seines Vaters zu zittern, und Jonas dachte sich, dass er wohl versuchte, die Kreide wieder loszubekommen, damit er weiterschreiben konnte. Aber sie löste sich nicht. Ein Hauchen ging durch den Raum, als hätten alle gleichzeitig den Mund geöffnet und Luft geholt. Endlich gelang es seinem Vater, die Kreide zu lösen. Er ging zur Tür, ohne sich noch einmal umzudrehen, und verschwand. Wahrscheinlich will er eine neue Kreide holen, dachte Jonas. Das Raunen der Stimmen um ihn herum wurde immer lauter. Zwei Worte drangen zu ihm durch. »Frau« und »verschwunden«. Jonas starrte auf die beinahe vollgeschriebene Tafel. Vater hatte schreiben wollen, dass Mama tot war, aber die Kreide konnte nur die Wahrheit schreiben, deswegen hatte sie sich zur Wehr gesetzt. Jonas radierte seinen Schneemann weg. Um ihn herum packten die Leute ihre Sachen zusammen. Die Klappsitze gingen hoch, als sie den Saal verließen.

Ein Schatten fiel auf den missglückten Schneemann, und Jonas blickte auf.

Es war der Polizist. Der Große mit dem hässlichen Gesicht und den netten Augen.

»Kommst du mit? Dann schauen wir mal, ob wir deinen Papa finden«, schlug er vor.

Harry klopfte vorsichtig an die Bürotür, an der das Schild »Prof. Filip Becker« hing.

Als er keine Antwort bekam, trat er einfach ein.

Der Mann hinter dem Schreibtisch hob den Kopf aus den Händen: »Habe ich *Herein* ge…?«

Er verstummte, als er Harry erblickte. Und seinen Sohn, der neben dem Polizisten stand.

»Jonas!«, rief Filip Becker in einer Mischung aus Verwirrung und Tadel. Seine Augen hatten rote Ränder. »Habe ich nicht gesagt, du sollst still sitzen bleiben?«

»Ich habe ihn mitgenommen«, entschuldigte ihn Harry.

»Ach so?« Becker sah auf die Uhr und stand auf.

»Ihre Studenten sind schon gegangen«, erklärte Harry.

»Sind sie das?« Becker ließ sich wieder auf den Stuhl fallen. »Ich … ich wollte ihnen nur eine Pause gönnen.«

»Ich war da«, sagte Harry.

»Sie waren da? Warum denn …?«

»Wir alle brauchen mitunter mal eine Pause. Können wir kurz reden?«

»Ich wollte nicht, dass er in die Schule geht«, erklärte Becker, nachdem er Jonas in die Teeküche geschickt und ihn aufgefordert hatte, dort zu warten. »All die Fragen, die Spekulationen, ich will das alles einfach nicht. Aber das verstehen Sie sicher.«

»Tja.« Harry zog eine Schachtel Zigaretten aus der Tasche, sah Becker fragend an und steckte sie zurück, als der Professor entschieden den Kopf schüttelte. »Auf jeden Fall ist das leichter zu verstehen als das, was an der Tafel stand.«

»Das ist Quantenphysik.«

»Hört sich übel an.«

»Die Welt der Atome ist auch übel.«

»Inwiefern?«

»Da werden die grundlegendsten physikalischen Regeln gebrochen. Wie zum Beispiel die, dass sich ein Ding nicht an zwei Orten gleichzeitig befinden kann. Niels Bohr hat mal gesagt, dass man die Quantenphysik nicht verstanden hat, wenn sie einem keinen Schrecken einjagt.«

»Aber Sie haben sie verstanden?«

»Nein, sind Sie verrückt? Das ist doch das reinste Chaos. Aber mir persönlich ist dieses Chaos lieber als das andere.«

»Welches andere?«

Becker seufzte. »Unsere Erwachsenengeneration hat sich zum Diener und Sekretär ihrer Kinder gemacht. Das gilt auch für Birte, leider. Ständig irgendwelche Verabredungen, Geburtstage, Lieblingsbrotaufstriche und Fußballtrainings. Das ist doch zum Verrücktwerden. Gestern haben sie aus irgendeiner Arztpraxis in Bygdøy angerufen, weil Jonas nicht zum vereinbarten Termin erschienen ist. Und heute Nachmittag sollte er zu einem Fußballtraining, von dem ich keine Ahnung habe, wo es stattfindet. Seine Generation hat irgendwie noch nie davon gehört, dass man auch einen Bus nehmen kann.«

»Was fehlt Jonas denn?« Harry holte sein Notizbuch heraus, in das er nie schrieb, bei dessen Anblick sich seine Gegenüber erfahrungsgemäß aber mehr konzentrierten.

»Nichts. Ich denke, das war eine von diesen Kontrolluntersuchungen beim Kinderarzt.« Becker wedelte gereizt mit der Hand. »Ich denke aber, dass Sie mit mir über etwas anderes sprechen wollen?«

»Ja«, nickte Harry. »Ich will wissen, wo Sie gestern am Nachmittag und Abend waren.«

»Was?«

»Herr Becker, das ist reine Routine.«

»Steht das in irgendeinem Zusammenhang mit ... mit ...« Becker wies mit einer Kopfbewegung auf die Zeitung, die zuoberst auf einem Papierstapel lag.

»Das wissen wir nicht«, erwiderte Harry. »Beantworten Sie bitte einfach meine Frage.«

»Sagen Sie mal, haben Sie noch alle Tassen im Schrank?«

Harry sah ohne zu antworten auf die Uhr.

Becker stöhnte laut. »Aber in Ordnung, ich will ja helfen. Gestern Abend habe ich hier gesessen und an einem Artikel über Wellenlängen in Wasserstoff gearbeitet, den ich zu publizieren hoffe.«

»Ihre Kollegen können das bestätigen?«

»Der Beitrag, den Norwegen zur weltweiten Forschung leistet, ist wohl deshalb so marginal, weil unsere Akademiker hier kaum an Selbstzufriedenheit und Faulheit zu überbieten sind. Ich war wie üblich mutterseelenallein.«

»Und Jonas?«

»Er hat sich selbst was zu essen gemacht und ferngesehen, bis ich gekommen bin.«

»Wann war das?«

»Kurz nach neun, glaube ich.«

»Hm.« Harry tat so, als schreibe er etwas auf. »Sind Sie mal Birtes Sachen durchgegangen?«

»Ja.«

»Und, haben Sie etwas gefunden?«

Filip Becker fuhr sich mit einem Finger über den Mundwinkel und schüttelte den Kopf. Harry sah ihm in die Augen. Nutzte die Stille als Brechstange, aber Becker hatte sich verschlossen.

»Danke für Ihre Hilfe«, schloss Harry, steckte das Notizbuch in die Jackentasche und stand auf. »Ich sage Jonas dann, dass er zu Ihnen kommen kann.«

»Warten Sie damit noch einen Moment. Bitte.«

Harry fand die Teeküche, in der Jonas konzentriert an einem Bild malte. Seine Zungenspitze lugte zwischen den Lippen hervor. Harry stellte sich neben den Jungen und sah auf das Blatt, auf dem bis jetzt nur zwei leicht verbeulte Kreise zu erkennen waren.

»Ein Schneemann.«

»Ja«, sagte Jonas und blickte auf. »Woran siehst du das?«

»Warum ist Mama mit dir zum Arzt gegangen, Jonas?«

»Keine Ahnung.« Jonas zeichnete den Kopf des Schneemanns.

»Wie hieß denn der Arzt?«

»Keine Ahnung.«

»Und wo war das?«

»Das darf ich keinem sagen. Nicht mal Papa.« Jonas beugte sich über den Zettel und zeichnete Haare auf den Kopf des Schneemanns. Lange Haare.

»Ich bin Polizist, Jonas, und ich versuche, deine Mutter zu finden.«

Der Bleistift kratzte härter und härter über das Papier, so dass die Haare immer dunkler wurden.

»Ich weiß nicht, wie der heißt.«

»Erinnerst du dich an irgendetwas, was in der Nähe von dem Doktor war?«

»Die Kühe vom König.«

»Die Kühe vom König?«

Jonas nickte. »Die am Empfang heißt Borghild. Ich habe Süßigkeiten gekriegt, weil sie mir mit einer Spritze Blut abgenommen hat.«

»Malst du da was Bestimmtes?«, fragte Harry.

»Nein«, entgegnete Jonas und konzentrierte sich auf die Wimpern.

Filip Becker stand am Fenster und sah Harry Hole nach, der gerade den Parkplatz überquerte. Gedankenverloren schlug er sich mit dem kleinen, schwarzen Notizbuch auf die Handfläche. Er fragte sich, ob der Hauptkommissar ihm geglaubt hatte, als er vorgab, ihn im Hörsaal nicht bemerkt zu haben und am Abend zuvor an einem Artikel gearbeitet zu haben. Oder in Birtes Sachen nichts gefunden zu haben. Das schwarze Notizbuch hatte in ihrer Schreibtischschublade gelegen, sie hatte nicht einmal versucht, es zu verstecken. Und was darin stand …

Er musste beinahe lachen. Diese einfältige Frau hatte doch tatsächlich geglaubt, ihn täuschen zu können.

Kapitel 11

4. Tag. Totenmaske

Katrine Bratt saß ganz vertieft an ihrem PC, als Harry den Kopf durch die Tür steckte.

»Und, findest du irgendwelche Ähnlichkeiten?«

»Nicht wirklich«, antwortete Katrine. »Alle Frauen hatten blaue Augen, aber abgesehen davon sahen sie sich überhaupt nicht ähnlich. Alle hatten Mann und Kinder.«

»Ich habe einen Ansatzpunkt«, verkündete Harry. »Birte Becker war mit Jonas bei einem Arzt in der Nähe der Kühe des Königs. Das muss der königliche Hof auf Bygdøy sein. Und du hast gesagt, die Zwillinge seien nach einem Arztbesuch im Kon-Tiki-Museum gewesen. Auch Bygdøy. Filip Becker wusste nichts von diesem Arzt, aber vielleicht kann uns Rolf Ottersen da weiterhelfen.«

»Ich rufe ihn an.«

»Und dann kommst du zu mir.«

Im Büro nahm Harry die Handschellen, befestigte die eine Manschette an seinem eigenen Handgelenk und schlug mit der anderen gegen das Tischbein, während er den Anrufbeantworter abhörte. Rakel teilte ihm mit, dass Oleg zum vereinbarten Eislaufen im Valle Hovin einen Freund mitbringen würde. Das war eine überflüssige Nachricht, deren ganzer Sinn in der gut versteckten Erinnerung lag, sollte Harry die Verabredung vergessen haben. Dabei hatte Harry bis zum heutigen Tag keine einzige Verabredung mit Oleg vergessen. Trotzdem akzeptierte er diese kleinen Hinweise und deutete sie nicht als Indiz für ihr Misstrauen. Eigentlich im Gegenteil, ihm gefiel das. Weil das so deutlich zeigte, was für eine Mutter sie war. Und weil sie die Erinnerung kaschierte, um ihn nicht zu beleidigen.

Katrine kam herein, ohne anzuklopfen.

»Kinky«, bemerkte sie, »aber mir gefällt's.« Sie blickte auf das Tischbein, an das sich Harry gerade mit den Handschellen gefesselt hatte.

»Einhändiges Speedcuffing«, erwiderte Harry lächelnd. »Eine dumme Angewohnheit, die ich aus den Staaten mitgebracht habe.«

»Du solltest mal die neuen Speedcuffing-Eisen von Hiatts ausprobieren. Da musst du nicht mal drauf achten, von links oder rechts zu schlagen, die Manschette legt sich so oder so um das Handgelenk, wenn sie denn richtig trifft. Und vielleicht solltest du auch mal mit zwei Sets üben, eine an jedem Handgelenk, dann hast du zwei Chancen.«

»Hm.« Harry öffnete die Handschellen. »Was gibt's?«

»Rolf Ottersen wusste nichts von einem Arztbesuch oder einer Praxis auf Bygdøy. Im Gegenteil, ihr Hausarzt praktiziert in Bærum. Ich kann mit den Zwillingen reden. Vielleicht erinnern die sich an den Arzt, oder wir rufen die Praxen auf Bygdøy an und finden es selbst heraus. Es gibt nur vier. Schau her.«

Sie legte einen gelben Zettel auf seinen Tisch.

»Sie dürfen die Namen von Patienten aber nicht herausgeben«, wandte er ein.

»Ich rede nach der Schule mal mit den Zwillingen.«

»Warte«, bat Harry, nahm den Telefonhörer ab und wählte die erste Nummer.

Eine nasale Stimme nannte den Namen der Praxis.

»Kann ich mit Borghild sprechen?«, fragte Harry.

Keine Borghild.

Unter der zweiten Nummer meldete sich nur eine ebenso nasale Anrufbeantworterstimme und verkündete, die Praxis sei telefonisch nur während zwei Stunden zu erreichen, und diese Zeit sei längst vorbei.

Unter der vierten Nummer meldete sich eine zwitschernde, fast lachende Stimme, die endlich das Gewünschte sagte:

»Ja, das bin ich.«

»Hej, Borghild, hier spricht Hauptkommissar Harry Hole von der Polizei in Oslo.«

»Geburtsdatum?«

»Irgendwann im Frühling, aber es dreht sich hier um einen Mordfall. Ich gehe davon aus, dass Sie heute die Zeitung gelesen haben? Was ich von Ihnen wissen will, ist, ob Sie in der letzten Woche Sylvia Ottersen gesehen haben?«

Es wurde still am anderen Ende.

»Einen Augenblick.«

Harry hörte, wie sie aufstand und verschwand. Dann war sie wieder zurück:

»Tut mir leid, Herr Hole. Patienteninformationen unterliegen der Schweigepflicht. Die Polizei sollte das doch eigentlich wissen.«

»Das wissen wir auch. Aber wenn ich mich nicht irre, ist nicht Sylvia Ihre Patientin, sondern deren Töchter.«

»Das ist egal. Sie bitten um Informationen, die indirekt Auskunft darüber geben, wer bei uns Patient ist.«

»Darf ich Sie daran erinnern, dass es sich um einen Mordfall handelt?«

»Und darf ich Sie daran erinnern, dass Sie eine richterliche Verfügung brauchen? Wir sind möglicherweise ein bisschen kleinlicher als andere, aber das liegt wohl in der Natur der Sache.«

»Natur?«

»Na, unser Spezialgebiet.«

»Als da wäre?«

»Plastische Chirurgie und besondere Operationen. Schauen Sie sich unsere Webseite an. www.kirklinik.no«

»Danke, aber ich glaube, vorerst weiß ich genug«, erklärte Harry.

»Wenn Sie meinen, bitte.«

Sie legte auf.

»Und?«, fragte Katrine.

»Jonas und die Zwillinge waren beim selben Arzt«, verkündete Harry und lehnte sich zurück. »Und das bedeutet, wir haben etwas.«

Harry spürte den Impuls, das Zittern, das ihn immer überkam, wenn er sich dem Biest zum ersten Mal näherte. Und auf den Impuls folgte dann immer die große Besessenheit. Die alles auf einmal war: Liebe und Dope, Blindheit und Klarsicht, Sinn und Unsinn. Die Kollegen sprachen manchmal von Spannung, aber das war etwas ganz anderes, etwas viel Größeres. Er hatte nie jemandem von dieser Besessenheit erzählt oder auch nur den Versuch unternommen, sie zu analysieren. Er wagte es nicht. Er wusste nur, dass sie der Treibstoff seiner Arbeit war. Mehr brauchte er nicht zu wissen. Wirklich nicht.

»Und jetzt?«, fragte Katrine.

Harry öffnete die Augen und sprang von seinem Stuhl auf. »Jetzt gehen wir shoppen.«

Der Laden Taste of Africa lag in unmittelbarer Nachbarschaft der belebtesten Einkaufsstraße in Majorstua, dem Bogstadveien. Aber die vierzehn Meter, die ihn von dieser Straße trennten, reichten schon, um ihn ins Abseits zu stellen.

Eine Glocke an der Tür klingelte, als Harry und Katrine hereinkamen. Im gedämpften Licht – besser gesagt im fehlenden Licht – sah er grobgewebte Teppiche in leuchtenden Farben, sarongähnliche Tücher, große Kissen mit westafrikanischen Mustern, kleine Sofatische, die aussahen, als wären sie direkt aus dem Regenwald geschlagen worden, und hohe, dünne Holzfiguren, die Massai darstellten und eine Auswahl der bekanntesten Tiere der Savanne. Alles wirkte genau geplant und umgesetzt; es gab keine sichtbaren Preisschilder, die Farben passten zueinander, und die Gegenstände waren jeweils paarweise angeordnet wie auf der Arche Noah. Mit anderen Worten, es sah eher aus wie eine Ausstellung als ein Laden. Eine etwas verstaubte Ausstellung. Ein Eindruck, der durch die unnatürliche Stille noch verstärkt wurde, die eintrat, als die Tür ins Schloss gefallen und die Glocke verstummt war.

»Hallo?«, rief jemand aus dem hinteren Teil des Ladens.

Harry ging in die Richtung, aus der die Stimme gekommen war. Im Dunkel sah er ganz hinten im Laden, versteckt hinter einer riesigen Holzgiraffe und nur von einem einsamen Spot erleuchtet, den Rücken einer Frau, die auf einem Stuhl stand und eine schwarze, grinsende Holzmaske an der Wand befestigte.

»Worum geht es?«, fragte sie, ohne sich umzudrehen.

Es klang so, als rechnete sie mit allem Möglichen, nur nicht mit Kunden.

»Wir sind von der Polizei.«

»Ach ja.« Als sich die Frau umdrehte und das Licht des Spots auf ihr Gesicht fiel, spürte Harry sein Herz stocken, automatisch trat er einen Schritt zurück. Es war Sylvia Ottersen.

»Stimmt was nicht?«, fragte sie, während sich eine Falte zwischen ihren Brillengläsern bildete.

»Wer ... wer sind Sie?«

»Ane Pedersen«, stellte sie sich vor und schien im gleichen Moment zu begreifen, warum Harry so perplex aussah. »Ich bin Sylvias Schwester. Wir sind Zwillinge.«

Harry musste husten.

»Das ist Hauptkommissar Harry Hole«, hörte er Katrine hinter sich sagen. »Und ich bin Katrine Bratt. Wir hatten eigentlich gehofft, Rolf hier anzutreffen.«

»Er ist beim Bestattungsinstitut.« Ane Pedersen hielt inne, und in diesem Augenblick wusste jeder der drei, was die anderen beiden dachten: Wie begräbt man eigentlich einen Kopf?

»Und Sie sind eingesprungen?«, half Katrine ihr weiter.

Ane Pedersen lächelte schnell. »Ja.« Sie stieg vorsichtig vom Stuhl, die Maske noch immer in der Hand.

»Festmaske oder Geistermaske?«, fragte Katrine.

»Festmaske«, sagte sie. »Hutu. Ost-Kongo.«

Harry blickte auf die Uhr. »Wann kommt er zurück?«

»Weiß ich nicht.«

»Keine Idee?«

»Wie gesagt, ich weiß ...«

»Das ist wirklich eine schöne Maske«, unterbrach Katrine, »Sie waren selbst im Kongo und haben sie gekauft, stimmt's?«

Ane sah sie verblüfft an. »Woher wissen Sie das?«

»Mir ist aufgefallen, dass Sie darauf achten, weder Augen noch Mund der Maske mit Ihren Fingern zu bedecken. Sie respektieren die Geister.«

»Sie interessieren sich für Masken?«

»Ein bisschen«, erwiderte Katrine und zeigte auf eine schwarze Maske mit kleinen Armen an der Seite und Beinchen, die von der Unterseite herabhingen. Das Gesicht war halb Mensch, halb Tier. »Und das muss eine Kpeliemaske sein, stimmt's?«

»Ja. Von der Elfenbeinküste. Senufo.«

»Eine Richtermaske?« Katrine fuhr mit der Hand über die gefetteten, steifen Tierhaare, die von dem Kokosnussschädel am oberen Rand der Maske herabhingen.

»Meine Liebe, Sie kennen sich aber gut aus«, stellte Ane lächelnd fest.

»Was ist denn eine Richtermaske?«, erkundigte sich Harry.

»Genau das, wonach es sich anhört«, erklärte Ane. »In Afrika sind diese Masken keine bloßen Symbole. Eine Person, die im Stamme der Lo eine solche Maske trägt, bekommt automatisch das Recht zu urteilen und zu strafen. Niemand stellt die Autorität des Mannes in Frage, der die Maske trägt. Die Maske als solche verleiht Macht.«

»Ich habe an der Tür auch zwei Totenmasken gesehen«, sagte Katrine. »Wirklich beeindruckend.«

Ane lächelte. »Ich habe noch mehr. Die sind aus Lesotho.«

»Darf ich die mal sehen?«

»Aber sicher. Warten Sie hier.«

Sie verschwand, und Harry musterte Katrine.

»Ich glaube einfach, es könnte sich lohnen, ein bisschen mit ihr zu reden«, beantwortete sie seine unausgesprochene Frage. »So können wir zum Beispiel abklopfen, ob es irgendwelche Geheimnisse in der Familie gibt, verstehst du?«

»Verstehe. Und das machst du am besten allein.«

»Du musst doch bestimmt noch irgendwohin?«

»Ich bin dann im Büro. Sollte Rolf Ottersen auftauchen, denk dran, dass er diese Erklärung unterzeichnet, mit der er in die Aufhebung der Schweigepflicht einwilligt.«

Harry warf einen Blick auf die lehmartigen, eingeschrumpften und schreienden Menschenköpfe an der Tür, ehe er nach draußen trat. Er ging davon aus, dass es sich um Nachbildungen handelte.

Eli Kvale schob den Einkaufswagen durch die Regale der ICA-Filiale beim Ullevål-Stadion. Es war ein großer Supermarkt. Etwas teurer als andere Läden, aber mit einer viel besseren Auswahl. Sie ging nicht jeden Tag hierher, nur wenn sie etwas Gutes kochen wollte. Doch heute sollte schließlich ihr Ältester, Trygve, aus den

USA zurückkommen. Er studierte Wirtschaft in Montana, war schon im dritten Jahr, musste in diesem Herbst aber keine Prüfungen ablegen, so dass er bis Januar zu Hause lernen konnte. Andreas wollte direkt vom Pfarramt nach Gardermoen fahren und ihn abholen. Wenn sie zurückkamen, steckten sie sicher schon wieder tief in ihrem Lieblingsthema: Fliegenfischen und Kajaktouren.

Sie beugte sich über die Kühltheke und spürte, wie ihr die Kälte entgegenschlug, als plötzlich ein Schatten an ihr vorbeihuschte. Ohne aufzublicken, wusste sie, dass es der gleiche Schatten war, den sie schon an der Wursttheke und auf dem Parkplatz beim Abschließen des Autos bemerkt hatte. Aber das hatte nichts zu sagen. Da kam nur wieder das alte Gespenst hoch. Sie hatte sich damit abgefunden, diese Angst nie ganz loszuwerden, obwohl das Ganze mittlerweile ein halbes Leben zurücklag. An der Kasse stellte sie sich in die längste Schlange, ihrer Erfahrung nach kam man da am schnellsten vorwärts. Jedenfalls glaubte sie daran, auch wenn Andreas anderer Meinung war. Jemand stellte sich hinter sie. Es gab also auch noch andere, die sich irrten, dachte sie. Sie drehte sich nicht um, dachte aber, dass die Person hinter ihr reichlich Tiefkühlkost in ihrem Wagen haben musste, denn sie spürte richtiggehend die Kälte im Rücken.

Als sie sich dann doch umdrehte, war niemand mehr hinter ihr. Sie ließ ihren Blick suchend über die anderen Schlangen schweifen. Tu das nicht, forderte sie sich selbst auf. Fang jetzt nicht wieder damit an.

Als sie auf dem Parkplatz zu ihrem Wagen ging, zwang sie sich, langsam zu gehen, sich nicht umzusehen, sondern einfach nur die Tür aufzuschließen, die Waren hineinzulegen, sich auf den Fahrersitz zu setzen und loszufahren. Und als der Toyota langsam die langen Steigungen zu ihrem kleinen Häuschen in Nordberg erklomm, dachte sie nur noch an Trygve und an das Essen, das sie fertig haben wollte, wenn er mit seinem Vater zur Tür hereinkam.

Harry hörte Espen Lepsvik am Telefon zu, während er die Bilder seiner toten Kollegen betrachtete. Lepsvik hatte seine Gruppe bereits zusammen und bat Harry um Zugang zu allen relevanten Informationen.

»Du kriegst dann noch ein Passwort von unserem Computerbeauftragten«, schloss Harry. »Und du findest alle Informationen im Ordner *Schneemann*, der im Gemeinschaftsbereich des Dezernats zugänglich ist.«

»Schneemann?«

»Irgendwie muss er ja heißen.«

»Okay. Danke, Hole. Wie oft willst du von mir informiert werden?«

»Nur wenn du etwas hast. Und ... Lepsvik?«

»Ja?«

»Lasst uns hier einfach in Ruhe arbeiten, ja?«

»Was genau meinst du damit?«

»Konzentriert euch auf die Tipps, die Zeugen und auf die bekannten Straftäter, die als Serienmörder in Frage kommen könnten. Das muss eure Hauptarbeit sein.«

Harry wusste, was der erfahrene Ermittler des Kriminalamtes jetzt dachte: die Scheißjobs.

Lepsvik räusperte sich. »Dann sind wir uns also einig, dass es einen Zusammenhang zwischen den Vermisstenfällen gibt?«

»Wir müssen uns nicht einig sein. Tu, was du für richtig hältst.«

»Gut.«

Harry legte auf und starrte auf seinen Bildschirm. Er hatte die Webseite aufgerufen, die Borghild ihm empfohlen hatte, und sah sich die Bilder der bildhübschen Models an, auf deren Körpern und Gesichtern mit gepunkteten Linien angedeutet wurde, wie ihr perfektes Aussehen auf Wunsch noch weiter perfektioniert werden konnte. Dr. Idar Vetlesen persönlich strahlte ihn vom Bildschirm an. Er sah seinen Modellen zum Verwechseln ähnlich.

Unter dem Foto des Arztes fand er eine lange Liste von Diplomen und Zusatzausbildungen mit langen französischen oder englischen Namen, die man, wie Harry wusste, meist innerhalb von zwei Monaten absolviert hatte, die aber das Anhängen weiterer lateinischer Abkürzungen an den Doktortitel rechtfertigten. Er hatte Idar Vetlesens Namen gegoogelt und war dabei auch auf eine Curling-Ergebnisliste und eine alte Webseite seines früheren Arbeitgebers, der Marienlyst-Klinik, gestoßen. Als er den Namen las, der dort neben Idar Vetlesens stand, dachte er wieder einmal, dass Norwegen wohl tatsächlich so klein war und sich deswegen alle um ein paar Ecken kannten.

Katrine Bratt kam herein und ließ sich mit einem tiefen Seufzer auf den Besucherstuhl fallen. Sie schlug die Beine übereinander.

»Glaubst du, es stimmt, dass hübsche Menschen mehr von ihrer eigenen Schönheit besessen sind als hässliche?«, fragte Harry. »Lassen die hübschen deshalb ständig ihre Gesichter nachkorrigieren?«

»Ich habe keine Ahnung«, sagte Katrine. »Aber es gibt wohl eine gewisse Logik darin. Menschen mit hohem IQ sind so besessen von diesem IQ, dass sie eigene Clubs gegründet haben, oder? Man konzentriert sich vermutlich auf das, was man hat. Ich schätze, du bist wahrscheinlich auch ziemlich stolz auf deine Fähigkeiten als Ermittler?«

»Du meinst mein Rattenfänger-Gen? Die angeborene Fähigkeit, Menschen mit mentalen Defiziten, Drogenproblemen, unterdurchschnittlicher Intelligenz oder überdurchschnittlichen häuslichen Problemen einzubuchten?«

»Dann sind wir also bloß Rattenfänger?«

»Genau. Und deshalb freuen wir uns auch so, wenn wir mal einen Fall wie diesen auf den Tisch kriegen. Das ist wie eine Großwildjagd – die einmalige Chance, einen Löwen zu erlegen, einen Elefanten, einen Scheiß-Dinosaurier.«

Katrine lachte nicht, sondern nickte ernst.

»Was hatte die Zwillingsschwester von Sylvia denn noch so zu berichten?«

»Wenn ich nicht aufpasse, werden wir noch dicke Freundinnen«, seufzte Katrine und legte die Hände auf die Knie. Sie trug eine Strumpfhose.

»Lass hören.«

»Tja«, begann sie, und Harry stellte fest, dass sie seine Marotte, jeden zweiten Satz mit »Tja« zu eröffnen, offensichtlich schon übernommen hatte. »Ane hat mir erzählt, Sylvia und Rolf seien der Meinung gewesen, er müsse sich glücklich schätzen, dass diese Beziehung überhaupt zustande gekommen war. Während alle anderen in ihrem Umfeld das wohl anders sahen. Rolf war gerade auf der Ingenieurschule in Bergen fertig geworden und nach Oslo gezogen, wo er einen Job bei Kværner gefunden hatte. Sylvia gehörte eher zu den Menschen, die jeden Morgen beim Aufwachen eine neue Idee haben, was sie aus ihrem Leben machen könnten. Sie hatte ein halbes Dutzend Studiengänge begonnen und es auf keiner Arbeitsstelle länger als ein halbes Jahr ausgehalten. Sie war starrsinnig, aufbrausend und verwöhnt, eine erklärte Sozialistin, die von Gedanken angezogen wurde, die das eigene Ich verleugneten. Die wenigen Freundinnen, die sie hatte, manipulierte sie, und die Männer, mit denen sie zu tun hatte, hielten es alle nicht lange aus und verließen sie wieder. Ihre Schwester meinte, Rolf habe sich so in sie verliebt, weil sie das absolute Gegenteil von ihm war. Er war brav in die Fußstapfen seines Vaters getreten und hatte die Ingenieursausbildung gemacht. Zudem stammte er aus einem Elternhaus, das an die unsichtbare, wohlwollende Hand des Kapitalismus und an das bürgerliche Glück glaubte. Sylvia hingegen war der Ansicht, die westliche Zivilisation bestehe aus Materialisten und korrupten Menschen, die ihre eigene Identität und die Quelle des wahren Glücks vergessen hätten. Und irgendein König in Äthiopien sei der wiedergeborene Messias.«

»Haile Selassie«, präzisierte Harry. »Der Rastafari-Glauben.«

»Was du alles weißt.«

»Bob-Marley-Platten. Tja, aber das erklärt vielleicht ihren Hang zu Afrika.«

»Vielleicht.« Katrine veränderte ihre Sitzposition, schlug das linke Bein über das rechte, und Harry versuchte, den Blick abzuwenden. »Rolf und Sylvia haben sich auf jeden Fall ein Jahr freigenommen und sind quer durch Westafrika gereist. Das war für beide so etwas wie ein geistiger Neubeginn. Rolf entdeckte seine Berufung, Afrika wieder auf die Beine zu helfen. Sylvia hingegen, die sich eine große äthiopische Flagge auf den Rücken hatte tätowieren lassen, entdeckte plötzlich, dass sich alle Menschen selbst am nächsten sind, auch in Afrika. Dann gründeten sie ihren Laden, das Taste of Africa. Rolf tat es, um einem armen Kontinent zu helfen, Sylvia, weil die Kombination aus billigen Importen und staatlichen Fördergeldern nach leicht verdientem Geld aussah. Aus den gleichen Beweggründen ist sie in Fornebu wohl auch einmal mit einem Rucksack voll Marihuana geschnappt worden, als sie aus Lagos zurückkam.«

»Ach, sieh an.«

»Sylvia selbst bekam nur eine kurze Bewährungsstrafe, da sie glaubhaft versichern konnte, sie habe nicht gewusst, was sich in dem Rucksack befand. Angeblich hatte sie einer nigerianischen Familie einen Freundschaftsdienst erwiesen und wollte den Rucksack dem Sohn der Familie bringen, der in Norwegen wohnte.«

»Hm, was sonst noch?«

»Ane mag Rolf. Er ist nett, nachdenklich und liebt seine Kinder über alles. Aber was Sylvia anging, war er wohl blind. Zweimal hat sich Sylvia in andere Männer verliebt und ist sogar zu Hause ausgezogen. Aber beide verließen sie wieder, woraufhin Rolf und die Kinder sie wieder aufgenommen haben.«

»Was meinst du, warum ist sie bei ihm geblieben?«

Katrine Bratt lächelte ein beinahe trauriges Lächeln, starrte vor sich hin und fuhr sich mit der Hand über den Rocksaum: »Das Übliche, denke ich. Niemand schafft es, jemanden zu verlassen, mit dem man guten Sex hat. Man kann es versuchen, kommt aber immer wieder zurück. Wir sind einfach so, nicht wahr?«

Harry nickte langsam. »Und was ist mit den Männern, die sie verlassen haben und nicht zurückgekehrt sind?«

»Männer sind anders. Einige von ihnen kriegen es bei dem Leistungsdruck mit der Angst zu tun.«

Harry sah sie an. Und entschloss sich, das Thema nicht weiterzuverfolgen.

»Hast du Rolf Ottersen noch getroffen?«

»Ja, er kam zehn Minuten, nachdem du weg warst«, berichtete Katrine. »Und er sah besser aus als neulich. Von der chirurgischen Klinik auf Bygdøy hat er noch nie gehört, aber er hat die Einwilligung zur Aufhebung der Schweigepflicht unterzeichnet.« Sie legte einen zusammengefalteten Zettel auf den Schreibtisch.

Ein eiskalter Wind blies über die Tribünen des Eisstadions Valle Hovin, wo Harry saß und den Eisläufern nachblickte, wie sie ihre Runden drehten. Olegs Technik war im letzten Jahr weicher und effektiver geworden. Jedes Mal, wenn sein Kumpel beschleunigte und an ihm vorbeiwollte, ging Oleg etwas tiefer, legte mehr Kraft in den Abstoß und glitt ruhig davon.

Harry rief Espen Lepsvik an, und sie brachten sich gegenseitig auf den neuesten Stand. Dabei erfuhr Harry, dass am Tag von Birte Beckers Verschwinden spätabends ein dunkler Kombi bei der Einfahrt in den Hoffsveien beobachtet worden und dieser Wagen kurz darauf in umgekehrter Richtung wieder zurückgefahren war.

»Ein dunkler Kombi«, bibberte Harry missmutig. »Irgendwann am späten Abend.«

»Ja, ich weiß, das ist nicht viel«, seufzte Lepsvik.

Harry steckte das Handy in die Jackentasche, als er bemerkte, dass sich ein Schatten vor das Flutlicht geschoben hatte.

»Tut mir leid, ich bin ein bisschen spät.«

Er blickte auf und sah in das freundlich lächelnde Gesicht von Mathias Lund-Helgesen. Rakels Abgesandter setzte sich. »Magst du Wintersport, Harry?«

Harry stellte fest, dass Mathias' Blick sehr klar und direkt war und er einem mit seinem intensiven Gesichtsausdruck den Eindruck vermittelte, zuzuhören, auch wenn er selbst sprach.

»Nicht sonderlich, Eisschnelllauf vielleicht. Und du?«

Mathias schüttelte den Kopf. »Aber ich habe mir etwas vorgenommen. An dem Tag, an dem ich mein Lebenswerk vollendet habe und so krank bin, dass ich nicht mehr will, werde ich mit dem Fahrstuhl da oben auf den Turm fahren.«

Er zeigte mit dem Daumen über seine Schulter. Harry brauchte sich nicht umzublicken. Der Holmenkollen, Oslos Lieblingsmonument und schlechteste Sprungschanze, war von überall in der Stadt zu sehen.

»Und dann springe ich. Nicht mit Skiern, sondern vom Turm.«

»Wie dramatisch«, sagte Harry.

Mathias lächelte. »Vierzig Meter freier Fall. Ein paar Sekunden, und alles ist vorbei.«

»Steht hoffentlich nicht so bald an?«, erkundigte sich Harry.

»Bei dem Wert an Anti-SCL-70 im Blut kann man nie wissen«, lachte Mathias düster.

»Anti-SCL-70?«

»Na ja, Antistoffe sind ja eigentlich gut, aber trotzdem sollte man misstrauisch sein, wenn welche auftauchen. Die sind ja nicht ohne Grund da.«

»Hm. Ich dachte eigentlich, Selbstmord wäre ein ketzerischer Gedanke für einen Arzt.«

»Keiner weiß besser als Ärzte, was gewisse Krankheiten bedeuten. Ich stütze mich da auf den Stoiker Zenon, der meinte, Selbstmord sei eine achtbare Tat, wenn die Krankheit den Tod attraktiver werden lässt als das Leben. Mit achtundneunzig Jahren hat er sich den großen Zeh ausgekugelt. Das hat ihn derart geärgert, dass er nach Hause gegangen ist und sich erhängt hat.«

»Und warum nicht erhängen, statt sich die Mühe zu machen, extra auf den Holmenkollen hochzufahren?«

»Na ja, der Tod soll doch auch eine Hymne an das Leben sein. Außerdem gefällt mir der Gedanke an die Publicity, die so ein Abgang mit sich bringen würde. Meine Forschung bräuchte dringend ein bisschen mehr Öffentlichkeit.« Mathias' joviales Lachen wurde von raschen Schlittschuhschritten zerstückelt. »Tut mir übrigens leid, dass ich Oleg neue Schlittschuhe gekauft habe. Rakel hat mir erst hinterher gesagt, dass du das als Geburtstagsgeschenk für ihn geplant hattest.«

»Schon in Ordnung.«

»Er hätte sie lieber von dir gekriegt, weißt du.«

Harry antwortete nicht.

»Ich beneide dich, Harry. Du kannst hier sitzen und Zeitung lesen, telefonieren, mit anderen reden – für Oleg reicht es, wenn du einfach nur da bist. Ich kann ihn anfeuern, ihm Tipps geben, alles so machen wie ein guter, engagierter Vater, und er ärgert sich nur darüber. Weißt du eigentlich, dass er seine Schlittschuhe jeden Tag schleift, weil du das so gemacht hast? Und bis Rakel ihn gezwungen hat, sie im Haus aufzubewahren, lagen sie immer draußen auf der Treppe, weil du mal gesagt hast, dass der Stahl der Kufen immer kalt gelagert werden müsse. Du bist sein absolutes Vorbild, Harry.«

Harry schauderte bei dem Gedanken. Aber irgendwo in seinem Inneren – nein, gar nicht so tief in seinem Inneren – freute er sich, das zu hören. Er war ein eifersüchtiger, eitler Fatzke, der sich über Mathias' aussichtslose Versuche freute, Olegs Herz zu gewinnen.

Mathias fingerte an einem Mantelknopf herum. »Schon seltsam bei diesen Scheidungskindern, wie stark ihr Bewusstsein dafür ist, von wem sie eigentlich abstammen. Dass ein neuer Vater den richtigen nie ersetzen kann.«

»Olegs richtiger Vater wohnt in Russland«, wandte Harry ein.

»Auf dem Papier, ja«, sagte Mathias und grinste vielsagend. »Aber in Wirklichkeit sieht das etwas anders aus, Harry.«

Oleg glitt vorbei und winkte den beiden zu. Mathias winkte zurück.

»Du hast mal mit einem Arzt zusammengearbeitet, der Idar Vetlesen heißt«, wechselte Harry das Thema.

Mathias sah ihn überrascht an. »Idar, ja. In der Marienlyst-Klinik. Kennst du ihn?«

»Nein, ich habe seinen Namen im Internet recherchiert und bin dabei auf eine alte Liste mit den Namen der angestellten Ärzte gestoßen. Da war auch dein Name dabei.«

»Das ist inzwischen einige Jährchen her, aber wir hatten viel Spaß in dieser Klinik. Die wurde in einer Zeit gegründet, als alle dachten, im privaten Gesundheitswesen sei richtig Geld zu verdienen. Und geschlossen, als man vom Gegenteil überzeugt war.«

»Ihr hattet Insolvenz angemeldet?«

»Konkurs hieß das damals. Bist du Patient bei Idar?«

»Nein, sein Name tauchte in Verbindung mit einem Fall auf. Kannst du mir sagen, was er für ein Typ ist?«

»Idar Vetlesen?« Mathias lachte. »Ja, da kann ich dir einiges sagen. Wir haben zusammen studiert und waren viele Jahre in derselben Clique.«

»Heißt das, ihr habt heute keinen Kontakt mehr?«

Mathias zuckte mit den Schultern. »Wir waren ziemlich verschieden. Die meisten von uns sahen im Medizinstudium und im Arztberuf eine ... na ja, schon so etwas wie eine Berufung. Nur Idar nicht. Er hat ganz offen zugegeben, dass er Medizin studiert, weil das der Beruf mit dem größten Prestige sei. Ich bewundere auf jeden Fall seine Ehrlichkeit.«

»Idar Vetlesen hat es also auf Prestige abgesehen?«

»Und natürlich auf Geld. Niemand war wirklich überrascht, als Idar mit der plastischen Chirurgie begann. Und schließlich eine eigene Klinik für eine ausgesuchte Klientel leitete. Die Reichen und Berühmten. Diese Menschen haben ihn schon immer angezogen. Er will wie sie sein, sich in ihren Kreisen bewegen. Das Problem ist nur, dass Idar immer alles ein bisschen zu sehr will. Ich sehe es förmlich vor mir, wie diese Promis ihn vornerum anlächeln, aber hinter seinem Rücken über seine Aufdringlichkeit und seinen Übereifer tuscheln.«

»Willst du damit sagen, er würde alles tun, um sein Ziel zu erreichen?«

Mathias dachte nach. »Idar war immer auf der Suche nach etwas, was ihn berühmt machen würde. Sein Problem ist nicht, dass er nichts leisten könnte, aber er hat eben nie sein großes Projekt gefunden. Als ich das letzte Mal mit ihm gesprochen habe, machte er einen frustrierten, ja fast deprimierten Eindruck.«

»Glaubst du, dass er dieses Projekt jemals finden wird? Vielleicht außerhalb der Medizin?«

»Ich habe mir nie Gedanken darüber gemacht, aber vielleicht. Er ist ja nicht gerade der geborene Arzt.«

»Wie meinst du das?«

»So wie Idar die Erfolgreichen verehrt, verachtet er die Schwachen und Kranken. Er ist nicht der einzige Arzt, der das tut, aber sicher der einzige, der es offen ausspricht.« Mathias lachte. »Wir anderen in unserer Clique haben als Idealisten begonnen, bis irgendwann doch der Gedanke an die Oberarztstelle gekommen ist und sich der Wunsch gemeldet hat, die neue Garage abzubezahlen und Überstundenzulage zu verlangen. Idar hat sicher keine Ideale verraten, er war nur von Anfang an so.«

Idar Vetlesen lachte laut. »Hat Mathias das wirklich so gesagt? Dass ich keine Ideale verraten habe?«

Er hatte ein hübsches, beinahe feminines Gesicht mit so schmalen Augenbrauen, dass man denken konnte, er hätte sie gezupft. Auch seine weißen, ebenmäßigen Zähne weckten den Verdacht, es könnte sich nicht um seine eigenen handeln. Seine Haut sah weich und retuschiert aus, und seine dichten Haare lockten sich voller Vitalität. Kurz gesagt, er sah wesentlich jünger aus als seine siebenunddreißig Jahre.

»Ich weiß ja auch nicht, wie er das gemeint hat«, log Harry.

Sie saßen in tiefen Lehnsesseln in der Bibliothek einer altehrwürdigen weißen Bygdøy-Villa. Idar Vetlesen hatte das Anwesen als sein Elternhaus vorgestellt, während er Harry durch die großen, dunklen Räume in das Zimmer mit all den Büchern an den Wänden geführt hatte. Mikkjel Fønhus. Kjell Aukrust. Einar Gerhardsens Memoiren. Dicke Klassiker und politische Biographien. Ein ganzes Regal voll vergilbter Ausgaben von *Das Beste*. Harry hatte nicht einen einzigen Titel ausmachen können, der nach 1970 veröffentlicht worden war.

»Oh, ich weiß schon, wie ich das verstehen soll«, gluckste Idar.

Harry hatte mittlerweile eine Vermutung, was Mathias mit der Äußerung gemeint haben könnte, dass sie in der Marienlyst-Klinik so viel Spaß gehabt hätten: Wahrscheinlich hatten sie darum gewetteifert, wer am meisten lachte.

»Mathias, dieser Glückspilz. Der ist wirklich gesegnet.« Idar Vetlesen lachte dröhnend. »Meine harmlosen Kollegen behaupten immer, nicht an Gott zu glauben, dabei sind sie doch bloß verängstigte moralische Streber, die aus Angst vor dem Fegefeuer so viele gute Taten wie nur möglich anhäufen wollen.«

»Und Sie nicht?«, fragte Harry.

Idar zog eine seiner wohlgeformten Augenbrauen hoch und sah Harry interessiert an. Er trug weiche hellblaue Hausschuhe mit offenen Schnürsenkeln, Jeans und ein weißes Tennishemd, auf dessen linker Brust ein Polospieler prangte. Harry fiel der Name der Marke nicht ein, nur dass er sie aus irgendeinem Grund mit langweiligen Menschen verband.

»Herr Kommissar, ich stamme aus einer praktisch veranlagten Familie. Mein Vater war Taxifahrer. Wir glauben, was wir sehen.«

»Hm. Ein schönes Haus für einen Taxifahrer.«

»Er hatte ein Taxiunternehmen mit drei Lizenzen. Aber ein Taxifahrer ist und bleibt hier auf Bygdøy ein Diener, ein Plebejer.«

Harry musterte den Arzt und fragte sich, ob er Speed oder irgendwelche anderen Pillen nahm. Vetlesen saß zurückgelehnt in einem Sessel und sah beinahe übertrieben entspannt aus, als wollte er Unruhe oder Aufregung kaschieren. Der Gedanke war Harry schon gekommen, als er so freundlich hereingebeten wurde, nachdem er an der Tür geklingelt, sich ausgewiesen und um ein paar Informationen gebeten hatte.

»Aber Sie wollten nicht Taxi fahren?«, fragte Harry. »Sie wollten ... Menschen verschönern?«

Vetlesen lächelte. »Sie können ruhig sagen, dass ich meine Dienste auf dem Markt der Eitelkeiten feilbiete. Oder dass ich das Äußere der Menschen repariere, um die inneren Schmerzen zu lindern. Die Entscheidung liegt bei Ihnen. Mir ist das eigentlich egal.« Vetlesen lachte, als wollte er Harrys Schockiertheit zuvorkommen, doch als er bemerkte, dass der keine Miene verzog, machte er ein ernsteres Gesicht. »Ich sehe in mir so etwas wie einen Bildhauer. Für mich ist die Medizin keine Berufung. Es gefällt mir, das Aussehen der Menschen zu verändern, Gesichter zu formen. Das hat mir immer schon Spaß gemacht. Ich verstehe mich darauf, und die Menschen bezahlen mich gut dafür. Das ist alles.«

»Hm.«

»Aber das bedeutet nicht, dass ich keine Prinzipien habe. Und die Schweigepflicht ist eine davon.«

Harry antwortete nicht.

»Ich habe mit Borghild gesprochen«, fuhr er fort. »Ich weiß, was Sie wissen wollen, Herr Kommissar. Und ich sehe auch ein, dass es um eine ernste Sache geht. Aber ich kann Ihnen nicht helfen. Ich bin an meine ärztliche Schweigepflicht gebunden.«

»Jetzt nicht mehr.« Harry nahm den zusammengefalteten Zettel aus der Innentasche seiner Jacke und legte ihn auf den Tisch. »Das ist eine Erklärung des Vaters der Zwillinge, die Sie der Schweigepflicht enthebt.«

Idar schüttelte den Kopf. »Das reicht nicht.«

Harry legte die Stirn in Falten: »Nein?«

»Ich kann Ihnen nicht sagen, wer bei mir war und was gesagt hat. Ich kann Ihnen jedoch sagen, dass auf ausdrücklichen Wunsch die Schweigepflicht generell auch dann gilt, wenn jemand mit seinen Kindern kommt und der Ehepartner davon nichts erfahren soll.«

»Warum sollte Sylvia Ottersen ihrem Mann gegenüber verschweigen, dass sie mit den Zwillingen bei Ihnen war?«

»Unser Vorgehen mag Ihnen etwas starrköpfig erscheinen. Aber bedenken Sie, dass viele unserer Patienten prominent sind, da können schnell Gerüchte aufkommen. Sehen Sie sich mal an einem Freitagabend im Kunstnernes Hus um. Sie glauben ja gar nicht, wie viele der Gäste das eine oder andere bei mir haben richten lassen. Die würden alle vor Entsetzen in Ohnmacht fallen, wenn so etwas an die Öffentlichkeit käme. Unser Renommee baut auf Diskretion auf. Sollte herauskommen, dass wir Patienteninformationen einfach so herausgeben, hätte das katastrophale Folgen für unsere Praxis. Ich bin sicher, das verstehen Sie.«

»Wir haben zwei Mordopfer und nur eine einzige Übereinstimmung«, sagte Harry. »Beide waren in Ihrer Praxis.«

»Das kann und will ich nicht bestätigen. Aber lassen Sie uns mal annehmen, dass es so war.« Vetlesen wedelte mit der Hand durch die Luft. »Was hat das schon zu bedeuten? Norwegen ist ein Land mit wenig Einwohnern und noch weniger Ärzten. Wissen Sie, wie wenig es dazu bräuchte, dass wir uns alle irgendwann mal die Hand schütteln? Dass beide beim selben Arzt waren, ist nicht erstaunlicher, als dass sie mal in derselben Straßenbahn gesessen haben. Sie haben doch sicher auch schon mal einen Freund in der Straßenbahn getroffen?«

Harry konnte sich nicht daran erinnern. Aber er fuhr ja auch nicht so oft Straßenbahn.

»Ich habe einen ganz schön weiten Weg machen müssen, um zu erfahren, dass Sie mir nichts sagen wollen«, stellte Harry fest.

»Tut mir leid. Ich habe Sie hierher eingeladen, weil ich mir dachte, dass ich sonst aufs Präsidium kommen müsste. Und da steht jetzt ja rund um die Uhr die Presse vor der Tür und lauert auf jeden Besucher. Mit denen will ich nichts zu tun haben …«

»Sie wissen, dass ich mir eine gerichtliche Verfügung besorgen kann, die Sie Ihrer Schweigepflicht enthebt?«

»Das wäre mir recht«, nickte Vetlesen. »In dem Fall könnte man der Praxis nichts vorwerfen. Aber bis dahin …« Er machte eine Geste mit der Hand, als schlösse er einen Reißverschluss vor seinem Mund.

Harry rutschte auf seinem Sessel herum. Er sah Idar an, dass er Bescheid wusste. Um eine gerichtliche Verfügung zu erwirken, musste er auch bei einem Mordfall glaubwürdig nachweisen, dass die Informationen des Arztes von größter Wichtigkeit für die Ermittlungen waren. Doch was sie hatten, war in etwa so aussagekräftig, wie Vetlesen gesagt hatte: eine Begegnung in einer Straßenbahn. Harry spürte einen unbändigen Drang, etwas zu tun. Zu trinken – oder Gewichte zu stemmen. Ausgiebig. Er holte tief Luft:

»Ich muss Sie trotzdem fragen, wo Sie am dritten und fünften November gegen Abend waren.«

»Damit habe ich gerechnet«, antwortete Vetlesen lächelnd. »Ich habe nachgedacht. Ich war hier gemeinsam mit ... ja, da kommt sie ja.«

Eine ältere Frau betrat den Raum. Ihre mausgrauen Haare hingen wie eine schlaffe Gardine von ihrem Kopf, als sie mit Trippelschritten ein Silbertablett mit zwei bedrohlich klirrenden Kaffeetassen brachte. Dazu hatte sie ein Gesicht aufgesetzt, als trüge sie das Kreuz und die Dornenkrone. Sie warf einen Blick auf ihren Sohn, der rasch aufsprang und ihr das Tablett aus den Händen nahm.

»Danke, Mutter.«

»Mach dir die Schuhe zu.« Sie wandte sich halb zu Harry. »Könnte mir mal jemand sagen, wer hier in meinem Hause ein und aus geht?«

»Das ist Hauptkommissar Hole, Mutter. Er will wissen, wo ich gestern und vorvorgestern Abend war.«

Harry stand auf und streckte ihr die Hand hin.

»Daran kann ich mich selbstverständlich erinnern«, verkündete sie, sah Harry resigniert an und reichte ihm eine knochige, von Leberflecken übersäte Hand. »Gestern haben wir uns doch die Fernsehdiskussion angesehen, bei der dein Curlingfreund mit dabei war. Mir hat gar nicht gefallen, was er über das Königshaus gesagt hat. Wie hieß der noch mal?«

»Arve Støp«, seufzte Idar.

Die alte Dame beugte sich zu Harry vor. »Er hat gesagt, wir sollten das Königshaus abschaffen. Stellen Sie sich das mal vor. Wo wären wir denn, wenn wir im Krieg nicht unseren König gehabt hätten?«

»Genau da, wo wir jetzt sind«, erwiderte Idar. »Es gibt kaum einen König, der im Krieg weniger getan hat als unserer. Und er hat auch gesagt, die breite Unterstützung für die Monarchie sei der endgültige Beweis dafür, dass die meisten von uns wirklich noch an Trolle und Elfen glauben.«

»Ist das nicht schrecklich?«

»Mal ehrlich, Mutter«, lächelte Idar, legte ihr die Hand auf die Schulter und warf dabei einen Blick auf seine Uhr, eine Breitling, die an seinem schmalen Handgelenk recht plump aussah. »Oje! Ich muss los. Jetzt müssen wir uns mit diesem Kaffee aber beeilen.«

Harry schüttelte den Kopf und lächelte Frau Vetlesen an. »Er ist bestimmt gut, aber dann heben wir uns den fürs nächste Mal auf.«

Sie seufzte schwer, murmelte etwas Unverständliches und schlurfte mit ihrem Tablett wieder nach draußen.

Als Idar und Harry auf den Flur kamen, drehte Harry sich noch einmal um. »Was meinten Sie eigentlich mit ›gesegnet‹?«

»Entschuldigung?«

»Sie haben dieses Wort in Zusammenhang mit Mathias Lund-Helgesen benutzt.«

»Ach das, ja. Das habe ich nur wegen dieser Frau gesagt, die er sich da angelacht hat. Mathias ist in diesen Dingen sonst ziemlich unbeholfen. Aber die scheint ein paar schlechte Erfahrungen gemacht zu haben, so dass sie wohl so einen gutmütigen Kerl wie ihn brauchte. Aber sagen Sie Mathias nicht, dass ich das gesagt habe. Obwohl … Sagen Sie's ihm ruhig.«

»Noch eine Frage. Können Sie mir sagen, was Anti-SCL-70 bedeutet?«

»Das ist ein Antistoff im Blut. Kann auf Sklerodermie hindeuten. Kennen Sie jemanden, der das hat?«

»Ich weiß ja nicht einmal, was Sklerodermie ist.« Harry wusste, dass er nicht darüber nachdenken sollte. *Unbedingt*. Aber er konnte nicht anders: »Hat Mathias gesagt, diese Frau hätte schlechte Erfahrungen gemacht?«

»Meine Deutung. Der gesegnete Mathias redet nie schlecht über Menschen. In seinen Augen haben Menschen bloß Verbesserungspotential.« Idar Vetlesens Lachen hallte in den dunklen Räumen wider.

Als Harry seine Boots wieder angezogen, sich verabschiedet

hatte und draußen auf der Treppe stand, drehte er sich noch einmal um, und sah, bevor die Tür ins Schloss fiel, dass Idar in die Hocke gegangen war, um seine Schuhe zu binden.

Auf dem Rückweg rief Harry Skarre an, bat ihn, die Bilder von Vetlesen von dessen Webseite auszudrucken, damit zur Drogenfahndung zu gehen und zu überprüfen, ob ihn einer der Fahnder kannte oder vielleicht beim Speed-Kaufen beobachtet hatte.

»Auf der Straße?«, fragte Skarre. »Haben Ärzte so was nicht in ihren Schränken?«

»Schon, aber die müssen den Verbleib dieser Drogen inzwischen ganz genau dokumentieren. Deshalb holen sie sich ihr Amphetamin auch lieber bei einem Dealer auf der Skippergata.«

Sie legten auf, und Harry rief Katrine im Büro an.

»Vorläufig nichts«, berichtete sie. »Ich mach hier jetzt den Abflug. Bist du auch auf dem Weg nach Hause?«

»Ja.« Harry zögerte. »Wie schätzt du die Chancen für eine gerichtliche Verfügung ein, die Vetlesen von seiner Schweigepflicht entbindet?«

»Bei dem bisschen, was wir haben? Ich kann mir natürlich einen superkurzen Rock anziehen, zum Gericht gehen und mir einen Richter im passenden Alter suchen. Aber mal ehrlich, ich glaube, das können wir vergessen.«

»Das sehe ich auch so.«

Auf dem Weg nach Bislett dachte Harry an seine leere, demontierte Wohnung und sah auf die Uhr. Dann machte er kehrt und fuhr über die Pilestredet in Richtung Präsidium.

Es war zwei Uhr nachts, als Harry Katrine wieder am Telefon hatte. Dieses Mal klang sie reichlich verschlafen.

»Was ist denn los?«, fragte sie.

»Ich bin im Büro und hab mir mal angesehen, was du zusammengetragen hast. Du hast gesagt, alle vermissten Frauen hätten Mann und Kinder gehabt. Ich glaube, das könnte irgendein Zusammenhang sein.«

»Wie das denn?«

»Keine Ahnung. Ich musste das nur mal aussprechen. Ich wollte das selbst hören, um festzustellen, ob das idiotisch klingt.«

»Und, wie klingt es?«

»Idiotisch. Gute Nacht.«

Eli Kvale lag mit weit geöffneten Augen da. Neben sich hörte sie Andreas schwer und unbekümmert atmen. Ein Streifen Mondlicht fiel durch die Gardine an die Wand und auf das Kruzifix, das sie auf ihrer Hochzeitsreise nach Rom gekauft hatten. Wovon war sie geweckt worden? Konnte es Trygve gewesen sein? War er auf? Das Essen und der ganze Abend waren genauso verlaufen, wie sie gehofft hatte. Im Licht der Kerzen blickte sie in fröhliche Gesichter, die nicht aufhören konnten zu erzählen. Vor allem Trygve. Sie hörte ganz still zu, als er von Montana berichtete, von seinem Studium, von seinen Freunden. Sah ihren Jungen nur an, beobachtete ihn. Ein junger Mann, der langsam erwachsen wurde, sein Leben selbst in die Hand nahm und eigene Entscheidungen traf. Darüber freute sie sich am meisten: Er konnte wählen. Frei und unbeeinflusst. Nicht wie sie. Nicht im Verborgenen, in aller Heimlichkeit.

Sie hörte das Haus knirschen, die Wände sprachen miteinander.

Aber da war noch ein anderes Geräusch, ein fremdes Geräusch. Es kam von draußen.

Sie stand auf, trat ans Fenster und blickte durch die Gardinen. Es hatte geschneit. Die Zweige der Apfelbäume waren weiß überzuckert, und das Mondlicht reflektierte auf der dünnen Schneeschicht auf dem Boden, so dass alle Details des Gartens deutlich zum Vorschein kamen. Sie ließ den Blick vom Tor zur Garage schweifen, unsicher, wonach sie suchen sollte. Plötzlich erstarrte sie. Sie hielt den Atem an. Fang jetzt nicht wieder damit an, dachte sie. Das muss Trygve sein. Er hat sicher Jetlag, konnte nicht schlafen und ist nach draußen gegangen. Die Fußspuren führten vom Gartentor direkt zu dem Fenster, hinter dem sie stand. Eine Linie schwarzer Punkte, die sich durch den dünnen Schnee zog. Eine Kunstpause vor den Buchstaben.

Es führte keine Spur zurück.

Kapitel 12

7. Tag. Konversation

»Einer der Drogenfahnder hat ihn erkannt«, erzählte Skarre. »Als ich ihm die Bilder von Vetlesen zeigte, sagte er, den hätte er schon mehrfach an der Ecke Skippergata/Tollbugata gesehen.«

»Was ist das für eine Ecke?«, fragte Gunnar Hagen, der darauf bestanden hatte, an der Morgenbesprechung in Harrys Büro teilzunehmen.

Skarre sah Hagen verunsichert an, als wollte er sich vergewissern, dass der Kriminaloberkommissar keine Witze machte.

»Dealer, Huren und ihre Kunden«, erläuterte er. »Nachdem wir sie von der Plata vertrieben haben, ist das ihr neues Zentrum.«

»Nur da?«, fragte Hagen und schob das Kinn vor. »Ich dachte, das würde sich jetzt etwas mehr verteilen?«

»Ja, aber das ist irgendwie das Zentrum«, sagte Skarre. »Klar, man findet die bis runter an die Börse und oben etwa bis zur Staatsbank. Und rund um das Astrup Fearnley Museum, die alte Loge und das Café der Stadtmission ...« Er hielt inne, als Harry laut gähnte.

»Sorry«, entschuldigte sich Harry. »War ein anstrengendes Wochenende. Red weiter.«

»Der Fahnder konnte sich aber nicht daran erinnern, ihn beim Kauf von Drogen beobachtet zu haben. Er meinte, Vetlesen verkehre im Leon.«

Im gleichen Moment betrat Katrine Bratt den Raum. Sie hatte zerzauste Haare und blasse, ganz kleine Augen, zwitscherte aber trotzdem ein fröhliches »Guten Morgen«, während sie sich nach einem freien Stuhl umsah. Bjørn Holm sprang von seinem Platz auf, wies mit der Hand auf den Stuhl und machte sich selbst auf die Suche nach einem neuen.

»Im Leon in der Skippergata?«, fragte Hagen. »Verkaufen die da Drogen?«

»Kann schon sein«, sagte Skarre. »Aber ich habe da schon häufiger ein paar dieser schwarzen Prostituierten reingehen sehen. Das ist wohl eher so ein Massagetempel.«

»Wohl kaum«, widersprach Katrine Bratt, die ihnen den Rücken zudrehte, während sie ihren Mantel an den Garderobenständer hängte. »Diese Massagesalons gehören zum internen Markt, und den kontrollieren zurzeit die Vietnamesen. Die sitzen außerhalb in den diskreten Wohngegenden, beschäftigen Asiatinnen und gehen den Afrikanern aus dem Weg.«

»Ich meine, da so ein Plakat gesehen zu haben, dass sie billige Zimmer vermieten«, warf Harry ein. »Vierhundert Kronen die Nacht.«

»Genau«, bestätigte Katrine. »Die haben kleine Zimmer, die sie auf dem Papier auf Tagesbasis vermieten, in Wirklichkeit läuft das aber auf Stundenbasis. Schwarzes Geld, wer da hingeht, will sicher keine Quittung. Und schwarze Frauen und schwarze Zuhälter. Nur der Hotelbesitzer, der den echten Reibach macht, ist weiß.«

»Gut informierte Frau«, lobte Skarre und grinste Hagen an. »Seltsam, dass die Bergener Sitte so viel über die Puffs in Oslo weiß.«

»Die sind überall ziemlich gleich«, erwiderte Katrine. »Oder glaubst du mir nicht? Wollen wir wetten?«

»Ich sage, der Besitzer ist Pakistani«, verkündete Skarre. »Zweihundert?«

»Abgemacht.«

»Gut«, sagte Harry und klatschte in die Hände. »Warum sitzen wir hier eigentlich?«

Der Besitzer des Hotels Leon hieß Børre Hansen und kam aus Solør. Seine Haut hatte die gleiche grauweiße Farbe wie der Schneematsch, den die sogenannten Gäste mit hereinbrachten und der auf dem abgetretenen Parkett vor dem Tresen liegen blieb, über dem mit schwarzen Buchstaben das Wort REZPETION prangte.

Da sich weder die Kundschaft noch Børre sonderlich um Rechtschreibung kümmerten, war das Schild seit seiner Anschaffung vor vier Jahren unbeanstandet hängen geblieben. Vorher war er kreuz und quer durch Schweden gefahren und hatte Bibeln verkauft, sich an der Grenze am Svinesund als Schmuggler für ausrangierte Pornofilme versucht und sich dabei einen Akzent angewöhnt, der irgendwie nach einer Mischung aus Tanzmusiker und Prediger klang. Dort am Svinesund hatte er auch Natascha getroffen, eine russische Nackttänzerin, mit der er abgehauen war, wobei sie nur mit Müh und Not ihrem russischen Manager entkommen waren. Natascha hatte einen neuen Namen bekommen und wohnte jetzt mit Børre in Oslo. Er hatte das Leon von drei Serben übernommen, die sich aus den unterschiedlichsten Gründen nicht mehr im Land aufhalten durften, und hatte den Betrieb einfach weitergeführt. Er hatte auch keinerlei Veranlassung, das Konzept der kurzfristigen – oft sehr kurzfristigen – Zimmervermietung zu ändern. Die Einnahmen kamen in der Regel in Form von Bargeld, und die Gäste stellten nur geringe Ansprüche, was den Standard anging. Es war ein gutes Geschäft. Ein Geschäft, das er nicht verlieren wollte. Deshalb missfiel ihm wirklich alles an den beiden Personen, die jetzt vor ihm standen. Am meisten diese Ausweise.

Der große Mann mit dem Kurzhaarschnitt legte ein Bild auf den Empfangstresen. »Haben Sie den schon mal gesehen?«

Børre Hansen schüttelte den Kopf. Er war schon mal erleichtert, dass sie es nicht auf ihn selbst abgesehen hatten.

»Sicher?«, fragte der Mann, stützte die Ellenbogen auf den Tresen und beugte sich vor.

Børre sah sich das Bild noch einmal an und dachte, dass er sich den Ausweis genauer hätte ansehen sollen. Der Typ sah eher wie einer der Junkies hier im Viertel denn wie ein Bulle aus. Und auch das Mädchen hinter ihm entsprach nicht seiner Vorstellung von einer Polizistin. Sie hatte zwar den harten Blick einer Hure, aber der Rest war hundert Prozent Dame. Mit einem guten Zuhälter, der sie nicht ausraubte, könnte sie ihren Lohn verfünffachen. Mindestens.

»Wir wissen, dass Sie hier einen Puff betreiben«, wechselte der Polizist das Thema.

»Ich führe ein legales Hotel, ich habe eine Lizenz, und meine Papiere sind in Ordnung. Wollen Sie sie sehen?« Børre deutete mit einer Kopfbewegung auf das kleine Büro hinter der Rezeption.

Der Polizist schüttelte den Kopf. »Sie vermieten Zimmer an Huren und ihre Kunden. Das ist gesetzlich verboten.«

»Jetzt hören Sie mir mal zu«, verteidigte sich Børre und schluckte. Das Gespräch hatte die befürchtete Richtung genommen. »Ich kümmere mich nicht darum, was meine Gäste machen, solange sie ihre Rechnungen bezahlen.«

»Ich aber«, knurrte der Polizist leise. »Sehen Sie sich das Bild genauer an.«

Børre sah. Das Bild musste vor ein paar Jahren aufgenommen worden sein, denn er sah deutlich jünger aus. Jung und unbekümmert, ohne jede Spur von Verzweiflung oder Niedergeschlagenheit.

»Als ich zum letzten Mal nachgeschlagen habe, war Prostitution in Norwegen nicht verboten«, bemerkte Børre Hansen keck.

»Nein«, antwortete die Polizistin. »Wohl aber ein Bordell zu betreiben.«

Børre Hansen tat sein Bestes, um ein beleidigtes Gesicht zu ziehen.

»Wie Sie wissen, ist die Polizei angehalten, von Zeit zu Zeit zu überprüfen, dass die Hotelvorschriften eingehalten werden«, ergriff der Polizist wieder das Wort. »Zum Beispiel, dass es im Falle eines Feuers aus jedem Zimmer einen Fluchtweg gibt.«

»Oder dass die ausgefüllten Registrierungsvordrucke der ausländischen Gäste korrekt abgelegt werden«, ergänzte die Frau.

»Sie brauchen auch ein Faxgerät, damit die Polizei Ihnen Gäste-Anfragen schicken kann.«

»Und dann wäre da auch noch Ihre Steuererklärung.«

Die Lunte brannte. Trotzdem versetzte ihm der Polizist auch noch den Gnadenstoß.

»Wir überlegen sogar, ob wir nicht mal jemanden von der Wirtschaftskriminalität zu Ihnen schicken sollten, um Ihre Bücher zu überprüfen und nachzusehen, ob all die Menschen, die unsere Fahnder in den letzten Wochen in Ihrem Haus haben verschwinden sehen, auch wirklich verzeichnet sind.«

Børre Hansen spürte, wie ihm übel wurde. Natascha. Die Miete. Und die Panik, die ihn bei dem Gedanken an eiskalte, schwarze Winterabende überkam, an denen er mit Bibeln unter dem Arm auf fremden Treppen stand.

»Wir können das aber auch auf sich beruhen lassen«, schlug der Polizist vor. »Das kommt drauf an, wie wir unsere Prioritäten setzen. Bei den Ressourcen, die wir hier einsetzen wollen. Nicht wahr, Bratt?«

Die Polizistin nickte.

»Er mietet hier zweimal in der Woche ein Zimmer«, erklärte Børre Hansen. »Immer das gleiche. Dort ist er dann den ganzen Abend.«

»Den ganzen Abend?«

»Er bekommt mehrmals Besuch.«

»Weiße oder Schwarze?«, wollte die Frau wissen.

»Schwarze. Nur Schwarze.«

»Wie viele?«

»Keine Ahnung. Das ist unterschiedlich. Acht bis zwölf.«

»Gleichzeitig?«, rutschte es der Polizistin heraus.

»Nein, die wechseln sich ab. Einige kommen zu zweit. Aber die laufen ja auch meistens zu zweit auf der Straße rum.«

»So was aber auch«, staunte der Polizist.

Børre Hansen nickte.

»Unter welchem Namen trägt er sich hier ein?«

»Weiß nicht.«

»Aber den finden wir doch sicher in Ihrem Gästebuch und auf der Rechnung?«

Børre Hansens Hemdrücken unter der speckigen Anzugjacke war schweißnass. »Sie nennen ihn Doctor White. Jedenfalls die Frauen, die nach ihm fragen.«

»Doctor?«

»Ich habe keine Ahnung. Er …« Børre Hansen zögerte. Er wollte nicht mehr als unbedingt nötig sagen. Andererseits wollte er aber auch zeigen, dass er zur Mitarbeit bereit war. Und diesen Kunden hatte er wohl bereits verloren. »Er hat immer so eine dicke Arzttasche mit. Und bittet jedes Mal um … ein paar zusätzliche saubere Handtücher.«

»Huch«, entfuhr es der Frau. »Das hört sich ja schräg an. Ist Ihnen schon mal Blut aufgefallen, wenn Sie das Zimmer gemacht haben?«

Børre antwortete nicht.

»Falls Sie das Zimmer machen«, korrigierte sie der Polizist. »Also?«

Børre seufzte. »Nicht viel, ... nicht mehr als ...« Er hielt inne.

»Nicht mehr als üblich?«, schlug die Frau sarkastisch vor.

»Ich glaube nicht, dass er ihnen weh tut«, beeilte sich Børre Hansen hinzuzufügen und bereute es sofort wieder.

»Warum nicht?«, hakte der Polizist sofort nach.

Børre zuckte mit den Schultern. »Na, dann würden die doch nicht wiederkommen.«

»Und es waren immer nur Frauen?«

Børre nickte. Aber der Polizist musste etwas registriert haben. Eine nervöse Spannung in seinem Hals oder das leichte Zucken in der gereizten Schleimhaut seiner Augen.

»Männer?«, fragte er.

Børre schüttelte den Kopf.

»Jungs?«, fragte die Polizistin, die jetzt offensichtlich das Gleiche wie ihr Kollege witterte.

Børre Hansen schüttelte erneut den Kopf, aber mit der kleinen, kaum spürbaren Verzögerung, die immer dann entsteht, wenn das Gehirn zwischen zwei Alternativen entscheiden muss.

»Kinder«, sagte der Polizist, und senkte die Stirn, als wollte er ihn auf die Hörner nehmen. »Hatte er Kinder dabei?«

»Nein!«, rief Børre aus und spürte, wie ihm am ganzen Körper der Schweiß ausbrach. »Niemals, so etwas gibt es bei mir nicht. Das ist nur zweimal vorgekommen, und die sind hier nicht reingekommen, ich hab sie gleich wieder rausgeworfen!«

»Afrikaner?«, fragte der Mann.

»Ja.«

»Jungs oder Mädchen?«

»Sowohl als auch.«

»Kamen sie allein?«, fragte die Polizistin.

»Nein, mit Frauen. Ihren Müttern, nehme ich an. Aber wie gesagt, ich habe sie nicht in sein Zimmer gelassen.«

»Sie sagen also, er kommt zweimal die Woche? Zu festen Zeiten?«

»Montags und donnerstags. Von acht bis elf. Und er ist immer pünktlich.«

»Heute Abend also?«, fragte der Mann und sah zu seiner Kollegin. »Tja, danke für die Hilfe.«

Børre atmete schwer aus und spürte, dass seine Beine schmerzten, da er die ganze Zeit über auf Zehenspitzen gestanden hatte. »Gern geschehen«, murmelte er lächelnd.

Die Polizisten gingen zur Tür. Børre wusste, dass er den Mund halten sollte, aber auch, dass er nicht würde schlafen können, wenn er sich nicht vergewisserte.

»Aber ...«, rief er ihnen nach. »Aber wir haben dann eine Abmachung, ja?«

Der Polizist drehte sich um und zog verwundert eine Augenbraue hoch. »Bezüglich?«

Børre schluckte. »Wegen dieser ... Überprüfung?«

Der Polizist rieb sich das Kinn. »Wollen Sie damit andeuten, Sie hätten etwas zu verbergen?«

Børre blinzelte zweimal. Dann hörte er seine eigene, laute Stimme. Sie klang nervös, als er antwortete: »Nein, nein, natürlich nicht! Haha! Hier ist alles in bester Ordnung.«

»Gut, dann haben Sie ja nichts zu befürchten, wenn sie kommen. Mit diesen Inspektionen habe ich nämlich nichts zu tun.«

Als sie gingen, sackte Børres Unterkiefer endgültig nach unten. Er wollte protestieren, wusste aber nicht, was er sagen sollte.

Das Telefon hieß Harry willkommen, als er wieder in sein Büro kam.

Es war Rakel, die ihm eine DVD zurückgeben wollte, die sie sich von ihm geliehen hatte.

»*Die Regeln des Spiels?*«, rief Harry überrascht. »Du hast die?«

»Du hast mal gesagt, das sei einer der am meisten unterschätzten Filme, du hast doch da so deine eigene Liste.«

»Ja, aber diese Filme gefallen dir doch nie?«

»Das stimmt nicht.«

»Na *Starship Troopers* hat dir auf jeden Fall nicht gefallen.«

»Ja, das war aber auch so ein Scheiß-Macho-Film.«

»Das ist eine Satire«, korrigierte Harry.

»Und worüber bitte?«

»Über den angeborenen Faschismus in der amerikanischen Gesellschaft. Hardy Boys meet Hitlerjugend.«

»Jetzt hör aber auf, Harry. Krieg gegen Rieseninsekten auf einem entfernten Planeten?«

»Fremdenangst.«

»Auf jeden Fall hat mir dieser eine Film aus den Siebzigern gefallen, der mit dem Abhören ...«

»*The Conversation*«, sagte Harry. »Coppolas bester Film.«

»Genau, da bin ich ganz deiner Meinung, der wird unterschätzt.«

»Nee, unterschätzt wird der nicht«, seufzte Harry, »der ist bloß in Vergessenheit geraten. Der hat mal einen Oscar für den besten Film gekriegt.«

»Ich geh heute Abend mit ein paar Freundinnen essen. Ich kann auf dem Rückweg bei dir vorbeikommen. Bist du so gegen zwölf zu Hause?«

»Vielleicht. Warum kommst du nicht auf dem Hinweg vorbei?«

»Ist ein bisschen eng. Ich kann's aber versuchen.«

Ihre Antwort war schnell gekommen, trotzdem hatte Harry es gehört.

»Hm«, machte er. »Ich kann ohnehin nicht schlafen. Atme Schimmel ein, der mir die Luft nimmt.«

»Weißt du was, ich leg ihn unten in den Briefkasten, dann brauchst du nicht aufzustehen, okay?«

»Okay.«

Sie legten auf. Harry sah, dass seine Hand leicht zitterte. Er schob das auf den Nikotinmangel und ging zum Fahrstuhl.

Katrine kam aus ihrem Büro, als hätte sie gehört, dass er auf dem Flur war. »Ich habe mit Espen Lepsvik gesprochen. Wir kriegen heute Abend einen seiner Leute.«

»Super.«

»Gute Neuigkeiten?«

»Wieso?«

»Du grinst so.«

»Tue ich das? Dann freue ich mich wohl.«
»Worauf?«
Er klopfte auf seine Tasche. »Zigaretten.«

Eli Kvale saß mit einer Tasse Tee am Küchentisch, blickte in den Garten und hörte das beruhigende Rumpeln der Waschmaschine. Das schwarze Telefon stand auf der Anrichte. Der Hörer war in ihrer Hand ganz warm geworden, so fest hatte sie ihn gehalten, dabei hatte sich bloß jemand verwählt. Trygve hatte das Fischgratin gemocht, ja, er hatte sogar gesagt, es sei sein Leibgericht. Aber das sagte er immer. Er war so ein guter Junge. Draußen klebte das Gras braun und leblos am Boden. Von dem Schnee, der in der Nacht gefallen war, fehlte jede Spur. Aber wer weiß, vielleicht hatte sie das Ganze auch nur geträumt?

Sie blätterte planlos durch ein Magazin. Sie hatte sich den ersten Tag nach Trygves Rückkehr freigenommen, damit sie ein bisschen Zeit hatten. Mal anständig miteinander reden konnten, nur sie zwei. Doch jetzt saß er mit Andreas im Wohnzimmer und machte mit ihm genau das, wofür sie sich freigenommen hatte. Aber das war in Ordnung, die zwei hatten bestimmt mehr zu besprechen. Sie waren sich ja so ähnlich. Und eigentlich war ihr der Gedanke, sich mit jemandem auszusprechen, immer lieber gewesen als das eigentliche Gespräch. Weil das Gespräch notwendigerweise immer irgendwo enden musste. An der großen, unüberwindbaren Wand.

Natürlich hatte sie eingewilligt, den Jungen nach Andreas' Vater zu nennen. Ihm wenigstens einen Namen von Andreas' Seite zuzugestehen. Dabei hätte sie ihm kurz vor der Geburt beinahe alles erzählt. Von dem leeren Parkplatz, der Dunkelheit und den schwarzen Spuren im Schnee. Dem Messer an ihrer Kehle und dem gesichtslosen Atem an ihrer Haut. Als sie auf dem Rückweg spürte, wie ihr das Sperma aus der Scheide lief, hatte sie nur gebetet, dass wirklich alles aus ihr herausrann, jeder Tropfen. Aber ihre Gebete waren nicht erhört worden.

Später hatte sie sich oft gefragt, wie es gewesen wäre, wenn Andreas nicht Pastor und seine Einstellung zur Abtreibung nicht so eindeutig gewesen wäre, oder wenn sie selbst nicht so feige gewesen wäre. Wenn Trygve nicht geboren worden wäre. Doch da stand die Wand bereits, diese unerschütterliche Mauer ihres Geheimnisses.

Dass Trygve und Andreas so viel gemeinsam hatten, war wie ein Segen in all dem Fluch. Sie hatte sogar gewisse Hoffnungen entwickelt und einem Arzt, der weder sie noch ihre Familie kannte, zwei Haare gegeben. Sie hatte irgendwo gelesen, dass es leicht sein sollte, daraus einen Code zu extrahieren, die sogenannte DNA, eine Art genetischen Fingerabdruck. Die Praxis schickte die Haare weiter an das gerichtsmedizinische Institut im Reichshospital, das diese neue Methode für Vaterschaftstests nutzte. Nach zwei Monaten hatte sie Gewissheit. Was sie erlebt hatte – der Parkplatz, die schwarzen Spuren, der hektische Atem und der Schmerz –, war kein Traum gewesen.

Wieder sah sie zum Telefon hinüber. Natürlich hatte sich bloß jemand verwählt. Das Atmen, das sie am anderen Ende gehört hatte, stammte sicher nur von einem Anrufer, der ein bisschen überrascht war, jemand Fremdes in der Leitung zu haben, und nicht wusste, ob er auflegen sollte oder nicht. So musste es sein.

Harry ging auf den Flur und nahm den Hörer der Gegensprechanlage ab.

»Hallo?«, rief er, um Franz Ferdinand aus der Stereoanlage im Wohnzimmer zu übertönen.

Keine Antwort, nur das Brummen der Autos draußen auf der Sofies gate.

»Hallo?«

»Hallo! Hier ist Rakel. Warst du schon im Bett?«

Er konnte ihrer Stimme anhören, dass sie getrunken hatte. Nicht viel, aber doch genug, dass sie einen halben Ton höher klang und ihr Lachen, dieses wohlige, tiefe Lachen, ihre Stimme vibrieren ließ.

»Nein«, sagte er. »Schönen Abend gehabt?«

»Geht so.«

»Es ist erst elf.«

»Die Mädels wollten alle früh ins Bett. Arbeit und so.«

»Hm.«

Harry sah sie vor sich. Ihren neckenden Blick, das Glänzen des Alkohols in ihren Augen.

»Ich hab den Film hier«, fuhr sie fort. »Wenn ich ihn in deinen Briefkasten stecken soll, musst du mir allerdings die Tür aufmachen.«

»Ja, klar.«

Er hob den Finger, um den Türöffner zu drücken. Wartete. Wusste, dass das jetzt das Zeitfenster war. Diese zwei Sekunden. Noch hatten sie alle Rückzugsmöglichkeiten. Er mochte Rückzugsmöglichkeiten. Und er wusste gut, eigentlich wollte er gar nicht, dass es geschah, weil das alles nur noch unübersichtlicher machte, zu schmerzhaft, um es noch einmal zu erleben. Aber warum klopfte es dann in seiner Brust, als hätte er zwei Herzen, warum hatte sein Finger dann nicht längst den Knopf gedrückt, damit sie aus dem Haus und aus seinem Kopf verschwand. Jetzt, dachte er und legte die Fingerkuppe auf das harte Plastik des Knopfes.

»Oder«, schlug sie vor, »ich kann sie dir auch eben nach oben bringen.«

Noch bevor er den Mund aufmachte, wusste Harry, dass seine Stimme merkwürdig klingen würde.

»Nicht nötig«, erwiderte er. »Mein Briefkasten ist der ohne Namen. Nacht.«

»Nacht.«

Er drückte den Knopf. Ging ins Wohnzimmer und drehte Franz Ferdinand auf. Laut. Versuchte, die Gedanken wegzublasen, seine idiotische Aufgeregtheit, und nur die Töne aufzunehmen, das Schnarren und Heulen der Gitarre. Wütend, schlicht und nicht immer gut gespielt. Englisch. Aber in die hektischen Akkorde mischte sich auch noch ein anderer Laut.

Harry drehte die Musik leiser. Lauschte. Gerade wollte er wieder lauter stellen, als er ein Geräusch hörte. Wie Sandpapier auf Holz. Oder Schuhe, die über den Boden schlurfen. Er ging auf den Flur und sah eine Gestalt durch das raue Glas der Tür.

Er öffnete.

»Ich habe geklingelt«, erklärte Rakel und sah ihn entschuldigend an.

»Ja, und?«

Sie wedelte mit der DVD-Hülle. »Die ging nicht in deinen Briefkasten.«

Er wollte etwas sagen, die richtigen Worte finden, doch da hatte er schon die Arme ausgestreckt, sie umschlossen und fest an sich gezogen. Er hörte den überraschten Laut, den sie von sich gab, und sah ihren Mund, der sich bereitwillig öffnete. Ihre Zunge streckte sich seiner höhnisch und rot entgegen. Im Grunde war wahrscheinlich sowieso jedes Wort überflüssig.

Sie schmiegte sich an ihn. Warm und weich.

»Mein Gott«, flüsterte sie.

Er küsste sie auf die Stirn.

Der Schweiß bildete einen dünnen Film zwischen ihnen, der sie trennte und gleichzeitig auch aneinanderkleben ließ.

Es war genauso gewesen, wie er es vorhergesehen hatte. Wie beim ersten Mal, nur ohne die Nervosität, das vorsichtige Tasten, die unausgesprochenen Fragen. Wie beim letzten Mal, nur ohne den Schmerz und ohne ihr Schluchzen danach. Eine Frau kann einen Mann verlassen, mit dem sie guten Sex hat. Aber Katrine hatte recht: Sie kommt immer wieder zurück. Harry verstand aber auch, dass noch etwas anderes dahintersteckte. Dass es für Rakel ein letzter, notwendiger Besuch auf ihrem alten Territorium war, ein Abschied von dem, was sie beide einmal als die große Liebe ihres Lebens bezeichnet hatten. Bevor sie den Schritt in eine neue Epoche wagte. In eine kleinere Liebe? Vielleicht, aber dafür eben in eine dauerhafte Liebe.

Sie schnurrte und streichelte ihm über den Bauch. Trotzdem spürte er die leichte Anspannung in ihrem Körper. Er konnte es ihr schwer- oder leichtmachen und entschied sich für Letzteres.

»Schlechtes Gewissen?«, fragte er und spürte, wie sie zusammenzuckte.

»Ich will nicht darüber reden«, wehrte sie ab.

Auch er wollte nicht darüber reden. Er wollte ganz ruhig liegen bleiben, ihrem Atem lauschen und ihre Hand auf seinem Bauch spüren. Doch er wusste, was er zu tun hatte, und er wollte es nicht auf die lange Bank schieben. »Er sitzt zu Hause und wartet auf dich, Rakel.«

»Nein«, sagte sie. »Er bereitet mit einem Assistenten die Leiche für die morgige Vorlesung in der Anatomie vor. Und ich habe ihm gesagt, dass er nicht direkt zu mir kommen soll, wenn er vorher an Leichen herumgefingert hat. Er schläft dann bei sich.«

»Und was ist mit mir?«, fragte Harry lächelnd ins Dunkel und dachte, dass sie das alles geplant und schon vorher gewusst hatte, dass es geschehen würde. »Woher willst du wissen, dass ich nicht auch an Leichen herumgefingert habe?«

»Hast du das denn?«

»Nein«, antwortete Harry und dachte an die Schachtel Zigaretten, die auf dem Nachtschränkchen lag. »Wir haben nämlich keine Leiche.«

Sie wurden still. Ihre Hand zeichnete jetzt größere Kreise auf seinen Bauch.

»Ich habe das Gefühl, dass sich jemand bei uns eingeschlichen hat«, sagte er plötzlich.

»Wie meinst du das?«

»Ich weiß auch nicht richtig. Nur so ein Gefühl, dass mich jemand beobachtet, die ganze Zeit. Dass es eine Art Plan für mich gibt. Verstehst du?«

»Nein.« Sie schmiegte sich fester an ihn.

»Das ist dieser Fall, an dem ich arbeite. Als wäre meine Person selbst ein Teil ...«

»Psst.« Sie biss ihn ins Ohr. »Du bist immer involviert, Harry, das ist ja gerade dein Problem. Entspann dich jetzt.«

Ihre Hand legte sich um sein schlaffes Glied, und er schloss die Augen, lauschte ihrem Flüstern und spürte die Erektion kommen.

Um drei Uhr in der Nacht stand sie auf. Im Licht der Straßenlaternen, das durch die Fenster hereinfiel, sah er ihren Rücken. Den sanft geschwungenen Bogen. Den Schatten ihres Rückgrats. Und musste an etwas denken, was Katrine Bratt erwähnt hatte. Sylvia Ottersen hatte eine Tätowierung auf dem Rücken, eine äthiopische Flagge. Er durfte nicht vergessen, das im Bericht zu vermerken. Und er dachte sich, dass Rakel recht hatte: Er hörte nie auf, an einen Fall zu denken, er war immer involviert.

Er begleitete sie zur Tür. Sie küsste ihn rasch auf den Mund und verschwand über die Treppe nach unten. Es musste nichts gesagt werden. Er wollte gerade die Tür schließen, als er die nassen Stiefelspuren vor seiner Tür bemerkte. Er blickte ihnen nach und sah sie im Dunkel der Treppe verschwinden. Die musste Rakel vorhin hinterlassen haben. Und er dachte an die Seehunde in der Beringstraße. An das Weibchen, das sich in der Paarungszeit mit einem Männchen zusammentat, später aber nie wieder zu dem gleichen Partner zurückkehrte. Weil das biologisch nicht sinnvoll war. Die Seehunde in der Beringstraße mussten kluge Tiere sein.

Kapitel 13

9. Tag. Papier

Es war halb zehn, und die Sonne fiel auf ein einzelnes Auto im Kreisverkehr über der Autobahn bei Sjølyst. Es fuhr ab in Richtung Bygdøyveien, der auf die idyllische, ländliche Halbinsel führte, die mit dem Auto nur fünf Minuten vom Rathausplatz entfernt war. Es war still, auf der Straße war kaum Verkehr, und auf den Feldern des königlichen Hofes waren weder Kühe noch Pferde zu sehen. Auch die schmalen Bürgersteige, auf denen im Sommer ganze Heerscharen von Menschen zu den Badestränden pilgerten, waren leer.

Harry steuerte den Wagen durch die Kurven des hügeligen Geländes, während er Katrine zuhörte.

»Schnee«, begann sie.

»Schnee?«

»Ich hab getan, worum du mich gebeten hast. Hab mich nur um die Vermisstenmeldungen gekümmert, die verheiratete Frauen mit Kindern betreffen. Und mir dann die Daten angeguckt. Die meisten waren im November oder Dezember. Ich habe sie gesondert betrachtet und mir die geographische Verbreitung angesehen. Die meisten sind in Oslo, ein paar aber auch übers Land verteilt. Und dann musste ich an diesen Brief denken, den du gekriegt hast. Da ist doch die Rede davon, dass der Schneemann am Tag des ersten Schnees wieder auftaucht. Und dass es an dem Tag, an dem wir im Hoffsveien waren, in diesem Winter in Oslo zum ersten Mal geschneit hat.«

»Ja?«

»Ich habe jemanden vom Meteorologischen Institut gebeten, die anderen Daten und Termine zu überprüfen. Und weißt du was?«

Harry wusste was. Und dass er es schon lange hätte wissen sollen.

»Der erste Schnee«, sprach er es aus. »Er holt sie sich an dem Tag, an dem der erste Schnee fällt.«

»Genau.«

Harry schlug mit den Händen aufs Lenkrad. »Verdammt, er hat es uns doch ganz deutlich gesagt. Wie viele sind es dann?«

»Elf. Jedes Jahr eine.«

»Und 2004 zwei. Er hat sein Muster gebrochen.«

»Es hat noch einen anderen Doppelmord gegeben. 1992 in Bergen, auch an dem Tag, an dem der erste Schnee kam. Ich finde, wir sollten damit anfangen.«

»Warum?«

»Weil das eine Opfer eine verheiratete Frau mit Kindern war und das andere ihre Freundin. Außerdem haben wir zwei Leichen, einen Tatort und Ermittlungsakten. Wenn nicht sogar einen Verdächtigen, der damals verschwand und nie wieder aufgetaucht ist.«

»Wer denn?«

»Einen Polizisten. Gert Rafto.«

Harry sah sie an. »Ach, diese Sache, ja. War das nicht der, der sich an den Tatorten bereichert hat?«

»Es kursierten jedenfalls solche Gerüchte. Zeugen haben Rafto in die Wohnung eines der Opfer gehen sehen, Onny Hetland. Ein paar Stunden später wurde sie ermordet aufgefunden. Außerdem war er spurlos verschwunden, als man nach ihm suchte.«

Harry starrte auf die Straße und blickte dann zu den gerupften Bäumen der Huk Aveny, die zum Meer hinunterführte. Dort unten lagen die Museen, die an die größten Heldentaten der Nation erinnerten: eine Fahrt mit einem Schilfboot über den Stillen Ozean und ein missglückter Versuch, den Nordpol zu erreichen.

»Und du meinst jetzt, es könnte sein, dass er doch nicht so spurlos verschwunden ist?«, fragte er. »Dass er jedes Jahr auftaucht, wenn der erste Schnee fällt?«

Katrine zuckte mit den Schultern. »Ich bin der Meinung, es könnte sich lohnen, ein paar Ressourcen dranzugeben, um herauszufinden, was wirklich geschehen ist.«

»Hm, wir sollten vielleicht damit anfangen, Bergen um Unterstützung zu bitten.«

»Das würde ich nicht tun«, erwiderte sie knapp.

»Nicht?«

»Die Rafto-Sache ist der Polizei in Bergen noch immer ziemlich peinlich. Damals hat man die Ressourcen eigentlich nur darauf verwendet, die Sache zu begraben und nicht zu lösen. Sie hatten panische Angst davor, möglicherweise etwas zu finden. Und solange der Typ von sich aus verschwunden blieb ...« Sie zeichnete ein großes X in die Luft.

»Verstehe. Was schlägst du vor?«

»Dass wir zwei nach Bergen fahren und ein bisschen auf eigene Faust ermitteln. Die damaligen Geschehnisse sind jetzt ja ohnehin Teil eines Osloer Mordfalls.«

Harry parkte vor der Adresse, einem dreistöckigen Ziegelbau ganz unten am Meer, der von einem Bootsanleger umgeben war. Er schaltete den Motor aus, blieb aber sitzen und ließ seinen Blick über den Frognerkilen in Richtung Filipstadkaia schweifen.

»Wieso kam diese Rafto-Sache mit auf deine Liste?«, fragte er. »Das liegt doch länger zurück als die Zeitspanne, die du eigentlich untersuchen solltest. Außerdem sind das Morde und keine Vermisstenfälle.«

Er drehte sich zur Seite und sah Katrine an. Sie hielt seinem Blick stand.

»Der Rafto-Fall war in Bergen ziemlich bekannt«, erklärte sie. »Außerdem kursierte damals ein Bild.«

»Ein Bild?«

»Ja, das kriegten damals alle neuen Polizeianwärter gezeigt. Das Foto stammte vom Tatort oben auf dem Ulriken und sollte wohl so eine Art Feuerprobe sein. Ich glaube, die meisten waren von den Details im Vordergrund derart schockiert, dass sie sich den Hintergrund überhaupt nicht ansahen. Vielleicht sind sie aber auch selbst nie oben auf dem Ulriken gewesen. Auf jeden Fall war da im Hintergrund etwas, das nicht mit der Topographie übereinstimmte. Wenn man es aber vergrößerte, war gut zu erkennen, worum es sich handelte.«

»Und?«

»Ein Schneemann.«

Harry nickte langsam.

»Apropos Bilder«, sagte Katrine, nahm einen A4-Umschlag aus ihrer Tasche und warf ihn Harry auf den Schoß.

Die Praxis lag im dritten Stock. Der Warteraum war stilecht und sauteuer designt mit einer italienischen Sitzgruppe, einem Sofatisch mit Ferrari-Heckspoiler, Glasskulpturen von Nico Widerberg und einem Originaldruck von Roy Lichtenstein, der eine rauchende Pistole darstellte.

Statt der obligatorischen Praxis-Rezeption mit Glaswand stand ein schöner, alter Schreibtisch mitten im Raum. Die Frau dahinter trug einen offenen, weißen Kittel über einem blauen Businesskostüm und hieß sie lächelnd willkommen. Ein Lächeln, das auch dann nicht erstarrte, als Harry sich vorstellte, ihr Anliegen vorbrachte und die Vermutung äußerte, sie müsse Borghild sein.

»Wenn Sie einen kleinen Moment warten könnten?«, bat sie und deutete mit der einstudierten Eleganz einer Stewardess, die die Notausgänge erklärt, auf die Sitzgruppe. Harry lehnte sowohl Tee als auch Espresso und Wasser dankend ab, bevor sie Platz nahmen.

Auf dem Tisch lagen die neuesten Zeitungen. Harry schlug die *Liberal* auf. Im Editorial behauptete Arve Støp, die Bereitschaft der Politiker, in Unterhaltungssendungen aufzutreten, um bei Wetten auf sich selbst zu setzen und sich als Clowns belachen zu lassen, sei der endgültige Beweis für den Sieg des einfachen Volkes – das einfache Volk säße auf dem Thron und hielte sich seine Politiker als Hofnarren.

Dann öffnete sich die Tür, an der das Schild mit der Aufschrift »Dr. Idar Vetlesen« hing. Eine Frau kam heraus, durchquerte rasch den Raum, nickte Borghild zu und verschwand, ohne auch nur einen Blick nach rechts oder links zu werfen.

Katrine starrte ihr nach. »War das nicht die von den TV2-Nachrichten?«

Im gleichen Moment verkündete Borghild, Vetlesen sei jetzt bereit, sie zu empfangen, ging zur Tür und hielt sie Harry und Katrine auf.

Idar Vetlesens Sprechzimmer hatte die Größe eines Direktorenbüros mit Aussicht über den Oslofjord. An der Schmalseite der Wand hinter dem Schreibtisch hingen diverse Diplome.

»Einen Augenblick«, bat Vetlesen und tippte etwas in seine Tastatur, ohne hochzuschauen. Dann drückte er triumphierend eine letzte Taste, schwang den Stuhl herum und riss sich förmlich die Brille von der Nase:

»Gesichtslifting, Hole? Penisverlängerung? Fettabsaugen?«

»Danke der Nachfrage«, lächelte Harry. »Das ist Kommissarin Bratt. Wir sind noch einmal gekommen, um Sie um Hilfe im Falle Ottersen und Becker zu bitten.«

Idar Vetlesen seufzte und begann, mit einem Taschentuch seine Brille zu putzen:

»Wie soll ich es Ihnen denn noch erklären, damit Sie es verstehen, Hole? Selbst jemand wie ich, der den aufrichtigen Wunsch hat, der Polizei zu helfen, und sich in vielerlei Hinsicht häufig über Prinzipien hinwegsetzt, hat ein paar Dinge, die ihm heilig sind.« Er hob einen Zeigefinger. »In all den Jahren, die ich jetzt schon als Arzt tätig bin, habe ich mich niemals, niemals ...« Der Zeigefinger begann im Rhythmus seiner Worte mitzuschlagen: »... über die Schweigepflicht hinweggesetzt, die mir als Arzt auferlegt ist. Und ich habe das auch in Zukunft nicht vor.«

Ein langes Schweigen folgte, in dem Vetlesen sie einfach nur ansah, offensichtlich zufrieden mit der Wirkung seiner Worte.

Harry räusperte sich:

»Vielleicht können wir Ihnen Ihren aufrichtigen Wunsch, uns zu helfen, trotzdem erfüllen, Vetlesen. Wir ermitteln hinsichtlich möglicher Kinderprostitution in einem angeblichen Osloer Hotel, es nennt sich Leon. Gestern Abend haben zwei unserer Leute Fotos von allen gemacht, die dort ein und aus gegangen sind.«

Harry öffnete den braunen A4-Umschlag, den er von Katrine bekommen hatte, beugte sich vor und legte die Bilder auf Vetlesens Schreibtisch.

»Das sind doch Sie, oder?«

Vetlesen sah aus, als wäre ihm etwas in der Speiseröhre stecken geblieben: Seine Augen traten aus den Höhlen, und die Adern an seinem Hals schwollen sichtlich an.

»Ich …«, stammelte er. »Ich … habe nichts Verbotenes oder Falsches gemacht.«

»Nein, nein, ganz sicher nicht«, stimmte Harry zu. »Wir überlegen nur, ob wir Sie nicht als Zeugen vorladen sollten. Damit Sie uns erzählen können, was da vor sich geht. Es ist ja hinlänglich bekannt, dass das Leon ein Stundenhotel für Prostituierte ist, neu ist nur, dass da jetzt auch Kinder verkehren. Und im Gegensatz zu normaler Prostitution ist Kinderprostitution verboten, wie Sie wissen. Wir dachten nur, wir sollten Sie darüber informieren, bevor wir damit an die Presse gehen.«

Vetlesen starrte auf die Bilder und rieb sich kräftig das Kinn.

»Wir haben übrigens gerade diese Frau von den TV2-Nachrichten gehen sehen«, half Harry nach. »Wie heißt sie noch gleich?«

Vetlesen blieb ihnen eine Antwort schuldig. Seine strahlende Jugend schien vor ihren Augen aus seinem Gesicht gewichen zu sein, als wäre sein Gesicht im Laufe weniger Sekunden um Jahre gealtert.

»Rufen Sie uns an, sollten Sie irgendwo eine kleine Lücke in der Schweigepflichtverordnung finden«, empfahl Harry.

Harry und Katrine hatten noch nicht einmal zur Hälfte die Tür erreicht, als Vetlesen sie zurückrief.

»Sie waren hier, um sich untersuchen zu lassen«, erklärte er. »Das war alles.«

»Untersuchen lassen? Weswegen?«, fragte Harry.

»Wegen einer Krankheit.«

»Die gleiche Krankheit? Welche?«

»Das ist nicht wichtig.«

»Tja.« Harry wandte sich wieder zur Tür. »Sie können ja einfach einmal annehmen, dass es auch nicht so wichtig ist, wenn wir Sie als Zeugen vorladen. Wir haben ja nichts Ungesetzliches gefunden.«

»Warten Sie!«

Harry drehte sich um. Vetlesen stützte sich auf die Ellenbogen und legte das Gesicht in seine Hände.

»Das Fahr'sche Syndrom.«

»Fahr'sche Syndrom?«

»Eine seltene Erbkrankheit, die ein bisschen an Alzheimer erinnert. Man verliert gewisse Fähigkeiten, vor allem kognitiver Art, und wird steif in den Gelenken. Die meisten erkranken erst nach dem dreißigsten Lebensjahr, man kann es aber auch schon als Kind bekommen.«

»Hm. Und Birte und Sylvia wussten also, dass ihre Kinder diese Krankheit haben?«

»Sie hatten nur den Verdacht, als sie zu mir kamen. Morbus Fahr ist schwer zu diagnostizieren, und Birte Becker und Sylvia Ottersen waren schon bei einigen Ärzten gewesen, ohne dass jemand bei ihren Kindern etwas gefunden hatte. Ich meine mich zu erinnern, dass beide im Internet recherchiert haben, die Symptome eingegeben haben und über eine Suchmaschine bei diesem Syndrom gelandet sind, das erschreckend gut passte.«

»Und dann haben sie ausgerechnet mit Ihnen Kontakt aufgenommen? Einem plastischen Chirurgen?«

»Ich bin zufälligerweise Spezialist für Morbus Fahr.«

»Zufälligerweise?«

»In Norwegen gibt es nur etwa 18 000 Ärzte. Wissen Sie, wie viele bekannte Krankheiten es in der Welt gibt?« Vetlesen wies mit einer Kopfbewegung auf die Diplome an der Wand. »Morbus Fahr war rein zufällig Teil eines Seminars in der Schweiz, bei dem es eigentlich um Nervenbahnen ging. Das bisschen, das ich da gelernt habe, reicht aus, um hier in Norwegen als Spezialist zu gelten.«

»Was können Sie uns über Birte Becker und Sylvia Ottersen sagen?«

Vetlesen zuckte mit den Schultern. »Sie waren einmal im Jahr mit ihren Kindern hier. Ich habe sie untersucht und dabei keine Verstärkung der Symptome erkannt. Mehr weiß ich nicht über ihr Leben. Oder ... um es anders auszudrücken ...« Er warf die Haare zurück. »... über ihren Tod.«

»Glaubst du ihm?«, fragte Harry, als sie an den leeren Weiden vorbeifuhren.

»Nicht ganz«, meinte Katrine.

»Ich auch nicht«, erwiderte Harry. »Ich glaube, wir sollten uns hierauf konzentrieren und Bergen erst mal auf Eis legen.«

»Nein«, protestierte Katrine.

»Nein?«

»Hier gibt es irgendwo eine Verbindung.«

»Lass hören.«

»Ich weiß auch nicht, … es hört sich verrückt an, aber vielleicht gibt es irgendeine Verbindung zwischen Rafto und Vetlesen. Vielleicht hat sich Rafto deshalb all die Jahre verstecken können?«

»Wie meinst du das?«

»Na, er kann sich doch ganz einfach eine Art Maske angeschafft haben. Eine echte Maske. Eine Gesichtsoperation.«

»Bei Vetlesen?«

»Das könnte erklären, wieso die Kinder von zweien der Opfer bei ihm in Behandlung sind. Vielleicht hat Rafto Birte und Sylvia in der Praxis gesehen und sie als neue Opfer ausgewählt.«

»Du bist zu schnell«, mahnte Harry.

»Zu schnell?«

»Diese Art von Mordermittlung ist wie ein Puzzle. Zu Beginn suchen wir nur die Teile zusammen, drehen und wenden sie um, und zwar mit viel Geduld. Du versuchst jetzt aber schon, die Teile zusammenzufügen.«

»Ich wollte es doch nur mal laut aussprechen. Um zu hören, ob es sich idiotisch anhört.«

»Es hört sich idiotisch an.«

»Das ist aber nicht der Weg zum Präsidium«, bemerkte sie.

Harry hörte ein seltsames Zittern in ihrer Stimme und blickte zu ihr. Doch ihr war nichts anzusehen.

»Ich hätte Lust, ein paar von Vetlesens Angaben nachzuprüfen«, erklärte Harry. »Bei einem, den ich kenne und der Vetlesen kennt.«

Mathias trug einen weißen Kittel und gewöhnliche gelbe Putzhandschuhe, als er Harry und Katrine in der Garage unter dem braunen Gebäude der Gaustad-Klinik, dicht am Ring 3, begrüßte.

Er dirigierte ihren Wagen auf einen Parkplatz, wie sich herausstellte, sein eigener, ungenutzter Stellplatz.

»Ich versuche so oft wie möglich mit dem Fahrrad zu fahren«, erklärte Mathias und nahm die Schlüsselkarte, um damit die Tür zu öffnen, die von der Tiefgarage direkt ins Anatomische Institut führte. »Solche Eingänge sind gut, wenn man Leichen rein und raus transportieren muss. Ich würde euch ja gerne einen Kaffee anbieten, aber ich bin gerade mit einer Studentengruppe fertig, und die nächste kommt gleich.«

»Tut mir leid, wenn wir dir Umstände machen, du musst heute doch total müde sein, oder?«

Mathias sah ihn fragend an.

»Ich habe gestern mit Rakel telefoniert, sie erzählte, du hast so lange arbeiten müssen«, fügte Harry hastig hinzu, während er sich innerlich verfluchte und hoffte, dass ihn sein Gesicht nicht verriet.

»Rakel, ja.« Mathias schüttelte den Kopf. »Sie war ja selbst mit ein paar Freundinnen unterwegs. Kam erst so spät nach Hause, dass sie sich heute freinehmen musste. Aber als ich sie eben angerufen habe, war sie schon wieder beim Großreinemachen. Frauen. Was soll man da noch sagen?«

Harry lächelte steif und fragte sich, ob es eine Standardantwort auf diese Frage gab.

Ein Mann in grünen Krankenhauskleidern schob ein Metallbett zur Tiefgaragentür.

»Wieder eine Sendung für die Uni Tromsø?«, fragte Mathias.

»Kannst dich von Kjeldsen verabschieden, wenn du willst«, lächelte der Grüngekleidete. Er hatte eine dichte Reihe kleiner Ringe in dem einen Ohr, bei deren Anblick Harry an die Halsringe der Massaifrauen denken musste, nur mit dem Unterschied, dass diese Ringe das Gesicht merkwürdig asymmetrisch wirken ließen.

»Kjeldsen?«, rief Mathias verdattert und blieb stehen. »Wirklich?«

»Dreizehn Jahre im Dienst. Und jetzt darf Tromsø ihn zerschnippeln.«

Mathias schlug die Decke zur Seite. Harry sah das Gesicht des Leichnams. Der Schädelknochen straffte die Haut und glättete die Falten des alten, geschlechtslosen Gesichts, das weiß wie eine Gipsmaske war. Harry wusste, dass das von der Fixierung kam, bei der die Adern mit einer Mischung aus Formalin, Glycerol und Alkohol vollgepumpt wurden, damit der Leichnam nicht verweste. Am Ohr war eine runde Metallmarke mit einer eingeprägten dreistelligen Zahl befestigt. Mathias blieb stehen und sah dem Präparator nach, der Kjeldsen in Richtung Tiefgaragentür schob. Dann fand er wieder zu sich.

»Tut mir leid. Es ist nur, weil ... Kjeldsen war so lange hier bei uns. Er war Anatomieprofessor, als das Institut noch unten in der Stadt war. Ein phantastischer Anatom. Mit sehr definierten Muskeln. Wir werden ihn vermissen.«

»Wir wollen dich nicht lange aufhalten«, kündigte Harry an. »Wir fragen uns nur, ob du uns etwas über Idars Verhältnis zu seinen weiblichen Patienten sagen kannst. Und zu deren Kindern.«

Mathias hob den Kopf und sah überrascht von Harry zu Katrine und zurück.

»Willst du damit sagen, dass ...?«

Harry nickte.

Mathias führte sie durch eine andere Tür in einen Raum mit acht Metalltischen und einer Wandtafel. Die Tische waren jeweils mit Lampen und Waschbecken ausgestattet. Auf jedem Tisch lag etwas Längliches unter einem weißen Laken. Der Form und Größe nach zu schließen, tippte Harry darauf, dass das Thema des Tages irgendwo zwischen Hüfte und Fußsohle lag. In der Luft hing ein schwacher Geruch von Chlorkalk, doch es stank bei weitem nicht so penetrant, wie Harry das aus dem Obduktionssaal der Gerichtsmedizin kannte.

Mathias ließ sich auf einen Stuhl fallen, während sich Harry auf den Rand des Pults setzte. Katrine trat an einen Tisch an der Wand und betrachtete drei Gehirne. Es war nicht zu erkennen, ob es sich um Modelle oder echte Organe handelte.

Mathias dachte lange nach, bevor er antwortete: »Ich habe niemals selbst bemerkt oder andere auch nur andeuten hören, dass da irgendetwas zwischen Idar und seinen Patientinnen läuft.«

Die Art, wie Mathias das Wort Patientinnen aussprach, ließ Harry aufhorchen. »Und was ist mit Nicht-Patienten?«

»Ich kenne Idar nicht gut genug, um wirklich etwas darüber sagen zu können. Aber gut genug, um nicht auf dieses Thema eingehen zu wollen.« Er lächelte unsicher. »Wenn das in Ordnung ist.«

»Natürlich. Ich frage mich aber auch noch etwas anderes. Die Fahr'sche Krankheit, kennst du die?«

»Nur oberflächlich. Eine schreckliche Krankheit. Und leider in hohem Maße vererblich«

»Kennst du irgendwelche norwegischen Spezialisten dafür?«

Mathias dachte nach. »So auf die Schnelle nicht.«

Harry kratzte sich am Kinn. »Tja, danke für deine Hilfe, Mathias.«

»Keine Ursache, das war doch nicht viel. Wenn du mehr über Morbus Fahr wissen willst, kannst du mich heute Abend anrufen, da habe ich ein paar Bücher zur Hand.«

Harry stand auf. Ging zu Katrine, die den Deckel von einem der vier Metallkästen genommen hatte, die an der Wand standen, und blickte ihr über die Schulter. Es kribbelte auf seiner Zunge, sein ganzer Körper reagierte. Nicht wegen der Körperteile, die in dem klaren Alkohol badeten und irgendwie an das eingelegte Fleisch beim Metzger erinnerten, sondern wegen des Alkoholgeruchs. Vierzig Prozent.

»Zu Anfang sind sie meistens noch vollständig«, erläuterte Mathias. »Doch wir zerlegen sie, wenn wir einzelne Körperteile brauchen.«

Harry blickte Katrine ins Gesicht. Sie wirkte unbeeindruckt. Hinter ihnen ging die Tür auf, die ersten Studenten kamen herein und begannen, sich blaue Kittel und weiße Latexhandschuhe überzustreifen.

Mathias begleitete sie zurück zur Tiefgarage. An der letzten Tür berührte Mathias Harry leicht am Arm und hielt ihn zurück.

»Da gibt es noch eine Kleinigkeit, die ich vielleicht erwähnen sollte, Harry. Oder auch nicht. Ich weiß nicht.«

»Immer raus damit«, ermunterte Harry ihn und nahm an, dass es um Rakel ging. Bestimmt hatte er ihr etwas angemerkt.

»Ich habe ein kleines moralisches Dilemma, was Idar angeht.«

»Wieso?«, fragte Harry und spürte zu seiner Verwunderung mehr Enttäuschung als Erleichterung.

»Das hat sicher nichts zu sagen, aber vielleicht sollte ich diese Entscheidung anderen überlassen. Außerdem muss man bei so einer schrecklichen Sache mit der Loyalität wohl etwas vorsichtig sein. Wie auch immer. Letztes Jahr habe ich ja noch in der Ambulanz gearbeitet, und damals war ich nach der Nachtschicht mit einem Kollegen, der Idar auch kennt, im Postcafé zum Frühstücken. Die machen sehr früh auf, haben aber eine Bierlizenz, so dass sich da oft recht viele durstige Seelen sammeln. Und andere arme Leute.«

»Ich kenne das Lokal«, nickte Harry.

»Dort haben wir zu unserer Überraschung Idar getroffen. Er saß an einem Tisch mit einem total verdreckten Jungen, der Suppe aß. Als Idar uns entdeckte, sprang er erschrocken auf und brachte wortreiche Entschuldigungen für seine Anwesenheit vor. Ich habe mir keine weiteren Gedanken darüber gemacht. Das heißt, ich dachte, ich hätte mir keine gemacht. Bis du das eben gesagt hast. Da fiel mir ein, was ich damals für einen Eindruck hatte. Dass er vielleicht … na, du weißt schon.«

»Ich verstehe«, sagte Harry. Und als er das gequälte Gesicht seines Gegenübers sah, fügte er hinzu: »Du hast das Richtige getan.«

»Danke.« Mathias versuchte zu lächeln. »Aber ich fühle mich wie ein Judas.«

Harry versuchte etwas Vernünftiges zu sagen, doch er brachte nur ein Händeschütteln und ein gemurmeltes Danke zustande. Ihn schauderte, als er Mathias' kalten Putzhandschuh schüttelte.

Judas. Der Judaskuss. Sie fuhren über den Slemdalsveien, als Harry wieder an Rakels hungrige Zunge in seinem Mund denken musste. Ihr erst weiches und dann lautes Stöhnen, die Schmerzen an seinem Hüftknochen, der auf Rakels einhämmerte, und ihre frustrierten Rufe, wenn er plötzlich innehielt, damit es länger dauerte. Denn sie war nicht bei ihm, damit es länger dauerte. Sie war bei ihm gewesen, um ihre Dämonen zu vertreiben und ihren Körper reinzuwaschen, damit sie anschließend nach Hause gehen und ihre Seele reinwaschen konnte. Und das Haus putzen. Je früher, desto besser.

»Wähl mal die Nummer der Praxis«, bat Harry.

Er hörte Katrine tippen, dann reichte sie ihm das Handy.

Borghild antwortete mit einer gut einstudierten Mischung aus Freundlichkeit und Professionalität.

»Harry Hole hier. Eine Frage, zu welchem Arzt muss ich gehen, wenn ich an der Fahr'schen Krankheit leide?«

Pause.

»An was für einer Krankheit?«, fragte Borghild zögernd nach.
»Hm. Ist Idar Vetlesen da?«
»Er hat für heute Schluss gemacht.«
»Schon?«
»Er ist beim Curling. Versuchen Sie es ein andermal.«
Sie klang ungeduldig. Vermutlich wollte sie selbst gerade gehen.
»Im Bygdøy Curlingclub?«
»Nein, in dem privaten Club. Kurz vor Gimle.«
»Danke, schönen Feierabend.«
Harry gab Katrine das Handy zurück.
»Den holen wir uns!«, knurrte er.
»Wen?«
»Den Spezialisten, dessen Sprechstundenhilfe keine Ahnung von der Krankheit hat, für die er Spezialist ist.«

Nachdem sie sich durchgefragt hatten, fanden sie die Villa Grande, ein herrschaftliches Anwesen, das während des Zweiten Weltkriegs einem Norweger gehört hatte, dessen Name im Gegensatz zu denen des Schilfbootseglers und des Nordpolfahrers auch außerhalb Norwegens bekannt war: Landesverräter Quisling.

Am Ende des leicht abfallenden Hangs auf der Südseite des Gebäudes stand ein längliches Holzhaus, das einer alten Militärbaracke glich. Sobald man durch die Tür am Ende des Gebäudes ging und den Flur betrat, schlug einem die Kälte entgegen. Und hinter der nächsten Tür sank die Temperatur noch einmal beträchtlich.

Auf der Eisbahn, die hinter diesen Türen zum Vorschein kam, standen vier Männer. Ihre Rufe hallten von den Holzwänden wider, aber keiner von ihnen bemerkte Harry oder Katrine. Sie schrien einem glattpolierten Stein hinterher, der gerade über die Bahn glitt. Die zwanzig Kilo Granit der Sorte *ailsite* von der schottischen Insel Ailse Craig blieben an einer Barriere aus drei anderen Steinen hängen, welche vor den zwei aufgemalten Kreisen am Ende der Bahn standen. Die Männer rutschten über die Bahn, indem sie auf einem Fuß balancierten, während sie sich mit dem anderen abstießen. Dann stützten sie sich auf ihre Besen, diskutierten erst einen Moment und machten dann einen weiteren Stein bereit.

»So ein richtiger Sport für Snobs«, flüsterte Katrine. »Guck dir die Typen bloß mal an.«

Harry antwortete nicht. Er mochte Curling. Die Meditation beim Anblick des Steines, der sich langsam in einem scheinbar reibungslosen Universum drehte. Fast wie ein Raumschiff in Kubricks *Odyssey*, allerdings nicht begleitet von Johann Strauß' Melodie, sondern vom leisen Grummeln des Steins und dem übereifrigen Kratzen der Besen.

Die Männer hatten sie jetzt bemerkt. Und Harry erkannte zwei der Gesichter aus den diversen Medien. Eines davon gehörte Arve Støp.

Idar Vetlesen kam auf sie zugerutscht.

»Sind Sie zum Spielen gekommen, Hole?«

Er rief das von weitem, als wäre die Frage eher für die Ohren der anderen Männer bestimmt und nicht für Harry. Und so erntete er denn auch wohlwollendes Lachen von ihnen. Dabei sprachen die Kiefermuskeln, die sich unter der Haut des Arztes abzeichneten, eine andere Sprache. Er blieb vor ihnen stehen, und sein Atem stand in weißen Wölkchen vor seinem Mund.

»Das Spiel ist wohl vorbei«, verkündete Harry.

»Das glaube ich nicht«, widersprach Idar lächelnd.

Harry spürte, wie die Kälte des Eises bereits durch seine Sohlen kroch und sich in seinen Beinen hocharbeitete.

»Wir möchten Sie bitten, mit uns aufs Präsidium zu kommen«, sagte Harry. »Und zwar jetzt sofort.«

Idar Vetlesens Lächeln erstarb. »Warum?«

»Weil Sie uns anlügen. Sie sind zum Beispiel gar kein Spezialist für die Fahr'sche Krankheit.«

»Wer sagt das?«, fragte Idar und warf einen Blick auf die anderen Curler, um sicherzugehen, dass sie weit genug weg standen, um nichts von dem Gespräch mitzubekommen.

»Ihre Assistentin. Allem Anschein nach hat sie noch nie etwas von dieser Krankheit gehört.«

»Jetzt hören Sie mir mal zu.« Ein ganz neuer Klang, der Klang der Verzweiflung, schlich sich in seine Stimme. »Sie können nicht einfach hierherkommen und mich so mir nichts, dir nichts mitnehmen. Nicht hier, nicht vor ...«

»Ihren Kunden?«, fragte Harry und blinzelte über Idars Schulter hinweg. Er sah, wie Arve Støp das Eis von der Unterseite eines Steins bürstete, während er Katrine musterte.

»Ich weiß gar nicht, worauf Sie hinauswollen«, hörte er Idar sagen. »Ich will Ihnen ja helfen, aber nicht, wenn Sie mich ganz bewusst demütigen und meinen Ruf zerstören. Das sind hier meine besten Freunde.«

»Vetlesen, wir machen jetzt weiter …«, tönte ein tiefer Bariton. Arve Støp.

Harry musterte den unglücklichen Chirurgen. Überlegte, welche Bedeutung diese »besten« Freunde hatten. Und dachte sich, es würde sich lohnen, ihm diesen Wunsch zu gewähren, wenn es nur den Bruchteil einer Chance gab, dass Vetlesen ihnen half.

»Okay«, lenkte Harry ein. »Wir gehen jetzt. Aber Sie sind in exakt einer Stunde auf dem Präsidium in Grønland. Wenn nicht, holen wir Sie mit Blaulicht und Sirenen. Und die hört man gut auf Bygdøy, das können Sie mir glauben.«

Vetlesen nickte, und für einen kurzen Moment sah es so aus, als wollte er aus alter Gewohnheit lächeln.

Oleg knallte die Tür mit aller Wucht zu, kickte sich die Stiefel von den Füßen und rannte in den ersten Stock. Im ganzen Haus roch es frisch nach Zitrone und Seife. Er stürmte in sein Zimmer, und die Metallröhren, die von der Decke herabhingen, klirrten verschreckt, während er sich in aller Hast die Jeans auszog und eine Trainingshose überstreifte. Dann lief er wieder auf den Flur, doch als er das Geländer packte, um in großen Sätzen nach unten zu springen, hörte er durch die geöffnete Schlafzimmertür seinen Namen.

Er ging hinein und fand seine Mutter auf den Knien vor dem Bett, in den Händen einen langen Besen.

»Ich dachte, du hast am Wochenende geputzt?«

»Ja, aber nicht gründlich genug«, erwiderte seine Mutter, stand auf und fuhr sich mit der Hand über die Stirn. »Wo willst du hin?«

»Runter zum Sportplatz, Schlittschuhlaufen. Karsten wartet unten. Zum Essen bin ich wieder da.« Er stieß sich an der Türschwelle ab und rutschte auf Socken über das Parkett zur Treppe, wobei er den Schwerpunkt weit absenkte, wie es ihm Erik V., einer der Veteranen des Valle-Hovin-Stadions, beigebracht hatte.

»Warte mal, junger Mann, apropos Schlittschuhe …«

Oleg stoppte. O nein, dachte er. Sie hat die Schlittschuhe gefunden.

Sie stellte sich in die Tür, legte den Kopf auf die Seite und sah ihn an. »Und wie sieht's mit Hausaufgaben aus?«

»Ist nicht viel«, lächelte er erleichtert. »Die mach ich nach dem Essen.«

Er sah, dass sie zögerte, und fügte schnell hinzu: »Wie hübsch du in diesem Kleid aussiehst, Mama.«

Sie schaute an sich hinunter auf das alte hellblaue Kleid mit den weißen Blumen. Und obwohl sie ihm einen warnenden Blick zuwarf, stahl sich ein Lächeln auf ihre Lippen. »Vorsicht, Oleg, du hörst dich schon an wie dein Vater.«

»Echt? Ich dachte, der sprach Russisch?«

Er hatte das ohne jeden Hintergedanken gesagt, doch irgendetwas geschah mit seiner Mutter, als hätte er sie mit seiner Bemerkung erschreckt.

Er trat von einem Fuß auf den anderen. »Kann ich jetzt gehen?«

»›Ja, Sie können gehen‹?« Katrine Bratts harte Stimme hallte von den kahlen Wänden des Fitnessraumes im Keller des Präsidiums wider. »Ich fass es nicht, dass du das wirklich gesagt hast! Warum hast du Idar Vetlesen einfach gehen lassen?«

Harry starrte in das Gesicht, das sich über seine Trainingsbank beugte. Die Deckenlampe gab ihrem Kopf einen gelbglänzenden Heiligenschein. Er atmete schwer aufgrund der Eisenstange, die quer auf seiner Brust lag. Zum Bankdrücken hatte er sich fünfundneunzig Kilo aufgelegt und gerade die Stange aus dem Stativ genommen, als Katrine in den Raum stürmte und seinen Versuch zunichte machte.

»Ich musste«, verteidigte sich Harry und schob die Stange etwas höher, so dass sie auf seinem Brustbein lag. »Er hatte seinen Anwalt dabei, Johan Krohn.«

»Ja und?«

»Tja. Krohn fing gleich mit der Frage an, was wir für Methoden anwenden, um seinen Klienten unter Druck zu setzen, schließlich sei käufliche Liebe in Norwegen gestattet. Außerdem meinte er, die Presse würde sich bestimmt für unsere Versuche interessieren, einen respektierten Arzt dazu zu bewegen, seine Schweigepflicht zu brechen.«

»Herrgott noch mal!«, rief Katrine und ihre Stimme zitterte fast vor Wut. »Es geht hier um Mord!«

Harry hatte sie noch nie die Kontrolle verlieren sehen und antwortete so sanft wie möglich.

»Aber wir können keine Verbindung zwischen dem Mord und der Krankheit der Mordopfer herstellen, ja, wir können etwas in dieser Art nicht mal glaubhaft machen. Und Krohn weiß das. Deshalb konnte ich die beiden nicht festhalten.«

»Nein, du kannst nur … da liegen und … nichts tun!«

Harry spürte sein schmerzendes Brustbein und dachte, dass sie verdammt recht hatte.

Katrine schlug die Hände vors Gesicht. »Ich … ich … Tut mir leid. Ich dachte nur … Ach, es war einfach ein verdammt komischer Tag!«

»Okay«, stöhnte Harry. »Aber kannst du mir jetzt mal mit dieser Stange helfen, ich krieg gleich keine …«

»Am anderen Ende!«, rief sie plötzlich und nahm die Hände vom Gesicht. »Wir müssen am anderen Ende ansetzen. In Bergen!«

»Nein«, flüsterte Harry mit dem letzten Rest Luft, der sich noch in seinen Lungen befand. »Bergen können wir nicht als ein Ende auffassen. Kannst du …«

Er sah zu ihr auf und bemerkte, dass sich ihre dunklen Augen mit Tränen füllten.

»Die Mens«, flüsterte sie. Dann lächelte sie. Das alles geschah so schnell, als stünde plötzlich eine andere Person vor ihm, eine Person mit einem seltsamen Glanz in den Augen und vollkommen beherrschter Stimme: »Und du kannst von mir aus ersticken.«

Verblüfft hörte er das Geräusch ihrer Schritte, gefolgt von dem leisen Knirschen seines eigenen Skeletts. Rote Flecken begannen vor seinen Augen zu tanzen. Er fluchte, schloss die Finger fest um die Eisenstange und drückte brüllend dagegen. Die Stange rührte sich nicht.

Sie hatte recht. So konnte man tatsächlich ersticken. Seine Entscheidung. Komisch, aber wahr.

Er drehte sich etwas zur Seite, kippte die Stange auf einer Seite hoch und hörte, wie die Gewichte abrutschten und mit ohrenbetäubendem Knallen auf dem Boden aufschlugen. Gleich darauf raste die Stange auf der anderen Seite zu Boden. Er setzte sich auf und verfolgte mit dem Blick, wie die Gewichte hochkant über den Boden rollten.

Harry duschte, zog sich um und ging über die Treppe in den sechsten Stock. Ließ sich auf den Bürostuhl fallen und spürte bereits das wohlige Ziehen in den Muskeln, ein sicheres Zeichen, dass er morgen Muskelkater haben würde.

Auf der Anzeige des Anrufbeantworters las er, dass er Bjørn Holm zurückrufen sollte.

Als Holms Hörer abgenommen wurde, hörte er herzzerreißendes Schluchzen, begleitet von einer Pedal-Steel-Gitarre.

»Was ist bei dir los?«, fragte Harry.

»Dwight Yoakam«, antwortete Holm und drehte die Musik leiser. »Sexy wie die Hölle, oder?«

»Ich meine, weshalb hast du angerufen?«

»Wir haben die Resultate der Briefanalyse.«

»Und?«

»Was die Schrift angeht, keine besonderen Erkenntnisse. Standard-Laserdrucker.«

Harry wartete. Er wusste, Holm hatte etwas.

»Aber das Blatt, das er benutzt hat, ist besonders. Keiner hier im Labor hatte jemals damit zu tun, deshalb hat es auch ein bisschen gedauert. Das Papier ist aus Mitsumata hergestellt, einer japanischen Bastsorte, so ähnlich wie Papyrus. Anscheinend kann man das am Geruch erkennen. Man verwendet die Rinde, um daraus handgeschöpftes Papier herzustellen. Eine verdammt exklusive Sache. Es heißt Kono.«

»Kono?«

»Man kriegt es nur in Spezialgeschäften, du weißt schon, diese Läden, in denen sie Füller für zehntausend Kronen verkaufen und Notizbücher mit Ledereinband. Du kennst die sicher …«

»Nee, eigentlich nicht.«

»Ich auch nicht«, räumte Holm ein. »Auf jeden Fall gibt es in Oslo nur einen Laden, der dieses Kono-Papier verkauft. Worse im Gamle Drammensveien. Ich war da und hab mit denen geredet. Sie meinten, dass sie dieses Papier nur selten verkaufen und wohl nicht wieder bestellen werden. Die Menschen hätten heute keinen Sinn mehr für Qualität.«

»Soll das heißen …?«

»Ja, leider bedeutet das, dass er sich nicht mehr daran erinnern konnte, wann er dieses Papier zuletzt verkauft hat.«

»Hm. Und das ist tatsächlich der einzige Händler?«

»Ja«, bestätigte Holm. »Es gab noch einen in Bergen, aber der hat den Verkauf schon vor ein paar Jahren eingestellt.«

Holm wartete auf eine Antwort – oder genauer gesagt eine Frage –, während Dwight Yoakam leise seine Herzallerliebste ins Grab jodelte. Aber es kam nichts.

»Harry?«

»Ja, ich denke nach.«

»Gut!«, sagte Holm.

Über genau diese Art von Humor konnte sich Harry noch Stunden später amüsieren, ohne wirklich zu wissen, warum. Aber nicht jetzt. Er räusperte sich:

»Ich finde, es ist verdammt seltsam, einem Polizisten einen solchen Brief zu schicken, wenn man nicht will, dass diese Spur zurückverfolgt wird. Er muss nicht mal viele Fernsehkrimis gesehen haben, um zu wissen, dass wir das überprüfen werden.«

»Vielleicht wusste er nicht, dass es selten ist?«, mutmaßte Holm. »Vielleicht hat er es nicht selbst gekauft.«

»Das ist natürlich eine Möglichkeit, aber irgendetwas sagt mir, dass der Schneemann keine solchen Fehler macht.«

»Aber er hat es doch getan.«

»Ich wollte damit nur sagen, ich glaube nicht, dass es ein Fehler war«, präzisierte Harry.

»Du meinst …?«

»Ja, ich glaube, er wollte, dass wir das herausfinden.«

»Warum?«

»Das klassische Motiv? Der narzisstische Serienmörder inszeniert ein Spiel mit sich selbst als dem Unbesiegbaren in der Hauptrolle. Dem Mächtigen, der am Ende den Sieg davonträgt.«

»Den Sieg über wen?«

»Tja«, antwortete Harry und sprach es zum ersten Mal laut aus: »Auch wenn sich das nicht minder narzisstisch anhört: über mich.«

»Über dich? Wieso das denn?«

»Keine Ahnung. Vielleicht weil er weiß, dass ich der einzige Polizist in Norwegen bin, der schon mal einen Serienmörder gestellt hat. Vielleicht sieht er in mir eine Herausforderung. Der Brief könnte ein Indiz dafür sein, er spielt auf Toowoomba an. Ich weiß nicht, Holm. Kennst du eigentlich den Namen dieses Ladens in Bergen?«

»Fleisch!«

Das Wort kam in langgezogenem Bergener Dialekt. Der Mann, der sich freiwillig mit seinem wenig schmeichelhaften Spitznamen meldete – Peter Flesch –, war kurzatmig und laut, aber sehr entgegenkommend. Bereitwillig erzählte er, dass er alle Arten von Antiquitäten verkaufte, solange sie nur klein waren, hauptsächlich aber Papier, Feuerzeuge, Stifte, Mappen und Schreibwaren. Das meiste verkaufte er an Stammkundschaft mit ständig wachsendem Durchschnittsalter.

Mit aufrichtigem Bedauern beantwortete er Harrys Frage nach den Kono-Briefbögen und erklärte ihm, dass er diese schon seit Jahren nicht mehr führte.

»Vielleicht ist das ja ein bisschen viel verlangt«, versuchte sich Harry, »aber erinnern Sie sich noch daran, welche Stammkunden diese Briefbögen gekauft haben?«

»Nokken vielleicht. Møller. Und Kikkusæn auf Møllåren. Wir ham da keine Aufzeichnungen, aber meine Frau hat ein gutes Gedächtnis.«

»Vielleicht könnten Sie uns die vollen Namen aufschreiben, das ungefähre Alter und eventuell auch die Adressen, wenn Sie sich erinnern? Und mir das Ganze dann per Mail schicken …?«

Harry wurde von einem Schmatzen unterbrochen. »Dieses elektronische Zeugs haben wir nicht. Wollen wir auch nicht. Geben Sie mir lieber Ihre Faxnummer.«

Harry las die Nummer vom Faxgerät des Dezernats ab. Er zögerte. Es war nur eine Idee. Aber diese Art von Ideen kam nie grundlos.

»Sie hatten nicht zufällig vor ein paar Jahren einen Kunden mit Namen Rafto? Gert Rafto?«, fragte Harry.

»Eisen-Rafto?« Peter Flesch lachte.

»Sie haben also schon von ihm gehört?«

»Die ganze Stadt wusste doch damals über den Bescheid. Nee, das war kein Kunde von uns.«

Kriminaloberkommissar Bjarne Møller pflegte immer zu sagen, dass man alles Unmögliche eliminieren musste, um die einzig verbleibende Möglichkeit zu isolieren. Deshalb sollte man als Ermittler nicht verzweifeln, sondern sich jedes Mal freuen, wenn man eine Spur streichen konnte, die nicht zur Lösung führte. Außerdem war es ja nur eine Idee gewesen.

»Tja, auf jeden Fall erst mal vielen Dank«, sagte Harry. »Einen schönen Tag noch.«

»Er war kein Kunde«, fuhr Flesch unbeirrt fort. »Eher umgekehrt.«

»Hä?«

»Ja. Er kam hier manchmal mit so Kleinkram an. Gebrauchte silberne Feuerzeuge, goldene Füller. So was. Manchmal habe ich ihm was abgekauft. Aber natürlich nur, bis wir erfuhren, wo das Zeug herkam ...«

»Und wo kam es her?«

»Haben Sie das denn nicht gehört? Er hat Sachen mitgehen lassen an den Tatorten, zu denen er gerufen wurde.«

»Aber gekauft hat er nie etwas?«

»Rafto hatte keinen Bedarf für unsere Waren.«

»Und einfach bloß Briefbögen? Die braucht doch jeder mal.«

»Tja, bleim Sie mal am Apparat, ich frage meine Frau.«

Eine Hand wurde auf die Sprechmuschel gelegt, aber Harry hörte trotzdem das Rufen und das leise Gespräch. Dann wurde die Hand entfernt, und Flesch verkündete in triumphierendem Bergener Dialekt:

»Sie meint, Rafto hätte den Rest der Blätter gekriegt, als wir die aus dem Sortiment nahmen. Angeblich im Tausch gegen einen kaputten silbernen Füllfederhalter aus Holland. Sie hat wirklich ein Wahnsinnsgedächtnis.«

Harry legte auf und wusste, er musste nach Bergen. Zurück nach Bergen.

Abends um neun brannte noch immer Licht im ersten Stock der Brynsallee 6 in Oslo. Von außen wirkte das fünfstöckige Haus wie ein normales modernes Geschäftshaus mit seiner Fassade aus rotem Backstein und grauem Stahl. Und dieser Eindruck korrespondierte auch mit dem Inneren des Hauses, da die meisten der mehr als vierhundert Angestellten als Ingenieure, IT-Spezialisten, Soziologen, Laboranten, Fotografen und so weiter arbeiteten. Trotzdem handelte es sich um das »Nationale Amt zur Bekämpfung organisierter und anderer schwerwiegender Kriminalität«, das allgemein nur als Kriminalamt oder noch kürzer KRIPOS bezeichnet wurde.

Es war neun Uhr abends, und Espen Lepsvik hatte gerade seine Leute nach Hause geschickt, nachdem sie noch einmal den Stand der Ermittlungen durchgegangen waren. Nur ein Mann saß noch immer in dem kahlen, mit kaltem Licht erleuchteten Sitzungszimmer.

»Das war nicht viel«, stellte Harry Hole fest.

»Eine hübsche Umschreibung für *nichts*«, bemerkte Espen Lepsvik und massierte sich mit Daumen und Zeigefinger die Augenlider. »Wollen wir ein Bier trinken gehen? Dann kannst du mir ja erzählen, wie es bei euch aussieht.«

Harry erzählte, während Espen Lepsvik Richtung Zentrum fuhr. Sie wollten ins Justisen, eine altehrwürdige Kneipe, die auf ihrer beider Heimweg lag und in der nicht nur durstige Studenten verkehrten, sondern auch noch durstigere Anwälte und Polizisten.

»Ich überlege, ob ich statt Skarre nicht Katrine Bratt mit nach Bergen nehmen sollte«, verkündete Harry und nippte an seiner Mineralwasserflasche. »Ich habe mir ihre Papiere noch einmal angesehen, bevor ich zu euch hochgefahren bin. Sie ist noch recht frisch, aber aus den Unterlagen geht hervor, dass sie schon an zwei Mordermittlungen beteiligt war. Hast nicht sogar du die geleitet?«

»Bratt, ja. An die erinnere ich mich gut«, bestätigte Espen Lepsvik grinsend und bestellte mit dem Zeigefinger ein weiteres Bier.

»Warst du zufrieden mit ihr?«

»Verdammt zufrieden. Die ist ... verdammt ... gut.« Lepsvik zwinkerte Harry zu, der dessen verschleierten Blick bemerkte. Lepsvik hatte bereits drei Bier intus. »Wären wir nicht beide verheiratet, hätte ich vielleicht einen Versuch bei ihr gewagt, wer weiß?«

Er leerte sein Glas.

»Ich wollte eigentlich eher wissen, ob du sie für einigermaßen stabil hältst?«, fragte Harry.

»Stabil?«

»Ja. Ich weiß nicht, aber da ist irgendetwas, ... ich kann das nicht erklären, ... so was Extremes.«

»Ich verstehe, was du meinst.« Espen Lepsvik nickte langsam, während sein Blick auf Harrys Gesicht Halt zu finden versuchte. »Ihre Akte ist blitzsauber. Aber unter uns, ich hab damals so Gerede über sie und ihren Mann gehört.«

Lepsvik suchte in Harrys Gesicht nach einer Ermunterung weiterzureden. Als er nichts sah, fuhr er trotzdem fort:

»Etwas ... Du weißt schon ... Lack und Leder. So Sadomaso-Zeugs. Die sollen in so Clubs gehen. Ein bisschen pervers.«

»Das geht mich nichts an«, meinte Harry kurz angebunden.

»Tja, mich ja eigentlich auch nicht.« Lepsvik breitete abwehrend die Arme aus. »Außerdem ist es ja bloß ein Gerücht. Und weißt du was?« Lepsvik lachte glucksend und beugte sich über den Tisch, so dass Harry seinen Bieratem roch: »Sie dürfte mir ruhig ein Halsband anlegen.«

Harry merkte, dass seine Augen ihn verraten hatten, denn Lepsvik sah mit einem Mal aus, als bereue er seine Offenherzigkeit, und zog sich rasch auf seine Seite des Tisches zurück. Dann fuhr er in einem etwas geschäftsmäßigeren Ton fort:

»Diese Frau ist ein Profi. Klug. Engagiert und einsatzbereit. Mitunter bestand sie sehr hartnäckig darauf, dass ich ihr bei ein paar Fällen half, die längst zu den Akten gelegt worden waren. Aber als instabil würde ich sie nicht bezeichnen, eher im Gegenteil. Vielleicht ein bisschen verschlossen und seltsam. Aber das sind ja einige von uns. Ja, ich könnte mir sogar vorstellen, dass ihr ein perfektes Team wärt.«

Harry lächelte über den Sarkasmus und stand auf. »Danke für den Tipp, Lepsvik.«

»Und wie wäre es mit einer Gegenleistung? Einem Tipp von dir? Läuft da was … zwischen dir und ihr?«

»Mein Tipp lautet«, sagte Harry und warf einen Hunderter auf den Tisch, »dass du das Auto lieber gleich stehen lassen solltest.«

Kapitel 14

9. Tag. Bergen

Präzise um 08.26 Uhr setzten die Räder der DY604 aus Oslo auf dem nassen Asphalt des Flughafens Flesland auf. Die Landung war so hart, dass Harry jäh aus dem Schlaf gerissen wurde.

»Gut geschlafen?«, fragte Katrine.

Harry nickte, rieb sich die Augen und starrte in die regenverhangene Morgendämmerung.

»Du hast im Schlaf geredet«, sagte sie lächelnd.

»Hm.« Harry wollte nicht näher nachfragen. Stattdessen versuchte er sich zu erinnern, was er geträumt hatte. Es war nicht um Rakel gegangen. Auch diese Nacht hatte er nicht von ihr geträumt. Er hatte sie vertrieben. Sie hatten sie gemeinsam vertrieben. Vielmehr hatte er von Bjarne Møller geträumt, seinem Chef und Mentor, der über die Bergebenen hinter Bergen verschwunden war und zwei Wochen später im Revurtjernet gefunden wurde. Diese Entscheidung hatte Møller selbst getroffen, weil er – genau wie Zenon mit dem schmerzenden großen Zeh – sein Leben nicht mehr lebenswert fand. War Gert Rafto zu der gleichen Erkenntnis gelangt? Oder gab es ihn wirklich noch irgendwo dort draußen?

»Ich habe Raftos Exfrau angerufen«, erklärte Katrine, als sie die Ankunftshalle durchquerten. »Weder sie noch ihre Tochter will noch einmal mit der Polizei reden, sie wollen die alten Wunden nicht wieder aufreißen. Aber das ist in Ordnung, die Berichte von damals sollten mehr als ausreichen.«

Vor dem Terminal setzten sie sich in ein Taxi.

»Schön, wieder zu Hause zu sein?«, fragte Harry laut durch das Trommeln des Regens und das rhythmische Quietschen der Scheibenwischer.

Katrine zuckte gleichgültig die Schultern. »Ich habe den Regen immer gehasst. Und die Bergener, die behaupten, es regnet hier gar nicht so viel, wie die Leute aus dem Osten des Landes immer sagen.«

Als sie am Danmarksplass vorbeifuhren, blickte Harry zum Gipfel des Ulriken hoch. Dort oben lag Schnee, er konnte sehen, dass die Gondel in Betrieb war. Dann fuhren sie durch einen Tunnel und kamen an der Ausfahrt zum Store Lungsgårdsvann vorbei, bevor sie ins Zentrum gelangten, das nach dieser trostlosen Anfahrt für alle Besucher eine positive Überraschung darstellte.

Sie stiegen im SAS-Hotel unweit von Bryggen ab. Harry hatte gefragt, ob sie nicht lieber bei ihren Eltern wohnen wollte, aber Katrine hatte geantwortet, das wäre ihr für eine Nacht zu stressig. Die beiden würden immer so viel vorbereiten, dass sie sie nicht einmal über ihren Kurzbesuch in der Stadt informiert hatte.

Nachdem sie die Schlüsselkarten für ihre Zimmer bekommen hatten, gingen sie zum Fahrstuhl und fuhren schweigend nach oben. Katrine musterte Harry und lächelte, als sei das Schweigen in einem Fahrstuhl ein altbekannter Witz. Harry blickte zu Boden und hoffte, dass sein Körper keine falschen Signale aussendete. Oder richtige.

Endlich öffneten sich die Fahrstuhltüren, und ihre Hüften schwangen vor ihm durch den Flur.

»In fünf Minuten an der Rezeption«, sagte Harry.

»Wie sieht der Zeitplan aus«, fragte Harry, als sie sechs Minuten später in den tiefen Sesseln der Lobby saßen.

Katrine beugte sich vor und blätterte durch ihren in Leder gebundenen Kalender. Sie hatte sich ein elegantes, graues Kostüm angezogen, mit dem sie unter all den Geschäftsleuten nicht auffiel.

»Du triffst dich mit Knut Müller-Nilsen, dem Chef des hiesigen Dezernats für Gewaltverbrechen.«

»Kommst du nicht mit?«

»Dann muss ich bloß alle begrüßen und mit ihnen reden, dafür bräuchten wir einen Extratag. Es ist wahrscheinlich am besten, wenn du mich gar nicht erwähnst, sonst sind sie nur sauer, dass ich sie nicht besucht habe. Ich fahre in den Oyjordsveien, um noch mal mit dem letzten Zeugen zu reden, der Rafto gesehen hat.«

»Hm. Wo war das noch mal?«

»In der Nähe der Werft. Der Zeuge hat gesehen, wie er sein Auto abgestellt hat und in den Nordnespark gegangen ist. Das Auto wurde nie wieder abgeholt. Obwohl man die ganze Gegend nach ihm abgesucht hat, blieb er spurlos verschwunden.«

»Und was machen wir danach?« Harry fuhr sich mit Daumen und Mittelfinger über den Unterkiefer und dachte kurz, dass er sich für diesen Auswärtsbesuch ruhig hätte rasieren können.

»Du kannst ja die alten Berichte noch mal durchgehen, vielleicht zusammen mit den Ermittlern, die heute noch da sind. Deren Erinnerungen auffrischen und versuchen, das Ganze aus einem anderen Blickwinkel anzugehen.«

»Nein«, sagte Harry.

Katrine sah von ihren Papieren auf.

»Die Ermittler von damals haben doch ihre eigenen Schlüsse gezogen, die sie jetzt nur verteidigen werden«, erklärte Harry. »Ich lese mir die Berichte lieber in Ruhe und Frieden in Oslo durch. Und nutze die Zeit hier, um diesen Gert Rafto ein bisschen näher kennenzulernen. Werden noch irgendwo seine Sachen aufgehoben?«

Katrine schüttelte den Kopf. »Die Familie hat seinen ganzen Besitz der Heilsarmee vermacht. Aber das war wohl nicht viel. Ein paar Möbel und seine Kleidung.«

»Und was ist mit seiner Wohnung?«

»Er wohnte nach seiner Scheidung allein in einer Wohnung in Sandviken, aber die ist seit langem verkauft.«

»Hm. Und ein Elternhaus gibt's nicht? Eine Hütte oder irgendwas, das noch im Besitz der Familie ist?«

Katrine zögerte. »In den Berichten stand etwas von einer kleinen Hütte in der Sommerhaussiedlung der Polizei auf Finnøy, das liegt in der Gemeinde Fedje. Diese Hütten werden ja vererbt, es kann also gut sein, dass da noch was ist. Ich hab die Telefonnummer von Raftos Frau, ich kann ja mal anrufen.«

»Ich dachte, sie würde nicht mehr mit der Polizei reden?«

Katrine zwinkerte ihm zu.

An der Rezeption bekam Harry einen Schirm geliehen, der in den Windböen umklappte, noch ehe er den Fischmarkt erreicht hatte. Er sah aus wie eine verkrüppelte Fledermaus, als er durch den Regen rennend am Eingang des Polizeipräsidiums Bergen ankam.

Während Harry unten am Empfang stand und auf Kriminaloberkommissar Knut Müller-Nilsen wartete, rief Katrine an und teilte ihm mit, dass die Familie noch immer die Hütte auf Finnøy hatte.

»Aber die Frau war seit dieser Geschichte nicht mehr dort, und ihre Tochter wohl auch nicht.«

»Wir fahren da hin«, entschied Harry. »Ich sehe zu, dass ich hier um eins fertig bin.«

»Okay, dann besorge ich ein Boot. Treffen wir uns auf der Zachariasbrücke?«

Knut Müller-Nilsen war ein gutmütiger Teddy mit lächelnden Augen und Händen, so groß wie Tennisschläger. Die Papierstapel auf seinem Schreibtisch waren so hoch, dass er richtiggehend eingeschneit aussah. Er hatte die Hände hinter den Kopf gelegt und lehnte sich auf seinem Stuhl zurück.

»Rafto, ja«, erinnerte sich Müller-Nilsen. Zu Anfang hatte er Harry erklärt, es regne in Bergen gar nicht so viel, wie landläufig angenommen wurde.

»Es hat den Anschein, als würden hier öfter Polizisten verschwinden«, meinte Harry und fingerte an Raftos Foto herum, das er aus der Akte auf seinem Schoß genommen hatte. Er hatte im letzten freien Eckchen auf einem Holzstuhl Platz genommen.

»Wieso?« Müller-Nilsen sah ihn fragend an.

»Bjarne Møller«, sagte Harry.

»Ach ja, genau«, nickte Müller-Nilsen, aber der unsichere Klang seiner Stimme verriet ihn.

»Der ist oben am Fløyen auf der Vidda verschwunden!«, fügte Harry hinzu.

»Stimmt ja!« Müller-Nilsen schlug sich mit der Hand gegen die Stirn. »Tragische Sache. Er war damals ja erst so kurz hier, ich habe ihn gar nicht kennengelernt ... Man ging davon aus, dass er sich verlaufen hat, stimmt's?«

»Genau«, bestätigte Harry, sah aus dem Fenster und dachte an Bjarne Møllers Weg vom Idealismus zur Korruption. An seine guten Absichten. Die tragischen Fehler. Von denen die anderen nie etwas erfahren würden. »Was können Sie mir über Gert Rafto sagen?«

Mein Doppelgänger im Geiste in Bergen, dachte Harry, nachdem er Müller-Nilsens Beschreibung gehört hatte: ungesundes Verhältnis zum Alkohol, schwieriges Temperament, einsamer Wolf, unzuverlässig, zweifelhafte Moral und schlechter Umgang.

»Dabei hatte er ausgezeichnete analytische und intuitive Fähigkeiten«, sagte Müller-Nilsen. »Und einen starken Willen. Es schien fast so, als würde er von irgendetwas getrieben, ... etwas, ich weiß nicht, wie ich das ausdrücken soll. Rafto war ein Extremist. Ja, aber das versteht sich bei den Geschehnissen ja von selbst.«

»Was waren das für Geschehnisse?«, fragte Harry und erspähte einen Aschenbecher zwischen den Papierstapeln.

»Rafto war gewalttätig. Und wir wissen, dass er vor dem Mord an Onny Hetland in ihrer Wohnung war und dass Hetland möglicherweise Informationen über den Mord an Laila Aasen gehabt hatte. Außerdem verschwand er ja direkt danach. Es ist nicht ganz unwahrscheinlich, dass er ins Wasser gegangen ist. Wir sahen damals jedenfalls keinen wirklichen Anlass, große Ermittlungen zu starten.«

»Er könnte doch auch ins Ausland geflüchtet sein, oder?«

Müller-Nilsen schüttelte lächelnd den Kopf.

»Warum nicht?«

»Was das angeht, hatten wir den Vorteil, den Verdächtigen sehr gut zu kennen. Auch wenn es ihm theoretisch sicher möglich gewesen wäre, Bergen zu verlassen. Aber er war ganz einfach nicht der Typ dafür.«

»Und keiner seiner Verwandten oder Freunde hat ihn je wiedergesehen?«

Müller-Nilsen schüttelte den Kopf. »Seine Eltern leben nicht mehr, und so viele Freunde hatte Rafto nicht. Die Beziehung zu seiner Exfrau war so schlecht, dass er sich bei ihr sicher nicht gemeldet hätte.«

»Und was ist mit der Tochter?«

»Zu ihr hatte er guten Kontakt. Ein schlaues, hübsches Mädchen. Sie hat sich doch noch gut rausgemacht, wenn man sich so überlegt, was die als Jugendliche durchmachen musste.«

Harry fiel die Ausdrucksweise seines Gegenübers auf. Es klang so allmächtig – typisch für kleinere Polizeidienststellen, in denen die Beamten immer alles zu wissen glaubten.

»Rafto hatte eine Hütte auf Finnøy, stimmt's?«, fragte Harry.

»Ja, und das wäre natürlich ein naheliegender Zufluchtsort. Um nachzudenken und …« Müller-Nilsen fuhr sich mit einer seiner großen Hände über die Kehle. »Wir haben die Hütte durchsucht – und die ganze Insel. Nichts.«

»Ich könnte mir vorstellen, da selbst mal rauszufahren.«

»Da gibt es nicht viel zu sehen. Unsere Hütte liegt direkt gegenüber der von Eisen-Rafto. Im Übrigen ist die schon ziemlich verfallen. Es ist eine Schande, dass seine Frau nichts damit zu tun haben will, sie ist nie da.« Müller-Nilsen sah auf die Uhr. »Ich muss jetzt in eine Sitzung, aber einer unserer Hauptkommissare, der damals mit dabei war, wird mit Ihnen die Berichte durchgehen.«

»Das ist nicht nötig«, wehrte Harry ab und betrachtete das Bild, das auf seinem Schoß lag. Das Gesicht kam ihm auf einmal seltsam bekannt vor, als hätte er es erst vor kurzem gesehen. Bei jemandem, der sein Äußeres verändert hatte oder den er nur flüchtig bemerkt hatte? Jemand Unwichtiges, den er nicht wirklich beachtet hatte, vielleicht ein Ordnungsbeamter auf der Sofies gate oder ein Verkäufer im Vinmonopol? Harry gab auf.

»Gert haben Sie ihn nicht genannt?«

»Wie bitte?«, fragte Müller-Nilsen.

»Sie sprachen von Eisen-Rafto. Sie haben ihn also nicht Gert genannt?«

Müller-Nilsen sah Harry verunsichert an und versuchte, sich ein Lachen abzuringen, aber es wurde nur ein schiefes Grinsen. »Nein, ich glaube, auf die Idee wären wir nie gekommen.«

»Nun, dann danke ich Ihnen für Ihre Hilfe.«

Auf dem Weg nach draußen hörte Harry Müller-Nilsen noch etwas rufen. Er drehte sich um und sah den Dezernatsleiter in der Tür stehen. Seine Worte erzeugten zwischen den Flurwänden ein kurzes, zitterndes Echo:

»Ich glaube, Eisen-Rafto hätte das aber auch nicht gewollt.«

Harry blieb vor dem Präsidium stehen und betrachtete die Menschen, die sich durch Wind und Regen geduckt über die Bürgersteige kämpften. Er wurde das Gefühl einfach nicht los, dass sich etwas ganz in der Nähe befand, in seinem innersten Kreis, etwas oder jemand, den er entdecken konnte, wenn er nur richtig hinsah.

Katrine holte Harry zum vereinbarten Zeitpunkt am Anleger ab.

»Ich konnte mir das Boot von einem Freund leihen«, erklärte sie, während sie das sieben Meter große Schärentaxi durch die enge Hafeneinfahrt steuerte. Als sie um Nordneset herumfuhren, hörte Harry einen Laut und drehte sich um. Sein Blick fiel auf einen Totempfahl, von dem hölzerne Gesichter heiser aus offenen Mündern schrien. Ein kalter Hauch strich über das Boot.

»Das sind die Seelöwen im Aquarium«, erklärte Katrine.

Harry zog den Mantel fester um sich.

Die Insel Finnøy war recht klein. Abgesehen von Heide hatte das regengepeitschte Eiland nicht viel Vegetation zu bieten, aber es verfügte immerhin über einen Anleger, an dem Katrine das Boot fachgerecht vertäute. Die Sommerhaussiedlung bestand aus insgesamt sechzig Einheiten in Puppenstubengröße und erinnerte Harry an die Wohnungen der Grubenarbeiter, die er in Soweto gesehen hatte.

Katrine führte Harry über einen Schotterweg zu den Hütten und steuerte auf die zu, die sich wegen der von ihr abblätternden Farbe deutlich von den anderen abhob. Eines der Fenster hatte einen Sprung. Katrine stellte sich auf die Zehenspitzen, packte die kugelförmige Glaslampe über der Tür und schraubte sie ab. Ein kratzendes Geräusch meldete sich aus dem Inneren, als sie die Kugel umdrehte und tote Insekten herausrieselten. Und ein Schlüssel, den sie in der Luft auffing.

»Seine Exfrau mochte mich.« Katrine steckte den Schlüssel ins Schloss.

Es roch nach Schimmel und modrigem Holz. Harry starrte ins Halbdunkel, bis er einen Lichtschalter hörte und es mit einem Mal hell wurde.

»Sie hat den Strom nicht abbestellt, obwohl sie nie hierherkommt?«, fragte er.

»Gemeinschaftsstrom«, erklärte Katrine und drehte sich langsam um. »Geht auf Kosten der Polizei.«

Die Hütte hatte nur fünfundzwanzig Quadratmeter und bestand aus einer kombinierten Wohnküche und einem Schlafzimmer. Auf Anrichte und Esstisch standen leere Bierflaschen. Die Wände waren kahl, ebenso die Fensterbänke und Regalbretter.

»Es gibt auch einen Keller.« Katrine zeigte auf eine Klapptür im Boden. »Das ist dein Reich. Was machen wir als Erstes?«

»Suchen«, sagte Harry.

»Wonach?«

»Darüber sollten wir uns möglichst wenig Gedanken machen.«

»Warum?«

»Weil man leicht etwas Wichtiges übersieht, wenn man nach etwas Bestimmtem sucht. Mach deinen Kopf frei. Du wirst merken, wonach du suchst, wenn du es gefunden hast.«

»Okay«, sagte Katrine langsam.

»Dann suchst du hier oben«, sagte Harry und öffnete die Bodenluke mit dem eingelassenen Eisenring. Eine schmale Holztreppe führte hinunter ins Dunkel. Er hoffte, dass sie sein Zögern nicht bemerkte.

Trockene, tote Spinnennetze blieben an seinem Gesicht hängen, als er ins feuchte Dunkel hinabstieg. Es roch nach Erde und morschem Holz. Der ganze Keller war in den Hügel hineingebaut. Er fand einen Lichtschalter am Ende der Treppe und versuchte, die Lampe anzuknipsen, aber ohne Ergebnis. Das einzige Licht dort unten war das rote Auge eines Gefrierschranks, der an der einen Wand stand. Harry schaltete die Taschenlampe ein, und der Lichtkegel fiel auf eine Tür, die zu einem Verschlag führte.

Als er sie öffnete, kreischten die Scharniere. Es war ein Arbeitsraum mit Werkbank. Für einen Mann mit Ambitionen und dem Wunsch, etwas Sinnvolles zu tun, dachte Harry. Nicht bloß Mörder fangen.

Aber das Werkzeug sah ziemlich unbenutzt aus. Vielleicht hatte Rafto doch einsehen müssen, dass er nicht der Mann war, der etwas erschuf, sondern eher der Typ, der die Dinge hinterher wieder aufräumte. Ein plötzlicher Laut ließ Harry herumfahren. Er atmete erleichtert auf, als er erkannte, dass bloß der Ventilator des Gefrierschranks angesprungen war. Harry betrat den anderen Verschlag. Eine Decke verhüllte einen größeren Gegenstand. Als er sie wegzog, schlug ihm der Geruch von feuchtem Humus entgegen. Der Lichtkegel fiel auf einen verschimmelten Sonnenschirm, einen Plastiktisch, einen Stapel Plastikschubladen, hässliche, bunte Plastikstühle und ein Krocket-Spiel.

Sonst war nichts im Keller. Oben hörte er Katrine hantieren. Er wollte die Tür des Verschlages wieder schließen, doch eine Plastikschublade war nach vorne gerutscht, als er die Decke weggezogen hatte, und blockierte nun die Tür. Gerade wollte er sie mit dem Fuß zurück in den Verschlag schieben, als er innehielt und auf den Boden starrte. Im Licht der Taschenlampe sah er die erhabene Schrift auf der Seite: Electrolux. Er ging zu dem noch immer brummenden Gefrierschrank. Der stammte ebenfalls von der Firma Electrolux. Harry packte den Handgriff und zog, doch die Tür ließ sich nicht öffnen. Da bemerkte er das Schloss unter dem Griff und sah, dass der Schrank abgeschlossen war. Er ging in den Werkraum und holte ein Brecheisen. Als er zurück war, kam Katrine gerade die Treppe herunter.

»Oben ist nichts«, verkündete sie. »Ich glaub, wir können wieder fahren. Was machst du da?«

»Ich verstoße gerade gegen die gesetzlichen Bestimmungen zu Hausdurchsuchungen«, antwortete Harry, der das Brecheisen unmittelbar oberhalb des Schlosses in den Türspalt geschoben hatte. Dann legte er sein ganzes Gewicht auf das andere Ende des Eisens. Nichts geschah. Er packte noch einmal an, stützte sich mit dem Fuß an der Treppe ab und legte sich auf die Stange.

»Verdammt …«

Mit einem trockenen Knall ging die Tür auf, und Harry taumelte nach hinten. Er hörte die Taschenlampe auf dem Boden aufschlagen und spürte die Kälte wie einen Gletscherhauch. Als er nach seiner Lampe greifen wollte, die hinter ihn gerollt war, hörte er Katrine. Ein Laut, der durch Mark und Bein ging, ein tiefer, röchelnder Schrei, der in ein Hicksen überging, das sich fast wie ein Lachen anhörte. Dann blieb es ein paar Sekunden still, während sie Luft holte für den nächsten Schrei: Er klang wie der erste, langgezogen wie der methodische, rituelle Schmerzgesang einer gebärenden Frau. Doch da hatte Harry bereits alles gesehen und verstand. Sie schrie, weil der Gefrierschrank auch nach zwölf Jahren noch ausgezeichnet funktionierte, so dass sich automatisch das Licht eingeschaltet hatte und auf einen Körper fiel, der in den Schrank gezwängt worden war – die Arme vor sich, die Knie gebeugt und den Kopf zur Seite gedrückt. Er war über und über mit weißen Eiskristallen bedeckt, was aussah, als hätte sich eine dünne Schicht Schimmel auf ihm abgelagert und von ihm genährt. Die völlig verrenkte Körperhaltung stimmte in Katrines Schrei ein. Aber nicht deswegen drehte es Harry den Magen um. Als er die Schranktür aufgebrochen hatte, war der Körper nach vorne gekippt, so dass der Kopf gegen die obere Kante des Gefrierschranks schlug. Dadurch hatten sich die Eiskristalle gelöst, und Harry konnte sofort erkennen, dass es Gert Rafto war, der sie aus dem Inneren angrinste. Doch er grinste nicht mit dem Mund, der war mit einer groben, hanfartigen Schnur zugenäht worden, die im Zickzack über seine Lippen verlief. Das Grinsen, das an seinem Kinn begann und auf beiden Seiten des Gesichts bis zu den Wangen empor führte, war mit schwarzen Nägeln gezeichnet worden, die man ihm in den Kopf geschlagen haben musste. Am meisten jedoch fiel die Nase auf. Trotzig würgte Harry die Galle wieder herunter. Nasenbein und Knorpel mussten dafür zuerst entfernt worden sein. Die Kälte hatte jegliche Farbe aus der Karotte gesogen. Aber der Schneemann war komplett.

TEIL III

Kapitel 15

9. Tag. Die Acht

Es war bereits acht Uhr abends, aber trotzdem brannte, sichtbar für alle, auf der ganzen sechsten Etage des Polizeipräsidiums noch Licht. Im Morddezernat.

Harry gegenüber saßen Holm und Skarre, Espen Lepsvik, der Kriminalchef und Gunnar Hagen. Es waren sechseinhalb Stunden vergangen, seit sie Gert Rafto auf Finnøy gefunden hatten, und vier, seit Harry aus Bergen angerufen und die Sitzung anberaumt hatte, bevor er selbst zum Flughafen gefahren war.

Er erstattete Bericht, und sogar der Kriminalchef zuckte beim Anblick der Bilder zusammen, die ihnen die Kollegen aus Bergen gemailt hatten.

»Der Obduktionsbericht ist noch nicht fertig«, schloss Harry. »Aber die Todesursache ist ziemlich klar. Ein Schuss in den Mund. Die Kugel ist durch den Gaumen gedrungen und am Hinterkopf wieder ausgetreten. Das ist vor Ort passiert, die Leute aus Bergen haben bereits die Kugel in der Wand des Kellerverschlags gefunden.«

»Blut und Hirnmasse?«, fragte Skarre.

»Nein«, antwortete Harry.

»Dazu ist es schon viel zu lange her«, belehrte ihn Lepsvik. »Ratten, Insekten …«

»Es hätte schon noch Reste von Spuren geben können«, widersprach Harry. »Aber ich habe mit dem Gerichtsmediziner gesprochen. Vermutlich hat Rafto selbst mitgeholfen, größere Schweinereien zu vermeiden.«

»Hä?«, grunzte Skarre.

»O nein«, stöhnte Lepsvik.

Dann schien es auch Skarre zu dämmern, und sein Gesicht verzerrte sich voller Abscheu: »Mein Gott …«

»Entschuldigung«, mischte sich Hagen wieder ins Gespräch. »Aber kann mir bitte mal jemand erklären, wovon hier die Rede ist?«

»Das ist ein Phänomen, das wir manchmal auch bei Selbstmördern finden«, erläuterte Harry. »Manche Opfer saugen die Luft aus dem Lauf, bevor sie sich selbst erschießen. Das Vakuum führt dazu, dass es weniger …« Er suchte nach dem richtigen Wort. »… Dreck gibt. In unserem Fall hat man Rafto vermutlich befohlen, die Luft herauszusaugen.«

Lepsvik schüttelte den Kopf. »Und ein Polizist wie Rafto muss genau gewusst haben, warum.«

Hagen wurde blass. »Aber wie … wie um alles in der Welt bringt man einen Mann dazu …?«

»Vielleicht hatte er die Wahl«, meinte Harry. »Es gibt schlimmere Todesarten als eine Kugel in den Mund.« Auf einmal machte sich drückendes Schweigen breit. Und Harry ließ diese Stille ein paar Sekunden wirken, ehe er fortfuhr:

»Bis jetzt haben wir die Körper der Opfer noch nicht gefunden. Auch Rafto wurde versteckt, aber der wäre ziemlich schnell gefunden worden, wenn die Angehörigen die Hütte nicht gemieden hätten. Das führt mich zu der Annahme, dass Rafto für den Mörder nicht Teil seines großen Projekts war.«

»Und Sie halten ihn also für einen Serientäter?« In der Stimme des Kriminalchefs lag keinerlei Provokation, bloß der Wunsch nach Bestätigung.

Harry nickte.

»Wenn das kein Teil dieses sogenannten Projekts gewesen ist, was kann dann das Motiv gewesen sein?«

»Das wissen wir nicht. Aber wenn ein Mordermittler ermordet wird, liegt es nahe, dass er eine Gefahr für den Täter darstellte.«

Espen Lepsvik räusperte sich. »Manchmal erlaubt einem die Art, wie die Leichname behandelt werden, Rückschlüsse auf die Motive. In diesem Fall ist die Nase der Leiche durch eine Karotte ersetzt worden. Also eine lange Nase.«

»Macht er sich über uns lustig?«, fragte Hagen.

»Möglich, vielleicht ist es aber auch eine Warnung, seine Nase nicht in alles hineinzustecken«, schlug Holm vorsichtig vor.

»Genau!«, rief Hagen. »Eine Warnung an alle anderen, Abstand zu halten.«

Der Kriminalchef senkte den Kopf und sah Harry von der Seite an. »Und was ist mit diesem zugenähten Mund?«

»Eine Aufforderung, den Mund zu halten«, meinte Skarre im Brustton der Überzeugung.

»Stimmt«, pflichtete Hagen ihm bei. »Wenn Rafto wirklich so ein falscher Fuffziger war, stand er dem Täter möglicherweise irgendwie nahe. Vielleicht hat er gedroht, ihn zu entlarven?«

Alle sahen Harry an, der zu diesen Vorschlägen bislang geschwiegen hatte.

»Nun?«, fragte der Kriminalchef brummend.

»Kann schon sein, dass ihr recht habt«, begann Harry. »Aber ich glaube, seine einzige Botschaft lautet: ›Der Schneemann war hier.‹ Und dass er eben gerne Schneemänner baut. Sonst nichts.«

Die anderen sahen sich kurz an, aber niemand protestierte.

»Wir haben noch ein Problem«, fuhr Harry fort. »Das Präsidium in Bergen hat eine Pressemeldung herausgegeben, dass auf Finnøy ein Toter gefunden worden ist. Ohne weitere Details. Ich habe die Dienststelle gebeten, vorerst nichts bekanntzugeben, so dass wir noch ein paar Tage nach Spuren suchen können, bevor der Schneemann erfährt, dass die Leiche gefunden wurde. Aber mehr als zwei Tage werden es wohl kaum sein, keine Behörde kann wirklich über längere Zeit *dichthalten.*«

»Morgen früh hat die Presse Raftos Namen«, prophezeite Espen Lepsvik. »Ich kenne die Leute bei der *Bergens Tidene* und der *BA.*«

»Falsch«, kam es von hinten. »Die haben das heute Abend in den TV2-Spätnachrichten. Und nicht nur den Namen, sondern auch alle Details, inklusive der Verbindung zum Schneemann.«

Sie drehten sich um. In der Tür stand Katrine Bratt. Sie war blass, wenn auch nicht mehr so blass wie in dem Moment, als sie von Finnøy ablegte, während Harry dort auf die Polizei wartete.

»Du kennst also Leute bei TV2?«, erkundigte sich Espen Lepsvik mit einem schiefen Grinsen.

»Nein«, erwiderte Katrine und setzte sich. »Aber ich kenne das Polizeipräsidium Bergen.«

»Wo sind Sie denn gewesen, Bratt?«, wollte Hagen wissen. »Wir vermissen Sie schon ein paar Stunden.«

Katrine sah zu Harry, der ihr unmerklich zunickte und sich dann räusperte: »Katrine hat noch ein paar Sachen erledigt, um die ich sie gebeten hatte.«

»Das muss ja wichtig gewesen sein, lassen Sie mal hören, Bratt.«

»Das ist jetzt nicht so wichtig«, wehrte Harry ab.

»Ich bin nur neugierig«, bohrte Hagen weiter.

›Du verdammter Militärakademiker‹, dachte Harry. ›Du Korinthenkacker, du dämlicher Rapportfreak, siehst du denn nicht, dass das Mädchen noch immer unter Schock steht? Du bist doch selbst blass geworden, als du die Bilder gesehen hast. Sie ist einfach nach Hause gerannt. Na und? Jetzt ist sie wieder da. Klopf ihr lieber auf die Schulter, statt sie hier vor allen Kollegen zu demütigen.‹ Harry sagte sich das innerlich laut und deutlich, während er Hagens Blick einzufangen versuchte, um ihm begreiflich zu machen, wie idiotisch er sich gerade verhielt.

»Nun, Bratt?«

»Ich hab ein paar Sachen überprüft«, verkündete Katrine und hob das Kinn.

»Ach ja, und was bitte?«

»Unter anderem, dass Idar Vetlesen Medizin studierte, als Laila Aasen und Onny Hetland ermordet wurden und Rafto verschwand.«

»Ist das wichtig?«, fragte der Kriminalchef.

»Das ist wichtig«, erwiderte Katrine. »Weil er dieses Studium an der Universität in Bergen absolviert hat.«

Es wurde still im Kommissariat.

»Ein Medizinstudent?« Der Kriminalchef sah Harry an.

»Warum nicht?«, entgegnete Harry. »Jemand, der später mit plastischer Chirurgie beginnt und von sich selbst behauptet, gerne Menschen zu modellieren.«

»Ich habe auch die Orte überprüft, an denen er Praktika gemacht oder später gearbeitet hat«, fuhr Katrine fort. »Sie stimmen nicht mit den Orten überein, an denen die Frauen verschwanden, in denen wir Opfer des Schneemanns vermuten. Aber als junger Arzt ist man viel unterwegs. Konferenzen, kurze Praxisaufenthalte.«

»Wirklich Mist, dass Krohn uns nicht mit ihm reden lässt«, klagte Skarre.

»Vergiss es«, sagte Harry. »Wir nehmen Vetlesen einfach fest.«

»Und mit welcher Begründung?«, erkundigte sich Hagen. »Dass er in Bergen studiert hat?«

»Versuchte Kinderprostitution.«

»Wie kommst du denn darauf?«

»Wir haben einen Zeugen. Den Besitzer des Leon. Außerdem haben wir Fotos, die Vetlesen mit diesem Etablissement in Verbindung bringen.«

»Tut mir leid, wenn ich das so sage«, mischte sich Espen Lepsvik ein. »Aber ich kenne diesen Typen im Leon. Der wird niemals eine Zeugenaussage machen. Diese Anklage könnt ihr niemals aufrechterhalten, ihr werdet ihn im Laufe von vierundzwanzig Stunden wieder freilassen müssen, garantiert.«

»Ich weiß«, erwiderte Harry und sah auf die Uhr. Er rechnete aus, wie lange es dauern würde, nach Bygdøy zu fahren. »Und es ist unglaublich, was Menschen einem in vierundzwanzig Stunden so alles erzählen können.«

Harry drückte noch einmal auf die Klingel. Irgendwie war es wie in seiner Kindheit, in den Sommerferien, wenn alle weg waren und nur noch er in Oppsal war. Wenn er bei Øystein oder bei einem der anderen geklingelt und gehofft hatte, dass sie wie durch ein Wunder doch zu Hause waren und nicht bei der Großmutter in Halden, im Sommerhäuschen in Son oder auf Campingtour in Dänemark. Wenn er sich dort vor den Türen die Füße platt gestanden hatte, bis er wusste, dass es nur noch eine einzige, letzte Möglichkeit gab: Holzschuh. Mit dem weder er noch Øystein sonst spielen wollten, der sich aber trotzdem wie ein Schatten in ihrer Nähe aufhielt und darauf wartete, dass sie ihre Meinung änderten und ihn – wenn auch vorübergehend – in ihre Gemeinschaft aufnahmen. Vermutlich hatte er sich Harry und Øystein ausgeguckt, weil die beiden auch nicht gerade zu den Beliebtesten zählten. Deshalb schätzte er seine Chancen, in diesen Club aufgenommen zu werden, größer ein als bei allen anderen. Und in diesen Momenten bot sich die Chance, weil er der Einzige war und Harry wusste, dass Holzschuh immer zu Hause war. Denn seine Familie hatte nie das Geld wegzufahren, und er besaß keine anderen Freunde, mit denen er hätte spielen können.

Harry hörte von drinnen das Schlurfen von Pantoffeln, ehe sich die Tür einen Spaltbreit öffnete. Das Gesicht der Frau leuchtete auf. Genau wie das von Holzschuhs Mutter, wenn sie Harry sah. Sie bat ihn nie ins Haus, sondern rief Holzschuh – oder holte ihn –, schnauzte ihn an, zog ihm den hässlichen Parka über und schob ihn dann vor die Tür, wo er auf der Treppe stehen blieb und Harry anstarrte. In diesen Momenten war Harry klar, dass Holzschuh ganz genau Bescheid wusste. Er spürte seinen stillen Hass, während sie nach unten zum Kiosk schlenderten. Aber das war in Ordnung. So verging wenigstens die Zeit.

»Idar ist leider außer Haus«, erklärte Frau Vetlesen. »Aber wollen Sie nicht reinkommen und auf ihn warten? Er wollte nur einen kleinen Spaziergang machen, meinte er.«

Harry schüttelte den Kopf und fragte sich, ob sie das Blaulicht sehen konnte, das hinter ihm das abendliche Dunkel Bygdøys zerriss. Er hätte wetten können, dass das auf Skarres Konto ging.

»Wie lange ist er schon weg?«

»Seit kurz vor fünf.«

»Aber das ist doch schon Stunden her«, sagte Harry. »Hat er gesagt, wo er hin wollte?«

Sie schüttelte den Kopf. »Er erzählt mir doch nichts. Was sagen Sie dazu? Will nicht mal seiner eigenen Mutter erzählen, was er so treibt.«

Harry bedankte sich und kündigte an, er wolle später noch einmal vorbeikommen. Dann ging er über die Treppe und den Schotterweg hinunter zum Gartentor. Sie hatten Idar Vetlesen auch nicht im Leon oder in seiner Praxis gefunden, und das Curlingcenter war geschlossen. Harry zog das Tor hinter sich zu und ging zum Streifenwagen. Die Scheibe wurde herabgelassen.

»Schalten Sie das Blaulicht aus«, sagte Harry zum Fahrer und wandte sich an Skarre, der auf dem Rücksitz saß: »Sie sagt, er sei nicht zu Hause, und ich glaube, sie sagt die Wahrheit. Ihr wartet hier und passt auf, ob er zurückkommt. Ruf die Kriminalwache an und lass ihn zur Fahndung ausschreiben. Aber keine Meldung über Polizeifunk, verstanden?«

Als er mit dem Wagen zurück in die Stadt fuhr, rief Harry in der Telenor-Zentrale an. Torkildsen war aber bereits zu Hause, und eine formelle Anfrage zur Lokalisierung von Vetlesens Handy konnte erst am nächsten Morgen gestellt werden. Er legte auf und drehte Slipknots »Vermillion« lauter, merkte aber gleich, dass er nicht in der richtigen Stimmung dafür war. Also drückte er die Eject-Taste, um stattdessen das Gil-Evans-Album aufzulegen, das er ganz hinten in seinem Handschuhfach gefunden hatte. Die 24-Stunden-Nachrichtensendung von NRK meldete sich, während er mit der CD-Hülle kämpfte.

»Die Polizei fahndet in Verbindung mit den ›Schneemannmorden‹ nach einem etwa 30-jährigen, auf Bygdøy wohnhaften Arzt.«

»Verdammte Scheiße!«, brüllte Harry und donnerte Gil Evans gegen die Windschutzscheibe, dass die Plastiksplitter nur so flogen. Die Disc rollte auf die Fußmatte, wo sie liegen blieb. Frustriert stieg Harry aufs Gas und überholte einen Tankwagen, der auf der linken Spur fuhr. Zwanzig Minuten. Es waren erst zwanzig Minuten vergangen. Warum gaben sie dem Präsidium nicht gleich ein Mikrofon und eine feste Sendezeit?

Die Kantine des Präsidiums war leer und aufgeräumt, aber trotzdem fand er sie dort mit ihrem Lunchpaket an einem Zweiertisch. Harry nahm auf dem anderen Stuhl Platz.

»Danke, dass du niemandem erzählt hast, wie ich auf Finnøy die Kontrolle verloren habe«, sagte sie leise.

Harry nickte. »Wo bist du denn hin?«

»Ich hab ausgecheckt und bin schon um drei mit dem Flieger zurück nach Oslo. Ich musste einfach weg.« Sie starrte in ihr Teeglas. »Tut mir ... leid.«

»Schon in Ordnung«, beruhigte Harry seine Kollegin und betrachtete den schlanken, gebeugten Nacken, die hochgesteckten Haare und die feingliedrige Hand, die auf dem Tisch lag. Jetzt sah er sie ganz anders. »Wenn die Harten die Kontrolle verlieren, verlieren sie sie immer gleich gründlich.«

»Warum?«

»Vielleicht weil sie es so wenig gewöhnt sind, die Kontrolle zu verlieren.«

Katrine nickte, den Blick noch immer auf das Teeglas mit dem Logo des Polizeisportvereins gerichtet.

»Du bist doch selbst so ein Kontrollfreak, Harry. Verlierst du nie die Kontrolle?«

Sie hob den Blick, und Harry dachte, dass es das intensive Leuchten ihrer Iris war, das dem Weiß ihrer Augen diesen Blauschimmer gab. Er griff nach der Zigarettenschachtel. »Ich habe sogar reichlich Erfahrung darin, die Kontrolle zu verlieren. Phasenweise hab ich kaum noch etwas anderes gemacht. Ich habe den schwarzen Gürtel in Kontrollverlust.«

Der Anflug eines Lächelns huschte über ihre Lippen.

»Man hat mal die Gehirnaktivität routinierter Boxer gemessen«, erzählte er. »Wusstest du, dass sie in einem Kampf mehrmals das Bewusstsein verlieren? Nur für Sekundenbruchteile, mal hier, mal da. Trotzdem schaffen sie es irgendwie, auf den Beinen zu bleiben. Als wüsste ihr Körper, dass es nur vorübergehend ist. Er übernimmt dann die Kontrolle und hält sie lange genug aufrecht, bis das Bewusstsein wieder zurückkommt.« Harry schnippte eine Zigarette aus der Schachtel. »Ich hab da draußen in der Hütte auch die Kontrolle verloren. Nur weiß mein Körper nach all diesen Jahren, dass die Kontrolle zurückkommt.«

»Aber wie machst du das?«, fragte Katrine und strich sich eine Locke aus dem Gesicht. »Dass du nicht gleich beim ersten Mal ausgeknockt wirst?«

»Mach es wie die Boxer, folge dem Schlag und setz dich nicht dagegen zur Wehr. Wenn dir bei diesem Job irgendetwas nahegeht, dann lass es einfach zu. Auf lange Sicht kannst du es sowieso nicht auf Abstand halten. Nimm es Stück für Stück, und hinterher schleust du es wieder raus. Wie bei einem Stausee, damit es sich nicht aufstaut, bis der Damm bricht.«

Er steckte sich die unangezündete Zigarette zwischen die Lippen.

»Ich weiß schon, das hat dir alles auch der Polizeipsychologe gesagt, als du noch Anwärterin warst. Mein eigentlicher Punkt kommt aber auch erst jetzt: Auch wenn es dir an die Nieren geht, musst du dir immer ganz genau bewusstmachen, was du da spürst. Um jederzeit erkennen zu können, ob es dich kaputtmacht.«

»Okay«, sagte Katrine. »Und was machst du, wenn du spürst, dass es dich kaputtmacht?«

»Dann suchst du dir einen anderen Job.«

Sie sah ihn lange an.

»Und was hast du gemacht, Harry? Was hast du gemacht, als du gespürt hast, dass es dich kaputtmacht?«

Harry biss leicht auf den Filter und spürte die weichen, trockenen Fasern unter den Zähnen knirschen. Sie hätte seine Tochter sein können, seine Schwester, sie schienen wirklich aus dem gleichen Holz geschnitzt zu sein. Hart, fest und schwer, mit großen, tiefen Rissen.

»Ich hab vergessen, mir einen anderen Job zu suchen«, räumte er ein.

Sie grinste breit. »Weißt du was?«, fragte sie dann leise.

»Nein?«

Sie streckte die Hand aus, schnappte ihm die Zigarette zwischen den Lippen weg und beugte sich vor.

»Ich finde …«

Die Kantinentür flog auf. Es war Holm.

»TV2«, sagte er. »Es läuft gerade in den Nachrichten. Namen und Bilder von Rafto und Vetlesen.«

Und damit begann das Chaos. Obwohl es bereits elf Uhr abends war, wimmelte es im Foyer des Präsidiums nach einer halben Stunde schon von Journalisten und Fotografen. Alle warteten auf den Leiter der Sonderkommission, Espen Lepsvik, den Dezernatsleiter oder den Polizeipräsidenten, einfach irgendjemanden, der nach unten kam und ein Statement abgab. Die Polizei musste schließlich ihrer Verantwortung gerecht werden, die Öffentlichkeit bei einem derart ernsten, erschütternden Fall auf dem Laufenden zu halten.

Harry stand am Geländer des Atriums und sah auf sie herab. Sie umkreisten einander wie ruhelose Haie, berieten sich, versuchten sich auszutricksen, halfen einander, blufften und legten Köder aus. Hatte jemand etwas gehört? Gab es in der Nacht noch eine Pressekonferenz? Wenigstens eine kurze, improvisierte? War Vetlesen bereits auf dem Weg nach Thailand? Die Deadline näherte sich, es musste etwas geschehen.

Harry hatte gelesen, dass das Wort Deadline von den Schlachtfeldern des amerikanischen Bürgerkriegs stammte. Damals hatte man in Ermangelung eines richtigen Zauns, hinter dem man die zusammengetriebenen Kriegsgefangenen hätte einsperren können, einen Kreis um sie auf den Boden gezeichnet. Diese Linie wurde Deadline getauft. Jeder, der sie überschritt, wurde erschossen. Genauso verhielt es sich mit den Journalisten dort unten. Sie waren Nachrichtenkrieger, die von einer Deadline an ihrem Platz gehalten wurden.

Harry war gerade auf dem Weg zu den anderen, die sich bereits im Sitzungszimmer versammelt hatten, als sein Handy klingelte. Es war Mathias.

»Hast du die Nachricht erhalten, die ich dir auf den Anrufbeantworter gesprochen habe?«, wollte er wissen.

»Ich bin noch nicht dazu gekommen, meinen AB abzuhören«, antwortete Harry. »Hier ist die Hölle los. Können wir das später machen?«

»Natürlich«, sagte Mathias. »Aber es geht um Idar. Ich habe in den Nachrichten gesehen, dass nach ihm gefahndet wird.«

Harry nahm das Handy in die andere Hand. »Schieß los.«

»Idar hat mich heute früh angerufen und über Carnadrioxid ausgefragt. Manchmal ruft er mich an und erkundigt sich nach gewissen Medikamenten, Pharmakologie ist nicht gerade seine Stärke. Deshalb hab ich mir nicht so wirklich Gedanken darüber gemacht, aber Carnadrioxid ist ein hochgiftiges Medikament. Ich denke, das solltet ihr wissen.«

»Natürlich, natürlich.« Harry durchwühlte seine Taschen, bis er einen angekauten Bleistiftstummel und ein Straßenbahnticket fand. »Carna ...«

»Carnadrioxid. Dieses Medikament enthält das Gift der Kegelschnecke und kommt als schmerzstillendes Mittel bei Krebs- und HIV-Patienten zur Anwendung. Es ist tausendmal stärker als Morphium, und schon eine minimale Überdosierung lähmt die Muskeln augenblicklich. Die Atmungsorgane und das Herz versagen, der Tod tritt sofort ein.«

Harry notierte. »Okay, was hat er sonst noch gesagt?«

»Nichts. Er hörte sich gestresst an. Hat sich bloß bedankt und dann aufgelegt.«

»Hast du eine Idee, von wo aus er angerufen haben kann?«

»Nein, aber die Akustik war irgendwie merkwürdig. Er hat mit Sicherheit nicht aus seiner Praxis angerufen. Es hörte sich an, als stünde er in einer Kirche oder in einer Höhle, verstehst du?«

»Ich verstehe, danke Mathias, wir melden uns noch mal, wenn wir noch weitere Details brauchen.«

»Gerne, wenn ich helfen ...«

Harry bekam den Rest nicht mehr mit, da er bereits aufgelegt hatte.

Im Sitzungsraum des ersten Kommissariats war die kleine Ermittlungsgruppe vollzählig versammelt. Alle hatten ihre Jacken über die Stühle gehängt und ihre Tassen mitgebracht, während die Kaffeemaschine sprotzend eine zweite Kanne füllte. Skarre war gerade aus Bygdøy zurück. Er berichtete von dem Gespräch, das er mit Idar Vetlesens Mutter geführt hatte, die beteuerte, überhaupt nichts zu wissen, und das Ganze für ein ungeheures Missverständnis hielt.

Katrine hatte mit Vetlesens Sprechstundenhilfe, Borghild Moen, geredet, die sich ähnlich ausgedrückt hatte.

»Wir können sie morgen verhören, sollte das notwendig sein«, schlug Harry vor. »Im Moment haben wir, glaube ich, ein viel akuteres Problem.«

Die drei anderen sahen ihn an, während Harry kurz über das Telefonat mit Mathias berichtete und den Namen des Medikaments von der Rückseite des Straßenbahntickets ablas. Carnadrioxid.

»Glaubst du, er hat sie auf diese Art umgebracht? Mit einem Medikament mit paralysierender Wirkung?«, fragte Holm.

»Das könnte der Grund sein ...«, fiel Skarre ein, »weshalb er ihre Körper versteckt. Damit man diese Medizin nicht bei der Obduktion feststellt und zu ihm zurückverfolgen kann.«

»Wir wissen nur eines«, begann Harry. »Idar Vetlesen hat die Kontrolle verloren. Und sollte er der Schneemann sein, bricht er sein Muster.«

»Die entscheidende Frage ist doch, auf wen er es jetzt abgesehen hat«, meinte Katrine. »Irgendjemand soll doch wohl durch diesen Stoff zu Tode kommen.«

Harry rieb sich das Kinn. »Hast du Ausdrucke von Vetlesens Telefonaten, Katrine?«

»Ja, ich habe inzwischen die Namen zu den Nummern und bin sie gemeinsam mit Borghild durchgegangen. Bei den meisten handelt es sich um Patienten. Außerdem zwei Telefonate mit Anwalt Krohn, eines mit Dr. Lund-Helgesen, davon hast du ja gerade gesprochen, und ein weiteres mit einem Popper-Verlag.«

»Wir haben wirklich nicht viel«, stellte Harry fest. »Wir können hier sitzen, Kaffee trinken und uns unsere dummen Schädel kratzen oder nach Hause gehen und morgen mit genauso dummen, aber vielleicht nicht ganz so müden Köpfen wieder zurückkommen.«

Die anderen starrten ihn bloß an.

»Ich mach keine Witze«, blaffte er. »Seht zu, dass ihr nach Hause kommt!«

Harry bot Katrine an, sie noch nach Hause zu bringen, nach Grünerløkka, in die ehemalige Arbeitersiedlung Oslos. Sie ließ ihn vor einem alten vierstöckigen Haus in der Seilduksgata halten.

»Welche Wohnung?«, fragte er und beugte sich vor.

»Dritte Etage links.«

Er sah nach oben. Alle Fenster waren dunkel. Er sah keine Gardinen. »Wie es aussieht, ist dein Mann noch nicht zu Hause«, stellte er fest. »Oder er ist schon im Bett.«

»Möglich«, erwiderte sie und blieb sitzen. »Harry?«

Er sah sie fragend an.

»Als ich sagte, dass es jetzt darauf ankäme, auf wen es der Schneemann als Nächstes abgesehen hat, hast du kapiert, wen ich meine, oder?«

»Möglich«, meinte er.

»Was wir auf Finnøy gefunden haben, war kein zufälliges Mordopfer, das einfach zu viel wusste, das war von langer Hand vorbereitet.«

»Wie meinst du das?«

»Ich meine, er hatte es so geplant, dass Rafto ihm auf die Spur kommt.«

»Katrine ...«

»Warte. Rafto war der beste Ermittler von ganz Bergen. Du bist der Beste hier in Oslo. Es war leicht für ihn vorherzusehen, dass du in diesen Mordfällen ermitteln würdest, Harry. Deshalb hast du den Brief gekriegt. Ich will damit nur sagen, dass du vielleicht ein bisschen vorsichtig sein solltest.«

»Willst du mir Angst machen?«

Sie zuckte mit den Schultern. »Weißt du, was es bedeutet, wenn du Angst hast?«

»Nein?«

Katrine öffnete die Autotür. »Dass du dir einen anderen Job suchen solltest.«

Harry schloss seine Wohnungstür auf, zog die Stiefel aus und blieb auf der Schwelle zum Wohnzimmer stehen. Der Raum sah inzwischen vollkommen demontiert aus, wie ein zerlegter Bausatz. Das Mondlicht fiel auf etwas Weißes an der kahlen roten Ziegelwand. Harry ging zur Wand, um es genauer zu sehen. Es war eine mit Kreide gezeichnete Acht. Er streckte die Hand aus und fuhr darüber. Die Markierung musste vom Pilzmann stammen, aber was sollte sie bedeuten? Vielleicht ein Code, welches Mittel er an dieser Stelle auftragen wollte.

Die restliche Nacht wälzte Harry sich durch wilde Alpträume. Er träumte, dass ihm etwas in den Mund gezwängt wurde und er durch die schmalen Öffnungen dieses Gegenstands atmen musste, um nicht zu ersticken. Dass es nach Öl, Metall und Pulver schmeckte und schließlich keine Luft mehr hindurchdrang. Dann spuckte er es aus und erkannte, dass er nicht durch den Lauf einer Pistole geatmet hatte, sondern durch eine Acht. Eine Acht mit einem großen Kreis unten und einem kleineren darüber. Doch allmählich bekam diese Acht dann auch noch einen dritten, kleinen Kreis ganz oben. Einen Kopf. Den Kopf von Sylvia Ottersen. Sie versuchte zu schreien und ihm zu erzählen, was geschehen war, doch es gelang ihr nicht. Ihr Mund war zugenäht.

Als er aufwachte, waren seine Augen verklebt, er hatte Kopfschmerzen und einen Belag auf den Lippen, der nach Kalk und Galle schmeckte.

Kapitel 16

10. Tag. Curling

Es war ein kalter Morgen auf Bygdøy, als Asta Johannessen wie üblich um acht Uhr die Tür des Curlingclubs aufschloss. Die fast siebzigjährige Witwe machte dort zweimal pro Woche sauber. Das war mehr als genug, da die private, kleine Halle nur von einer Handvoll Männer genutzt wurde und es überdies keine Duschen gab. Sie schaltete das Licht ein. An den niedrigen Wänden hingen Trophäen, Diplome, Wimpel mit lateinischen Sprüchen und alte Schwarzweißfotografien von Männern mit Schnäuzern, Tweedjacken und würdevollen Mienen. Asta fand, dass sie komisch aussahen, ein bisschen wie die Fuchsjäger in diesen englischen Fernsehserien über die Oberklasse. Als sie durch die Tür der Halle trat, spürte sie an der Kälte, dass die letzten Gäste tags zuvor vergessen haben mussten, den Thermostat für die Eistemperatur höherzustellen, wie sie es sonst taten, um Strom zu sparen. Asta Johannessen schaltete das Licht ein, und während die Neonröhren blinkend zögerten, ob sie nun angehen wollten oder nicht, setzte sie die Brille auf, las am Thermostat für die Kühlkabel ab, dass er tatsächlich zu niedrig eingestellt war, und drehte ihn hoch.

Das Licht erhellte jetzt die graue Eisfläche. Durch die Gläser der Lesebrille gewahrte sie plötzlich etwas am anderen Ende der Halle. Sie setzte die Brille ab. Langsam stellte sich das Bild scharf. Ein Mensch? Sie wollte übers Eis laufen, zögerte jedoch. Asta Johannessen war alles andere als schreckhaft oder furchtsam, sie hatte aber Angst, sich eines Tages auf diesem Eis den Oberschenkelhals zu brechen und dort liegen zu bleiben, bis die Fuchsjäger sie fanden. Sie nahm einen der Besen, die an der Wand standen, und benutzte ihn als Stock, während sie mit Trippelschritten über das Eis balancierte.

Der leblose Mann lag am Ende der Bahn, den Kopf im Zentrum der Ringe. Das bläuliche Licht der Leuchtstoffröhren fiel auf sein Gesicht, das zu einer Grimasse erstarrt war. Irgendwie kam er ihr bekannt vor. Aus dem Fernsehen? Der gebrochene Blick schien hinter ihr, in weiter Ferne, nach etwas zu suchen. Die rechte Hand umklammerte verkrampft eine leere Spritze, doch die Ränder an der Innenseite des klaren Plastiks verrieten, dass sich zuvor eine rote Flüssigkeit darin befunden hatte.

Asta Johannessen kam zu der Erkenntnis, dass sie für diesen Mann nichts mehr tun konnte, und konzentrierte sich auf den Rückweg über das Eis.

Nachdem sie die Polizei angerufen hatte und die Beamten eingetroffen waren, ging sie heim und trank ihren Morgenkaffee.

Erst als sie zur *Aftenposten* griff, wurde ihr bewusst, wen sie da gefunden hatte.

Harry saß in der Hocke und starrte auf die Stiefel von Idar Vetlesen.

»Was sagt unser Gerichtsmediziner über den Todeszeitpunkt?«, fragte er Bjørn Holm, der in einer Jeansjacke mit weißem Teddyfutter neben ihm stand. Seine Schlangenlederstiefel machten fast kein Geräusch auf dem Kunsteis, während er von einem Bein aufs andere trat. Es war kaum eine Stunde vergangen, seit Asta Johannessen angerufen hatte, doch vor dem roten Absperrband, das die Polizei um die Curlinghalle gezogen hatte, drängten sich bereits die Reporter.

»Er meinte, das sei nicht so einfach festzulegen«, berichtete Holm. »Er kann nur schätzen, wie schnell die Temperatur in einem Körper sinkt, der auf Eis liegt, wenn die Raumtemperatur viel höher ist.«

»Aber *hat* er geschätzt?«

»Irgendwann zwischen fünf und sieben gestern Nachmittag.«

»Hm. Also noch bevor die Nachrichten verkündet haben, dass nach ihm gefahndet wird? Hast du das Schloss gesehen?«

Holm nickte. »Ein gewöhnliches Schnappschloss. Es war abgeschlossen, als die Putzfrau kam. Wie ich sehe, guckst du dir gerade die Stiefel an. Ich hab die Abdrücke überprüft. Ich bin ziemlich sicher, dass die mit den Abdrücken oben auf der Sollihøgda übereinstimmen.«

Harry studierte das Muster des Profils. »Du meinst also, das ist unser Mann?«

»Ich nehme es stark an, ja.«

Harry nickte nachdenklich. »Weißt du, ob Vetlesen Linkshänder war?«

»Scheint mir nicht so. Wie du siehst, hat er die Spritze in der rechten Hand.«

Harry nickte. »Stimmt. Aber überprüf es trotzdem.«

Harry hatte sich noch nie so richtig freuen können, wenn Fälle, an denen er arbeitete, eines Tages aufgeklärt waren, gelöst, abgeschlossen. Solange in den Fällen ermittelt wurde, war das zwar sein Ziel, doch wenn er es erreicht hatte, wusste er nur, dass er wieder nicht angekommen war. Oder dass es nicht das Ziel war, das er sich vorgestellt hatte. Dass es sich plötzlich verändert hatte, oder dass er sich verändert hatte, was auch immer. Nein, in diesen Momenten fühlte er sich nur leer, er wurde sich bewusst, dass der Erfolg nicht so schmeckte wie erwartet. Und auf die Ergreifung des Schuldigen folgte jedes Mal die Frage: »Und was jetzt?«

Es war sieben Uhr abends, Zeugen waren verhört, Spuren gesichert und eine Pressekonferenz abgehalten worden. Auf den Fluren des Morddezernats herrschte Feierstimmung. Hagen hatte Kuchen und Bier kommen lassen und sowohl Lepsviks Leute als auch Harrys Mannschaft eingeladen, damit sich alle im K1 selbst feiern konnten.

Harry hockte auf seinem Stuhl und starrte auf das viel zu große Kuchenstück auf dem Teller, den ihm jemand auf den Schoß gestellt hatte. Er hörte Hagens Rede, das Gelächter und den Applaus. Irgendjemand klopfte ihm im Vorbeigehen auf die Schulter, aber die meisten ließen ihn in Frieden. Um ihn herum surrte die Diskussion:

»Ein ganz schön schlechter Verlierer, dieser Typ. Hat sich einfach für immer aus dem Staub gemacht, als er merkte, dass wir ihm auf den Fersen sind.«

»Der hat uns um den Triumph gebracht.«

»Uns? Wollt ihr damit sagen, dass ihr in der Lepsvik-Gruppe …«

»Hätten wir ihn lebendig gekriegt, hätte das Gericht ihn doch nur für nicht zurechnungsfähig erklärt und …«

»… wir sollten uns freuen, schließlich hatten wir doch keine handfesten Beweise, bloß Indizien.«

Espen Lepsviks Stimme dröhnte von der anderen Seite des Raumes herüber. »Seid mal ruhig, Leute! Es ist der Vorschlag geäußert und angenommen worden, dass wir uns alle um acht in der Fenris-Bar treffen, um uns anständig einen anzutrinken – und Leute: Das ist ein Befehl, verstanden?«

Alle jubelten.

Harry stellte den Kuchenteller beiseite und stand gerade auf, als er eine leichte Hand auf seiner Schulter spürte. Es war Holm: »Ich hab es überprüft. Vetlesen war Rechtshänder.«

Es zischte, als eine Bierflasche geöffnet wurde und ein bereits angetrunkener Skarre den Arm um Holm legte. »Dabei heißt es doch immer, Rechtshänder hätten eine höhere Lebenserwartung als Linkshänder. Scheint bei Vetlesen ja nicht zuzutreffen, haha.«

Skarre verschwand, um auch noch die anderen mit seinem Witz zu beglücken, und Holm sah Harry fragend an:

»Willst du gehen?«

»Ich brauch ein bisschen frische Luft. Vielleicht sehen wir uns bei Fenris.«

Harry hatte die Tür beinahe erreicht, als auch Hagen ihn noch mal zurückhielt.

»Es wäre schön, wenn jetzt noch keiner gehen würde«, zischte er. »Der Polizeipräsident will auch noch kommen und ein paar Worte sagen.«

Harry sah Hagen an und merkte, dass sein Blick mehr als deutlich gesprochen haben musste, denn sein Vorgesetzter ließ den Arm blitzschnell los, als hätte er sich verbrannt.

»Muss nur mal aufs Klo«, erklärte Harry.

Hagen lächelte kurz und nickte.

Harry ging in sein Büro, holte seine Jacke und ging langsam

nach unten. Er überquerte die Straße in Richtung Grønlandsleiret. Ein paar Schneeflocken schwebten durch die Luft, oben auf dem Ekeberg blinkten die Lichter, und von irgendwoher tönte das Geheul einer Sirene wie entfernter Walgesang. Zwei Pakistanis stritten sich gutgelaunt vor ihren benachbarten Geschäften, während sich der Schnee auf ihre Apfelsinen legte und ein schwankender Betrunkener auf dem Grønlandstorg ein Shanty sang. Harry spürte bereits, wie die Nachtwesen ihre Witterung aufnahmen, und fragte sich, ob es sicher war, hier draußen herumzulaufen. Oh Gott, wie er diese Stadt liebte.

»Du bist hier?«

Überrascht sah Eli Kvale ihren Sohn an, der am Küchentisch saß und Zeitung las. Das Radio dudelte leise im Hintergrund.

Sie wollte ihn fragen, warum er denn nicht bei seinem Vater im Wohnzimmer saß, dachte sich dann aber, dass er natürlich in die Küche gekommen war, um mit ihr zu reden. Obwohl das ganz und gar nicht natürlich war. Sie goss sich eine Tasse Tee ein, setzte sich und sah ihn schweigend an. Er war so hübsch. Sie hatte immer geglaubt, ihn nur hässlich finden zu können, doch sie hatte sich geirrt.

Eine Stimme im Radio behauptete, wenn es um Frauen in Führungspositionen ging, seien nicht mehr die Männer das Problem, sondern vielmehr die Tatsache, dass die Betriebe es gar nicht schafften, die gesetzlich vorgeschriebene Frauenquote zu erfüllen. Denn die Mehrheit der Arbeitnehmerinnen habe anscheinend eine chronische Abneigung gegen Positionen, in denen sie Kritik ausgesetzt seien, ihre Kompetenz gefordert sei und es niemanden mehr gebe, hinter dem sie sich verstecken könnten.

»Das ist wie mit den Kindern, die sich flennend das grüne Pistazieneis erbettelt haben, und wenn sie es dann endlich gekriegt haben, spucken sie es doch nur aus«, fuhr die Stimme fort. »Ein ganz schön ärgerlicher Anblick. Es wird einfach Zeit, dass die Frauen endlich mal Verantwortung übernehmen und ein bisschen Mumm zeigen!«

Ja, dachte Eli. Es wird einfach Zeit.

»Heute hat mich im ICA jemand angesprochen«, begann Trygve.

»Ach ja?« Eli spürte, wie es ihr den Hals zuschnürte.

»Er hat gefragt, ob ich der Sohn von dir und Papa sei.«

»So was«, erwiderte Eli leichthin, viel zu leichthin, und sie spürte, dass sie den Boden unter den Füßen verlor. »Und, was hast du gesagt?«

»Was ich gesagt habe?« Trygve sah von der Zeitung auf. »Ich habe natürlich ja gesagt, ist doch klar.«

»Aber wer fragt denn so was?«

»Was ist los, Mama?«

»Wieso?«

»Du bist plötzlich so blass.«

»Ach nichts, Liebling. Was war denn das für ein Mann?«

Trygve wandte sich wieder der Zeitung zu. »Ich hab nicht gesagt, dass es ein Mann war, oder?«

Eli stand auf und stellte das Radio aus, als eine Frauenstimme dem Wirtschaftsminister und Arve Støp für die Diskussion dankte. Sie starrte ins Dunkel, durch das ein paar Schneeflocken tanzten, ziellos und anscheinend unbeeinflusst von Schwerkraft oder einem eigenen Willen. Sie überließen es ganz einfach dem Zufall, wo sie landeten, um dann zu schmelzen und zu verschwinden. Der Gedanke hatte etwas Tröstliches.

Sie räusperte sich.

»Was?«, fragte Trygve.

»Ach nichts«, wehrte sie ab. »Ich glaube, ich kriege eine Erkältung.«

Harry lief scheinbar ziellos und ohne eigenen Willen durch die Straßen der Stadt. Erst als er vor dem Hotel Leon stand, begriff er, dass er die ganze Zeit auf dem Weg hierher gewesen war. In den Straßen ringsum hatten Huren und Dealer bereits Stellung bezogen. Für sie war jetzt Rushhour. Wer Sex oder Dope kaufen wollte, liebte diese Stunde vor Mitternacht.

Als Harry an die Rezeption trat, entnahm er Børre Hansens entsetztem Gesicht, dass dieser ihn wiedererkannte.

»He, wir hatten doch eine Abmachung!«, piepste der Hotelbesitzer mit seinem schwedischen Akzent und wischte sich den Schweiß von der Stirn.

Harry fragte sich, warum Menschen, die auf Kosten anderer

Menschen lebten, immer diesen dünnen, glänzenden Schweißfilm auf der Haut hatten, wie ein Firnis aus geheuchelter Scham über ihrem fehlenden Gewissen.

»Geben Sie mir den Schlüssel für das Zimmer des Doktors«, verlangte Harry. »Er kommt heute Abend nicht.«

Die Wände waren an drei Seiten des Zimmers mit einer Tapete aus den Siebzigern mit psychedelischen braun-orangen Mustern tapeziert, während die Wand zum Bad schwarz gestrichen war. Sie hatte graue Risse und Flecken, da an verschiedenen Stellen der Putz abgeblättert war. Das Doppelbett hing in der Mitte durch. Der Teppichboden war steinhart. Wasser- und spermaabweisend, dachte Harry. Er nahm ein zerschlissenes Handtuch von dem Stuhl am Fußende des Bettes und setzte sich. Lauschte dem erwartungsvollen Murmeln der Stadt und spürte, dass auch die Hunde wieder da waren. Sie knurrten und bellten, zerrten an ihren Ketten und riefen: Nur ein Drink, nur ein Tropfen, dann lassen wir dich in Ruhe und legen uns wieder hin. Harry wollte nicht lachen, tat es aber trotzdem. Dämonen müssen beschworen werden und Schmerzen betäubt. Er zündete sich eine Zigarette an, deren Rauch sich zur Reispapierlampe emporkringelte.

Mit welchen Dämonen hatte Idar Vetlesen gerungen? Hatte er sie mit hierhergenommen, um an diesem Ort mit ihnen zu kämpfen, oder war dies hier seine Zuflucht, seine Freistätte? Manche Antworten kannten sie vermutlich schon, sicher aber nicht alle. Man konnte nicht alle kennen. Wie die Antwort auf die Frage, ob Wahnsinn und Bösartigkeit zwei verschiedene Dinge sind oder ob es bloß unserer Definition zu verdanken ist, dass wir alles, was jenseits unseres Verständnisses von Zerstörung liegt, als verrückt abtun. Wir können verstehen, dass jemand eine Atombombe über einer Stadt voll unschuldiger Zivilisten abwerfen kann, nicht aber, dass andere Menschen Prostituierte aufschlitzen, um zu verhindern, dass sich Krankheiten und moralischer Verfall in den Slums von London verbreiten. Deshalb nennen wir das erste Realismus und das zweite Wahnsinn.

Oh Gott, er brauchte diesen Drink so dringend. Nur einen, um dem Schmerz die scharfen Kanten zu nehmen, diesem Tag, dieser Nacht.

Es klopfte.

»Ja!«, brüllte Harry und zuckte beim Geräusch seiner wütenden Stimme zusammen.

Die Tür ging auf, und ein schwarzes Gesicht kam zum Vorschein. Harry musterte die Frau. Sie hatte hübsche, ausgeprägte Gesichtszüge und trug eine Jacke, die so kurz war, dass die Fettwülste über ihrem engen Hosenbund zum Vorschein traten.

»*Doctor?*«, fragte sie. Die Betonung auf der letzten Silbe gab dem Wort einen französischen Klang.

Er schüttelte den Kopf. Sie sah ihn an. Dann schloss sie die Tür und war wieder verschwunden.

Es vergingen ein paar Sekunden, bis Harry aufsprang und ihr nachlief. Die Frau war bereits am Ende des Flurs.

»*Please!*«, rief Harry. »*Please, come back!*«

Sie blieb stehen und sah ihn skeptisch an.

»Zweihundert Kronen!«, verlangte sie, und betonte wieder die letzte Silbe.

Harry nickte.

Sie saß auf dem Bett und lauschte verwundert seinen Fragen. Nach dem *Doctor*, diesem bösen Menschen. Nach Orgien mit vielen Frauen. Kindern, die sie mitbringen sollten. Doch bei jeder dieser Fragen schüttelte sie bloß verständnislos den Kopf. Zum Schluss fragte sie, ob er *police* sei.

Harry nickte.

Ihre Augenbrauen zogen sich zusammen. »*Why you ask this questions? Where is Doctor?*«

»*Doctor killed people*«, erklärte Harry.

Sie studierte ihn misstrauisch. »*Not true*«, antwortete sie schließlich.

»*Why not?*«

»*Because doctor is a nice man. He help us.*«

Harry fragte, in welcher Weise der Doktor ihnen geholfen hätte. Und jetzt war er es, der überrascht zuhörte, während ihm die schwarze Frau erzählte, dass der *Doctor* jeden Dienstag und Donnerstag mit seiner Tasche in diesem Raum saß und mit ihnen redete, sie zu Urinproben auf die Toilette schickte, ihnen Blut abnahm und sie auf alle möglichen Geschlechtskrankheiten untersuchte. Er gab ihnen Medikamente gegen die üblichen Erkrankungen und die Adresse des Krankenhauses für den Fall, dass sie diese andere Krankheit hatten, die Pest. Fehlte ihnen etwas anderes, kam es vor, dass er ihnen auch dagegen ein Mittel gab. Bezahlung wollte er nie, sie mussten ihm bloß versprechen, niemandem von seiner Tätigkeit zu erzählen, außer natürlich ihren Kolleginnen auf der Straße. Einige der Mädchen hätten auch ihre kranken Kinder mitgebracht, doch das hätte der Hotelbesitzer nicht zugelassen.

Harry rauchte seine Zigarette, während er zuhörte. War das Vetlesens Buße? Die Gegenleistung für das Böse, der notwendige Ausgleich? Oder lediglich eine Akzentuierung, die seine Bösartigkeit reliefartig hervorhob? Angeblich war ja auch Mengele sehr kinderlieb gewesen.

Die Zunge schwoll ihm im Mund, als wollte sie ihn ersticken, wenn er nicht bald einen Drink bekam.

Die Frau hatte aufgehört zu reden. Jetzt fingerte sie an dem Zweihundert-Kronen-Schein herum.

»*Will Doctor come back?*«, fragte sie.

Harry machte den Mund auf, um ihr zu antworten, aber seine Zunge war ihm im Weg. Da klingelte sein Handy.

»Hole.«

»Harry? Hier ist Oda Paulsen. Erinnerst du dich an mich?«

Er erinnerte sich nicht, außerdem hörte sie sich viel zu jung an.

»NRK«, half sie ihm auf die Sprünge. »Ich bin die, die dich letztes Mal zu Bosse eingeladen hat.«

Die Recherchedame. Die Akquisitionsmausi.

»Wir haben uns überlegt, ob du nicht mal wieder kommen könntest. Jetzt am Freitag. Wir würden so gerne mehr erfahren über diesen Erfolg mit dem Schneemann. Also, der ist ja jetzt tot, aber trotzdem. Es geht uns darum, was eigentlich in einem solchen Menschen vorgeht. Und ob man ihn überhaupt als einen solchen be ...«

»Nein«, unterbrach Harry.

»Was?«

»Ich komme nicht.«

»Aber das ist die Talkshow von Bosse«, betonte Oda Paulsen aufrichtig verwirrt. »Im NRK-Fernsehen.«

»Nein.«

»Aber hör mal, Harry, es wäre doch interessant, darüber zu ...«

Harry schleuderte das Handy gegen die schwarze Wand. Ein Stück Putz löste sich.

Dann stützte er den Kopf in die Hände und versuchte seinen Schädel zusammenzuhalten, damit er nicht explodierte. Er brauchte jetzt etwas. Irgendetwas. Als er den Blick wieder hob, war er allein im Raum.

Es hätte anders ausgehen können, hätte die Fenris-Bar nicht die Lizenz zum Ausschank hochprozentigen Alkohols gehabt. Hätte nicht Jim Beam auf dem Regal hinter dem Barkeeper gestanden und ihm mit seiner rauen Whiskeystimme etwas von Anästhesie und Amnestie zugeraunt: »Harry! Komm her, dann können wir der guten alten Zeiten gedenken. Der alten Gespenster, die wir gemeinsam verjagt haben, der Nächte, in denen wir geschlafen haben.«

Andererseits, vielleicht auch nicht.

Harry bemerkte die Kollegen kaum, und sie nahmen auch ihn nicht wirklich wahr. Als er in die protzige Bar mit ihrem plüschig roten Tanzschiffinterieur getreten war, waren die anderen bereits reichlich angetrunken. Sie hingen sich in den Armen, brüllten mit ihrem Alkoholatem wild durcheinander und sangen mit Stevie Wonder um die Wette, der behauptete, bloß anzurufen, um zu sagen, dass er dich liebe. Sie erinnerten an eine Fußballmannschaft, die gerade das Pokalfinale gewonnen hat. Und als Wonder mit der Versicherung schloss, seine Liebeserklärung komme wirklich aus tiefstem Herzen, stand bereits der dritte Drink vor Harry auf dem Tresen.

Der erste hatte alles gelähmt, ihm war schier der Atem weggeblieben. So musste es sich anfühlen, wenn man Carnadrioxid bekam. Beim zweiten drehte sich ihm fast der Magen um, doch da hatte sein Körper den größten Schock bereits überwunden und kapierte, dass er endlich bekam, worum er so lange gebettelt hatte. Die Antwort war schnurrendes Wohlbehagen. Die Wärme durchströmte ihn. Das war Musik für seine Seele.

»Du trinkst?«

Plötzlich stand Katrine neben ihm.

»Das ist der letzte«, behauptete Harry und spürte, dass seine Zunge nicht mehr geschwollen war, sondern schlank und geschmeidig. Der Alkohol verbesserte seine Artikulation. Und bis zu einem gewissen Punkt sahen ihm die Menschen kaum an, dass er betrunken war. Nur deshalb hatte er seinen Job noch nicht verloren.

»Das ist nicht der letzte«, korrigierte Katrine. »Das ist der erste.«

»Das ist einer der Lehrsätze der Anonymen Alkoholiker.« Harry blickte zu ihr auf. Die intensiven blauen Augen, die schlanken Nasenflügel, die prallen Lippen. Sie sah so verdammt gut aus. »Bist du Alkoholikerin, Katrine Bratt?«

»Ich hatte einen Vater, der Alkoholiker war.«

»Hm. Wolltest du sie deshalb in Bergen nicht besuchen?«

»Besucht man nicht Leute, gerade weil sie krank sind?«

»Ich weiß nicht. Vielleicht hast du seinetwegen eine unglückliche Kindheit gehabt oder so.«

»Er war zu spät dran, um mich unglücklich zu machen. Ich bin so auf die Welt gekommen.«

»Unglücklich?«

»Vielleicht. Und du?«

Harry zuckte mit den Schultern. »Natürlich.«

Katrine nippte an ihrem eigenen Drink, eine klare Sache. Wodkaklar, nicht gingrau, fuhr es ihm durch den Kopf.

»Und worauf gründet sich dein Unglück, Harry?«

Die Worte kamen, bevor er nachdenken konnte: »Dass ich jemanden liebe, der mich liebt.«

Katrine lachte. »Du Ärmster. Bist du harmonisch und unbeschwert durch die Welt gegangen, bis dich irgendwas kaputtgemacht hat? Oder war dein Weg von Anfang an vorgezeichnet?«

Harry starrte in die bräunlichgoldene Flüssigkeit in seinem eigenen Glas. »Es gibt Tage, da frage ich mich das auch. Aber die sind nicht so häufig. Ich versuche, an andere Sachen zu denken.«

»An was zum Beispiel?«

»Andere Sachen.«

»Kommt es auch vor, dass du an mich denkst?«

Jemand stieß sie von hinten an, so dass sie ihm noch näher kam.

Er roch, wie sich das Parfüm von Katrine Bratt mit dem von Jim Beam mischte.

»Nie«, behauptete er, nahm sein Glas und kippte es herunter. Er starrte auf die Spiegelwand hinter den Flaschen und sah Katrine Bratt und Harry Hole viel zu dicht beieinander stehen. Sie beugte sich vor.

»Harry, du lügst.«

Er drehte sich wieder zu ihr. Ihr Blick glomm gelb und verschwommen wie die Nebelleuchten eines entgegenkommenden Autos. Ihre Nasenflügel blähten sich, und sie atmete schwer. Es roch, als hätte sie Limonensaft im Wodka.

»Sag mir mal ganz genau und ausführlich, worauf du gerade Lust hast, Harry.« Ihre Stimme klang rau. »Alles. Und lüg mich nicht wieder an.«

Ihm kam das Gerücht in den Sinn, das Espen Lepsvik in Umlauf gebracht hatte. Über die Vorlieben von Katrine Bratt und ihrem Ehemann. Bullshit, es kam ihm nicht erst jetzt in den Sinn, es war die ganze Zeit da gewesen, ganz vorne in seiner Hirnrinde. Er holte tief Luft. »Okay, Katrine. Ich bin ein einfacher Mann mit einfachen Bedürfnissen.«

Sie hatte den Kopf zurückgelegt, wie es manche Tiere tun, um Unterwerfung zu signalisieren. Er hob das Glas. »Ich habe Lust zu trinken.«

Katrine bekam einen kräftigen Stoß von einem taumelnden Kollegen und fiel auf Harry. Harry fing sie auf, indem er sie mit seiner freien Hand links an der Taille festhielt. Ein schmerzerfüllter Ausdruck huschte über ihr Gesicht.

»Entschuldigung«, sagte er. »Hast du dir weh getan?«

Sie fasste sich an die Seite. »Beim Fechten. Es ist nicht so schlimm. Sorry.«

Sie drehte sich um und bahnte sich einen Weg durch die Menschenmenge. Einige Kollegen drehten sich um. Dann verschwand sie durch die Toilettentür. Harry scannte das Lokal und blieb an Lepsvik hängen, der schnell die Augen niederschlug, als sich ihre Blicke trafen. Er konnte nicht hier bleiben. Es gab andere Orte, an denen er sich mit Jim Beam unterhalten konnte. Harry bezahlte und wollte gehen, doch in seinem Glas war noch ein kleiner Rest.

Andererseits standen jetzt noch zwei weitere Kollegen bei Lepsvik am Rand der Bar und sahen ihn an. Es ging nur um einen kleinen Rest Selbstbeherrschung. Harry wollte seine Beine in Bewegung setzen, doch sie klebten wie festgeleimt am Boden. Da nahm er sein Glas, setzte es an die Lippen und leerte es.

Draußen strich ihm die kalte Abendluft angenehm kühl über die brennende Haut. Er hätte diese Stadt küssen können.

Als Harry nach Hause kam, versuchte er ins Waschbecken zu onanieren, kotzte aber stattdessen und starrte dann auf den Kalender, der an dem Nagel unterm Wandschrank hing. Er hatte ihn zwei Jahre zuvor von Rakel zu Weihnachten bekommen. Mit Bildern von ihnen dreien. Ein Bild für jeden der zwölf Monate, die sie zusammen gewesen waren. November. Rakel und Oleg lachten ihn vor einem Hintergrund mit gelbem Herbstlaub und blassblauem Himmel an. Die gleiche Farbe wie Rakels Kleid mit den kleinen, weißen Blumen, das sie bei ihrer ersten Begegnung getragen hatte. Er beschloss, sich heute Nacht in diesen Himmel zurückzuträumen. Dann öffnete er den Schrank und schob die leeren Colaflaschen beiseite, die lärmend umfielen – ja, da hinten stand sie. Eine unberührte, große Flasche Jim Beam. Harry war nie das Risiko eingegangen, keinen Alkohol im Haus zu haben, nicht einmal in seinen nüchternsten Zeiten. Weil er wusste, wozu er in der Lage war, um Stoff aufzutreiben, wenn er erst wieder einen Rückfall erlitt. Als wollte er das Unausweichliche ein bisschen aufschieben, strich er mit der Hand über das Etikett. Dann öffnete er die Flasche. Wie viel musste er trinken? Die Spritze, die sich Vetlesen gegeben hatte, wies innen einen roten Belag auf, der verriet, wie viel Gift er aufgezogen hatte. Sie war voll gewesen, ganz voll. Rot wie Cochenille. Meine geliebte Cochenille.

Er holte tief Luft und öffnete die Flasche. Setzte sie an die Lippen, spürte, wie sich sein Körper anspannte, und bereitete sich innerlich auf den Schock vor. Und dann trank er. Gierig und verzweifelt, als wollte er es hinter sich bringen. Der Laut, der bei jedem Schluck aus seiner Kehle drang, klang wie Schluchzen.

Kapitel 17

14. Tag. Gute Neuigkeiten

Gunnar Hagen lief mit raschen Schritten über den Flur.

Vier Tage waren seit der Aufklärung des Schneemann-Falls vergangen. Es hätten vier angenehme Tage werden sollen. Und tatsächlich waren sie beglückwünscht worden, ihre Chefs hatten freundliche Gesichter gemacht, die Presse lobte sie noch immer, und es waren sogar Anfragen ausländischer Medienvertreter eingegangen, ob man nicht eine Reportage über die gesamte Ermittlungsgeschichte von A bis Z machen dürfte. Doch damit hatten die Probleme erst begonnen: Denn derjenige, der Hagen über die Details dieser Erfolgsstory Auskunft hätte geben können, war nicht aufzutreiben. Denn es waren auch vier Tage vergangen, seit jemand Harry Hole gesehen oder gehört hatte. Und die Ursache war offensichtlich. Kollegen hatten ihn in der Fenris-Bar trinken sehen, Hagen hatte es für sich behalten, aber die Gerüchte waren trotzdem bis zum Kriminalchef vorgedrungen, der Hagen an diesem Morgen zu sich zitiert hatte.

»Gunnar, so geht das nicht weiter.«

Gunnar Hagen beteuerte, es könne auch andere Gründe für Holes Abwesenheit geben, da Harry nicht immer Bescheid gebe, wenn er auswärts ermittle. Schließlich müssten im Schneemann-Fall ja auch nach der Ergreifung des Täters noch einige Details geklärt werden.

Aber der Kriminalchef hatte seine Entscheidung bereits getroffen. »Gunnar, was diesen Hole angeht, sind wir am Ende des Weges angekommen.«

»Er ist unser bester Ermittler, Torleif.«

»Und unser übelster Repräsentant. Willst du, dass sich unsere jungen Kollegen so jemanden zum Vorbild nehmen, Gunnar? Der Mann ist Alkoholiker. Jeder hier im Haus weiß, dass er bei Fenris getrunken hat und seither nicht wieder an seinem Arbeitsplatz erschienen ist. Wenn wir das akzeptieren, setzen wir einen derart niedrigen Standard, dass der Schaden kaum wiedergutzumachen sein wird.«

»Aber kündigen? Können wir nicht …«

»Er hat genug Warnungen bekommen. Was Alkohol angeht, sind die Vorschriften für den Staatsdienst vollkommen eindeutig.«

Das Gespräch hallte noch in seinen Ohren nach, als er etwas später erneut an die Tür des Kriminalchefs klopfte und hereingerufen wurde.

»Er ist gesehen worden«, verkündete Hagen.

»Wer?«

»Hole. Li hat mich angerufen und gesagt, sie habe ihn in seinem Büro verschwinden sehen.«

»Na dann.« Der Kriminalchef stand auf. »Bringen wir es lieber gleich hinter uns.«

Sie stapften über den Flur. Und als ob die Menschen witterten, was sich hier ankündigte, streckten sie die Köpfe aus ihren Büros und sahen den beiden Männern nach, die mit verbissenem Gesicht an ihnen vorbeiliefen.

Als sie die Tür mit der Nummer 616 erreicht hatten, blieben sie stehen.

Hagen holte tief Luft.

»Torleif …«, begann er noch einmal, aber dieser hatte bereits die Hand auf die Klinke gelegt und die Tür aufgerissen.

Ungläubig blieben sie auf der Schwelle stehen und starrten ins Büro.

»Mein Gott«, flüsterte der Kriminalchef.

Hinter dem Tisch saß Harry Hole in einem T-Shirt und mit einem Gummiband um seinen rechten Oberarm. Sein Kopf war nach vorne gesackt. Aus der Haut unmittelbar unter dem Gummiband ragte eine Spritze mit durchsichtigem Inhalt. Sogar von der Tür aus sahen sie die zahlreichen roten Einstichstellen auf der milchweißen Haut.

»Was zum Teufel tun Sie da?«, fauchte der Kriminalchef, schob Hagen ins Büro und zog ruckartig die Tür hinter sich zu.

Harrys Kopf fuhr hoch, und er sah sie abwesend an. Da bemerkte Hagen die Stoppuhr in seiner Hand. Plötzlich riss Harry die Spritze heraus, blickte auf den verbliebenen Inhalt, warf sie weg und notierte etwas auf einem Zettel.

»Das … das macht uns die Sache noch leichter, Hole«, stammelte der Kriminalchef. »Denn wir haben schlechte Neuigkeiten.«

»*Ich* habe schlechte Neuigkeiten, meine Herren«, eröffnete Harry den Männern, zog einen Wattebausch aus dem Beutel auf dem Tisch und drückte ihn fest auf seinen Unterarm. »Idar Vetlesen kann sich unmöglich selbst das Leben genommen haben. Und Sie verstehen sicher, was das bedeutet?«

Gunnar Hagen verspürte einen seltsamen Drang zu lachen. Die ganze Situation erschien ihm derart absurd, dass sein Hirn einfach zu keiner adäquaten Reaktion in der Lage war. Und dem Gesicht des Kriminalchefs entnahm er, dass auch er nicht wusste, was er tun sollte.

Harry warf einen Blick auf die Uhr und stand auf. »Kommen Sie in einer Stunde ins Sitzungszimmer, dann werde ich Ihnen erläutern, warum«, kündigte er an. »Vorher muss ich aber noch ein paar andere Dinge erledigen.«

Der Hauptkommissar schob sich eilig an seinen beiden verblüfften Vorgesetzten vorbei, öffnete die Tür und verschwand mit langen, festen Schritten über den Flur.

Eine Stunde und vier Minuten später betrat Gunnar Hagen in Begleitung des Kriminalchefs und des Polizeipräsidenten das Sitzungszimmer; sie suchten sich ein paar Stehplätze. Es war totenstill. Der Raum war brechend voll. Alle Leute von Lepsviks Sonderkommission und auch Harrys eigene kleine Truppe waren gekommen. Nur Harry Holes Stimme war zu hören. Auf der Leinwand prangte ein Bild von Idar Vetlesen, wie sie ihn in der Curlinghalle gefunden hatten.

»Wie Sie sehen können, hält Vetlesen die Spritze in der rechten Hand«, sagte Harry Hole. »Daran ist nichts Auffälliges, da er

Rechtshänder ist. Aber bei seinen Stiefeln bin ich stutzig geworden, sehen Sie hier.«

Ein weiteres Bild zeigte die Stiefel in Großaufnahme.

»Diese Stiefel sind das einzige wirkliche Indiz, das wir haben. Aber das reicht ja. Weil die Abdrücke mit denen übereinstimmen, die wir oben in Sollihøgda gefunden haben. Aber schauen Sie sich bitte mal die Schnürriemen an.« Hole zeigte mit einem Stab auf das Foto. »Ich habe das gestern mit meinen eigenen Stiefeln getestet. Wenn der Knoten so rum sein soll, muss ich ihn genau andersrum binden, als ich es sonst tue. Als ob ich Linkshänder wäre. Oder ich stelle mich vor den Stiefel und binde ihn so, als würde ich zum Beispiel jemand anders die Schuhe zuschnüren.«

Ein beunruhigtes Raunen ging durch den Raum.

»Ich bin Rechtshänder.« Es war Espen Lepsviks Stimme. »Und ich binde meine Schleifen genauso.«

»Nun, du kannst da recht haben, vielleicht ist das nur eine Marotte. Aber es weckt doch eine gewisse ...«, Hole schien das Wort in seinem Mund zu schmecken, »... Unruhe, die einen auch noch andere Fragen stellen lässt. Sind das wirklich Idar Vetlesens Stiefel? Das ist nämlich eine ziemlich billige Marke. Ich habe gestern Idar Vetlesens Mutter besucht und durfte mir mal seine anderen Schuhe anschauen. Ausnahmslos richtig teure Stücke. Und wie ich mir schon gedacht hatte, ist er auch nicht anders als wir und hat sich die Schuhe auch manchmal abgestreift, ohne erst die Schnürsenkel aufzumachen. Und deshalb kann ich mit Sicherheit sagen ...«, Hole klopfte mit dem Zeigestock vorsichtig auf das Bild, »... dass Idar Vetlesen seine Schleifen nicht so gebunden hat.«

Hagen blickte zum Kriminalchef, der eine tiefe Falte auf der Stirn hatte.

»Da stellt sich natürlich die Frage«, fuhr Hole fort, »ob jemand Idar Vetlesen diese Stiefel angezogen haben kann. Das gleiche Paar, das der Betreffende auch in Sollihøgda getragen hat. Das Motiv dafür wäre dann klar. Es sollte so aussehen, als sei Vetlesen unser Schneemann.«

»Ein Schnürsenkel und ein billiger Stiefel?«, rief einer der Hauptkommissare aus Lepsviks Team. »Wir haben einen kranken Typen, der Kinder fickt, den wir mit dem Tatort in Verbindung bringen können und der beide Opfer hier in Oslo kannte. Alles, was Sie haben, sind Spekulationen.«

Der hochgewachsene Polizist hielt den Kopf mit den kurzgeschorenen Haaren gesenkt. »Das ist so weit richtig. Aber jetzt komme ich zu den harten Fakten. Idar Vetlesen hat sich allem Anschein nach mit Carnadrioxid das Leben genommen. Er hat dafür eine Spritze mit einer sehr dünnen Nadel verwendet, die er sich selbst gesetzt hat. Laut Obduktionsbericht ist die Konzentration von Carnadrioxid so hoch, dass er sich zwanzig Milliliter injiziert haben muss. Das stimmt auch mit den roten Marken in der Spritze überein, die verraten, dass die Spritze bis zum Rand gefüllt war. Carnadrioxid ist, wie wir inzwischen wissen, ein Stoff mit paralysierender Wirkung. Selbst geringe Dosen sind tödlich, da das Herz und die Atmungsorgane augenblicklich gelähmt werden. Laut Gerichtsmediziner dürften maximal drei Sekunden vergehen, bis bei einem Erwachsenen der Tod eintritt. Und das passt ganz und gar nicht.«

Hole wedelte mit einem Zettel herum. Hagen konnte sehen, dass er darauf etwas mit Bleistift notiert hatte.

»Ich habe es an mir selbst mit einer identischen Spritze und einer Nadel ausprobiert, wie sie bei Vetlesen gefunden wurde. Ich habe mir Natriumchloridlösung injiziert, deren Eigenschaften denen von Carnadrioxidlösung entsprechen, da all diese Lösungen aus mindestens 95 Prozent Wasser bestehen. Und ich habe die Zahlen hier notiert. Egal, wie energisch ich den Kolben runtergedrückt habe, die schmale Nadel bei zwanzig Millilitern Lösung verlangt eine Injektionszeit von mindestens acht Sekunden. Ergo …«

Der Hauptkommissar wartete, als wollte er, dass sich die unumgängliche Schlussfolgerung erst bei allen setzte, bevor er fortfuhr:

»… wäre Vetlesen bereits nach der Injektion von einem Drittel der Lösung gelähmt gewesen. Er kann sich also unmöglich alles gespritzt haben. Nicht ohne fremde Hilfe.«

Hagen schluckte. Dieser Tag wurde ja noch beschissener, als er sowieso schon befürchtet hatte.

Als die Sitzung vorüber war, sah Hagen, wie der Polizeipräsident dem Kriminalchef etwas ins Ohr flüsterte, der sich daraufhin an ihn wandte:

»Bitten Sie Hole und seine Gruppe jetzt gleich in mein Büro. Und verpassen Sie Lepsvik und seinen Leuten einen Maulkorb. Von dieser Sache darf *kein* Wort nach draußen dringen, verstanden?«

Hagen verstand. Fünf Minuten später saßen sie im großen, ungemütlichen Büro des Kriminalchefs.

Katrine Bratt schloss die Tür und setzte sich als Letzte. Harry Hole war auf seinem Stuhl nach vorn gerutscht. Seine ausgestreckten Beine lagen direkt vor dem Schreibtisch des Kriminalchefs.

»Ich will mich kurz fassen«, begann der Kriminalchef und fuhr sich mit einer Hand übers Gesicht, als wollte er wegwischen, was er sah: eine Ermittlungstruppe, die wieder am Anfang war. Zurück auf Start. »Haben Sie irgendwelche guten Neuigkeiten, Hole? Die uns die bittere Tatsache versüßen könnten, dass wir der Presse während Ihrer mysteriösen Abwesenheit erzählt haben, der Schneemann sei dank unserer unermüdlichen Arbeit tot?«

»Tja. Wir können wohl davon ausgehen, dass Idar Vetlesen etwas wusste, was er nicht hätte wissen sollen. Außerdem hat der Mörder bemerkt, dass wir ihm auf der Spur waren, und deshalb hat er jede Möglichkeit, entlarvt zu werden, schnell eliminiert. Sollte das zutreffen, ist immer noch richtig, dass Vetlesen dank unserer unermüdlichen Arbeit zu Tode gekommen ist.«

Der Kriminalchef hatte jetzt hektische rote Flecken auf den Wangen: »Unter guten Neuigkeiten verstehe ich etwas anderes, Hole.«

»Nein, die gute Neuigkeit ist die, dass die Lunte brennt. Sonst hätte sich der Schneemann nicht die Mühe gemacht, Vetlesen als den Mann hinzustellen, den wir suchen. Er will, dass wir die Ermittlungen einstellen und den Fall für gelöst halten. Kurz gesagt, er fühlt sich in die Ecke gedrängt. Und das sind die Situationen, in denen auch Täter wie der Schneemann beginnen, Fehler zu machen. Außerdem bedeutet das hoffentlich, dass er es nicht wagt, weitere Blutbäder anzurichten.«

Der Kriminalchef sog nachdenklich die Luft durch die Zähne. »Glauben Sie das wirklich, Hole? Oder hoffen Sie das bloß?«

»Tja«, antwortete Hole und kratzte sich durch seine zerrissene

Jeans am Knie. »Sie hatten mich doch um gute Neuigkeiten gebeten.«

Hagen stöhnte. Er sah zum Fenster. Es war bewölkt. Sie hatten Schnee angekündigt.

Filip Becker sah zu Jonas hinunter, der auf dem Wohnzimmerboden hockte und unaufhörlich auf den Fernseher starrte. Seit Birte vermisst gemeldet war, hockte der Junge jeden Nachmittag stundenlang so da. Als sei es ein Fenster in eine bessere Welt. Eine Welt, in der er sie finden konnte, wenn er nur genau genug hinsah.

»Jonas.«

Der Junge sah ihn gehorsam, aber desinteressiert an. Sein Gesicht erstarrte jedoch vor Schreck, als er das Messer erblickte.

»Willst du mich schneiden?«, fragte der Junge.

Der Gesichtsausdruck und die dünne Stimme waren so komisch, dass Filip Becker lachen musste. Das Licht der Lampe über dem Wohnzimmertisch fiel blitzend auf den Stahl. Er hatte das Messer in einem Fachgeschäft im Storosenteret gekauft. Direkt nachdem er Idar Vetlesen angerufen hatte.

»Nur ein bisschen, Jonas, nur ein bisschen.«

Dann schnitt er.

Kapitel 18

15. Tag. Aussicht

Um zwei Uhr kam Camilla Lossius vom Sport nach Hause. Sie war wie üblich quer durch die Stadt gefahren, um im Colosseum-Park-Fitnesscenter im Westen der Stadt zu trainieren. Nicht weil es dort andere Geräte gab als in dem Studio unweit ihres Hauses in Tveita, sondern weil die Menschen ihr dort ähnlicher waren. Wer dort trainierte, kam aus dem Westen der Stadt, aus den besseren Vierteln. Nach Tveita zu ziehen war Teil des Ehevertrages mit Erik gewesen. Damals hatte sie das große Ganze betrachten müssen.

Sie bog in die Straße, in der sie wohnten. Sah die Lichter bei den Nachbarn, die sie immer schön grüßte, mit denen sie aber nie wirklich geredet hatte. Das war Eriks Menschenschlag. Sie bremste. Sie waren nicht die Einzigen, die hier an dieser Straße in Tveita eine Doppelgarage hatten, wohl aber die Einzigen mit einem elektrischen Toröffner. Erik war so etwas wichtig, ihr selbst war es egal. Sie drückte auf die Fernbedienung, ließ die Kupplung kommen und rollte langsam in die Garage. Wie erwartet war Eriks Auto noch nicht da, er war noch in der Arbeit. Sie beugte sich über den Beifahrersitz, nahm ihre Sporttasche und die Tüte mit den Lebensmitteleinkäufen und warf aus alter Gewohnheit einen Blick in den Rückspiegel, bevor sie ausstieg. Sie sah gut aus, behaupteten ihre Freundinnen. Noch nicht dreißig und schon eine Villa, einen eigenen Wagen und ein Ferienhaus in der Nähe von Nizza, sagten sie. Und wie es denn sei, im Osten der Stadt zu wohnen? Und wie es ihren Eltern gehe, jetzt nach dem Konkurs? Seltsam, wie ihre Gehirne diese zwei Fragen immer gleich miteinander verbanden.

Camilla sah in den Spiegel. Sie hatten recht. Sie sah gut aus. Zwar glaubte sie, auch noch eine andere Bewegung wahrgenommen zu haben, am Rand ihres Blickfeldes, aber das war sicher nur das Garagentor, das sich jetzt langsam schloss. Sie stieg aus dem Auto und suchte nach dem Bund mit dem Schlüssel für die Tür, die von der Garage direkt in ihr Haus führte, als ihr in den Sinn kam, dass ihr Handy noch im Auto lag.

Camilla drehte sich um und schrie jäh auf.

Der Mann stand direkt hinter ihr. Sie wich entsetzt zurück und hielt sich eine Hand vor den Mund. Wollte lachend um Entschuldigung bitten, nicht weil sie sich für irgendetwas hätte entschuldigen müssen, sondern weil er so ganz und gar nicht gefährlich aussah. Doch dann erblickte sie die Pistole in seiner Hand, mit der er auf sie zielte. Ihr erster Gedanke war, dass sie wie eine Spielzeugpistole aussah.

»Mein Name ist Filip Becker«, stellte er sich vor. »Ich habe angerufen, aber es war niemand zu Hause.«

»Was wollen Sie?«, fragte sie und versuchte, das Zittern in ihrer Stimme zu unterdrücken. Instinktiv wusste sie, dass sie ihre Furcht nicht zeigen durfte. »Worum geht es?«

Er lächelte kurz: »Hurerei!«

Harry sah schweigend zu Hagen, der die Gruppenbesprechung unterbrochen hatte, um noch einmal an die Order des Kriminalchefs zu erinnern, die Theorie über den Mord an Vetlesen nicht an die Öffentlichkeit dringen zu lassen. Nicht einmal Ehepartner oder Freunde dürften ins Vertrauen gezogen werden. Schließlich bemerkte er Harrys Blick.

»Mehr wollte ich eigentlich nicht sagen«, fügte er schnell hinzu und verließ den Raum.

»Red weiter«, forderte Harry Bjørn Holm auf, der über die Ergebnisse der Spurensicherung am Tatort auf der Curlingbahn berichtet hatte. Oder genauer gesagt, über das Fehlen von Ergebnissen:

»Wir hatten gerade erst angefangen, als beschlossen wurde, dass es sich um einen Selbstmord handelte. Deshalb haben wir nicht nach weiteren Spuren gesucht. Jetzt ist der Tatort schon längst wieder freigegeben, da sind mittlerweile x Leute durchgelaufen. Ich habe heute Vormittag mal einen Blick riskiert, da ist nicht mehr viel zu holen, fürchte ich.«

»Hm«, machte Harry. »Katrine?«

Katrine blickte auf ihre Aufzeichnungen. »Ja, deiner Theorie zufolge haben sich Vetlesen und der Mörder im Curlingclub verabredet. Das Naheliegendste wäre ja, dass sie das telefonisch gemacht haben. Ich bin deshalb die Telefonliste noch einmal durchgegangen.«

»Okay.« Harry unterdrückte ein Gähnen.

Sie blätterte um. »Ich habe die Verbindungslisten von Telenor für sein Handy und den Büroanschluss erhalten und bin damit zu Borghild nach Hause gefahren.«

»Nach Hause?«, fragte Skarre.

»Natürlich, sie hat ja jetzt keinen Job mehr. Sie berichtete mir, Vetlesen habe in den letzten zwei Tagen ausschließlich Patienten empfangen. Hier ist die Liste.«

Sie nahm einen Zettel aus ihrer Mappe und legte ihn auf den Tisch.

»Wie angenommen, hatte Borghild einen guten Überblick über Vetlesens berufliche und soziale Kontakte. Sie konnte mir helfen, so gut wie alle Personen auf der Liste zu identifizieren. Hier sind zwei Aufstellungen, eine über seine beruflichen Kontakte und eine über die sozialen. Beide mit Telefonnummern, Uhrzeit, Datum, Gesprächsdauer und einem Verweis, ob er angerufen worden ist oder selbst angerufen hat.«

Die drei anderen steckten die Köpfe zusammen und studierten die Listen. Katrines Hand berührte Harrys. Er konnte keine Spur von Verlegenheit bei ihr bemerken. Vielleicht hatte er nur geträumt, was sie ihm in der Fenris-Bar angeboten hatte. Nur dass Harry nicht träumte, wenn er trank. Das war ja der Sinn des Ganzen. Trotzdem war er am Morgen danach mit einer Idee im Kopf aufgewacht, die ihm irgendwann zwischen der systematischen Abarbeitung der Whiskeyflasche und dem gnadenlosen Aufwachen gekommen sein musste. Der Gedanke an Cochenille und an Vetlesens volle Spritze. Und genau dieser Gedanke hatte ihn davor bewahrt, ins Vinmonopol in der Thereses gate zu laufen.

Stattdessen hatte er sich direkt wieder in die Arbeit gestürzt. Dope gegen Dope.

»Wessen Nummer ist das hier?«, erkundigte sich Harry.

»Welche?«, fragte Katrine und beugte sich vor.

Harry zeigte auf eine Nummer auf der Liste mit den sozialen Kontakten.

»Warum interessiert dich gerade diese Nummer?«, wollte Katrine wissen und sah neugierig zu ihm auf.

»Weil er von dieser Nummer angerufen worden ist und nicht umgekehrt. Wir sollten doch wohl davon ausgehen, dass in diesem Fall der Mörder die Regie übernommen, also selbst angerufen hat.«

Katrine sah die Nummer auf ihrer Namensliste nach. »Sorry, aber ausgerechnet dieser Anrufer steht auf beiden Listen, er war also auch Patient.«

»Okay, aber irgendwo müssen wir ja anfangen. Wer ist es? Frau oder Mann?«

Katrine grinste schief. »Definitiv ein Mann.«

»Wie meinst du das?«

»Männlich mit großem M, wie in Macho. Arve Støp.«

»Arve Støp?«, platzte Holm heraus. »*Der* Arve Støp?«

»Setz ihn auf die Liste der Leute, die wir besuchen sollten«, bat Harry.

Als sie fertig waren, hatten sie eine Liste mit sieben Gesprächen. Sie hatten jeder Nummer einen Namen zuweisen können, mit einer Ausnahme: ein Anruf aus einer Telefonzelle im Storosenteret, am Vormittag des Tages, an dem Idar getötet worden war.

»Wir haben doch die genaue Uhrzeit«, überlegte Harry. »Gibt es in der Nähe der Telefonzelle wohl eine Überwachungskamera?«

»Ich glaube nicht«, antwortete Skarre. »Aber ich weiß, dass an allen Eingängen Kameras hängen. Ich kann bei der Wachgesellschaft ja mal nachfragen, ob die die Aufnahmen haben.«

»Überprüf alle Gesichter, plus minus eine halbe Stunde rund um den Anruf«, befahl Harry.

»Das wird aber nicht leicht«, meinte Skarre.

»Rat mal, wen du da am besten fragst«, sagte Harry.

»Beate Lønn«, mischte sich Holm ein.

»Korrekt, grüß sie von mir.«

Holm nickte, und Harry spürte einen Anflug von schlechtem Gewissen.

Skarres Telefon spielte »There She Goes« von The Las.

»Die Vermisstenstelle«, verkündete Skarre und nahm das Gespräch entgegen.

Alle starrten ihn an, während er sein Ohr ans Handy presste. Harry dachte, dass er Beate jetzt lange genug nicht angerufen hatte. Seit seinem Besuch auf der Entbindungsstation war er nicht mehr bei ihr gewesen. Er wusste, dass sie nicht ihm die Schuld an Halvorsens Tod im Dienst gab. Aber für ihn war das alles ein bisschen viel gewesen: Halvorsens Kind zu sehen, das Baby, das der junge Beamte selbst nie zu Gesicht bekommen hatte, und dabei tief in seinem Inneren zu wissen, dass Beate sich irrte. Er hätte Halvorsen retten können – nein, retten *müssen*.

Skarre legte auf.

»Oben in Tveita ist eine Frau von ihrem Mann vermisst gemeldet worden. Camilla Lossius, neunundzwanzig Jahre, verheiratet, keine Kinder. Es ist erst ein paar Stunden her, aber es gibt ein paar Einzelheiten, die Grund zur Beunruhigung geben. Auf der Anrichte steht eine Einkaufstüte, aber es ist nichts in den Kühlschrank geräumt worden. Das Handy ist noch im Auto, und laut ihrem Ehemann geht sie sonst nicht ohne aus dem Haus. Und außerdem hat einer der Nachbarn dem Ehemann erzählt, er hätte einen Mann um das Haus und die Garage schleichen sehen, der auf irgendetwas zu warten schien. Der Ehemann kann noch nicht sagen, ob etwas fehlt, nicht einmal, was Toilettensachen oder Taschen angeht. Das sind so Leute mit einem Häuschen bei Nizza. Die haben so viel Kram, dass sie gar nicht merken, wenn was fehlt, wenn ihr versteht, was ich meine.«

»Hm«, machte Harry, »was meint die Vermisstenstelle?«

»Dass sie wieder auftaucht. Sie melden sich dann wieder.«

»Okay«, sagte Harry, »dann machen wir weiter.«

Während der ganzen weiteren Besprechung kommentierte keiner die Vermisstenmeldung. Harry spürte trotzdem, dass sie in der Luft lag, wie ein ferner Donner aus Wolken, die – vielleicht – in ihre Richtung zogen. Nachdem sie die Personen auf der Telefonliste, die sie kontaktieren mussten, unter sich aufgeteilt hatten, verließ die Gruppe Harrys Büro.

Harry trat wieder ans Fenster und sah hinunter in den Park. Die Dunkelheit kam jetzt immer früher, man spürte das mit jedem Tag, der verging. Harry musste an die Reaktion von Idar Vetlesens Mutter denken, als er ihr erzählt hatte, ihr Sohn habe den afrikanischen Prostituierten nachts gratis ärztliche Hilfe geboten. In diesem Moment hatte sie zum ersten Mal ihre Maske abgelegt – nicht aus Trauer, sondern aus Wut – und geschrien, das sei eine verdammte Lüge, ihr Sohn hätte sich niemals mit Negerhuren abgegeben. Vielleicht sollte man manchmal doch lieber lügen. Harry dachte daran, dass er tags zuvor dem Kriminalchef gesagt hatte, das Blutbad sei erst einmal vorüber. Aber dort unten konnte er ihn noch ganz schwach im Dunkel erkennen. Es kamen jetzt häufig Kindergartengruppen in den Park, insbesondere wenn es geschneit hatte, wie in der letzten Nacht. Das war jedenfalls sein erster Gedanke gewesen, als er am Morgen zur Arbeit gekommen war und den großen, grauweißen Schneemann gesehen hatte.

Über den Redaktionsräumen der Zeitschrift *Liberal* in Aker Brygge lagen die 230 teuersten in Privatbesitz befindlichen Quadratmeter der Stadt, mit guter Aussicht über den Fjord, die Akershus-Festung und Nesoddtangen. Sie gehörten dem Verleger und Chefredakteur Arve Støp. Oder bloß Arve, so stand es jedenfalls neben dem Klingelknopf, den Harry drückte. Der Aufgang war funktionell und minimalistisch, abgesehen von zwei handgemalten Vasen rechts und links der Eichentür. Harry fragte sich, wie viel Geld er wohl machen könnte, wenn er mit einer davon abhaute.

Nach dem zweiten Klingeln hörte er schließlich Stimmen von drinnen. Ein helles Zwitschern und eine tiefe, ruhige Männerstimme. Als sich die Tür öffnete, plätscherte das Lachen einer Frau heraus. Sie trug eine weiße Pelzmütze – synthetisch, dachte Harry –, unter der ihre blonden Haare hervorströmten.

»Ich freue mich!«, sagte sie, drehte sich um, und erst in diesem Moment fiel ihr Blick auf Harry.

»Hallo!«, grüßte sie neutral, ehe sie ihn plötzlich wiedererkannte und enthusiastisch ausrief: »Aber hallo, was machst du denn hier?«

»Hallo«, brummte Harry.

»Wie geht's dir?«, fragte sie, und Harry bemerkte, dass ihr erst jetzt wieder einfiel, wie ihr letztes Gespräch verlaufen war. Mit seinem allzu abrupten Ende.

»Sie kennen Oda?« Arve Støp stand mit verschränkten Armen in der Tür. Er hatte nackte Füße, trug ein T-Shirt mit einem unscheinbaren Louis-Vuitton-Logo und eine grüne Leinenhose, die an jedem anderen Mann feminin ausgesehen hätte. Doch Arve Støp war beinahe so groß und breit wie Harry, und für sein Gesicht hätte jeder amerikanische Präsidentschaftskandidat gemordet: entschlossenes Kinn, jugendlicher blauer Blick, Lachfalten und dichtes graues Haar.

»Wir sind uns schon mal vorgestellt worden, ja«, bestätigte Harry. »Ich war mal Gast in ihrer Talkshow.«

»Jetzt muss ich aber los, ihr beiden«, verkündete Oda, warf ihnen einen Kuss durch die Luft zu und hastete die Treppe hinunter. Ihr Fußgetrappel auf den Stufen hörte sich an, als liefe sie um ihr Leben.

»Ja, genau um diese grässliche Talkshow ging es jetzt auch«, erklärte Støp, bat Harry einzutreten und gab ihm die Hand. »Ich fürchte, mein Exhibitionismus nähert sich langsam einem kritischen Punkt. Dieses Mal habe ich nicht einmal mehr gefragt, worum es geht, bevor ich zugesagt habe. Oda war aus Recherchegründen hier. Aber Sie haben es ja selbst schon mal mitgemacht, da wissen Sie ja, wie das läuft.«

»Bei mir haben sie bloß angerufen«, sagte Harry und spürte die Wärme von Arve Støps Hand noch immer auf seiner Haut.

»Sie haben sich am Telefon sehr ernst angehört, Herr Hole. Womit kann Ihnen ein jämmerlicher Journalist dienen?«

»Es geht um Ihren Arzt und Curlingpartner, Idar Vetlesen.«

»Ach ja, Vetlesen, natürlich. Wollen wir nicht reingehen?«

Harry streifte seine Stiefel ab und folgte Støp durch den Flur in ein Wohnzimmer, das zwei Stufen tiefer lag als der Rest der Wohnung. Ein Blick genügte, und man wusste, woher Idar die

Inspiration für sein Wartezimmer hatte. Draußen vorm Fenster blinkte das Mondlicht auf dem Fjord.

»Sie betreiben also jetzt eine Art a-priori-Ermittlung?«, fragte Støp und ließ sich auf das kleinste Möbelstück – einen einfachen, gegossenen Stuhl – fallen.

»Wie bitte?«, fragte Harry und setzte sich aufs Sofa.

»Sie beginnen mit dem Fazit und arbeiten sich von da aus sozusagen rückwärts vor, um zu verstehen, wie das alles abgelaufen ist.«

»Das ist also mit ›a priori‹ gemeint?«

»Keine Ahnung. Aber dieses Latein hört sich immer so toll an, finde ich.«

»Hm. Und was halten Sie von unserem Fazit? Glauben Sie daran?«

»Ich?« Støp lachte. »Ich glaube an gar nichts. Aber das ist ja auch mein Beruf. Sobald etwas zu einer etablierten Wahrheit wird, ist es mein Job, dagegenzuargumentieren. Genau das versteht man schließlich unter Liberalismus.«

»Und in diesem Fall?«

»Tja. Auf jeden Fall fehlt mir bei Vetlesen das rationale Motiv. Oder er müsste wirklich schwer verrückt gewesen sein.«

»Sie glauben also nicht, dass Vetlesen der Mörder ist?«

»Wenn ich dagegenargumentiere, dass die Erde rund ist, muss ich noch lange nicht glauben, dass sie eine Scheibe ist. Ich gehe davon aus, dass Sie Beweise haben. Möchten Sie einen Drink? Einen Kaffee?«

»Einen Kaffee, gerne.«

»Das war ein Bluff«, gab Støp lächelnd zu. »Ich hab nur Wasser oder Wein. Ach nee, stimmt nicht, ich hab auch noch Apfelcidre vom Abbediengen-Hof. Und den müssen Sie probieren, ob Sie wollen oder nicht.«

Støp verschwand in die Küche, und Harry stand auf, um sich in der Wohnung umzusehen.

»Nette kleine Wohnung haben Sie da, Støp.«

»Eigentlich waren das mal drei«, rief Støp aus der Küche. »Die eine gehörte einem erfolgreichen Reeder, der sich aus Langeweile erhängt hat. Ungefähr da, wo Sie jetzt sitzen. Die andere Wohnung, in der ich jetzt stehe, gehörte einem Aktienmakler, der wegen Insiderhandels eingebuchtet worden ist. Im Gefängnis wurde er dann bekehrt, woraufhin er mir seine Wohnung verkauft und sein ganzes Geld einem Prediger der Inneren Mission vermacht hat. Irgendwie finde ich ja, das ist auch Insiderhandel, wenn Sie verstehen, was ich meine. Aber ich habe gehört, der Mann sei jetzt viel glücklicher, also warum nicht?«

Støp kam mit zwei Gläsern mit blassgelbem Inhalt wieder ins Wohnzimmer und reichte Harry eines davon.

»Die dritte Wohnung gehörte einem Klempner vom Østensjø, der schon beschlossen hat, hier wohnen zu müssen, als Aker Brygge noch in der Planung war. Vermutlich hat er es auf einer Klassenfahrt gesehen oder so. Nachdem er zehn Jahre lang alles auf die hohe Kante gelegt oder entsprechend schwarz und überteuert gearbeitet hatte, kaufte er. Aber er hat so viel hinlegen müssen, dass er kein Geld mehr für ein Umzugsunternehmen hatte, also machte er alles mit ein paar Freunden selbst. Er besaß einen vierhundert Kilo schweren Safe, vermutlich für sein ganzes Schwarzgeld. Sie waren schon auf dem letzten Treppenabsatz und hatten nur noch acht Stufen, da kam der verdammte Safe ins Rutschen. Der Klempner geriet darunter, brach sich die Wirbelsäule und war gelähmt. Jetzt wohnt er in einem Pflegeheim mit Aussicht über den Østensjø.« Støp stellte sich ans Fenster, trank einen Schluck und blickte nachdenklich über den Fjord. »Es ist zwar nur ein Binnensee, aber trotzdem ist die Aussicht ganz nett.«

»Hm, also, wir interessieren uns für Ihre Beziehung zu Idar Vetlesen.«

Støp wirbelte theatralisch und mit der Geschmeidigkeit eines Zwanzigjährigen herum. »Beziehung? Das ist aber ein verdammt starkes Wort. Er war mein Arzt. Und manchmal haben wir zusammen gecurlt. Das heißt, wir anderen haben gecurlt. Was Idar gemacht hat, kann man bestenfalls als Steineschieben und Eisputzen bezeichnen.« Er winkte mit der Hand ab. »Ja, ich weiß, er ist tot, aber das ist die Wahrheit.«

Harry stellte das Glas mit dem Apfelcidre unberührt auf den Tisch. »Worüber haben Sie gesprochen?«

»Größtenteils über meinen Körper.«

»Ach ja?«

»Er war schließlich mein Arzt.«

»Und Sie hätten gerne etwas an Ihrem Körper verändert?«

Arve Støp lachte herzlich. »Ehrlich gesagt, dieses Bedürfnis hatte ich bislang noch nie. Ich weiß schon, dass Idar diese lächerlichen plastischen Operationen gemacht hat, Fettabsaugen und dieses ganze Zeugs, aber ich empfehle in diesem Fall eher Vorbeugung statt Reparatur. Ich treibe Sport, Herr Kommissar. Schmeckt Ihnen der Cidre nicht?«

»Da ist Alkohol drin«, erklärte Harry.

»Was Sie nicht sagen«, sagte Støp und warf einen Blick in sein eigenes Glas. »Kann ich mir nicht vorstellen.«

»Über welche Körperteile haben Sie denn gesprochen?«

»Meinen Ellenbogen. Ich habe einen Tennisarm, der mich beim Curlen plagt. Dieser Idiot hat mir nur schmerzstillende Mittel fürs Training verschrieben. Weil die auch die Entzündung dämpfen würden. Dadurch habe ich bei jedem Training meine Muskulatur überlastet. Tja, ich muss ja eigentlich keine Warnung mehr aussprechen, da wir es hier mit einem toten Arzt zu tun haben, aber man sollte keine Schmerzmittel nehmen. Schmerzen sind eine gute Sache, ohne die würden wir kaum überleben. Wir sollten dankbar dafür sein.«

»Ach ja?«

Støp klopfte mit dem Zeigefinger auf das Fensterglas, das so dick war, dass nicht ein einziges Geräusch von der Stadt in die Wohnung drang. »Wenn Sie mich fragen, ist das aber schon was anderes, als über irgendeinen See zu gucken. Oder was meinen Sie, Hole?«

»Ich habe keine Aussicht.«

»Nicht? Sollten Sie aber. Aussicht gibt Übersicht.«

»Apropos Übersicht – Telenor hat uns eine Übersicht über Vetlesens letzte Telefonate geschickt. Worüber haben Sie mit ihm gesprochen? Am Tag vor seinem Tod?«

Støp fixierte Harry mit einem fragenden Blick, während er den Kopf in den Nacken legte und sein Cidreglas leerte. Dann atmete er tief und zufrieden durch. »Ich hatte fast vergessen, dass wir noch einmal miteinander telefoniert haben, ja, ich denke aber, es ging um meinen Ellenbogen.«

Holzschuh hatte ihm einmal erklärt, dass der Pokerspieler, der sich bei der Entlarvung eines Bluffs auf seine Intuition verlässt, ein sicherer Verlierer ist. Zwar zeichnet sich die Lüge bei uns allen irgendwie an der Oberfläche ab, doch um ein gutes Pokerface zu enthüllen, braucht man die kalte, methodische Kartierung der entsprechenden Kennzeichen, und zwar bei jedem Menschen einzeln. Sonst war man laut Holzschuh chancenlos. Harry neigte zu der Ansicht, dass Holzschuh recht hatte. Deshalb gründete er seine Überzeugung, dass Støp log, weder auf den Gesichtsausdruck des Mannes noch auf seine Stimme oder Körpersprache.

»Wo waren Sie zwischen 16 und 20 Uhr am Tag von Vetlesens Tod?«, fragte Harry.

»Aber hallo!« Støp zog eine Augenbraue hoch. »Sagen Sie mal, gibt es in diesem Fall irgendetwas, das ich oder meine Leser wissen sollten?«

»Wo waren Sie?«

»Das hört sich jetzt aber ohne jeden Zweifel so an, als hätten Sie den Schneemann doch noch nicht. Stimmt das etwa?«

»Es wäre nett, wenn ich hier die Fragen stellen könnte, Støp.«

»Na gut, also, ich war mit ...«

Arve hielt inne. Und plötzlich leuchtete ein jungenhaftes Grinsen auf seinem Gesicht auf.

»Nein, warten Sie. Sie deuten damit ja an, dass ich etwas mit Vetlesens Tod zu tun haben könnte. Wenn ich darauf antworte, bestätige ich ja quasi diese Ausgangslage.«

»Ich kann gerne notieren, dass Sie mir die Antwort verweigern, Støp.«

Støp hob sein Glas, als wollte er ihm zuprosten. »Ein altbekannter Schachzug, Hole. Den wir Presseleute selbst jeden Tag anwenden. Daher kommt wohl auch unser Name. Presse! Aber bitte beachten Sie, dass ich mich nicht weigere zu antworten, Hole, ich lehne das nur in diesem Moment ab. Das heißt, ich denke noch darüber nach.«

Støp trat wieder ans Fenster, wo er stehen blieb und sich selbst zunickte:

»Ich weigere mich nicht, ich habe nur noch nicht entschieden, ob oder was ich antworten will. Und bis dahin müssen Sie warten.«

»Ich habe viel Zeit.«

Støp drehte sich um. »Ich will Ihre Zeit nicht unnötig in Anspruch nehmen, Hole, aber ich habe früher schon zum Ausdruck gebracht, dass das einzige Kapital und Produktionsmittel der Zeitschrift *Liberal* meine persönliche Integrität ist. Ich hoffe, Sie verstehen, dass ich als Vertreter der Presse die Pflicht habe, diese Situation auszunutzen.«

»Ausnutzen?«

»Verdammt, Mann, ich sehe doch, dass ich da auf einer Nachricht sitze, die wie eine Atombombe einschlagen wird. Außerdem ahnt wahrscheinlich keine andere Zeitung, dass mit Vetlesens Tod etwas nicht stimmen könnte. Wenn ich Ihnen jetzt eine Antwort gebe, aus der hervorgeht, dass ich nichts mit der Sache zu tun habe, habe ich meine Trümpfe doch schon alle ausgespielt. Und dann ist der Zug für mich abgefahren, dann kriege ich keine relevanten Informationen mehr. Das ist doch wohl richtig, Hole, oder?«

Harry ahnte, worauf die Sache hinauslief. Und dass Støp klüger war, als er es vorhergesehen hatte.

»Das sind keine Informationen, mit denen Sie etwas anfangen könnten. Sie sollten hingegen wissen, dass Sie sich strafbar machen, wenn Sie die Ermittlungen der Polizei bewusst behindern«, gab Harry zu bedenken.

»Touché!«, rief Støp lachend, er war jetzt ganz offensichtlich gutgelaunt. »Aber als Vertreter der Presse und der Zeitschrift *Liberal* habe ich gewisse prinzipielle Rücksichten zu nehmen. Die Frage ist deshalb, ob ich mich als bekanntermaßen systemfeindlicher Wachhund bedingungslos der staatlichen Ordnungsmacht unterwerfen darf.« Er spuckte die Worte mit offener Ironie aus.

»Und wie würden die Bedingungen für eine Antwort lauten?«

»Die Exklusivität für alle notwendigen Hintergrundinformationen natürlich.«

»Ich kann Ihnen diese Exklusivität zusichern«, versprach Harry, »verbunden mit der Auflage, diese Informationen an niemanden, aber auch wirklich niemanden weiterzugeben.«

»Tja, aber dann sind wir ja auch nicht weiter. Schade.« Støp schob die Hände in die Taschen seiner Leinenhose. »Aber ich habe bereits genug Stoff für Spekulationen, dass die Polizei den richtigen Mann doch noch nicht hat.«

»Ich warne Sie.«

»Danke, das haben Sie bereits getan«, seufzte Støp. »Denken Sie daran, mit wem Sie es zu tun haben, Hole. Samstag steigt im Plaza das Fest aller Feste. Sechshundert Gäste werden das fünfundzwanzigjährige Bestehen von *Liberal* feiern. Nicht schlecht für eine Zeitschrift, die die Grenzen der Meinungsfreiheit immer wieder übertreten hat und die sich seit ihrem Bestehen jeden Tag aufs Neue in juristisch unsicheres Fahrwasser begibt. Fünfundzwanzig Jahre, Hole, und dabei haben wir bis heute noch kein Verfahren verloren. Ich werde das mit unserem Anwalt besprechen, Johan Krohn. Ich denke, Sie kennen ihn bereits, Hole?«

Harry nickte düster. Støp bedeutete ihm mit einer diskreten Handbewegung Richtung Tür, dass die Audienz für ihn vorüber war.

»Ich verspreche Ihnen zu helfen, so gut es geht«, beteuerte Støp, als sie im Flur vor der Tür standen. »Aber nur, wenn Sie uns auch helfen.«

»Sie wissen nur zu gut, dass es uns unmöglich ist, derartige Absprachen zu treffen.«

»Sie ahnen ja gar nicht, was wir schon für Absprachen getroffen haben, Hole«, erwiderte Støp lächelnd. »Wirklich nicht. Ich rechne damit, Sie bald wiederzusehen.«

»Ich hatte nicht damit gerechnet, dich so bald wiederzusehen«, sagte Harry und hielt ihr die Tür auf.

Rakel nahm die letzten Stufen.

»Oh doch«, widersprach sie und ließ sich von ihm umarmen. Dann drückte sie ihn in den Flur, stieß die Tür mit der Hacke zu, packte seinen Kopf mit beiden Händen und küsste ihn gierig.

»Ich hasse dich«, erklärte sie, während sie seinen Gürtel löste. »Du weißt, dass das jetzt so gar nicht in mein Leben passt.«

»Dann geh doch wieder«, gab Harry zurück und knöpfte ihr Mantel und Bluse auf. Ihre Hose hatte einen Reißverschluss an der Seite. Er zog ihn nach unten, schob seine Hand hinein und streichelte ihr über den untersten Teil ihres Rückens und die glatte kühle Seide ihres Slips. Es wurde still auf dem Flur, nur ihr Atem und ein vereinzeltes Klacken ihres Absatzes war zu hören, als sie sich ein Stück bewegte, damit seine Hand zur richtigen Stelle vordringen konnte.

Als sie hinterher im Bett lagen und sich eine Zigarette teilten, beschuldigte Rakel Harry, ein Dealer zu sein.

»So machen die das doch auch, oder?«, meinte sie. »Die ersten Schüsse sind gratis, bis sie abhängig sind.«

»Und dann müssen sie bezahlen«, ergänzte Harry und blies einen großen und einen kleinen Rauchring, die Richtung Decke waberten.

»Teuer«, sagte Rakel.

»Du bist doch nur wegen dem Sex hier«, sagte Harry. »Oder? Nur damit ich Bescheid weiß.«

Rakel streichelte ihm über die Brust. »Du bist so dünn geworden, Harry.«

Er antwortete nicht. Wartete ab.

»Es läuft nicht besonders mit Mathias«, erzählte sie. »Das heißt, es läuft gut, er funktioniert gut, ganz ausgezeichnet, nur mit mir stimmt was nicht.«

»Und was?«

»Wenn ich das nur wüsste. Ich sehe Mathias an und denke, ich habe meinen Traumprinzen gefunden. Und dann sage ich mir, dass er mich total anmacht, und dann versuche ich auch ihn anzumachen, ich überfalle ihn beinahe, weil ich Lust darauf habe, Lust zu haben, verstehst du? Das wäre so klasse. Aber irgendwie schaffe ich es nicht ...«

»Hm. Ich höre zwar, was du sagst, aber ich hab gewisse Schwierigkeiten, mir das vorzustellen.«

Sie zog ihn fest am Ohrläppchen. »Dass wir ständig Lust aufeinander hatten, war nicht unbedingt ein Qualitätssiegel für unsere Beziehung, Harry.«

Harry beobachtete, wie der kleine Rauchring den großen einholte und sie tanzend eine Acht bildeten. Doch, das war ein Qualitätssiegel, dachte er.

»Ich fange an, nach Vorwänden zu suchen«, fuhr sie fort. »Zum

Beispiel diese witzige körperliche Eigenheit, die Mathias von seinem Vater geerbt hat.«

»Was denn?«

»Nicht weiter wichtig, aber er schämt sich eben dafür.«

»Los, komm schon, erzähl.«

»Nein, nein, das hat wirklich nichts zu sagen, anfangs fand ich es auch echt nur süß, dass er sich dafür schämt. Doch inzwischen nervt es mich. Als würde ich versuchen, aus dieser Bagatelle einen Fehler zu machen, eine Rechtfertigung, um ... um ...« Sie verstummte.

»Um hierherzukommen«, vollendete Harry.

Sie drückte ihn fest. Dann stand sie auf.

»Ich werde nicht wiederkommen«, verkündete sie und streckte ihm die Zunge heraus.

Es war fast Mitternacht, als Rakel Harrys Wohnung verließ. Feiner, lautloser Nieselregen ließ den Asphalt unter den Straßenlaternen glänzen. Sie ging in die Stensberggata, in der sie ihren Wagen geparkt hatte. Setzte sich hinein und wollte gerade den Motor anlassen, als sie einen handgeschriebenen Zettel unter dem Scheibenwischer bemerkte. Sie öffnete die Tür, fischte sich das Papier und versuchte, die vom Regen fast völlig verwischte Schrift zu lesen:

Wir werden sterben, Hure.

Rakel zuckte zusammen. Sah sich um. Aber sie war allein, rundherum nur geparkte Autos. Klemmten auch hinter anderen Scheibenwischern solche Zettel? Sie sah keinen. Das musste ein Zufall sein, es konnte doch niemand wissen, dass ihr Auto hier stand. Sie drehte die Scheibe ein Stückchen nach unten, schob den Zettel mit zwei Fingern nach draußen und ließ ihn fallen, während sie den Motor startete und losfuhr.

Kurz vor der Kuppe am Ullevålsveien hatte sie plötzlich das Gefühl, jemand sitze auf dem Rücksitz und starre sie an. Sie drehte sich um und sah das Gesicht eines Jungen. Nicht Oleg, sondern ein anderes, fremdes Gesicht. Sie bremste so abrupt, dass das Gummi auf dem Asphalt quietschte. Dann hörte sie wütendes Hupen. Dreimal. Sie starrte in den Spiegel, während sie nach Luft rang und das entsetzte Gesicht des Jungen im Wagen direkt hinter sich betrachtete. Zitternd legte sie den ersten Gang ein.

Eli Kvale stand wie angewurzelt im Flur und hielt den Telefonhörer noch immer in der Hand. Sie hatte sich das nicht eingebildet. Wirklich nicht.

Erst als Andreas zweimal ihren Namen rief, kam sie wieder zu sich.

»Wer war das?«, fragte er.

»Ach, niemand«, entgegnete sie. »Nur falsch verbunden.«

Als sie zu Bett gingen, wollte sie sich an ihn schmiegen. Aber sie konnte es einfach nicht. Konnte sich nicht überwinden. Sie war unrein.

»Wir werden sterben«, hatte die Stimme am Telefon gesagt. »Wir werden sterben, Hure.«

Kapitel 19

16. Tag. Fernsehen

Als sich die Ermittlungsgruppe am nächsten Tag versammelte, konnten sie sechs der sieben Namen auf Katrines Liste streichen. Nur ein Name war noch übrig.

»Arve Støp?«, platzten Bjørn Holm und Magnus Skarre im Chor heraus.

Katrine Bratt schwieg.

»Tja«, sagte Harry. »Ich habe eben mit Anwalt Krohn telefoniert. Er hat ganz klar zum Ausdruck gebracht, dass uns Støp auf die Frage nach seinem Alibi keine Antwort geben wird. Und auch auf andere Fragen nicht. Wir können ihn einsperren, aber er hat das Recht zu schweigen. Und auf diesem Wege würden wir ja nur der ganzen Welt verraten, dass der Schneemann noch immer irgendwo dort draußen ist. Die Frage ist nur, ob Støp die Wahrheit sagt oder ob das Ganze nur Theater ist.«

»Aber so ein Superpromi als Mörder«, wandte Skarre ein und schnitt eine Grimasse. »Wer glaubt denn an so was?«

»O. J. Simpson«, antwortete Holm. »Robert ›Baretta‹ Bleka. Phil Spector. Der Vater von Marvin Gaye.«

»Wer zum Henker ist Phil Spector?«

»Sagt mir lieber, was ihr meint«, forderte Harry die Truppe auf. »Frei heraus, ganz spontan. Hat Støp etwas zu verbergen? Holm?«

Bjørn Holm rieb sich seine Koteletten. »Ich finde es schon verdächtig, dass er uns nicht sagen will, wo er war, als Vetlesen ermordet wurde.«

»Bratt?«

»Ich glaube, es macht ihm Spaß, verdächtig zu sein. Und seiner

Zeitschrift schadet das überhaupt nicht, eher im Gegenteil, das fördert nur sein Outsiderimage. Der große Märtyrer des Widerstands.«

»Einverstanden«, erklärte Holm. »Ich wechsle die Seite. Er wäre dieses Risiko nicht eingegangen, wenn er wirklich schuldig wäre. Dann hätte er das Ganze als Exklusivmeldung gebracht.«

»Skarre?«, fragte Harry.

»Er blufft. Das ist doch alles Unsinn. Oder hat vielleicht irgendeiner von euch dieses Gerede über die Presse und ihre Prinzipien verstanden?«

Keine Antwort.

»Okay«, sagte Harry. »Nehmen wir mal an, die Mehrheit hat recht und er sagt die Wahrheit. Dann sollten wir versuchen, ihn so schnell wie möglich als Verdächtigen auszuschließen, um weiterzukommen. Wissen wir von irgendjemandem, der zu diesem Zeitpunkt mit ihm zusammen gewesen sein könnte?«

»Kaum«, meinte Katrine. »Ich habe eine Bekannte angerufen, die bei *Liberal* arbeitet. Sie meinte, Støp unternehme außerhalb der Arbeitszeit nicht so viel. Er sei die meiste Zeit allein in seiner Wohnung, abgesehen von seinen Damenbesuchen natürlich.«

Harry sah zu Katrine hinüber. Sie erinnerte ihn an die übereifrige Studentin, die dem Dozenten immer ein Semester voraus ist.

»Damen im Plural?«, hakte Skarre nach.

»Mit den Worten meiner Bekannten gesprochen, ist Støp der reinste Schürzenjäger. Sie hat ihn einmal abblitzen lassen und bekam gleich darauf zu hören, dass sie seinen Erwartungen als Journalistin nicht entspreche und sich vielleicht eine neue Stelle suchen solle.«

»Was für ein falsches Arschloch!«, schnaubte Skarre.

»Dieselbe Schlussfolgerung zog sie auch«, nickte Katrine. »Es stimmt aber, dass sie als Journalistin nichts taugt.«

Holm und Harry lachten.

»Frag deine Freundin, ob sie vielleicht die Namen von ein paar Liebschaften kennt«, bat Harry und stand auf. »Und anschließend rufst du die anderen in der Redaktion an und stellst die gleichen Fragen. Ich will, dass er unseren Atem im Nacken spürt. Also, los.«

»Und was ist mit dir?«, wollte Katrine wissen.

»Mit mir?«

»Du hast uns nicht gesagt, ob auch du glaubst, dass Støp blufft.«

»Tja«, lächelte Harry. »Er sagt auf jeden Fall nicht nur die Wahrheit.«

Die drei anderen sahen ihn an.

»Er hat behauptet, er wüsste nicht mehr, worüber er mit Vetlesen bei ihrem letzten Telefonat gesprochen hat.«

»Ja und?«

»Wenn dir zu Ohren käme, dass der Mensch, mit dem du noch tags zuvor gesprochen hast, ein gesuchter Serienmörder ist, der sich gerade das Leben genommen hat, würdest du dich doch sofort an euer letztes Gespräch erinnern und alles haarklein analysieren, um irgendwelche Andeutungen und Indizien zu finden.«

Katrine nickte langsam.

»Zweitens frage ich mich«, fuhr Harry fort, »warum der Schneemann erst Kontakt mit mir aufnimmt, damit ich nach ihm suche. Und dann nähere ich mich, wie vorherzusehen war, und er wird panisch und versucht, es so aussehen zu lassen, als wäre es Vetlesen?«

»Vielleicht hatte er das die ganze Zeit so vor?«, schlug Katrine vor. »Vielleicht hatte er ein Motiv, Vetlesen als Täter hinzustellen, irgendeine offene Rechnung zwischen den beiden. Er hat dich von Anfang an in diese Richtung geleitet.«

»Vielleicht wollte er dich auf diese Art auch schlagen«, mutmaßte Holm. »Dich zu Fehlern verleiten und dann in aller Stille seinen Sieg genießen.«

»Jetzt hört aber auf«, schnaubte Skarre, »oder glaubt ihr wirklich, das ist eine persönliche Sache zwischen dem Schneemann und Harry Hole?«

Die anderen sahen Skarre schweigend an.

Er runzelte die Stirn. »Das meint ihr wirklich?«

Harry nahm die Jacke vom Garderobenständer. »Katrine, ich möchte, dass du Borghild noch einen Besuch abstattest. Sag ihr, dass wir eine Vollmacht für die Patientenakten haben. Ich nehme das auf meine Kappe, sollte jemand protestieren. Und überprüf mal, was du über Arve Støp findest. Sonst noch was, bevor ich gehe?«

»Diese Frau oben in Tveita«, sinnierte Holm, »Camilla Lossius. Die wird noch immer vermisst.«

»Guck dir das mal an, Holm.«

»Und was machst du?«, erkundigte sich Skarre.

Harry lächelte dünn. »Pokern lernen.«

Als Harry vor Holzschuhs Wohnung in der siebten Etage des einzigen Wohnblocks am Frogner plass stand, überkam ihn das gleiche Gefühl wie damals als Kind in den Sommerferien in Oppsal. Es war der letzte Ausweg, der ultimative verzweifelte Versuch, nachdem er alle anderen angerufen hatte. Holzschuh – oder Asbjørn Treschow, wie sein richtiger Name lautete – öffnete und sah Harry mürrisch an. Weil er es jetzt wie damals wusste. Die letzte Wahl.

Durch die Eingangstür betrat man direkt die dreißig Quadratmeter große Wohneinheit, die sich mit etwas Wohlwollen als Wohnzimmer mit offener Küche bezeichnen ließ, mit etwas weniger Wohlwollen allerdings auch als Einzimmerwohnung mit Teeküche. Der Gestank war atemberaubend – dieser ganz spezielle Dunst von Bakterien, die auf feuchten Füßen dahinvegetieren. Holzschuh hatte diesen besonders penetranten Fußschweiß von seinem Vater geerbt. Wie auch den Spitznamen, denn sein Vater war in der Hoffnung, das Holz könne den Gestank aufsaugen, unablässig in diesem dubiosen Schuhwerk herumgelaufen.

Eines war an den Käsefüßen von Holzschuh junior immerhin positiv: Sie überlagerten den Gestank des schmutzigen Geschirrs, das sich im Spülbecken stapelte, wie auch den der überfüllten Aschenbecher und der verschwitzten T-Shirts, die über den Stuhllehnen hingen. Vermutlich war die Behauptung gar nicht so abwegig, dass Holzschuh es diesen Saftmauken zu verdanken hatte, bis ins Halbfinale der Poker-WM in Las Vegas gekommen zu sein, dachte Harry.

»Lange nicht gesehen«, sagte Holzschuh.

»Ja. Schön, dass du Zeit für mich hast.«

Holzschuh lachte kurz, als hätte Harry einen Witz gemacht. Und Harry, der keine Lust verspürte, mehr Zeit als unbedingt nötig in dieser Wohnung zu verbringen, kam direkt zur Sache:

»Warum geht es beim Pokern bloß darum zu erkennen, wann der Gegenspieler blufft?«

Offensichtlich hatte Holzschuh gar nichts dagegen, den einleitenden Smalltalk einfach zu überspringen.

»Die Menschen glauben, dass es beim Pokern auf die Statistik ankommt, auf Gewinnchancen und Wahrscheinlichkeiten. Spielt man aber auf hohem Niveau, kennen alle Spieler ihre Chancen auswendig, weshalb sich der eigentliche Kampf nicht auf diesem Schlachtfeld abspielt. Was die Besten unterscheidet, ist die Fähigkeit, die Gedanken der anderen zu lesen. Als ich nach Las Vegas ging, wusste ich, dass ich gegen die Besten spielen würde. Und die konnte ich vorher im Gamblers' Channel spielen sehen, den ich hier über Satellit empfange. Ich hab mir alles auf Video aufgenommen und jeden Einzelnen beim Bluffen studiert. Ich hab es in Zeitlupe ablaufen lassen, hab jede noch so kleine Bewegung in ihren Gesichtern kartiert, was sie so tun oder sagen. Ich hab mich so richtig reingehängt und kam immer auf irgendetwas, das sich wiederholte. Der eine kratzt sich kurz am rechten Nasenflügel, der andere streicht über die Rückseite seiner Karten. Dann bin ich rübergefahren und war sicher zu gewinnen. Leider hat sich herausgestellt, dass ich selbst noch mehr verräterische Signale an meine Mitspieler aussende.«

Holzschuhs bitteres Lachen klang fast wie ein Schluchzen und ließ den großen, unförmigen Körper zittern.

»Wenn ich einen Typ verhöre, kannst du dann sehen, ob er lügt?«

Holzschuh schüttelte den Kopf. »Das ist nicht so einfach. Erstens brauche ich das auf Video. Zweitens muss ich ihm in die Karten gucken können, damit ich weiß, wann er blufft. Erst dann kann ich zurückspulen und analysieren, was er anders macht. Das ist wie bei der Kalibrierung eines Lügendetektors, oder? Vor dem Test lässt man den Probanden etwas sagen, das ganz sicher wahr ist, zum Beispiel seinen Namen. Und dann etwas, das ganz offensichtlich gelogen ist. Dadurch hat man dann eine Art Karte, mit deren Hilfe man die Ausschläge lesen kann.«

»Eine ganz sichere Wahrheit. Und eine offensichtliche Lüge«, murmelte Harry. »Und das noch auf Video.«

»Aber wie ich schon am Telefon gesagt habe, ich garantiere für nichts.«

Harry fand Beate Lønn im »House of Pain«, dem Raum, in dem sie beinahe ihre gesamte Zeit verbracht hatte, als sie noch im Raubdezernat arbeitete. Das »House of Pain« war ein fensterloses Büro, angefüllt mit Aufnahme- und Wiedergabegeräten, mit denen man Videos von Banküberfällen anschauen und redigieren, Bilder vergrößern und Menschen identifizieren konnte. Anhand von körnigen Bildern oder krächzenden Anrufbeantwortern. Doch jetzt war sie die Leiterin der Kriminaltechnik in Bryn und befand sich noch dazu im Mutterschutz.

Die Maschinen summten. Durch die trockene Wärme hatten sich die Wangen in ihrem ansonsten fast durchsichtig blassen Gesicht gerötet.

»Hallo«, grüßte Harry und ließ die Stahltür hinter sich ins Schloss fallen.

Die zierliche kleine Frau stand auf, und sie umarmten sich, beide etwas schüchtern.

»Du bist dünn«, stellte sie fest.

Harry zuckte mit den Schultern. »Wie läuft's bei dir mit … allem?«

»Greger schläft, wann er soll, isst, was er soll, und weint fast nie.« Sie lächelte. »Und das ist für mich zurzeit ›alles‹.«

Er sollte etwas über Halvorsen sagen. Um zu zeigen, dass er ihn nicht vergessen hatte. Aber die richtigen Worte wollten nicht kommen. Und als würde sie das verstehen, fragte sie ihn stattdessen, wie es ihm ging.

»Geht so«, antwortete er und ließ sich auf einen Stuhl fallen. »Ziemlich gut. Total beschissen. Kommt drauf an, an welchem Tag du fragst.«

»Und wie ist es heute?« Sie drehte sich zum Fernsehbildschirm, drückte auf einen Knopf, und schon liefen die Leute rückwärts auf einen Eingang mit der großen Aufschrift »Storosenteret« zu.

»Ich bin paranoid«, begann Harry. »Ich habe das Gefühl, jemanden zu jagen, der mich manipuliert. Alles ist irgendwie auf den Kopf gestellt, und ich tue vermutlich genau das, was er will. Kennst du das?«

»Ja«, erwiderte Beate. »Ich nenne dieses Phänomen Greger.« Sie stoppte den Spulvorgang. »Willst du sehen, was ich gefunden habe?«

Harry zog den Stuhl näher heran. Es war kein Geheimnis, dass Beate Lønn spezielle Fähigkeiten hatte. Ihr Gyrus fusiformis, der Teil des Hirns, in dem Gesichter gespeichert und identifiziert werden, war derart entwickelt und hochsensibel, dass sie eine lebende Verbrecherdatenbank abgab.

»Ich habe mir erst die Bilder aller in den Fall involvierten Leute angesehen«, begann sie. »Ehemänner, Kinder, Zeugen und so weiter. Unsere üblichen Verdächtigen kenne ich ja sowieso.«

Sie ließ den Film Bild für Bild laufen. »Da.« Sie hielt eine Einstellung fest.

Das Bild blieb zitternd stehen und zeigte eine Gruppe Menschen in grobkörnigem Schwarzweißmuster. Alles war unscharf.

»Wo?«, fragte Harry und kam sich so dumm vor wie immer, wenn er sich mit Beate Lønn Bilder anschaute.

»Da. Das ist die gleiche Person wie auf diesem Bild hier.« Sie nahm ein Foto aus der Mappe.

»Könnte es diese Person sein, die Jagd auf dich macht, Harry?«

Harry starrte überrascht auf das Bild. Dann nickte er langsam und griff zum Telefon. Katrine Bratt antwortete nach zwei Sekunden.

»Zieh dir die Jacke an und komm runter in die Garage«, bat Harry. »Wir müssen wohin.«

Harry fuhr über den Uranienborgveien und Majorstuveien, um die Ampeln auf dem Bogstadveien zu umgehen.

»Und sie war sich wirklich sicher, dass er es ist?«, fragte Katrine. »Die Bildqualität dieser Überwachungskameras …«

»Glaub mir«, erwiderte Harry. »Wenn Beate Lønn sagt, dass es derselbe ist, dann ist er das auch. Ruf die Auskunft an und lass dir seine Privatnummer geben.«

»Die hab ich auch schon in meinem Handy gespeichert«, erwiderte Katrine und holte es aus der Tasche.

»Du hast sie gespeichert?« Harry sah sie an. »Machst du das mit allen Personen, die im Laufe einer Ermittlung auftauchen?«

»Genau. Ich lege da eine eigene Gruppe an. Und die lösche ich dann, wenn der Fall gelöst ist. Probier das doch auch mal, ist wirklich ein tolles Gefühl, auf ›Delete‹ zu drücken. Sehr … konkret.«

Harry hielt vor dem gelben Haus oben in Hoff.

Alle Fenster waren dunkel.

»Filip Becker«, murmelte Katrine. »So was aber auch.«

»Aber denk dran, dass wir nur mit ihm reden wollen. Er kann ja auch ganz simple Gründe dafür gehabt haben, Vetlesen anzurufen.«

»Aus einer Telefonzelle im Storosenteret?«

Harry musterte Katrine. Unter der dünnen Haut ihres Halses konnte man den Puls erkennen. Dann riss er seinen Blick von ihr los und sah zum Wohnzimmer des Hauses.

»Komm«, sagte er, doch als er gerade aussteigen wollte, klingelte sein Handy. »Ja?«

Die Stimme am anderen Ende klang erregt, berichtete aber trotzdem in kurzen, klaren Sätzen. Harry unterbrach den Redestrom durch zwei »Hm«, ein überraschtes »Was?« und ein »Wann?«.

Dann wurde es still am anderen Ende.

»Ruf die Einsatzzentrale an«, befahl Harry. »Sie sollen zwei Streifenwagen in den Hoffsvei schicken. Es werden ja wohl irgendwelche in der Nähe sein. Keine Sirenen, und sag ihnen, dass sie am Anfang der Straße halten sollen. … Was? … Na, weil da ein Junge im Haus ist und wir Becker nicht nervöser machen wollen als unbedingt nötig. Okay?«

Natürlich war das okay.

»Das war Holm«, Harry beugte sich zu Katrines Seite, öffnete das Handschuhfach, wühlte darin herum und zog ein Paar Handschellen heraus. »Seine Leute haben in der Garage von Lossius Fingerabdrücke gefunden und sie mit denen abgeglichen, die wir in diesem Fall schon gesammelt hatten.«

Harry zog den Schlüssel aus dem Zündschloss, beugte sich vor und fischte ein Metallkästchen unter seinem Sitz hervor. Steckte einen Schlüssel ins Schloss, öffnete ihn und holte eine schwarze Smith & Wesson mit kurzem Lauf heraus. »Auf dem vorderen Kotflügel haben sie einen übereinstimmenden Fingerabdruck gefunden.«

Katrine formte ihren Mund zu einem stummen »Oh« und wies mit einer fragenden Kopfbewegung auf das gelbe Haus.

»Genau«, schloss Harry. »Professor Filip Becker.«

Er konnte sehen, wie sich Katrine Bratts Augen weiteten. Aber ihre Stimme war unverändert ruhig: »Ich hab das Gefühl, ich kann bald auf ›Delete‹ drücken.«

»Vielleicht«, meinte Harry, klappte die Trommel des Revolvers auf und vergewisserte sich, dass in allen Kammern Patronen waren.

»Es wird ja wohl kaum zwei Leute geben, die Frauen auf die gleiche Weise entführen.« Sie legte den Kopf erst auf die eine Seite, dann auf die andere, als wollte sie sich für einen Boxkampf aufwärmen.

»Eine begründete Annahme.«

»Wir hätten es erkennen müssen, als wir das erste Mal hier waren.«

Harry musterte sie und fragte sich, warum er ihre Erregung nicht teilte. Wo war das berauschende Glücksgefühl, das er sonst vor jeder Festnahme verspürte? Wurde es schon jetzt von dem Gefühl der Leere überlagert, wieder zu spät gekommen zu sein, wie bei einem Feuerwehrmann, der in den qualmenden Ruinen herumstochert? Bestimmt, aber da war noch etwas anderes, und das spürte er jetzt ganz deutlich. Er hegte Zweifel. Die Fingerabdrücke und die Aufnahme im Storosenteret reichten vor Gericht allemal, aber das war alles viel zu leicht gewesen. Derart banale Fehler passten irgendwie nicht zu diesem Mörder. Das konnte nicht die gleiche Person sein, die Sylvia Ottersens Kopf als oberste Kugel auf einem Schneemann platziert hatte, die Leiche eines Polizisten in dessen eigenem Gefrierschrank eingefroren und Harry den Brief mit den simplen Fragen geschickt hatte: *Und du musst dich fragen: »Wer hat den Schneemann gemacht? Wer macht Schneemänner?«*

»Was sollen wir tun?«, fragte Katrine. »Wir nehmen ihn gleich selbst fest?«

Harry konnte ihrem Tonfall nicht entnehmen, ob das eine Frage war.

»Vorläufig warten wir«, erklärte Harry. »Bis Verstärkung eingetroffen ist. Dann klingeln wir.«

»Und wenn er nicht zu Hause ist?«

»Er ist zu Hause.«

»Ach ja? Woher ...«

»Guck mal ins Wohnzimmerfenster und fixier einen bestimmten Punkt.«

Sie blickte hinüber. Und als das weiße Licht hinter den großen Panoramafenstern leicht flackerte, sah er, dass sie verstand. Dort lief ein Fernseher.

Sie warteten schweigend. Stille. Eine Krähe schrie. Wieder Stille. Harrys Telefon klingelte.

Die Verstärkung war eingetroffen.

Harry umriss den Beamten kurz die Situation. Dass er keine Uniformen sehen wollte, bevor er sie rief oder sie einen Schuss oder Rufen hörten.

»Stell das Ding auf stumm«, empfahl Katrine, nachdem er das Gespräch beendet hatte.

Er lächelte kurz, tat, was sie gesagt hatte, und warf ihr einen verstohlenen Blick zu. Dachte an ihr Gesicht, als die Tür des Gefrierschranks aufgegangen war. Doch jetzt verrieten ihre Züge keine Spur von Angst oder Nervosität, nur Konzentration. Er ließ das Handy in die Jackentasche gleiten und hörte es gegen den Revolver klicken.

Sie stiegen aus dem Auto, liefen über die Straße und öffneten das Tor. Der nasse Schotter des Gartenweges bohrte sich in ihre Schuhsohlen. Harry blickte zum Panoramafenster und achtete auf die Schatten, die über die weiße Tapete huschten.

Dann standen sie auf der Treppe. Katrine warf einen Blick auf Harry. Als er nickte, klingelte sie. Ein tiefes, melodiöses Ding-Dong ertönte.

Sie warteten. Keine Schritte. Kein Schatten hinter dem rauen Glas des länglichen Fensters neben der Haustür.

Harry trat vor und legte das Ohr an die Glasscheibe. Eine einfache, aber überraschend effektive Art auszuhorchen, was sich in einem Haus tat. Aber Harry hörte nichts, nicht einmal den Fernseher. Er trat drei Schritte zurück, packte mit beiden Händen die Regenrinne am Dachvorsprung über der Treppe und zog sich so weit hoch, dass er ins Wohnzimmer gucken konnte. Auf dem Boden vor dem Fernseher saß eine Gestalt mit verschränkten Beinen, die ihm den Rücken zuwandte. Sie hatte sich einen riesigen Kopfhörer aufgesetzt, der den Schädel wie ein schwarzer Heiligenschein umgab. Von den Kopfhörern führte eine Leitung zum Fernseher.

»Der kann uns nicht hören, weil er Kopfhörer aufhat«, verkündete Harry und ließ sich gerade noch rechtzeitig runter, um zu sehen, wie Katrine die Hand auf die Klinke legte. Die Tür löste sich mit einem Schmatzen von der Gummidichtung im Rahmen.

»Wir sind bestimmt willkommen«, meinte Katrine leise und ging hinein.

Überrumpelt und leise fluchend, folgte Harry seiner Kollegin. Katrine war bereits an der Wohnzimmertür und öffnete sie. Dort blieb sie stehen und wartete, bis Harry neben ihr war. Sie trat einen Schritt zur Seite und streifte dabei ein Gestell mit einer Vase, die gefährlich ins Wackeln kam, dann aber doch stehen blieb.

Es waren mindestens sechs Meter bis zu der Person, die mit dem Rücken zu ihnen auf dem Boden saß.

Im Fernseher versuchte ein Baby unbeholfen das Gleichgewicht zu halten, wobei es den Zeigefinger einer lachenden Frau umklammerte. Die Anzeige des DVD-Spielers unter dem Fernseher leuchtete blau. Harry hatte plötzlich ein Déjà-vu, das Gefühl einer Tragödie, die sich wiederholen würde. Und zwar genau so: Stille, Amateuraufnahmen mit Bildern von einer glücklichen Familie, der Kontrast zwischen damals und heute, eine Tragödie, die sich längst abgespielt hatte und bloß noch ihren Abschluss finden musste.

Katrine deutete auf etwas, aber er hatte es bereits gesehen.

Direkt hinter der Person lag zwischen einem halbfertigen Puzzle und einem Gameboy eine Pistole, die einem normalen Spielzeug zum Verwechseln ähnlich sah. Eine Glock 21, tippte Harry und spürte die Übelkeit, als sein Körper jäh reagierte und Adrenalin ins Blut abgab.

Sie hatten zwei Möglichkeiten. Entweder sie blieben in der Tür stehen, schrieen Beckers Namen und trugen die Konsequenzen, die es hat, wenn sich ein bewaffneter Mann plötzlich einer Waffe gegenübersieht. Oder sie entwaffneten ihn, bevor er sie bemerkte.

Harry legte Katrine eine Hand auf die Schulter und schob sie nach hinten, während er einzuschätzen versuchte, wie lange es dauern würde, bis Becker sich umgedreht, die Waffe ergriffen, gezielt und abgedrückt hatte. Vier lange Schritte müssten reichen. Außerdem war hinter Harry kaum Licht, so dass er keinen Schatten werfen oder sich auf der Mattscheibe spiegeln würde.

Harry holte tief Luft und setzte sich in Bewegung. Setzte seinen Fuß aufs Parkett, so leise er konnte. Der Rücken rührte sich nicht. Er war mitten im zweiten Schritt, als er den Knall hinter sich hörte. Instinktiv wusste er, dass es die verdammte Vase gewesen sein musste. Er sah die Gestalt herumwirbeln und blickte in das verzerrte Gesicht von Filip Becker. Harry erstarrte, als sie sich in die Augen sahen und der Fernseher hinter ihnen plötzlich schwarz wurde. Beckers Mund öffnete sich, als wollte er etwas sagen. Seine Augen waren von roten Äderchen durchzogen, und seine Wangen waren aufgequollen, als hätte er geweint.

»Die Pistole!«

Es war Katrine, die gerufen hatte. Harry hob automatisch den Blick und sah ihr Spiegelbild auf dem schwarzen Fernseher. Sie stand breitbeinig an der Tür, die Arme nach vorn ausgestreckt, in den Händen einen Revolver.

Die Zeit schien stehenzubleiben und zu einer zähen, unförmigen Materie zusammenzuschmelzen, in der nur die Sinne noch im realen Tempo funktionierten. Ein trainierter Polizist wie Harry hätte sich instinktiv zu Boden werfen und dabei seine Waffe ziehen müssen. Aber es gab noch etwas anderes, etwas, das träger als seine Instinkte arbeitete, jedoch mit größerer Kraft. Harry sollte später seine Meinung ändern, aber in diesem Augenblick glaubte er aufgrund eines anderen Déjà-vus zu handeln. Er sah das Bild eines toten Mannes, der von einer Kugel aus einer Polizeiwaffe durchbohrt worden war, weil er am Ende war und nicht weiter gegen irgendwelche Gespenster kämpfen wollte.

Harry trat nach rechts, direkt in Katrines Schusslinie.

In seinem Rücken hörte er ein geöltes, glattes Klicken. Den Laut eines Revolverhahnes, der sich wieder senkte, während sich der Druck des Fingers auf den Abzug löste.

Beckers Hand stemmte sich neben der Pistole auf den Boden.

Die Finger waren an den Knöcheln und am Übergang zur Hand ganz weiß. Was bedeutete, dass er sich mit seinem ganzen Körpergewicht darauf stützte. Die andere Hand – die rechte – umklammerte die Fernbedienung. Wenn Becker, so wie er jetzt saß, mit der rechten Hand zur Pistole griff, würde er das Gleichgewicht verlieren.

»Rühren Sie sich nicht von der Stelle«, befahl Harry laut.

Becker blinzelte lediglich zweimal, als wollte er den Anblick von Harry und Katrine verdrängen. Harry trat mit ruhigen, effektiven Bewegungen vor, bückte sich und hob die Pistole auf. Sie war überraschend leicht. Viel zu leicht, um geladen zu sein. Er schob sie zu seinem eigenen Revolver in die Jackentasche und hockte sich hin. Auf dem Fernsehschirm konnte er sehen, dass Katrine noch immer auf sie zielte, dabei aber unruhig von einem Bein auf das andere trat. Er streckte eine Hand zu Becker aus, der wie ein scheues Tier zurückwich, trotzdem gelang es ihm, den Kopfhörer zu ergreifen und Becker von den Ohren zu ziehen.

»Wo ist Jonas?«, fragte Harry.

Becker starrte Harry an, als würde er weder die Situation noch die Sprache verstehen.

»Jonas?«, wiederholte Harry. Dann brüllte er: »Jonas! Jonas, bist du da?«

»Psst«, machte Becker. »Er schläft.« Seine Stimme klang wie die eines Schlafwandlers, als hätte er irgendwelche Beruhigungspillen genommen.

Becker deutete auf den Kopfhörer. »Er darf nicht aufwachen.«

Harry schluckte. »Wo ist er?«

»Wo?« Becker legte seinen unförmigen Kopf zur Seite und starrte Harry an, als würde er ihn erst jetzt erkennen. »Na, im Bett natürlich. Um diese Uhrzeit liegen doch wohl alle kleinen Jungs im Bett.« Seine Stimme hob und senkte sich, als zitiere er ein Lied.

Harry griff in die andere Jackentasche und holte die Handschellen heraus. »Strecken Sie die Hände aus«, bat er.

Becker blinzelte wieder.

»Es ist zu Ihrer eigenen Sicherheit«, erklärte Harry.

Das war eine eingeübte Replik, ein Satz, den man ihnen bereits auf der Polizeischule eintrichterte und mit dem die Arrestanten erst einmal beruhigt werden sollten. Doch als sich Harry das sagen hörte, kapierte er plötzlich, warum er in die Schusslinie getreten war. Und das hatte nichts mit Gespenstern zu tun.

Becker streckte Harry seine Hände entgegen wie ein Betender, und der Stahl schloss sich um seine schmalen, haarigen Handgelenke.

»Bleiben Sie sitzen«, befahl Harry. »Meine Kollegin wird auf Sie aufpassen.«

Harry stand auf und ging zur Tür. Katrine hatte den Revolver sinken lassen und lächelte ihn mit einem seltsamen Schimmer in den Augen an. Als würde da drinnen ein verstecktes Feuer glühen.

»Bei dir alles okay?«, erkundigte sich Harry leise. »Katrine?«

»Natürlich«, lachte sie.

Harry zögerte. Dann ging er zur Treppe und begann sie hinaufzusteigen. Er erinnerte sich, wo das Kinderzimmer von Jonas war, öffnete aber trotzdem zuerst die anderen Türen. Als wollte er es hinausschieben. In Beckers Schlafzimmer brannte kein Licht, aber er konnte das Doppelbett ausmachen. Auf der einen Seite war das Bettzeug entfernt worden. Als wüsste Filip Becker bereits, dass sie niemals mehr zurückkommen würde.

Dann stand Harry vor Jonas' Zimmer. Er versuchte seinen Kopf von allen Gedanken und Bildern zu leeren, ehe er die Tür öffnete. Eine leise Abfolge von schiefen Tönen drang an sein Ohr, und obgleich er nichts sah, wusste er, dass der Luftzug der Tür ein kleines Glockenspiel aus dünnen Metallröhren in Bewegung gesetzt hatte. Oleg hatte auch so eines an der Zimmerdecke hängen. Harry trat ein und sah etwas oder jemand unter der Decke im Bett. Er lauschte auf ein Atemgeräusch, hörte aber nur den Nachhall der Töne, die nicht verklingen wollten. Er legte die Hand auf die Decke. Einen Augenblick war er vor Angst wie gelähmt. Obwohl nichts in diesem Raum eine physische Gefahr für ihn darstellte, wusste er, wovor er Angst hatte. Weil sein früherer Chef Bjarne Møller das einmal für ihn formuliert hatte: Er hatte Angst vor seiner eigenen Menschlichkeit.

Vorsichtig zog er die Decke von dem Körper, der dort lag. Es war Jonas. Im Dunkeln sah es wirklich so aus, als schliefe er. Abgesehen von den Augen, die weit geöffnet waren und an die Decke starrten. Harry bemerkte ein Pflaster auf seinem Unterarm. Dann beugte er sich über den halbgeöffneten Mund des Jungen, während er ihm eine Hand auf die Stirn legte. Er zuckte zusammen, als er spürte, dass die Haut warm war und ein Luftstrom über sein Ohr strich. Und dann hörte er die schlaftrunkene Stimme murmeln: »Mama?«

Harry war vollkommen unvorbereitet auf seine Reaktion. Vielleicht weil er an Oleg dachte. Oder an sich selbst, wie er als kleiner Junge in der Nacht aus einem Traum hochschreckte und in dem sicheren Glauben, dass sie noch lebte, in das elterliche Schlafzimmer in Oppsal stürmte, wo das Doppelbett aber doch nur auf einer Seite bezogen war.

Es gelang Harry jedenfalls nicht, die Tränen zurückzuhalten, die ihm plötzlich in die Augen stiegen, bis Jonas' Gesicht verschwamm. In warmen Rinnsalen liefen sie ihm über die Wangen und sammelten sich in den Falten, die zu seinen Mundwinkeln führten, so dass er sie salzig auf den Lippen schmeckte.

TEIL IV

Kapitel 20

17. Tag. Sonnenbrille

Es war sieben Uhr morgens, als Harry ins Untersuchungsgefängnis kam und sich Zelle 23 öffnen ließ. Becker saß vollbekleidet auf der Pritsche und sah ihn regungslos an. Harry stellte den Stuhl, den er sich aus dem Wachraum mitgenommen hatte, in die Mitte der fünf Quadratmeter, die den Gästen des Präsidiums hier geboten wurden, setzte sich rittlings darauf und hielt Becker seine zerknautschte Schachtel Camel hin.

»Rauchen ist hier drinnen doch sicher verboten«, meinte Becker.

»Ich glaube, wenn ich hier mit der Aussicht auf lebenslänglich säße«, kommentierte Harry, »wäre mir das ziemlich egal.«

Becker sah ihn bloß an.

»Jetzt kommen Sie schon, es gibt keinen besseren Ort, um heimlich zu rauchen.«

Der Professor verzog den Mund zu einem schiefen Grinsen und nahm die Zigarette, die Harry aus der Schachtel geschnippt hatte.

»Jonas geht es den Umständen entsprechend gut«, begann Harry und zückte das Feuerzeug. »Ich habe mit Bendiksens gesprochen, und sie haben eingewilligt, ihn ein paar Tage bei sich aufzunehmen. Ich musste mich dafür ein bisschen mit dem Jugendamt anlegen, aber zum Schluss haben sie eingewilligt. Und die Presse weiß auch noch nichts von Ihrer Verhaftung.«

»Warum nicht?«, wollte Becker wissen und inhalierte vorsichtig über der Flamme des Feuerzeugs.

»Darauf komme ich gleich noch zu sprechen. Aber Ihnen ist vermutlich klar, dass ich diese Neuigkeit nicht zurückhalten kann, wenn Sie nicht kooperieren.«

»Aha, Sie sind also der nette Bulle. Dann war der, der mich gestern verhört hat, der böse, oder?«

»Das ist so weit richtig, Becker. Ich bin der nette Bulle. Und ich möchte Ihnen gerne ein paar Fragen ›off the record‹ stellen. Was Sie mir jetzt sagen, wird und kann nicht gegen Sie verwendet werden. Einverstanden?«

Becker zuckte mit den Schultern.

»Espen Lepsvik, der Sie gestern verhört hat, ist der Meinung, dass Sie lügen«, stellte Harry fest und blies blauen Zigarettenqualm zum Rauchmelder an der Decke.

»Inwiefern?«

»Dass Sie in dieser Garage bloß mit Camilla Lossius geredet haben und dann wieder verschwunden sind.«

»Das stimmt aber. Was glaubt er denn?«

»Das hat er Ihnen doch gestern Nacht gesagt. Er ist der Meinung, Sie haben sie entführt, getötet und irgendwo versteckt.«

»Das ist doch Schwachsinn!«, rief Becker aus. »Wir haben bloß miteinander geredet!«

»Warum weigern Sie sich dann, uns zu erzählen, worüber Sie gesprochen haben?«

»Das ist Privatsache, das habe ich doch schon gesagt!«

»Und Sie geben auch zu, Idar Vetlesen am Tag seines Todes angerufen zu haben. Aber worüber Sie da geredet haben, betrachten Sie ebenfalls als Ihre Privatsache. Stimmt das so weit?«

Becker sah sich um, als glaubte er wirklich, irgendwo einen Aschenbecher zu finden. »Hören Sie, ich habe nichts Verbotenes getan, aber ich will jetzt keine weiteren Fragen mehr beantworten, bis mein Anwalt hier ist. Und der kommt erst im Laufe des Tages.«

»Gestern Abend haben wir Ihnen einen Anwalt angeboten, der sofort hätte kommen können.«

»Ich will einen anständigen Anwalt und nicht so einen … so einen städtischen Angestellten. Wollen Sie mir langsam nicht mal verraten, warum ich Lossius' Frau etwas angetan haben sollte?«

Harry stutzte bei der Formulierung. Lossius' Frau.

»Wenn sie wirklich verschwunden ist, sollten Sie vielleicht lieber Erik Lossius verhaften«, fuhr Becker fort. »Ich dachte, es ist immer der Ehemann.«

»Normalerweise schon«, gab Harry zurück. »Aber der hat ein Alibi. Er war in der Arbeit, als sie verschwand. Nein, es gibt noch einen anderen Grund, weshalb Sie hier sitzen. Wir glauben nämlich, Sie sind der Schneemann.«

Beckers Unterkiefer sackte nach unten, wobei er blinzelte wie am Abend zuvor in seinem Wohnzimmer. Harry zeigte auf die Zigarette, die qualmend zwischen seinen Fingerkuppen hing. »Sie sollten ein bisschen davon inhalieren, sonst springt uns noch der Rauchmelder an.«

»Der Schneemann?«, rief Becker verblüfft. »Aber das ist doch Vetlesen!«

»Nein!«, erwiderte Harry. »Wir wissen inzwischen, dass er es nicht war.«

Becker blinzelte noch zweimal, ehe er so trocken und bitter zu lachen begann, dass es sich beinahe wie ein Husten anhörte. »Deshalb haben Sie also noch nichts an die Presse gegeben. Die sollen nicht wissen, dass Sie sich geirrt haben. Und in der Zwischenzeit suchen Sie verzweifelt nach dem Richtigen. Oder wenigstens einem potentiellen Richtigen.«

»Korrekt«, bestätigte Harry und zog an der Zigarette. »Und im Augenblick sind das Sie!«

»Im Augenblick? Ich dachte, es wäre Ihre Rolle, mich davon zu überzeugen, dass Sie sich Ihrer Sache vollkommen sicher sind und ich besser jetzt als gleich alles gestehe.«

»Ich bin mir aber nicht sicher«, meinte Harry.

Becker kniff ein Auge zu. »Ist das jetzt ein Trick?«

Harry zuckte mit den Schultern. »Nur so ein Gefühl im Bauch. Sie müssen mich einfach von Ihrer Unschuld überzeugen. Bis jetzt hat das kurze Verhör aber bloß meinen Eindruck bestätigt, dass Sie ein Mann sind, der eine Menge zu verbergen hat.«

»Ich hatte nichts zu verbergen. Ich meine, ich *habe* nichts zu verbergen. Ich sehe nur nicht ein, warum ich Ihnen derart private Sachen anvertrauen soll, solange ich nichts Böses getan habe.«

»Jetzt hören Sie mir mal genau zu, Becker. Ich halte Sie weder für den Schneemann noch für den Mörder von Camilla Lossius. Und ich glaube, Sie sind ein rational denkender Mensch, der versteht, dass es ihm weniger schadet, mir hier und jetzt diese privaten Dinge anzuvertrauen, als morgen in der Presse zu lesen, dass Professor Filip Becker unter dem Verdacht festgenommen wurde, Norwegens Serienmörder Nummer eins zu sein. Sie wissen doch ebenso gut wie ich, dass man diese Schlagzeilen für immer mit Ihrem Namen in Verbindung bringen wird, auch wenn Sie schon übermorgen wieder aus der Haft entlassen werden sollten. Und auch an Ihrem Sohn wird es hängenbleiben.«

Harry sah Beckers Adamsapfel an seinem unrasierten Hals auf und ab gehen. Sah, wie sein Hirn die notwendigen Schlussfolgerungen zog. Die einfachen Schlussfolgerungen. Und dann kam es, mit einer gequälten Stimme, die Harry zuerst der ungewohnten Zigarette zuschob:

»Birte, meine Frau, war eine Hure.«

»Tatsächlich?« Harry versuchte, seine Überraschung zu verbergen.

Becker legte die Zigarette auf den Betonboden, beugte sich vor und fischte ein schwarzes Notizbuch aus seiner Gesäßtasche. »Das habe ich am Tag ihres Verschwindens gefunden. Es lag in ihrer Schreibtischschublade, sie hat es nicht einmal versteckt. Auf den ersten Blick sieht es ja auch ganz normal aus. Alltägliche Notizen und Telefonnummern. Nur dass es diese Telefonnummern gar nicht gibt, wie ich über die Auskunft herausgefunden habe. Das waren Codes. Aber meine Frau war leider nicht besonders geschickt im Chiffrieren, ich habe nicht einmal einen Tag gebraucht, um auf die Lösung zu kommen.«

Erik Lossius war Besitzer und Geschäftsführer eines Umzugsunternehmens. Er hatte sich in der ansonsten wenig lukrativen Branche mithilfe von Festpreisen, aggressivem Marketing, billigen ausländischen Arbeitskräften und Vorkasse mit Erfolg positioniert. Bis jetzt hatte er noch nicht bei einem Kunden draufgezahlt. Dabei war sicherlich auch hilfreich, was im Kleingedruckten seiner Verträge stand: Alle Klagen wegen Transportschäden oder Diebstahls mussten innerhalb von zwei Tagen nach Lieferung erfolgen. In der Praxis führte das dazu, dass neunzig Prozent der relativ zahlreichen Klagen zu spät eingereicht und damit abgewiesen wurden. Was die restlichen zehn Prozent betraf, hatte Erik

Lossius eine gewisse Routine entwickelt, sich unerreichbar zu geben oder den üblichen Rechtsweg zu beschreiten. Der war so mühsam, dass sogar Leute mit zertrümmerten Klavieren oder spurlos verschwundenen Plasmabildschirmen zu guter Letzt aufgaben.

Erik Lossius hatte als junger Mann beim früheren Besitzer des Unternehmens begonnen, einem Freund seines Vaters.

»Der Junge ist zu ruhelos, um weiter zur Schule zu gehen, und zu klug, um Hilfsarbeiter zu werden«, hatte sein Vater damals argumentiert. »Kannst du ihn nicht nehmen?«

Als Verkäufer auf Provisionsbasis zeichnete sich Erik rasch durch seinen Charme, seine Effektivität und seine Brutalität aus. Er hatte die braunen Augen seiner Mutter und die dichten Locken seines Vaters geerbt und war athletisch gebaut, so dass zumindest die meisten Frauen gleich an Ort und Stelle unterschrieben, ohne weitere Angebote einzuholen. Und er konnte schnell und gut mit Zahlen umgehen und entsprechend taktieren, wenn er in seltenen Fällen um Kostenvoranschläge für größere Aufträge gebeten wurde. Dann setzte er die Preise tief und den Selbstbehalt der Kunden bei Schaden oder Verlust hoch an. Nach fünf Jahren erwirtschaftete die Firma einen soliden Gewinn, und Erik war in fast allen Geschäftsbereichen die rechte Hand des Chefs. Eines Tages, bei einem recht einfachen Transport unmittelbar vor Weihnachten – sie wollten einen Schreibtisch in Eriks neues Büro in der zweiten Etage, neben dem seines Chefs, hinauftragen –, erlitt der Firmeninhaber einen Herzinfarkt und fiel tot um. In den folgenden Tagen tröstete Erik die Witwe, so gut es ging – auf so etwas verstand er sich bestens –, so dass sie sich eine Woche nach der Beerdigung auf eine beinahe symbolische Übernahmesumme einigten, die widerspiegelte, dass es sich schließlich um einen »kleinen Betrieb in einer wenig lukrativen Branche mit hohem Risiko und nicht existierenden Gewinnmargen« handelte, wie Erik es formulierte. Er beteuerte, es gehe ihm in erster Linie darum, das Lebenswerk ihres Mannes fortzuführen. Dabei blinkte eine Träne in seinen braunen Augen, und die Witwe legte ihm zitternd ihre Hand auf den Arm und bat ihn, er solle sie bitte persönlich über die Geschäfte auf dem Laufenden halten. Damit war Erik Lossius alleiniger Besitzer der Firma. Eine seiner ersten Amtshandlungen bestand darin, die Liste sämtlicher Kläger und Klagen in den Müll zu werfen, die Verträge umzuschreiben und Direktwerbung im reichen Westen der Stadt zu machen, wo man am häufigsten umzog und am meisten aufs Geld guckte.

Mit dreißig konnte sich Erik Lossius zwei BMWs, ein Ferienhaus nördlich von Cannes und eine Fünfhundert-Quadratmeter-Villa in Tveita leisten, einem Stadtviertel, in dem ihm die Wohnblöcke seiner Kindheit nicht den Blick auf die Sonne verstellten. Das alles bedeutete, dass er sich auch Camilla Sandén leisten konnte.

Camilla entstammte dem verarmten Konfektionsadel aus Blommenholm im Westen der Stadt, einem Milieu, das dem Arbeitersohn ebenso fremd war wie der französische Wein, der sich jetzt meterhoch in seinem Keller in Tveita stapelte. Doch als er damals als Junggeselle in sein großes neues Haus kam und sah, was noch alles eingerichtet und angeschafft werden musste, ging ihm auf, dass es etwas gab, was er noch nicht hatte und sich folglich noch beschaffen musste: Klasse, Stil, traditionelle Pracht und eine unangestrengte Überlegenheit, die durch Höflichkeit und Lächeln nur noch unterstrichen wurde. Und all das fand er in Camilla, die auf dem Balkon saß und über den Oslofjord blickte. Die Sonnenbrille, die sie dabei trug, hätte auch von einer Tankstelle stammen können, an ihr sah sie aus, als wäre sie von Gucci, Dolce & Gabbana oder wie diese ganzen Marken hießen.

Inzwischen wusste er, wie diese ganzen Marken hießen.

Er hatte damals die gesamte Habe der Familie – abzüglich ein paar Gemälde, die verkauft werden sollten – in ein kleineres Haus an einer weniger teuren Adresse transportiert und nie eine Verlustmeldung für den einen Gegenstand erhalten, den er aus ihrem Besitz entwendet hatte. Auch als Camilla Lossius im Brautkleid vor der Kirche in Tveita stand, mit den Wohnblocks als stummen Zeugen im Hintergrund, verrieten ihre Eltern mit keiner Miene, dass sie die Wahl ihrer Tochter missbilligten. Vielleicht, weil sie einsahen, dass sich Erik und Camilla in gewisser Weise ergänzten: Ihm fehlte der Stil und ihr das Geld.

Erik behandelte Camilla wie eine Prinzessin, und sie ließ ihn gewähren. Er gab ihr, was sie wollte, ließ sie im Schlafzimmer in Ruhe, wenn sie das wünschte, und verlangte nicht mehr, als dass sie hübsch aussah, wenn sie ausgingen oder sogenannte befreundete Pärchen zum Essen einluden – womit die Freunde aus seiner Kindheit gemeint waren. Sie fragte sich manchmal, ob er sie überhaupt liebte, und begann mit der Zeit eine richtige Aversion gegen diesen zielstrebigen, hart arbeitenden Arbeiterjungen zu entwickeln.

Erik war jedoch höchst zufrieden. Ihm war von Anfang an bewusst gewesen, dass Camilla kein warmherziger Mensch war, das war schließlich einer der Gründe gewesen, weshalb er sie in einer anderen Liga einordnete als die Mädchen, die er gewohnt war. Seine körperlichen Bedürfnisse konnte er bei seinen zahlreichen Kundinnen befriedigen. Erik war zu der Erkenntnis gelangt, dass Umzüge und Veränderungen die Menschen sentimental machten, aufgewühlt und offen für neue Erfahrungen. Auf jeden Fall vögelte er Singlefrauen, geschiedene Frauen, vergebene und verheiratete Frauen, wo auch immer sich inmitten des Umzugschaos die Gelegenheit dazu bot, und wenn die nackten Wände das Echo ihres Stöhnens zurückwarfen, überlegte er in Gedanken, was er Camilla als Nächstes schenken sollte.

Das Genialste aber war, dass es sich bei seinen Bekanntschaften logischerweise um Frauen handelte, die er nie wiedersehen würde. Sie zogen ja fort und waren verschwunden. Alle. Bis auf eine.

Birte Olsen war dunkel, süß und hatte einen Penthouse-Körper. Sie war jünger als er, und ihre helle Stimme und ihre Art zu reden ließen sie noch jünger wirken. Sie war im zweiten Monat schwanger und wollte in die Stadt ziehen. Aus seiner eigenen Nachbarschaft in Tveita in den Hoffsveien, um dort mit dem Vater des Kindes zusammenzuziehen, einem Typ aus dem Westen der Stadt, den sie heiraten wollte. Mit diesem Umzug konnte Erik Lossius sich identifizieren. Und – so wusste er, nachdem er sie auf einem einfachen Holzstuhl in der ausgeräumten Wohnung genommen hatte – auch mit dem Sex, auf den er fortan nicht mehr verzichten wollte.

Kurz gesagt, Erik Lossius hatte sein Gegenstück gefunden.

Ja, denn für seine Begriffe dachte sie wie ein Mann, weil sie nämlich nicht so tat, als wollte sie irgendetwas anderes als er. Sie wollte sich mit ihm die Seele aus dem Leib ficken. Was ihnen in gewisser Weise auch gelang. Auf jeden Fall begannen sie sich in leeren Wohnungen zu treffen, die gerade geräumt worden waren oder frisch bezogen werden sollten. Mindestens einmal im Monat und immer mit einem gewissen Risiko, entdeckt zu werden. Sie waren schnell, effektiv und hielten sich dabei an feste, unerschütterliche Rituale. Trotzdem freute sich Erik Lossius auf diese Begegnungen jedes Mal wieder wie ein Kind auf Weihnachten, nämlich mit unverstellter, unkomplizierter Erwartung, die nur durch die Gewissheit verstärkt wurde, dass alles so sein würde wie beim letzten Mal und alle Erwartungen erfüllt werden würden. Sie lebten in parallelen Welten in parallelen Wirklichkeiten, und das Arrangement schien ihr genauso gut zu passen wie ihm. Und so trafen sie sich weiter, nur unterbrochen von der Geburt des Kindes, glücklicherweise einem Kaiserschnitt, ein paar längeren Ferien und einer harmlosen Geschlechtskrankheit, deren Ursache er weder herausfinden konnte noch wollte. Auf diese Art waren inzwischen zehn Jahre vergangen, und vor Erik Lossius, der auf einer halbvollen Pappkiste in einer halbausgeräumten Wohnung saß, stand nun plötzlich ein großer, kahlgeschorener Kerl mit Rasenmäherstimme und fragte, ob er Birte Becker gekannt habe.

Erik Lossius schluckte.

Der Kerl hatte sich als Harry Hole vorgestellt, Hauptkommissar des Morddezernats, sah aber eher aus wie einer seiner Arbeiter. Die Polizisten, mit denen Erik nach der Vermisstenmeldung zu tun gehabt hatte, waren von der Vermisstenstelle gewesen. Als ihm dieser Typ seinen Ausweis zeigte, dachte er daher gleich an Neuigkeiten über Camilla. Genauer gesagt, schlechte Neuigkeiten, denn sonst hätte sich dieser Mann wohl kaum persönlich herbemüht, sondern einfach angerufen. Erik Lossius hatte seine Arbeiter deshalb nach draußen geschickt und bat den Kommissar, Platz zu nehmen, während er sich selbst eine Zigarette anzündete und sich auf das Unvermeidliche vorbereitete.

»Na?«, fragte der Kommissar.

»Birte Becker?«, wiederholte Erik Lossius und versuchte, seine Zigarette anzuzünden und gleichzeitig schnell zu denken. Nichts von beidem gelang ihm. Mein Gott, er konnte nicht einmal langsam denken.

»Ich verstehe schon, dass Sie sich erst einmal sammeln müssen«, beruhigte ihn der Kommissar und nahm sich selbst eine Zigarette: »Tun Sie das ruhig.«

Erik sah zu, wie der Mann sich eine Camel anzündete, und zuckte zusammen, als er seinen Arm ausstreckte und ihm das brennende Feuerzeug hinhielt.

»Danke«, murmelte Erik und zog so stark, dass der Tabak knisterte. Der Rauch füllte seine Lungen, und fast fühlte es sich an, als hätte er sich das Nikotin direkt ins Blut injiziert und damit die Blockade gelöst. Ihm war immer klar gewesen, dass es eines Tages geschehen konnte. Die Polizei konnte jederzeit irgendeine Verbindung zwischen ihm und Birte finden und die entsprechenden Fragen stellen. Dabei hatte er aber immer nur daran gedacht, wie er das Ganze vor Camilla geheim halten konnte. Jetzt war alles anders. Von genau diesem Moment an war alles anders. Denn nun wurde ihm bewusst, dass die Polizei eine Verbindung zwischen den beiden Vermisstenfällen ziehen könnte.

»Birtes Ehemann, Filip Becker, hat ein Notizbuch gefunden, in dem Birte codierte Eintragungen gemacht hat«, erklärte der Polizist. »Allerdings waren sie nicht schwer zu entziffern. Es handelte sich um Telefonnummern, Termine und kleine Nachrichten, die relativ wenig Zweifel daran lassen, dass Birte regelmäßig Kontakt mit anderen Männern gehabt hat.«

»Männern?«, rutschte es Erik heraus.

»Ich weiß nicht, ob Sie das tröstet, aber Becker meinte, am häufigsten hätte sie sich mit Ihnen getroffen. An den unterschiedlichsten Adressen, wenn ich das richtig verstanden habe?«

Erik antwortete nicht. Er fühlte sich, als würde er in einem Boot sitzen und hilflos zusehen, wie sich am Horizont eine Flutwelle aufbaute.

»Dann hat sich Becker Ihre Adresse besorgt, die Spielzeugpistole seines Sohnes eingesteckt – eine verdammt gute Kopie einer Glock 21 – und ist nach Tveita gefahren, um vor Ihrem Haus auf Sie zu warten. Er wollte bloß die Angst in Ihren Augen sehen. Sie bedrohen, damit Sie ihm alles erzählen. Danach wollte er die Polizei verständigen und uns Ihren Namen nennen. Als das Auto kam, hat er sich mit in die Garage geschlichen, um dann aber festzustellen, dass es nur Ihre Frau war.«

»Und er … er …?«

»Er hat ihr alles erzählt, ja.«

Erik stand von seinem Pappkarton auf und trat ans Fenster, von wo aus man über den Torshovpark blickte. Oslo badete in der Morgensonne. Er mochte keine Wohnungen mit Blick auf alte Häuser, die bedeuteten für ihn nur Treppen. Je mehr Aussicht, desto mehr Treppen, und je teurer die Wohnung, desto teurere, schwerere Dinge, höhere Schadenssummen und häufigere Krankmeldungen bei seinen Arbeitern. Aber das war eben die Kehrseite von Festpreisen, gerade bei solchen Scheißaufträgen gewann man jedes Mal gegen die Konkurrenz.

Auf lange Sicht hat jedes Risiko seinen Preis. Erik zog an seiner Zigarette und hörte, wie der Polizist mit den Füßen über das Parkett strich. Er wusste, dieser Mann würde sich von seiner Verzögerungstaktik nicht einschüchtern lassen, hier hatte er es mit einer Schadensmeldung zu tun, die man nicht so einfach in den Müll werfen konnte. Birte Becker, geborene Olsen, war die erste Kundin, die ihn teuer zu stehen kommen würde.

»Er hat eingestanden, dass er seit zehn Jahren ein Verhältnis mit Birte Becker hat«, erzählte Harry. »Und dass sie bei ihrer ersten Begegnung im zweiten Monat schwanger war mit ihrem Mann.«

»Eine Frau ist *von* jemandem schwanger«, korrigierte Rakel und klopfte das Kissen flach, um ihn besser sehen zu können. »*Mit* einem Mädchen oder einem Jungen. Aber *von* ihrem Mann.«

»Hm«, machte Harry, stützte sich auf einen Ellbogen, beugte sich über sie und fischte die Zigarettenschachtel vom Nachtschränkchen. »Nur in acht von zehn Fällen.«

»Was?«

»Ich hab neulich im Radio gehört, dass zwischen 15 und 20 Prozent aller skandinavischen Kinder einen anderen Vater haben, als sie glauben.« Er schnippte eine Zigarette aus der Schachtel und hielt sie ins Nachmittagslicht, das durch den schmalen Spalt unter dem Rollo in den Raum fiel. »Teilen wir uns die?«

Rakel nickte stumm. Sie rauchte nicht, aber als sie zusammen waren, hatten sie sich nach der Liebe immer diese eine Zigarette geteilt. Als sie das erste Mal darum bat, an seiner Zigarette ziehen zu dürfen, sagte sie, sie wolle das Gleiche spüren wie er, das gleiche Gift, die gleiche Stimulation, um ihm so nahe wie möglich zu kommen. Er musste an all die Junkiemädchen denken, die sich ihren ersten Schuss aus dem gleichen idiotischen Grund gesetzt hatten, und lehnte ab. Irgendwann gelang es ihr doch, ihn zu überreden, und schließlich war diese Zigarette zu einer Art Ritual geworden. Wenn sie sich langsam geliebt hatten, innig und lang, war diese Zigarette wie eine letzte Verlängerung der Zärtlichkeit. In den anderen Fällen war sie wie eine Friedenspfeife nach der Schlacht.

»Aber er hatte ein Alibi für den gesamten Abend, an dem Birte verschwunden ist«, räumte Harry ein. »Eine Junggesellenparty in Tveita, die fing um sechs an und ging die ganze Nacht. Mindestens zehn Zeugen, die meisten davon zwar ziemlich besoffen, aber da konnte keiner vor sechs Uhr morgens gehen.«

»Warum müsst ihr es geheim halten, dass der Schneemann doch noch nicht gefasst ist?«

»Solange er glaubt, dass wir glauben, den Täter geschnappt zu haben, wird er sich hoffentlich bedeckt halten und keine weiteren Morde begehen. Und vermutlich ist er auch nicht so vorsichtig, wenn er glaubt, die Jagd sei abgeblasen. Auf die Art können wir uns ihm in aller Ruhe nähern ...«

»Höre ich da eine gewisse Ironie?«

»Vielleicht.« Harry reichte ihr die Zigarette.

»Du glaubst also nicht so ganz daran?«

»Ich glaube, unsere Obersten haben auch noch andere Gründe, erst einmal zurückzuhalten, dass wir nicht den Richtigen haben. Schließlich haben sich der Kriminalchef und Hagen in aller Öffentlichkeit gegenseitig zur Lösung dieses Falls gratuliert ...«

Rakel seufzte. »Manchmal vermisse ich das Präsidium trotz allem.«

»Hm.«

Rakel betrachtete die Zigarette. »Warst du jemals untreu, Harry?«

»Wenn du mir kurz definieren könntest, was du unter untreu verstehst.«

»Dass du Sex mit einer Frau hattest, während du mit einer anderen zusammen warst.«

»Ja.«

»Als du mit mir zusammen warst, meine ich.«

»Du weißt, dass ich das nicht mit Sicherheit sagen kann.«

»Okay, aber im nüchternen Zustand?«

»Nein, niemals.«

»Und was denkst du dann über mich? Dass ich jetzt hier bin?«

»Willst du mich irgendwie auf die Probe stellen?«

»Ich meine es ernst, Harry.«

»Ich weiß. Ich weiß nur nicht, ob ich darauf antworten will.«

»Dann behalte ich die Zigarette.«

»Oh, na dann. Ich denke, du willst mich, wünschst dir aber eigentlich, ihn zu wollen.«

Die Worte blieben über ihnen hängen, als wären sie in das Dunkel des Schlafzimmers geprägt worden.

»Du bist so verdammt ... abgeklärt«, sagte Rakel schließlich, reichte Harry die Zigarette und verschränkte die Arme.

»Vielleicht sollten wir lieber nicht weiter darüber reden?«, schlug Harry vor.

»Ich muss aber darüber reden! Kapierst du das nicht? Sonst werd ich noch verrückt. Mein Gott, wahrscheinlich bin ich das schon, allein schon die Tatsache, dass ich hier bin ...« Sie zog sich die Decke bis ans Kinn.

Harry drehte sich um und schmiegte sich an sie. Noch bevor er sie berührte, hatte sie die Augen geschlossen, den Kopf nach hinten gelegt und die Lippen halb geöffnet, und er konnte hören, wie sich ihr Atem beschleunigte. Und er dachte: Wie macht sie das bloß? Von einem Augenblick auf den anderen von Scham zu Geilheit? Wie kann sie so ... abgeklärt sein?

»Glaubst du, dass uns das schlechte Gewissen geil macht?«, fragte er. Er sah, wie sie, überrascht und frustriert über die ausbleibende Berührung, die Augen öffnete und an die Decke starrte. »Dass wir nicht trotz unserer Scham untreu werden, sondern gerade wegen ihr?«

Sie blinzelte ein paarmal.

»Da ist was dran«, antwortete sie schließlich. »Aber das ist nicht alles. Nicht dieses Mal.«

»Dieses Mal?«

»Ja.«

»Ich habe dich mal gefragt, und da hast du gesagt …«

»Da habe ich gelogen«, fiel sie ihm ins Wort. »Ich war früher schon einmal untreu.«

»Hm.«

Sie lagen still nebeneinander und lauschten dem fernen Brummen des nachmittäglichen Verkehrs auf der Pilestredet. Sie war direkt von der Arbeit zu ihm gekommen, und Harry kannte ihren und Olegs Tagesablauf und wusste, dass sie jetzt bald gehen musste.

»Weißt du, was ich an dir hasse?«, fragte sie schließlich und zog ihn fest am Ohr. »Du bist so verdammt stolz und starrköpfig, dass du nicht einmal fragst, ob ich dir untreu war.«

»Na ja.« Harry, nahm ihr die heruntergebrannte Zigarette aus der Hand und betrachtete ihren nackten Körper, als sie aus dem Bett stieg. »Warum sollte ich das wissen wollen?«

»Aus dem gleichen Grund wie der Mann von Birte. Um die Lüge zu entlarven. Die Wahrheit zu erfahren.«

»Glaubst du, die Wahrheit macht Filip Becker weniger unglücklich?«

Sie zog sich den engen schwarzen Wollpullover über den Kopf, direkt auf die nackte, weiche Haut. Wenn überhaupt, dann war er auf diesen Pullover eifersüchtig, dachte Harry.

»Wissen Sie was, Herr Hole? Für jemanden, dessen Job es ist, unbequeme Wahrheiten herauszufinden, halten Sie verdammt gern an Lebenslügen fest.«

»Okay«, seufzte Harry und drückte die Zigarette im Aschenbecher aus. »Dann erzähl mal.«

»Es war in Moskau, während ich mit Fjodor zusammen war. Damals fing ein norwegischer Attaché an der Botschaft an, mit dem ich vorher schon mal einen Anwärterkurs besucht hatte. Wir haben uns verliebt.«

»Und?«

»Er war eigentlich auch in festen Händen. Als wir mit unseren jeweiligen Partnern Schluss machen wollten, kam sie ihm zuvor und eröffnete ihm, sie sei schwanger. Und da ich in der Regel einen guten Geschmack habe, was Männer angeht …«, sie verzog die

Lippen, während sie sich die Stiefel anzog, »... hatte ich mir natürlich wieder einen gesucht, der sich nicht vor der Verantwortung davonstahl. Er stellte einen Versetzungsantrag zurück nach Oslo, und wir haben uns nie wiedergesehen. Und Fjodor und ich haben geheiratet.«

»Und gleich darauf bist du schwanger geworden?«

»Ja.« Sie knöpfte sich den Mantel zu und sah auf ihn herab. »Und manchmal habe ich gedacht, dass ich ihn damit vergessen wollte. Dass Oleg nicht ein Resultat der Liebe ist, sondern des Liebeskummers. Glaubst du das?«

»Ich weiß nicht«, erwiderte Harry. »Ich weiß nur, dass das Resultat gut ist.«

Sie lächelte ihn dankbar an, beugte sich zu ihm herunter und gab ihm einen Kuss auf die Stirn: »Wir werden uns nie mehr wiedersehen, Hole.«

»Natürlich nicht«, bestätigte er, blieb im Bett sitzen und starrte an die kahle Wand, bis er unten die schwere Haustür dröhnend ins Schloss fallen hörte. Dann ging er in die Küche, drehte den Wasserhahn auf und nahm sich ein sauberes Glas aus dem Schrank. Während er wartete, bis das Wasser kalt wurde, glitt sein Blick von dem Kalender mit Oleg und Rakel nach unten auf den Boden. Auf dem Linoleum waren zwei nasse Stiefelabdrücke zu sehen. Die mussten von Rakel stammen.

Er zog sich Jacke und Boots an und wollte schon gehen, drehte sich aber noch einmal um, nahm seine Smith-&-Wesson-Dienstwaffe vom Kleiderschrank und steckte sie in die Manteltasche.

Als er nach unten ging, steckte ihm die körperliche Liebe noch wohlig in den Knochen wie ein milder Rausch. Kurz vor der Haustür ließ ihn jedoch ein leises Klicken aufmerken. Er drehte sich um und blickte in den dunklen Innenhof. Wahrscheinlich wäre er weitergegangen, wären da nicht diese Stiefelabdrücke auf dem Linoleum gewesen. So aber entschied er sich für einen genaueren Blick in den Innenhof. Das gelbe Licht, das durch die Fenster über ihm fiel, wurde von den Schneeresten reflektiert, die auf der schattigeren Seite noch nicht ganz geschmolzen waren.

Er stand neben der Kellertreppe. Eine schiefe Figur mit seltsam geneigtem Kopf, Steinaugen und höhnischem Schottergrinsen.

Ein stummes Lachen, das zwischen den Mauern hallte und sich langsam in ein hysterisches Schreien verwandelte, das Harry aber erst als sein eigenes erkannte, als er die Schneeschaufel packte, die neben der Treppe stand, und in wilder Wut zuschlug. Die scharfe Metallkante auf der Unterseite der Schaufel drang unter dem Kopf ein, schnitt ihn glatt vom Körper und schleuderte den nassen Schnee an die Wand. Der nächste Schlag teilte den Körper des Schneemanns entzwei, und der dritte schleuderte die letzten Reste über den schwarzen Asphalt in der Mitte des Innenhofes. Harry stand keuchend da, als er wieder dieses Klicken hinter sich hörte. Wie das Klicken eines Revolverhahns, der gespannt wurde. Er wirbelte herum, ließ die Schneeschaufel fallen und riss sich noch in der Drehbewegung den Revolver aus der Tasche.

Am Bretterzaun unter der alten Birke standen Muhammed und Salma mucksmäuschenstill und starrten ihren Nachbarn aus großen, verängstigten Kinderaugen an. In den Händen hielten sie beide einen trockenen Zweig. Gute Arme für den Schneemann, hätte Salma den ihren nicht aus Furcht zerbrochen.

»Uns ... unser ... Schneemann ...«, stammelte Muhammed.

Harry steckte den Revolver wieder in die Manteltasche und schloss die Augen. Fluchte innerlich, während er schluckte und seinem Hirn befahl, endlich den Schaft der Waffe loszulassen. Dann öffnete er die Augen wieder. Auf Salmas brauner Iris glänzten Tränen.

»Entschuldigt bitte«, flüsterte er, »ich helfe euch, einen neuen zu bauen.«

»Ich will nach Hause«, flüsterte Salma von Tränen erstickt.

Muhammed nahm seine kleine Schwester bei der Hand und führte sie in einem Bogen um Harry herum.

Harry blieb stehen, spürte den Kolben der Waffe an der Hand und dachte an das Klicken. Er hatte geglaubt, den Hahn eines Revolvers zu hören, dabei war das gar nicht möglich, denn wenn jemand den Finger auf den Abzug drückte, gab es noch gar kein Geräusch. Das Klicken hörte man erst, wenn sich der Hahn wieder senkte – das war das Geräusch des nicht abgefeuerten Schusses, ein Geräusch des Lebens. Er nahm wieder seine Dienstwaffe hervor. Der Hahn ruhte auf der Rückseite der Revolvertrommel.

Harry drückte den Finger auf den Abzug. Der Hahn rührte sich noch immer nicht. Erst als er den Abzug schon fast zu einem Drittel gedrückt hatte und sich der Schuss jederzeit lösen konnte, begann sich der Hahn zu heben. Harry ließ den Abzug los, und der Hahn fiel mit dem charakteristischen metallischen Klicken zurück. Er erkannte den Laut wieder. Und ihm wurde bewusst, dass jemand, der den Abzug so fest drückte, wirklich schießen wollte.

Als Harry zu seinen eigenen dunklen Fenstern in der dritten Etage hinaufblickte, schoss ihm ein Gedanke durch den Kopf: Er hatte keine Ahnung, was hinter diesen Fenstern vorging, wenn er nicht zu Hause war.

Erik Lossius saß lustlos in seinem Büro und starrte aus dem Fenster. Er wunderte sich, wie wenig er darüber gewusst hatte, was hinter Birtes braunen Augen vorgegangen war. Und dass es ihm mehr zusetzte zu erfahren, dass sie auch noch andere Männer gehabt hatte, als dass sie verschwunden und möglicherweise tot war. Und dass er Camilla lieber an einen Mörder verloren hätte als auf diese Weise. Am meisten aber dachte Erik Lossius, dass er Camilla wirklich geliebt haben musste. Und sie noch immer liebte. Er hatte ihre Eltern angerufen, aber auch sie hatten nichts von ihr gehört. Vielleicht wohnte sie bei einer ihrer vornehmen Freundinnen, die er alle nur vom Hörensagen kannte, im Westen der Stadt.

Er starrte ins nachmittägliche Dunkel, das sich langsam über Groruddalen senkte, das Tal immer weiter ausfüllte und schließlich tilgte. Hier gab es heute nichts mehr zu tun, aber er wollte auch noch nicht nach Hause fahren, in dieses viel zu große, viel zu leere Haus. Noch nicht. Hinter ihm stand eine Kiste mit diversen Spirituosen, sogenanntem Transit-Schwund aus diversen Barschränken. Aber er hatte kein Wasser zum Mixen. Also goss er sich Gin in eine Kaffeetasse, konnte aber nur einen kleinen Schluck nehmen, bevor das Telefon klingelte. Eine Nummer aus Frankreich wurde auf dem Display angezeigt. Keiner von der Klägerliste, dachte Erik und nahm das Gespräch entgegen.

Er erkannte sie an ihrem Atmen, noch ehe sie ein Wort gesagt hatte.

»Wo bist du?«, fragte er.

»Was glaubst du denn?« Ihre Stimme klang weit entfernt.
»Und von wo rufst du an?«
»Von Caspar.«
Das war das Café, das drei Kilometer von ihrem Ferienhaus entfernt lag.
»Camilla, du wirst gesucht.«
»Wirklich?«
Es hörte sich an, als liege sie irgendwo in der Sonne, langweile sich und spiele das Interesse nur mit ihrer höflichen, distanzierten Kälte, in die er sich seinerzeit auf der Terrasse in Blommenholm so verliebt hatte.
»Ich …«, begann er. Hielt dann aber inne. Was wollte er eigentlich sagen?
»Ich fand es besser, dich selbst anzurufen, bevor unser Anwalt es tut«, verkündete sie.
»*Unser* Anwalt?«
»Der Anwalt meiner Familie«, korrigierte sie sich. »Einer der besten Scheidungsanwälte, fürchte ich. Er wird bestimmt die Hälfte unseres gesamten Besitzes verlangen. Wir werden das Haus verlangen und es auch bekommen, wobei ich dir nicht verschweigen will, dass ich es verkaufen werde.«
Natürlich, dachte er.
»Ich komme in fünf Tagen nach Hause. Ich setze voraus, dass du bis dahin ausgezogen bist.«
»Das ist ein bisschen kurzfristig«, entgegnete er.
»Du wirst das schon hinkriegen. Ich habe mir sagen lassen, dass das keiner schneller und billiger erledigen kann als deine Firma.«
Das Letzte warf sie mit einer solchen Verachtung hin, dass es ihm den Hals zuschnürte. Genau wie bei dem Gespräch mit diesem Hauptkommissar. Er fühlte sich wie ein zu heiß gewaschenes Kleidungsstück, er war ihr zu klein geworden, zu nichts mehr zu gebrauchen. Und mit der gleichen Sicherheit, mit der er spürte, wie sehr er sie in diesem Augenblick liebte, wusste er auch, dass er sie unwiderruflich verloren hatte. Es würde keine Versöhnung geben. Nachdem sie aufgelegt hatte, sah er sie in die Sonne der französischen Riviera blinzeln. Die Augen gut verborgen hinter einer Sonnenbrille, die sie für zwanzig Euro gekauft hatte, die an

ihr aber aussah wie ein Zwanzigtausend-Kronen-Modell von Gucci oder Dolce & Gabbana oder … Die Namen der anderen Marken hatte er vergessen.

Harry fuhr den Hang im Westen der Stadt hinauf. Dann stellte er den Wagen auf dem großen, leeren Parkplatz der Sportanlage ab und stieg zum Holmenkollen hoch. Dort stellte er sich auf die Aussichtsplattform neben dem Schanzentisch und schaute gemeinsam mit einigen Touristen, die sich in der Jahreszeit geirrt zu haben schienen, über die leeren Tribünen an beiden Seiten des Aufsprunghangs, über den Teich am Hangende, der im Winter abgelassen wurde, und die Stadt, die sich um den Fjord herumzog. Aussicht gibt Übersicht. Sie hatten keine konkrete Spur. Dabei war ihnen der Schneemann so nah gewesen, dass sie das Gefühl gehabt hatten, sie müssten nur die Hand ausstrecken, um ihn zu schnappen. Doch dann hatte er sich wie ein gerissener, routinierter Boxer wieder außer Reichweite gebracht. Der Hauptkommissar fühlte sich alt, schwer und plump. Einer der Touristen betrachtete ihn. Der schwere Revolver zog den Mantel auf der rechten Seite etwas nach unten. Und die Leichen, wo zum Teufel waren die Leichen? Selbst wenn er sie vergraben hatte, mussten sie doch eines Tages wieder auftauchen. Oder benutzte er Säure?

Harry spürte die Resignation in sich aufkeimen. Verdammt noch mal, nein! Beim FBI-Kurs hatten sie Fälle studiert, in denen mehr als zehn Jahre vergangen waren, bis sie die Täter gefunden hatten. In der Regel war es ein kleines, unbedeutendes, zufälliges Detail, das den Fall dann schließlich doch gelöst hatte. Was aber eigentlich dahinterstand, war der zähe Wille, nicht aufzugeben, jede dieser fünfzehn Runden zu überstehen. Wenn der Gegner am Ende noch stand, musste man eben einen Rückkampf fordern.

Das nachmittägliche Dunkel kroch langsam von der Stadt nach oben, und rundherum gingen die Lichter an.

Sie mussten mit ihrer Suche dort anfangen, wo es Licht gab. Das war eine banale, aber wichtige Arbeitsregel. Fang dort an, wo du eine Spur hast. In diesem Fall hieß das, bei der am wenigsten wahrscheinlichen Person anzufangen, die er sich denken konnte, bei der verrücktesten Idee, die er jemals gehabt hatte.

Harry seufzte. Nahm das Handy und scrollte sich durch die Liste der letzten Anrufer. Es waren nicht so viele, daher war das äußerst kurze Gespräch im Hotel Leon noch gespeichert. Er drückte OK, und das Handy wählte die Nummer.

Bosses Akquisitionsdame Oda Paulsen antwortete sofort mit ihrer fröhlichen, etwas atemlosen Stimme, als würde sie in jedem eingehenden Anruf eine spannende, neue Möglichkeit sehen. Und in diesem Fall hatte sie damit sogar recht.

Kapitel 21

18. Tag. Wartezimmer

Es war der Raum des großen Zitterns. Vielleicht wurde er deshalb von einigen voller Ehrfurcht »Wartezimmer« genannt, wie beim Zahnarzt. Oder »Vorzimmer«, als ob die schwere Tür, die die kleine Sofagruppe vom Studio 1 trennte, in etwas Wichtiges, ja Heiliges führte. Dabei hieß dieser Bereich auf dem umfangreichen Gebäudeplan des norwegischen Staatsfernsehens NRK in Oslo-Marienlyst schlicht und einfach »Aufenthaltsraum Studio 1«. Und trotzdem war dieses kleine Zimmer der aufregendste Platz, den Oda Paulsen kannte.

Vier von den sechs Gästen der abendlichen »Bosse«-Sendung waren bereits eingetroffen. Wie üblich handelte es sich dabei um die weniger bekannten, weniger wichtigen. Sie saßen geschminkt und mit vor Nervosität roten Wangen auf den Sofas, unterhielten sich angespannt und nippten an ihrem Tee oder Rotwein, während ihre Blicke immer wieder zum Monitor huschten, der eine Totale des Studios auf der anderen Seite der Wand zeigte. Das Publikum war bereits hereingelassen worden, und der Aufnahmeleiter gab Anweisungen, wie geklatscht, gelacht und gejubelt werden solle. Außerdem zeigte das Bild den Stuhl des Moderators und die vier Gästestühle, die noch verwaist dastanden und auf Menschen, Themen und Unterhaltung warteten.

Oda liebte diese intensiven, nervösen Minuten vor den Livesendungen. Jeden Freitag standen sie für vierzig Minuten so im Mittelpunkt der Welt, wie das in Norwegen nur möglich war. Mit einer Einschaltquote von zwanzig bis fünfundzwanzig Prozent, was für eine Talkshow sehr gut war. Wer hier arbeitete, war nicht nur dabei, sondern ein Teil des Ganzen. Sie waren so etwas wie der magnetische Nordpol der Aufmerksamkeit, der alles an sich zog. Und weil Aufmerksamkeit süchtig macht und es am Nordpol nur eine Himmelsrichtung gibt – Süden, also nach unten –, klammerte sich hier jeder an seinen Job. Eine Freelancerin wie Oda musste Erfolge bringen, um auch in der nächsten Saison noch bleiben zu dürfen. Deshalb hatte sie sich auch so unbändig über den Anruf gestern Nachmittag kurz vor der Redaktionssitzung gefreut. Bosse Eggen hatte sie persönlich angelächelt und gemeint, ja, das sei ein echter Volltreffer. Ihr Volltreffer.

Das Thema des Abends lautete »Die Spiele der Erwachsenen«. Ein typisches Bosse-Thema, hinlänglich seriös, aber nicht zu ernst. Jeder der Gäste dürfte sich halbwegs qualifiziert fühlen, darüber etwas zu sagen. In der Runde saß zwar auch eine Psychologin, die eine Arbeit über dieses Thema geschrieben hatte, doch der eigentliche Hauptgast war Arve Støp, der aufgrund des bevorstehenden fünfundzwanzigjährigen Jubiläums von *Liberal* eingeladen worden war. Es hatte nicht den Eindruck gemacht, als hätte Støp etwas dagegen einzuwenden, sich als verspielten Erwachsenen darzustellen, als Playboy. Oda war zu einem vorbereitenden Gespräch bei ihm zu Hause gewesen. Er hatte nur gelacht, als sie eine Parallele zum alternden Hugh Hefner zog, der mit Morgenrock und Pfeife eine immerwährende Junggesellenparty in seiner Residenz feierte. Sie spürte seinen Blick auf sich, musternd und neugierig, bis sie ihn fragte, ob er sich nicht auch Kinder wünsche, einen Erben für sein Imperium.

»Haben Sie denn Kinder?«, konterte er.

Als sie diese Frage verneinte, schien er zu ihrer Überraschung jegliches Interesse an ihr und ihrem Gespräch zu verlieren. Deshalb war sie schnell zum Schluss gekommen, hatte ihm die üblichen Ablauf-Informationen über Treffpunkt, Uhrzeit und Schminkzeiten gegeben und darauf hingewiesen, dass er besser nichts Gestreiftes anziehen sollte. Als Letztes hatte sie ihn informiert, es sei grundsätzlich möglich, dass man das Thema und die anderen Gäste noch kurzfristig tauschte, um die Sendung eventuellem tagesaktuellen Geschehen anzupassen.

Und jetzt stand Arve Støp hier im Aufenthaltsraum von Studio 1. Er kam direkt vom Schminken. Mit seinen blauen, intensiven Augen und seinen frisch frisierten, aber doch etwas zu langen, dichten grauen Haaren sah er richtig rebellisch aus. Er trug einen einfachen grauen Anzug, dem man ansah, dass er ein Vermögen gekostet hatte, ohne dass man das auch nur an einem einzigen Faden festmachen konnte. Er streckte gerade seine sonnengebräunte Hand aus, um die Psychologin zu begrüßen, die Erdnüsse knabbernd und Wein nippend auf dem Sofa saß.

»Ich wusste ja gar nicht, dass Psychologinnen so hübsch sein können«, schmeichelte er. »Ich hoffe, die Menschen bekommen auch mit, was Sie sagen.«

Oda sah das Zögern der Psychologin, ehe sie breit lächelte. Und obgleich die Frau ganz offensichtlich wusste, dass Støps Kompliment ein Spaß war, entnahm Oda dem Glitzern in ihren Augen, dass es sie nicht unberührt gelassen hatte.

»Hallo! Ich danke Ihnen, dass Sie alle gekommen sind!« Bosse Eggen kam in den Raum gefegt und begann die Gäste von links nach rechts zu begrüßen. Er gab jedem die Hand, sah ihm in die Augen und drückte noch einmal seine Freude über das Kommen jedes Einzelnen aus. Dann verkündete er, dass man ihn und seine Gäste jederzeit unterbrechen dürfe, das würde ihre Diskussion nur zusätzlich beleben.

Gubbe, der Produzent, bat Støp und Bosse kurz ins Nebenzimmer, um das Hauptinterview und den Start der Sendung zu besprechen. Oda sah auf die Uhr. Noch achteinhalb Minuten bis zur Sendung. Langsam machte sie sich Sorgen und überlegte, ob sie die Rezeption anrufen sollte, um nachzufragen, ob er vielleicht dort wartete. Der eigentliche Hauptgast. Ihr Volltreffer. Doch als sie den Blick hob, stand er plötzlich mit einer Assistentin vor ihr. Oda spürte, wie ihr Herz einen Sprung machte. Er war nicht direkt gutaussehend, vielleicht sogar eher hässlich, aber sie gestand sich ohne weiteres ein, dass sie sich irgendwie von ihm angezogen fühlte. Sicher hatte diese Anziehung aber auch damit zu tun, dass er der Gast war, den im Augenblick alle Fernsehredaktionen Norwegens mit Kusshand genommen hätten. Denn er war der Mann, der den Schneemann überführt und damit den seit langem größten Kriminalfall Norwegens gelöst hatte.

»Ich hatte ja schon angekündigt, dass es etwas knapp wird«,

entschuldigte sich Harry, bevor sie überhaupt etwas sagen konnte.

Sie versuchte den Geruch seines Atems zu erschnuppern. Beim letzten Mal war er sichtlich angetrunken gewesen und hatte die ganze Nation verärgert. Zumindest etwa zwanzig bis fünfundzwanzig Prozent davon.

»Wir sind froh, dass Sie da sind«, zwitscherte sie. »Sie kommen ja auch erst als Zweiter dran. Bitte bleiben Sie dann aber den Rest der Show sitzen, die anderen werden der Reihe nach ausgewechselt.«

»Okay«, sagte er.

»Bringen Sie ihn direkt in den Schminkraum«, trug Oda der Assistentin auf. »Guri soll sich um ihn kümmern.«

Guri war nicht bloß effektiv, sondern verstand sich auch bestens darauf, mit einfachen und auch weniger einfachen Tricks aus einem müden Gesicht eine für das Fernsehpublikum ansprechende Erscheinung zu machen.

Sie verschwanden, und Oda atmete einmal tief durch. Ja, sie liebte diese letzten zittrigen Minuten, dieses ganze Chaos, das sich dann doch immer in Wohlgefallen auflöste.

Bosse und Støp kamen aus dem Nebenzimmer zurück. Sie hob die Fäuste, um ihrem Chef die gedrückten Daumen zu zeigen, und hörte das Klatschen des Publikums, als die Tür langsam ins Schloss fiel. Auf dem Monitor sah sie, wie Bosse auf seinem Stuhl Platz nahm. Sie wusste, dass der Aufnahmeleiter jetzt den Countdown startete. Dann setzte die Musik ein, und die Sendung begann.

Oda spürte, dass etwas schieflief. Sie näherten sich dem Ende der Sendung, und alles hatte wie am Schnürchen geklappt. Arve Støp hatte geglänzt und Bosse sich bestens amüsiert. Støp hatte verkündet, er verstehe sich selbst als Elite, weil er eben die Elite sei. Dass man sich aber nicht an ihn erinnern würde, wenn er sich nicht auch ein paar ordentliche Schnitzer leistete.

»Bei allen großen Geschichten geht es nie um den großen, langfristigen Erfolg, sondern immer um spektakuläre Niederlagen«, dozierte Støp. »Obwohl Roald Amundsen das Rennen um den Südpol gewonnen hat, erinnert sich die Welt außerhalb Norwegens vornehmlich an Robert Scott. An Napoleons gewonnene Schlachten erinnert man sich nicht so gut wie an die Niederlage in Waterloo. Der ganze Nationalstolz Serbiens beruht auf einer Schlacht gegen die Türken bei Kosovo Polje im Jahr 1389, eine Schlacht, wohlgemerkt, die die Serben mit Pauken und Trompeten verloren haben. Und denken Sie nur an Jesus! Das Symbol eines Mannes, der angeblich über dem Tod steht, sollte doch wohl der Mann sein, der mit geöffneten Armen außerhalb seines Grabes steht. Stattdessen hat die christliche Welt seit jeher die große Niederlage vorgezogen, den Augenblick, in dem er am Kreuz hängt und beinahe aufgegeben hätte. Weil uns eben die Geschichten der Verlierer mehr rühren als andere.«

»Sie haben also vor, es wie Jesus zu machen?«

»Nein«, antwortete Støp, sah zu Boden und lächelte, als das Publikum lachte. »Ich bin ein Feigling. Ich strebe nach dem Erfolg, der irgendwann in Vergessenheit gerät.«

Statt seine berüchtigte Arroganz an den Tag zu legen, hatte sich Støp überraschend sympathisch gegeben, wenn nicht sogar demütig. Bosse fragte ihn, ob er als eingeschworener Junggeselle sich nicht manchmal eine feste Partnerin an seiner Seite wünschte. Als Støp diese Frage mit ja beantwortete und hinzufügte, er habe nur noch nicht die Richtige gefunden, wusste Oda, dass er nun einen Sturm von Briefen erwarten durfte. Das Publikum applaudierte warm und lange. Dann kündigte Bosse dramatisch den »einsamen Wolf« an, der immer auf der Jagd sei – Hauptkommissar Harry Hole von der Osloer Polizei. Als die Kamera daraufhin für einen Moment über Støp huschte, glaubte Oda, so etwas wie Überraschung auf seinem Gesicht lesen zu können.

Bosse hatte die Antwort auf seine Frage nach einer festen Beziehung sichtlich gefallen, denn er versuchte, den Gedanken wieder aufzugreifen, indem er auch Harry, der, wie er wusste, ebenfalls Single war, fragte, ob er sich nicht nach einer Frau sehne? Harry grinste nur schief und schüttelte den Kopf. Aber Bosse wollte nicht so schnell aufgeben und fragte ihn, ob er vielleicht auf eine ganz Spezielle warte?

»Nein«, erwiderte Harry kurz angebunden.

Für gewöhnlich spornten Bosse derart wortkarge Antworten

bloß zu weiteren Fragen an, aber er wusste, dass er es sich mit seinem Highlight des Abends nicht verderben durfte. Der Schneemann. Also bat er Harry nun, kurz über den Fall zu berichten, über den das ganze Land sprach, den ersten wirklichen Serienmörder Norwegens. Harry nickte kurz und begann zu erzählen. Er rutschte auf dem Stuhl herum, als ob er zu klein für seinen großen Körper sei, während er mit kurzen, abgehackten Sätzen zusammenfasste, was geschehen war. Dass über die letzten Jahre immer wieder Menschen verschwunden waren, die auffällige Gemeinsamkeiten aufwiesen: Es waren ausnahmslos Frauen, die mit ihren Partnern zusammenwohnten, Kinder hatten und nie wieder aufgetaucht waren. Nicht einmal einen Leichnam habe man je gefunden.

Bosse setzte sein ernstes Gesicht auf, um zu verdeutlichen, dass sie sich jetzt in die scherzfreie Zone begaben.

»In diesem Jahr verschwand Birte Becker unter vergleichbaren Umständen aus ihrem Haus in Oslo-Hoff«, erklärte Harry. »Und kurz darauf wurde Sylvia Ottersen ermordet in Sollihøgda unweit von Oslo aufgefunden. Das war das erste Mal, dass wir eine Leiche gefunden haben. Jedenfalls Teile davon.«

»Ja, Sie haben den Kopf gefunden, stimmt's?«, ergänzte Bosse. Ausreichend informativ für die Uneingeweihten und drastisch genug für die Eingeweihten. Er war dermaßen professionell, dass Oda ein wohliger Schauer über den Rücken lief.

»Und dann haben wir in der Nähe von Bergen die Leiche eines verschwundenen Polizisten entdeckt«, fuhr Harry unbeeindruckt fort, »der seit zwölf Jahren vermisst wurde.«

»Eisen-Rafto«, nickte Bosse.

»Gert Rafto«, korrigierte Harry. »Und vor ein paar Tagen haben wir die Leiche von Idar Vetlesen auf Bygdøy gefunden. Andere Leichname haben wir nicht.«

»Was war für Sie das Schlimmste an diesem Fall?« Oda hörte die Ungeduld in Bosses Stimme, vermutlich da Harry weder auf das Stichwort mit dem gefundenen Kopf eingegangen war noch die Morde so lebendig dargestellt hatte, wie sie alle gehofft hatten.

»Dass so viele Jahre vergangen sind, bis wir begriffen haben, dass es einen Zusammenhang zwischen all diesen Vermisstenfällen gibt.«

Wieder so eine langweilige Antwort. Der Aufnahmeleiter signalisierte Bosse, dass er langsam an den Übergang zum nächsten Thema denken musste.

Bosse legte die Fingerkuppen aneinander. »Und jetzt ist der Fall also aufgeklärt. Und Sie sind plötzlich wieder ein Held, Harry. Wie fühlt sich das an? Bekommen Sie Fanpost?« Das entwaffnende, jungenhafte Lächeln. Damit hatten sie die scherzfreie Zone wieder verlassen.

Der Hauptkommissar nickte langsam und befeuchtete sich noch immer vollkonzentriert die Lippen, als läge ihm die Formulierung der Antwort besonders am Herzen: »Tja, ich habe schon Anfang Herbst welche bekommen. Aber darüber kann uns Støp sicher mehr sagen.«

Nahaufnahme von Støp, der Harry milde ansah. Dann folgten zwei stille, lange Fernsehsekunden. Oda biss sich auf die Unterlippe. Was meinte Harry damit? Schließlich meldete sich Bosse und erklärte:

»Ja, Støp bekommt natürlich reichlich Fanpost. Und Groupies wird er sicher auch haben. Wie ist das bei Ihnen, Herr Hole, haben Sie auch Groupies? Gibt es eigentlich so etwas wie Polizeigroupies?«

Das Publikum lachte vorsichtig.

Harry Hole schüttelte den Kopf.

»Kommen Sie schon«, triezte Bosse. »Ist es denn noch nie vorgekommen, dass Sie von einer Polizeianwärterin um Nachhilfe in Leibesvisitation gebeten wurden?«

Der Saal lachte jetzt richtig. Herzlich. Bosse grinste zufrieden.

Harry Hole lächelte nicht einmal, sondern blickte stattdessen etwas resigniert zur Tür. Für den Bruchteil einer Sekunde fürchtete Oda, er könnte aufstehen und einfach den Raum verlassen. Stattdessen wandte er sich an Støp, der neben ihm saß:

»Herr Støp, was machen Sie, wenn Sie in Trondheim nach einem Vortrag von einer Frau angesprochen werden, die behauptet, nur eine Brust zu haben, aber Sex mit Ihnen will. Bitten Sie sie zur Nachhilfe ins Hotelzimmer?«

Das Publikum verstummte schlagartig, und sogar Bosse sah perplex aus.

Nur Arve Støp schien sich bestens über die Frage zu amüsieren. »Nein, ganz sicher nicht. Nicht, weil es mit einer Brust keinen Spaß machen würde, sondern weil die Hotelbetten in Trondheim zu schmal sind.«

Das Publikum lachte, aber kraftlos, als wäre es bloß froh darüber, dass es nicht noch peinlicher wurde. Die Psychologin wurde hereingebeten.

Sie sprachen über die Spiele der Erwachsenen, und Oda bemerkte, dass Bosse das Gespräch um Harry Hole herummanövrierte. Wahrscheinlich dachte er, dass der widerspenstige Polizist nicht seinen besten Tag hatte und er ihn besser in Ruhe ließ. Auf diese Art bekam Arve Støp, der offensichtlich einen guten Tag hatte, umso mehr Redezeit.

»Was mögen Sie denn für Spiele, Herr Støp?«, fragte Bosse mit unschuldigem Gesichtsausdruck, der seinen ganz und gar nicht unschuldigen Hintergedanken nur unterstrich. Oda freute sich, denn diese Frage stammte aus ihrer Feder.

Doch noch ehe Støp antworten konnte, hatte sich Harry Hole zu Støp vorgebeugt und laut und deutlich gefragt: »Bauen Sie Schneemänner, Støp?«

Das war der Moment gewesen, in dem Oda begriff, dass etwas nicht stimmte. Holes herausfordernder, wütender Tonfall, seine aggressive Körpersprache. Støp zog überrascht eine Augenbraue hoch, während sein Gesicht zusammenschrumpfte und verkrampfte. Bosse hielt inne. Oda wusste nicht, was vor sich ging, zählte aber vier Sekunden Schweigen – eine Ewigkeit für eine Livesendung. Dann erkannte sie jedoch, dass Bosse sehr genau wusste, was er tat. Denn auch wenn er es als seine Pflicht betrachtete, auf einen höflichen Umgangston zwischen seinen Gästen zu achten, wusste er natürlich, dass es in erster Linie auf die Unterhaltung ankam. Und es gibt keine bessere Unterhaltung als Menschen, die wütend werden und die Kontrolle verlieren, die weinen, zusammenbrechen oder anderweitig vor einem Riesenpublikum live ihre Gefühle offenlegen. Deshalb ließ er die Zügel schießen und sah Støp bloß an.

»Natürlich baue ich Schneemänner«, bestätigte Støp, als die vier Sekunden verstrichen waren. »Auf meiner Dachterrasse neben dem Pool. Ich baue immer die königliche Familie nach. Dann kann ich im Frühling zusehen, wie das ganze unzeitgemäße Trüppchen einfach schmilzt und verschwindet.«

Zum ersten Mal an diesem Abend erntete Støp weder Lacher noch Applaus. Oda fand, er hätte eigentlich wissen müssen, dass man das Publikum mit solchen plump antiroyalistischen Kommentaren nie auf seine Seite ziehen konnte.

Bosse füllte die drückende Stille mit der Ankündigung einer Popsängerin, die erst kürzlich auf der Bühne zusammengebrochen war und die Sendung gleich mit einem Hit beschließen würde, der erst ab Montag als Singleauskopplung im Radio zu hören sein würde.

»Verdammt noch mal, was war das denn?«, wollte Gubbe wissen, der Produzent, der sich hinter Oda gestellt hatte.

»Vielleicht ist er doch nicht ganz nüchtern«, meinte Oda.

»Aber mein Gott, das ist doch ein Bulle!«, rief Gubbe.

Im gleichen Moment kam Oda in den Sinn, dass sie für diesen Gast verantwortlich war. Für diesen Volltreffer. »Ein echter Knaller, dieser Kerl.«

Der Produzent antwortete nicht.

Während die junge Sängerin von ihren angeborenen psychischen Problemen erzählte, sah Oda auf die Uhr. Vierzig Sekunden. Das wurde zu ernst für einen Freitagabend. Dreiundvierzig. Bosse unterbrach nach sechsundvierzig: »Und was ist mit Ihnen, Arve?« Bosse ging am Ende der Sendung bei seinem Hauptgast immer zum Vornamen über. »Haben Sie irgendwelche Erfahrungen mit psychischen Krankheiten oder anderen erblich bedingten Leiden?«

Støp lächelte: »Nein, Bosse, damit kann ich nicht dienen. Es sei denn, man sieht eine Krankheit in meiner Abhängigkeit von totaler Freiheit. Das ist wirklich eine der Schwächen unserer Familie.«

Bosse war zur Schlussrunde gekommen, jetzt musste er nur noch einmal alle anderen Gäste einbeziehen, dann konnte er den abschließenden Song ankündigen. Ein paar letzte Worte der Psychologin über das Spielen. Und dann:

»Tja, und jetzt, da der Schneemann nicht mehr unter uns weilt, haben doch sicher auch Sie ein bisschen Zeit zum Spielen, stimmt's, Harry?«

»Nein«, erwiderte Harry. Er war so weit auf seinem Stuhl nach unten gesackt, dass seine langen Beine beinahe bis zu der Sängerin reichten, die ihm gegenübersaß. »Der Schneemann ist noch nicht gefasst.«

Bosse zog lächelnd eine Augenbraue hoch und wartete auf eine Fortsetzung, eine Pointe. Oda hoffte inständigst, dass sie besser war als der Anfang.

»Ich habe nie behauptet, dass Idar Vetlesen der Schneemann ist«, fuhr Harry Hole fort. »Im Gegenteil, es deutet alles darauf hin, dass der Schneemann noch immer auf freiem Fuß ist.«

Glucksendes Lachen von Bosse. Mit diesem Lachen versuchte er immer die missglückten Witze seiner Gäste zu überspielen.

»Ich hoffe, dass Sie Witze machen«, sagte Bosse schelmisch, »sonst kann meine Frau nicht mehr ruhig schlafen.«

»Nein«, entgegnete Harry. »Ich mache keine Witze.«

Oda sah auf die Uhr und wusste, dass der Aufnahmeleiter mittlerweile hinter der Kamera auf und ab sprang und ihm mit der Hand symbolisch die Kehle durchschnitt, um Bosse zu zeigen, dass er überzog und jetzt gesungen werden musste, wenn man vor dem Abspann mehr hören wollte als die ersten Takte. Aber Bosse war wirklich der Beste. Er wusste, dass das hier wichtiger war als alle Singles der Welt. Deshalb ignorierte er den Taktstock und lehnte sich vor, um jedem Zweifler deutlich zu machen, worum es hier ging. Um einen Knaller nämlich. Eine sensationelle Offenbarung. Und das hier, in seinem Programm. Das Beben in seiner Stimme klang beinahe echt:

»Wollen Sie damit sagen, die Polizei hat gelogen, Hole? Der Schneemann ist also noch da draußen und kann jederzeit wieder zuschlagen?«

»Nein«, erklärte Harry, »wir haben nicht gelogen. Es haben sich nur ein paar völlig neue Sachverhalte ergeben.«

Bosse drehte sich wieder zum Publikum herum, und Oda glaubte, den Aufnahmeleiter »Kamera 1!« schreien zu hören. Dann sah sie Bosses Gesicht in Großaufnahme:

»Ich denke, über diese Sachverhalte werden wir gleich in den

Nachrichten noch mehr erfahren. Ich danke Ihnen für den spannenden Abend.«

Oda schloss die Augen, während die Band zu spielen begann.

»Großer Gott«, hörte sie den Produzenten hinter sich flüstern. Und noch einmal: »Großer, gütiger Gott!« Oda hätte am liebsten einfach losgeheult vor lauter Freude. Willkommen auf dem Nordpol, dachte sie. Wir sind nicht nur da, wo die Neuigkeiten passieren. Wir *sind* die Neuigkeiten!

Kapitel 22

18. Tag. Match

Gunnar Hagen stand in der Tür des Restaurants Schrøder und sah sich um. Genau zweiunddreißig Minuten und drei Telefonate nach dem Abspann von Bosse war er zu Hause losgefahren. Nachdem er Harry weder in seiner Wohnung noch im Kunstnernes Hus oder im Büro angetroffen hatte, hatte ihm Bjørn Holm schließlich den Tipp gegeben, es mal in Harrys Stammkneipe, dem Restaurant Schrøder zu versuchen. Der Kontrast zwischen der jungen, schönen und beinahe prominenten Klientel des Kunstnernes Hus und den leicht versoffenen Biertrinkern im Schrøders war frappierend. Hinten in einer Ecke saß Harry allein an einem Tisch. Vor sich ein großes Bier.

Hagen bahnte sich einen Weg zu seinem Tisch.

»Ich habe dich angerufen, Harry. Ist dein Handy aus?«

Der Hauptkommissar blickte müde auf. »Es war mir zu nervig. Plötzlich wollte die ganze Welt mit mir reden.«

»Bei NRK haben sie mir gesagt, dass die Bosse-Redaktion und die Gäste nach der Sendung für gewöhnlich ins Kunstnernes Hus gehen.«

»Dort hat die ganze Presse auf mich gewartet. Deshalb bin ich weg. Worum geht's, Chef?«

Hagen ließ sich auf einen Stuhl fallen, sah Harry das Glas an die Lippen setzen und die gelbbraune Flüssigkeit in seinen Mund kippen.

»Ich habe mit dem Kriminalchef gesprochen«, begann Hagen. »Die Sache ist wirklich ernst, Harry. Einfach damit an die Öffentlichkeit zu gehen, dass der Schneemann noch auf freiem Fuß ist – das ist ein klarer Verstoß gegen die Informationssperre.«

»Das stimmt«, nickte Harry und nahm wieder einen Schluck.

»Das stimmt? Mehr hast du dazu nicht zu sagen? Mein Gott, Harry! Warum?«

»Die Öffentlichkeit hat ein Recht darauf, es zu erfahren«, erklärte Harry. »Unsere Demokratie beruht auf Offenheit, Chef.«

Hagen schlug mit der Faust auf den Tisch und erntete ein paar ermunternde Blicke von den Nachbartischen, während ihn die Bedienung, die gerade mit einem Tablett voller Bier vorbeiging, warnend ansah.

»Treib keine Spielchen mit mir, Harry. Wir sind an die Öffentlichkeit gegangen und haben gesagt, der Fall sei gelöst. Du hast uns in ein sehr schlechtes Licht gerückt, bist du dir darüber im Klaren?«

»Mein Job besteht darin, Banditen zu fangen«, bemerkte Harry. »Nicht vor anderen Leuten gut dazustehen.«

»Das sind zwei Seiten der gleichen Medaille, Harry! Unsere Arbeitsbedingungen sind von unserem Bild in der Öffentlichkeit abhängig. Die Presse ist wichtig!«

Harry schüttelte den Kopf. »Die Presse hat mir noch nie geholfen oder mich daran gehindert, auch nur einen einzigen Fall zu lösen. Diese Medien sind doch bloß für die wichtig, die es zu etwas bringen wollen – karrieremäßig. Die, denen du deine Berichte lieferst, interessieren sich nur dann für konkrete Resultate, wenn sie dadurch positive Presse bekommen. Oder negative verhindern können. Ich will den Schneemann fassen, nicht mehr und nicht weniger.«

»Du bist eine Gefahr für deine Umgebung, Harry«, stöhnte Hagen. »Weißt du das?«

Harry sah aus, als dächte er über die Behauptung nach, ehe er nachdenklich nickte, sein Glas austrank und der Bedienung signalisierte, dass sie ihm noch eines bringen sollte.

»Ich habe heute Abend mit dem Kriminalchef und dem Polizeipräsidenten gesprochen«, verkündete Hagen und streckte seinen Rücken. »Ich habe die Order erhalten, dich schleunigst zu finden und dir mit augenblicklicher Wirkung einen Maulkorb zu verpassen. Hast du verstanden?«

»In Ordnung, Chef.«

Hagen blinzelte verwirrt, doch Harrys Gesichtsausdruck verriet nichts.

»Von diesem Moment an werde ich über alles unterrichtet«, verlangte der Kriminaloberkommissar. »Ich will eine fortlaufende Berichterstattung. Ich weiß, dass du dazu ohnehin nicht in der Lage bist, deshalb habe ich mit Katrine gesprochen und ihr diesen Auftrag erteilt. Irgendwelche Einwände?«

»Nicht die geringsten, Chef.«

Harry musste besoffener sein, als er aussah.

»Bratt hat mir erzählt, du hättest sie gebeten, direkt zu dieser Assistentin von Vetlesen zu gehen, um die Krankenblätter von Arve Støp durchzusehen. Ohne erst den Staatsanwalt zu konsultieren. Was zum Teufel treibt ihr da? Wisst ihr eigentlich, was wir riskiert hätten, wenn Støp das mitbekommen hätte?«

Harrys Kopf fuhr hoch wie bei einem hellwachen Tier. »Was meinst du damit, wenn er das mitbekommen hätte?«

»Dass da zum Glück keine Krankenblätter von Støp waren. Diese Sprechstundenhilfe von Vetlesen meinte auch, es habe nie welche über Støp gegeben.«

»Tatsächlich? Und warum nicht?«

»Das weiß ich doch nicht, Harry. Aber mir ist das nur recht so, wir können im Moment wirklich nicht noch mehr Schwierigkeiten gebrauchen. Mein Gott! Arve Støp! Wie auch immer, von jetzt an wird Bratt dich überallhin begleiten und mir hinterher Bericht erstatten.«

»Hm«, machte Harry und nickte der Bedienung zu, die ein neues Glas vor ihm abstellte. »Hatte sie diesen Auftrag nicht schon längst?«

»Wie meinst du das denn?«

»Na, als sie angefangen hat, hast du ihr doch gesagt, ich soll ihr …« Harry hielt abrupt inne.

»Ihr was?«, fragte Hagen ärgerlich.

Harry schüttelte den Kopf.

»Was ist los? Stimmt was nicht?«

»Ach, nichts!«, erwiderte Harry, kippte die Hälfte seines Glases in einem Zug und legte einen Hunderter auf den Tisch. »Schönen Abend noch, Chef.«

Hagen blieb sitzen, bis Harry draußen war. Erst dann bemerkte er, dass in der Flüssigkeit in Harrys halbleerem Glas gar keine Bläschen perlten. Er blickte sich rasch um, ehe er das Glas vorsichtig an die Lippen setzte. Es schmeckte säuerlich. Apfelsaft.

Harry ging durch stille Straßen nach Hause. Die Fenster der alten, niedrigen Stadthäuser leuchteten wie gelbe Katzenaugen in der Nacht. Er hatte Lust, Holzschuh anzurufen und ihn zu fragen, wie es lief, entschloss sich dann aber, ihn während der Nacht in Ruhe zu lassen, wie besprochen. Er bog um die Ecke der Sofies gate. Menschenleer. Als er auf sein Haus zusteuerte, bemerkte er eine Bewegung und einen winzigen Lichtschein. Das Schimmern einer Laterne, das von Brillengläsern reflektiert wurde. Irgendjemand stand hinter den geparkten Autos auf dem Bürgersteig und schien mit dem Schloss einer Autotür zu kämpfen. Harry wusste, welche Autos in der Regel an diesem Ende der Straße standen. Und dieser Wagen, ein blauer Volvo C70, gehörte definitiv nicht dazu.

Es war zu dunkel, als dass Harry das Gesicht des Mannes hätte erkennen können, seine Kopfhaltung deutete aber darauf hin, dass er Harry beobachtete. Ein Journalist? Harry ging an dem Auto vorbei. Im Seitenspiegel eines anderen geparkten Wagens sah er einen Schatten zwischen den Autos hervorpirschen und sich von hinten anschleichen. Ohne jede Hektik steckte Harry die Hand in die Manteltasche. Spürte die Schritte kommen. Und die Wut. Er zählte bis drei und drehte sich um. Die Person hinter ihm erstarrte.

»Wollen Sie zu mir?«, fragte Harry heiser, trat mit gezücktem Revolver einen Schritt vor, packte den Mann am Kragen und drückte ihn zur Seite, bis er das Gleichgewicht verlor und rücklings gegen einen geparkten Wagen fiel. Harry beugte sich über ihn, drückte ihm seinen Unterarm gegen den Hals und setzte ihm die Mündung des Revolvers auf ein Brillenglas.

»Haben Sie es auf mich abgesehen?«, fauchte Harry.

Die Antwort des Mannes wurde von der jäh anspringenden Alarmanlage des Autos übertönt. Das penetrante Heulen erfüllte die ganze Straße. Der Mann versuchte, sich zu befreien, doch Harry hielt ihn fest, so dass er schließlich aufgab. Als sein Hinterkopf mit einem dumpfen Laut auf das Blech des Wagens schlug, fiel das Licht der Straßenlaterne auf sein Gesicht. Harry ließ ihn los. Der Mann krümmte sich zusammen und hustete.

»Kommen Sie mit«, rief Harry durch das hartnäckige Sirenengeheul, packte den Mann unterm Arm und zog ihn mit sich über den Bürgersteig. Er schloss die Haustür auf und schob den Mann in den Flur.

»Was zum Henker tun Sie hier?«, wollte Harry wissen. »Und woher wissen Sie, wo ich wohne?«

»Ich hab den ganzen Abend versucht, die Nummer anzurufen, die auf Ihrer Visitenkarte steht. Und dann habe ich die Auskunft angerufen und so Ihre Adresse gekriegt.«

Harry sah den Mann an. Das heißt den Schatten dieses Mannes, denn selbst in der Untersuchungshaft war von Professor Filip Becker noch mehr zu sehen gewesen als jetzt.

»Ich musste das Telefon ausschalten«, erklärte Harry.

Harry ging vor Becker die Treppen hoch, schloss seine Wohnung auf, zog sich die Stiefel aus und schaltete den Wasserkocher ein.

»Ich habe Sie heute bei Bosse gesehen«, begann Becker. Er war in die Küche gekommen, trug aber noch Mantel und Schuhe. Sein Gesicht sah blass und tot aus. »Das war mutig von Ihnen. Deshalb wollte ich auch mutig sein. Ich schulde Ihnen etwas.«

»Sie schulden mir etwas?«

»Sie haben mir geglaubt, als das sonst niemand getan hat. Sie haben mich vor einer öffentlichen Demütigung bewahrt.«

»Hm.« Er schob dem Professor einen Stuhl hin, doch der schüttelte den Kopf.

»Ich gehe gleich wieder. Ich will Ihnen nur etwas sagen, was sonst niemand erfahren darf. Ich weiß nicht einmal, ob das für den Fall relevant ist, aber es geht um Jonas.«

»Ja? Was denn?«

»An dem Abend, an dem ich zu Lossius gegangen bin, habe ich ihm etwas Blut abgenommen.«

Harry erinnerte sich an das Pflaster auf dem Unterarm des Jungen.

»Sowie eine Speichelprobe. Und die habe ich dann der Vaterschaftsabteilung des Gerichtsmedizinischen Instituts geschickt für einen DNA-Test.«

»Ach ja? Ich dachte, dafür bräuchte man einen Anwalt.«

»Früher ja. Jetzt kann jeder so einen Test in Auftrag geben. Zweitausendachthundert Kronen pro Person. Etwas mehr, wenn es schnell gehen soll. Ich wollte, dass es schnell geht. Und heute habe ich die Antwort gekriegt. Jonas ...« Becker brach ab und holte tief Luft. »Jonas ist nicht mein Sohn.«

Harry nickte langsam.

Becker wippte auf den Fußsohlen, als wollte er Anlauf nehmen.

»Ich habe darum gebeten, seine DNA mit allen anderen Proben abzugleichen, die sie in der Datenbank haben. Sie haben eine hundertprozentige Übereinstimmung gefunden.«

»Eine hundertprozentige? Also Jonas selbst?«

»Genau.«

Harry dachte nach. Es begann ihm zu dämmern.

»Es gibt also noch jemand anders, der eine DNA-Probe von Jonas eingeschickt hat«, fuhr Becker fort. »Mir wurde mitgeteilt, dieses andere Profil sei vor sieben Jahren erstellt worden.«

»Und die haben bestätigt, dass es von Jonas stammt?«

»Nein, das war anonym. Aber sie hatten den Namen des Auftraggebers.«

»Und wer war das?«

»Ein Ärztecenter, das es jetzt nicht mehr gibt.« Harry kannte die Antwort, bevor Becker es aussprach: »Eine Marienlyst-Klinik.«

»Idar Vetlesen«, sagte Harry ruhig und legte den Kopf zur Seite, als wollte er sich vergewissern, ob ein Bild schief hing.

»Stimmt«, bestätigte Becker, schlug die Hände zusammen und lächelte blass. »Das war alles. Ich wollte nur sagen, dass ich ... ich keinen Sohn habe.«

»Das tut mir leid.«

»Gespürt habe ich das eigentlich schon lange.«

»Hm. Warum war es Ihnen so wichtig, mir das gleich mitzuteilen?«

»Ich weiß nicht«, antwortete Becker.

Harry wartete ab.

»Ich ... ich musste heute Abend einfach irgendetwas tun. Zum Beispiel Ihnen das mitteilen. Ich weiß nicht, auf welche Idee ich sonst noch verfallen wäre. Ich ...« Der Professor hielt einen Moment inne, bevor er fortfuhr: »Ich bin jetzt allein. Mein Leben hat nicht mehr viel Sinn. Wenn die Pistole echt wäre …«

»Nein«, fiel Harry ihm ins Wort, »denken Sie nicht mal dran. Sonst wird der Gedanke nur noch verlockender. Und Sie vergessen eines: Auch wenn Ihr Leben für Sie keinen Sinn mehr hat, so hat es für andere sehr wohl noch Sinn. Für Jonas zum Beispiel.«

»Jonas?«, schnaubte Becker und lachte bitter. »Dieses Kuckucksei? Dass ich nicht mal daran denken soll? Lernt man so was auf der Polizeischule?«

»Nein«, erwiderte Harry.

Sie sahen sich an.

»Egal«, meinte Becker. »Jetzt wissen Sie's.«

»Danke«, sagte Harry.

Als Becker gegangen war, versuchte Harry noch immer herauszufinden, ob das Bild schief hing. Er merkte nicht einmal, dass das Wasser kochte, sich der Wasserkocher ausschaltete und das kleine rote Lämpchen unter dem Schalter erlosch.

Kapitel 23

19. Tag. Mosaik

Es war sieben Uhr morgens. Die Morgendämmerung versteckte sich hinter einer dicken Wolkenschicht, als Harry den Flur in der siebten Etage des Hochhauses in Frogner betrat. Holzschuh hatte die Tür seiner Wohnung einen Spalt offen stehen lassen. Als Harry eintrat, saß er auf dem Sofa, die Füße auf dem grünen Clubtisch, die Fernbedienung in der linken Hand. Auf der Mattscheibe liefen die Bilder gerade rückwärts und lösten sich zu einem digitalen Mosaik auf.

»Wirklich kein Bier?«, wiederholte Holzschuh und prostete ihm mit seiner eigenen halbleeren Flasche zu. »Ist doch Samstag.«

Harry glaubte, Käsefüße riechen zu können. Beide Aschenbecher waren voller Zigarettenstummel.

»Nein danke«, wehrte Harry ab und setzte sich. »Und?«

»Tja, ich hatte ja nur diese eine Nacht.« Holzschuh hielt die DVD an. »Normalerweise brauche ich schon mehrere Tage.«

»Aber dieser Mensch ist kein professioneller Pokerspieler«, wandte Harry ein.

»Sag das nicht«, erwiderte Holzschuh und tätschelte seine Flasche. »Der blufft besser als so mancher Spieler. An dieser Stelle hier stellst du ihm die verabredete Frage, auf die er deiner Meinung nach mit einer Lüge antworten sollte, stimmt's?«

Holzschuh drückte auf Play, und Harry sah sich selbst im Fernsehstudio sitzen. Er trug ein etwas zu enges Nadelstreifensakko einer schwedischen Marke. Ein schwarzes T-Shirt, das er einmal von Rakel geschenkt bekommen hatte. Diesel-Jeans und Doc-Martens-Stiefel. Er saß in einer seltsam unbequemen Haltung, als hätte der Sessel Nägel in der Rückenlehne. Die Frage kam merkwürdig hohl aus den Fernsehlautsprechern: »Bitten Sie sie zur Nachhilfe ins Hotelzimmer?«

»Nein, ganz sicher nicht«, begann Støp, erstarrte aber, als Holzschuh den Pausenknopf drückte.

»Und du bist dir sicher, dass er da lügt?«, fragte Holzschuh.

»Ja«, bestätigte Harry. »Er hat es wirklich mit dieser Freundin von Rakel getrieben. Frauen geben mit so etwas nicht an. Was siehst du?«

»Wenn ich Zeit gehabt hätte, mir das auf den PC zu überspielen, hätte ich mir seine Augen vergrößern können, aber das ist eigentlich nicht nötig. Du kannst auch so erkennen, dass sich die Pupillen geweitet haben.« Holzschuh richtete einen Zeigefinger mit abgekautem Nagel auf den Bildschirm. »Das ist eines der bekanntesten Anzeichen für Stress. Fast schon klassisch. Und schau dir seine Nasenflügel an, siehst du, dass die sich auch ein bisschen geweitet haben? Das tun wir, wenn wir unter Stress stehen und das Hirn mehr Sauerstoff verlangt. Aber das bedeutet nicht, dass er lügt, denn man steht häufig unter Stress, auch wenn man die Wahrheit sagt. Und es gibt auch Leute, die überhaupt nicht unter Stress stehen, wenn sie lügen. Zum Beispiel sieht man hier, dass er seine Hände vollkommen ruhig hält.«

Harry bemerkte die Veränderung in Holzschuhs Stimme: Das Krächzen war verschwunden, und sie klang auf einmal weich und beinahe angenehm. Harry starrte auf Støps Hände, die ruhig in seinem Schoß lagen, die linke über der rechten.

»Es gibt leider keine sicheren Anzeichen«, dozierte Holzschuh. »Alle Pokerspieler sind verschieden, man muss also auf die Unterschiede achten. Man muss herausfinden, was eine Person *anders* macht, wenn sie lügt. Das ist wie eine Triangulation. Man braucht zwei feste Anhaltspunkte.«

»Eine Lüge und eine wahre Antwort. Hört sich einfach an.«

»Anhören ist richtig. Nehmen wir mal an, er sagt die Wahrheit, als er über den Beginn seiner Zeitschrift und seine Verachtung für die Politiker spricht. Dann hätten wir damit den zweiten Punkt.« Holzschuh spulte zurück und ließ die DVD dann wieder laufen. »Pass auf.«

Harry passte auf, sah anscheinend aber nicht, was er sehen sollte. Er schüttelte den Kopf.

»Seine Hände«, wiederholte Holzschuh, »achte auf seine Hände.«

Harry starrte auf Støps braune Handrücken, die auf den Armlehnen ruhten.

»Sie sind noch immer ruhig«, stellte Harry fest.

»Ja, aber er versteckt sie nicht«, erklärte Holzschuh. »Das kennt man auch von schlechten Pokerspielern: Wenn die miese Karten haben, passen sie besonders gut auf, dass ihnen niemand ins Blatt blickt. Und wenn sie bluffen, halten sie sich oft nachdenklich die Hand vor den Mund, als wollten sie ihren Gesichtsausdruck verbergen. Andere übertreiben den Bluff, indem sie sich im Stuhl aufrichten oder die Schultern nach hinten strecken, um größer zu wirken. Das sind die Bluffer. Støp ist ein Verberger.«

Harry beugte sich vor. »Hast du …?«

»Ja, das habe ich«, nickte Holzschuh. »Und das stimmt für die gesamte Zeit. Er nimmt die Hände von der Armlehne und versteckt die rechte – ich nehme an, er ist Rechtshänder –, wenn er lügt.«

»Was tut er, als ich ihn frage, ob er Schneemänner baut?« Harry unternahm keinen Versuch, seine Aufregung zu verbergen.

»Er lügt«, erklärte Holzschuh.

»Wann genau? Als er sagt, dass er überhaupt welche baut, oder als er sagt, oben bei sich auf der Terrasse?«

Holzschuh stieß ein kurzes Grunzen aus, das Harry für ein Lachen hielt.

»Wir haben es hier nicht mit einer exakten Wissenschaft zu tun«, betonte Holzschuh. »Wie gesagt, er ist kein schlechter Spieler. In den ersten Sekunden nach deiner Frage lässt er seine Hände noch auf den Lehnen, als wollte er die Wahrheit sagen. Dabei weiten sich allerdings seine Nasenflügel, als stünde er unter Stress. Doch dann denkt er nach, versteckt seine Hände und präsentiert uns seine Lüge.«

»Ah ja. Und das bedeutet, dass er etwas zu verbergen hat, stimmt's?«

Holzschuh presste die Lippen zusammen, um zu zeigen, dass diese Frage nicht so leicht zu beantworten war. »Es kann auch bedeuten, dass er uns eine Lüge bietet, von der er weiß, dass sie durchschaut wird. Um zu verbergen, dass er einfach auch die Wahrheit hätte sagen können.«

»Wie meinst du das denn jetzt?«

»Wenn Profi-Spieler gute Karten haben, kommt es manchmal vor, dass sie erst so tun, als würden sie bluffen, bevor sie mit hohen Einsätzen kommen, um den Pott in die Höhe zu treiben. Gerade so viel, dass die unerfahrenen Spieler glauben, einen Bluff entlarvt zu haben, und mitgehen. Eigentlich sieht das hier für meine Augen auch so aus. Für mich ist das ein gebluffter Bluff.«

Harry nickte langsam. »Du meinst, er will mich glauben lassen, er hätte etwas zu verbergen?«

Holzschuh blickte erst auf die leere Bierflasche, dann auf den Kühlschrank, ehe er den halbherzigen Versuch unternahm, seinen schweren Körper aus dem Sofa zu wuchten. Er seufzte.

»Wie gesagt, wir haben es hier nicht mit einer exakten Wissenschaft zu tun«, wiederholte er. »Könntest du vielleicht ...«

Harry stand auf und ging zum Kühlschrank. Innerlich fluchte er. Als er Oda in der Bosse-Redaktion angerufen hatte, war er sich darüber im Klaren gewesen, dass sie sein Angebot annehmen würden. Und dass er damit die Gelegenheit bekam, Støp ungehindert Fragen zu stellen, schließlich war das ein Grundsatz dieser Sendung. Überdies schoss die Kamera von jedem, der antwortete, entweder eine Großaufnahme oder mindestens Bilder, die den Oberkörper zeigten. Eine perfekte Ausgangslage für Holzschuhs Analyse. Trotzdem hatten sie eine Niederlage eingesteckt. Dies war sein letzter Strohhalm gewesen, der letzte einigermaßen helle Ort, an dem er suchen konnte. Jetzt tappten sie wieder im Dunkeln. Möglicherweise zehn Jahre, in denen sie auf ihr Glück hofften, auf Kommissar Zufall, auf einen Fehler.

Harry starrte auf die sauber aufgestellten Reihen von Ringnes-Pils im Kühlschrank. Ein seltsamer Kontrast zu dem Chaos in der Wohnung. Er zögerte. Dann nahm er zwei Flaschen. Sie waren so kalt, dass sie ihm auf der Handfläche brannten. Die Kühlschranktür fiel zu.

»Die einzige Stelle, an der ich mit Sicherheit sagen kann, dass Støp lügt«, rief Holzschuh von seinem Sofa, »ist der Moment, in dem er behauptet, dass es in seiner Familie keine psychischen Krankheiten gibt.«

Es gelang Harry, die Kühlschranktür mit dem Bein aufzuhalten. Das Licht, das durch den Spalt fiel, wurde von den vorhanglosen schwarzen Fensterflächen reflektiert.

»Sag das noch mal«, bat er.

Holzschuh sagte es noch mal.

Fünfundzwanzig Sekunden später war Harry schon das halbe Treppenhaus hinuntergestürmt, während Holzschuh das Bier, das Harry ihm zugeworfen hatte, bis zum Etikett geleert hatte.

»Da war noch etwas, Harry«, murmelte Holzschuh. »Bosse hat dich gefragt, ob es eine Besondere sei, auf die du wartest, und du hast mit nein geantwortet.« Er rülpste. »Fang du bloß nie an, Poker zu spielen, Harry.«

Harry rief vom Auto aus an.

Bevor er sich melden konnte, tönte es aus dem Hörer: »Hallo, Harry!«

Der Gedanke, dass Mathias Lund-Helgesen entweder seine Nummer wiedererkannte oder seinen Namen gespeichert hatte, ließ Harry schaudern. Im Hintergrund konnte er Rakels und Olegs Stimmen hören. Wochenende. Familie.

»Ich habe eine Frage über die Marienlyst-Klinik. Gibt es noch die Patientenakten von damals?«

»Das bezweifle ich«, meinte Mathias. »Ich glaube, es gibt da Vorschriften, dass solche Akten vernichtet werden müssen, wenn keiner die Praxis oder die Klinik weiterführt. Ich kann das aber überprüfen, wenn es wichtig ist.«

»Danke.«

Harry fuhr an der U-Bahnstation in Vinderen vorbei. Fetzen einer Erinnerung flogen vorüber. Eine Verfolgungsjagd, ein Unfall, ein toter Kollege. Das Gerücht, Harry, der am Steuer gesessen hatte, hätte auf Alkohol getestet werden müssen. Das war lange her. Wasser unter der Brücke. Narben unter der Haut. Versicolor auf der Seele.

Mathias rief nach einer Viertelstunde zurück.

»Ich habe mit Gregersen gesprochen, der damals die Marienlyst-Klinik geleitet hat. Ich fürchte, es wurde wirklich alles aufgelöst. Aber einige von uns, unter anderem Idar, sollen ihre Patientenakten mitgenommen haben.«

»Und du?«

»Ich wusste ja, dass ich selbst keine Praxis aufmachen würde, deshalb habe ich nichts mitgenommen.«

»Erinnerst du dich noch an Namen von Idars damaligen Patienten?«

»Ein paar vielleicht. Aber sicher nicht viele. Das ist lange her, Harry.«

»Ich weiß. Trotzdem danke.«

Harry legte auf und folgte dem Wegweiser zum Reichshospital. Die Klinikgebäude bedeckten den kleinen Höhenzug inmitten der Stadt.

Gerda Nelvik, eine mollige, nette Frau Mitte vierzig, war an diesem Samstag allein in der Abteilung für Vaterschaftsfragen des Gerichtsmedizinischen Instituts, als sie Harry empfing. Nur wenig deutete darauf hin, dass man an diesem Ort nach den schlimmsten Verbrechern der Gesellschaft fahndete. Die hellen, gemütlich eingerichteten Räume zeigten eher, dass die Belegschaft fast ausschließlich aus Frauen bestand.

Harry war hier früher schon einmal gewesen und kannte die Routine der DNA-Tests. An Werktagen wimmelte es hinter den Laborfenstern von Frauen mit weißen Hauben, Mützen und Einmalhandschuhen, die sich über ihre Maschinen und Lösungen beugten, um aus Blut- und Haarproben durch Amplifizierung die spezifischen DNA-Profile und Bandmuster herauszuarbeiten.

Sie gingen an einem Raum mit Regalen vorbei, auf denen diverse Päckchen lagen, die Polizeibehörden aus dem ganzen Land eingeschickt hatten. Harry wusste, dass es sich um Kleidungsstücke, Haare, Möbelbezüge, Blut und anderes organisches Material handelte, das zur Analyse hierher gesandt worden war. Um dem Material den Code zu entlocken, der das Bandmuster einer bestimmten Sequenz auf dieser geheimnisvollen Genspirale verkörperte, durch die ein Täter mit einer Wahrscheinlichkeit von neunundneunzig Komma neunneunneun Prozent Sicherheit identifiziert werden konnte.

Gerda Nelviks Büro war gerade groß genug, um den Computertisch, die Regale mit den Ordnern, ein paar Papierstapel und ein Bild von zwei lächelnden Jungs mit Snowboards zu beherbergen. »Ihre Söhne?«, fragte Harry und setzte sich.

»Ich glaube schon«, erwiderte sie lächelnd.

»Was?«

»Ach, ein Insiderwitz, Sie haben erwähnt, dass jemand Analysen bestellt haben soll?«

»Ja, ich brauche Informationen über alle DNA-Analysen, die von einer bestimmten Klinik in Auftrag gegeben worden sind. Beginnend vor zwölf Jahren. Und für wen sie in Auftrag gegeben worden sind.«

»Okay. Wie lautet der Name?«

»Marienlyst-Klinik.«

»Die Marienlyst-Klinik. Sind Sie sicher?«

»Wieso?«

Sie zuckte mit den Schultern. »Bei Vaterschaftstests sind es in der Regel Gerichte oder Anwälte, die so etwas in Auftrag geben. Oder eben Privatpersonen.«

»Es ging dabei nicht um Vaterschaftstests, sondern um die Ermittlung möglicher verwandtschaftlicher Beziehungen, um Erbkrankheiten auszuschließen.«

»Aha«, sagte Gerda. »Dann haben wir die in der Datenbank.«

»Können Sie das jetzt gleich überprüfen?«

»Wenn Sie ...« Gerda sah auf die Uhr. »... dreißig Sekunden Zeit haben.«

Harry nickte.

Gerda tippte etwas in ihren PC, während sie sich selbst diktierte. »M-a-r-i-e-n-l-y-s-t-k-l-i-n-i-k.«

Sie lehnte sich zurück und ließ die Maschine arbeiten.

»Ganz schön trübe, dieses Herbstwetter, oder?«, bemerkte sie.

»Schon«, erwiderte Harry abwesend und lauschte dem Rattern der Harddisc, als könne er ihm die erwünschte Antwort entreißen.

»Diese Dunkelheit macht einen richtig depressiv«, fuhr sie fort. »Hoffentlich kommt bald Schnee. Dann wird es irgendwie heller.«

»Hm«, machte Harry.

Das Rattern verstummte.

»Na so was«, rief sie und sah auf den Bildschirm.

Harry holte tief Luft.

»Die Marienlyst-Klinik war wirklich Kunde bei uns. Aber nicht in den letzten sieben Jahren.«

Harry dachte angestrengt nach. Wann hatte Idar Vetlesen dort aufgehört?

Gerda runzelte die Stirn. »Davor haben sie aber viele Tests bestellt …«

Sie zögerte. Harry wartete darauf, dass sie etwas sagte.

»Ungewöhnlich viele für so eine Gemeinschaftspraxis.«

Harry spürte es. Sie waren endlich auf dem richtigen Weg, dieser Weg führte sie irgendwie aus dem Labyrinth heraus. Oder genauer gesagt, ins Labyrinth hinein. In den Kern des Dunkels.

»Haben Sie die Namen und Personalien der getesteten Personen?«

Gerda schüttelte den Kopf. »Für gewöhnlich haben wir die, aber in diesen Fällen scheint die Praxis das anonym behandelt zu haben.«

Verdammt! Harry schloss die Augen und überlegte.

»Aber die Ergebnisse der Tests haben Sie noch immer gespeichert, oder? Ob der Betreffende der Vater ist oder nicht, meine ich.«

»Ja, klar«, antwortete Gerda.

»Und was steht da?«

»Das kann ich nicht so einfach sagen, dafür muss ich mir jeden einzelnen Fall anschauen, und das dauert länger.«

»Okay. Wie ist das, haben Sie die DNA-Profile der untersuchten Personen gespeichert?«

»Ja.«

»Und diese Analysen sind ebenso umfangreich wie bei Kriminalfällen?«

»Sogar noch umfassender. Um eine Vaterschaft mit Sicherheit feststellen zu können, brauchen wir noch mehr Marker, weil die Hälfte des Erbmaterials ja von der Mutter stammt.«

»Das heißt also, wenn ich Ihnen Zellmaterial von einer bestimmten Person besorge, können Sie feststellen, ob das mit Material identisch ist, das Sie bereits für die Marienlyst-Klinik untersucht haben?«

»Die Antwort lautet ja«, erwiderte Gerda mit hörbarer Neugier in der Stimme.

»Gut«, sagte Harry. »Meine Mitarbeiter werden Ihnen Zellmaterial von ein paar Personen senden. Es handelt sich dabei um die Ehemänner und Kinder von Frauen, die in den letzten Jahren verschwunden sind. Überprüfen Sie, ob diese Personen bereits analysiert worden sind. Ich werde dafür sorgen, dass diese Untersuchungen erste Priorität bekommen.«

Plötzlich schien in Gerdas Augen ein Licht anzugehen. »Jetzt weiß ich, wo ich Sie gesehen habe! Bei Bosse. Geht es um diesen …?«

Obwohl sie bloß zu zweit im Raum waren, senkte sie ihre Stimme, als wäre der Name, den sie dem Monster gegeben hatten, ein Schimpfwort, eine Obszönität, eine Beschwörung, die nicht laut ausgesprochen werden durfte.

Harry rief Katrine an und bat sie ins Café Java am St. Hanshaugen. Er parkte vor einem alten Haus, an dem ein Schild mit dem Abschleppwagen drohte, obwohl die Ausfahrt kaum breit genug für einen Rasenmäher war. Der Ullevålsveien war voller Menschen, die hastig ihre Samstagseinkäufe erledigten. Ein eiskalter Nordwind fegte vom Park herunter in Richtung Vår Frelsers Friedhof, um den Trauernden die schwarzen Hüte von den gesenkten Köpfen zu reißen.

Harry bestellte einen doppelten Espresso und einen Espresso Cortado, beides im Pappbecher zum Mitnehmen, und setzte sich auf einen der Stühle auf dem Bürgersteig. Auf dem Teich im Park gegenüber drehte ein einsamer weißer Schwan seine Runden. Sein Hals bog sich zu einem Fragezeichen. Harry musste an die gleichnamige Fuchsfalle denken. Der Wind blies übers Wasser, so dass es eine Gänsehaut bekam.

»Ist der Cortado noch warm?«

Katrine stand mit ausgestreckter Hand vor ihm.

Harry reichte ihr den Pappbecher, und sie gingen zu seinem geparkten Auto.

»Schön, dass du an einem Samstagvormittag bereit bist zu arbeiten«, sagte er.

»Schön, dass du an einem Samstagvormittag bereit bist zu arbeiten«, konterte sie.

»Ich bin Single«, sagte er. »Für Leute wie mich hat ein Samstagvormittag keine besondere Bedeutung. Du solltest aber doch ein Privatleben haben.«

Ein älterer Herr stand mit finsterem Blick vor Harrys Auto, als sie sich näherten.

»Ich habe einen Abschleppwagen bestellt«, verkündete er.

»Ja, die sind im Moment ja ziemlich in«, entgegnete Harry und schloss die Autotür auf. »Aber es wird sicher problematisch werden, für so eine Riesenkarre einen Parkplatz zu finden.«

Sie setzten sich in den Wagen, doch ein faltiger Knöchel hämmerte gegen das Seitenfenster. Harry kurbelte die Scheibe herunter.

»Der Abschleppdienst ist unterwegs«, keifte der Alte. »Sie haben zu bleiben und zu warten.«

»Tatsächlich?«, fragte Harry und streckte ihm seinen Ausweis entgegen.

Der Mann ignorierte den Ausweis und blickte wütend auf die Uhr.

»Ihr Tor ist zu schmal, um als Ausfahrt zu gelten«, erklärte Harry. »Ich werde jemanden von der Straßenverkehrsbehörde herschicken, um Ihr widerrechtlich angebrachtes Schild abzuschrauben. Ich fürchte, da kommt eine saftige Buße auf Sie zu.«

»Was?«

»Wir sind von der Polizei.«

Der Alte schnappte sich den Ausweis und blickte misstrauisch von Harry auf den Ausweis und zurück.

»In Ordnung. Ich werd noch mal ein Auge zudrücken, fahren Sie«, murmelte der Alte und gab ihm den Ausweis zurück.

»Nichts ist in Ordnung«, korrigierte Harry. »Ich rufe jetzt die Straßenverkehrsbehörde an.«

Der Alte starrte ihn wütend an.

Harry drehte den Zündschlüssel und ließ den Motor aufheulen, ehe er sich noch einmal dem Alten zuwandte. »Und Sie warten hier gefälligst so lange.«

Sie konnten seinen entgeisterten Gesichtsausdruck noch im Rückspiegel erkennen, als sie davonfuhren.

Katrine lachte laut. »Du bist *grausam*! Das war ein alter Mann!«

Harry sah sie von der Seite an. Sie hatte einen merkwürdigen Gesichtsausdruck, als täte ihr das Lachen weh. Paradoxerweise schien sie durch die Vorfälle in der Fenris-Bar ein entspannteres Verhältnis zu ihm bekommen zu haben. Vielleicht war es eine Eigenheit von hübschen Frauen, jemanden stärker zu respektieren, der sie trotz ihres Äußeren hatte abblitzen lassen, und ihm mehr Vertrauen zu schenken als den anderen.

Harry lächelte. Nur gut, dass sie nicht wusste, dass Harry am Morgen mit einer Erektion aufgewacht war und sich noch an einen Traum erinnerte, in dem er sie im Klo der Fenris-Bar genommen hatte, während sie auf dem Waschbecken saß und etwas aufschrieb. Er war derart hart in sie eingedrungen, dass die Rohre knackten, das Wasser in den Klosetts schwappte und das Licht flackerte, während er bei jedem Stoß das kalte Porzellan an seinen Eiern spürte. Der Spiegel hinter ihr vibrierte, so dass die Konturen seines Gesichts verschwammen, während Hüfte auf Hüfte prallte und ihr Rücken gegen Wasserhahn, Fön und Seifenbehälter gepresst wurde. Erst danach war ihm bewusst geworden, dass das Gesicht im Spiegel gar nicht seines, sondern das eines anderen gewesen war.

»Woran denkst du?«, fragte sie.

»An Fortpflanzung«, antwortete Harry.

»Tatsächlich?«

Harry reichte ihr ein Päckchen. Sie öffnete es. Obenauf lag ein Zettel mit der Aufschrift: *Gebrauchsanweisung für den Abstrich aus der Mundhöhle (DNA-Test).*

»Irgendwie geht es um Vaterschaft«, verkündete Harry. »Ich weiß nur noch nicht, wie und warum.«

»Und wohin fahren wir gerade?«, wollte Katrine wissen und nahm ein kleines Kästchen mit Wattestäbchen heraus.

»Nach Sollihøgda«, erwiderte Harry. »Um Zellproben von den Zwillingen zu holen.«

Auf den Feldern rund um den Hof war der Schnee auf dem Rückzug. Nass und grau klebte er auf den Teilen der Landschaft, die noch in seinem Besitz waren.

Rolf Ottersen empfing sie auf der Treppe und bot ihnen einen Kaffee an. Während sie sich die dicken Jacken auszogen, unterrichtete ihn Harry über den Grund ihres Kommens. Rolf Ottersen fragte nicht weiter nach, sondern nickte nur.

Die Zwillinge saßen im Wohnzimmer und strickten.

»Was wird das?«, fragte Katrine.

»Ein Schal«, antworteten sie im Chor. »Das hat uns unsere Tante beigebracht.«

Sie nickten Ane Pedersen zu, die strickend im Schaukelstuhl saß und Katrine freundlich grüßte.

»Ich brauche nur ein bisschen Spucke und Schleim von euch«, erklärte Katrine fröhlich und streckte ein Wattestäbchen in die Höhe. »Mund auf.«

Kichernd legten die Zwillinge das Strickzeug weg.

Harry ging zu Rolf Ottersen in die Küche, der gerade einen großen Topf aufgesetzt hatte. Es roch nach Kaffee.

»Dann haben Sie sich also geirrt mit diesem Arzt?«, erkundigte sich Ottersen.

»Vielleicht«, gab Harry zu. »Es ist aber trotzdem möglich, dass er etwas mit der Sache zu tun hat. Ist es in Ordnung, wenn ich noch einmal einen Blick in die Scheune werfe?«

Rolf Ottersen machte eine einladende Geste mit der Hand.

»Aber Ane hat aufgeräumt«, fügte er hinzu. »Da gibt's nicht mehr viel zu sehen.«

Es war wirklich aufgeräumt. Harry erinnerte sich an die dicke Schicht Hühnerblut, die dunkel auf dem Boden geklebt hatte, als Holm seine Proben nahm, doch jetzt war der Boden geschrubbt. Wo das Blut eingezogen war, waren die Dielen leicht rosa. Harry stellte sich an den Hauklotz und sah zur Tür. Versuchte sich vorzustellen, wie Sylvia Ottersen dort gestanden und geschlachtet hatte, als der Schneemann hereinkam. Hatte er sie überrascht? Sie hatte zwei Hühner geschlachtet. Nein, drei. Warum dachte er, es wären zwei gewesen? Zwei plus eins. Warum plus eins? Er schloss die Augen.

Zwei der Hühner hatten neben dem Hauklotz gelegen, ihr Blut war in das Sägemehl gesickert. So schlachtete man Hühner. Das dritte hingegen hatte etwas abseits auf dem Boden gelegen und die

Dielen versaut. Amateurmäßig. Und das Blut auf der Schnittfläche des dritten Huhns war verklumpt gewesen, genau wie an Sylvias Kopf. Er erinnerte sich an Bjørn Holms Erklärung. Und er wusste, dass ihm der Gedanke nicht erst jetzt kam, sondern schon lange irgendwo gelauert hatte, gemeinsam mit all den anderen nicht zu Ende gedachten, halbfertigen, vagen Gedanken. Das dritte Huhn war auf die gleiche Weise getötet worden wie Sylvia Ottersen: mit einer glühenden Schneideschlinge.

Er trat an die Stelle, an der die Dielen das Blut aufgesaugt hatten, und ging in die Hocke.

Hatte der Schneemann das letzte Huhn getötet? Aber warum mit der Schneideschlinge und nicht mit dem Beil? Ganz einfach. Weil das Beil irgendwo im dunklen Wald verschwunden war. Ergo war das erst nach dem Mord geschehen. Aber warum war er überhaupt den ganzen Weg zurückgegangen und hatte ein Huhn geschlachtet? Eine Art Voodooritual? Ein plötzlicher Einfall? Aber das konnte nicht sein, diese Tötungsmaschine hielt sich doch an den Plan und folgte ihrem Muster.

Es musste einen Grund geben.

Warum?

»Warum?«, fragte Katrine.

Harry hatte sie nicht kommen gehört. Sie stand im Scheunentor und streckte ihm zwei kleine Plastikbeutel mit Wattestäbchen entgegen. Das Licht der einzelnen Glühbirne fiel auf ihr Gesicht, und Harry schauderte es bei dem Anblick. Sie stand genauso da wie bei Becker und streckte ihm die Hände entgegen. Aber das war noch nicht alles. Irgendwie erinnerte sie ihn ganz furchtbar an jemanden.

»Wie ich schon sagte«, murmelte Harry und starrte auf die rosa Flecken. »Ich glaube, es geht um Verwandtschaft. Und darum, Dinge zu vertuschen.«

»Wer?«, fragte sie und kam näher. Die Absätze ihrer hohen Stiefeletten knallten auf dem Boden. »Wen hast du auf dem Kieker?«

Sie ging neben ihm in die Hocke. Ihr männliches Parfüm strich an ihm vorbei und stieg von ihrer warmen Haut rasch in die kalte Luft.

»Wie gesagt, ich hab keine Ahnung.«

»Das ist doch kein systematisches Arbeiten, nur eine Idee. Rück schon raus mit deiner Theorie«, bat sie und fuhr mit dem rechten Zeigefinger über das Sägemehl.

Harry zögerte. »Das ist nicht mal eine Theorie.«

»Los, komm schon, erzähl.«

Harry hielt die Luft an. »Arve Støp.«

»Was soll mit ihm sein?«

»Arve Støp behauptet, Idar Vetlesen hätte sich um seinen Tennisarm gekümmert. Borghild behauptet jedoch, dass es gar keine Krankenakte über Støp gibt. Ich frage mich, wie das sein kann.«

Katrine zuckte mit den Schultern. »Vielleicht war es mehr als ein Ellenbogen. Vielleicht hatte Støp Angst, es könnte herauskommen, dass er was mit seinem Äußeren hat machen lassen.«

»Wäre Idar Vetlesen bereit gewesen, bei allen Patienten, die Angst um ihren guten Ruf hatten, auf Krankenakten zu verzichten, hätte er nicht einen einzigen Namen in seinem Archiv gehabt. Nein, ich denke, es gibt andere Gründe. Vielleicht etwas, das wirklich nicht an die Öffentlichkeit durfte.«

»Woran denkst du da?«

»Støp hat Bosse angelogen. Er hat behauptet, es gäbe in seiner Familie keine erblichen Krankheiten oder gar Fälle von Geisteskrankheit.«

»Und die gibt es doch?«

»Nehmen wir das mal an, nur so als Theorie.«

»Die Theorie, die eigentlich noch gar keine Theorie ist?«

Harry nickte. »Wenn Idar Vetlesen Spezialist für die Fahr'sche Krankheit in Norwegen war, hat er das verdammt gut geheim gehalten. Nicht einmal Borghild, seine Sprechstundenhilfe, wusste davon. Wie in aller Welt haben Sylvia Ottersen und Birte Becker dann zu ihm gefunden?«

»Wie?«

»Nehmen wir mal an, Vetlesens Spezialgebiet waren nicht diese erblichen Krankheiten, sondern Diskretion. Er hat ja selbst gesagt, das sei die Grundlage seines ganzen Geschäfts. Und das ist auch der Grund dafür, dass sich ein Freund und Patient an ihn wendet und ihm anvertraut, dass er unter der Fahr'schen Krankheit leidet. Die Diagnose hat er irgendwo anders bekommen, bei einem wirklichen Spezialisten. Aber dieser Spezialist hat nicht

Vetlesens Spitzenkompetenz in Diskretion, denn diese Krankheit muss wirklich geheim gehalten werden. Der Patient besteht darauf und bezahlt vielleicht auch dafür. Denn bezahlen kann er.«

»Arve Støp?«

»Ja.«

»Aber er hat die Diagnose bereits an einem anderen Ort bekommen, von dem aus sie an die Öffentlichkeit durchsickern könnte.«

»Das ist nicht der wahre Grund für Støps Angst. Er hat vielmehr Angst, es könnte bekannt werden, dass er auch seinen Nachwuchs dorthin mitbringt. Nachwuchs, der auf diese Erbkrankheit untersucht werden soll. Das alles muss aber unter absoluter Geheimhaltung geschehen, denn es weiß ja niemand, dass das seine Kinder sind. Im Gegenteil. Irgendjemand hält diese Kinder für die seinen. Wie Filip Becker glaubte, Jonas sei sein Sohn. Und ...« Harry wies mit einer Kopfbewegung zum Wohnhaus.

»Rolf Ottersen?«, flüsterte Katrine. »Die Zwillinge? Meinst du, dass ...« Sie hob die Plastiktütchen an. »... das hier das Genmaterial von Arve Støp ist?«

»Schon möglich.«

Katrine sah ihn an. »Und die verschwundenen Frauen, ... die anderen Kinder ...«

»Sollte der DNA-Test zeigen, dass Støp der Vater von Jonas und den Zwillingen ist, werden wir am Montag auch die Kinder der anderen verschwundenen Frauen untersuchen.«

»Du meinst, ... Arve Støp hat sich durch ganz Norwegen gefickt, diverse Frauen geschwängert und sie dann umgebracht, nachdem sie seine Brut auf die Welt gebracht hatten?«

Harry zuckte mit den Schultern.

»Warum denn?«, fragte sie.

»Wenn ich recht habe, haben wir es hier natürlich mit einer Form von Geisteskrankheit zu tun, und dann ist das alles sowieso nur Spekulation. Hinter dem Wahnsinn steckt oft eine ziemlich klare Logik. Hast du schon mal von den Seehunden in der Beringstraße gehört?«

Katrine schüttelte den Kopf.

»Wir reden hier über einen Vater, der ein eiskalter, rationaler Mörder ist«, erklärte Harry. »Wenn das Seehundweibchen die

Jungen zur Welt gebracht hat und diese die erste kritische Phase überstanden haben, versucht der Vater, die Mutter zu töten. Weil er weiß, dass sie sich nie wieder mit ihm paaren wird. Er will verhindern, dass sie noch andere Junge auf die Welt bringt, die seinen eigenen Nachkommen Konkurrenz machen.«

Katrine schien ihm nicht ganz folgen zu können.

»Das ist allerdings Wahnsinn«, bestätigte sie. »Aber ich weiß nicht, was verrückter ist – wie ein Seehund zu denken oder sich vorzustellen, dass jemand wie ein Seehund denkt.«

»Wie gesagt.« Es knirschte hörbar in Harrys Knien, als er aufstand. »Nur eine vage Theorie.«

»Du lügst«, widersprach sie und sah zu ihm auf. »Du bist dir doch schon sicher, dass Arve Støp der Vater ist.«

Harry verzog den Mund zu einem schiefen Grinsen.

»Du bist genauso verrückt wie ich«, stellte sie fest.

Harry sah sie lange an. »Komm. In der Gerichtsmedizin warten sie schon auf deine Wattestäbchen.«

»An einem Samstag?« Katrine fuhr mit der Hand über das Sägemehl, unterstrich, was sie gezeichnet hatte, und stand auf. »Haben die kein Privatleben?«

Nachdem sie die Tüten in der Gerichtsmedizin abgeliefert hatten und man ihnen versprochen hatte, dass sie die Antwort bis zum Abend, spätestens zum folgenden Morgen bekommen würden, fuhr Harry Katrine nach Hause in die Seilduksgate.

»Alles dunkel bei dir«, stellte Harry fest. »Allein?«

»Ein hübsches Mädchen wie ich …«, konterte sie lächelnd und fasste nach dem Türgriff, »… ist nie allein.«

»Hm. Warum wolltest du eigentlich nicht, dass ich deinen Kollegen in Bergen sage, dass du da bist?«

»Was?«

»Die hätten es doch sicher toll gefunden, dass du jetzt an so einem Riesenmordfall in der Hauptstadt arbeitest.«

Sie zuckte mit den Schultern und öffnete die Tür. »Bergener sehen in Oslo keine Hauptstadt. Gute Nacht.«

»Gute Nacht.«

Er war sich nicht sicher, glaubte aber bemerkt zu haben, dass Katrine bei seiner letzten Frage erstarrt war. Aber wann konnte man sich schon sicher sein? Wenn schon ein Klicken nicht mehr vom Hahn eines Revolvers kam, sondern von einem trockenen Zweig, den ein kleines Mädchen aus blankem Entsetzen durchbricht. Trotzdem, er konnte dieses Spiel nicht mehr lange so mitmachen. Er konnte nicht so tun, als hätte er es nicht bemerkt. Katrine hatte ihren Dienstrevolver an jenem Abend auf den Rücken von Filip Becker gerichtet. Und als Harry ihr in die Schusslinie getreten war, hatte er ein Geräusch gehört, und zwar genau das Geräusch, das er zu hören glaubte, als Salma einen Zweig im Hinterhof zerbrach. Das geölte Klicken eines Revolverhahns, der sich wieder senkte. Was nur bedeuten konnte, dass er zuvor gespannt gewesen sein musste. Katrine hatte den Abzug also schon bis zum Anschlag gedrückt, der Schuss hätte sich jeden Augenblick lösen können. Sie hatte tatsächlich vorgehabt, Becker zu erschießen.

Nein, er konnte nicht mehr so tun als ob. Weil das Licht im Scheunentor auf ihr Gesicht gefallen war. In diesem Moment hatte er sie wiedererkannt und ihr die passende Antwort gegeben: Das alles hatte mit Verwandtschaft zu tun.

Kriminaloberkommissar Knut Müller-Nilsen liebte Julie Christie. So sehr, dass er es nie gewagt hatte, seiner Frau die volle Wahrheit zu beichten. Aber da er sie unter Verdacht hatte, ein entsprechendes außereheliches Verhältnis mit Omar Sharif zu pflegen, saß er ohne jedes schlechte Gewissen neben ihr und fraß Julie Christie mit den Blicken beinahe auf. Seine Freude wurde jedoch dadurch getrübt, dass seine Julie in eben diesem Augenblick stürmisch von eben jenem Omar umarmt wurde. Als das Telefon auf dem Wohnzimmertisch klingelte und er das Gespräch entgegennahm, drückte seine Frau auf den Pausenknopf, so dass dieser wunderbare, wenn auch schmerzhafte Augenblick ihrer Lieblings-DVD *Doktor Schiwago* für unbestimmte Zeit erstarrte.

»Na so etwas, Herr Hole!«, rief Müller-Nilsen, nachdem sich der Hauptkommissar gemeldet hatte. »Ja, Sie haben sicher einiges zu tun.«

»Haben Sie eine Minute Zeit«, fragte die gleichzeitig raue und weiche Stimme am anderen Ende.

Müller-Nilsen blickte auf Julies rote, bebende Lippen und ihren nach oben gerichteten, verschleierten Blick. »Wir nehmen uns die Zeit, die wir brauchen, Hole.«

»Als ich bei Ihnen im Büro war, haben Sie mir ein Bild von Gert Rafto gezeigt. Ich habe darauf etwas erkannt.«

»Ach ja?«

»Außerdem haben Sie etwas über seine Tochter gesagt. Dass sie sich doch noch gut rausgemacht habe. Diese Formulierung hat mich stutzig gemacht. Als sollte ich etwas wissen.«

»Ja, aber sie macht sich doch gut, oder?«, fragte Müller-Nilsen.

»Kommt darauf an«, sagte Harry.

Kapitel 24

19. Tag. Toowoomba

Es summte erwartungsvoll unter den Kronleuchtern im Sonja-Henie-Saal des Plaza Hotels. Arve Støp stand an der Tür, an der er die Gäste empfangen hatte. Seine Kiefer waren mürbe vom Lächeln und durch all das Händeschütteln, hatte sich auch der Tennisarm wieder gemeldet. Eine junge Frau von der Event-Agentur, die die Verantwortung für die technische Durchführung hatte, stellte sich neben ihn und teilte ihm lächelnd mit, die Gäste seien jetzt alle an ihren Plätzen. Ihr schwarzer, neutraler Anzug und das Headset mit dem kaum sichtbaren Mikrofon ließen ihn an eine Agentin in *Mission Impossible* denken.

»Dann gehen wir jetzt mal rein«, sagte sie und zupfte mit einer freundlichen, fast zärtlichen Geste die Fliege seines Smokings zurecht.

Sie trug einen Ehering. Ihre Hüften schwangen vor ihm in den Saal. Hatten diese Hüften schon ein Kind zur Welt gebracht? Der Stoff der schwarzen Hose saß stramm über dem trainierten Po. Arve Støp stellte sich genau diesen Körperteil jetzt ohne Kleider vor, daheim vor seinem Bett in der Wohnung in Aker Brygge. Aber sie wirkte zu professionell. Das würde nur Probleme geben. Zu viel mühsames Überreden. Er begegnete ihrem Blick in dem großen Spiegel neben der Tür, erkannte, dass er entlarvt worden war, und lächelte breit und entschuldigend. Sie musste auch lachen, und eine leichte, ganz unprofessionelle Röte schoss ihr in die Wangen. Mission Impossible? Vielleicht doch nicht. Aber nicht heute Abend.

An dem Achtertisch, an dem auch sein Platz war, erhoben sich alle, als er den Raum betrat. Seine Tischdame war seine stellvertretende Chefredakteurin. Eine langweilige, aber notwendige Wahl. Sie war verheiratet, hatte Kinder und das mitgenommene Gesicht einer Frau, die zwölf bis vierzehn Stunden pro Tag im Büro verbrachte. Er durfte gar nicht daran denken, was geschehen würde, sollte sie eines Tages feststellen, dass es im Leben noch mehr gab als *Liberal*. Der Tisch brachte einen Toast auf ihn aus, während Støp seinen Blick durch den Saal schweifen ließ. Das Licht der Kronleuchter fiel auf glitzernde Pailletten, Schmuck und lachende Augen. Und auf Kleider. Schulterfreie, rückenfreie, ganz und gar nicht jugendfreie.

Dann ging es los. Die mächtigen Töne von »Also sprach Zarathustra« dröhnten aus den Lautsprechern. Bei den Vorbesprechungen mit dem Event-Büro hatte Arve Støp angedeutet, er fände diese Eröffnung nicht originell, sondern bloß pompös, außerdem müsse er dabei immer an die Entstehung der Menschheit denken. Man antwortete ihm nur, dass ja genau das beabsichtigt sei.

Ein Fernsehpromi, der für die Moderation eine sechsstellige Summe gefordert und bekommen hatte, stieg auf die von Nebel umhüllte Bühne.

»Meine Damen und Herren!«, rief er in ein großes, schnurloses Mikrofon, dessen Form Støp an einen gewaltigen erigierten Penis denken ließ.

»Herzlich willkommen!« Der Promi berührte die schwarze Eichel fast mit den Lippen. »Willkommen zu einem – und das darf ich mit Fug und Recht sagen – denkwürdigen Abend!«

Einem Abend, dessen Ende Arve Støp bereits mit Ungeduld entgegensah.

Harry starrte auf die Bilder auf dem Regal in seinem Büro, den Club der toten Polizisten. Er versuchte, sich zu konzentrieren, aber die Gedanken kreisten durch seinen Kopf, ohne sich irgendwo festzusetzen und ein vollkommenes Bild zu zeichnen. Er hatte schon die ganze Zeit gespürt, dass jemand in seinen inneren Kreis eingedrungen war und immer auf dem Laufenden war, was er gerade tat. Dass es sich jedoch *so* verhielt, hätte er weiß Gott nicht geahnt. So verdammt einfach und doch auch so unbegreiflich kompliziert.

Knut Müller-Nilsen hatte erzählt, Katrine habe sich gleich nach ihrer Einstellung rasch zu einer der vielversprechendsten Ermittlerinnen im Morddezernat der Bergener Polizei entwickelt, ein *rising star*. Es hätte nie irgendwelche Probleme gegeben. Abgesehen von dieser einen Sache eben, nach der sie sich bei der Sitte bewarb. Ein Zeuge eines alten, längst zu den Akten gelegten Falls, hatte angerufen und sich beschwert, Katrine Bratt bedränge ihn ständig mit neuen Fragen und lasse ihn nicht in Ruhe, obwohl er ihr klar zu verstehen gegeben habe, dass er längst seine Aussage bei der Polizei gemacht habe. Wie sich herausstellte, ermittelte Katrine schon länger auf eigene Faust in diesem Fall, ohne die Leitung der Polizei darüber informiert zu haben. Da sie in ihrer Freizeit ermittelt hatte, wäre das normalerweise kein Problem gewesen, aber gerade in diesem Fall war Katrine Bratts Engagement unerwünscht. Und das gab man ihr klar zu verstehen. Daraufhin verwies sie auf diverse Fehler, die bei den früheren Ermittlungen gemacht worden seien, doch ohne auf Gehör zu stoßen, weshalb sie dann frustriert um Versetzung zur Sitte bat.

»Sie war richtiggehend besessen von diesem Fall«, war das Letzte, was Müller-Nilsen gesagt hatte. »Das muss in der Zeit gewesen sein, in der ihr Mann sie verlassen hat.«

Harry stand auf, ging auf den Flur und zu Katrines Tür. Sie war vorschriftsmäßig abgeschlossen. Er ging in den Raum mit den Kopierern und nahm das Papierschneidegerät vom untersten Regalbrett, eine schwere Stahlplatte mit einem montierten Messer. Er trug die riesige Maschine, die schon seit Ewigkeiten nicht mehr benutzt worden war, zu Katrine Bratts Tür, hob sie über den Kopf und zielte. Dann ließ er die Arme herabsausen.

Das Schneidegerät traf die Klinke, die das Schloss direkt in den Rahmen rammte. Das Holz splitterte mit lautem Krachen.

Harry konnte gerade noch die Füße wegziehen, ehe das Schneidegerät mit dumpfem Dröhnen zu Boden ging. Die Tür spuckte Holzsplitter und schwang nach innen auf, als er dagegentrat. Er nahm das Schneidegerät mit und ging hinein.

Katrine Bratts Büro war identisch mit dem, das er sich seinerzeit mit Kommissar Jack Halvorsen geteilt hatte. Aufgeräumt, kahl, ohne Bilder oder andere persönliche Gegenstände. Der Schreibtisch hatte oben ein einfaches Schloss, mit dem alle Schubladen verriegelt wurden. Nach zwei Schlägen mit dem Schneidegerät waren auch die oberste Schublade und das Schloss zertrümmert. Harry suchte hastig, schob das Papier zur Seite und wühlte zwischen Klarsichthüllen, Lochern und anderen Büroartikeln herum, bis er ein Messer fand. Er zog es aus der Scheide. Die Oberseite der Klinge hatte Rillen. Definitiv kein Pfadfindermesser. Weich und beinahe reibungslos drang die Schneide in den Stapel Papiere, auf denen das Messer gelegen hatte.

In der Schublade darunter lagen zwei noch ungeöffnete Schachteln mit Munition für ihre Dienstwaffe. Die einzigen persönlichen Gegenstände, die Harry fand, waren zwei Ringe. Einer war mit Steinen besetzt, die im Licht der Schreibtischlampe glänzten. Diesen Ring hatte er schon einmal gesehen. Harry schloss die Augen und versuchte, sich das Bild in Erinnerung zu rufen. Ein großer, auffälliger Ring. Protzig. Las Vegas. Katrine würde niemals einen solchen Ring tragen. Und im gleichen Augenblick wusste Harry, wo er diesen Ring schon einmal gesehen hatte. Er spürte seinen Puls schneller schlagen, schwer, aber gleichmäßig. Diesen Ring hatte er in einem Schlafzimmer gesehen. In Beckers Schlafzimmer.

Im Sonja-Henie-Saal war das Essen vorüber, die Tische waren weggeräumt worden, und Arve Støp lehnte an der Wand ganz hinten im Saal und blickte zur Bühne, vor der seine Gäste zusammengelaufen waren und hingerissen der Band lauschten. Es klang überwältigend. Und teuer. Der reinste Größenwahn. Arve Støp hatte gewisse Zweifel gehabt, aber die Event-Agentur hatte ihn schließlich doch überzeugen können, dass er sich mit einer derart verschwenderischen Investition ins Erlebnis die Loyalität und Begeisterung seiner Angestellten erkaufen konnte, den Stolz, für ihn arbeiten zu dürfen. Indem er sich ein Stückchen dieses internationalen Erfolgs kaufte, betonte er nicht nur den Stellenwert seines Blattes, sondern wertete auch das Markenzeichen *Liberal* auf und machte es damit für Anzeigenkunden noch interessanter.

Der Sänger presste seine Finger gegen den kleinen Knopf im Ohr, als er den höchsten Ton ihres internationalen Hits aus den Achtzigern anstimmte.

»Keiner klingt falsch so schön wie Morten Harket«, bemerkte eine Stimme neben Støp.

Er drehte sich um. Und wusste sofort, dass er sie schon einmal gesehen hatte – eine hübsche Frau vergaß er nie. Hingegen vergaß er immer öfter, wer, wo und wann es gewesen war. Sie war schlank, trug ein dunkles, einfaches Kleid mit einem Schlitz, das ihn an jemanden erinnerte. An Birte. Birte hatte so ein Kleid getragen.

»Ich finde es skandalös«, widersprach er.

»Der Ton ist nicht so leicht zu treffen«, erwiderte sie, ohne den Blick vom Sänger zu nehmen.

»Ich finde es skandalös, dass ich mich nicht an Ihren Namen erinnere. Dabei weiß ich sicher, dass wir uns schon einmal kennengelernt haben.«

»Nicht kennengelernt«, korrigierte sie. »Sie haben mich bloß angestarrt.« Sie strich sich die schwarzen Haare aus dem Gesicht. Sie war hübsch, aber auf eine klassische, etwas strenge Weise. Wie Kate Moss.

Birte war eher der Pamela-Anderson-Typ gewesen.

»Ich glaube, das ist entschuldbar«, flirtete er und spürte, wie er wach wurde, das Blut durch seinen Körper pulste und den Champagner in den Teil seines Hirns brachte, in dem der Alkohol anregend wirkte und nicht bloß betäubend.

»Wie heißen Sie?«

»Ich bin Katrine Bratt.«

»Ah, ja. Dann sind Sie eine unserer Inserentinnen, Katrine? Oder arbeiten Sie in unserer Bank, als Vertreterin oder Freelance-Fotografin?«

Bei jeder Frage schüttelte Katrine lächelnd den Kopf.

»Ich bin ein Partycrasher«, erklärte sie. »Eine Ihrer Journalistinnen ist eine Freundin von mir. Sie hat mir gesagt, wer nach dem Essen auftreten würde und dass ich sicher eingelassen werde, wenn ich mir ein anständiges Kleid anziehe. Haben Sie Lust, mich rauszuschmeißen?«

Sie hob ihr Champagnerglas an die Lippen. Sie waren nicht so voll, wie er es gern hatte, aber tiefrot und feucht. Ihr Blick war noch immer auf die Bühne gerichtet, so dass er ihr Profil studieren konnte. Das ganze Profil. Den leicht geschwungenen Rücken, die perfekte Wölbung ihrer Brüste. Es musste nicht unbedingt Silikon sein, vielleicht auch nur ein guter BH. Aber konnten die schon ein Kind gestillt haben?

»Ich denke darüber nach«, neckte er. »Haben Sie etwas zu Ihrer Verteidigung vorzubringen?«

»Reicht auch eine Drohung?«

»Vielleicht.«

»Ich habe draußen die Paparazzi gesehen, die auf die Promis mit ihren heutigen Eroberungen warten. Wie wäre es, wenn ich denen erzählte, was meiner Freundin passiert ist? Ihr ist doch allen Ernstes mitgeteilt worden, dass ihre Zukunftschancen bei *Liberal* deutlich geringer geworden seien, seit sie Ihre Annäherungsversuche abgewehrt hat.«

Arve Støp lachte laut und herzlich. Er bemerkte, dass sie von ein paar anderen Gästen bereits neugierig beobachtet wurden. Als er sich zu ihr beugte, nahm er wahr, dass ihr Parfüm dem Eau de Cologne ähnelte, das er selbst benutzte.

»Erstens habe ich wirklich keine Angst vor einem schlechten Ruf, schon gar nicht bei meinen Kollegen von der Regenbogenpresse. Zweitens taugt Ihre Freundin wirklich nicht zur Journalistin. Und drittens lügt sie. Ich habe dreimal mit ihr geschlafen. Und *das* dürfen Sie den Paparazzi draußen gerne erzählen. Sind Sie verheiratet?«

»Ja«, antwortete die fremde Frau, drehte sich zur Bühne und schob das andere Bein durch den Schlitz vor, so dass er den spitzenbesetzten Abschluss ihrer halterlosen Seidenstrümpfe sah. Arve Støp spürte, wie er einen trockenen Mund bekam, und nahm einen Schluck Champagner. Dann sah er zu all den zappelnden Füßen vor der Bühne hinüber. Atmete durch die Nase. Ganz deutlich konnte er jetzt den Duft ihrer Möse riechen.

»Haben Sie Kinder, Katrine?«

»Wollen Sie, dass ich Kinder habe?«

»Ja.«

»Warum?«

»Weil Frauen, die schon neues Leben geschaffen haben, es gewohnt sind, sich der Natur zu unterwerfen. Das gibt ihnen mehr Lebenserfahrung als anderen Frauen oder Männern.«

»Bullshit.«

»Doch. Weil sie deshalb nicht so verzweifelt nach einem Vater suchen. Sondern bloß mitspielen wollen.«

»Okay«, erwiderte sie lachend. »Dann habe ich Kinder. Was würden Sie denn gerne spielen?«

»Hoppla«, sagte Støp und sah auf die Uhr. »Jetzt legen Sie aber ein ganz schönes Tempo vor.«

»Was spielen Sie denn gerne?«

»Alles.«

»Gut.«

Der Sänger schloss die Augen, packte das Mikrofon mit beiden Händen und warf sich in das Crescendo des Songs.

»Das Fest ist langweilig, ich werde jetzt nach Hause gehen.«

Støp stellte sein leeres Glas auf ein Tablett, das vorbeisegelte. »Ich wohne in Aker Brygge. Der gleiche Hauseingang wie *Liberal*, oberste Etage. Oberster Klingelknopf.«

Sie lächelte dünn. »Ich weiß, wo das ist. Wie viel Vorsprung willst du?«

»Gib mir zwanzig Minuten, und versprich mir, mit niemandem zu reden, bevor du gehst. Nicht mal mit deiner Freundin. Ist das abgemacht, Katrine Bratt?«

Er sah sie an und hoffte, den richtigen Namen gesagt zu haben.

»Glaub mir«, versicherte sie ihm, und er bemerkte den seltsamen Glanz in ihrem Blick, wie der Widerschein eines Waldbrandes am Himmel. »Mir ist nicht minder daran gelegen, dass das ganz unter uns bleibt. Eher im Gegenteil.« Sie hob ihr Glas. »Und im Übrigen hast du sie viermal gefickt, nicht dreimal.«

Støp warf ihr einen letzten Blick zu und ging dann auf den Ausgang zu. Hinter ihm vibrierte noch immer ganz schwach das Falsett des Sängers unter den Kronleuchtern.

Eine Tür knallte, und laute, hektische Rufe hallten durch die Seilduksgata. Vier Jugendliche, die von einer Party kamen und jetzt in eine Bar in Grünerløkka wollten. Sie gingen an dem Auto vorbei, das am Straßenrand geparkt war, ohne den Mann zu bemerken, der darin saß. Als sie um die Ecke verschwunden waren, wurde es wieder still. Harry beugte sich zur Windschutzscheibe vor und sah zu den Fenstern von Katrine Bratts Wohnung hoch.

Er hätte Hagen anrufen können, er hätte Alarm schlagen und mit Skarre und weiterer Verstärkung anrücken können. Aber er konnte sich ja auch irren. Er musste also erst ganz sicher sein, denn sowohl er als auch sie hatten viel zu verlieren.

Er stieg aus dem Auto, ging zur Haustür und drückte dreimal die unbeschriftete Klingel in der dritten Etage. Wartete. Klingelte noch einmal. Dann ging er zurück zum Wagen, holte ein Brecheisen aus dem Kofferraum, ging zur Tür zurück und klingelte im Erdgeschoss. Eine Männerstimme meldete sich verschlafen, im Hintergrund hörte Harry einen Fernseher. Fünfzehn Sekunden später war der Mann unten und öffnete. Harry zeigte ihm seinen Polizeiausweis.

»Ich hab gar keinen Streit gehört«, meinte der Mann. »Wer hat Sie denn gerufen?«

»Ich finde allein wieder raus«, antwortete Harry. »Danke für Ihre Hilfe.«

Auch an der Tür in der dritten Etage war kein Namensschild angebracht. Harry klopfte, legte ein Ohr auf das kalte Holz und lauschte. Dann zwängte er die Spitze des Brecheisens knapp über dem Schloss zwischen Tür und Rahmen. Da die Häuser in Grünerløkka seinerzeit für die Arbeiter der Fabriken am Akerselva gebaut worden waren, hatte man kaum Wert auf qualitativ hochrangiges Material gelegt, so dass Harrys zweiter Einbruch im Laufe von nur einer Stunde sehr rasch über die Bühne ging.

Er blieb ein paar Sekunden im dunklen Flur stehen und lauschte, ehe er das Licht einschaltete. Vor ihm stand ein Schuhregal mit sechs Paar Schuhen. Keines davon groß genug, um einem Mann zu gehören. Er hob die Stiefel an, die Katrine am Tag getragen hatte. Die Sohlen waren noch immer feucht.

Dann ging er ins Wohnzimmer. Schaltete die Taschenlampe statt der Deckenbeleuchtung ein, damit sie von der Straße aus nicht bemerkte, dass sie Besuch bekommen hatte.

Der Lichtkegel huschte über einen abgeschliffenen Kiefernboden mit großen Spalten zwischen den Dielen, ein einfaches, weißes Sofa, niedrige Regale und einen Linn-Verstärker. An der Wand waren ein Alkoven mit einem schmalen, gemachten Bett und eine Küchenzeile mit Backofen und Kühlschrank. Der Eindruck war streng, spartanisch, ordentlich. Wie bei ihm selbst. Dann fiel der Lichtschein auf ein Gesicht, das ihn regungslos anstarrte. Und ein weiteres Gesicht. Und noch eins. Schwarze Holzmasken mit Schnitzereien und aufgemalten Mustern.

Er sah auf die Uhr. Elf. Ließ das Licht weiterwandern. Über dem einzigen Stuhl im Raum waren Zeitungsausschnitte an die Wand geheftet worden. Sie bedeckten die ganze Fläche vom Boden bis unter die Decke. Er trat näher und ließ seinen Blick über die Ausschnitte gleiten, während er spürte, dass sein Puls wie ein Geigerzähler zu ticken begann.

Es waren Mordfälle.

Viele Mordfälle, zehn bis zwölf, einige davon so alt, dass das Zeitungspapier vergilbt war. Aber er erinnerte sich klar und deutlich an jeden einzelnen, denn diese Fälle hatten eines gemeinsam: Er selbst hatte die Ermittlungen geleitet.

Auf dem Tisch, auf dem ein PC und ein Drucker standen, lagen ein paar Mappen mit Ermittlungsberichten. Er öffnete eine davon. Es war keiner seiner Fälle, sondern der Mord an Laila Aasen oben auf dem Ulriken. Die zweite betraf das Verschwinden von Onny Hetland in Bergen. Die dritte Mappe die Anklage wegen Gewaltausübung im Dienst gegen Gert Rafto. Harry blätterte weiter und entdeckte das Bild von Rafto, das er auch im Büro von Müller-Nilsen gesehen hatte. Als er es jetzt studierte, hatte er keine Zweifel mehr.

Neben dem Drucker lag ein Stapel Zettel. Auf dem obersten war eine rasche, amateurhafte Bleistiftzeichnung hingekritzelt worden, aber das Motiv war klar. Ein Schneemann. Das Gesicht war in die Länge gezogen, als würde es schmelzen, mit toten Steinaugen und einer langen, dünnen, nach unten zeigenden Karotte als Nase. Harry blätterte die Zettel durch. Es gab noch mehr Zeichnungen. Immer Schneemänner, meistens nur ein Gesicht. Masken, dachte Harry. Totenmasken. Eines der Gesichter hatte einen Vogelschnabel, an den Seiten kleine, menschliche Arme und unten Vogelfüße. Ein anderes hatte eine Schweinsnase und trug einen Zylinder.

Harry begann die Durchsuchung am Ende des Raumes. Und

sagte sich selbst, was er Katrine auf Finnøy gesagt hatte: Mach deinen Kopf frei von Erwartungen und sieh dich einfach mit offenen Augen um: Du darfst nicht nach etwas Bestimmtem suchen. Er blickte in alle Schränke und Schubladen, durchwühlte die Küchenutensilien und Putzmittel, Kleider, exotische Shampoos und fremde Cremes im Badezimmer, in dem noch der Duft ihres Parfüms hing. Der Boden der Dusche war nass, und auf dem Waschbeckenrand lag ein Wattestäbchen mit Resten von Mascara. Er ging wieder nach draußen. Wonach er suchte, wusste er nicht, er wusste nur, dass es nicht hier war. Dann richtete er sich auf und sah sich um.

Falsch.

Es war hier. Er hatte es nur noch nicht gefunden.

Er nahm die Bücher aus den Regalen, öffnete den Spülkasten der Toilette, überprüfte, ob es am Boden oder an den Wänden lose Bretter gab, und drehte die Matratze im Alkoven um. Dann war er fertig. Er hatte überall gesucht. Ohne Resultat. Wäre da nicht der wichtigste Lehrsatz einer jeden Durchsuchung, der besagt, dass ebenso wichtig ist, was man nicht findet. Und Harry wusste jetzt, was er nicht gefunden hatte. Er warf einen Blick auf die Uhr, dann begann er aufzuräumen.

Erst als er die Zeichnungen wieder an ihren Platz legte, fiel ihm ein, dass er den Drucker nicht überprüft hatte. Er zog den Papierbehälter heraus. Das oberste Blatt war gelblich und dicker als die üblichen Printerpapiere. Er nahm es heraus. Es hatte einen speziellen Geruch, als wäre es leicht gewürzt oder verbrannt. Er hielt das Blatt vor die Schreibtischlampe, während er nach Markierungen suchte. Und fand. Ganz unten in der rechten Ecke wurde im Licht der Glühbirne eine Art Wasserzeichen zwischen den feinen Papierfasern sichtbar. Er hatte das Gefühl, als weiteten sich die Adern in seinem Hals und als hätte sein Blut es plötzlich furchtbar eilig. Sein Hirn schrie nach mehr Sauerstoff.

Harry schaltete den PC ein. Sah noch einmal auf die Uhr und lauschte. Es dauerte eine Ewigkeit, bis der Rechner alle Programme gestartet hatte und betriebsbereit war. Harry ging direkt zur Suchfunktion und tippte ein einzelnes Wort ein. Dann tippte er auf die Maustaste. Ein fröhlicher, animierter Hund erschien auf dem Bildschirm, hüpfte auf und ab und bellte stumm, um einem die Wartezeit zu verkürzen. Harry starrte auf den Text, der sich mit rasender Geschwindigkeit änderte, während die verschiedensten Dokumente durchsucht wurden. Senkte seinen Blick auf die Anzeige, auf der noch immer »0 Treffer« stand. Er versicherte sich, dass er das Suchwort auch wirklich richtig geschrieben hatte. Toowoomba. Dann schloss er die Augen und hörte den Computer dunkel schnurren wie eine verwöhnte Katze, bis es plötzlich still wurde. Harry öffnete die Augen. »Suchtext wurde in einer Datei gefunden.«

Er ging mit dem Cursor auf das Word-Icon. Ein gelbes Informationsfenster erschien. »Zuletzt geändert am 9. September.« Er spürte, wie sein Finger zitterte, als er zweimal auf die Maustaste tippte. Der weiße Hintergrund des kurzen Textes erhellte den Raum. Es gab keinen Zweifel. Die Worte waren identisch mit denen im Brief des Schneemanns.

Kapitel 25

19. Tag. Deadline

Arve Støp lag in einem bei Misuku in Osaka maßgeschreinerten Bett, das fertig montiert per Schiff zu einer Gerberei in Chennai in Indien transportiert worden war, weil die Gesetze des Teilstaates Tamil Nadu keinen Direktexport dieser Art von Leder erlaubten. Nach der Bestellung hatte es ein halbes Jahr gedauert, bis ihm das Bett geliefert wurde, aber das Warten hatte sich gelohnt. Wie eine Geisha schmiegte es sich perfekt an seinen Körper, stützte ihn, wo es nötig war, und erlaubte ihm, es überdies an allen Seiten zu verstellen.

Er starrte auf den langsam rotierenden Teakholz-Ventilator an der Decke.

Sie war im Aufzug auf dem Weg zu ihm. Er hatte ihr durch die Gegensprechanlage mitgeteilt, er warte im Schlafzimmer auf sie und die Tür der Wohnung stehe offen. Die kühle Seide der Boxershorts lag wohlig auf seiner vom Alkohol erhitzten Haut. Die Klänge einer Café-del-Mar-CD strömten aus der Bose-Anlage mit den kleinen, kompakten, beinahe unsichtbaren Lautsprechern in allen Räumen.

Dann hörte er ihre Absätze auf dem Parkett im Wohnzimmer. Langsame, aber entschlossene Schritte. Allein dieses Geräusch ließ ihn schon hart werden. Wenn Sie nur wüsste, was sie erwartete ...

Seine Hand fuhr unter die Decke, und seine Finger fanden, was sie suchten.

Und dann stand sie in der Türöffnung und zeichnete sich wie eine Silhouette vor dem Mondlicht über dem Fjord ab. Kühl lächelte sie ihn an, während sie den Gürtel löste und den langen, schwarzen Ledermantel fallen ließ. Er hielt schon die Luft an, aber sie hatte doch noch ihr Kleid darunter an. Dann trat sie ans Bett und reichte ihm etwas Gummiartiges. Es war eine Maske. Eine hellrosa Tiermaske.

»Zieh sie an«, befahl sie mit neutraler, geschäftsmäßiger Stimme.

»Sieh an, sieh an«, staunte er. »Eine Schweinemaske.«

»Tu, was ich dir sage.« Wieder dieser seltsame gelbliche Schimmer in ihren Augen.

»*Mais oui, Madame.*«

Arve Støp setzte die Maske auf. Sie bedeckte sein ganzes Gesicht und roch nach Spülhandschuhen. Außerdem konnte er seine Besucherin durch die kleinen Augenausschnitte kaum mehr sehen.

»Ich will, dass du …«, begann er und hörte seine eigene belegte, fremde Stimme. Weiter kam er nicht, weil er plötzlich einen brennenden Schmerz an seinem linken Ohr verspürte.

»Du hältst deinen Mund!«, rief sie.

Langsam dämmerte ihm, dass sie ihn geschlagen hatte. Er wusste, er sollte ihr Spiel nicht kaputtmachen, aber es gelang ihm nicht. Es war einfach zu komisch. Eine Schweinemaske! Ein klammes, rosa Gummiteil mit Schweineohren, einer Schweineschnauze und Überbiss. Er kicherte. Der nächste Schlag traf ihn mit schockierender Wucht im Bauch, so dass er sich zusammenkauerte, stöhnte und auf dem Bett nach hinten kippte. Er merkte nicht, dass er keine Luft mehr bekam, bis ihm plötzlich schwarz vor Augen wurde und ihm die Sinne schwanden. Verzweifelt schnappte er unter der erstickenden Maske nach Luft und spürte dabei, wie sie ihm die Arme auf den Rücken bog. Dann bekam sein Hirn endlich wieder Sauerstoff, doch gleichzeitig meldeten sich die Schmerzen und die Wut. Verdammtes Weib, für wen hielt die sich eigentlich? Er ruckelte hin und her, um sich loszureißen und ihre Hände zu packen, bekam die Arme aber nicht frei, da sie auf dem Rücken festsaßen. Noch ein Ruck, und er spürte, wie sich etwas Scharfes in die Haut seiner Handgelenke schnitt. Handschellen? Diese perverse Hure!

Sie zerrte ihn in eine sitzende Position.

»Siehst du, was ich hier habe?«, hörte er sie flüstern.

Aber die Maske war seitlich verrutscht, so dass er nichts sah.

»Nicht nötig«, erwiderte er. »Ich kann deine Fotze schon riechen.«

Der Schlag traf ihn auf die Stirn und wirkte wie ein Sprung in einer CD. Als die Geräusche zurückkamen, saß er noch immer aufrecht auf dem Bett. Er spürte, wie etwas zwischen Haut und Maske herunterrann.

»Verdammt, womit schlägst du mich da?«, brüllte er. »Ich blute! Du bist ja total verrückt.«

»Hiermit.«

Arve Støp spürte, wie ihm etwas Hartes auf Nase und Mund gepresst wurde.

»Riech mal!«, befahl sie. »Duftet das nicht gut? Stahl und Waffenöl. Eine Smith & Wesson. Ein ganz eigener Geruch, wirklich. Aber noch besser riechen Pulver und Kordit. Aber ob du das dann wohl noch riechst?«

Das ist alles nur ein brutales Spiel, versuchte sich Arve Støp einzureden. Ein Rollenspiel. Aber irgendetwas stimmte hier nicht, die ganze Situation, dieser Unterton in ihrer Stimme. Da war etwas, das alles in ein ganz neues Licht rückte. Und zum ersten Mal seit langem – es war so lang her, dass er ganz bis in seine Kindheit zurückgehen musste, um das Gefühl wiederzuerkennen – spürte Arve Støp, dass er Angst hatte.

»Wollen wir nicht doch ein bisschen die Heizung anschmeißen?«, fragte Bjørn Holm schlotternd und hielt sich die Lederjacke am Hals zu. »Als der Amazon damals auf den Markt kam, war er bekannt für seine gute Heizung.«

Harry schüttelte den Kopf und sah auf die Uhr. Halb zwei. Sie saßen jetzt schon über eine Stunde in Bjørns Auto vor Katrines Wohnung. Die Nacht war blaugrau und die Straßen leer.

»Eigentlich war er californiaweiß«, erzählte Bjørn Holm. »Volvo-Farbe 42, aber der Vorbesitzer hat ihn schwarz lackiert. Jetzt gilt er als historisch, so dass ich nur 365 Kronen Steuern zahle. Eine Krone pro Tag ...«

Bjørn Holm hielt inne, als er Harrys warnenden Blick bemerkte, und drehte stattdessen David Rawlings und Gillian Welch lauter, die einzige moderne Musik, die er ertrug. Er hatte sie von CD auf

Kassette überspielt. Nicht nur, weil er sie so im nachträglich eingebauten Kassettenrekorder abspielen konnte, sondern weil er zu der kleinen, aber standhaften Gruppe von Musikliebhabern gehörte, die steif und fest behaupteten, CDs würden einfach nicht die gleiche klangliche Wärme ausstrahlen wie Kassetten.

Bjørn Holm wusste, dass er zu viel redete, weil er nervös war.

Harry hatte ihm bloß gesagt, dass sie Katrine überprüfen mussten, um sicherzugehen, dass sie nicht in eine Sache verwickelt sei. Und dass auch Bjørn Holms Alltag in den nächsten Wochen leichter wäre, wenn er nicht erführe, um was für eine Sache es dabei ging. Als friedlicher, bedächtiger und intelligenter Mensch hatte Bjørn Holm daraufhin jeden Versuch unterlassen, sich selbst in Schwierigkeiten zu bringen. Was aber nicht bedeutete, dass ihm die Situation behagte. Er sah auf die Uhr.

»Sie hat sich bestimmt von irgendeinem Kerl abschleppen lassen.«

Harry zuckte zusammen. »Wie kommst du denn darauf?«

»Sie ist doch nicht mehr verheiratet, das hast du doch gesagt, oder? Und Singlefrauen verhalten sich heutzutage doch auch nicht anders als Singlemänner, oder?«

»Und das heißt?«

»Na, die vier Stufen. Geh raus, beobachte die Herde, such dir das schwächste Glied aus und leg es flach.«

»Hm. Vier Stufen brauchst du also?«

»Nee, bloß diese drei, oder?«, erklärte Bjørn Holm und justierte den Spiegel und seine rote Tolle. »Es gibt doch nur kleine Angsthäschen hier in der Stadt.« Bjørn Holm hatte schon mal über Pomade nachgedacht, war aber zu dem Schluss gekommen, dass das zu radikal aussehen würde. Andererseits war es aber vielleicht genau das, was noch fehlte. Um die Sache wirklich ganz durchzuziehen.

»Verdammt«, rief Harry aus. »Verdammt, verdammt!«

»Hä?«

»Die nasse Dusche. Parfüm. Mascara. Du hast recht.« Der Hauptkommissar hatte sich das Handy geschnappt, tippte eine Nummer ein und hatte beinahe sofort jemanden am Telefon.

»Gerda Nelvik? Hier ist Harry Hole. Seid ihr noch immer mit

den Proben beschäftigt? Okay. Wie sehen die vorläufigen Ergebnisse aus?«

Bjørn Holm beobachtete Harry, während dieser zweimal »Hm« und dreimal »Aha« sagte.

»Danke«, schloss Harry. »Und noch was: Ich würde gern wissen, ob heute Abend noch andere von uns angerufen und Sie um das Gleiche gebeten haben. Was? Ah, verstehe. Ja, rufen Sie einfach an, wenn Sie alle Ergebnisse haben.«

Harry legte auf. »Du kannst den Motor jetzt anlassen«, sagte er.

Bjørn Holm drehte den Zündschlüssel herum. »Was passiert jetzt?«

»Wir müssen zum Plaza. Katrine Bratt hat eben auch schon in der Rechtsmedizin angerufen, um eine Antwort auf die Frage nach der Vaterschaft zu bekommen.«

»Heute Abend?« Bjørn Holm gab Gas und bog rechts ab Richtung Schous plass.

»Vorläufig sind sie an einer Testreihe, mit der die Vaterschaft mit einer Sicherheit von etwa 95 Prozent festgestellt werden kann. Danach folgen dann noch feinere Tests, mit denen die Sicherheit auf 99,9 Prozent erhöht werden kann.«

»Und?«

»Es ist zu 95 Prozent sicher, dass Arve Støp der Vater von den Ottersen-Zwillingen und Jonas Becker ist.«

»Oh, verdammt.«

»Und ich glaube, Katrine folgt gerade deinen Empfehlungen für einen Samstagabend, und ihre Beute heißt Arve Støp.«

Harry rief die Einsatzzentrale an und bat um Verstärkung, während der alte Austauschmotor durch die nächtlich stillen Straßen von Grünerløkka dröhnte.

Als sie an der Ambulanz am Akerselva vorbeirauschten und über die Straßenbahnschienen der Storgata rutschten, blies ihnen die Heizungsanlage tatsächlich glühend heiße Luft entgegen.

Odin Nakken, Journalist des Boulevardblattes *VG*, stand schlotternd auf dem Bürgersteig vor dem Plaza und verfluchte die Welt, die Menschen im Allgemeinen und seinen Job im Besonderen. Soweit er das beurteilen konnte, brachen jetzt auch die letzten Gäste vom *Liberal*-Fest auf. Das waren in der Regel auch die interessantesten, die schon mal eine Schlagzeile in der morgigen Ausgabe wert waren. Aber die Deadline rückte unbarmherzig näher, in fünf Minuten musste er gehen. Zurück ins Büro in der Akersgata, das nur wenige hundert Meter entfernt war, und schreiben. Er musste seinem Redakteur endlich klarmachen, dass er mittlerweile erwachsen war und nicht mehr wie ein Halbwüchsiger draußen vor einem Festlokal stehen und sich die Nase an der Scheibe platt drücken wollte, und das alles bloß in der Hoffnung, dass jemand herauskam und ihm erzählte, wer mit wem getanzt oder geknutscht hatte und wer von wem Drinks spendiert bekommen hatte. Er musste ihm klarmachen, dass er an Kündigung dachte.

Es kursierten ein paar Gerüchte, aber die waren so wild, dass sie vermutlich stimmten und folglich nicht gedruckt werden konnten. Schließlich gab es gewisse Grenzen und ungeschriebene Regeln, an die sich wenigstens noch seine Generation von Journalisten hielt. Was auch immer das wert war.

Odin Nakken sah sich um. Nur noch wenige Journalisten und Fotografen hatten ausgeharrt. Vielleicht hatten sie für den Promiklatsch einfach ähnlich späte Deadlines wie seine Zeitung.

Ein Volvo Amazon kam auf sie zugerast, bremste und hielt an der Bordsteinkante. Auf der Beifahrerseite sprang ein Mann aus dem Auto, den Odin Nakken sofort erkannte. Er gab dem Fotografen ein Zeichen und rannte dem Polizisten nach, der zum Haupteingang eilte.

»Harry Hole«, keuchte Nakken, als er direkt hinter ihm war. »Was hat die Polizei hier zu suchen?«

Der Polizist mit den roten Augen drehte sich zu ihm um. »Na, wir gehen natürlich auf ein Fest, Nakken. Wo findet die Party statt?«

»Im Sonia-Henie-Saal im zweiten Stock. Aber ich fürchte, es ist schon vorbei.«

»Hm. Haben Sie Arve Støp gesehen?«

»Støp ist früh nach Hause gegangen. Darf ich fragen, was Sie von ihm wollen?«

»Nein. Ist er allein gegangen?«

»Sah so aus.«

Der Hauptkommissar blieb stehen und wandte sich ihm zu: »Wie meinen Sie das?«

Odin Nakken neigte den Kopf zur Seite. Er hatte keine Ahnung, was das sollte, aber irgendetwas ging hier vor, das wusste er.

»Es kursierten Gerüchte, er habe lange mit einer reichlich foxy Lady zusammengestanden. Mit seinem Schürzenjägerblick. Aber leider können wir das nicht drucken.«

»Und, weiter?«, brummte der Kommissar.

»Eine Frau, auf die die Beschreibung zutraf, ist zwanzig Minuten nach Støp gegangen und mit einem Taxi weggefahren.«

Hole machte kehrt und ging wieder in die Richtung zurück, aus der er gekommen war. Odin hängte sich an ihn.

»Und Sie sind ihr nicht hinterher, Nakken?«

Odin Nakken überhörte den Sarkasmus nicht, er berührte ihn nur nicht, nicht mehr.

»Sie war keine Prominente, Hole. Ein Promi, der eine ganz normale Frau vögelt – das bringt keine Schlagzeilen, um es mal so auszudrücken. Es sei denn, die Frau plaudert hinterher aus dem Nähkästchen. Aber diese ist einfach verschwunden.«

»Wie sah sie aus?«

»Schlank, dunkel, schön.«

»Wie angezogen?«

»Langer schwarzer Ledermantel.«

»Danke.« Hole setzte sich wieder auf den Beifahrersitz des Amazon.

»He«, rief Nakken ihm hinterher, »und was haben Sie für mich?«

»Nachtruhe«, gab Harry zurück. »Und die Gewissheit, dazu beigetragen zu haben, dass unsere Stadt sicherer wird.«

Mit verbitterter Miene sah Odin Nakken dem Auto mit den Rallyestreifen nach, das mit heiser brüllendem Gelächter davonfuhr. Es war Zeit zu gehen. Zeit, die Kündigung zu schreiben. Zeit, erwachsen zu werden.

»Deadline«, verkündete der Fotograf. »Wir müssen zurück und unseren Scheiß verzapfen.«

Odin Nakken seufzte resigniert.

Arve Støp starrte in das Dunkel seiner Maske und fragte sich, was sie wohl tat. Sie hatte ihn an den Handschellen ins Bad gezerrt, ihm den Revolver – sie hatte jedenfalls behauptet, es sei ein Revolver – zwischen die Rippen gepresst und ihm befohlen, sich in die Wanne zu setzen. Wo war sie? Er hielt die Luft an und hörte seinen eigenen Herzschlag, begleitet von einem knisternden, elektrischen Surren. Gaben die Neonröhren gerade den Geist auf? Das Blut war ihm mittlerweile von seiner Schläfe bis zum Mundwinkel gesickert, und er schmeckte den metallisch-süßlichen Geschmack auf der Zungenspitze.

»Wo waren Sie in der Nacht, in der Birte Becker verschwunden ist?« Ihre Stimme kam irgendwo aus Richtung Dusche.

»Hier in der Wohnung«, antwortete Støp, während er fieberhaft überlegte. Als sie ihm gesagt hatte, sie sei Polizistin, hatte er sich auch wieder daran erinnert, wo er sie schon einmal gesehen hatte: in der Curlinghalle.

»Allein?«

»Ja.«

»Und in der Nacht, in der Sylvia Ottersen ermordet wurde?«

»Auch.«

»Den ganzen Abend allein, ohne mit jemandem zu reden?«

»Ja.«

»Kein Alibi also?«

»Ich sage doch, dass ich hier war.«

»Gut.«

Gut?, fragte sich Arve Støp. Warum war es gut, dass er kein Alibi hatte? Was wollte sie eigentlich? Ein Geständnis aus ihm herauspressen? Und warum hörte es sich so an, als würde sich dieses elektrische Surren nähern?

»Hinlegen!«, kommandierte sie.

Er gehorchte und spürte die eiskalte Emaille der Badewanne auf der Haut brennen. Sein Atem kondensierte auf der Innenseite der Maske, und die Nässe erschwerte ihm das Atmen nur noch mehr. Dann war ihre Stimme wieder da, dicht neben ihm:

»Wie wollen Sie sterben?«

Sterben? Die war ja verrückt. Vollkommen verrückt. Oder nicht? Er befahl sich selbst, einen klaren Kopf zu behalten, redete sich ein, dass sie ihn nur verunsichern wollte. Konnte Harry Hole dahinterstecken, hatte er diesen versoffenen Polizisten unterschätzt? Aber er zitterte bereits so heftig am ganzen Körper, dass er seine Tag-Heuer-Uhr an die Emaille der Wanne schlagen hörte, als hätte sein Körper verstanden, was sein Hirn noch nicht akzeptieren wollte. Er presste den Hinterkopf gegen den Wannenboden und versuchte, die Maske wieder zurechtzurücken, so dass er durch die kleinen Augenlöcher gucken konnte. Er würde sterben.

Deshalb hatte sie ihn in der Badewanne plaziert. So gab es nicht so viel Dreck, und vor allem ließen sich so alle Spuren rasch beseitigen. Unsinn! Du bist Arve Støp, und sie ist eine Polizistin. Sie wissen nichts.

»Also dann«, sagte sie. »Heb den Kopf.«

Die Maske. Endlich. Er folgte ihrem Befehl, spürte ihre Hände, die seine Stirn und seinen Hinterkopf berührten, allerdings ohne die Maske abzunehmen. Dann waren ihre Hände wieder verschwunden. Etwas Dünnes, Hartes schnürte um seinen Hals. Was, verdammt …? Eine Schlinge!

»Nicht …«, begann er, aber seine Stimme versagte, als die Schlinge seine Luftröhre zusammenpresste. Die Handschellen klirrten und kratzten auf dem Wannenboden.

»Du hast sie alle getötet«, stellte sie fest und zog die Schlinge noch ein Stückchen weiter zu. »Du bist der Schneemann, Arve Støp.«

Da! Sie hatte es laut ausgesprochen. Der Blutmangel im Hirn ließ ihn bereits schwindelig werden. Er schüttelte energisch den Kopf.

»Doch«, behauptete sie, und als sie die Drahtschlinge noch fester zuzog, fühlte es sich an, als würde ihm der Kopf abgerissen. »Du wurdest gerade entlarvt.«

Das Dunkel kam schnell. Er hob einen Fuß, aber seine Ferse fiel im nächsten Moment schon wieder kraftlos gegen den Wannenboden. Ein hohles Dröhnen erfüllte seinen Schädel.

»Merkst du schon dieses Brausen, Støp? Das ist dein Hirn, das nicht mehr genug Sauerstoff bekommt. Ein betörendes Gefühl, stimmt's? Mein Exmann hat sich beim Onanieren immer gern die Luft von mir abschnüren lassen.«

Er versuchte zu schreien, versuchte den letzten Rest Luft, der noch in seinem Körper war, an dem eisernen Griff der Schlinge vorbeizupressen, aber es war unmöglich. Mein Gott, wollte sie nicht mal ein Geständnis von ihm hören? Dann spürte er es. Ein leichtes Brausen im Hirn, wie das Prickeln von Champagnerblasen. War es das, würde es so zu Ende gehen? So leicht? Er wollte nicht, dass es so leicht war.

»Ich werde dich im Wohnzimmer aufhängen«, versprach die Stimme an seinem Ohr, während eine Hand liebevoll seinen Kopf tätschelte. »Mit dem Gesicht zum Fjord. Damit du eine schöne Aussicht hast.«

Dann kam ein dünnes Pfeifen. Wie der Alarmton von so einer Herz-Lungen-Maschine im Film, dachte er. Wenn die Kurve mit einem Mal ganz flach ist und das Herz nicht mehr schlägt.

Kapitel 26

19. Tag. Schweigen

Harry drückte noch einmal die Klingel von Arve Støp.

Ein Nachtschwärmer, der offensichtlich ohne Beute nach Hause gehen musste, lief über die Kanalbrücke und betrachtete den schwarzen Amazon, der mitten auf dem ansonsten autofreien Platz in Aker Brygge stand.

»Der macht garantiert nicht auf, wenn er Damenbesuch hat«, meinte Bjørn Holm und sah an der drei Meter hohen Tür nach oben.

Harry drückte die anderen Klingeln.

»Das sind alles nur Büros«, erklärte Bjørn Holm. »Støp wohnt allein. Ganz oben, das hab ich mal irgendwo gelesen.«

Harry sah sich um.

»Nein«, sagte Holm, der im nächsten Moment verstand, woran Harry dachte. »Mit einem Brecheisen kriegen wir die nicht auf. Und das ist Panzerglas. Wir müssen warten, bis der Hausmeister …«

Doch Harry war schon auf dem Weg zum Auto. Und dieses Mal gelang es Holm nicht, den Gedanken seines Hauptkommissars zu folgen. Jedenfalls nicht, bevor Harry auf dem Fahrersitz saß und Bjørn siedend heiß einfiel, dass die Schlüssel noch steckten.

»Nein, Harry, nicht! Nicht …«

Der Rest wurde vom Gebrüll des Motors übertönt. Die Räder drehten auf dem regennassen Pflaster durch, ehe sie Halt fanden. Bjørn Holm stellte sich mit den Armen wedelnd in den Weg, sah dann aber den Gesichtsausdruck des Kommissars hinter dem Steuer und trat zur Seite. Als die Stoßstange des Amazon die Tür mit einem dumpfen Knall traf, verwandelte sich das Glas in weiße

Kristalle, die für einen Moment lautlos in der Luft hingen, ehe sie klirrend zu Boden gingen. Noch bevor sich Bjørn Holm einen Eindruck vom entstandenen Schaden machen konnte, war Harry aus dem Auto gesprungen und durch die jetzt glaslose Eingangstür getreten.

Bjørn rannte ihm verzweifelt fluchend nach. Harry hatte einen der großen Töpfe mit den mannshohen Palmen hochgehoben, schleppte ihn zum Aufzug und drückte den Knopf. Als sich die Aluminiumtüren öffneten, platzierte er den Topf dazwischen und zeigte auf eine weiße Tür mit einem grünen Exit-Schild:

»Wenn du die Nottreppe nimmst und ich das normale Treppenhaus, sind alle Fluchtwege blockiert. Wir treffen uns im siebten Stock.«

Bjørn Holm war schon schweißnass, als er über die schmale Stahltreppe in den dritten Stock kam. Weder sein Kopf noch sein Körper waren auf so etwas gefasst gewesen. Verdammt, er war Kriminaltechniker! Sein Ding war es, dramatische Geschehnisse zu *re*konstruieren, nicht zu konstruieren.

Er blieb einen Augenblick stehen, hörte aber nur das ersterbende Echo seiner eigenen Schritte und seinen keuchenden Atem. Was sollte er tun, wenn ihm jemand begegnete? Harry hatte ihn gebeten, seine Dienstwaffe mit in die Seilduksgata zu nehmen, aber hatte Harry wirklich gemeint, dass er die auch benutzen sollte? Bjørn packte das Geländer und hastete weiter. Was hätte Hank Williams getan? Sich kopfüber in den nächsten Drink gestürzt. Und Sid Vicious? Der hätte ihm den Finger gezeigt und wäre abgehauen. Und Elvis? Elvis. Elvis Presley. Klar. Bjørn Holm schnappte sich seinen Revolver.

Er erreichte den letzten Treppenabsatz, öffnete die Tür und sah Harry mit dem Rücken zur Wand neben einer braunen Tür stehen. Er hatte die Dienstwaffe in der einen Hand und hielt die andere hoch. Der Zeigefinger lag auf seinen Lippen, während er Bjørn ansah und auf die Tür deutete. Sie stand einen Spaltbreit offen.

»Wir gehen Zimmer für Zimmer vor«, flüsterte Harry, als Bjørn zu ihm aufgeschlossen hatte. »Du nimmst die linke Seite, ich die rechte. Im gleichen Tempo, Rücken an Rücken. Und vergiss nicht zu atmen.«

»Warte!«, flüsterte Bjørn. »Und wenn Katrine da drin ist?«

Harry sah ihn an und wartete.

»Ich meine …«, fuhr Bjørn fort und versuchte zu ergründen, was er eigentlich gedacht hatte. »Im schlimmsten Fall erschieße ich dann … eine Kollegin?«

»Im *schlimmsten* Fall …«, korrigierte Harry, »wirst *du* von einer Kollegin erschossen. Also, bist du bereit?«

Der junge Kriminaltechniker aus Skreia nickte und entschloss sich – sollte das alles gutgehen –, es doch mal mit Pomade zu versuchen. Harry drückte die Tür lautlos mit dem Fuß auf und trat ein. Sofort spürte er die Luftbewegung. Durchzug. Die erste Tür rechts war am Ende des Flurs. Harry packte die Klinke mit der linken Hand, während er die Waffe gezückt hielt. Dann riss er die Tür auf und ging hinein. Es war ein Arbeitszimmer. Leer. Über dem Schreibtisch hing eine große Norwegenkarte, in die Nadeln gesteckt waren.

Harry ging zurück auf den Flur, wo Holm auf ihn wartete. Harry erinnerte ihn daran, die Waffe immer im Anschlag zu halten.

So rückten sie Stück für Stück vor.

Küche, Bibliothek, Trainingsraum, Esszimmer, Wintergarten, Gästezimmer. Alle leer.

Harry spürte, dass die Raumtemperatur immer weiter sank. Und als sie ins Wohnzimmer kamen, sah er auch, warum. Die Schiebetür, die auf die Dachterrasse und zum Pool führte, stand offen. Eine weiße Gardine flatterte nervös im Wind. Auf jeder Seite des Wohnzimmers führte ein kleiner Flur zu einer weiteren Tür. Er gab Holm ein Zeichen, sich um die Tür auf der linken Seite zu kümmern, während er sich selbst vor die andere stellte.

Harry holte tief Luft, kauerte sich zusammen, um ein möglichst kleines Ziel abzugeben, und öffnete die Tür.

Im Dunkeln erblickte er ein Bett, weißes Bettzeug und etwas, das ein Körper sein konnte. Seine linke Hand tastete nach dem Lichtschalter an der Wand neben der Tür.

»Harry!«

Es war Holm.

»Hierher, Harry!«

Holms Stimme klang aufgeregt, aber Harry ließ ihn warten und konzentrierte sich auf das Dunkel vor sich. Seine Hand fand den Schalter, und im nächsten Augenblick badete das Schlafzimmer im Licht der kleinen Deckenstrahler. Es war leer. Harry überprüfte die Schränke, bevor er aus dem Zimmer ging. Holm stand mit gezücktem Revolver vor der Tür. Harry trat neben ihn.

»Er rührt sich nicht«, flüsterte Holm. »Er ist tot. Er ...«

»Dann hättest du mich nicht zu rufen brauchen«, schnitt Harry ihm das Wort ab, trat neben die Badewanne, beugte sich über den nackten Mann und zog ihm die Schweinemaske vom Gesicht. Ein dünner, roter Streifen lief um seinen Hals, das Gesicht war blass und aufgedunsen, und selbst hinter seinen geschlossenen Lidern konnte man sehen, wie weit ihm die Augen aus den Höhlen getreten waren. Arve Støp war nicht wiederzuerkennen.

»Ich rufe die Spurensicherung an«, beschloss Holm.

»Warte.« Harry hielt eine Hand vor Støps Mund. Dann packte er den Redakteur an der Schulter und schüttelte ihn.

»Was soll das?«

Harry schüttelte fester.

Bjørn legte Harry eine Hand auf die Schulter. »Aber Harry, siehst du denn nicht ...«

Holm zuckte zurück. Støp hatte die Augen geöffnet. Und jetzt holte er Luft – wie nach einem Tauchgang ohne Sauerstoffgerät –, tief, schmerzerfüllt, röchelnd.

»Wo ist sie?«, fragte Harry.

Støp bewegte den Kopf und starrte Harry an. Seine Pupillen waren groß und schwarz vor Schock.

»Wo ist sie?«, wiederholte Harry.

Støp gelang es nicht, seinen Blick auf irgendetwas zu heften. Aus seinem Mund drang nur unkontrolliertes, abgehacktes Schluchzen.

»Warte hier, Holm.«

Holm nickte und sah seinen Kollegen durch die Badezimmertür verschwinden.

Harry stand am Rand von Arve Støps Terrasse. Fünfundzwanzig Meter unter ihm glitzerte das schwarze Wasser des Kanals. Im Mondlicht konnte er die Skulptur der Frau auf Stelzen erkennen, die im Wasser neben der leeren Brücke stand. Und da ... etwas

Glattes, das im Wasser trieb, wie der Bauch eines toten Fisches. Der Rücken eines schwarzen Ledermantels. Sie war gesprungen. Von der siebten Etage.

Harry stieg auf die Brüstung der Terrasse, bis er zwischen den leeren Blumentöpfen stand. Ein Bild aus seiner Erinnerung schoss ihm durch den Kopf. Østmarka. Und Øystein, der sich von den Felsen in den Hauktjern-See gestürzt hatte. Harry und Holzschuh, die ihn an Land zogen. Øystein im Krankenbett des Reichshospitals mit einer Art Baugerüst um den Hals. Harry hatte daraus etwas gelernt: Aus großen Höhen musste man aktiv springen und durfte sich nicht einfach nur fallen lassen. Und man musste daran denken, die Arme fest an den Körper zu pressen, damit man sich nicht das Schlüsselbein brach. Aber das Wichtigste war, dass man wirklich fest entschlossen war, ehe die Angst die Vernunft weckte. Und deshalb fiel Harrys Jacke weich auf den Terrassenboden, während er sich bereits in der Luft befand und das Brüllen in den Ohren spürte. Die schwarze Wasserfläche raste auf ihn zu. Schwarz wie Asphalt.

Er presste die Hacken zusammen und im nächsten Augenblick schien alle Luft aus seinen Lungen gepresst zu werden, während eine große Hand versuchte, ihm sämtliche Kleider vom Leib zu reißen. Mit einem Mal wurde es still. Dann kam die lähmende Kälte. Er strampelte mit den Beinen und gelangte wieder an die Oberfläche. Orientierte sich, peilte den Mantelrücken an und begann zu schwimmen. Er verlor bereits das Gefühl in den Füßen und wusste, dass er nur ein paar Minuten Zeit hatte, ehe ihm sein Körper im eiskalten Wasser den Gehorsam versagte. Aber er wusste auch, dass diese plötzliche Kälte Katrine am Leben halten konnte. Wenn ihr Kehlkopfreflex funktionierte und sich im Kontakt mit dem Wasser geschlossen hatte, war ihr Metabolismus mit einem Schlag außer Kraft gesetzt und ihr Körper in eine Art Winterschlaf versetzt worden, so dass die Vitalfunktionen auch mit einem Minimum an Sauerstoff weiterliefen.

Harry strampelte mit den Beinen und glitt durch das dicke, schwere Wasser auf das glänzende Etwas zu.

Dann war er da und legte seinen Arm um sie.

Sein erster, ganz unbewusster Gedanke war, dass sie bereits im

Himmel sein musste, längst verzehrt von ihren Dämonen. Denn es war nur der Mantel.

Harry fluchte, drehte sich um und starrte nach oben zu Støps Terrasse. Blickte weiter zum Dachvorsprung und bemerkte die Dachrinnen, Fallrohre und Vordächer, die zur anderen Seite des Hauses hinüber führten, zu anderen Häusern, anderen Terrassen, einem Wirrwarr von Feuertreppen und Fluchtwegen über das Fassadenlabyrinth von Aker Brygge. Er trat Wasser, ohne seine Beine zu spüren, als ihm bewusst wurde, dass Katrine ihn nicht einmal unterschätzt hatte. Er war auf einen der billigsten Tricks hereingefallen. Und einen wütenden Augenblick lang erwog er sogar den Tod durch Ertrinken, angeblich ein angenehmer Abgang.

Es war vier Uhr morgens, und Harry saß auf einem Stuhl an Arve Støps Bett. Letzterer trug einen Morgenmantel und zitterte. Das gesunde Braun seiner Gesichtshaut war wie weggewischt, und er sah aus, als wäre er plötzlich zu einem alten Mann eingeschrumpelt. Nur seine Pupillen hatten wieder ihre normale Größe.

Harry hatte eine glühend heiße Dusche genommen. Er trug den Pullover von Holm und eine Trainingshose, die er sich von Støp geliehen hatte. Im Wohnzimmer versuchte Holm gerade, die Jagd nach Katrine Bratt per Handy zu organisieren. Harry hatte ihm geraten, die Einsatzzentrale anzurufen, um sie zur Fahndung auszuschreiben, die Polizei auf dem Flughafen Gardermoen, falls sie versuchen sollte, mit einer der Morgenmaschinen zu fliehen, und das Sondereinsatzkommando Delta, um ihre Wohnung zu stürmen, wobei sich Harry ziemlich sicher war, dass sie sie dort nicht finden würden.

»Sie glauben also, das ist nicht bloß ein Sexspielchen gewesen, sondern Katrine Bratt hat tatsächlich versucht, Ihnen das Leben zu nehmen?«, fragte Harry.

»Ob ich das glaube?«, wiederholte Støp mit klappernden Zähnen. »Sie hätte mich um ein Haar erdrosselt.«

»Hm. Und sie hat Sie gefragt, ob Sie ein Alibi für die Tatzeiten haben?«

»Zum dritten Mal: Ja!«, stöhnte Støp.

»Dann hält sie Sie für den Schneemann?«

»Weiß der Teufel, für wen sie mich hält. Die Frau ist total verrückt.«

»Vielleicht«, räumte Harry ein. »Aber das heißt nicht, dass sie in gewissen Punkten nicht auch recht haben kann.«

»Und was für Punkte sollten das sein?« Støp sah auf die Uhr.

Harry wusste, dass Anwalt Krohn bereits auf dem Weg war und seinem Mandanten raten würde zu schweigen, sobald er da war. Harry fasste einen Entschluss und beugte sich vor:

»Wir wissen, dass Sie der Vater von Jonas Becker und den Zwillingen von Sylvia Ottersen sind.«

Støps Kopf schnellte hoch. Harry wusste auch, dass er hoch pokern musste:

»Idar Vetlesen war der Einzige, der darüber Bescheid wusste. Sie haben ihn in die Schweiz geschickt und ihm diesen Kurs über die Fahr'sche Krankheit finanziert, stimmt's? Diese Krankheit, die Sie selbst geerbt haben.«

Harry erkannte, dass er ziemlich gut getroffen haben musste, denn er sah, dass sich Støps Pupillen wieder weiteten.

»Ich schätze, Vetlesen hat Ihnen erzählt, wie sehr wir ihn unter Druck setzten«, fuhr Harry fort. »Vielleicht hatten Sie Angst, er könnte mit der Wahrheit herausrücken? Oder hat er die Situation ausgenutzt und Gegenleistungen von Ihnen gefordert? Geld, zum Beispiel?«

Der Redakteur starrte Harry ungläubig an und schüttelte den Kopf.

»Wie auch immer, Støp, ganz offensichtlich hatten Sie eine Heidenangst davor, dass diese Vaterschaft publik werden könnte. Genug, um ein Motiv zu haben, die Einzigen zu töten, die Sie entlarven konnten: die Mütter und Idar Vetlesen. Das ist doch richtig, oder?«

»Ich ...« Støps Blick flackerte.

»Sie?«

»Ich ... habe nichts mehr zu sagen.« Støp beugte sich vor und stützte den Kopf auf die Hände. »Reden Sie mit Krohn.«

»In Ordnung«, sagte Harry. Er hatte nicht mehr viel Zeit. Doch er hatte noch eine letzte Karte im Ärmel. Und zwar eine Trumpfkarte: »Ich werde ihnen erzählen, dass Sie es gesagt haben.«

Harry wartete. Støp blieb vornübergebeugt sitzen. Schließlich hob er den Kopf:

»*Wem* ›ihnen‹?«

»Na, der Presse natürlich«, entgegnete Harry leichthin. »Ich habe Grund zur Annahme, dass die uns wieder ausfragen werden, und zwar ziemlich gründlich, meinen Sie nicht? Wir haben es hier doch wohl mit einer ... Sensationsstory zu tun ... So nennen Sie das doch, oder?«

Langsam schien es Støp zu dämmern.

»Was wollen Sie ihnen denn erzählen?«, fragte er mit einem Tonfall, der vermuten ließ, dass er die Antwort bereits kannte.

»Ein Prominenter glaubt, er hätte eine junge Frau zu sich nach Hause abgeschleppt, während es eigentlich genau umgekehrt war«, erwiderte Harry und studierte das Gemälde an der Wand hinter Støp. Es schien eine nackte Frau darzustellen, die über eine Linie balancierte. »Er geht irrtümlicherweise von einem Sexspielchen aus, als man ihn dazu überredet, eine Schweinemaske aufzusetzen, und genau so findet ihn dann die Polizei: nackt und heulend in der eigenen Badewanne.«

»Aber das können Sie doch nicht preisgeben!«, rief Støp entsetzt. »Das ... das ... verbietet doch die Schweigepflicht!«

»Tja«, erwiderte Harry. »Das verbietet vielleicht das Image, das Sie sich aufgebaut haben, Støp. Aber meine Schweigepflicht nicht. Eher im Gegenteil.«

»Im Gegenteil?« Støp schrie beinahe. Sein Zähneklappern hatte aufgehört, und auch seine Wangen bekamen langsam wieder Farbe.

Harry räusperte sich: »Mein einziges Kapital und Produktionsmittel ist meine persönliche Integrität.« Harry wartete, bis er sah, dass Støp seine eigenen Worte wiedererkannt hatte. »Und für mich als Polizist bedeutet das unter anderem, dass ich die Öffentlichkeit informieren muss, auf jeden Fall so weit, wie es den Ermittlungen nicht schadet. In diesem Fall sollte das möglich sein.«

»Das können Sie nicht tun«, stöhnte Støp.

»Ich kann, und ich werde.«

»Das ... das wird mich zugrunde richten.«

»Etwa so wie die Person, die jede Woche auf der Titelseite ihrer Zeitschrift zugrunde gerichtet wird?«

Støp öffnete und schloss den Mund wie ein Aquarienfisch.

»Aber natürlich«, ergänzte Harry, »natürlich können auch Menschen mit persönlicher Integrität für Kompromisse offen sein.«

Støp sah Harry lange an.

»Ich hoffe, Sie verstehen«, fuhr Harry fort und schmatzte mit den Lippen, um sich an den genauen Wortlaut zu erinnern: »Dass ich als Vertreter der Polizei die Pflicht habe, diese Situation auszunutzen.«

Støp nickte langsam.

»Beginnen wir mit Birte Becker«, schlug Harry vor. »Wie haben Sie sie kennengelernt?«

»Ich glaube, das reicht dann«, hörten sie eine Stimme hinter sich.

Sie drehten sich zur Tür. Es sah tatsächlich so aus, als hätte Krohn es geschafft, vor seinem Kommen noch zu duschen, sich zu rasieren und sein Hemd zu bügeln.

»Okay.« Harry zuckte mit den Schultern. »Holm!«

Bjørn Holms sommersprossiges Gesicht tauchte in der Türöffnung hinter Krohn auf.

»Ruf doch gleich mal Odin Nakken von der *VG* an«, beauftragte ihn Harry und wandte sich dann wieder zu Støp: »Ist es okay, wenn ich Ihnen diese Sachen erst im Laufe des Tages wiederbringe?«

»Warten Sie«, bat Støp.

Es war still im Raum, als Arve Støp beide Hände hob und sich mit den Handflächen die Stirn rieb, als wollte er seinen Kreislauf wieder in Gang bringen.

»Johan«, sagte er schließlich. »Du kannst gehen, ich kriege das allein hin.«

»Arve«, warnte der Anwalt. »Ich glaube, du solltest besser nicht …«

»Geh nach Hause und leg dich schlafen, Johan. Ich ruf dich später an.«

»Als dein Anwalt muss ich dir …«

»Als mein Anwalt hältst du jetzt den Mund und verschwindest, Johan. Verstanden?«

Johan Krohn richtete sich auf, mobilisierte die Reste seiner Anwaltswürde, änderte aber seine Meinung, als er Støps Gesichtsausdruck bemerkte. Er nickte kurz, machte auf dem Absatz kehrt und ging.

»Wo waren wir?«, fragte Støp.

»Am Anfang«, antwortete Harry.

Kapitel 27

20. Tag. Anfang

Arve Støp sah Birte Becker zum ersten Mal an einem kalten Wintertag in Oslo, als er im Sentrum Auditorium einen Vortrag für eine Event-Agentur hielt. Er war auf einem dieser Motivationsseminare, für das Betriebe ausgelaugte Mitarbeiter anmelden konnten, damit sie ihre Akkus wieder aufluden und sich von diesen Vorträgen motivieren ließen, noch härter zu arbeiten. Arve Støp wusste aus Erfahrung, dass die meisten Referenten, die bei diesen Anlässen zu Wort kamen, entweder Geschäftsleute waren, die mit wenig originellen Ideen einen gewissen Erfolg gehabt hatten, Sportler, die in einer seltenen Sportart Gold gewonnen hatten, oder Bergsteiger, die es sich als Lebensaufgabe erkoren hatten, auf hohe Berge zu klettern, um dann heil wieder herunterzukommen und darüber zu berichten. Ihnen allen war gemeinsam, dass ihr Erfolg auf einem festen Willen und einer unerschütterlichen Moral beruhte. Sie waren motiviert. Und das sollte die anderen motivieren.

Arve Støps Vortrag war der letzte Programmpunkt – das war seine Bedingung, wenn er überhaupt kommen sollte. Diese Platzierung erlaubte es ihm, die anderen Referenten als geldgierige Narzissten schlechtzumachen, sie in die drei Kategorien einzuteilen, um dann darzulegen, dass er selbst in die erste Kategorie gehörte – Erfolg mit einer wenig originellen Geschäftsidee. Das Geld, das Firmen in diese Motivationsseminare investierten, sei meist verschwendet, da die Mehrheit der Anwesenden doch nicht ein derart krankhaftes Bedürfnis nach Anerkennung hätte wie die Personen, die hier oben am Rednerpult stünden. Ihn selbst eingeschlossen. Bei ihm sei dieser Charakterzug vielleicht damit zu begründen, dass sein Vater sich nie sonderlich um ihn gekümmert habe. Daher versuchte er, Liebe und Bewunderung bei anderen Menschen zu finden, und er wäre sicher Schauspieler oder Musiker geworden, hätte er Talent dafür gehabt.

Zu diesem Zeitpunkt hatte sich das ungläubige Staunen des Publikums längst in Lachen gewandelt. Und Sympathie. Und Støp wusste, dass daraus zu guter Letzt Bewunderung werden würde. Denn er stand dort oben und glänzte. Glänzte, weil er, wie alle wussten, den Erfolg repräsentierte. Und den Erfolg kann man nicht wegargumentieren, nicht einmal, wenn es sich um den eigenen handelt. Støp hob das Glück als wichtigsten Erfolgsfaktor hervor, bagatellisierte sein Talent und betonte, dass durch die generelle Unfähigkeit und Faulheit, die in der norwegischen Wirtschaft herrschten, selbst die Mittelmäßigkeit eine Chance habe.

Zum Schluss erntete er stehende Ovationen.

Und er lächelte, während er seine Augen auf die dunkle Schönheit richtete, die in der ersten Reihe saß und sich später als Birte vorstellen sollte. Er hatte sie sofort bemerkt, als er den Raum betreten hatte. Dabei war ihm durchaus klar gewesen, dass die Kombination von schlanken Beinen und großer Oberweite häufig mit Silikon zu tun hat. Støp war jedoch kein Gegner künstlicher Verschönerung des weiblichen Körpers. Nagellack oder Silikon, das war im Prinzip doch das Gleiche.

Während ihm der Applaus noch entgegendonnerte, stieg er von der Bühne, ging an der ersten Reihe vorbei und begann die Hände der Zuhörer zu schütteln. Eine idiotische Geste, so etwas konnte vielleicht der amerikanische Präsident tun, aber das störte ihn nicht, denn er provozierte gern. Vor der dunklen Schönheit mit den frischen, roten Wangen blieb er stehen. Sie sah ihn mit wachem Blick an. Als er ihr die Hand reichte, verneigte sie sich wie vor einem König. Er spürte die harte Kante seiner eigenen Visitenkarte auf der Haut, als er ihre Hand nahm. Sie hielt nach einem Ehering Ausschau.

Der Ring war matt. Und die rechte Hand schmal und blass, doch sie hielt seine Hand überraschend fest.

»Sylvia Ottersen«, stellte sie sich mit einem etwas dümmlichen

Grinsen vor. »Ich bin eine große Bewunderin, ich musste Ihnen einfach die Hand geben.«

Das erste Mal hatte er Sylvia Ottersen an einem warmen Sommertag in ihrem Laden Taste of Africa getroffen. Sie sah gewöhnlich aus. War aber verheiratet.

Arve Støp betrachtete die afrikanischen Masken und fragte irgendetwas, damit die Situation nicht noch peinlicher für ihn wurde. Doch er spürte, dass die Frau neben ihm erstarrt war, als ihm Sylvia Ottersen die Hand drückte. Marita hatte sie geheißen. Oder Marite? Auf jeden Fall hatte sie darauf bestanden, ihn mit in diesen Laden zu nehmen, um ihm ein paar Zebrafell-Kissen zu zeigen, die er *unbedingt* für sein Bett kaufen musste, aus dem sie gerade aufgestanden waren. Er durfte nur ja nicht vergessen, später die langen blonden Haare zu entfernen, die auf dem Laken hängen geblieben waren.

»Zebra haben wir nicht mehr«, bedauerte Sylvia Ottersen. »Aber wie wäre es mit diesen hier?«

Sie ging zu einem Regal am Fenster, und das Licht fiel auf ihren Rücken und ihren Hintern, der eigentlich gar nicht so schlecht war, wie Støp feststellen konnte. Aber ihre langweiligen braunen Haare waren struppig und tot.

»Was ist das?«, fragte die Frau mit M.

»Gnu-Imitat.«

»Imitat«, schnaubte M. und warf ihre blonden Haare über die Schulter. »Dann warten wir lieber, bis Sie wieder Zebra kriegen.«

»Das Zebrafell war auch ein Imitat«, erklärte Sylvia und lächelte, wie man Kinder anlächelt, wenn man ihnen erklärt, dass es doch keinen Osterhasen gibt.

»Tja dann«, sagte M., lächelte gezwungen mit ihren rotgemalten Lippen und hakte Arve unter. »Danke fürs Zeigen.«

M.s Idee, sich gemeinsam in der Öffentlichkeit zu präsentieren, hatte ihm gar nicht gefallen, und noch weniger gefiel ihm die Art, wie sie sich bei ihm eingehakt hatte. Vielleicht spürte sie seinen Widerwillen sogar, denn als sie vor dem Laden standen, ließ sie ihn los. Er sah auf die Uhr.

»Oje, ich habe noch eine geschäftliche Verabredung.«

»Ich dachte, wir gehen zusammen essen?« Sie sah ihn mit leicht überraschtem Gesichtsausdruck an und überspielte ihre Gekränktheit.

»Ich ruf dich vielleicht an«, behauptete er.

Sie rief ihn an. Schon dreißig Minuten, nachdem er auf der Bühne des Sentrum gestanden hatte. Sein Taxi tuckerte gerade hinter einem Räumfahrzeug her, das schmutzigen Schnee an den Straßenrand schob.

»Ich war die Frau, die direkt vor Ihnen saß«, erklärte sie. »Ich wollte Ihnen nur noch mal für den Vortrag danken.«

»Ich hoffe, ich habe Sie nicht zu sehr angestarrt«, rief er triumphierend durch das kratzende Geräusch der Stahlschaufel auf dem Asphalt.

Sie lachte leise.

»Haben Sie schon Pläne für den Abend?«, fragte er.

»Tja«, meinte sie. »Nichts, das man nicht ändern könnte ...« Eine angenehme Stimme, angenehme Worte.

Den Rest des Nachmittags lief er herum und dachte an sie, er phantasierte davon, sie auf der Kommode im Flur zu nehmen, so dass ihr Hinterkopf gegen das Gerhard-Richter-Gemälde knallte, das er in Berlin gekauft hatte. Irgendwie fand er, dass dieses Warten das Beste von allem war.

Um acht Uhr klingelte sie. Er wartete oben im Flur. Hörte das mechanische Klicken des Aufzugs, das wie das Durchladen einer Waffe klang, gefolgt von einem immer lauter werdenden Summen. Das Blut pochte in seinem Schwanz.

Und dann stand sie da, und er fühlte sich, als hätte ihm jemand eine Ohrfeige gegeben.

»Wer sind Sie denn?«, fragte er.

»Stine«, erwiderte sie, und eine leichte Verwirrung breitete sich auf ihrem lächelnden, fleischigen Gesicht aus. »Ich hatte vorhin angerufen ...«

Er musterte sie von Kopf bis Fuß und dachte tatsächlich einen Moment lang über diese neue Möglichkeit nach, denn manchmal erregte ihn auch das Gewöhnliche und wenig Attraktive. Aber er spürte seine schwindende Erektion und schob den Gedanken wieder beiseite.

»Es tut mir leid, aber ich konnte Ihnen nicht mehr Bescheid geben«, log er. »Ich bin gerade zu einer dringenden Sitzung gerufen worden.«

»Eine Sitzung?«, wiederholte sie und konnte ihre Enttäuschung nicht verbergen.

»Eine Krisensitzung. Ich rufe Sie später eventuell noch an.«

Er blieb hinter der Tür stehen und hörte, wie sich die Aufzugtüren schlossen und wieder öffneten. Dann begann er zu lachen, bis ihm plötzlich einfiel, dass er die dunkle Schönheit aus der ersten Reihe vielleicht nie wiedersehen würde.

Eine Stunde später sah er sie wieder. Er hatte allein gegessen und sich bei Kamikaze einen Anzug gekauft, den er gleich anbehalten hatte. Dann war er zweimal am Taste of Africa vorbeigegangen, das angenehm auf der Schattenseite der Straße lag. Als er sich das dritte Mal näherte, ging er wieder in den Laden.

»Schon zurück?«, begrüßte ihn Sylvia Ottersen lächelnd.

Genau wie vor einer Stunde war sie allein in dem kühlen, dunklen Geschäft.

»Ihre Kissen haben mir gefallen«, erklärte er.

»Ja, die sind aber auch wirklich schön«, erwiderte sie und fuhr mit der Hand über das Lederimitat.

»Können Sie mir noch mehr zeigen?«, bat er.

Sie legte die Hand auf ihre Hüfte und neigte den Kopf zur Seite. Sie weiß Bescheid, dachte er. Sie kann mich wittern.

»Kommt drauf an, was Sie sehen wollen«, neckte sie.

Er hörte das Zittern in seiner eigenen Stimme, als er antwortete: »Ich würde gerne deine Fotze sehen.«

Sie ließ sich im Hinterzimmer ficken und machte sich nicht einmal die Mühe, vorher die Ladentür abzuschließen.

Arve Støp kam fast augenblicklich. Manchmal machte ihn das Gewöhnliche und wenig Attraktive so verdammt geil.

»Mein Mann ist dienstags und mittwochs im Laden«, erklärte sie, als er gehen wollte. »Donnerstag?«

»Vielleicht«, meinte er und entdeckte, dass sein Kamikaze-Anzug einen Fleck bekommen hatte.

Der Schnee wirbelte voller Panik um die Bürogebäude in Aker Brygge, als Birte anrief.

Sie sagte, sie gehe davon aus, dass er ihr seine Visitenkarte gegeben habe, damit sie mit ihm Kontakt aufnähme.

Manchmal fragte sich Arve Støp selbst, warum er all diese Frauen haben musste, diese Kicks, diese sexuellen Kontakte, die eigentlich nichts anderes waren als Rituale der Unterwerfung. Hatte er in seinem Leben nicht genug erobert? War es die Angst vor dem Älterwerden, glaubte er, diesen jungen Frauen etwas von ihrer Jugend rauben zu können, wenn er in sie eindrang? Und warum diese Eile, dieses frenetische Tempo? Vielleicht hatte es mit dem Wissen um seine Krankheit zu tun, mit der Gewissheit, bald nicht mehr der Mann zu sein, der er jetzt noch war. Er hatte keine Antworten, aber was sollte er auch damit? Noch am gleichen Abend lauschte er Birtes Stöhnen, tief wie ein Mann, während ihr Kopf gegen das Gerhard-Richter-Gemälde schlug, das er in Berlin gekauft hatte.

Arve Støp ejakulierte gerade seinen infizierten Samen, als die Türglocke wütend verkündete, dass jemand auf dem Weg ins Taste of Africa war. Er versuchte, sich zu befreien, aber Sylvia Ottersen grinste und hielt seine Beine nur noch fester umklammert. Panisch riss er sich los und zog sich die Hose hoch. Sylvia glitt vom Tisch, zupfte ihr Kleid zurecht und trat um die Ecke, um den Kunden zu bedienen. Arve Støp hastete zu den Regalen mit dem Nippes, um sich mit dem Rücken zum Kunden die Hose zuzuknöpfen. Hinter sich hörte er die bedauernde Stimme eines Mannes, der sich für seine Verspätung entschuldigte. Er habe einfach keinen Parkplatz finden können. Sylvia antwortete spitz, das hätte er ja wohl einkalkulieren müssen, schließlich seien die Sommerferien jetzt vorbei. Wegen ihm käme sie nun zu spät zu der Verabredung mit ihrer Schwester, und er müsse den Kunden übernehmen.

Im nächsten Moment hörte Arve Støp die Männerstimme hinter sich: »Kann ich Ihnen helfen?«

Er drehte sich um und erblickte ein Gerippe von einem Mann im Flanellhemd, mit unnatürlich großen Augen hinter ein paar runden Brillengläsern. Der dürre Hals ließ ihn unweigerlich an einen Storch denken.

Als er dem Mann über die Schulter blickte, sah er Sylvia gerade noch aus dem Laden huschen. Ihr Rock war nach oben geschwungen, so dass man den nassen Streifen sah, der über ihre Kniekehle nach unten lief. Sie hatte es geradezu darauf *angelegt*, dass er sie entdeckte.

»Danke, ich habe schon gekriegt, was ich wollte«, erklärte er und ging zur Tür.

Manchmal versuchte Arve Støp sich vorzustellen, wie er reagieren würde, wenn er jemanden geschwängert hätte. Würde er eine Abtreibung verlangen oder darauf bestehen, dass sie das Kind austrug? Er war sich bloß sicher, dass er auf irgendetwas bestehen würde. Entscheidungen anderen zu überlassen lag nicht in seiner Natur.

Birte Becker hatte gesagt, sie müssten nicht verhüten, da sie keine Kinder bekommen könne. Als sie ihm drei Monate und sechs Beischlafe später freudestrahlend verkündete, sie könne es ganz offensichtlich doch, wusste er sofort, dass sie es austragen würde. Und er reagierte mit Panik und bestand auf dem Gegenteil.

»Ich habe die besten Kontakte«, beschwor er sie. »In der Schweiz. Niemand wird etwas erfahren.«

»Das ist meine Chance, Mutter zu werden, Arve. Der Arzt meint, es sei ein Wunder, das sich vielleicht nie mehr wiederholt.«

»Dann will ich weder dich noch irgendwelche eventuellen Kinder jemals wiedersehen, verstanden?«

»Das Kind braucht einen Vater, Arve. Und ein sicheres Zuhause.«

»Von mir brauchst du dir weder das eine noch das andere zu erwarten. Ich bin Träger einer grausamen Erbkrankheit, verstehst du?«

Birte Becker verstand. Sie war ein einfaches, aber aufgewecktes Mädchen mit einem Säufer als Vater und einem Nervenwrack als Mutter und hatte daher früh gelernt, allein zurechtzukommen. Also tat sie, was sie tun musste: Sie verschaffte dem Kind einen Vater und ein sicheres Heim.

Filip Becker konnte es kaum glauben, dass diese hübsche Frau, der er schon so lange vergeblich verzweifelte Avancen gemacht hatte, plötzlich seinem Werben nachgab und die Seine werden wollte. Und da er es nicht glauben konnte, keimte in ihm von Anfang an ein Verdacht. Doch dieser Keim steckte noch tief unter der Erde, als sie ihm nur eine Woche nach ihrer ersten gemeinsamen Nacht verkündete, sie erwarte ein Kind von ihm.

Als Birte Arve Støp anrief, um ihm mitzuteilen, dass Jonas auf der Welt war und ihm bis aufs Haar glich, blieb Arve wie angewurzelt stehen, presste sich den Hörer ans Ohr und starrte vor sich hin. Dann bat er sie um ein Foto. Er bekam es zwei Wochen später mit der Post, und weitere zwei Wochen später saß sie wie vereinbart mit Jonas auf dem Schoß in einem Café, am Finger einen Ehering. Arve saß an einem anderen Tisch und tat so, als lese er Zeitung.

In dieser Nacht wälzte er sich ruhelos von einer Seite auf die andere und dachte an seine Krankheit.

Es musste diskret geschehen, bei einem Arzt, auf dessen Verschwiegenheit er sich verlassen konnte. Mit anderen Worten: bei dem schmeichlerischen Trottel von Chirurgen aus ihrem Curlingclub, diesem Schwächling namens Idar Vetlesen.

Er rief Vetlesen in der Marienlyst-Klinik an. Der Trottel willigte ein und nahm auf Støps Kosten an einem Seminar über die Fahr'sche Krankheit in Genf teil, in dem die größten Experten Europas Jahr für Jahr geschult wurden und über die neuesten, niederschmetternden Forschungsergebnisse diskutierten.

Bei der ersten Untersuchung von Jonas fanden sich keine Auffälligkeiten, aber obwohl Vetlesen darauf hinwies, dass sich die Symptome in der Regel erst im Erwachsenenalter zeigten – Arve Støp selbst war bis zu seinem vierzigsten Lebensjahr vollkommen symptomfrei gewesen –, bestand Støp darauf, den Jungen einmal im Jahr untersuchen zu lassen.

Es waren zwei Jahre vergangen, seit er sein Sperma über Sylvia Ottersens Kniekehle hatte fließen sehen und sie aus dem Laden und auch aus Arve Støps Leben spaziert war. Er hatte einfach keinen Kontakt mehr zu ihr aufgenommen, und sie auch nicht mit ihm. Bis zu diesem Tag. Als sie anrief, behauptete er rasch, in eine Krisensitzung zu müssen, aber sie fasste sich sowieso kurz. Mit vier Sätzen machte sie ihm klar, dass wohl doch nicht das ganze Sperma wieder aus ihr herausgeflossen war, dass es Zwillinge geworden waren, die ihr Mann für seine eigenen hielt, sie aber einen wohlwollenden Investor brauchten, damit das Taste of Africa in ihrem Besitz blieb.

»Ich glaube, ich habe schon genug in diesen Laden hineingeschossen«, entgegnete Arve Støp, der die Angewohnheit hatte, auf schlechte Nachrichten mit Humor zu reagieren.

»Ich kann mir das Geld auch bei der Regenbogenpresse holen. Die lieben Geschichten über Promis, die ihre eigenen Kinder nicht anerkennen wollen.«

»Ein schlechter Bluff«, erwiderte er. »Für dich steht doch viel zu viel auf dem Spiel.«

»Die Dinge haben sich geändert«, verkündete sie. »Ich werde Rolf verlassen, sobald ich genug Geld habe, um ihn auszuzahlen. Das einzige Problem an diesem Laden ist seine etwas zu ruhige Lage, weshalb ich darauf bestehen werde, dass man in dem Artikel auch Fotos von meinem Laden bringt. Auf die Art kriegen wir zumindest ein bisschen Publicity. Weißt du eigentlich, wie viele Leute diese Zeitungen lesen?«

Arve Støp wusste das. Jeder sechste erwachsene Norweger. Er hatte nie etwas gegen einen glamourösen Skandal einzuwenden gehabt, wollte aber natürlich nicht als hinterlistiges Ekel dargestellt werden, das seinen Promistatus ausnutzte, um eine einfältige verheiratete Frau zu verführen und anschließend mit Zwillingen sitzen zu lassen. Arve Støps Image eines aufrichtigen, furchtlosen Mannes würde für immer in den Schmutz getreten und die moralisch betroffenen Statements in seiner Zeitschrift *Liberal* fortan vollkommen heuchlerisch wirken. Dabei war sie nicht einmal hübsch. Das war nicht gut. Ganz und gar nicht gut.

»Von was für einem Betrag reden wir hier?«

Nachdem sie sich einig geworden waren, rief er Idar Vetlesen in der Marienlyst-Klinik an und kündigte ihm zwei neue Patienten an. Sie wurden sich einig, es genauso zu handhaben wie mit Jonas. Zuerst wollten sie Proben von den Zwillingen nehmen und zur Rechtsmedizin schicken, um seine Vaterschaft nachzuweisen.

Danach sollte Vetlesen beginnen, nach den Symptomen dieser unsäglichen Krankheit zu suchen.

Als Arve Støp auflegte, sich in seinem hohen Ledersessel zurücklehnte und die Sonne in den Wipfeln der Bäume auf Bygdøy und Snarøya sah, wusste er, dass er eigentlich zutiefst deprimiert sein sollte. Aber er war es nicht. Er war innerlich ganz aufgeräumt, ja, beinahe glücklich.

Die vage Erinnerung an dieses seltsame Gefühl des Glücks war das Erste, woran Arve Støp dachte, als Idar Vetlesen anrief und ihn davon in Kenntnis setzte, dass es sich bei der enthaupteten Frau oben auf der Sollihøgda laut Zeitungsmeldungen um Sylvia Ottersen handelte.

»Zuerst verschwindet die Mutter von Jonas Becker«, stellte Vetlesen fest. »Und dann finden sie die Mutter der Zwillinge ermordet auf. Ich bin nicht besonders gut in Wahrscheinlichkeitsrechnung, aber wir müssen zur Polizei, Arve. Sie suchen nach Zusammenhängen.«

Vetlesen hatte sich in den letzten Jahren einen Namen als plastischer Chirurg gemacht, der das Äußere so manchen Promis geschönt hatte, doch in Arve Støps Augen war er trotzdem – oder gerade deshalb – ein Trottel.

»Nein, wir gehen nicht zur Polizei«, widersprach Arve.

»Ach nein? Dann musst du mir aber einen guten Grund nennen.«

»Okay. Über welchen Betrag reden wir?«

»Mein Gott, ich ruf dich nicht an, um dich zu erpressen, Arve. Ich will nur einfach nicht …«

»Wie viel?«

»Hör auf! Hast du ein Alibi oder hast du keins?«

»Ich habe kein Alibi, aber verdammt viel Geld. Es reicht, dass du mir die gewünschte Anzahl der Nullen durchgibst, dann werde ich darüber nachdenken.«

»Arve, wenn du nichts zu verbergen hast …«

»Natürlich habe ich etwas zu verbergen, du Trottel! Meinst du, ich will in der Öffentlichkeit als Schürzenjäger und potentieller Mörder dastehen? Wir müssen uns treffen und reden.«

»Und, haben Sie sich getroffen?«, fragte Harry.

Arve Støp schüttelte den Kopf. Vor dem Schlafzimmerfenster sah er erste Vorboten der Morgendämmerung, aber der Fjord lag noch immer schwarz unter ihnen.

»Wir sind nicht mehr dazu gekommen, plötzlich war er auch tot.«

»Warum haben Sie mir nichts davon gesagt, als ich das erste Mal hier war?«

»Warum hätte ich das tun sollen? Ich weiß doch nichts, was für Sie von Wert sein könnte, weshalb sollte ich mich da in die Sache hineinziehen lassen? Denken Sie daran, ich habe ein Markenzeichen zu bewahren, und das ist mein eigener Name. Das wirklich einzige Kapital der Zeitschrift *Liberal*.«

»Ich glaube mich zu erinnern, dass Sie gesagt haben, Ihr einziges Kapital sei Ihre persönliche Integrität.«

Støp zuckte unzufrieden mit den Schultern. »Integrität. Markenzeichen. Das ist doch das Gleiche.«

»Dann reicht es also, wenn es wie Integrität aussieht?«

Støp starrte Harry abwesend an. »Genau das verkauft *Liberal*. Wenn die Leute glauben, dass sie die Wahrheit serviert bekommen haben, sind sie zufrieden.«

»Hm.« Harry sah auf die Uhr. »Und? Glauben Sie, dass ich jetzt zufrieden bin?«

Arve Støp antwortete nicht.

Kapitel 28

20. Tag. Krankheit

Bjørn Holm fuhr Harry von Aker Brygge ins Präsidium. Der Hauptkommissar hatte wieder seine eigenen nassen Kleider angezogen, so dass der Kunstlederbezug quatschende Geräusche machte, wenn er sich bewegte.

»Delta hat ihre Wohnung ungefähr vor zwanzig Minuten gestürmt«, berichtete Bjørn. »Leer. Sie haben jetzt drei Wachen aufgestellt.«

»Sie wird nicht wieder auftauchen«, prophezeite Harry.

In seinem Büro im sechsten Stock zog er sich die Uniform an, die an der Garderobe hing und seit Jack Halvorsens Beerdigung nicht mehr getragen worden war. Er betrachtete sein Spiegelbild im Fenster. Die Jacke passte nicht mehr.

Gunnar Hagen war geweckt worden und sofort ins Büro gekommen. Nun saß er an seinem Schreibtisch und hörte Harry zu, der ihm Bericht erstattete. Was er hörte, war derart außergewöhnlich, dass er gar nicht dazu kam, sich über die zerknitterte Uniform aufzuregen.

»Der Schneemann ist Katrine Bratt«, wiederholte Hagen langsam, als würde die Sache verständlicher, wenn er sie laut aussprach.

Harry nickte.

»Und du glaubst Støp?«

»Ja«, erwiderte Harry.

»Gibt es irgendjemanden, der seine Geschichte bestätigen kann?«

»Die sind alle tot. Birte, Sylvia, Idar Vetlesen. Er hätte der Schneemann sein können, genau das war es, was Katrine herausfinden wollte.«

»Katrine? Aber du hast doch behauptet, sie sei der Schneemann? Warum sollte sie …«

»Ich habe gesagt, dass sie herausfinden wollte, ob er der Schneemann sein *könnte*. Sie wollte sich nämlich einen Sündenbock suchen. Als Støp einräumte, kein Alibi für den Zeitpunkt der Morde zu haben, antwortete sie ›gut‹ und teilte ihm mit, er sei soeben zum Schneemann gekürt worden. Und dann hat sie angefangen ihn zu würgen. Bis sie das Knallen hörte, als ich mit dem Auto in die Tür gefahren bin. Da wusste sie, dass wir im Anmarsch sind, und ist abgehauen. Bestimmt hatte sie vor, ihn in der Wohnung aufzuhängen, damit es für uns wie Selbstmord aussieht. Wir hätten uns sicher damit zufriedengegeben, in Arve Støp den Schuldigen gefunden zu haben. So ist sie auch vorgegangen, als sie Idar Vetlesen umgebracht hat. Und als sie versucht hat, Filip Becker während der Festnahme zu erschießen.«

»Was? Sie hat versucht …«

»Sie hatte den Revolver auf ihn gerichtet und den Hahn gespannt. Ich habe gehört, wie sich der Hahn wieder gesenkt hat, als ich ihr in die Schusslinie trat.«

Gunnar Hagen schloss die Augen und rieb sich mit den Fingerspitzen die Schläfen. »Bis jetzt sind das aber alles nur Spekulationen, Harry.«

»Und dann war da noch dieser Brief«, fügte Harry hinzu.

»Der Brief?«

»Vom Schneemann. Ich habe den Text mit Datum zu Hause bei ihr auf dem PC gefunden, geschrieben, bevor irgendjemand von uns von diesem Brief wusste. Und neben dem Drucker lag auch noch das richtige Papier.«

»Mein Gott!« Hagen stützte die Ellenbogen auf die Tischplatte und legte den Kopf in die Hände. »Wir haben die Frau hier eingestellt! Weißt du, was das bedeutet, Harry?«

»Tja. Der Skandal des Jahres. Misstrauen gegen die gesamte Polizei. Da rollen Köpfe auf den obersten Etagen.«

Hagen öffnete die Finger einen Spaltbreit und sah Harry an. »Danke für die präzise Prognose.«

»Gern geschehen.«

»Ich werde den Kriminalchef und den Polizeipräsidenten herbitten. Bis dahin haltet ihr dicht, Bjørn und du, und zwar vollkommen dicht. Was ist mit Arve Støp, wird er damit an die Öffentlichkeit gehen?«

»Wohl kaum, Chef.« Harry lächelte schief. »Der ist am Ende.«

»Wie – am Ende?«

»Am Ende mit seiner Integrität.«

Es war inzwischen zehn Uhr, und von seinem Bürofenster aus sah Harry das blasse, fast zögerliche Tageslicht über die Hausdächer des sonntäglich stillen Stadtteils Grønland kriechen. Es waren mehr als sechs Stunden vergangen, seit Katrine Bratt aus Støps Wohnung verschwunden war, doch bisher war die Fahndung ergebnislos verlaufen. Natürlich konnte sie noch immer in Oslo sein, aber sollte sie ihren Rückzug vorbereitet haben, war sie schon über alle Berge. Harry zweifelte weder, dass sie sich vorbereitet hatte, noch, dass Katrine der Schneemann war

Zum einen wegen der Beweise; des Briefs und der Mordversuche. Zum anderen, weil mit Katrine Bratt auch seine Befürchtungen bestätigt wurden: dass jemand in sein Leben eingedrungen war und ihn aus nächster Nähe beobachtet hatte. Die ganzen Zeitungsausschnitte an der Wand, mit den Berichten über seine Fälle. Sie hatte versucht, ihn so gut kennenzulernen, dass sie seinen nächsten Zug vorhersehen und ihn zu einem Teil ihres Spiels machen konnte. Und jetzt war sie ein Virus in seinem Blut, ein Spion in seinem Kopf.

Er hörte jemanden eintreten, drehte sich aber nicht um.

»Wir haben ihr Handy geortet«, hörte er Skarres Stimme. »Sie hat sich nach Schweden abgesetzt.«

»Ach ja?«

»Die Zentrale von Telenor hat uns mitgeteilt, dass sich die Signale nach Süden bewegen. Ort und Geschwindigkeit sprechen für den Zug nach Kopenhagen, der hier in Oslo um fünf nach sieben losgefahren ist. Ich hab schon mit der Polizei in Helsingborg gesprochen, die brauchen für die Festnahme aber ein formelles Amtshilfegesuch. Der Zug ist in einer halben Stunde da. Was sollen wir machen?«

Harry nickte langsam, wie zu sich selbst. Eine Möwe segelte auf steifen Schwingen vorbei, ehe sie plötzlich die Richtung änderte und Kurs auf die Bäume im Park nahm. Vielleicht hatte sie etwas erblickt. Oder sich einfach anders entschieden. Wie manche Menschen auch. Hauptbahnhof Oslo, sieben Uhr morgens.

»Harry? Sie kann es nach Dänemark schaffen, wenn wir nicht bald …«

»Hagen soll mit Helsingborg reden«, ordnete Harry an, drehte sich abrupt um und nahm seine Jacke vom Garderobenständer.

Skarre starrte dem Hauptkommissar entgeistert nach, als dieser mit langen, federnden Schritten über den Flur verschwand.

Kommissar Orø von der Waffenausgabe des Präsidiums starrte den kahlgeschorenen Hauptkommissar sichtlich überrascht an.

»CS? Gas? Meinen Sie das ernst?«

»Zwei Dosen«, wiederholte Harry, »und eine Schachtel Munition für den Revolver.«

Orø hinkte fluchend ins Lager. Dieser Hole war total verrückt, das war bekannt, aber was wollte er denn jetzt mit Tränengas? Wenn ein anderer danach gefragt hätte, hätte er sicher an irgendwelche Gags für Junggesellenpartys gedacht. Aber soweit er wusste, hatte dieser Hole keine Kumpels, die ihn einladen konnten. Auf jeden Fall nicht unter den Kollegen.

Der Hauptkommissar räusperte sich, als Orø zurückkam: »Hat Katrine Bratt vom Dezernat für Gewaltverbrechen hier irgendwelche Waffen bezogen?«

»Die Dame aus Bergen? Nur die, die sie vorschriftsmäßig tragen soll.«

»Und was sagt die Vorschrift?«

»Dass man sämtliche Waffen und unbenutzte Munition auf der alten Dienststelle abgibt und dann auf der neuen einen frischen Revolver und zwei Schachteln Munition bekommt.«

»Dann hat sie also keine schwereren Waffen als einen Revolver?«

Orø schüttelte überrascht den Kopf.

»Danke«, sagte Hole und legte die Patronenschachteln in die schwarze Tasche neben die grünen Dosen mit dem nach Pfeffer stinkenden Tränengas, das Corso und Stoughton 1928 zusammengebraut hatten.

Orø antwortete nicht. Erst als Harry die Ausgabe quittierte, murmelte er: »Einen schönen Sonntag noch.«

Harry saß im Warteraum des Ullevål-Krankenhauses, neben sich seine schwarze Tasche. Es roch süßlich nach Alkohol, alten Menschen und langsamem Tod. Eine Patientin hatte ihm gegenüber Platz genommen und starrte ihn an, als versuchte sie, etwas zu finden, das nicht da war; eine Person, die sie kannte, einen lieben Menschen, der nie kam, einen Sohn, den sie zu erkennen glaubte.

Harry seufzte, sah auf die Uhr und stellte sich vor, wie jetzt der Zug vor Helsingborg gestürmt wurde. Höchstwahrscheinlich wurde der Lokführer aufgefordert, einen Kilometer vor dem Bahnhof zu halten. Bewaffnete Polizisten standen mit Hunden auf beiden Seiten der Schienen bereit, ehe die effektive Durchsuchung der Wagen, Abteile und Toiletten begann. Harry sah vor seinem inneren Auge die Gesichter der entsetzten Passagiere, die bei dem ungewohnten Anblick bewaffneter Polizei zusammenzuckten – man lebte schließlich im glücklichen Skandinavien. Die zitternden Hände der Frauen, wenn sie in ihren Handtaschen nach dem Ausweis suchten. Die Ernsthaftigkeit der Polizisten, ihre Nervosität, aber auch ihre Erwartungen. Ihre Ungeduld, ihre Zweifel, ihr Ärger und schließlich ihre Enttäuschung, wenn sie nicht fanden, was sie suchten. Und zu guter Letzt – so sie denn Glück hatten – das Fluchen und Schimpfen, wenn sie auf die Quelle der Signale stießen, die die Basisstation auffing: Katrine Bratts Handy in einem Mülleimer auf der Toilette.

Ein lächelndes Gesicht tauchte vor ihm auf. »Sie können jetzt zu ihm.«

Harry folgte den klappernden Holzsohlen und den breiten, energischen Hüften in den weißen Hosen. Sie hielt ihm die Tür auf: »Aber nicht zu lange, er braucht Ruhe.«

Ståle Aune lag in einem Einzelzimmer. Sein sonst so rundliches, rotwangiges Gesicht war eingesunken und blass, so dass es sich kaum mehr vom Kopfkissenbezug abhob. Schüttere Haarsträhnen klebten auf seiner Stirn. Wäre da nicht dieser scharfe, umherirrende Blick gewesen, hätte Harry geglaubt, den Leichnam des Polizeipsychologen und seines persönlichen Seelsorgers vor sich zu haben.

»Mein Gott, Harry«, rief Ståle Aune aus. »Du siehst ja aus wie ein Skelett, bist du nicht gesund?«

Harry musste lächeln. Aune richtete sich auf und schnitt eine Grimasse.

»Tut mir leid, dass ich dich nicht früher besucht habe«, entschuldigte sich Harry und zog sich lärmend einen Stuhl ans Bett. »Es ist nur so – ich hab's nicht so … mit Krankenhäusern … Ich weiß nicht.«

»Krankenhäuser erinnern dich an deine Mutter. Das ist schon in Ordnung.«

Harry nickte und starrte auf seine Hände. »Behandeln sie dich gut?«

»Das fragt man, wenn man jemanden im Gefängnis besucht, Harry, nicht im Krankenhaus.«

Harry nickte wieder.

Ståle Aune seufzte. »Ich kenne dich zu gut, Harry, ich weiß, dass das kein Höflichkeitsbesuch ist. Ich weiß, dass du dich trotzdem ehrlich um mich sorgst. Aber jetzt sag schon, was ist los?«

»Das kann warten. Ich sehe doch, dass du nicht in Form bist.«

»Form ist relativ. Und so gesehen, bin ich in Topform. Du hättest mich mal gestern sehen sollen. Das heißt, gut, dass du mich gestern nicht gesehen hast.«

Harry lächelte seine Hände an.

»Geht es um den Schneemann?«

Harry nickte.

»Endlich, ich langweile mich hier sonst noch zu Tode. Lass hören.«

Harry holte tief Luft. Dann gab er ihm eine kurze Zusammenfassung der Geschehnisse. Versuchte auf unnötige Informationen zu verzichten, ohne wesentliche Details auszulassen. Aune unterbrach ihn ein paar Mal mit kurzen Fragen, hörte ansonsten aber schweigend zu, wobei er ihn konzentriert, beinahe hingerissen anstarrte. Und als Harry zum Ende kam, schienen in dem kranken Mann neue Lebensgeister geweckt worden zu sein: Seine Wangen hatten wieder Farbe bekommen, und er saß deutlich aufrechter im Bett.

»Interessant«, bemerkte er schließlich, »aber du weißt doch schon, wer die Schuldige ist, warum kommst du dann zu mir?«

»Diese Frau ist doch verrückt, oder?«

»Menschen, die solche Verbrechen begehen, sind ausnahmslos verrückt. Das bedeutet aber nicht unbedingt, dass sie nicht schuldfähig wären.«

»Trotzdem gibt es da ein paar Dinge an ihr, die ich nicht verstehe«, gab Harry zu.

»Ach ja? Ich muss sagen, mir geht es mit den Menschen eher umgekehrt: Es gibt nur ein paar Dinge, die ich verstehe. Du musst von uns beiden wohl der bessere Psychologe sein, Harry.«

»Sie war erst neunzehn, als sie die beiden Frauen in Bergen und Gert Rafto tötete. Wie kann eine derart verrückte Person die psychologischen Tests auf der Polizeihochschule überstehen und all diese Jahre in ihrem Job funktionieren, ohne dass jemand etwas bemerkt?«

»Gute Frage. Vielleicht ist sie so ein Cocktail-Fall.«

»Cocktail?«

»Eine Person, die irgendwie von allem etwas in sich vereint. Schizophren genug, um Stimmen zu hören, aber auch klar genug, um diese Krankheit vor ihrer Umwelt geheim zu halten. Zwanghafte Persönlichkeitsstörung, kombiniert mit einer üblen Paranoia, die zu Wahnvorstellungen über ihre Gegenwart und ihre Tätigkeit führt. Das Ganze wird von ihrer Umwelt aber nur als eine gewisse Verschlossenheit aufgefasst. Das Bestialische und die Wut in diesen Morden, die du beschrieben hast, stimmen mit einer Borderline-Persönlichkeit überein, aber eben einer, die ihre Wut kontrollieren kann.«

»Hm. Du hast also keine Ahnung?«

Aune lachte. Das Lachen wurde zu einem Husten.

»Tut mir leid, Harry«, röchelte er. »Das ist in den meisten Fällen so. Wir haben uns in der Psychologie eine Reihe von Boxen geschaffen, aber unsere Kühe wollen einfach nicht darin stehen. Es sind schlichtweg unverschämte, undankbare Sturköpfe. Denk doch nur an die ganze Forschungsarbeit, die wir uns gemacht haben!«

»Es gibt auch noch etwas anderes. Als wir die Leiche von Gert Rafto fanden, war Katrine wirklich zutiefst entsetzt. Ich meine, da hat sie nicht gespielt. Ich konnte den Schock in ihren Augen sehen, ihre Pupillen waren auch danach noch geweitet und schwarz und reagierten auch nicht, als ich ihr ins Gesicht leuchtete.«

»Hoppla, das ist ja interessant!« Aune richtete sich noch ein Stückchen auf. »Warum hast du ihr ins Gesicht geleuchtet? Hast du sie damals schon verdächtigt?«

Harry antwortete nicht.

»Du kannst recht haben«, räumte Aune ein. »Sie kann die Morde verdrängt haben, das wäre nicht ungewöhnlich. Du sagst ja selbst, dass sie dir bei den Ermittlungen eine echte Hilfe gewesen ist und sie nicht sabotiert hat. Das kann darauf hindeuten, dass sie sich selbst unter Verdacht hatte und wirklich die Wahrheit herausfinden wollte. Was weißt du über Noktambulismus, also über das Schlafwandeln?«

»Ich weiß, dass Leute im Schlaf laufen können, reden, essen, sich anziehen und sogar schlafend Auto fahren.«

»Richtig. Der Dirigent Harry Rosenthal dirigierte und sang die Stimmen aller Instrumente einer ganzen Symphonie im Schlaf. Und es gibt mindestens fünf Mordfälle, bei denen die Täter freigesprochen wurden, weil das Gericht der Meinung war, der oder die Schuldige leide unter Parasomnie, also unter Schlafstörungen. Es gab da vor ein paar Jahren mal einen Mann in Kanada, der ist in der Nacht aufgestanden, hat sich ins Auto gesetzt, ist mehr als zwanzig Kilometer gefahren, hat den Wagen geparkt, seine Schwiegermutter getötet, zu der er eigentlich ein ausgezeichnetes Verhältnis hatte, und hätte seinen Schwiegervater fast auch noch erwürgt, ehe er wieder nach Hause fuhr und sich wieder ins Bett legte. Er wurde freigesprochen.«

»Du meinst, sie kann im Schlaf getötet haben? Dass sie parasomnisch veranlagt sein könnte?«

»Das ist eine kontroverse Diagnose. Aber stell dir eine Person vor, die in gewissen Abständen in eine Art Dämmerzustand verfällt und sich anschließend nicht daran erinnert, was sie getan hat. Jemand, der ein unklares, fragmentarisches Bild von den Geschehnissen hat, wie nach einem Traum.«

»Hm.«

»Und stell dir weiter vor, dass sie im Laufe der Ermittlungen erkannt hat, was sie getan hat.«

Harry nickte langsam: »Und dann geht ihr auf, dass sie einen Sündenbock braucht, um ihre Haut zu retten.«

»Das ist denkbar.« Ståle Aune schnitt eine Grimasse. »Aber was die menschliche Psyche angeht, ist ja fast alles denkbar. Das Problem ist, dass wir die Krankheiten, über die wir reden, nicht sehen können, wir müssen anhand der bloßen Symptome von ihrer Existenz ausgehen.«

»Wie beim Schimmel.«

»Was?«

»Was kann der Auslöser dafür sein, dass Menschen derart psychisch krank werden wie diese Frau?«

Aune stöhnte. »Alles! Und nichts! Gene und Kindheit.«

»Ein alkoholabhängiger, gewalttätiger Vater?«

»Ja, ja! Neunzig Punkte für dich. Wenn du dann noch eine Mutter mit einer gewissen Karriere in der Psychiatrie hinzufügst und ein oder zwei traumatische Erlebnisse in der frühen Kindheit, hast du die volle Punktzahl.«

»Aber ist es wahrscheinlich, dass sie den Wunsch hat, ihrem Vater zu schaden, ihn zu töten, wenn sie ihn kräftemäßig überflügelt hat?«

»Auch das ist nicht ausgeschlossen. Ich erinnere mich an einen Fall ...« Ståle Aune hielt abrupt inne. Starrte Harry an. Dann beugte er sich vor und flüsterte mit wild glänzenden Augen: »Habe ich dich richtig verstanden, Harry? Willst du damit sagen, dass ...?«

Harry Hole studierte seine Nägel. »Ich habe neulich ein Bild von einem Mann im Präsidium in Bergen zu Gesicht bekommen. Er kam mir seltsam bekannt vor, als hätte ich ihn schon einmal getroffen. Ich weiß erst jetzt, warum. Das war die Familienähnlichkeit. Katrine Bratts Mädchenname ist Rafto. Gert Rafto war ihr Vater.«

Harry erhielt den Anruf von Skarre, als er auf dem Weg zum Flughafenzug war. Er hatte sich geirrt, sie hatten das Handy nicht auf der Toilette gefunden, sondern auf der Gepäckablage in einem der Abteile.

Achtzig Minuten später war er ringsherum von Grau umhüllt. Der Pilot meldete eine niedrige Wolkendecke und Regen über Bergen. Keine Sicht, dachte Harry. Jetzt flogen sie nur noch mit Autopilot.

Thomas Helle von der Vermisstenstelle der Polizei hatte gerade erst den Klingelknopf über dem Türschild mit den Namen Andreas, Eli und Trygve Kvale gedrückt, als auch schon die Tür der Villa aufgerissen wurde.

»Gott sei Dank konnten Sie so schnell kommen.« Der Mann, der vor Helle stand, blickte ihm über die Schulter und fragte. »Wo sind die anderen?«

»Ich bin allein. Sie haben noch immer nichts von Ihrer Frau gehört?«

Der Mann, in dem Helle den Andreas Kvale vermutete, der bei der Polizei angerufen hatte, starrte ihn entgeistert an. »Aber sie ist weg, das habe ich doch gesagt.«

»Das wissen wir, aber häufig kommen sie ja auch wieder zurück.«

»Wer sie?«

Thomas Helle seufzte: »Könnten wir vielleicht ins Haus gehen, Herr Kvale. Es regnet ...«

»Oh, Entschuldigung. Bitte sehr.« Der etwa fünfzigjährige Mann trat zur Seite, und im Halbdunkel hinter ihm erblickte Helle einen dunkelhaarigen jungen Mann.

Thomas Helle entschloss sich, es gleich auf dem Flur hinter sich zu bringen. Sie hatten an diesem Tag kaum genug Leute, um das Telefon besetzt zu halten, es war Sonntag, und fast die gesamte Belegschaft war auf der Suche nach Katrine Bratt. Jemand aus den eigenen Reihen. Es war zwar noch alles geheim, aber es kursierten Gerüchte, dass sie etwas mit diesem Schneemann-Fall zu tun hatte.

»Wie haben Sie bemerkt, dass sie weg ist?«, fragte Helle und zückte den Notizblock.

»Trygve und ich sind heute von einer Angeltour in der Nordmarka zurückgekommen. Wir waren zwei Tage weg. Ohne Handy. Als wir zurückkamen, war sie nicht hier, und sie hat uns auch keine Nachricht hinterlassen. Außerdem war die Tür offen, aber das habe ich Ihnen ja schon am Telefon gesagt. Sie hat sonst immer abgeschlossen, auch wenn sie zu Hause war. Meine Frau ist sehr ängstlich. Von ihrer Kleidung fehlt nichts, nur die Pantoffeln. Und das bei diesem Wetter …«

»Haben Sie alle Ihre Bekannten angerufen? Inklusive der Nachbarn?«

»Natürlich. Aber es hat keiner etwas von ihr gehört.«

Thomas Helle notierte, aber es hatte sich bereits ein Gefühl gemeldet, ein altbekanntes Gefühl. Verschwundene Hausfrau und Mutter.

»Sie meinten, Ihre Frau sei ziemlich ängstlich«, sagte er in betont unverfänglichem Ton. »Wem hätte sie die Tür geöffnet? Oder wen hätte sie hereingelassen?«

Er sah Vater und Sohn einen Blick wechseln.

»Nicht viele«, antwortete der Vater entschieden. »Nur Leute, die sie kennt.«

»Oder vielleicht auch jemanden, von dem sie sich nicht bedroht fühlt«, schlug Helle vor. »Eine Frau oder ein Kind vielleicht?«

Andreas Kvale nickte.

»Oder jemanden, der eine plausible Erklärung dafür hatte, hereinzukommen. Jemand von den Stadtwerken vielleicht?«

Der Ehemann zögerte. »Möglich.«

»Ist Ihnen rund ums Haus irgendetwas Ungewöhnliches aufgefallen?«

»Ungewöhnlich? Wie meinen Sie das?«

Helle biss sich auf die Unterlippe. Nahm Anlauf. »So etwas wie … ein Schneemann vielleicht?«

Andreas Kvale sah zu seinem Sohn, der energisch, fast ängstlich den Kopf schüttelte.

»Nur damit wir das ausschließen können«, fügte Helle erleichtert hinzu.

Der Sohn murmelte etwas.

»Was?«, fragte Helle nach.

»Mein Sohn meinte, es liege ja auch kein Schnee mehr«, wiederholte der Vater.

»Stimmt, ja.« Helle steckte den Notizblock in die Jackentasche. »Wir geben die Fahndung an alle Streifenwagen. Wenn sie bis heute Abend nicht aufgetaucht ist, werden wir die Suche intensivieren. Mit neunundneunzigprozentiger Wahrscheinlichkeit ist sie dann aber bereits wieder da. Hier ist meine Visitenkarte mit meiner …«

Helle spürte Andreas Kvales Hand auf seinem Oberarm.

»Da ist noch etwas, was ich Ihnen zeigen muss, Herr Kommissar.«

Thomas Helle folgte Kvale durch eine Tür am Ende des Flurs, die über eine Treppe in den Keller führte. Er öffnete eine Tür zu einem Raum, in dem es nach Seife und frischer Wäsche roch. In der Ecke stand eine alte Schleuder neben einer Electrolux-Waschmaschine älteren Jahrgangs. Der Boden senkte sich in der Mitte zu einem Abfluss ab. Er war nass, und auch die eine Wand war feucht, als wäre der Boden erst kürzlich mit dem grünen Schlauch abgespritzt worden, der dort lag. Aber nicht das hatte Thomas Helles Aufmerksamkeit geweckt. Es war vielmehr das Kleid, das mit Wäscheklammern an der Leine befestigt war. Oder besser gesagt, das, was davon noch übrig war. Es war unmittelbar unter der Brust abgetrennt. An den unebenen, schwarzen Schnittflächen entdeckte man bei genauerem Hinsehen die zusammengezogenen, verbrannten Baumwollfäden.

Kapitel 29

20. Tag. Tränengas

Der Regen troff nur so auf Bergen, das in blauer Nachmittagsdämmerung ruhte. Das Boot, das Harry bestellt hatte, lag schon am Fuß der Puddefjordsbrücke bereit, als Harrys Taxi vor der Charterstelle hielt.

Es war ein häufig benutzter, sechs Meter langer finnischer Cabincruiser.

»Ich will zum Fischen«, antwortete Harry und zeigte auf die Seekarte. »Irgendwelche Schären oder sonst etwas, das ich beachten müsste, um hier hinzukommen?«

»Finnøy?«, fragte der Verleiher. »Da sollten Sie eine Pilk- und eine Spinnrute mitnehmen. Aber da draußen ist es generell nicht so gut zum Angeln.«

»Warten wir's ab. Wie startet man diese Maschine?«

Als Harry an Nordneset vorbeituckerte, sah er den Totempfahl in der Dämmerung zwischen den kahlen Parkbäumen hervorlugen. Das Meer lag bei dem Regen wie eine schäumende, graue Fläche vor ihm. Als er den Gashebel neben dem Steuer nach vorn schob, hob sich der Bug, so dass Harry sich hinten abstützen musste. Das Boot beschleunigte.

Eine Viertelstunde später zog Harry den Hebel zurück und machte das Boot an einem Anleger auf Finnøy fest, der von Raftos Hütte aus nicht zu sehen war. Er griff nach seiner Angel und lauschte dem Regen. Angeln war nicht seine Sache. Der schwere Blinker setzte sich sofort am Boden fest, so dass Harry Tang mit heraufzog, der sich beim Einholen der Schnur gleich um die Rute wickelte. Er löste den Haken und reinigte ihn. Als er anschließend versuchte, den Haken wieder ins Wasser zu lassen, hatte er plötzlich einen Knoten auf der Rolle, so dass der Blinker zwanzig Zentimeter unter der Rutenspitze hängen blieb und weder vor noch zurück wollte. Harry sah auf die Uhr. Sollte jemand vom Lärm des Motors aufgeschreckt worden sein, hatte der sich inzwischen sicher wieder beruhigt, so dass er loslegen konnte. Außerdem blieb ihm nicht viel Zeit, bis zum Einbruch der Dunkelheit musste er alles erledigt haben. Er legte die Angel auf die Sitzbank, nahm den Revolver aus der Tasche und lud ihn.

Bevor er an Land ging, schob er sich die beiden Tränengasdosen in die Jackentaschen. Sie sahen aus wie kleine Thermosflaschen.

Er brauchte fünf Minuten über den höchsten Punkt der menschenleeren Insel bis zu den winterfest gemachten Ferienhäusern auf der anderen Seite. Raftos Hütte lag dunkel und unnahbar vor ihm. Er suchte sich einen Platz auf einem Felsen etwa zwanzig Meter vor der Hütte, von wo aus er alle Türen und Fenster einsehen konnte. Der Regen hatte die Schulterpartien seiner grünen Militärjacke längst durchdrungen. Dann nahm er eine der Tränengasdosen aus der Tasche und zog den Sicherungsstift heraus. In fünf Sekunden würde der gefederte Mechanismus aufspringen und das Gas ausströmen. Er rannte mit der Dose in der Hand zur Hütte und schleuderte sie in ein Fenster. Das Glas zerbarst mit einem dünnen, hellen Klirren. Harry zog sich auf den Felsen zurück und zückte den Revolver. Durch den Regen hörte er das Zischen des austretenden Gases und sah, wie sich die Fenster grau färbten.

Sollte sie dort drinnen sein, konnte sie es nur wenige Sekunden aushalten.

Er zielte. Wartete und zielte.

Nach zwei Minuten war noch immer nichts geschehen.

Harry wartete weitere zwei Minuten.

Dann bereitete er die andere Dose vor, ging mit gezogenem Revolver zur Tür und fasste an den Türgriff. Verschlossen. Aber nicht sehr stabil. Er nahm vier Schritte Anlauf.

Die Tür splitterte an den Scharnieren, so dass er mit der rechten Schulter voran in den vernebelten Raum fiel. Sofort griff das Gas seine Augen an. Harry hielt die Luft an und tastete sich zu der Klapptür vor, die in den Keller führte. Er hob sie an, zog den Splint aus der zweiten Dose und ließ sie nach unten fallen. Dann rannte er wieder nach draußen. Fand eine Pfütze und sackte mit tränenden Augen und laufender Nase auf die Knie. Er presste seinen Kopf mit geöffneten Augen so tief ins Wasser, dass er den Schotter an seiner Nase spürte. Zweimal wiederholte er diesen Tauchgang im Seichten. Nase und Rachen brannten ihm zwar immer noch höllisch, aber jetzt konnte er wenigstens wieder sehen. Er richtete den Revolver erneut auf das Haus. Wartete. Und wartete.

»Komm schon! Komm schon! Verdammte Fotze!«

Aber niemand kam.

Nach einer Viertelstunde drang kein Nebel mehr durch das Loch in der Fensterscheibe.

Harry ging zur Hütte und trat die Tür auf, die wieder zugefallen war. Hustete und warf einen letzten Blick nach drinnen. Vernebelte Öde. Autopilot. Verdammt! Verdammt!

Als er zum Boot zurückging, war es schon so dunkel, dass er damit rechnete, Probleme mit der Sicht zu bekommen. Er löste die Vertäuung, ging an Bord und legte die Hand auf die Zündung. Ein Gedanke schoss durch seinen Kopf: Er hatte sechsunddreißig Stunden nicht mehr geschlafen und seit dem Morgen nichts mehr gegessen, war bis auf die Haut durchnässt und vollkommen umsonst in dieses Scheiß-Bergen geflogen. Wenn dieser Motor jetzt nicht beim ersten Versuch startete, würde er den Rumpf mit seiner 38-Millimeter durchlöchern und an Land schwimmen. Der Motor startete jedoch mit einem Brüllen, was Harry beinahe schade fand. Er wollte gerade den Gashebel nach vorne schieben, da sah er sie.

Sie stand unmittelbar vor ihm auf der Treppe, die in die Kajüte hinunterführte. Lässig an den Rahmen gelehnt, in einem grauen Pullover und einem schwarzen Rock.

»Hände hoch«, befahl sie.

Es hörte sich so kindlich an, dass es fast wie ein Spaß wirkte. Der schwarze Revolver, der auf ihn zeigte, sprach aber eine ganz andere Sprache. Wie auch das Versprechen, das auf dem Fuße folgte: »Wenn du nicht tust, was ich sage, kriegst du 'ne Kugel in den Bauch, Harry, die zerlegt deine Nerven im Rückgrat und lähmt dich. Dann eine in den Kopf. Aber fangen wir mal mit dem Bauch an …«

Der Lauf des Revolvers senkte sich.

Harry ließ das Steuer los und streckte die Arme über den Kopf.

»Geh bitte einen Schritt zurück«, forderte sie ihn auf.

Sie kam über die Treppe nach oben, und erst jetzt bemerkte Harry das Glänzen in ihren Augen, so hatte sie auch bei der Festnahme von Becker ausgesehen und in der Fenris-Bar. Aus ihrer Iris schienen beinahe Funken zu sprühen. Harry wich zurück, bis er die Achterbank in den Kniekehlen spürte.

»Setz dich«, befahl Katrine und schaltete den Motor aus.

Harry sackte nach hinten, setzte sich auf die Angel und spürte, wie das Wasser, das sich auf der Bank angesammelt hatte, durch den Stoff seiner Hose drang.

»Wie hast du mich gefunden?«, fragte sie.

Harry zuckte mit den Schultern.

»Na los«, drängelte sie und hob die Waffe. »Du musst meine Neugier schon befriedigen, Harry.«

»Tja«, sagte Harry und versuchte, ihr blasses, müdes Gesicht zu lesen. Aber das war unbekanntes Terrain, das Gesicht dieser Frau gehörte nicht der Katrine Bratt, die er kannte, die er zu kennen geglaubt hatte.

»Jeder hat ein Muster«, hörte Harry sich selbst sagen. »Eine bestimmte Spielstrategie.«

»Ach ja, und wie sieht meine Strategie aus?«

»In die eine Richtung zeigen und in die andere laufen.«

»Tatsächlich?«

Harry spürte das Gewicht des Revolvers in seiner rechten Jackentasche. Er erhob sich ein bisschen, nahm die Angel weg und ließ die rechte Hand auf der Bank liegen.

»Du schreibst einen Brief, unterschreibst mit Schneemann, schickst ihn mir und tauchst ein paar Wochen später im Präsidium auf. Und dann behauptest du, Hagen hätte gesagt, ich solle mich um dich kümmern. Das hat er nie getan.«

»Bis jetzt stimmt alles. Sonst noch etwas?«

»Du schmeißt deinen Mantel vor Støps Wohnung ins Wasser und fliehst in ganz anderer Richtung übers Dach. Mir war also klar, dass du nach Westen flüchtest, wenn dein Handy in einem Zug in Richtung Osten unterwegs ist.«

»Bravo. Und wie habe ich das gemacht?«

»Nicht mit dem Flugzeug, das steht fest. Du wusstest, dass Gardermoen überwacht werden würde. Ich nehme mal an, du hast das Handy ziemlich früh im Hauptbahnhof deponiert, bist dann rüber zum Busbahnhof und von da mit dem ersten Bus nach Westen. Vermutlich hast du die Strecke aufgeteilt und den Bus gewechselt.«

»Den Schnellbus bis Notodden«, präzisierte Katrine. »Und von da mit einem anderen Bus Richtung Bergen. In Voss bin ich ausgestiegen und habe mir ein paar Kleider gekauft, dann mit dem Überlandbus nach Ytre Arna und weiter mit dem Nahverkehrsbus nach Bergen. Am Zachariaskai habe ich dann einem Fischer etwas Geld gegeben, damit er mich hierherbringt. Nicht schlecht, Harry.«

»Das war nicht besonders schwer. Wir sind uns ziemlich ähnlich, du und ich.«

Katrine neigte den Kopf zur Seite. »Wenn du dir so sicher warst, warum bist du dann allein gekommen?«

»Ich bin nicht allein. Müller-Nilsen und seine Leute sind auf dem Weg hierher.«

Katrine lachte. Harry schob die Hand etwas dichter an seine Tasche.

»Ich bin ganz deiner Meinung, wir sind uns ähnlich, Harry. Nur was das Lügen angeht, habe ich dir einiges voraus.«

Harry schluckte. Seine Hand war kalt. Doch seine Finger mussten ihm einfach trotzdem gehorchen. »Ja, das fällt dir bestimmt leichter«, pflichtete er ihr bei. »Genauso wie das Töten.«

»Ach ja? Im Moment siehst du aber so aus, als hättest du Lust zu töten. Diese Hand da hat sich schon beängstigend nahe an deine Tasche herangeschoben. Steh auf und zieh dir die Jacke aus. Langsam. Und dann wirfst du sie zu mir.«

Harry fluchte innerlich, tat aber, was sie verlangte. Die Jacke landete mit einem lauten Knall auf dem Deck vor Katrine. Ohne Harry aus den Augen zu lassen, nahm sie sie und warf sie über Bord.

»Wurde sowieso Zeit, dass du dir mal 'ne neue kaufst«, meinte sie.

»Hm«, machte Harry. »Du denkst wohl an eine, die besser zu der Karotte in meinem Gesicht passt?«

Katrine blinzelte zweimal, und Harry erkannte auf ihrem Gesicht so etwas wie Verwirrung.

»Jetzt hör mir mal zu, Katrine. Ich bin gekommen, um dir zu helfen. Du brauchst Hilfe. Du bist krank. Nur deshalb hast du all diese Leute umgebracht.«

Katrine schüttelte langsam den Kopf. Sie zeigte an Land.

»Ich habe zwei Stunden in diesem Bootshaus da gehockt und auf dich gewartet, Harry. Weil ich wusste, dass du kommen würdest. Ich habe dich studiert, Harry. Du findest immer, was du suchst. Deshalb habe ich dich ja ausgewählt.«

»Mich ausgewählt?«

»Dich ausgewählt, um den Schneemann für mich zu suchen. Deshalb hast du auch diesen Brief gekriegt.«

»Warum konntest du den Schneemann nicht selbst finden? Du musstest ja nicht allzu weit laufen.«

Sie schüttelte den Kopf. »Ich hab es versucht, Harry. Viele Jahre lang. Ich wusste, dass ich es allein nicht schaffen würde. Dafür brauchte ich dich. Du bist der Einzige, der es bisher geschafft hat, so ein Monster zu schnappen. Ich brauchte Harry Hole.« Sie lächelte müde. »Eine letzte Frage, Harry. Wie bist du auf den Gedanken gekommen, dass ich dich getäuscht habe?«

Harry fragte sich, wie es geschehen würde. Eine Kugel in die Stirn? Der Glühdraht? Eine Fahrt aufs hohe Meer und dann Tod durch Ertrinken? Er schluckte. Er sollte Angst haben. So viel Angst, dass er nicht mehr denken konnte, dass er winselnd auf die Decksplanken sackte und sie um sein Leben anflehte. Warum tat er es nicht? Stolz konnte es nicht sein, den hatte er zu oft mit Whiskey ersäuft und anschließend wieder ausgekotzt. Oder lag es an seinem rationalen Hirn, das ihm sagte, dass das alles nichts nützte, sondern sein Leben im Gegenteil nur noch verkürzen würde? Zum Schluss kam er jedoch zu der Überzeugung, dass es die Müdigkeit sein musste. Eine alles umfassende, tiefe Müdigkeit, die ihn nur noch wünschen ließ, dass es bald vorbei war.

»Ich hatte beinahe von Anfang an das Gefühl, dass das alles schon vor langer Zeit angefangen hat …«, begann Harry und registrierte, dass er keine Kälte mehr spürte. »... und geplant war. Derjenige, der dahinterstand, musste irgendwie in mein Leben eingedrungen sein. Und da ist die Auswahl nicht so groß, Katrine. Als ich die Zeitungsausschnitte in deiner Wohnung sah, wusste ich schließlich, wer es war.«

Harry sah sie verwirrt blinzeln. Und spürte, wie sich ein Anflug von Zweifel in seine Theorie schlich, die ihm so schlüssig erschienen war. Aber war sie das wirklich? Hatte er nicht die ganze Zeit Zweifel gehegt? Ein Regenguss löste das gleichmäßige Rieseln ab, Wasser hämmerte auf das Deck. Er sah, wie sie den Mund öffnete und den Finger am Abzug krümmte. Harry griff nach der Angel, die neben ihm lag, und starrte in die Mündung des Revolvers. So sollte es also enden, auf einem Boot an der Westküste, ohne Zeugen, ohne Spur. Ein Bild tauchte vor seinen Augen auf. Oleg. Allein.

Im nächsten Moment schleuderte er die Angel nach vorn, in Katrines Richtung. Ein letzter verzweifelter Akt, ein lächerlicher Versuch, das Spiel noch einmal zu drehen und das Schicksal abzuwenden. Die weiche Spitze streifte Katrine nur an der Wange, sie konnte den Schlag kaum bemerkt haben, und wurde davon weder verletzt noch aus dem Gleichgewicht gebracht. Im Nachhinein konnte Harry sich nicht erinnern, ob die folgenden Geschehnisse geplant gewesen waren oder pures Glück: Durch den Schwung des etwas schwereren Blinkers wickelte sich die zwanzig Zentimeter lange Schnur um Katrines Hinterkopf, der Blinker schnellte auf der anderen Seite wieder hervor und schlug gegen die Schneidezähne in ihrem geöffneten Mund. Und als Harry die Angel ruckartig nach hinten riss, tat die Spitze des Hakens genau das, wofür sie konstruiert worden war: Sie drang ins Fleisch ein und bohrte sich in Katrine Bratts rechten Mundwinkel. Harry hatte in seiner Verzweiflung so stark an der Angel gezerrt, dass Katrine Bratts Kopf mit voller Wucht nach hinten rechts gerissen wurde und er kurz das Gefühl hatte, er würde ihr den Kopf von den Schultern schrauben. Mit einer gewissen Verzögerung folgte der Körper der Rotation des Kopfes, erst nach rechts, und dann direkt auf Harry zu. Sie hatte die Drehung noch nicht ganz vollendet, als sie vor ihm zu Boden ging.

Harry stand auf und warf sich auf sie. Seine Knie drückte er ihr so fest auf das Schlüsselbein, dass sie ihre Arme nicht mehr bewegen konnte.

Dann wand er ihr den Revolver aus der kraftlosen Hand und presste ihr die Mündung der Waffe auf eines ihrer weit aufgerissenen Augen. Der Revolver fühlte sich leicht an, und obwohl sich der Stahl auf ihren weichen Augapfel drückte, blinzelte sie nicht. Im Gegenteil. Sie grinste. Breit. Mit einem aufgerissenen Mundwinkel und Zähnen, die der Regen vom Blut reinzuwaschen versuchte.

Kapitel 30

20. Tag. Sündenbock

Knut Müller-Nilsen höchstpersönlich stand am Kai unter der Puddefjordbrücke, als Harry mit dem Cabincruiser anlegte. Er ging mit zwei Beamten und einer zu Hilfe gerufenen Psychiaterin unter Deck, wo Katrine mit Handschellen angekettet war. Sie bekam eine Beruhigungsspritze und wurde in den bereitstehenden Wagen verfrachtet.

Müller-Nilsen dankte Harry für die diskrete Abwicklung.

»Am besten versuchen wir, die Sache noch eine Weile unter Verschluss zu halten«, schlug Harry vor und blickte zum lecken Himmel empor. »Oslo will gerne die Regie, wenn wir damit an die Öffentlichkeit gehen.«

»Klar«, nickte Müller-Nilsen.

»Kjersti Rødsmoen«, sagte eine Stimme hinter ihnen, und sie drehten sich um. »Ich bin die Psychiaterin.«

Die Frau, die zu Harry aufblickte, war um die vierzig, hatte helle, zerzauste Haare und trug eine große, knallrote Daunenjacke. Sie hielt eine Zigarette in der Hand und schien sich überhaupt nicht darum zu kümmern, dass der Regen nicht nur sie, sondern auch ihren Tabak durchnässte.

»War die Festnahme sehr dramatisch?«, erkundigte sie sich.

»Nein«, antwortete Harry und spürte Katrines Revolver, der ihm unter seinem Hosenbund gegen den Rücken drückte. »Sie hat sich ohne Widerstand ergeben.«

»Was hat sie gesagt?«

»Nichts.«

»Nichts?«

»Kein Wort. Wie lautet Ihre Diagnose?«

»Offensichtlich eine Psychose«, erklärte Rødsmoen ohne Zögern. »Was aber keineswegs bedeutet, dass sie geisteskrank ist. Das ist nur die Art, wie ihr Kopf mit einer schwierigen Situation umgeht. Ungefähr so, wie wenn man ohnmächtig wird, wenn die Schmerzen zu stark werden. Ich nehme an, sie war über längere Zeit einer extremen Stresssituation ausgesetzt, könnte das stimmen?«

Harry nickte. »Wird sie wieder sprechen?«

»Ja«, erwiderte Kjersti Rødsmoen und blickte unwillig auf die erloschene Zigarette. »Aber wann, kann ich noch nicht sagen. Im Moment braucht sie erst einmal Ruhe.«

»Ruhe?«, schnaubte Müller-Nilsen. »Sie ist eine Serienmörderin.«

»Und ich eine Psychiaterin«, gab Rødsmoen zurück, ließ die Zigarette fallen und ging zu einem kleinen roten Honda, der sogar in diesem Dauerregen noch staubig aussah.

»Und, was machen Sie jetzt?«, wollte Müller-Nilsen wissen.

»Ich nehme den letzten Flieger nach Hause«, verkündete Harry.

»Machen Sie keinen Unsinn, Sie sehen aus wie der Tod. Das Präsidium hat eine Vereinbarung mit dem Rica Travel Hotel. Wir setzen Sie dort ab und bringen Ihnen später noch ein paar trockene Kleider. Da gibt's auch ein Restaurant.«

Als Harry später vor dem Spiegel im Bad des kleinen Einzelzimmers stand, dachte er an Müller-Nilsens Worte. Dass er wie der Tod aussah. Und wie nah er ihm schon gewesen war. Aber war das wirklich so? Nachdem er geduscht und in dem menschenleeren Restaurant etwas gegessen hatte, zog er sich in sein Zimmer zurück und versuchte zu schlafen. Doch es wollte ihm nicht gelingen, so dass er den Fernseher einschaltete. Überall lief nur Mist, außer auf NRK 2, da zeigten sie *Memento*, einen Film, den er schon einmal gesehen hatte. Die Handlung wurde aus dem Blickwinkel eines Mannes erzählt, der einen Hirnschaden und daher das Kurzzeitgedächtnis eines Goldfisches hatte. Eine Frau war getötet worden. Der Protagonist hatte sich den Namen des Täters auf einem Bild notiert, weil er wusste, dass er ihn vergessen würde. Die Frage war nur, ob er auf das vertrauen konnte, was er selbst geschrieben hatte. Harry schob seine Bettdecke weg. Die Minibar unter dem Fernseher hatte eine braune Tür und kein Schloss.

Er hätte besser mit der letzten Maschine nach Hause fliegen sollen.

Als er gerade aufstehen wollte, klingelte irgendwo im Zimmer sein Handy. Er steckte die Hand in die Tasche seiner nassen Hose, die über einem Stuhl vor der Heizung hing. Es war Rakel. Sie wollte wissen, wo er gerade war. Und meinte, sie müssten miteinander reden. Aber nicht in seiner Wohnung, sondern irgendwo in der Öffentlichkeit.

Harry ließ sich rücklings mit geschlossenen Augen aufs Bett fallen.

»Um mir zu sagen, dass wir uns nicht mehr treffen können?«, fragte er.

»Um dir zu sagen, dass wir uns nicht mehr treffen können«, bestätigte sie. »Ich schaffe das nicht.«

»Es reicht, wenn du es mir am Telefon sagst, Rakel.«

»Nein, das reicht nicht. Dann tut es nicht weh genug.«

Harry stöhnte. Sie hatte recht.

Also verabredeten sie sich für den nächsten Vormittag um elf Uhr beim Fram-Museum, dem Touristenmagneten auf der Halbinsel Bygdøy, wo man zwischen all den Deutschen und Japanern untertauchen konnte. Als sie ihn fragte, was er in Bergen trieb, sagte er es ihr und bat sie, niemandem etwas zu erzählen, bevor sie davon in ein paar Tagen in der Zeitung las.

Nachdem sie aufgelegt hatten, blieb er liegen und starrte die Minibar an, während *Memento* den rückwärtslaufenden Handlungsstrang fortsetzte. Harry war an diesem Tag um Haaresbreite einem Mordanschlag entkommen, die Liebe seines Lebens wollte ihn nicht mehr sehen, und er hatte den schrecklichsten Fall seines Lebens abgeschlossen. Aber hatte er ihn tatsächlich abgeschlossen? Er war Müller-Nilsen die Antwort schuldig geblieben, warum er sich entschieden hatte, Bratt allein zu suchen, doch jetzt wusste er es. Seine Zweifel hatten ihn dazu getrieben. Seine Hoffnung. Diese verzweifelte Hoffnung, die Dinge könnten doch nicht so zusammenhängen. Und diese Hoffnung hatte er noch immer. Er musste sie loswerden. Ertränken. Na los, schließlich hatte er drei gute Gründe und ein Rudel Köter im Bauch, die wie besessen bellten. Warum machte er nicht endlich diese Minibar auf?

Harry ging ins Bad, drehte den Wasserhahn auf und trank, während ihm die Tropfen ins Gesicht spritzten. Dann richtete er sich auf und blickte in den Spiegel. Leichenblass. Warum wollte die Leiche nichts trinken? Er spuckte sich die Antwort laut und deutlich ins Gesicht: »Weil es dann nicht weh genug tut!«

Gunnar Hagen war müde. Unendlich müde. Er sah sich um. Es war fast Mitternacht, und er hockte in einem Clubraum in der obersten Etage eines Bürogebäudes mitten im Zentrum von Oslo. Der ganze Raum glänzte braun: der Schiffsboden, die Decke mit ihren versenkten Strahlern, die Wände mit den gemalten Porträts der ehemaligen Präsidenten des Clubs, dem das ganze Etablissement gehörte, der zehn Quadratmeter große Mahagonitisch und die lederne Schreibunterlage, die vor jedem der zwölf Anwesenden lag. Hagen war eine Stunde zuvor telefonisch vom Polizeipräsidenten hierher bestellt worden. Einige der Personen im Raum – wie den Polizeipräsidenten – kannte er, andere hatte er nur in der Zeitung gesehen, doch die meisten sah er zum ersten Mal. Der Kriminalchef führte sie in den Sachverhalt ein und verkündete, der Schneemann sei eine Polizistin aus Bergen, die eine gewisse Zeit auch aus ihrer Stelle im Dezernat für Gewaltverbrechen in Oslo operiert und die Polizei nach Strich und Faden an der Nase herumgeführt habe. Jetzt sei sie jedoch gefasst worden, so dass sie den Skandal alsbald veröffentlichen müssten.

Als er fertig war, hing die Stille ebenso schwer über ihren Köpfen wie der Zigarrenrauch.

Dieser Rauch stieg am Ende des Tisches auf, wo ein Mann mit schlohweißen Haaren saß, das Gesicht im Schatten. Jetzt gab er zum ersten Mal ein Geräusch von sich. Nur ein leichtes Seufzen. In diesem Moment fiel Gunnar Hagen auf, dass jeder, der an diesem Abend das Wort ergriffen hatte, sich eigentlich immer an diesen Mann gerichtet hatte.

»Verdammt unangenehm, Torleif«, begann der Weißhaarige mit überraschend heller, femininer Stimme. »Extrem schädlich. Das Vertrauen ins System. Das ist unsere Operationsebene. Und das bedeutet ...«, der ganze Raum schien die Luft anzuhalten, als er an seiner Zigarre paffte, »... dass Köpfe rollen müssen. Die Frage ist nur, welche.«

Der Polizeipräsident räusperte sich. »Haben Sie einen Vorschlag?«

»Noch nicht«, gab der Weißhaarige zu. »Aber ich denke, Torleif, Sie haben einen. Schießen Sie los.«

Der Polizeipräsident blickte zum Kriminalchef, der das Wort ergriff. »Wie ich die Sache sehe, hat es konkrete Fehler bei der Einstellung und der Einführung dieser Person gegeben, menschliche Fehler, die nichts mit dem System zu tun haben und demnach nicht unmittelbar der Führungsetage anzulasten sind. Wir schlagen deshalb vor, zwischen Verantwortung und Schuld zu unterscheiden. Die Leitung übernimmt die Verantwortung, zeigt Demut und ...«

»Ersparen Sie uns das Elementare«, unterbrach ihn der Weißhaarige. »Wen haben Sie als Sündenbock auserkoren?«

Der Kriminalchef rückte sich den Schlips zurecht. Gunnar Hagen sah, dass ihm höchst unwohl in seiner Haut war.

»Hauptkommissar Harry Hole«, verkündete der Kriminalchef.

Wieder wurde es still, während der Weißhaarige seine Zigarre neu anzündete. Mehrmals war das Klicken des Feuerzeugs zu hören, gefolgt von einem Schmatzen, dann stieg wieder Rauch aus dem Schatten in die Höhe.

»Keine schlechte Idee«, meinte die helle Stimme. »Bei jedem anderen als Hole hätte ich gesagt, Sie müssen sich Ihren Sündenbock weiter oben im System suchen, weil ein Hauptkommissar als Opferlamm nicht ausreicht. Ja, vermutlich hätte ich sogar vorgeschlagen, dass Sie mal über sich selbst nachdenken sollten, Torleif. Aber Hole ist ja wirklich ein bekannter Polizist, er war sogar in dieser Talkshow dabei. Eine populäre Figur mit einem gewissen Renommee als Ermittler. Ja, das könnte reichen. Aber wird er da mitmachen?«

»Überlassen Sie das nur uns«, antwortete der Kriminalchef. »Oder was meinst du, Gunnar?«

Gunnar Hagen schluckte. Er dachte – vor allem – an seine Frau. An alles, was sie geopfert hatte, damit er auf der Karriereleiter emporsteigen konnte. Nach ihrer Heirat hatte sie ihr eigenes Studium aufgegeben und war mit ihm dorthin gezogen, wohin ihn sein Dienst verschlagen hatte, erst im Militär und später bei der Polizei. Sie war eine intelligente Frau, ihm ebenbürtig, ja, in vielerlei Hinsicht sogar überlegen. Sie war es, an die er sich mit jeder seiner karrieremäßigen oder moralischen Fragen wandte. Und sie gab ihm immer gute Ratschläge. Trotzdem war es ihm wohl nicht gelungen, die glänzende Karriere zu machen, auf die sie beide gehofft hatten. Dabei sah es endlich besser aus. Mittlerweile war abzusehen, dass ihn seine Position als Leiter des Dezernats für Gewaltverbrechen weiterbringen würde, ein paar Stufen höher. Er durfte nur keine Fehler machen. Das konnte doch nicht so schwer sein.

»Oder was meinst du, Gunnar?«, wiederholte der Kriminalchef.

Nur dass er so müde war. So unendlich müde. Das hier tue ich für dich, dachte er. Du hättest es sicher auch getan, meine Liebe.

Kapitel 31

21. Tag. Südpol

Harry und Rakel standen am Bug des Segelschiffes *Fram* im Museum und beobachteten eine Gruppe Japaner, die Bilder von den Tauen und Masten machten und dabei lächelnd den Guide ignorierten, der ihnen erklärte, dieses einfache Schiff habe nicht nur Fridtjof Nansen als Transportmittel gedient, bei seinem missglückten Versuch, 1893 als Erster den Nordpol zu erreichen, sondern auch noch Roald Amundsen, der Scott 1911 beim Wettlauf zum Südpol schlagen konnte.

»Ich habe meine Uhr auf deinem Nachtschränkchen vergessen«, verkündete Rakel.

»Das ist doch ein alter Trick«, entgegnete Harry. »Und bedeutet nur, dass du noch einmal wiederkommen musst.«

Sie legte ihre Hand auf seine, die auf der Reling lag, und schüttelte den Kopf. »Ich hab sie von Mathias zum Geburtstag bekommen.«

Den ich vergessen habe, dachte Harry.

»Wir wollen morgen einen Ausflug machen, und er wird mich danach fragen, wenn ich sie nicht trage. Du weißt doch, dass ich nicht gut lügen kann. Könntest du …«

»Ich bring sie dir noch vor vier Uhr hoch«, versprach er.

»Danke. Ich bin dann zwar schon in der Arbeit, aber du kannst sie ja einfach in den Nistkasten legen, der neben der Tür hängt. Da …«

Sie brauchte nicht weiterzureden. Dort hatte sie auch immer den Schlüssel deponiert, wenn er so spät kam, dass sie schon im Bett lag. Harry schlug mit der Hand auf die Reling. »Laut Arve Støp war es Amundsens Fehler, gewonnen zu haben. Er meint, die wirklich guten Geschichten handeln von Verlierern.«

Rakel antwortete nicht.
»Das ist wohl eine Art Trost«, meinte Harry. »Gehen wir?«
Draußen schneite es.
»Dann ist es jetzt also vorbei?«, fragte sie. »Bis zum nächsten Mal?«
Er sah sie rasch an, um sicherzugehen, dass sie vom Schneemann sprach.
»Wir wissen immer noch nicht, wo die Leichen sind«, gab er zu. »Ich war heute Morgen, bevor ich geflogen bin, bei ihr in der Zelle, aber sie sagt nichts. Starrt nur in die Luft, als wäre niemand da.«
»Hast du eigentlich vorher jemandem gesagt, dass du allein nach Bergen fährst?«, fragte sie plötzlich.
Harry schüttelte den Kopf.
»Warum nicht?«
»Tja«, erwiderte Harry, »ich hätte mich ja auch irren können. Dann wäre ich in aller Stille zurückgekommen, ohne das Gesicht zu verlieren.«
»Das stimmt nicht, du musst doch noch einen anderen Grund gehabt haben«, hakte sie nach.
Harry musterte sie. Sie sah trauriger aus als er selbst.
»Ehrlich gesagt, ich weiß es nicht«, antwortete er. »Vermutlich hatte ich irgendwie gehofft, dass sie es doch nicht ist.«
»Weil sie so ist wie du? Weil du so sein könntest wie sie?«
Harry konnte sich nicht einmal daran erinnern, ihr erzählt zu haben, dass sie sich so ähnlich waren.
»Sie sieht so allein und ängstlich aus«, erklärte Harry und spürte die Schneeflocken in den Augen brennen. »Wie jemand, der sich in der Dämmerung verlaufen hat.«
Verdammt, verdammt noch mal! Er blinzelte und spürte das Weinen, das sich wie eine geballte Faust einen Weg durch seine Kehle zu bahnen schien. Musste er auch noch zusammenbrechen? Er fror, als er Rakels warme Hand in seinem Nacken spürte.
»Du bist nicht sie, Harry. Du bist anders.«
»Ja?« Er lächelte zaghaft und schob ihre Hand weg.
»Du bringst keine unschuldigen Leute um, Harry.«
Harry verzichtete darauf, mit Rakel im Auto zurückzufahren,

und nahm stattdessen den Bus. Er starrte auf die Schneeflocken und den Fjord draußen vor den Fensterscheiben und dachte daran, wie Rakel im letzten Moment noch das Wort »unschuldig« eingebaut hatte.

Harry wollte gerade die Haustür in der Sofies gate aufschließen, als ihm einfiel, dass er keinen Pulverkaffee mehr hatte. Er machte kehrt und ging die fünfzig Meter weiter zu Niazi.

»Ungewöhnliche Tageszeit für dich«, stellte Ali fest und nahm das Geld entgegen.

»Überstunden abfeiern«, erklärte Harry.

»Das ist vielleicht ein Wetter da draußen, was? Angeblich soll es bis morgen einen halben Meter Neuschnee geben.«

Harry fingerte an dem Kaffeeglas herum. »Ich habe Salma und Muhammed vor ein paar Tagen im Innenhof einen ziemlichen Schrecken eingejagt.«

»Hab ich von gehört.«

»Das tut mir wirklich leid. Ich war ein bisschen sehr angespannt, das war alles.«

»Schon in Ordnung. Ich hatte nur Angst, du könntest wieder getrunken haben.«

Harry schüttelte den Kopf und lächelte. Er mochte die direkte Art des Pakistani.

»Gut«, nickte Ali und zählte das Wechselgeld ab. »Wie läuft denn die Renovierung?«

»Die Renovierung?« Harry nahm die Münzen entgegen. »Du meinst den Pilzmann?«

»Pilzmann?«

»Ja, dieser Typ, der den Keller auf Schimmel untersucht hat, Stormann oder so ähnlich.«

»Schimmel im Keller?« Ali sah Harry entsetzt an.

»Das wusstest du nicht?«, staunte Harry. »Aber du bist doch Vorsitzender der Wohnungsgenossenschaft. Ich dachte, der hätte mit dir gesprochen.«

Ali schüttelte langsam den Kopf. »Vielleicht hat er mit Bjørn geredet.«

»Wer ist Bjørn?«

»Bjørn Asbjørnson, der wohnt seit dreizehn Jahren im Erdgeschoss. Und ist fast genauso lange zweiter Vorsitzender.«

»Aha, Bjørn«, wiederholte Harry mit einer Miene, als wollte er sich den Namen merken.

»Ich werde das überprüfen«, versprach Ali.

Oben in seiner Wohnung zog sich Harry die Stiefel aus, ging direkt ins Schlafzimmer und legte sich hin. In diesem Hotelzimmer in Bergen hatte er kaum Schlaf gefunden.

Als er wieder wach wurde, war sein Mund trocken, und er hatte Magenschmerzen. Er stand auf, um ein Glas Wasser zu trinken, und erstarrte, als er auf den Flur kam.

Beim Heimkommen war es ihm gar nicht aufgefallen, aber die Wände waren wieder da.

Er ging von Zimmer zu Zimmer. Die reinste Hexerei. Die Arbeiten waren so perfekt ausgeführt worden, man hätte fast meinen können, es sei nie jemand da gewesen. Nicht ein einziges altes Nagelloch war zu sehen, nicht einmal eine Fußleiste war schief angebracht worden. Er berührte die Wand im Wohnzimmer, als wollte er sich versichern, nicht unter Halluzinationen zu leiden.

Auf dem Wohnzimmertisch lag ein gelber Zettel. Eine handschriftliche Nachricht. Die Buchstaben waren zierlich und außergewöhnlich hübsch.

Sie sind ausgerottet, von mir werden Sie also auch nichts mehr sehen. Stormann.

PS. Musste eine der Wandvertäfelungen umdrehen, da ich mich geschnitten habe und Blut draufgetropft ist. Wenn Blut auf unbehandeltes Holz tropft, kriegt man es nie wieder weg. Dann kann man nur noch die ganze Wand rot streichen.

Harry ließ sich in den Ohrensessel fallen und musterte die glatten Wände.

Erst als er in die Küche ging, bemerkte er, dass das Wunder nicht ganz makellos war. Der Kalender mit Rakel und Oleg war verschwunden. Das himmelblaue Kleid. Er fluchte laut, durchwühlte den Mülleimer und sogar den Abfallcontainer unten im Hinterhof, ehe er einsah, dass seine zwölf glücklichsten Monate zusammen mit dem Schimmel ausgerottet worden waren.

Für Kjersti Rødsmoen war dieser Arbeitstag definitiv anders als alle anderen. Nicht nur, weil die Sonne einen ihrer seltenen Auftritte am Bergener Himmel hatte und durch die Fenster des Flures schien, über den Kjersti Rødsmoen in der psychiatrischen Station des Haukeland-Krankenhauses in Sandviken hastete. Das Krankenhaus hatte seinen Namen so oft geändert, dass in Bergen kaum jemand wusste, dass sein offizieller Name zurzeit Sandviken-Klinik lautete. Nur die geschlossene Abteilung hieß vorläufig noch immer psychiatrische Station, aber man wartete nur darauf, dass dieser Name demnächst auch wieder irgendjemandem diskriminierend oder stigmatisierend vorkam.

Sie wusste nicht recht, was sie von dem bevorstehenden Termin mit der Patientin halten sollte, die man hier unter den strengsten Sicherheitsvorkehrungen festhielt, die Kjersti jemals erlebt hatte. Gemeinsam mit Espen Lepsvik vom Kriminalamt und Knut Müller-Nilsen vom Bergener Polizeipräsidium hatten sie sich auf gewisse ethische Grenzen und Rahmenbedingungen verständigt. Die Patientin war psychotisch und konnte deshalb nicht offiziell von der Polizei verhört werden. Sie als Psychiaterin konnte mit ihr sprechen, aber nur, um der Patientin zu helfen, und nicht etwa, um ihr – wie es die Polizei wollte – etwas zu entlocken. Und schließlich gab es ja auch noch die Schweigepflicht. Kjersti Rødsmoen musste selbst entscheiden, ob die Sachverhalte, die bei einem therapeutischen Gespräch möglicherweise ans Licht kamen, von so großer Bedeutung für die Ermittlungen der Polizei sein konnten, dass sie sie ihnen mitteilen musste. Außerdem wären diese Angaben vor Gericht wertlos, da sie von einer psychotischen Patientin gemacht worden waren. Sie bewegten sich also juristisch wie ethisch in einer Art Minenfeld, in dem selbst der geringste Fehltritt katastrophale Folgen haben konnte, denn wirklich alles, was sie tat, wurde von der Staatsanwaltschaft und den Medien verfolgt.

Ein Pfleger und ein uniformierter Polizist standen vor der weißen Tür des Behandlungszimmers. Als Kjersti auf die ID-Karte deutete, die an ihrem weißen Arztkittel hing, öffnete der Polizist die Tür.

Sie hatten vereinbart, dass der Pfleger alles genau verfolgte, um sofort Alarm schlagen zu können, wenn etwas passierte.

Kjersti Rødsmoen setzte sich und betrachtete ihre Patientin. Es war nur schwer vorstellbar, dass sie jemandem gefährlich werden könnte. Eine schmächtige Frau mit strähnigen Haaren, die ihr wirr ins Gesicht hingen, einer schwarzen Naht am Mundwinkel und weit aufgerissenen Augen, die in bodenloser Panik auf etwas starrten, das Kjersti Rødsmoen nicht sehen konnte. Im Grunde wirkte diese Frau derart paralysiert, dass man meinen konnte, ein Hauch könne sie jederzeit umpusten. Der Gedanke, dass diese Frau kaltblütig Menschen ermordet hatte, erschien ihr vollkommen absurd und unglaubwürdig. Aber das war ja immer so.

»Guten Tag«, grüßte die Psychiaterin. »Ich bin Kjersti.«

Keine Antwort.

»Was haben Sie für ein Problem? Was glauben Sie selbst?«, fragte sie.

Diese Frage stammte aus dem Lehrbuch für den Umgang mit psychotischen Patienten. Die Alternative lautete: »Was glauben Sie, womit kann ich Ihnen helfen?«

Noch immer keine Antwort.

»In diesem Raum sind Sie sicher. Vollkommen sicher. Niemand hier will Ihnen etwas Böses. Ich werde Ihnen nichts tun. Sie sind hier ganz sicher.«

Wieder so eine stereotype Versicherung, die laut Lehrbuch dazu geeignet war, die psychotische Person zu beruhigen. Weil man es bei einer Psychose in erster Linie mit bodenloser Angst zu tun hat. Kjersti Rødsmoen fühlte sich wie eine Stewardess, die vor dem Start der Maschine die Sicherheitshinweise herunterleiert. Mechanisch und routiniert. Selbst bei Flugrouten, die über die trockensten Wüsten führen, demonstriert man den Gebrauch der Schwimmwesten. Weil die Botschaft vermittelt, was sie vermitteln soll: Sie dürfen gerne Angst haben, aber wir passen auf Sie auf.

Als Nächstes musste sie den Sinn der Patientin für die Realität überprüfen.

»Wissen Sie, was für ein Tag heute ist?«

Stille.

»Werfen Sie mal einen Blick auf die Uhr an der Wand. Können Sie mir sagen, wie spät es ist?«

Als Antwort erntete sie nur einen starren, gehetzten Blick.

Kjersti Rødsmoen wartete. Und wartete. Der lange Zeiger der Uhr schob sich in zitterndem Schneckentempo weiter.

Es war hoffnungslos.

»Ich gehe jetzt«, verkündete Kjersti und stand auf. »Es wird jemand kommen und Sie abholen. Sie sind hier in Sicherheit.«

Sie ging zur Tür.

»Ich muss mit Harry sprechen.« Die Stimme war tief, beinahe maskulin.

Kjersti blieb stehen und drehte sich um. »Wer ist Harry?«

»Harry Hole. Es eilt.«

Kjersti versuchte, Blickkontakt aufzunehmen, doch die Frau starrte noch immer bloß vor sich hin.

»Katrine, Sie müssen mir schon sagen, wer dieser Harry Hole ist.«

»Hauptkommissar im Morddezernat in Oslo. Und sprechen Sie mich bitte mit meinem Nachnamen an, wenn Sie noch einmal meinen Namen benutzen wollen, Kjersti.«

»Bratt?«

»Rafto.«

»Na gut. Aber können Sie mir nicht sagen, worüber Sie mit Harry Hole reden wollen, damit ich das weitergeben kann …«

»Sie verstehen überhaupt nichts. Sie werden alle sterben.«

Kjersti nahm langsam wieder auf ihrem Stuhl Platz. »Ich verstehe. Und warum glauben Sie, dass sie sterben werden, Katrine?«

Endlich bekam sie Blickkontakt. Doch das, was sie sah, ließ sie an eine der roten Monopolykarten in ihrer Hütte denken: Ihre Häuser und Hotels brennen.

»Ihr versteht überhaupt nichts«, sagte die leise maskuline Stimme. »Ich bin es nicht.«

Um zwei Uhr blieb Harry auf dem Weg unterhalb von Rakels Holzvilla am Holmenkollveien stehen. Es hatte aufgehört zu schneien, und er hielt es für dumm, verräterische Reifenspuren auf dem Hof zu hinterlassen. Der Schnee schrie leise und langgezogen unter seinen Stiefeln, und das scharfe Tageslicht blinkte auf den sonnenbrillenschwarzen Scheiben, als er sich näherte.

Er ging die Treppe zur Haustür hoch, öffnete die vordere Klappe des Nistkastens, legte Rakels Uhr hinein und schloss sie wieder. Er hatte sich gerade zum Gehen gewandt, als die Tür hinter ihm geöffnet wurde.

»Harry!«

Er drehte sich um, schluckte und versuchte zu lächeln. Vor ihm stand ein nackter Mann, der sich nur ein Handtuch um die Hüften gewickelt hatte.

»Mathias.« Harry starrte betreten auf den Oberkörper seines Gegenübers. »Du hast mir vielleicht einen Schrecken eingejagt. Musst du um diese Tageszeit denn nicht arbeiten?«

»Tut mir leid«, antwortete Mathias lachend und verschränkte die Arme vor der Brust. »Gestern Abend war ich ziemlich lange im Dienst. Jetzt feiere ich Überstunden ab. Ich wollte gerade duschen, als ich jemanden an der Tür hörte. Ich dachte, es wäre Oleg, weißt du, sein Schlüssel klemmt manchmal.«

Der Schlüssel klemmt, dachte Harry. Das konnte nur heißen, dass Oleg jetzt den Schlüssel benutzte, den er einmal gehabt hatte. Und dass Mathias Olegs Schlüssel hatte.

»Kann ich dir helfen, Harry?« Harry bemerkte, dass Mathias die Arme seltsam hoch vor der Brust verschränkt hatte, als wolle er etwas verbergen.

»Ach nee, nicht nötig«, lehnte Harry ab. »Ich war nur grade in der Gegend. Ich hab was für Oleg.«

»Warum hast du dann nicht geklingelt?«

Harry schluckte. »Ach, mir ist plötzlich aufgegangen, dass er doch noch in der Schule ist.«

»Ach ja? Wie denn das?«

Harry nickte, als wollte er signalisieren, dass er diese Frage für verständlich hielt. Auf Mathias' offenem, freundlichem Gesicht war nicht die Spur von Misstrauen zu erkennen, nur der aufrichtige Wunsch, etwas erklärt zu bekommen, was er nicht ganz verstand.

»Der Schnee«, erklärte Harry.

»Der Schnee?«

»Genau. Es hat vor zwei Stunden aufgehört zu schneien, und auf der Treppe sind keine Spuren.«

»Verdammt, Harry«, rief Mathias enthusiastisch aus. »Das nenne ich wirklich eine logische Schlussfolgerung. Kein Wunder, dass du Ermittler bist.«

Harry lachte gequält mit. Mathias' gekreuzte Arme waren etwas nach unten gesackt, und jetzt sah Harry, was Rakel mit Mathias' körperlicher Eigenheit gemeint hatte. Wo man eigentlich zwei Brustwarzen erwarten würde, war bloß weiße, glatte Haut.

»Das ist erblich«, erläuterte Mathias, der Harrys Blick ganz offensichtlich bemerkt hatte. »Mein Vater hatte auch keine. Selten, aber ungefährlich. Im Übrigen, was wollen wir Männer eigentlich damit?«

»Tja, was wollen wir damit?«, wiederholte Harry und spürte, dass er ganz heiße Ohrläppchen bekommen hatte.

»Willst du, dass ich Oleg das von dir gebe?«

Harry wandte seinen Blick ab, der ganz automatisch an dem Nistkasten hängen blieb, ehe er weiterglitt.

»Nee, ich mach das wann anders«, lehnte Harry ab und schnitt eine Grimasse, von der er hoffte, dass sie echt aussah. »Geh du mal duschen.«

»Okay.«

»Dann bis zum nächsten Mal.«

Als Harry wieder im Auto saß, schlug er mit beiden Fäusten aufs Lenkrad und fluchte laut. Er hatte sich verhalten wie ein Zwölfjähriger, der auf frischer Tat beim Ladendiebstahl ertappt worden war. Hatte Mathias ins Gesicht gelogen. Gelogen und sich dabei gewunden wie das letzte Arschloch.

Er trat das Gaspedal durch und ließ die Kupplung hektisch kommen, um das Auto zu bestrafen. Er schaffte es einfach nicht, sich jetzt damit auseinanderzusetzen. Musste an etwas anderes denken. Aber es gelang ihm nicht. Immer wieder rasten seine Gedanken wie eine unorganisierte Kette von Assoziationen durch seinen Kopf, während er in Richtung Zentrum fuhr. Er dachte an fehlende Perfektion, an rote, flache Brustwarzen, die aussahen wie

Blutflecke auf nackter Haut. Wie Blutflecke auf unbehandeltem Holz. Und aus irgendeinem Grund kamen ihm auch die Worte des Pilzmannes in den Sinn: »Dann bleibt einem nur noch die Möglichkeit, die ganze Wand rot zu streichen.«

Der Pilzmann hatte geblutet. Harry schloss die Augen halb und stellte sich die Wunde vor. Das musste ja eine ganz schön tiefe Wunde gewesen sein, wenn er so stark geblutet hatte, dass man … dass man nur noch die ganze Wand rot streichen konnte.

Harry trat auf die Bremse. Er hörte eine Hupe, sah in den Spiegel und erblickte einen Toyota Hiace über den Neuschnee auf sich zurutschen, bis seine Reifen wieder Halt fanden und er ausweichen und an ihm vorbeifahren konnte.

Harry trat die Tür auf, sprang aus dem Wagen und stellte fest, dass er an der Grasbahn war, dem Sportplatz am Holmenkollveien. Er holte tief Luft und zertrümmerte sein Gedankengebäude, demontierte es, um zu überprüfen, ob es sich wieder zusammensetzen ließ. Tatsächlich baute er es wieder auf, rasch und reibungslos, denn alle Teile fügten sich wie von selbst zusammen. Sein Puls stieg. Wenn diese Theorie wasserdicht war, stellte sie alles auf den Kopf. Und das Ganze stimmte mit dem Plan des Schneemanns überein, in Harrys Leben einzudringen. Er war einfach von der Straße bei ihm hereingeschneit und hatte es sich gemütlich gemacht. Und die Leichen? Seine Theorie konnte auch erklären, wo die Leichen abgeblieben waren. Mit zitternden Fingern zündete sich Harry eine Zigarette an und versuchte zu rekonstruieren, was ihm gerade durch den Kopf geschossen war. Die am Rand verkohlte Hühnerfeder.

Harry glaubte nicht an Inspiration, an hellseherische Fähigkeiten oder Telepathie. Aber er glaubte an Glück. Nicht das angeborene, sondern das systematische Glück, das man sich dadurch verdiente, dass man hart arbeitete und ein derart feinmaschiges Netz spann, dass die unvermeidlichen Zufälle einem früher oder später auch mal in die Hände spielten. Aber das hier war kein Glück dieser Art. Diesmal war es einfach nur Glück. Untypisches Glück. Wenn er denn recht hatte. Harry sah zu Boden und bemerkte, dass er im Schnee herumstapfte. Dass er sich wirklich – und wahrhaftig – auf dem Boden befand.

Er ging zurück zum Auto, nahm das Handy und wählte Bjørn Holms Nummer.

»Ja, Harry?«, meldete sich eine schläfrige, nasale Stimme, die er fast nicht wiedererkannt hätte.

»Du hörst dich an, als hättest du 'n Kater«, sagte Harry misstrauisch.

»Schön wär's«, schnaubte Holm. »Eine Scheiß-Erkältung. Ich lieg hier schon unter zwei Decken und frier trotzdem noch. Kopfschmer ...«

»Hör mal zu«, unterbrach ihn Harry. »Erinnerst du dich noch, wie ich dich gebeten habe, die Temperatur der Hühner zu messen, um herauszufinden, wann Sylvia im Stall war und sie geschlachtet hat?«

»Ja?«

»Du hast damals gesagt, das eine sei wärmer gewesen als die beiden anderen.«

Bjørn Holm schniefte. »Ja. Skarre meinte damals, das eine hätte vielleicht Fieber gehabt. Und theoretisch ist das ja auch möglich.«

»Ich glaube, es war wärmer, weil es erst nach Sylvias Ermordung geschlachtet wurde, also mindestens eine Stunde nach den anderen.«

»Oh? Und von wem?«

»Vom Schneemann.«

Harry hörte, wie Holm kräftig den Schleim in der Nase hochzog, bevor er antwortete:

»Du meinst, sie hat Sylvias Beil genommen, ist zurückgelaufen und ...«

»Nein, das lag ja noch im Wald. Ich hätte schon damals darauf kommen müssen, als ich das gesehen habe. Aber als wir in dieser Scheune vor den Hühnerleichen hockten, wussten wir ja noch nichts von der glühenden Schneideschlinge.«

»Was hast du denn damals gesehen?«

»Eine abgetrennte Hühnerfeder mit schwarzem Rand. Ich glaube, dass der Schneemann diese Schlinge benutzt hat.«

»Aha«, sagte Holm. »Aber warum in aller Welt sollte er ein Huhn schlachten?«

»Um die Wände rot zu bemalen.«

»Hä?«

»Ich hab eine Idee«, verkündete Harry.

»Verdammt«, murmelte Bjørn Holm. »Ich gehe davon aus, dass ich für diese Idee aufstehen muss?«

»Tja …«, begann Harry.

Man konnte meinen, das Schneetreiben hätte bloß die Luft angehalten, denn um drei Uhr fegten wieder dicke, pelzige Schneeflocken über das Østland und überzogen die E 16, die sich Richtung Bærum schlängelte, mit einer Glasur aus grauem Matsch.

Auf dem höchsten Punkt der Straße, Sollihøgda, bogen Harry und Holm ab und schlitterten über den Waldweg.

Fünf Minuten später standen sie vor Rolf Ottersen. Hinter ihm sah Harry Ane Pedersen auf dem Wohnzimmersofa sitzen.

»Wir müssten uns nur noch mal kurz den Scheunenboden angucken«, bat Harry.

Rolf Ottersen schob sich die Brille wieder auf die Nase. Bjørn Holm hustete gurgelnd.

»Nur zu«, sagte Ottersen.

Als die beiden zur Scheune gingen, spürte Harry förmlich, wie der dünne Mann in der Tür stand und ihnen nachstarrte.

Der Hauklotz befand sich noch am selben Ort, aber keine Spur von Hühnern, weder lebenden noch toten. An der Wand lehnte ein Spaten mit einem spitzen Blatt. Mit dem in der Erde gegraben wurde, nicht im Schnee. Harry trat an die Werkbank. Der Umriss des Beils, das dort hingehörte, ließ Harry an die mit Kreide nachgezogenen Umrisse der Leichen denken, die zurückbleiben, wenn die Toten vom Tatort abtransportiert werden.

»Also, ich glaube, der Schneemann ist hierhergekommen und hat das dritte Huhn geschlachtet, damit Hühnerblut auf den Boden tropft. Der Schneemann konnte die Dielen nicht umdrehen, er musste sie also rot bemalen.«

»Das hast du auch schon im Auto gesagt, aber ich kapier's immer noch nicht.«

»Wenn man rote Flecken verstecken will, kann man sie entweder entfernen oder rot übermalen. Ich glaube, dass der Schneemann etwas verbergen wollte. Eine Spur.«

»Was für eine Spur?«

»Etwas Rotes, das man nicht mehr entfernen kann, weil es in das unbehandelte Holz eingedrungen ist.«

»Blut? Du meinst, sie wollte Blut unter Blut verbergen?«

Harry griff sich einen Besen und fegte die Sägespäne, die um den Hauklotz herum auf dem Boden lagen, zusammen. Dann hockte er sich hin und spürte den Druck von Katrines Revolver, den er unter dem Gürtel trug. Sorgfältig musterte er den Boden. Er hatte noch immer einen rosa Schimmer.

»Hast du die Bilder mit, die wir hier gemacht haben?«, erkundigte sich Harry. »Fang mit dem Ort an, an dem wir das meiste Blut gefunden haben. Das war ein Stück vom Hauklotz entfernt, etwa hier.«

Holm holte die Fotos aus der Tasche.

»Wir wissen, dass die oberste Schicht Hühnerblut war«, erklärte Harry. »Aber wenn wir uns jetzt vorstellen, dass die ersten Blutstropfen, die hier auf das Holz gefallen sind, Zeit hatten, einzuziehen und das Holz derart zu sättigen, dass es von dem später hier vergossenen Blut nichts mehr aufsaugen konnte … Der langen Rede kurzer Sinn: Ich frage mich, ob du wohl Proben von dem ersten Blut analysieren kannst, also von dem, das ins Holz eingezogen ist?«

Bjørn Holm blinzelte ungläubig. »Verdammt, was soll ich denn darauf antworten?«

»Tja«, erwiderte Harry. »Die einzige Antwort, die ich akzeptiere, lautet ja.«

Holm reagierte mit einem langgezogenen Hustenanfall.

Harry schlenderte wieder zum Wohnhaus hinüber. Er klopfte, und Rolf Ottersen kam heraus.

»Mein Kollege wird noch eine Weile hierblieben«, verkündete Harry. »Vielleicht ist es möglich, dass er zwischendurch mal hereinkommt, um sich aufzuwärmen?«

»Selbstverständlich«, antwortete Ottersen widerwillig. »Wonach graben Sie denn da?«

»Dasselbe wollte ich Sie eigentlich fragen«, gab Harry zurück. »Mir ist dieser spitze Spaten aufgefallen.«

»Ach der, der ist für Zaunpfähle.«

Harry blickte über die schneebedeckten Felder, die sich bis zu dem dichten, dunklen Wald erstreckten. Er fragte sich, was Ottersen einzäunen wollte. Oder aussperren. Denn er hatte es bemerkt: In Rolf Ottersens Augen glänzte die Angst.

Harry machte eine Kopfbewegung in Richtung Wohnzimmer. »Besuch von …« Sein klingelndes Handy unterbrach ihn.

Es war Skarre.

»Wir haben einen Neuen gefunden«, verkündete er.

Harry starrte zum Wald und spürte, wie die dicken Schneeflocken auf seiner Wange und seiner Stirn schmolzen.

»Wie – ›einen Neuen‹?«, fragte er leise, dabei hatte er Skarre nur zu gut verstanden.

»Einen neuen Schneemann.«

Psychologin Kjersti Rødsmoen fand Kriminaloberkommissar Knut Müller-Nilsen, als dieser gerade in Begleitung von Espen Lepsvik sein Büro verlassen wollte.

»Katrine Bratt hat geredet«, teilte sie den beiden mit. »Und ich glaube, Sie sollten in die Klinik kommen und sich selbst anhören, was sie zu sagen hat.«

Kapitel 32

21. Tag. Wannen

Skarre stapfte vor Harry durch die Spuren im Schnee, die zwischen den Bäumen hindurchführten. Die früh hereinbrechende Dunkelheit ließ keinen Zweifel daran, dass der richtige Winter schon vor der Tür stand. Über ihnen blinkten die Lichter des Tryvannturmes und unter ihnen Oslo. Harry war direkt von-Sollihøgda herübergefahren und hatte sein Auto auf dem großen, leeren Parkplatz abgestellt, auf dem jedes Jahr im Frühling die berüchtigten Abifeiern ihren Anfang nahmen. Harry selbst hatte diesen Abschnitt seines Lebens bloß mit zwei grölenden Kameraden beschlossen, Bruce Springsteen und »Independence Day« im Ghettoblaster auf dem Dach des alten Kriegsbunkers in Nordstrand.

»Ein Wanderer hat ihn gefunden«, erklärte Skarre.

»Und warum hat der das der Polizei gemeldet? Ein Schneemann im Wald ist doch an sich nichts Besonderes.«

»Er hatte einen Hund dabei. Und der hat ... Na ja, du wirst schon sehen.«

Sie kamen in offeneres Gelände. Ein junger Mann richtete sich auf, als er Harry und Skarre bemerkte.

»Thomas Helle, von der Vermisstenstelle«, stellte er sich vor. »Gut, dass Sie hier sind, Hole.«

Harry sah den jungen Beamten überrascht an, erkannte aber, dass er es ernst meinte.

Dann erblickte er die Kollegen der Spurensicherung oben auf der Anhöhe und machte einen großen Schritt über das orangefarbene Absperrband, während Skarre darunter hindurchkroch. Ein Pfad markierte, wo sie entlanglaufen mussten, um keine weiteren

Spuren zu zerstören. Als die Kriminaltechniker Harry und Skarre bemerkten, traten sie schweigend zur Seite und beobachteten die Neuankömmlinge. Als warteten sie gespannt auf ihre Reaktion.

»Verdammt«, rief Skarre und wich einen Schritt zurück.

Harry spürte, wie sein Kopf plötzlich vor Kälte erstarrte, als wäre ihm alles Blut aus dem Gehirn gewichen und hätte eine taube, tote Leere zurückgelassen.

Es waren nicht die Details, denn auf den ersten Blick schien die nackte Frau nicht mal sonderlich übel zugerichtet. Nicht wie Sylvia Ottersen oder Gert Rafto. Was ihn so erschütterte, war das Konstruierte, das Gestellte, Kaltblütige des ganzen Arrangements. Die Leiche saß auf zwei großen Schneekugeln, die übereinander an einem Baumstamm lehnten, wie ein unvollendeter Schneemann. Auch der Körper der Frau lehnte am Stamm. Ihr Kopf war mit einem Stahldraht, der sich wie eine perfekte Lassoschlinge um ihren Hals legte, an dem dicken Ast über ihr befestigt, so dass er nicht wegkippen konnte. Die Arme hatte man ihr hinter dem Rücken gefesselt. Augen und Mund der Toten waren geschlossen und verliehen dem Gesicht einen friedlichen Ausdruck, fast als würde sie schlafen.

Auf den ersten Blick hatte man den Eindruck, der Leichnam sei sorgsam behandelt worden. Bis man die Stiche auf der blassen, nackten Haut entdeckte. Die Wundränder lagen unter der fast unsichtbaren Nähseide dicht aneinander, nur getrennt von einer feinen, ebenmäßigen Fuge schwarzen Blutes. Eine Naht zog sich quer über den Bauch unter den Brüsten entlang. Die andere lief einmal um den Hals herum. Perfekte Arbeit, dachte Harry. Kein falscher Stich, keine Unebenheiten.

»Sieht aus wie dieser abstrakte Kunstscheiß«, kommentierte Skarre. »Wie nennt man das noch?«

»Installation«, antwortete eine Stimme hinter ihnen.

Harry legte den Kopf auf die Seite. Sie hatten recht. Aber irgendetwas widersprach dem Eindruck makelloser Chirurgie.

»Er hat sie in Stücke geschnitten«, stellte er fest, und seine Stimme klang, als hielte ihn jemand im Würgegriff. »Und sie hinterher wieder zusammengesetzt.«

»Er?«, hakte Skarre verdutzt nach.

»Vielleicht, um sich den Transport zu erleichtern«, mutmaßte Helle. »Ich glaube, ich weiß auch, wer sie ist. Sie wurde gestern von ihrem Ehemann vermisst gemeldet. Er ist auf dem Weg hierher.«

»Warum glauben Sie, dass sie es ist?«

»Der Ehemann hat ein Kleid gefunden, das an den Rändern verbrannt war.« Helle zeigte auf die Leiche. »In etwa da, wo die Stiche sind.«

Harry konzentrierte sich auf seinen Atem. Und wusste mit einem Mal, was die Perfektion aufhob: die Unvollständigkeit. Der Schneemann war nicht fertig. Und die knotigen, hingeschluderten Windungen und Knicke im Stahldraht wirkten rau, zufällig und vorläufig, als sei das alles nur eine Skizze, eine Übung. Ein erster Entwurf eines noch unfertigen Werkes. Und warum hatte er ihr die Arme auf dem Rücken gefesselt, sie musste doch tot gewesen sein, lange bevor er sie hierhergebracht hatte? War das ein Teil der Skizze?

Er räusperte sich:

»Warum habe ich nicht früher davon erfahren?«

»Ich habe es meinem Chef mitgeteilt, und der hat es dem Kriminalchef übermittelt«, rechtfertigte sich Helle. »Uns ist nur gesagt worden, wir sollten vorerst nicht darüber reden. Ich denke, das hat etwas mit ...« Er warf rasch einen Blick zu den Leuten der Spurensicherung hinüber. »... mit dieser anonymen, gesuchten Person zu tun.«

»Katrine Bratt?«, half Skarre nach.

»Den Namen habe ich jetzt aber nicht gehört«, sagte eine Stimme hinter ihnen.

Sie drehten sich um. Hinter ihnen stand der Kriminalchef breitbeinig im Schnee und vergrub die Hände in den Taschen seines Trenchcoats. Seine kalten, blauen Augen betrachteten die Leiche. »Das ist ja fast was fürs Museum!«

Der junge Beamte starrte den Kriminalchef mit großen Augen an, während dieser sich unbeeindruckt an Harry wandte.

»Auf ein paar Worte, Herr Hauptkommissar?«

Sie gingen zur Absperrung hinunter.

»Wir befinden uns in einer verdammten Zwickmühle«, begann

der Kriminalchef. Er stand vor Harry, doch sein Blick schweifte zu den Lichtern im Tal hinunter. »Ich komme gerade von einer Sitzung. Deshalb muss ich mit Ihnen unter vier Augen sprechen.«

»Was denn für eine Sitzung?«

»Das ist nicht so wichtig, Harry. Das Wichtige ist, dass wir einen Entschluss gefasst haben.«

»Ach?«

Der Kriminalchef trat mit den Füßen auf der Stelle, und Harry fragte sich einen Moment lang, ob er ihn darauf aufmerksam machen sollte, dass er gerade Spuren verwischte.

»Ich hatte eigentlich vor, das heute Abend mit Ihnen zu besprechen, Harry. Unter etwas ruhigeren Umständen. Aber bei diesem neuen Leichenfund hier eilt es. Die Presse wird schon in wenigen Stunden davon Wind bekommen. Deshalb haben wir nicht mehr so viel Zeit wie gehofft, wir müssen der Öffentlichkeit mitteilen, wer der Schneemann ist. Wie es Katrine Bratt geschafft hat, bei uns eine Stelle zu bekommen und von dort aus zu operieren, ohne dass wir es bemerkt haben. Die Führungsebene muss da natürlich die Verantwortung übernehmen. Das ist ja der Sinn der Führungsebene.«

»Worum geht es eigentlich, Chef?«

»Um die Glaubwürdigkeit der Osloer Polizei. Die dreckige Brühe fließt immer nach unten, Harry. Und je höher die Position des Verursachers, desto mehr wird das ganze Korps besudelt. Dass einzelne Leute auf niedrigeren Ebenen Fehler machen, ist noch verzeihlich. Aber wenn die Menschen den Glauben daran verlieren, dass die Leitung des Korps kompetent ist und das Ganze einer gewissen Kontrolle unterliegt, haben wir verloren. Ich rechne damit, dass Sie verstehen, was da auf dem Spiel steht, Harry.«

»Ich habe wenig Zeit, Chef.«

Der Blick des Kriminalchefs war einmal über die ganze Stadt geschweift und heftete sich nun auf den Hauptkommissar:

»Wissen Sie, was Kamikaze bedeutet?«

Harry verlagerte das Gewicht seines Körpers auf den anderen Fuß. »Japaner, die eine Gehirnwäsche hinter sich haben und sich mit ihren Flugzeugen auf amerikanische Flugzeugträger stürzen?«

»Das habe ich auch gedacht. Aber Gunnar Hagen hat mir gesagt, die Japaner selbst verwendeten dieses Wort gar nicht. Es sei nur ein Resultat der fehlerhaften Entschlüsselung der Amerikaner. Kamikaze ist der Name eines Taifuns, der die Japaner irgendwann im 12. Jahrhundert bei einer Schlacht gegen die Mongolen gerettet hat. Wörtlich übersetzt bedeutet er so viel wie ›göttlicher Wind‹. Ziemlich romantisch, oder?«

Harry antwortete nicht.

»So einen Wind brauchen wir jetzt auch«, erklärte der Kriminalchef.

Harry nickte langsam. Er verstand. »Sie wollen, dass jemand die Verantwortung dafür übernimmt, dass Katrine Bratt eingestellt und nicht rechtzeitig entlarvt wurde? Also im Grunde für den ganzen Scheiß hier?«

»Jemanden zu bitten, ein derartiges Opfer zu bringen, fällt einem verdammt schwer. Insbesondere dann, wenn man durch dieses Opfer seine eigene Haut rettet. Man darf dabei aber nicht vergessen, dass hier mehr auf dem Spiel steht als ein persönliches Schicksal.« Der Kriminalchef richtete seinen Blick wieder auf die Stadt. »Es ist wie im Ameisenhaufen, Harry. All die Mühen, die Loyalität, die manchmal sinnlosen Entbehrungen, nur der Ameisenhaufen ist das wert.«

Harry fuhr sich mit der Hand übers Gesicht. Verrat, Dolchstoß, Feigheit. Er versuchte, seine Wut herunterzuschlucken. Jemand musste geopfert werden, um die Schuld so tief wie möglich in der Hierarchie zu plazieren. Und irgendwie war das sogar okay. Er hätte Katrine Bratt früher entlarven müssen.

Harry richtete sich auf. Seltsamerweise war er beinahe erleichtert. Er hatte schon lange das Gefühl gehabt, dass es einmal so für ihn enden würde, so lange, dass er es fast schon akzeptiert hatte. Auch die Kollegen vom Club der toten Polizisten hatten einen solchen Abgang gehabt; ohne Fanfaren, ohne Ehrenbekundungen, bloß respektiert von sich selbst. Und den Ameisen in ihrer Umgebung, die wussten, worum es ging.

»Ich verstehe«, nickte Harry. »Und ich bin einverstanden. Ihr müsst mir dann sagen, wie ihr es gerne hättet. Aber ich bin der Meinung, dass wir diese Pressekonferenz trotzdem noch ein paar Stunden aussetzen sollten, bis wir mehr wissen.«

Der Kriminalchef schüttelte den Kopf. »Sie haben mich nicht richtig verstanden, Harry.«

»Es gibt möglicherweise neue Gesichtspunkte in diesem Fall.«

»Nicht Sie sollen über die Klinge springen.«

»Wir überprüfen gerade …« Harry hielt inne. »Was haben Sie da gesagt, Chef?«

»Ursprünglich war es so angedacht, ja, aber Gunnar Hagen hat sich quergestellt. Er wird die Schuld auf sich nehmen. In diesem Moment sitzt er in seinem Büro und schreibt seine Kündigung. Ich wollte Sie nur darüber informieren, bevor die Presskonferenz losgeht.«

»Hagen?«, fragte Harry.

»Ein guter Soldat.« Der Kriminalchef klopfte Harry auf die Schulter. »Ich muss jetzt los. Die Pressekonferenz findet um acht Uhr im großen Saal statt, in Ordnung?«

Harry sah, wie sich der Rücken des Kriminalchefs entfernte, und spürte das Handy in seiner Tasche vibrieren. Nach einem Blick auf das Display entschied er sich, das Gespräch entgegenzunehmen.

»*Love me tender*«, meldete sich Bjørn Holm. »Ich bin grade in der Rechtsmedizin.«

»Was hast du gefunden?«

»Es war menschliches Blut im Holz. Die Laborantin hier meint, Blut würde für eine DNA-Analyse leider total überschätzt, deshalb bezweifelt sie, dass wir ein Profil erstellen können. Aber sie hat die Blutgruppe bestimmt, und rate mal, was wir gefunden haben.«

Bjørn Holm machte eine Pause, doch dann sah er ein, dass Harry nicht *Wer wird Millionär?* spielen wollte, und fuhr fort:

»Das ist eine Blutgruppe, die die meisten Personen von vornherein ausschließt, um es mal so zu formulieren. Die haben nur zwei von hundert, im ganzen Kriminalarchiv finden sich bloß hundertdreiundzwanzig. Sollte Katrine Bratt diese Blutgruppe haben, wäre das ein verdammt gutes Indiz, dass sie in Ottersens Scheune war und geblutet hat.«

»Überprüf das am besten gleich in der Einsatzzentrale, die haben von allen Angestellten des Präsidiums die Blutgruppen.«

»Wirklich? Verdammt, das mach ich sofort.«

»Aber sei nicht zu enttäuscht, wenn du herausfindest, dass sie nicht B Rhesus negativ hat.«

Harry wartete, während er der stummen Verblüffung seines Kollegen lauschte.

»Woher zum Henker weißt du, dass es B Rhesus negativ ist?«

»Wir müssen uns treffen – wie schnell kannst du in die Anatomie kommen?«

Es war sechs Uhr abends, und die meisten Angestellten der Sandviken-Klinik waren längst zu Hause. Doch in Kjersti Rødsmoens Büro brannte noch Licht, dort saßen Knut Müller-Nilsen und Espen Lepsvik mit ihren Notizblöcken bereit. Die Psychiaterin warf einen Blick auf ihre eigenen Aufzeichnungen und begann.

»Katrine Rafto hat mir erzählt, dass sie ihren Vater vergöttert hat.« Sie sah kurz auf. »Sie war noch ein kleines Mädchen, als er von den Zeitungen zum Gewalttäter gestempelt wurde. Katrine hat das zutiefst verletzt, verängstigt und verwirrt. In der Schule wurde sie danach gemobbt, und kurz darauf ließen sich ihre Eltern auch noch scheiden. Als Katrine neunzehn war, verschwand ihr Vater unmittelbar nach der Ermordung von zwei Frauen in Bergen. Die Ermittlungen wurden zwar eingestellt, aber sowohl die Polizei als auch die Öffentlichkeit gingen davon aus, dass ihr Vater die Frauen ermordet und sich dann selbst gerichtet hatte, da er keinen Ausweg mehr für sich sah. In diesem Moment fasste Katrine den Entschluss, selbst zur Polizei zu gehen, die Morde aufzuklären und den Namen ihres Vaters reinzuwaschen.«

Kjersti Rødsmoen blickte auf. Keiner der beiden Beamten notierte etwas. Sie starrten sie bloß an.

»Sie hat sich dann auf der Polizeischule beworben«, fuhr Rødsmoen fort. »Und bekam nach der Ausbildung eine Anstellung im Dezernat für Gewaltverbrechen in Bergen. Wo sie in der dienstfreien Zeit sofort begann, im Fall ihres Vaters zu ermitteln. Bis man ihr auf die Schliche kam und ihr jede weitere Beschäftigung mit dem Fall verbot. Daraufhin ließ Katrine sich in das Dezernat für Sittlichkeitsverbrechen versetzen. Das stimmt doch so weit, oder?«

»Ja, das kann ich bestätigen«, nickte Müller-Nilsen.

»Es wurde darauf geachtet, dass sie sich nicht mehr mit dem Fall abgab, woraufhin sie einfach ähnliche Fälle zu untersuchen begann. Und als sie die Vermisstenliste des ganzen Landes durchging, machte sie prompt eine interessante Entdeckung: Auch nach dem Verschwinden ihres Vaters wurden immer wieder Frauen vermisst gemeldet, die nie wieder auftauchten. Die Umstände waren dabei ähnlich wie bei Onny Hetland.« Kjersti Rødsmoen blätterte um. »Doch um wirklich weiterzukommen, brauchte Katrine Hilfe. Sie war sicher, in Bergen auf taube Ohren zu stoßen, weshalb sie sich entschloss, jemanden einzuschalten, der sich mit Serienmördern auskannte. Aber das musste heimlich geschehen, denn der Betreffende durfte ja nicht wissen, dass Raftos eigene Tochter dahintersteckte.«

Espen Lepsvik schüttelte langsam den Kopf, während Kjersti fortfuhr:

»Nach gründlicher Vorarbeit fiel ihre Wahl auf Hauptkommissar Harry Hole im Morddezernat in Oslo. Sie schrieb ihm einen Brief, in dem sie sich den geheimnisvollen Namen ›Schneemann‹ gab. Zum einen, um seine Neugier zu wecken, zum anderen, weil in den verschiedenen Zeugenaussagen, die im Zusammenhang mit den Vermisstenmeldungen gemacht worden waren, immer wieder ein Schneemann erwähnt wurde. Und auch in den Aufzeichnungen ihres Vaters über den Mord oben auf dem Ulriken war von einem Schneemann die Rede. Als das Morddezernat in Oslo eine freie Stelle explizit für Frauen ausschrieb, bewarb sie sich und wurde zu einem Vorstellungsgespräch eingeladen. Sie hat mir erzählt, ihr sei die Stelle förmlich aufgedrängt worden, bevor sie sich auch nur richtig hingesetzt hatte.«

Rødsmoen blickte erneut auf, fuhr aber fort, als die anderen weiter schwiegen: »Vom ersten Tag an versuchte Katrine in Kontakt mit Harry Hole zu kommen, um an den Ermittlungen beteiligt zu werden. Bei allem, was sie bereits über Hole und den Fall wusste, fiel es ihr leicht, ihn zu manipulieren und seine Aufmerksamkeit auf Bergen und das Verschwinden von Gert Rafto zu lenken. Und mit Holes Hilfe fand sie schließlich auch ihren Vater. In einem Eisschrank auf Finnøy.«

Kjersti nahm die Brille ab.

»Man braucht nicht viel Phantasie, um zu verstehen, dass ein solches Erlebnis psychische Folgen nach sich ziehen muss. Außerdem verstärkte der Stress sich natürlich dadurch, dass sie dreimal gedacht hatten, den richtigen Täter entlarvt zu haben. Erst Idar Vetlesen, dann einen …«, sie blinzelte kurzsichtig auf ihren Zettel, »… einen Filip Becker und schließlich Arve Støp. Nur um zu erkennen, dass es jedes Mal die falsche Person war. Katrine versuchte selbst, Støp ein Geständnis zu entlocken, gab aber auf, als sie erkannte, dass auch er nicht der richtige Mann war. Sie floh vom Tatort, als sie die Polizei kommen hörte. Sie glaubte, niemand könne sie schnappen, bevor sie nicht ihren Job erledigt, also den Schuldigen entlarvt hatte. Ab hier, glaube ich, müssen wir von einer tiefen Psychose ausgehen. Sie fuhr zurück nach Finnøy, rechnete aber damit, dass Hole sie dort aufspüren würde. Und so sollte es dann ja auch kommen. Als er eintraf, hat sie ihn entwaffnet, damit er ihr zuhörte und sie ihn instruieren konnte, welche weiteren Schritte er unternehmen sollte.«

»Entwaffnet?«, wiederholte Müller-Nilsen. »Aber sie hat sich doch ohne jeden Widerstand ergeben.«

»Sie sagt, die Verletzung an ihrem Mundwinkel habe sie sich zugezogen, als Hole sie überwältigte«, erklärte Kjersti Rødsmoen.

»Sollen wir dieser Psychopathin etwa glauben?«, fragte Lepsvik.

»Sie ist jetzt nicht mehr psychotisch«, widersprach Rødsmoen entschieden. »Wir werden sie noch ein paar Tage beobachten, aber danach sollten Sie damit rechnen, sie zu übernehmen. Vorausgesetzt, Sie erachten sie dann noch immer für schuldig.«

Ihre letzten Worte blieben in der Luft hängen, bis sich Espen Lepsvik nach vorn über den Tisch beugte.

»Wollen Sie damit sagen, Sie glauben wirklich, dass Katrine Bratt die Wahrheit sagt?«

»Es gehört nicht zu meinem Fachgebiet, dazu eine Meinung zu haben«, wehrte Rødsmoen ab und klappte ihr Notizbuch zu.

»Und wenn ich Sie nicht als Fachperson frage?«

Rødsmoen lächelte kurz: »Dann, Herr Kommissar, meine ich, sollten Sie einfach weiter an dem festhalten, woran Sie jetzt auch glauben.«

Bjørn Holm lief zu Fuß den kurzen Weg von der Rechtsmedizin ins Anatomische Institut und wartete schon in der Tiefgarage, als Harry mit dem Wagen aus Tryvann kam. Neben Holm stand der grüngekleidete Präparator mit den Ohrringen, der die Bahre mit der Leiche geschoben hatte, als Harry das letzte Mal hier gewesen war.

»Lund-Helgesen ist heute nicht hier«, unterrichtete ihn Holm.

»Vielleicht können Sie uns ein bisschen herumführen?«, fragte Harry den Präparator.

»Wir haben nicht die Erlaubnis, jemanden ...«, begann der Grüngekleidete, wurde aber von Harry unterbrochen:

»Wie ist Ihr Name?«

»Kai Robøle.«

»Okay, Robøle.« Harry hielt ihm seine Polizeimarke unter die Nase. »Hiermit erteile ich Ihnen die Erlaubnis.«

Robøle zuckte mit den Schultern und schloss ihnen die Tür auf. »Sie können von Glück reden, überhaupt noch jemanden hier anzutreffen. Nach fünf ist normalerweise keiner mehr da.«

»Dabei hatte ich den Eindruck, Sie würden hier ständig Überstunden machen«, meinte Harry.

Robøle schüttelte den Kopf. »Nicht hier im Keller bei den Toten. Hier ist man lieber, wenn es hell ist.« Er lächelte, ohne wirklich amüsiert zu wirken. »Was wollen Sie sehen?«

»Die frischesten Leichen.«

Der Präparator schloss eine Tür auf und führte sie durch eine weitere Tür in einen gefliesten Raum mit acht versenkten Wannen, zwischen denen ein schmaler Gang hindurchführte. Die Wannen waren mit Metallplatten abgedeckt.

»Da unten liegen sie«, erläuterte Robøle. »Vier pro Wanne. Die Wannen sind mit Alkohol gefüllt.«

»Stark«, bemerkte Holm leise.

Es war schwer zu sagen, ob der Präparator ihn absichtlich missverstand, aber er antwortete: »Vierzig Prozent.«

»Zweiunddreißig Leichen also«, stellte Harry fest. »Sind das alle?«

»Wir haben rund vierzig, aber das hier sind die letzten. In der Regel liegen die da ein Jahr, bis wir etwas mit ihnen machen.«

»Und wie kommen die hierher?«

»Mit dem Wagen des Bestattungsunternehmens. Falls wir sie nicht selbst holen, das kommt auch manchmal vor.«

»Und die nehmen Sie in der Garage entgegen?«

»Ja.«

»Und was geschieht dann?«

»Was dann geschieht? Na, wir fixieren sie, das heißt, wir öffnen sie oben am Schenkel und spritzen die Fixierlösung ein. Nur dadurch halten die sich so gut. Danach machen wir dann die Metallplättchen mit den Nummern, die in den Papieren stehen.«

»Welche Papiere?«

»Die Unterlagen, die wir mit den Leichen bekommen. Die werden oben im Büro archiviert. Diese Plättchen befestigen wir dann jeweils an einem Zeh, einem Finger und an einem Ohrläppchen der Toten. Wir versuchen nämlich immer, die Leichenteile registriert zu halten, auch nachdem die Körper zerlegt worden sind, damit sie möglichst vollständig verbrannt werden können, wenn ihre Zeit gekommen ist.«

»Werden die Papiere und die Leichname jedes Mal überprüft?«

»Überprüft?« Er kratzte sich am Kopf. »Nee, nur wenn wir Leichen verschicken. Hier in Oslo bekommen wir die meisten Körper überschrieben, so dass wir mitunter auch die Universitäten in Tromsø, Trondheim und Bergen versorgen, wenn die selbst nicht genug haben.«

»Es wäre also denkbar, dass hier jemand liegt, der eigentlich gar nicht hier sein dürfte?«

»O nein, das nicht. Jeder, der hier ist, hat seinen Körper testamentarisch zur Verfügung gestellt.«

»Ich frage mich doch, ob das in jedem Fall so war«, gab Harry zurück und ging neben einer der Wannen in die Hocke.

»Was?«

»Jetzt hören Sie mir mal zu, Robøle. Ich möchte Ihnen eine hypothetische Frage stellen. Und ich will, dass Sie genau nachdenken, bevor Sie mir antworten. Okay?«

Der Präparator nickte kurz.

Harry erhob sich zu seiner ganzen Größe: »Ist es denkbar, dass jemand, der Zugang zu diesen Räumen hat, abends Leichen über die Garage hierherbringt, ihnen Metallplättchen mit fiktiven

Nummern anheftet, sie in diese Wannen legt und das von niemandem entdeckt wird?«

Kai Robøle zögerte. Kratzte sich noch heftiger am Kopf. Fuhr sich mit dem Finger über die unzähligen Ohrringe.

Harry verlagerte sein Gewicht aufs andere Bein. Holms Mund hatte sich etwas geöffnet.

»Tja«, meinte Robøle zögernd. »Theoretisch steht dem nichts im Weg.«

»Steht dem nichts im Weg?«

Robøle schüttelte den Kopf und lachte unsicher. »Nein, verdammt, das ist wirklich gut möglich.«

»Wenn das so ist, will ich diese Leichen jetzt sehen.«

Robøle sah zu dem hochgewachsenen Polizisten auf. »Hier? Jetzt?«

»Sie können hinten links anfangen.«

»Ich glaube, da muss ich erst jemanden mit mehr Befugnissen anrufen.«

»Wenn Sie unbedingt eine Mordermittlung verzögern wollen, bitte.«

»Mordermittlung?« Robøle kniff ein Auge zu.

»Sagt ihnen das Wort ›Schneemann‹ etwas?«

Robøle blinzelte zweimal. Dann drehte er sich um, ging zu der Kette, die von der Motorwinde an der Decke herabhing, zog sie klirrend zur ersten Wanne und befestigte zwei Haken an der Metallplatte. Dann nahm er die Fernbedienung und drückte ein paar Knöpfe. Rasselnd begann die Winde die Kette einzuziehen, und die Abdeckung wurde langsam von der Wanne gezogen. Gespannt sahen Harry und Holm zu. An der Unterseite der Platte waren an einer vertikalen Halterung untereinander zwei weitere horizontale Platten befestigt, die jeweils in der Mitte längs geteilt waren. Auf jeder Seite des Mittelträgers lag eine nackte weiße Leiche. Die Körper sahen aus wie bleiche Puppen, ein Eindruck, der durch die schwarzen, viereckigen Löcher in den Schenkeln nur noch verstärkt wurde. Als die Leichen etwa in Hüfthöhe schwebten, stoppte der Präparator die Winde. Es war so still, dass sie das seufzende Echo des herabtropfenden Alkohols hörten, das von den weißen Fliesen widerhallte.

»Und?«, fragte Robøle.

»Nein«, meinte Harry. »Die Nächste.«

Der Präparator wiederholte die Prozedur. Vier neue Leichen stiegen aus der nächsten Wanne empor.

Harry schüttelte abermals den Kopf.

Als das dritte Quartett zum Vorschein kam, zuckte Harry zusammen. Kai Robøle, der die Reaktion des Polizisten fälschlicherweise als das entsetzte Gesicht des medizinischen Laien deutete, grinste zufrieden.

»Was ist das?«, wollte Harry wissen und deutete auf die Frau ohne Kopf.

»Wahrscheinlich eine Rücksendung von einer anderen Universität«, vermutete Robøle. »Unsere haben in der Regel Köpfe.«

Harry beugte sich herab und berührte die Leiche, die sich kalt und aufgrund der Fixierung unnatürlich fest anfühlte. Mit einem Finger fuhr er über die Schnittfläche am Hals. Sie war glatt und das Fleisch blass.

»Wir benutzen ein Skalpell und dann eine feine Säge«, erklärte der Präparator.

»Hm.« Harry beugte sich über die Leiche, nahm den gegenüberliegenden Arm der Frau und zog ihn kräftig zu sich heran, so dass der Leichnam auf die Seite gedreht wurde.

»Hey, was machen Sie da?«, rief Robøle.

»Siehst du irgendwas auf ihrem Rücken?« Harry wandte sich an Holm, der auf der anderen Seite der Wanne stand.

Sein Kollege nickte. »Eine Tätowierung. Sieht aus wie eine Flagge.«

»Was für eine?«

»Keine Ahnung. Grün, gelb, rot. Mit einem Pentagramm in der Mitte.«

»Äthiopien«, sagte Harry und ließ den Arm der Frau los, die wieder zurückkippte. »Die hier hat ihren Körper ganz sicher nicht zur Verfügung gestellt. Die ist zur Verfügung gestellt worden, um es mal so auszudrücken. Das ist Sylvia Ottersen.«

Kai Robøle blinzelte unaufhörlich mit den Augen, als hoffte er, die Geschehnisse wegwischen zu können, wenn er seine Lider nur heftig genug bewegte.

Harry legte ihm eine Hand auf die Schulter: »Schaffen Sie mir jemanden her, der Zugang zu den Papieren der Leichen hat, und überprüfen Sie alle, die hier sind. Sofort. Ich muss jetzt los!«

»Und was passiert jetzt?« Holm war völlig perplex. »Ich komme, ehrlich gesagt, nicht mehr ganz mit.«

»Versuch es«, bat Harry. »Vergiss alles, was du bisher geglaubt hast, und versuch es.«

»Na ja, aber was passiert jetzt?«

»Darauf gibt es zwei Antworten«, erwiderte Harry, »die eine lautet, dass wir uns jetzt den Schneemann holen.«

»Und die andere.«

»Dass ich keine Ahnung habe.«

Teil V

Kapitel 33

Mittwoch, 5. November 1980.
Der Schneemann

Es war der Tag des ersten Schnees. Um elf Uhr vormittags fielen plötzlich und ohne jede Vorwarnung dicke Schneeflocken aus einem farblosen Himmel und legten sich auf die Felder, Gärten und Wiesen von Romerike wie eine Armada aus dem Weltraum.

Mathias saß allein in Mutters Toyota Corolla vor einer Villa im Kolloveien. Er hatte keine Ahnung, was seine Mutter in diesem Haus verloren hatte. Sie hatte gesagt, es würde nicht lang dauern. Aber es dauerte mittlerweile schon ziemlich lang. Sie hatte den Zündschlüssel stecken lassen, und im Autoradio spielte ein Lied der neuen Girlieband Dollie. Schließlich stieß er die Autotür auf und stieg aus. Durch den Schnee herrschte in dem Villenviertel eine beinahe kompakte, fast unnatürliche Stille. Er bückte sich, nahm eine Handvoll der weißen, pappigen Materie und formte sie zu einem Schneeball.

An diesem Tag hatten sie ihn auf dem Schulhof mit Schneebällen beworfen und ihn »Puppenmathias« gerufen, seine sogenannten Klassenkameraden der 7a. Er hasste diese neue Schule, und er hasste es, dreizehn zu sein. Nachdem sie in der ersten Sportstunde bemerkt hatten, dass er keine Brustwarzen hatte, war es sofort losgegangen. Der Arzt hatte gesagt, das könne erblich sein, man hatte ihn gleich auch noch auf eine Reihe anderer Krankheiten getestet. Mutter erzählte Mathias und Vater, dass ihr eigener Vater, der schon gestorben war, als sie selbst noch ein Kind war, auch keine Brustwarzen gehabt habe. Aber in einem von Großmutters Fotoalben fand Mathias eines Tages ein Bild von Großvater bei der Ernte, mit bloßem Oberkörper – und da hatte er sehr wohl Brustwarzen.

Mathias knetete den Schneeball immer fester. Er hatte solche Lust, ihn auf irgendjemanden zu schleudern. Hart. So hart, dass es weh tat. Nur war da leider niemand. Also musste er sich jemanden zum Bewerfen bauen. Er legte den harten Ball in den Schnee neben die Garage und begann ihn zu rollen. Die Schneekristalle verbanden sich, und als er den Ball eine Runde über die Wiese gerollt hatte, reichte er ihm bereits bis zum Bauch. Eine breite Spur braunen Grases verriet seinen Weg. Mathias schob weiter. Als er ihn nicht mehr weiterrollen konnte, begann er eine neue Kugel. Auch sie geriet ziemlich groß. Trotzdem schaffte er es noch, sie auf die erste zu setzen. Dann formte er eine letzte Kugel, kletterte auf den Schneemann und setzte ihm den Kopf auf. Der Schneemann stand direkt vor einem Fenster des Hauses, aus dem Geräusche zu vernehmen waren. Mathias brach ein paar Zweige vom Apfelbaum und steckte sie in die Seite des Schneemanns. Grub Schottersteine auf der Einfahrt aus, kletterte noch einmal auf den Schneemann und steckte ihm Augen und ein kleines Lächeln in den Kopf. Dann setzte er sich dem Schneemann auf die Schultern, schlang die Beine um seinen Kopf und blickte durchs Fenster ins Haus.

In dem hellerleuchteten Raum stand ein Mann mit nacktem Oberkörper und schwang mit geschlossenen Augen die Hüften vor und zurück, als würde er tanzen. Aus dem Bett vor ihm ragten zwei gespreizte Beine hervor. Mathias konnte sie nicht sehen, wusste aber dennoch, wer das war. Sara. Mama. Sie trieben es miteinander.

Mathias klemmte die Beine fester um den Kopf des Schneemanns und spürte die Kälte im Schritt. Er bekam keine Luft mehr. Es fühlte sich an, als hätte ihm jemand eine Stahlschlinge um den Hals gelegt.

Die Hüften des Mannes hämmerten auf seine Mutter ein. Mathias starrte ihm auf die Brust, während die kalte Taubheit vom Schritt über den Bauch bis in seinen Kopf stieg. Der Mann rammte seinen Penis in sie hinein. So wie in diesen Zeitschriften. Bald würde er kommen und seinen Samen in Mathias' Mutter spritzen. Und dieser Mann hatte keine Brustwarzen.

Plötzlich hielt er inne. Mit schreckgeweiteten Augen starrte er Mathias direkt an.

Mathias lockerte seine Schenkel, ließ sich am Rücken des

Schneemanns nach unten gleiten, kauerte sich zusammen und blieb dort still sitzen. Während er wartete, schossen ihm unzählige Gedanken durch den Kopf. Er war ein intelligenter Junge, das hatte er immer zu hören bekommen: sonderbar, aber begabt, hatten die Lehrer betont. Deshalb fielen alle Gedanken an ihren richtigen Platz, wie die Teilchen eines Puzzles, wenn er lange genug darüber gebrütet hatte. Dennoch war das Bild, das vor seinen Augen entstand, nicht zu begreifen, nicht auszuhalten. Das konnte doch nicht wahr sein. Aber es musste wohl wahr sein.

Mathias hörte seinen keuchenden Atem.

Es war wahr. Er fühlte es. Alles stimmte. Mutters Kälte gegenüber Papa. Die Gespräche, die sie vor ihm geheim zu halten versuchten, Papas verzweifelte Bitten, ihn nicht zu verlassen, nicht seinetwegen, sondern wegen Mathias, mein Gott, sie hätten doch ein gemeinsames Kind! Und Mutters bitteres Lachen. Das Bild von Großvater in diesem Fotoalbum, Mutters Lüge. Natürlich hatte Mathias es nicht geglaubt, als Stian aus seiner Klasse behauptete, die Mutter von Puppenmathias habe einen Lover oben in Moen, das habe seine Tante selbst gesagt. Schließlich war Stian genauso dumm wie all die anderen Quälgeister. So dumm, dass er nichts verstand. Nicht einmal, als seine Katze zwei Tage später oben am Fahnenmast der Schule hing.

Und Papa hatte keine Ahnung. Mathias spürte von ganzem Herzen, dass sein Vater ihn für seinen ... seinen Sohn hielt. Papa durfte nicht erfahren, dass es nicht so war. Niemals. Das wäre sein Tod. Lieber wollte Mathias selbst sterben. Ja, wirklich, das wollte er. Sterben, einfach weg, weit weg von Mutter, der Schule, Stian und ... einfach allem. Er stand auf, trat gegen den Schneemann und rannte zum Auto.

Und sie würde er mitnehmen. Auch sie sollte sterben.

Als seine Mutter nach einer knappen Dreiviertelstunde endlich aus dem Haus kam, machte er ihr die Autotür auf.

»Alles in Ordnung?«, fragte sie.

»Nein«, antwortete Mathias und rutschte auf dem Rücksitz zur Seite, so dass sie ihn nicht sehen konnte. »Ich hab ihn gesehen.«

»Was meinst du damit?«, fragte sie und drehte den Zündschlüssel.

»Der Schneemann …«

»Und, wie sah der Schneemann aus?« Der Motor des Autos startete mit einem Brüllen, und sie ließ die Kupplung so rasch kommen, dass ihm fast der Wagenheber aus der Hand gefallen wäre.

»Papa wartet auf uns«, sagte sie. »Wir müssen uns beeilen.«

Sie schaltete das Radio ein. Nur ein Nachrichtensprecher, der über den Wahlsieg von Ronald Reagan redete. Trotzdem stellte sie das Radio lauter. Nachdem sie den Hügel hinter sich gelassen hatten, fuhren sie hinunter Richtung Hauptstraße und Fluss. Auf dem Feld ragten steife, gelbe Halme aus dem Schnee.

»Wir werden sterben«, verkündete Mathias.

»Wie bitte?«

»Wir werden sterben.«

Sie drehte die Radiostimme leiser. Er machte sich bereit. Beugte sich zwischen den Sitzen vor und hob den Arm.

»Wir werden sterben«, flüsterte er.

Dann schlug er zu.

Der Schlag traf sie am Hinterkopf, und es gab ein hässliches Knirschen. Seine Mutter reagierte nicht weiter, sie erstarrte einfach auf dem Sitz. Dann schlug er noch einmal zu. Und noch einmal. Der Wagen ruckte etwas, als ihr Fuß von der Kupplung glitt, aber sie machte noch immer keinen Mucks. Vielleicht war das Sprachdings in ihrem Hirn zerstört, dachte Mathias. Beim vierten Schlag spürte er etwas nachgeben, als wäre der Kopf irgendwie weich geworden. Er wusste, dass sie jetzt nicht mehr bei Bewusstsein war. Der Toyota Corolla rollte ungebremst weiter, überquerte brav die Hauptstraße und das Feld auf der anderen Seite. Der Schnee bremste die Fahrt, jedoch nicht stark genug, um das Auto zu stoppen, und so rollte es weiter in den breiten, schwarzen Fluss. Blieb einen Moment quer zur Strömung stehen, bis diese den Wagen packte und im Kreis drehte. Wasser sickerte durch die Tür und die Hohlräume der Karosserie, durch die Handgriffe an der Seite und die Fenstereinfassung, während sie langsam flussabwärts trieben. Mathias sah aus dem Fenster, winkte einem Auto auf der Hauptstraße zu, doch die Insassen schienen ihn nicht bemerkt zu haben. Das Wasser im Auto stieg. Und plötzlich hörte er seine

Mutter etwas murmeln. Er sah sie an, starrte auf den Hinterkopf mit den tiefen Dellen unter den blutigen Haaren. Sie bewegte sich unter dem Sicherheitsgurt. Das Wasser stieg jetzt schnell, es reichte Mathias bereits bis zu den Knien. Plötzlich spürte er aufsteigende Panik. Nein, er wollte nicht sterben. Nicht jetzt, nicht so. Also schwang er den Wagenheber gegen das Seitenfenster. Glas splitterte und Wasser schoss über den Fensterrand. Mathias kletterte auf den Sitz und quetschte sich durch den schmalen Spalt zwischen Autodach und hereinschießendem Wasser. Erschrocken merkte er, wie sich ein Stiefel am Rand des Fensters verhakte. Er ruckte seinen Fuß hin und her und spürte schließlich, wie ihm der Stiefel vom Fuß glitt. Dann war er frei und begann an Land zu schwimmen. Nun entdeckte er, dass ein Auto auf der Straße angehalten hatte und zwei Personen durch den Schnee zum Fluss rannten.

Mathias war ein guter Schwimmer. Er war in vielem gut. Weshalb konnten sie ihn alle nicht leiden? Ein Mann watete ins Wasser und zog ihn an Land, als er sich dem Ufer näherte. Mathias sank in den Schnee. Nicht weil er nicht stehen konnte, sondern weil er instinktiv wusste, dass es so am klügsten war. Er schloss die Augen und hörte eine aufgeregte Stimme neben seinem Ohr fragen, ob sonst noch jemand im Auto sei, ob sie noch jemanden retten könnten. Mathias schüttelte langsam den Kopf. Ob er sich auch sicher sei, fragte die Stimme.

Die Polizei sollte das Unglück später mit der glatten Straße erklären und mutmaßen, die Frau habe sich die Kopfverletzung bei dem Aufprall aufs Wasser zugezogen. Der Wagen selbst hatte zwar kaum sichtbare Schäden, aber schließlich gab es keine andere, plausible Erklärung. Und es war auch nur durch den Schock zu erklären, dass der Junge auf die Fragen der Helfer, ob sonst noch jemand im Auto sei, immer wieder das Gleiche geantwortet hatte: »Nein, nur ich. Ich bin allein.«

»Nein, nur ich«, wiederholte Mathias sechs Jahre später. »Ich bin allein.«

»Danke.« Der Junge stellte sein Tablett auf den Mensatisch, den Mathias bis dahin für sich allein gehabt hatte. Vor dem Fenster trommelte der Regen seinen üblichen Willkommensmarsch für die Medizinstudenten in Bergen, eine rhythmische Hymne, die noch den ganzen Frühling anhalten sollte.

»Auch gerade mit Medizin angefangen?«, erkundigte sich der andere, und Mathias sah das Messer in das fette Wiener Schnitzel eindringen.

Er nickte.

»Du sprichst doch Østlandsdialekt«, sagte der andere. »Hast du in Oslo keinen Studienplatz gekriegt?«

»Ich wollte da nicht hin«, erwiderte Mathias.

»Warum nicht?«

»Ich kenne da keinen.«

»Und wen kennst du hier?«

»Keinen.«

»Ich auch nicht. Wie heißt du überhaupt?«

»Mathias. Lund-Helgesen. Und du?«

»Idar Vetlesen. Warst du schon mal auf dem Ulriken?«

»Nein.«

Doch Mathias war schon einmal auf dem Ulriken gewesen. Wie auf dem Fløyen und dem Sandviksfjellet. Er war durch alle Gassen gelaufen, über den Fischmarkt und alle öffentlichen Plätze, hatte die Pinguine und Seelöwen im Aquarium gesehen, in der Wesselstue Bier getrunken, eine neue, aufgedrehte Band in der Garage auftreten und Brann im eigenen Stadion verlieren sehen. All das, was man mit seinen Mitstudenten machen sollte, hatte Mathias schon gemacht. Allein.

Gemeinsam mit Idar absolvierte er die Runde ein zweites Mal, ließ sich aber nichts anmerken.

Mathias stellte rasch fest, dass Idar eine Klette war, und indem er sich an diese Klette klettete, kam Mathias auch in Kontakt mit anderen Menschen.

»Warum studierst du Medizin?«, fragte Idar auf einer sogenannten Vorparty bei einem Kommilitonen mit einem traditionsreichen Bergener Namen, kurz vor Beginn des jährlichen Herbstballs der Medizinstudenten. Idar hatte zwei süße Mädchen aus Bergen mitgebracht, die mit hochgesteckten Haaren und knappen schwarzen Kleidchen neben ihnen saßen und das Gespräch neugierig verfolgten.

»Um die Welt zu einem etwas besseren Ort zu machen«, erklärte Mathias und trank den Rest seines lauwarmen Hansa-Biers aus. »Und du?«

»Um Geld zu verdienen, ist doch klar«, antwortete Idar und zwinkerte den Mädchen zu.

Eines von ihnen setzte sich neben Mathias.

»Du trägst eine Blutspendermarke«, stellte sie fest. »Was hast du für eine Blutgruppe?«

»B Rhesus negativ. Und was machst du so?«

»Ach, nicht der Rede wert. B Rhesus negativ? Ist das nicht total selten?«

»Doch. Woher weißt du das?«

»Ich gehe auf die Schwesternschule.«

»Ah ja«, sagte Mathias. »Ich welchem Jahr?«

»Im dritten.«

»Hast du vor, dich irgendwie zu spezialisi …«

»Lass uns doch jetzt nicht über so was reden«, fiel sie ihm ins Wort und legte ihre warme, kleine Hand auf seinen Schenkel.

Den gleichen Satz wiederholte sie, als sie fünf Stunden später nackt unter ihm in seinem Bett lag.

»Das ist mir noch nie passiert«, beteuerte er.

Sie lächelte ihn an und streichelte über seine Wange. »Dann liegt es also nicht an mir?«

»Was?«, stammelte er. »Nein, natürlich nicht.«

Sie lachte. »Du bist süß. Nett und rücksichtsvoll. Was ist eigentlich mit denen hier passiert?«

Sie kniff ihm in die Haut auf seiner Brust.

Mathias spürte etwas Schwarzes. Etwas Hässliches, Finsteres, Wohliges.

»Das ist angeboren«, erklärte er.

»Ist das eine Krankheit?«

»Das kommt in Zusammenhang mit dem Raynaud'schen Syndrom und Sklerodermie vor.«

»Was ist das denn?«

»Eine Erbkrankheit, die dazu führt, dass sich das Bindegewebe Schritt für Schritt verhärtet.«

»Ist das gefährlich?« Vorsichtig fuhr sie ihm mit den Fingern über die Brust.

Mathias lächelte und spürte eine aufkeimende Erektion. »Beim Raynaud'schen Syndrom werden bloß die Zehen und Finger kalt und weiß, die Sklerodermie ist schlimmer …«

»Ja?«

»Die Verhärtung des Bindegewebes führt dazu, dass sich die Haut strafft. Alles glättet sich, die Falten verschwinden.«

»Ist das nicht gut?«

Er spürte, wie ihre Hand nach unten wanderte. »Diese Straffung der Haut behindert schließlich die Mimik derart, dass das Gesicht zur Maske wird.«

Ihre kleine, warme Hand legte sich um sein Glied.

»Die Hände und schließlich auch die Arme krümmen sich, bis man sie irgendwann nicht mehr strecken kann. Zum Schluss steht man stocksteif da und wird von seiner eigenen Haut regelrecht erwürgt.«

Sie flüsterte schwer atmend. »Das hört sich aber nach einem grausamen Tod an.«

»Am besten nimmt man sich das Leben, bevor die Schmerzen einen wahnsinnig machen. Hättest du etwas dagegen, dich ans Fußende zu legen? Ich würde es gern im Stehen machen.«

»Deshalb studierst du Medizin, oder?«, fragte sie. »Um herauszufinden, wie man damit leben kann.«

»Ich will nur eines«, erwiderte er, stand auf und ging ans Ende des Bettes, während sein erigierter Schwanz in der Luft wippte. »Ich will herausfinden, wann der Zeitpunkt zum Sterben gekommen ist.«

Der frisch ausgebildete Arzt Mathias Lund-Helgesen war beliebt in der Neurologie des Haukeland-Krankenhauses in Bergen. Sowohl seine Kollegen als auch seine Patienten bezeichneten ihn als einen tüchtigen, gewissenhaften Arzt, der den Kranken zuhören konnte. Letzteres war ihm eine große Hilfe, da er häufig mit Patienten mit den unterschiedlichsten unheilbaren Leiden zu tun hatte, darunter auch Erbkrankheiten, die höchstens gelindert werden konnten. Und wenn sie selten genug einen Patienten mit der schrecklichen Krankheit Sklerodermie hereinbekamen, wurde er immer gleich an den freundlichen, jungen Arzt verwiesen, der sich gerade erste Gedanken über eine Doktorarbeit in Immunbiologie machte. Es war früher Herbst, als Laila Aasen und ihr Mann mit ihrer Tochter zu ihm kamen. Die Gelenke der Kleinen hatten sich versteift und schmerzten, so dass Mathias erst an Morbus Bechterew dachte. Sowohl Laila Aasen als auch ihr Mann bestätigten das Vorkommen gichtartiger Leiden in ihrer Familie, so dass Mathias nicht nur dem Mädchen, sondern auch ihnen Blut abnahm.

Als die Ergebnisse der Blutproben kamen, traute Mathias seinen Augen nicht. Und wieder spürte er dieses Schwarze, Hässliche, Wohlige in sich aufsteigen. Die Resultate waren negativ. Sowohl im Hinblick auf Morbus Bechterew als auch auf die Vaterschaft von Laila Aasens Mann. Und Mathias wusste, dass der Mann keine Ahnung hatte, während sie, Laila Aasen sehr wohl Bescheid wusste, denn es war ein kleines Zucken über ihr Gesicht gehuscht, als er sie um Blutproben bat. Fickte sie den anderen noch immer? Wie sah er aus? Wohnte er in einer Villa mit gepflegtem Rasen? Welche heimlichen Leiden hatte der? Und wie und wann würde die Tochter herausfinden, dass sie ihr Leben lang von dieser verlogenen Hure hinters Licht geführt worden war?

Mathias blickte zu Boden und bemerkte, dass er das Wasserglas umgestoßen hatte. Ein großer, nasser Fleck breitete sich auf seinem Hosenbein aus, und er spürte die Kälte vom Bauch in den Kopf steigen.

Schließlich rief er Laila Aasen an und informierte sie über das Ergebnis. Das medizinische. Sie dankte ihm hörbar erleichtert und legte auf. Mathias starrte noch lange auf den Hörer. Mein Gott, wie er sie hasste. In dieser Nacht lag er schlaflos auf dem schmalen Bett des Studentenzimmers, das er nach dem Studium behalten hatte. Er probierte es mit Lesen, aber die Buchstaben tanzten nur vor seinen Augen. Dann versuchte er es mit Onanieren. In der Regel erschöpfte ihn das physisch so sehr, dass er anschließend einschlief, aber er konnte sich nicht konzentrieren. Er stieß sich eine Nadel in den großen Zeh, der wieder vollkommen weiß geworden war, nur um zu überprüfen, ob er etwas fühlen konnte.

Zum Schluss kauerte er sich unter der Decke zusammen und weinte, bis die Morgendämmerung die Nacht grau färbte.

Mathias kümmerte sich auch um die etwas generelleren neurologischen Fälle. Einer davon war ein Polizist aus dem Bergener Präsidium. Als sich der etwa Fünfzigjährige nach der Untersuchung wieder anzog, verströmte er eine fast schon betäubende Mischung aus Körpergeruch und Alkoholdunst.

»Und?«, polterte der Polizist, als wäre Mathias einer seiner Untergebenen.

»Neuropathie im Anfangsstadium«, erklärte Mathias. »Die Nerven an Ihren Fußsohlen sind geschädigt. Verminderte Empfindsamkeit.«

»Kann es sein, dass ich deshalb manchmal durch die Gegend taumele wie so ein Scheiß-Säufer?«

»Sind Sie ein Säufer, Rafto?«

Der Polizist erstarrte, und die Röte stieg an seinem Hals in die Höhe wie die Quecksilbersäule in einem Thermometer. »Verdammt noch mal, was erlauben Sie sich, Sie Hosenscheißer!«

»In der Regel führt erhöhter Alkoholkonsum zu Polyneuropathie. Wenn Sie so weitermachen, riskieren Sie bleibende Hirnschäden. Haben Sie schon mal von Korsakow gehört, Rafto? Nicht? Dann wollen wir mal hoffen, dass das auch so bleibt, denn wenn Sie diesen Namen hören, dann in der Regel in Verbindung mit dem äußerst unschönen Syndrom, das nach ihm benannt ist. Ich weiß nicht, was Sie sich antworten, wenn Sie in den Spiegel schauen und sich selbst fragen, ob Sie Alkoholiker sind, aber ich möchte Ihnen vorschlagen, sich beim nächsten Mal noch eine weitere Frage zu stellen: ›Will ich jetzt sterben oder lieber ein bisschen später?‹«

Gert Rafto starrte den Jungen im Arztkittel lange an. Dann fluchte er leise, marschierte aus dem Zimmer und knallte die Tür hinter sich zu.

Vier Wochen später rief Rafto wieder an. Er fragte, ob Mathias kommen und ihn untersuchen könne.

»Kommen Sie morgen hierher«, empfahl Mathias.

»Ich kann nicht. Es eilt.«

»Dann gehen Sie zur Ambulanz.«

»Jetzt hören Sie mir mal zu, Lund-Helgesen. Ich liege seit drei Tagen im Bett, ohne mich rühren zu können. Sie sind der Einzige, der mich ganz offen gefragt hat, ob ich Alkoholiker bin. Ja, das bin ich. Und nein, ich will nicht sterben. Noch nicht.«

Gert Raftos Wohnung stank nach Müll, leeren Bierflaschen und Gert Rafto. Zum Ausgleich fehlte jeglicher Essensgeruch, denn im ganzen Haus gab es keine Lebensmittel.

»Ich werde Ihnen jetzt eine Injektion mit Vitamin B1 verabreichen«, erläuterte Mathias, als er die Spritze gegen das Licht hielt. »Die wird Sie wieder auf die Beine bringen.«

»Danke«, sagte Gert Rafto. Fünf Minuten später schlief er schon.

Mathias sah sich in der Wohnung um. Auf dem Schreibtisch stand ein Bild von Rafto mit einem dunkelhaarigen Mädchen auf der Schulter. An der Wand hingen Bilder, die vermutlich von einem Tatort stammten. Viele Bilder. Mathias starrte sie an. Nahm ein paar von ihnen herunter und betrachtete sie genauer. Mein Gott, wie nachlässig diese Mörder vorgegangen waren. Eine Ineffektivität, die besonders bei erstochenen oder erschlagenen Opfern zutage trat. Er öffnete die Schubladen und suchte nach weiteren Fotos. Fand Berichte, Notizen, ein paar Wertsachen: Ringe, Damenuhren, Halsketten. Und Zeitungsausschnitte. Er las sich alles durch. Immer wieder fiel Gert Raftos Name, der sich auf Pressekonferenzen gern über die Dummheit der Täter ausließ und dann lang und breit erklärte, wie er sie überführt hatte. Denn ganz offensichtlich hatte er sie alle überführt.

Als Gert Rafto sechs Stunden später erwachte, war Mathias noch immer da. Er saß am Bett und hielt die Akten von zwei Mordfällen in der Hand.

»Sagen Sie mal«, bat Mathias, »was sollte man bei einem Mord beachten, wenn man nicht geschnappt werden will?«

»Meinen Zuständigkeitsbereich meiden«, erwiderte Rafto und sah sich nach etwas zu trinken um. »Wenn der Ermittler gut ist, haben Sie keine Chance.«

»Und wenn ich es trotzdem im Zuständigkeitsbereich eines guten Ermittlers tun will?«

»Dann würde ich mich mit dem Polizisten anfreunden, bevor ich den Mord begehe«, meinte Gert Rafto. »Und ihn dann nach dem Mord selbst töten.«

»Seltsam«, lächelte Mathias. »Den Gedanken hatte ich auch gerade.«

In den folgenden Wochen machte Mathias noch mehrere Hausbesuche bei Gert Rafto. Der Polizist kam rasch wieder auf die Beine, und sie sprachen häufig und lang über Krankheit, Lebensstil und Tod und über die einzigen beiden Sachen, die für Rafto wichtig waren: seine Tochter Katrine, die seine Liebe aus unerfindlichen Gründen erwiderte, und seine kleine Hütte auf Finnøy, den einzigen Rückzugsort, den er hatte. Am häufigsten aber redeten sie über die Mordfälle, die Rafto gelöst hatte. Über die Triumphe. Und Mathias ermunterte ihn, beteuerte ihm, er könnte den Kampf gegen den Alkohol gewinnen und neue Triumphe als Polizist feiern, wenn er nur schaffte, trockenzubleiben.

Als sich der Spätherbst über Bergen legte, die Tage kürzer und die Regenschauer länger wurden, war Mathias' Plan fertig ausgearbeitet.

Dann rief er Laila Aasen eines Vormittags zu Hause an.

Er stellte sich vor, und sie hörte schweigend zu, während er sein Anliegen vorbrachte. Es seien neue Untersuchungen mit dem Blut der Tochter vorgenommen worden, und dabei habe sich herausgestellt, dass Bastian Aasen nicht der biologische Vater des Kindes sein könne. Es sei nun wichtig, eine Blutprobe des leiblichen Vaters zu bekommen, doch das bedeute möglicherweise, dass ihre Tochter und ihr Mann eingeweiht werden müssten. Ob sie denn dazu bereit sei?

Mathias gab ihr Zeit, alles zu verarbeiten.

Schließlich meinte er, er könne ihr unter Umständen auch helfen, wenn sie es aus gewissen Gründen vorziehen würde, die Sache geheim zu halten. Das müsste dann allerdings »off the record« erfolgen.

»*Off the record?*«, wiederholte sie mit der Apathie eines Menschen, der unter Schock steht.

»Als Arzt bin ich an gewisse ethische Grundregeln im Umgang

mit Patienten gebunden. In diesem Fall bedeutet das, dass ich Ihrer Tochter Offenheit schulde. Andererseits erforsche ich gewisse Syndrome und bin deshalb sehr an ihrem Fall interessiert. Wenn Sie mich also mit aller Diskretion heute Nachmittag treffen …«

»Ja«, hauchte sie mit zitternder Stimme. »Bitte.«

»Gut. Fahren Sie mit der letzten Bahn auf den Ulriken. Dann können wir in aller Ruhe nach unten laufen. Ich hoffe, Sie verstehen, welches Risiko ich damit eingehe, bitte reden Sie mit niemandem über dieses Treffen.«

»Natürlich nicht! Vertrauen Sie mir.«

Er hielt den Hörer noch lange, nachdem sie aufgelegt hatte, in der Hand. Er presste die Lippen dicht an das graue Plastik und flüsterte: »Und warum sollte dir jemand vertrauen? Du kleine Hure?«

Erst als sie im Schnee lag, das Skalpell an der Kehle, räumte Laila Aasen ein, einer Freundin von ihrem Treffen erzählt zu haben. Eigentlich war sie nämlich mit ihr zum Essen verabredet gewesen. Aber sie hätte nur seinen Vornamen erwähnt und auch nicht, wo sie sich treffen wollten.

»Und warum haben Sie überhaupt etwas gesagt?«

»Um sie ein bisschen zu ärgern«, heulte Laila. »Sie ist immer so neugierig.«

Er drückte den dünnen Stahl fester auf ihre Haut, und Laila nannte ihm schluchzend Namen und Adresse ihrer Freundin. Danach sagte sie nichts mehr.

Als Mathias zwei Tage später in der Zeitung vom Mord an Laila Aasen und dem Verschwinden von Onny Hetland und Gert Rafto las, war er sich über seine Gefühle im Unklaren. Der Mord an Laila Aasen hatte ihn nicht befriedigt, weil das Ganze so gar nicht nach Plan gelaufen war – irgendwie hatte er vor Wut und Panik die Kontrolle verloren. Die Situation war ihm derart entglitten, dass er hinterher die Spuren einer Riesensauerei beseitigen musste. Darin hatte es viel zu sehr den Bildern in Raftos Wohnung geglichen. Außerdem hatte er kaum Zeit gehabt, seine Rache zu genießen, die Gerechtigkeit.

Der Mord an Onny Hetland war noch schlimmer, das grenzte schon beinahe an eine Katastrophe. Zweimal verlor er den Mut, als er bei ihr klingeln wollte, und ging stattdessen weiter. Beim dritten Mal kam er dann zu spät. Da stand bereits jemand anders vor ihrer Tür, und zwar Gert Rafto. Nachdem der Polizist gegangen war, klingelte Mathias und stellte sich als Raftos Assistent vor, woraufhin sie ihn nichtsahnend ins Haus ließ. Dann weigerte sie sich allerdings, ihm zu erzählen, was sie Rafto gesagt hatte, und beteuerte, sie habe ihm absolutes Stillschweigen versprochen. Erst als er ihr mit dem Skalpell in die Handfläche schnitt, redete sie.

Ihren Worten konnte er entnehmen, dass sich Rafto wohl vorgenommen hatte, den Fall allein zu lösen. Um sein Renommee wiederherzustellen. Dieser Idiot.

Die eigentliche Tötung von Onny Hetland ging dann aber anstandslos über die Bühne. Wenig Lärm, wenig Blut. Und die Zerlegung ihrer Leiche in der Dusche lief effektiv und schnell. Anschließend wickelte er alle Körperteile in Plastik und verstaute sie in dem großen Rucksack und der Tasche, die er zu diesem Zweck mitgebracht hatte. Rafto hatte Mathias bei dessen Hausbesuchen erklärt, dass die Polizei bei Mordfällen grundsätzlich als Erstes nach geparkten Autos fahndete, die in der Nähe beobachtet worden waren, beziehungsweise nach bestellten Taxis. Deshalb ging er den ganzen Weg bis zu seiner Wohnung zu Fuß.

Jetzt stand nur noch der letzte Teil von Gert Raftos Gebrauchsanweisung für den perfekten Mord aus: Töte den Ermittler.

Seltsamerweise gefiel ihm von allen drei Morden dieser am besten. Das war insofern seltsam, als Mathias keine Gefühle für Rafto empfand, keinen Hass, wie er ihn bei Laila Aasen gespürt hatte. Doch hier hatte er das Gefühl, zum ersten Mal in die Nähe der Ästhetik gekommen zu sein, die ihm ursprünglich vorgeschwebt hatte. Zum einen weil die Tat selbst genauso grausam und herzzerreißend gewesen war, wie er es sich ausgemalt hatte. Noch heute hörte er Raftos schrille Schreie über die menschenleere Insel hallen. Und das Merkwürdigste von allem: Auf dem Rückweg waren seine Zehen nicht mehr weiß und taub gewesen. Als wäre sein fortschreitendes Erfrieren für einen Moment zum Stillstand gekommen. Als wäre er aufgetaut.

Als Mathias in den nächsten vier Jahren vier weitere Frauen tötete und dabei bemerkte, dass all diese Morde nur ein Versuch waren, den Mord an seiner Mutter zu rekonstruieren, kam er zu dem Schluss, dass er wohl verrückt war.

Genauer gesagt: dass er unter einer schweren Persönlichkeitsstörung litt. Auch die Literatur, die er zu diesem Thema konsultierte, bestätigte ihn in seiner Annahme. Das rituelle Moment etwa: Wenn möglich, legte er seine Taten auf den Tag des ersten Schnees, und hinterher baute er immer einen Schneemann. Und nicht zuletzt war da noch sein immer stärker werdender Sadismus.

Aber diese Einsicht hinderte ihn in keiner Weise am Weitermachen. Denn die Zeit war knapp, die Symptome des Raynaud'schen Syndroms traten in immer kürzeren Abständen auf, und er glaubte auch die ersten Symptome von Sklerodermie zu spüren: eine Spannung im Gesicht, die ihm mit der Zeit das kleine Karpfenmaul und diese widerliche, spitze Nase verleihen würde, wie sie für das fortgeschrittene Stadium der Krankheit typisch waren.

Er war nach Oslo gezogen, um seine Doktorarbeit in Immunbiologie zu schreiben, und wollte sich dabei insbesondere dem Thema des Flüssigkeitstransports im Gehirn widmen. Dieses Spezialgebiet wurde schwerpunktmäßig im Anatomischen Institut der Gaustad-Klinik erforscht. Parallel zu seiner Forschungstätigkeit arbeitete er in der Marienlyst-Klinik – auf Empfehlung von Idar, der dort bereits eine Stelle bekommen hatte. Außerdem übernahm Mathias Nachtschichten in der Ambulanz, da er ohnehin nicht richtig schlafen konnte.

Seine Opfer waren nicht schwer zu finden. Zum einen hatte er Zugang zu den Blutproben der Patienten, die manchmal direkt gegen eine mögliche Vaterschaft sprachen, und zum anderen gab es ja die DNA-Tests der Vaterschaftsabteilung in der Rechtsmedizin. Idar, der selbst für einen Allgemeinmediziner eine höchst begrenzte Kompetenz mitbrachte, suchte insgeheim Mathias' Rat in allen Fällen erblicher Krankheiten und Syndrome. Handelte es sich um junge Menschen, lautete er fast immer gleich:

»Sieh zu, dass beide Elternteile mit in die Sprechstunde kommen, nimm Speichelproben von allen, sag, dass es nur um eine Überprüfung der Bakterienflora geht, und schick die Proben an die Vaterschaftsabteilung, damit wir wenigstens von den wirklichen Fakten ausgehen.«

Und Idar, dieser Idiot, tat, wie ihm geraten. Was dazu führte, dass Mathias nach einiger Zeit über eine ansehnliche Kartei von Frauen mit Kindern verfügte, die quasi unter falscher Flagge segelten. Das Beste daran war aber, dass sich keine Verbindung zwischen seinem Namen und diesen Frauen herstellen ließ, da die Speichelproben ausnahmslos unter Idars Namen eingeschickt worden waren.

Seine Opfer lockte er auf dieselbe Art in die Falle wie Laila Aasen. Ein Anruf und eine heimliche Verabredung an einem abgeschiedenen Ort. Nur ein einziges Mal klappte das auserwählte Opfer am Telefon zusammen und beichtete seinem Partner alles. Was allerdings dazu führte, dass die Familie zerbrach und die Schuldige zumindest nicht ganz ungestraft davonkam.

Mathias hatte sich schon lange Gedanken über eine effizientere Beseitigung der Leichen gemacht. Natürlich konnte er es nicht jedes Mal so machen wie bei Onny Hetland, die er in seiner eigenen Badewanne Stück für Stück mit Säure aufgelöst hatte. Das war viel zu umständlich, gesundheitsschädlich und risikoreich, und außerdem hatte es fast drei Wochen gedauert. Er freute sich deshalb nicht wenig, als ihm eines Tages die Lösung seines Problems in den Sinn kam: die Leichenwannen im Anatomischen Institut. Die Idee war ebenso genial wie einfach. Das galt auch für die glühende Schneideschlinge.

Auf die war er in einer anatomischen Fachzeitschrift gestoßen. Ein französischer Anatom hatte dieses veterinärmedizinische Instrument bei Leichen empfohlen, deren Verwesungsprozess bereits begonnen hatte. Weil die Schlinge ebenso effektiv und schonend durch weiches, verwestes Gewebe wie durch Knochen schnitt und weil man dieses Instrument auch bei mehreren Leichen gleichzeitig benutzen konnte, ohne Bakterien zu übertragen. Mathias hatte sofort erkannt, dass er sich den Transport der Leichen enorm erleichtern konnte, wenn er sie zuvor mit dieser Schneideschlinge zerlegte. Deshalb nahm er Kontakt mit dem Hersteller auf, flog nach Rouen und bekam das Instrument eines

Morgens in einer weißgekalkten Scheune in Nordfrankreich demonstriert. Die glühende Schneideschlinge bestand aus einem einfachen, bananenförmigen Handgriff mit einer Art Metallglocke, die die Hand vor Verbrennungen schützte. Der eigentliche Glühdraht war dünn wie eine Angelschnur und verschwand an den jeweiligen Enden der Banane. Über einen einfachen Schalter konnte die Schlinge gestrafft oder gelockert werden. Ebenfalls per Knopfdruck wurde das batteriebetriebene Heizelement reguliert, das den garotteähnlichen Draht in Sekundenschnelle weiß glühen ließ. Mathias war glücklich, denn dieses Instrument taugte für viel mehr als nur für die Zerlegung seiner Opfer. Als er den Preis hörte, hätte er fast gelacht, kostete ihn dieses wunderbare Instrument doch weniger als das Flugticket. Inklusive Batterie.

Als die schwedische Studie veröffentlicht wurde, nach der fünfzehn bis zwanzig Prozent aller Kinder einen anderen biologischen Vater haben als angenommen, konnte Mathias das nur bestätigen. Diese Zahlen stimmten mit seiner eigenen Statistik überein. Er war nicht allein. Auch nicht mit seinem Schicksal eines frühen und grausamen Todes, den er seiner Mutter und ihrer Hurerei mit den verdorbenen Genen zu verdanken hatte. Doch seine Erlösung, seinen Kampf gegen die Krankheit, seinen Kreuzzug musste er allein ausfechten. Wenngleich er bezweifelte, dass ihm jemals ein Mensch danken oder ihm die gebührende Ehre zukommen lassen würde. Nur einer Sache war er sich sicher: Auch nach dem Tod würde man sich an ihn erinnern, und zwar noch lange Zeit. Denn er hatte endlich seine letzte Bestimmung gefunden, sein Meisterstück, seine letzte große Prüfung.

Dabei begann alles mit einem Zufall.

Er sah ihn im Fernsehen. Den Polizisten. Harry Hole. Hole wurde interviewt, weil er einen Serienmörder in Australien geschnappt hatte. Und Mathias erinnerte sich schlagartig an Gert Raftos Rat: »Meiden Sie meinen Zuständigkeitsbereich.« Er erinnerte sich aber auch, wie sehr es ihn damals befriedigt hatte, dem Jäger selbst das Leben zu nehmen. Dieses Gefühl der Allmacht. Kein späterer Mord hatte jemals an die Tötung dieses Polizisten herangereicht. Und dieser herostratische Hole schien Rafto in seiner Nachlässigkeit und seiner Wut sogar zu ähneln.

Trotzdem hätte er diesen Hole vielleicht gleich wieder vergessen, hätte nicht einer der Gynäkologen in der Klinik am nächsten Tag erwähnt, gehört zu haben, dass dieser scheinbar so toughe Polizist Alkoholiker und vollkommen verrückt sei. Die Kinderärztin Gabriella fügte noch hinzu, der Sohn von Holes Lebensgefährtin sei mal bei ihr in Behandlung gewesen. Oleg, ein aufgeweckter Junge.

»Der wird dann garantiert auch mal als Alki enden«, meinte der Gynäkologe, »das vererbt sich nämlich verdammt gern, weißt du.«

»Hole ist gar nicht der Vater des Jungen«, erwiderte Gabriella. »Interessanterweise ist aber der Mann, der als Vater angegeben ist – ein russischer Professor oder so etwas in Moskau –, ebenfalls Alkoholiker.«

»Hey, das habe ich jetzt aber nicht gehört«, versuchte Idar Vetlesen das Lachen zu übertönen. »Denkt bitte mal an eure Schweigepflicht, Leute.«

Sie aßen weiter, aber Mathias konnte nicht vergessen, was Gabriella gesagt hatte, oder besser, *wie* sie es gesagt hatte: »Der Mann, der als Vater angegeben ist.«

Als die Pause zu Ende war, folgte er deshalb der Kinderärztin in ihr Büro und schloss die Tür hinter sich.

»Darf ich dich was fragen, Gabriella?«

»Oh, hallo«, sagte sie, wobei ihr eine erwartungsvolle Röte ins Gesicht schoss. Mathias wusste, dass sie ihn mochte und ihn vermutlich hübsch, freundlich, einfühlsam und humorvoll fand. Sie hatte ihn sogar mehrmals indirekt aufgefordert, doch mal mit ihr auszugehen, allerdings ohne Erfolg.

»Wie du vielleicht weißt, brauche ich für meine Doktorarbeit eine ganze Reihe von Blutproben«, begann er. »Und dabei bin ich tatsächlich auch über die Blutprobe dieses Jungen gestolpert, von dem du gesprochen hast. Dieser Sohn von Holes Geliebten.«

»Wenn ich richtig informiert bin, sind die aber gar nicht mehr zusammen.«

»Tatsächlich? Wie auch immer, diese Blutproben deuten auf ein paar erbliche Geschichten hin, weshalb ich mich für die Verwandtschaftsverhältnisse interessiere …«

Mathias glaubte eine gewisse Enttäuschung in ihrem Gesicht zu lesen.

Er selbst war ganz und gar nicht enttäuscht von diesem Gespräch.

»Danke«, sagte er, stand auf und ging hinaus. Dabei spürte er sein Herz lebendig und kraftvoll schlagen, und seine Füße schienen ihn zu tragen, als wäre er schwerelos. Vor Freude leuchtete er wie eine glühende Schneideschlinge, denn er wusste: Das war der Anfang. Der Anfang vom Ende.

Der »Freundeskreis Holmenkollen« veranstaltete sein Sommerfest an einem brennend heißen Augusttag. Auf dem Rasen vor dem Gemeinschaftshaus saßen die Erwachsenen auf Campingstühlen unter Sonnenschirmen und tranken Weißwein, während die Kinder zwischen den Tischen herumtollten oder unten auf dem Sportplatz Fußball spielten. Trotz der riesigen Sonnenbrille, die ihr Gesicht beinahe verdeckte, erkannte Mathias sie wieder, er hatte sich von der Homepage ihres Arbeitgebers ein Bild heruntergeladen. Sie stand etwas abseits, und er ging zu ihr und fragte sie mit einem schüchternen Lächeln, ob er eine Weile neben ihr stehen und so tun dürfte, als würde er sie kennen. Inzwischen wusste er, wie man so etwas anstellt. Er hatte viel gelernt – der Puppenmathias war längst Vergangenheit.

Als sie die Brille absetzte und fragend zu ihm aufblickte, konnte er nur feststellen, dass das Foto gelogen hatte. In Wirklichkeit war sie viel hübscher. So hübsch, dass er einen Augenblick lang dachte, Plan A könnte doch eine Schwachstelle haben: Es war durchaus denkbar, dass sie ihn gar nicht wollte, dass eine Frau wie Rakel – alleinerziehende Mutter hin oder her – Alternativen hatte. Plan B endete zwar genauso wie Plan A, war aber bei weitem nicht so befriedigend.

»Sozialängste«, erklärte er und hob den Plastikbecher zu einem gequälten Gruß. »Ein Freund aus der Nachbarschaft hat mich eingeladen, aber der ist bis jetzt nicht aufgetaucht. Und alle anderen scheinen sich zu kennen. Ich verspreche, sobald er kommt, werde ich sofort wieder verschwinden.«

Sie lachte. Er mochte ihr Lachen. Und wusste, dass die kritischen ersten drei Sekunden zu seinen Gunsten ausgefallen waren.

»Mir ist da unten eben ein Junge aufgefallen, der ein Supertor geschossen hat«, fuhr Mathias fort. »Ich könnte wetten, der ist ziemlich eng mit Ihnen verwandt.«

»Ach ja? Kann sein. Vielleicht war das Oleg, mein Sohn.«

Sie ließ sich nichts anmerken, doch Mathias wusste aus unzähligen Patientengesprächen, dass es keine Mutter kaltlässt, wenn man ihre Kinder lobt.

»Ein schönes Fest«, bemerkte er. »Nette Nachbarn.«

»Feiern Sie gerne mit den Nachbarn anderer Leute?«

»Ich glaube, meine Freunde haben Angst, dass ich mich im Moment etwas einsam fühlen könnte«, antwortete er. »Sie versuchen nur, mich aufzumuntern. In diesem Fall mit ihren wohlgeratenen Nachbarn.« Er nahm einen Schluck aus dem Plastikbecher und schnitt eine Grimasse. »Und diesem verdammt süßen Hauswein. Wie heißen Sie?«

»Rakel. Fauke.«

»Hallo, Rakel, ich bin Mathias.«

Er nahm ihre Hand. Schmal, warm.

»Sie stehen hier ohne was zu trinken«, stellte er fest. »Darf ich Ihnen was holen? Den süßen Hauswein?«

Als er zurückkam und ihr den Becher reichte, hatte er seinen Piepser in der Hand und starrte mit sorgenvoller Miene darauf.

»Wissen Sie was, Rakel? Ich wäre zu gerne noch geblieben, um Sie ein bisschen besser kennenzulernen. Aber in der Ambulanz ist jemand ausgefallen, und ich habe Bereitschaft. Es ist dringend. Das heißt, ich muss jetzt mein Supermanntrikot überstreifen und in die Stadt düsen.«

»Schade«, erwiderte sie.

»Finden Sie? Vielleicht ist es ja nur für ein paar Stunden. Was meinen Sie, sind Sie noch länger hier?«

»Ich weiß nicht. Das kommt auf Oleg an.«

»Verstehe. Wir werden sehen. Wie auch immer, es war nett, Sie getroffen zu haben.«

Zum Abschied drückte er noch einmal ihre Hand, und als er ging, wusste er, dass er die erste Runde gewonnen hatte.

Danach fuhr er in seine Wohnung in Torshov und las einen interessanten Artikel über den Wassertransport im Gehirn. Als er um acht Uhr zurückkam, saß sie mit einem großen weißen Hut unter einem Sonnenschirm. Sie lächelte, als er sich neben sie setzte.

»Na, ein paar Leben gerettet?«, erkundigte sie sich.

»In erster Linie Schürfwunden«, berichtete Mathias. »Ein Blinddarm. Der Höhepunkt war ein Junge, der sich eine Colaflasche in ein Nasenloch gesteckt hatte. Ich habe seiner Mutter gesagt, er sei wohl noch ein bisschen jung, um Cola zu schnüffeln, aber leider haben die Leute in solchen Situationen so gar keinen Humor …«

Sie lachte. Ein trillerndes, feines Lachen, das in ihm fast den Wunsch weckte, das Ganze wäre echt.

Mathias hatte längst Verhärtungen an mehreren Hautstellen bemerkt, doch im Herbst 2004 häuften sich auch die Anzeichen, dass seine Krankheit nun in die letzte Phase trat. Die Phase, an der er eigentlich gar nicht teilnehmen wollte. Dieses Spannungsgefühl im Gesicht. Gemäß seinem Plan war Eli Kvale sein nächstes Opfer, danach die Huren Birte Becker und Sylvia Ottersen. Es war eine interessante Frage, ob die Polizei den Zusammenhang zwischen den beiden letzten Opfern finden würde: den Schürzenjäger Arve Støp. Aber so wie die Dinge liefen, musste er den Plan etwas beschleunigen, schließlich hatte er sich selbst immer wieder versprochen, einen Schlussstrich zu ziehen, wenn die Schmerzen begannen, und nicht mehr allzu lange zu warten. Und jetzt waren sie da. Daher beschloss er, sie alle drei in diesem Winter zu töten. Und dann kam das große Finale: Rakel und der Polizist.

Bis jetzt hatte er im Verborgenen gearbeitet, doch es wurde Zeit, dass er sein großes Lebenswerk ausstellte. Und um das zu tun, musste er deutlichere Spuren hinterlassen, die Zusammenhänge sichtbar machen, das ganze Bild.

Er begann mit Birte. Sie verabredeten sich zu einem Gespräch über Jonas' Leiden. Nachdem ihr Mann nach Bergen abgereist war, kam Mathias zu ihr nach Hause. Sie nahm ihm im Flur den Mantel ab und wollte ihn an der Garderobe aufhängen. Mathias improvisierte nur selten, aber an einem der Haken hing ein rosa

Schal, nach dem er fast instinktiv die Hand ausstreckte. Er drehte ihn zweimal, ehe er hinter sie trat und ihn ihr um den Hals legte. Dann zog er die kleine Frau hoch und zerrte sie vor den Spiegel, damit sie ihre eigenen Augen sah. Sie quollen hervor wie bei einem Fisch, den man zu schnell aus der Tiefe emporgezogen hatte.

Nachdem er sie ins Auto gelegt hatte, ging er in den Garten zu dem Schneemann, den er am Vortag selbst gebaut hatte, drückte ihm das Handy in die Brust, stopfte Schnee nach und knotete den Schal unter dem Kopf des Schneemanns zusammen. Erst nach Mitternacht traf er in der Garage des Anatomischen Instituts ein, fixierte Birtes Leichnam, prägte die Metallplättchen und befestigte sie an ihr, bevor er sie auf einem freien Platz in einer der Wannen unterbrachte.

Dann war Sylvia an der Reihe. Er rief sie an, spielte das alte Spiel, und sie verabredeten sich im Wald hinter dem Holmenkollen, einem Ort, den er früher schon einmal genutzt hatte. Aber dieses Mal waren Menschen in der Nähe, und er wollte kein Risiko eingehen. Daher log er ihr vor, Idar Vetlesen sei im Gegensatz zu ihm selbst kein wirklicher Spezialist für die Fahr'sche Krankheit, und bevor sie auseinandergingen, bat er sie um ein weiteres Treffen. Sie schlug vor, dass er sie am nächsten Abend anrief, während sie allein zu Hause war.

Stattdessen fuhr er direkt zu ihr, fand sie in der Scheune und erledigte die Sache sofort.

Aber um ein Haar wäre es schiefgegangen.

Diese verrückte Frau hatte das Beil nach ihm geschleudert, ihn an der Seite getroffen, die Jacke und sein Hemd aufgeschlitzt und eine Arterie durchtrennt, so dass sein Blut auf den Boden der Scheune spritzte. Sein B-Rhesus-negativ-Blut. Das nur zwei von hundert Menschen hatten. Sobald er sie im Wald getötet und ihren Kopf auf den Rumpf des Schneemanns gelegt hatte, ging er noch einmal zurück und vertuschte seine eigenen Blutspuren, indem er ein Huhn tötete und an dieser Stelle ausbluten ließ.

Es war ein anstrengender Tag, doch seltsamerweise verspürte er an diesem Abend keine Schmerzen. In den nächsten Tagen verfolgte er die Sache in den Zeitungen mit innerlichem Jubel. Der

Schneemann. Diesen Namen hatten sie ihm gegeben. Einen Namen, der in Erinnerung bleiben würde. Er hatte ja nicht geahnt, dass ein paar gedruckte Buchstaben in einer Zeitung ihm ein derartiges Gefühl von Macht und Bedeutung schenken würden. Fast bereute er, all die Jahre im Verborgenen gearbeitet zu haben. Und es war so leicht gewesen! Er hatte tatsächlich die ganze Zeit an die Worte von Gert Rafto geglaubt, ein guter Ermittler fand den Mörder immer. Doch als er Harry Hole traf, fiel ihm nur die Frustration in dem erschöpften Gesicht des Polizisten auf. Es war das Gesicht eines Mannes, der nichts verstand.

Daher traf es Mathias wie ein Blitz aus heiterem Himmel, als Harry seinen nächsten Schachzug vorbereitete: Idar Vetlesen. Der rief ihn an und erzählte, Hole habe ihn aufgesucht, Fragen über Arve Støp gestellt und ihn selbst mit der Sache in Verbindung gebracht. Auch Idar fragte sich, wie das angehen konnte. Die Wahl der Opfer konnte unmöglich Zufall sein. Abgesehen von Støp und Idar war Mathias der Einzige, der die Familienverhältnisse kannte, immerhin hatte er ihm ja bei der Diagnose geholfen.

Idar war natürlich schrecklich aufgeregt, aber Mathias behielt einen klaren Kopf, bat ihn, Stillschweigen zu bewahren und ihn an einem Ort zu treffen, an dem sie mit Sicherheit ungestört waren.

Mathias begann bei diesen Worten vor Anspannung fast zu lachen, schließlich war das genau die Falle, in die er auch seine weiblichen Opfer gelockt hatte.

Idar schlug die Räumlichkeiten des Curlingclubs vor. Mathias legte auf und überlegte.

Letzlich kam er zu dem Schluss, dass er es tatsächlich so aussehen lassen konnte, als sei Idar der Schneemann. Auf diese Art konnte er sich selbst ein bisschen mehr Ruhe für seine weitere Arbeit verschaffen.

Die nächsten Stunden verwendete er auf die detaillierte Planung von Idars Selbstmord, und obwohl er seinen Freund in vielerlei Hinsicht schätzte, fand er diese Gedanken seltsam erregend und inspirierend. Wie auch die Planung seines großen Projekts. Der letzte Schneemann. Sie sollte – wie er selbst am Tag des ersten Schnees vor vielen Jahren – auf den Schultern des Schneemanns sitzen, die Kälte zwischen ihren Schenkeln spüren und durch das Fenster den Verrat sehen, den Mann, der ihren Tod bedeutete: Harry Hole. Er schloss die Augen und sah die Schlinge über ihrem Kopf. Sie glühte und glänzte. Wie ein falscher Heiligenschein.

Kapitel 34

21. Tag. Sirenen

In der Garage des Anatomischen Instituts stieg Harry in seinen Wagen. Schloss die Tür und die Augen und versuchte, die Gedanken in seinem Kopf zu ordnen. Als Erstes musste er herausfinden, wo Mathias war.

Da er die Nummer im Handy gelöscht hatte, musste er die Auskunft anrufen, um Adresse und Telefonnummer zu bekommen. Als er die Ziffernfolge eingegeben hatte und dem Freizeichen lauschte, spürte er, wie rasch und erregt sein Atem ging. Er holte tief Luft und versuchte, sich wieder etwas zu beruhigen.

»Hallo, Harry.« Mathias' Stimme war leise, klang aber freundlich überrascht, wie immer, wenn er ihn anrief.

»Tut mir leid, dass ich dir so auf der Pelle rücke«, begann Harry.

»Aber das macht doch nichts, Harry.«

»Gut. Wo bist du gerade?«

»Ich bin zu Hause. Ich wollte gerade runter zu Rakel und Oleg.«

»Schön. Ich hab nämlich überlegt, ob nicht doch du Oleg dieses Geschenk geben könntest.«

Es entstand eine Pause. Harry biss die Zähne so fest zusammen, dass es knirschte.

»Natürlich«, meinte Mathias. »Aber Oleg ist jetzt zu Hause, du könntest es ihm doch selbst ...«

»Rakel ...«, begann Harry. »Wir ... ich habe keine Lust, sie heute zu sehen. Kann ich nicht eben schnell bei dir vorbeikommen?«

Wieder eine Pause. Er drückte sich das Handy ans Ohr und lauschte angestrengt, als könnte er auf diese Art hören, was Mathias dachte. Doch es waren nur Atemgeräusche und die leise Musik im Hintergrund wahrzunehmen. Irgendein minimalistisches, japanisches Glockenspiel. Er stellte sich Mathias in einer kühlen, ebenso minimalistisch eingerichteten Wohnung vor. Vielleicht nicht groß, aber ordentlich, ein Ort, an dem nichts dem Zufall überlassen blieb. Vermutlich hatte er jetzt ein hellblaues, neutrales Hemd angezogen und die Wunde an der Seite frisch bandagiert. Denn er hatte seine Arme beim letzten Mal nicht so sorgfältig vor der Brust verschränkt, um das Fehlen von Brustwarzen zu verbergen, sondern damit Harry die Verletzung nicht bemerkte, die er durch Sylvias Beil erlitten hatte.

»Klar, kein Problem«, nickte Mathias.

Die Musik im Hintergrund hatte jetzt aufgehört.

»Danke.« Harry war sich nicht sicher, ob seine Stimme natürlich klang. »Ich beeile mich, aber du musst mir versprechen, dass du auf mich wartest.«

»Geht schon in Ordnung«, antwortete Mathias. »Aber Harry ...?«

»Ja?« Harry hielt die Luft an.

»Hast du denn meine Adresse?«

»Ja, Rakel hat sie mir gegeben.«

Harry verfluchte sich innerlich. Warum hatte er nicht einfach gesagt, dass er die Auskunft angerufen hatte, das war doch ganz normal.

»Tatsächlich?«, fragte Mathias.

»Ja.«

»Okay«, beendete Mathias das Gespräch. »Komm einfach rein, die Tür ist nicht abgeschlossen.«

Harry legte auf und starrte auf sein Handy. Er hatte keine rationale Erklärung dafür, warum er plötzlich glaubte, dass die Zeit knapp wurde und er um sein Leben rennen musste, bevor alles dunkel wurde. Schließlich überzeugte er sich selbst davon, dass er sich das alles nur einbildete. Bestimmt war das nur die Angst, dieses sinnlose Gefühl, das sich regelmäßig einstellte, wenn sich die Nacht über das Land senkte und man den Hof der Großmutter nicht mehr sehen konnte.

Er wählte eine andere Nummer.

»Ja?« Hagens Stimme klang monoton und leblos. Seine Kündigungsstimme, dachte Harry.

»Lass den Papierkram liegen«, befahl Harry. »Du musst sofort den Diensthabenden anrufen, ich brauche dringend eine Bewaffnungserlaubnis. Verhaftung eines Mordverdächtigen in der Åsengata 12 in Torshov.«

»Harry …«

»Hör mir zu. Der Leichnam von Sylvia Ottersen liegt im Anatomischen Institut. Katrine ist nicht der Schneemann. Hast du verstanden?«

Pause.

»Nein«, gab Hagen ehrlich zu.

»Der Schneemann ist ein Dozent aus dem Institut. Mathias Lund-Helgesen.«

»Lund-Helgesen? Das ist doch … Du meinst den …?«

»Ja, den Arzt, der uns so nett dabei geholfen hat, die Schuld auf Idar Vetlesen zu schieben.«

Plötzlich kam wieder Leben in Hagens Stimme: »Der Diensthabende wird fragen, ob der Tatverdächtige bewaffnet ist.«

»Tja«, meinte Harry lakonisch. »Soweit wir wissen, hat er bei seinen zehn, zwölf Morden bisher nie eine Schusswaffe benutzt.«

Es vergingen ein paar Sekunden, bis Hagen den Sarkasmus erkannte. »Ich ruf ihn sofort an«, versprach er.

Harry legte auf und drehte den Zündschlüssel, während er mit der anderen Hand Magnus Skarres Nummer wählte. Skarre und der Motor antworteten synchron.

»Noch immer in Tryvann?«, rief Harry durch den Motorenlärm.

»Ja.«

»Lass alles stehen und liegen und setz dich ins Auto. Warte an der Kreuzung Åsengata-Vogts gata auf mich. Verhaftung.«

»Ist wieder die Hölle los, was?«

»Ja«, erwiderte Harry. Das Gummi schrie auf dem Beton, als er die Kupplung kommen ließ.

Er dachte an Jonas. Aus irgendeinem Grund musste er an Jonas denken.

Einer der sechs Streifenwagen, die Harry von der Einsatzzentrale angefordert hatte, wartete bereits am Beginn der Åsengata, als er sich über die Vogts gata aus Richtung Storo näherte. Harry parkte auf dem Bürgersteig, stieg aus und ging zu den wartenden Polizisten. Sie ließen die Scheibe herunter und reichten Harry das Funkgerät, um das er gebeten hatte.

»Machen Sie den Mixer aus«, befahl Harry und zeigte auf das rotierende Blaulicht. Dann drückte er den Sprechknopf und forderte die anderen Streifenwagen auf, Blaulicht und Sirenen schon weit vor ihrem Bestimmungsort auszuschalten.

Vier Minuten später waren sechs Wagen an der Kreuzung versammelt. Die Polizisten, unter ihnen Skarre und Ola Li vom Dezernat für Gewaltverbrechen, standen um den Wagen von Harry herum, der mit einer Karte auf dem Schoß in der Tür saß und das weitere Vorgehen erläuterte.

»Li, du riegelst mit drei Wagen alle möglichen Fluchtwege ab. Hier, hier und hier.«

Li beugte sich über die Karte und nickte.

Harry wandte sich an Skarre. »Was ist mit dem Hausmeister?«

Skarre reichte ihm das Telefon. »Hab ihn gerade an der Strippe. Er ist auf dem Weg nach unten, um die Tür aufzuschließen.«

»Okay. Du kriegst sechs Mann, um unten im Hausflur, auf der Hintertreppe und wenn möglich auf dem Dach Stellung zu beziehen. Und du gibst mir Rückendeckung. Ist der Deltawagen schon da?«

»Hier.« Zwei der Beamten, die sich von den anderen äußerlich nicht unterschieden, meldeten sich. Die Einsatztruppe Delta war für diese Art von Einsätzen besonders trainiert.

»Okay, beziehen Sie jetzt sofort vor dem Eingang des Hauses Stellung. Sind alle bewaffnet?«

Die Polizisten nickten, einige hielten bereits die MP5-Maschinenpistolen in der Hand, die normalerweise im Kofferraum blieben. Die anderen hatten ihre Dienstrevolver. Dass nicht alle über die gleichen Waffen verfügten, war eine reine Budgetfrage, hatte ihnen der Polizeipräsident einmal erklärt.

»Lund-Helgesen wohnt im dritten Stock, hat der Hausmeister gesagt«, erläuterte Skarre und ließ das Handy in seine Jackentasche gleiten. »Es gibt aber nur eine Wohnung pro Stockwerk und keinen Ausgang zum Dach. Um zur Hintertreppe zu kommen, müsste er erst rauf in den vierten Stock und dann durch einen verschlossenen Dachboden.«

»Gut«, sagte Harry. »Dann schick auch noch zwei Mann die Hintertreppe hoch, die sollen auf dem Dachboden Stellung beziehen.«

»Okay.«

Harry nahm die beiden Polizisten mit, die mit dem ersten Streifenwagen gekommen waren. Ein älterer Beamter und ein junger, pickliger Mann, die beide schon einmal mit Skarre gearbeitet hatten. Statt in die Åsengata 12 zu gehen, verschwanden sie im Haus vis-à-vis.

Die beiden kleinen Jungen der Familie Stigson aus dem dritten Stock starrten die uniformierten Männer mit großen Augen an, während Harry ihrem Vater erklärte, warum sie ihre Wohnung für eine Weile brauchten. Er ging ins Wohnzimmer, schob das Sofa vom Fenster weg und nahm die Wohnung auf der anderen Seite ins Visier.

»Im Wohnzimmer brennt Licht«, rief er.

»Da sitzt jemand.« Der ältere Beamte hatte sich hinter ihn gestellt.

»Wenn ich richtig informiert bin, nimmt die Sehkraft nach dem fünfzigsten Lebensjahr etwa um dreißig Prozent ab«, bemerkte Harry.

»Ich bin doch nicht blind. Da, in dem großen Sessel, der mit der Lehne zu uns steht. Man kann von hier aus den Hinterkopf erkennen und eine Hand auf der Lehne.«

Harry kniff die Augen zusammen. Verdammt, brauchte er etwa eine Brille? Na ja, wenn der Alte das zu sehen glaubte, sah er es wohl auch.

»Dann bleiben Sie hier und melden es uns über Funk, wenn er sich bewegt. Okay?«

»Okay«, antwortete der andere lächelnd.

Harry nahm den jüngeren Beamten mit.

»Wer sitzt denn in der Wohnung da drüben?«, rief der andere laut, um ihr Fußgetrappel auf der Treppe zu übertönen.

»Schon mal vom Schneemann gehört?«

»Oh, verdammt!«

»Das können Sie laut sagen.«

Sie spurteten über die Straße zum anderen Haus, wo der Hausmeister, Skarre und fünf Uniformierte vor der Tür warteten.

»Ich habe aber keinen Wohnungsschlüssel, nur den hier für die Haustür.«

»Das ist schon in Ordnung«, meinte Harry. »Wir klingeln erst. Und wenn er nicht öffnet, verschaffen wir uns eben anderweitig Zutritt. Halten Sie alle Ihre Waffen bereit und machen Sie so wenig Lärm wie möglich. Okay? Delta, Sie kommen mit mir ...«

Harry nahm Katrines Smith & Wesson und bedeutete dem Hausmeister, dass er die Tür aufschließen sollte.

Gemeinsam mit den beiden mit MP5s bewaffneten Delta-Beamten schlich Harry die Treppe hoch, drei Stufen auf einmal. Im dritten Stock blieben sie vor einer blauen Tür ohne Namensschild stehen. Einer der Beamten legte sein Ohr an die Tür, drehte sich zu Harry um und schüttelte den Kopf. Harry hatte die Lautstärke seines Funkgeräts ganz leise gestellt und hob es jetzt an die Lippen.

»Alpha an ...« Harry hatte keine Codenamen verteilt und erinnerte sich nicht an den Vornamen. »... an den Posten am Fenster hinter dem Sofa. Hat sich das Objekt bewegt? Over.«

Er ließ den Knopf los, und das Gerät begann leise zu knistern. Dann meldete sich eine Stimme.

»Er sitzt noch immer im Sessel.«

»Verstanden. Wir gehen jetzt rein. Over und aus.«

Der eine Delta-Beamte nickte und zog sein Brecheisen, während der andere einen Schritt zurücktrat und sich bereit machte.

Harry hatte diese Technik schon einmal bewundern können: Der eine hebelte die Tür auf, woraufhin der andere sie ohne großen Kraftaufwand eintrat. Das Brecheisen allein hätte auch schon gereicht, aber der Effekt aus Lärm, Kraft und Geschwindigkeit führte dazu, dass das Zielobjekt in neun von zehn Fällen wie gelähmt stehen oder liegen blieb.

Trotzdem hob Harry abwehrend die Hände, drückte nur die Klinke herunter und schob die Tür auf.

Mathias hatte nicht gelogen: Sie war unverschlossen und glitt lautlos auf. Harry deutete sich auf die Brust, um den anderen zu verstehen zu geben, dass er selbst als Erster eintreten wollte.

Die Wohnung war nicht so minimalistisch eingerichtet, wie Harry erwartet hatte.

Besser gesagt, sie war gar nicht eingerichtet, sondern vollkommen leer: keine Kleider im Flur, keine Möbel, keine Bilder. Nur nackte Wände, die nach einer neuen Tapete oder einem Eimer Farbe schrien. Es sah aus, als würde hier schon lange niemand mehr wohnen.

Die Tür zum Wohnzimmer stand einen Spaltbreit offen, so dass Harry die Armlehne des Sessels und die Hand erkennen konnte. Eine schmale Hand mit einer Uhr. Er hielt die Luft an, machte zwei ausladende Schritte, streckte den Revolver vor sich und schob die Wohnzimmertür mit dem Fuß auf.

Er spürte, wie die beiden anderen, die sich am Rand seines Blickfeldes bewegt hatten, erstarrten.

Einer von ihnen flüsterte kaum hörbar: »Mein Gott ...«

Ein großer Kronleuchter hing über dem Sessel und warf sein Licht auf die Person, die dort saß und sie ansah. Am Hals hatte sie blaue Würgemale, ihr Gesicht war blass und schön, die Haare schwarz und das Kleid himmelblau mit kleinen weißen Blumen. Das gleiche Kleid wie auf dem Kalenderbild in Harrys Küche. Er spürte, wie es ihm das Herz zerriss, während der Rest seines Körpers zu Stein erstarrte. Er versuchte, sich zu bewegen, doch es gelang ihm nicht, sich von ihrem gebrochenen Blick loszureißen. Diese gebrochenen, vorwurfsvollen Augen, die ihn anklagten, nichts unternommen zu haben, nicht die richtigen Gedanken gedacht zu haben, dem Spiel kein Ende bereitet und sie nicht gerettet zu haben.

Sie war genauso weiß wie damals die Leiche seiner Mutter.

»Durchsuchen Sie auch noch die anderen Zimmer«, befahl Harry mit belegter Stimme und ließ den Revolver sinken.

Taumelnd trat er einen Schritt vor und legte die Finger auf ihr Handgelenk. Es war eiskalt und leblos, wie Marmor. Dennoch konnte er ein Ticken spüren, einen schwachen Puls. Einen absurden Augenblick lang dachte er, man hätte sie bloß wie eine Tote geschminkt. Dann senkte er den Blick und erkannte, dass es nur ihre tickende Uhr war.

»Die Wohnung ist leer«, hörte er einen der Beamten hinter sich. Gefolgt von einem Räuspern. »Wissen Sie, wer das ist?«

»Ja«, bestätigte Harry und fuhr mit dem Finger über das Glas der Armbanduhr, die er noch vor wenigen Stunden in der Hand gehabt hatte. Die Uhr, die in seinem Schlafzimmer liegen geblieben war. Und die er im Nistkasten deponiert hatte, weil Rakels Freund sie an diesem Abend ausführen wollte. Um zu feiern, dass sie zwei von jetzt ab eins waren.

Harry sah ihren Blick, die vorwurfsvollen, anklagenden Augen.

Ja, dachte er, schuldig in allen Punkten.

Skarre war in die Wohnung gekommen und starrte über Harrys Schulter auf die tote Frau im Wohnzimmersessel. Neben ihm standen die beiden Delta-Beamten.

»Erwürgt?«, erkundigte er sich.

Harry machte keine Anstalten zu antworten oder sich zu bewegen. Der eine Träger des hellblauen Kleides war ihr von der Schulter gerutscht.

»Ungewöhnlich, so ein Sommerkleid im Dezember«, bemerkte Skarre zu sich selbst.

»Das macht sie immer so«, erwiderte Harry mit einer Stimme, die von weit weg zu kommen schien.

»Wer?«, hakte Skarre nach.

»Rakel.«

Der Beamte zuckte zusammen. Er kannte Harrys Ex aus der Zeit, als sie noch bei der Polizei gearbeitet hatte. »Ist ... ist das ... Rakel? Aber ...?«

»Das ist ihr Kleid«, nickte Harry. »Und ihre Uhr. Er hat sie angezogen wie Rakel. Aber die Frau, die hier sitzt, ist Birte Becker.«

Skarre starrte schweigend auf die Tote. Sie unterschied sich von jeder anderen Leiche, die er bisher gesehen hatte – sie war kreideweiß und irgendwie aufgedunsen.

»Kommen Sie mit«, befahl Harry den beiden Männern der Einsatztruppe, ehe er sich Skarre zuwandte: »Du bleibst hier und sicherst die Wohnung. Ruf die Spurensicherung oben in Tryvann an und gib ihnen Bescheid, dass hier schon der nächste Job auf sie wartet.«

»Und was machst du?«

»Tanzen«, sagte Harry.

Als die Schritte der drei Männer auf der Treppe verhallt waren, wurde es still in der Wohnung. Wenige Sekunden später konnte

Skarre hören, wie ein Wagen gestartet wurde und dann mit quietschenden Reifen über die Vogts gata davonraste.

Rhythmisch glitt das blaue Licht über die Straße. Harry saß auf dem Beifahrersitz, hielt sich das Handy ans Ohr und lauschte dem Freizeichen. Am Spiegel hingen zwei bikinitragende Püppchen, die zum verzweifelten Klagelied der Sirene tanzten, während der Streifenwagen im Slalom zwischen den Autos auf dem Ring 3 hindurchkurvte.

Bitte, flehte Harry innerlich, bitte geh ran, Rakel.

Er starrte auf die metallenen Tänzerinnen unter dem Spiegel und fühlte sich in diesem Moment wie eine von ihnen: Er tanzte willenlos nach der Pfeife eines anderen, wie die komische Figur einer Farce, die immer zwei Schritte hinterherhinkt, immer etwas zu spät durch irgendwelche Türen platzt und vom Gelächter des Publikums empfangen wird.

Harry konnte sich nicht mehr beherrschen. »Verdammt! Verdammte Scheiße!«, brüllte er und pfefferte das Handy gegen die Windschutzscheibe. Es rutschte vom Armaturenbrett und fiel auf die Schwelle der Tür. Der Beamte hinterm Steuer tauschte über den Rückspiegel einen Blick mit seinem Kollegen.

»Machen Sie die Sirene aus«, kommandierte Harry.

Es wurde still.

Da wurde Harry auf ein Geräusch aufmerksam, das von unten kam.

Er riss das Telefon an sich.

»Hallo?«, rief er. »Hallo, Rakel? Bist du zu Hause?«

»Natürlich, du hast doch die Festnetznummer angerufen.« Es war ihre Stimme. Weich und ruhig, belustigt. »Stimmt was nicht?«

»Ist Oleg auch zu Hause?«

»Ja«, erwiderte sie. »Er sitzt hier in der Küche und isst gerade. Wir warten auf Mathias. Was ist denn los, Harry?«

»Hör mir jetzt genau zu, Rakel. Hörst du?«

»Du machst mir Angst, Harry, was ist denn los?«

»Mach die Kette vor die Tür.«

»Warum das denn? Es ist abgeschlossen und …«

»Mach die Kette vor, Rakel!«, brüllte Harry.

»Okay, okay!«

Sie sagte etwas zu Oleg, dann hörte er das Scharren von Stuhlbeinen über den Boden, gefolgt von Schritten. Als sich ihre Stimme wieder meldete, klang sie etwas zittrig.

»Aber jetzt erzählst du mir bitte, was los ist, Harry.«

»Ja, mache ich, aber erst musst du mir versprechen, dass du Mathias unter keinen Umständen ins Haus lässt.«

»Mathias? Bist du betrunken, Harry? Du hast kein Recht, so zu ...«

»Mathias ist gefährlich, Rakel. Ich sitze in einem Polizeiwagen zusammen mit zwei anderen Beamten und wir sind gerade auf dem Weg zu dir. Den Rest erklär ich dir später, aber jetzt geh ans Fenster und schau nach draußen. Siehst du was?«

Er merkte, dass sie zögerte. Aber er sagte nichts mehr, wartete bloß, denn er war plötzlich ganz sicher, dass sie ihm vertraute, ihm glaubte, und dass sie das immer getan hatte.

Sie fuhren gerade auf den Nydalentunnel zu. Am Rand türmte sich der Schnee wie grauweiße Wolle. Dann war ihre Stimme wieder da.

»Ich sehe nichts. Aber im Grunde weiß ich ja auch nicht, wonach ich Ausschau halten soll.«

»Dann siehst du also keinen Schneemann?«, vergewisserte sich Harry leise.

Ihrem Schweigen entnahm er, dass ihr langsam die ganze Wahrheit dämmerte.

»Sag, dass das nicht wahr ist, Harry«, flüsterte sie. »Sag, dass das nur ein böser Traum ist.«

Er schloss die Augen und fragte sich, ob sie recht haben konnte. Sah Birte Becker vor sich im Sessel. Bestimmt war es nur ein böser Traum.

»Ich hab deine Uhr in den Nistkasten gelegt«, erklärte er.

»Da war sie aber nicht drin, die ...«, begann sie, hielt inne und stöhnte auf: »Oh, mein Gott!«

Kapitel 35

21. Tag. Monster

Von der Küche aus konnte Rakel alle drei Richtungen überblicken, aus denen man sich dem Haus nähern konnte. Hinter dem Haus befand sich eine fast senkrechte Böschung, über die man nicht hinabklettern konnte, schon gar nicht bei diesem Neuschnee. Sie ging von Fenster zu Fenster. Sah hinaus und überprüfte, ob alle richtig verriegelt waren. Ihr Vater hatte das Haus kurz nach dem Krieg gebaut und alle Fenster sehr hoch anbringen und vergittern lassen. Sie wusste, dass das mit seinen Kriegserlebnissen zu tun hatte, mit dem Russen, der sich bei Leningrad in den Bunker geschlichen und all seine schlafenden Kameraden erschossen hatte. Nur ihr Vater hatte überlebt, denn er hatte so dicht bei der Tür gelegen und so erschöpft geschlafen, dass er nur verwundert auf die leeren Patronenhülsen starren konnte, als er vom Alarm geweckt wurde. »Das war die letzte Nacht meines Lebens, in der ich gut geschlafen habe«, behauptete er. Trotzdem hatte sie diese Gitter immer gehasst. Bis heute.

»Kann ich nicht auf mein Zimmer gehen?«, bat Oleg und trat gegen das Bein des großen Küchentisches.

»Nein«, verbot Rakel. »Du bleibst hier.«

»Was hat Mathias denn gemacht?«

»Harry wird uns das erklären, wenn er da ist. Bist du sicher, dass du die Kette auch richtig festgemacht hast?«

»Ja, Mama. Ich wünschte, Papa wäre hier.«

»Papa?« Dieses Wort hatte sie ihn noch nie benutzen hören. Abgesehen von den Momenten, in denen er damit Harry gemeint hatte, aber das lag Jahre zurück. »Meinst du deinen Vater in Russland?«

»Das ist nicht mein Papa.«

Die Gewissheit, mit der er das sagte, jagte ihr einen kalten Schauer über den Rücken.

»Die Kellertür!«, rief sie plötzlich erschrocken.

»Was?«

»Mathias hat auch einen Schlüssel für die Kellertür! Was sollen wir tun?«

»Kein Problem«, meinte Oleg und trank sein Wasser aus. »Du musst einen der Kellerstühle unter der Klinke verkeilen. Die passen genau in der Höhe, dann hat er keine Chance ins Haus zu kommen.«

»Hast du das schon mal ausprobiert?«, fragte sie überrascht.

»Harry hat das mal gemacht, als wir gespielt haben.«

»Bleib hier sitzen«, befahl sie und ging über den Flur zur Kellertreppe.

»Warte.«

Sie blieb stehen.

»Ich hab genau zugesehen, wie er das damals gemacht hat«, erklärte Oleg und stand auf. »Bleib du hier, Mama.«

Sie sah ihn an. Mein Gott, wie er in diesem Jahr gewachsen war, er war fast schon größer als sie. In seinem dunklen Blick war bald auch der letzte Rest von Kindlichkeit einem Ausdruck gewichen, der im Moment wohl noch hauptsächlich jugendlichem Trotz zuzuschreiben war, in dem sie allerdings schon die Entschlossenheit des Erwachsenen erkennen konnte.

Sie zögerte.

»Lass mich das machen«, bat er.

Seine Stimme klang flehend. Und sie spürte, wie viel ihm diese Sache bedeutete. Es war wie ein Aufbegehren gegen seine kindliche Angst. Ein Initiationsritus. Ein Versuch, wie sein Vater zu sein, wen auch immer er dafür hielt.

»Aber beeil dich«, flüsterte sie.

Oleg rannte zur Kellertreppe.

Sie stellte sich ans Fenster und starrte hinaus. Horchte nach einem Auto in der Einfahrt und hoffte, dass Harry als Erster eintreffen würde. Sie wunderte sich, wie still es war. Und hatte keine Ahnung, woher der nächste Gedanke kam: Wie viel stiller es wohl noch werden würde?

Doch da drang plötzlich ein Geräusch an ihr Ohr. Ein ganz leises. Erst dachte sie, es käme von draußen. Dann hörte sie es direkt hinter sich. Sie fuhr herum, konnte aber nichts entdecken, nur die leere Küche. Doch da – da war es wieder! Wie das schwere Ticken einer Uhr. Oder ein Finger, der auf eine Tischplatte trommelt. Der Tisch. Sie riss die Augen auf. Daher kam das Geräusch. Und dann sah sie es. Ein Tropfen war auf die Tischplatte geklatscht. Langsam hob sie den Blick. Mitten auf der weißen Zimmerdecke hatte sich ein dunklerer Kreis gebildet, in dessen Mitte ein blanker Tropfen hing. Als er herunterfiel, landete er leise platschend auf der Tischplatte. Rakel sah es geschehen, zuckte bei dem Geräusch aber trotzdem zusammen wie bei einer unerwarteten Ohrfeige.

Mein Gott, das musste aus dem Badezimmer kommen! Konnte sie wirklich vergessen haben, die Dusche zuzudrehen? Aber das musste sie dann bereits am Morgen vergessen haben, denn nach der Arbeit hatte sie gleich mit dem Kochen angefangen und war gar nicht mehr oben gewesen. Logisch, so etwas musste natürlich ausgerechnet jetzt passieren!

Hastig lief sie die Treppe hoch zum Badezimmer. Allerdings konnte sie kein Wasser laufen hören. Sie öffnete die Tür. Trockener Boden. Kein Wasser. Sie machte die Tür wieder zu und blieb ein paar Sekunden vor dem Badezimmer stehen. Dann glitt ihr Blick zur Schlafzimmertür direkt nebenan. Langsam setzte sie einen Fuß vor den anderen. Legte die Hand auf die Klinke. Zögerte. Lauschte noch einmal, ob sie nicht ein Auto höre. Dann öffnete sie die Tür. Sie stand da und starrte ins Zimmer. Am liebsten hätte sie losgeschrien, doch sie wusste instinktiv, dass sie diesem Impuls nicht nachgeben durfte. Sie musste still sein, ganz still.

»Scheiße, Scheiße!«, brüllte Harry und hämmerte mit der Faust auf das Armaturenbrett, dass es nur so bebte. »Was geht denn hier ab?«

Vor dem Tunnel stand der Verkehr vollkommen still. Und das schon seit zwei langen Minuten.

Die Antwort kam noch in der gleichen Sekunde über den Polizeifunk: »Kollision auf Ring 3 bei der Ausfahrt aus der linken Tunnelröhre bei Tåsen. Keine Verletzten. Der Abschleppwagen ist schon unterwegs.«

Einer Eingebung folgend, riss Harry das Mikro an sich: »Wissen Sie, wer da zusammengestoßen ist?«

»Zwei PKWs, beide mit Sommerreifen«, kam es ebenso lakonisch wie nasal aus dem Funkgerät.

»Wenn's im November schneit, gibt's immer Chaos«, kommentierte der Beamte vom Rücksitz.

Harry antwortete nicht, sondern trommelte nur mit den Fingern aufs Armaturenbrett. Er fragte sich, welche Alternativen er hatte. Vor und hinter ihnen war eine Wand aus Autos, da halfen auch keine Blaulichter oder Sirenen.

Er konnte höchstens aus dem Wagen springen, zum Ende des Tunnels rennen und sich einen anderen Streifenwagen dorthin bestellen, aber das waren fast zwei Kilometer.

Es war mucksmäuschenstill im Wagen, nur die im Leerlauf brummenden Motoren waren zu hören. Der Lieferwagen vor ihnen rollte einen Meter weiter, und der Beamte folgte seinem Vorbild und bremste erst, als er wieder Stoßstange an Stoßstange mit dem anderen stand. Er fürchtete wohl, aggressiv fahren zu müssen, um den Hauptkommissar von einer weiteren Explosion abzuhalten. Wegen der plötzlichen Bremsung stießen die zwei Metallnixen munter klirrend aneinander.

Harry dachte wieder an Jonas. Warum fiel ihm der Junge immer wieder ein? Warum hatte er an Jonas denken müssen, als er mit Mathias telefonierte? Es musste mit diesem Geräusch zu tun haben. Diesem Geräusch im Hintergrund.

Noch einmal starrte Harry die beiden Tänzerinnen am Rückspiegel an. Und dann dämmerte es ihm.

Jetzt wusste er, warum er an Jonas hatte denken müssen. Jetzt wusste er, woher dieses Geräusch kam, und dass er keine Sekunde mehr zu verlieren hatte. Oder – und diesen Gedanken versuchte er zu verdrängen – dass sie es vielleicht auch überhaupt nicht mehr eilig hatten. Dass es längst zu spät war.

Ohne nach rechts oder links zu blicken, ging Oleg rasch durch den dunklen Kellerflur, denn er wusste, dass die weißen Salzausdünstungen bleiche Gespenster an die Kellerwände zeichneten. Er versuchte, sich auf seine Aufgabe zu konzentrieren und an nichts anderes zu denken. Keine falschen Gedanken zuzulassen. Schließlich hatte Harry immer gesagt, man könne die einzigen Monster, die es gab – nämlich die in seinem eigenen Kopf –, überwinden. Aber das wollte trainiert sein. Man musste sich ihnen stellen und so oft es ging mit ihnen kämpfen. Kleine Gefechte, ie man gewinnen konnte, bevor man nach Hause ging, seine Wunden verpflasterte und aufs Neue in den Kampf zog. Und das hatte er auch getan, er war schon oft allein im Keller gewesen. Und er musste ja auch häufig hier herunterkommen, schließlich sollten seine Schlittschuhe im Kalten liegen.

Er packte den Gartenstuhl und zog ihn lärmend hinter sich her, um die Stille zu vertreiben. Erst überprüfte er, ob die Kellertür auch wirklich abgeschlossen war, dann schob er den Stuhl unter die Klinke und versicherte sich, dass sie auch blockiert war. So. Plötzlich erstarrte er. Hatte er da nicht etwas gehört? Er blickte zu dem kleinen Glasfenster in der Kellertür hoch und konnte seine Ängste mit einem Mal nicht mehr länger zurückhalten, jetzt stürmten sie auf ihn ein. Da draußen stand jemand. Er wollte wieder nach oben rennen, zwang sich aber, stehen zu bleiben. Bekämpfte seine ängstlichen Gedanken mit anderen Gedanken. Ich bin drinnen, dachte er. Ich bin hier unten genauso sicher wie da oben. Er hielt die Luft an und spürte sein Herz in der Brust schlagen wie eine Basstrommel. Dann beugte er sich vor und äugte durch das kleine Fenster. Er sah das Spiegelbild seines eigenen Gesichts, doch darüber erkannte er noch ein anderes Gesicht, eine verzerrte Fratze, die nicht ihm gehörte. Und er sah Hände, Monsterhände, die hinter ihm in die Höhe zuckten. Oleg schreckte entsetzt zurück. Stieß gegen etwas und spürte Finger, die sich über sein Gesicht und seinen Mund legten. Er konnte nicht mehr schreien. Dabei wollte er schreien. Wollte laut herausschreien, dass dieses Monster nicht bloß in seinen Gedanken war, dass es echt war, dass es hier war, hier drinnen. Und dass sie alle sterben mussten.

»Er ist im Haus«, verkündete Harry.

Die zwei Beamten sahen ihn verständnislos an, als Harry auf die Wahlwiederholung des Handys drückte. »Ich hab es für japanische Musik gehalten, dabei war es ein Metallmobile. So eines, wie Jonas es in seinem Zimmer hat. Oleg hat auch so eins. Mathias war die ganze Zeit da. Dabei hat er es mir sogar noch angekündigt ...«

»Wie meinen Sie das?«, wagte der Beamte auf dem Rücksitz zu fragen.

»Er hat gesagt, er sei zu Hause. Und das ist jetzt ja im Holmenkollveien. Er hat mir sogar mitgeteilt, dass er gerade zu Oleg und Rakel runterwollte. Ich hätte das verstehen müssen, der Holmenkollen ist doch von Torshov aus gesehen oben. Er war oben im Haus im Holmenkollveien. Auf dem Weg nach unten. Wir müssen sie aus dem Haus holen, so schnell wie möglich. Jetzt geh schon dran, verdammt!«

»Vielleicht ist sie nicht in der Nähe des ...«

»Mann, es gibt vier Telefone in diesem Haus. Er hat die Verbindung unterbrochen. Ich muss sofort dorthin!«

»Wir schicken einen anderen Streifenwagen«, schlug der Fahrer vor.

»Nein!«, lehnte Harry ab. »Es ist sowieso zu spät. Er hat sie. Und wir haben nur noch eine einzige Chance: dass das letzte Teilchen seines Puzzles fehlt. Ich.«

»Sie?«

»Ja, ich bin auch ein Teil seines Plans.«

»Dass Sie *kein* Teil seines Plans sind, meinen Sie wohl?«

»Nein, dass ich dazugehöre, dass er auf mich wartet.«

Die zwei Polizisten wechselten bedeutungsvolle Blicke, während sich von hinten ein dröhnendes Motorrad näherte, das sich langsam einen Weg durch den Stau bahnte.

»Und Sie glauben, das tut er?«

»Ja«, bestätigte Harry, blickte in den Außenspiegel, sah das Motorrad näher kommen, und dachte, dass er keine andere Antwort geben konnte. Denn es war die einzige, die ihm noch Hoffnung ließ.

Oleg wehrte sich mit aller Kraft, erstarrte aber augenblicklich unter dem eisernen Griff des Monsters, als er den kalten Stahl an seiner Kehle spürte.

»Das ist ein Skalpell, Oleg.« Das Monster hatte Mathias' Stimme. »Wir benutzen das, um Menschen aufzuschneiden. Du glaubst ja gar nicht, wie leicht das geht.«

Dann bat ihn das Monster, den Mund aufzumachen, knebelte ihn mit einem dreckigen Lappen und befahl ihm, sich bäuchlings auf den Boden zu legen, die Hände auf dem Rücken. Als Oleg nicht gleich gehorchte, schob sich der Stahl hinter sein Ohr, und er spürte sein warmes Blut kitzelnd über die Schulter und unter sein T-Shirt fließen. Er legte sich auf den eiskalten Zementboden, und das Monster setzte sich auf ihn. Eine rote Schachtel landete neben seinem Gesicht auf dem Boden. Oleg las die Aufschrift auf der Verpackung. Es waren diese Plastikriemen, diese Strips, die man manchmal an Verpackungen fand und die man nur immer enger stellen konnte und nie wieder aufbekam. Und durchreißen konnte man sie erst recht nicht, so dünn sie auch waren. Dann spürte er auch schon, wie das scharfe Plastik in die Haut seiner Handgelenke und Knöchel schnitt.

Er wurde hochgehoben und wieder fallen gelassen und kam gar nicht dazu, auf die Schmerzen zu warten, als er weich und knirschend landete. Er starrte nach oben. Er lag auf dem Rücken in der Tiefkühltruhe, spürte die Eispartikel, die sich an der Seitenwand gelöst hatten und auf der Haut seiner Unterarme und seines Gesichts brannten. Das Monster beugte sich über ihn und neigte den Kopf leicht zur Seite.

»Lebwohl«, sagte er. »Wir sehen uns bald auf der anderen Seite.«

Als der Deckel zufiel, war es stockfinster. Oleg hörte, wie der Schlüssel im Schloss gedreht wurde, dann entfernten sich rasche Schritte. Er versuchte, die Zunge einzurollen und sie hinter den Lappen zu schieben. Er musste dieses Ding aus dem Mund bekommen, er musste atmen.

Rakel hatte aufgehört zu atmen. Sie stand in der Tür des Schlafzimmers und wusste, was sie hier im Zimmer sah, war Wahnsinn. Blanker Wahnsinn. Vor Entsetzen standen ihr die Haare zu Berge, ihr Mund war weit geöffnet, und die Augen traten ihr aus den Höhlen.

Das Bett und die anderen Möbel waren zur Seite geschoben

worden. Das Parkett war komplett von einer beinahe unsichtbaren Wasserschicht bedeckt, die sich nur dann bewegte, wenn der nächste Tropfen fiel. Aber das alles sah Rakel nicht, sie sah einzig den riesigen Schneemann, der mitten im Zimmer thronte.

Der Schlapphut auf dem breit grinsenden Kopf ragte fast bis an die Decke.

Als sie endlich wieder Luft holte und Sauerstoff ins Hirn strömte, roch sie nasse Wolle und nasses Holz und hörte das Tropfen des Schmelzwassers. Kältewellen waberten ihr vom Schneemann entgegen, aber nicht das war für die Gänsehaut verantwortlich, die sie plötzlich am ganzen Körper verspürte. Vielmehr ließ sie die Körperwärme des Menschen erschaudern, der plötzlich hinter ihr stand.

»Ist der nicht schön?«, fragte Mathias. »Den habe ich extra für dich gebaut.«

»Mathias …«

»Psst.« Mit einer beinahe beschützenden Geste legte er ihr den Arm um den Hals. Sie blickte nach unten. In seiner Hand hielt er ein Skalpell. »Lass uns jetzt nicht reden, Geliebte. Es gibt so viel zu tun, und wir haben nur wenig Zeit.«

»Warum? Warum?«

»Heute ist unser Tag, Rakel. Der Rest des Lebens ist so unbegreiflich kurz, also wollen wir feiern und uns nicht mit langen Erklärungen aufhalten. Bitte leg die Arme auf den Rücken.«

Rakel tat, was er sagte. Sie hatte Oleg nicht wieder aus dem Keller hochkommen hören. Vielleicht war er noch immer unten, vielleicht konnte er es nach draußen schaffen, wenn sie Mathias noch ein bisschen aufhielt. »Ich will aber wissen, warum«, beharrte sie und spürte, wie ihr die aufsteigenden Tränen auf die Stimmbänder drückten.

»Weil du eine Hure bist.«

Sie fühlte etwas Hartes, Dünnes, das sich um ihre Handgelenke straffte, und seinen warmen Atem im Nacken. Die Lippen. Die Zunge. Sie biss die Zähne zusammen und ließ ihn gewähren, um Zeit zu gewinnen, denn sie wusste, er würde aufhören, wenn sie schrie. Die Zunge arbeitete sich nach oben zu ihrem Ohr vor. Dann biss er sie zärtlich.

»Und dein kleiner Hurensohn liegt in der Tiefkühltruhe«, flüsterte er.

»Oleg?« Sie spürte, wie sie endgültig die Kontrolle verlor.

»Entspann dich, Liebste. Er wird nicht erfrieren.«

»Nein?«

»Bis sein Körper so abgekühlt ist, ist dein kleiner Hurensohn längst am Sauerstoffmangel eingegangen. Das ist einfache Mathematik.«

»Mathema …«

»Das hab ich schon mal ausgerechnet. Vor langer Zeit. Wie alles andere auch.«

Ein Motorrad schlidderte mit hoher Drehzahl durch die dunklen, glatten Kurven zum Holmenkollen. Das Dröhnen hallte zwischen den Häusern, und alle, die das Motorrad beobachteten, dachten sich, dass man diesem Wahnsinnigen ganz dringend den Führerschein abnehmen sollte. Dabei hatte dieser Wahnsinnige gar keinen Führerschein.

Harry bog in die Einfahrt der schwarzen Holzvilla und gab noch einmal Gas, doch die Räder drehten auf der steilen Auffahrt mit dem frisch gefallenen Schnee durch, so dass er nur noch langsamer wurde. Er versuchte gar nicht erst, die Maschine wieder unter Kontrolle zu bekommen, sondern sprang einfach ab. Das Motorrad rutschte über die Böschung und zerbrach auf seinem Weg ein paar weiche Tannenzweige. Schließlich wurde es von einem Baumstamm aufgehalten, kippte auf die Seite und wirbelte mit dem Hinterrad noch ein wenig Schnee auf, bevor der Motor erstarb.

Aber da war Harry fast schon an der Treppe.

Im Schnee waren keine Spuren zu sehen, hier war niemand kürzlich zum Haus gegangen oder von dort gekommen. Er zog den Revolver, während er zur Haustür hochhastete.

Die Tür war offen. Wie versprochen.

Als er in den Flur schlüpfte, fiel ihm gleich die sperrangelweit offen stehende Kellertür auf.

Harry hielt inne und lauschte. Er hörte ein Geräusch, eine Art Trommeln. Es schien von unten zu kommen. Harry zögerte. Dann entschied er sich für den Keller.

Er schlich sich seitwärts mit gezückter Waffe nach unten. Am Ende der Treppe blieb er stehen, damit sich seine Augen an das Halbdunkel gewöhnen konnten, während er angestrengt lauschte. Es kam ihm so vor, als hielte der ganze Raum die Luft an. Dann sah er den Gartenstuhl unter der Kellertürklinke. Oleg. Seine Augen suchten weiter. Gerade wollte er schon wieder nach oben gehen, als sein Blick auf den nassen Fleck auf dem Betonboden vor der Tiefkühltruhe fiel. Wasser? Er trat einen Schritt näher. Es musste unter der Tiefkühltruhe hervorgesickert sein. Er versuchte die Gedanken, die sich in diesem Moment meldeten, zu verdrängen und zog am Deckel der Truhe. Verschlossen. Der Schlüssel steckte, aber Rakel schloss die Truhe sonst nie ab. Wieder schossen ihm die Bilder von Finnøy durch den Kopf, aber er beeilte sich trotzdem, drehte den Schlüssel herum und riss den Deckel hoch.

Im Dunkel der Truhe sah Harry es kurz metallisch aufglänzen, als ihn auch schon ein stechender Schmerz im Gesicht zurücktaumeln und zu Boden gehen ließ. Ein Messer? Er war auf dem Rücken gelandet und lag nun zwischen zwei Wäschekörben, als er eine Gestalt rasch und geschmeidig aus der Truhe steigen und sich über ihn stellen sah.

»Polizei!«, rief Harry und schwang seinen Revolver nach vorn. »Keine Bewegung!«

Die Gestalt erstarrte mit erhobenen Händen. »Ha ... Harry?«

»Oleg?«

Als Harry den Revolver senkte, sah er, was der Junge in der Hand hielt. Einen Schlittschuh.

»I ... ich dachte, Mathias sei zurückgekommen«, flüsterte er.

Harry rappelte sich auf. »Ist Mathias im Haus? Jetzt?«

»Ich weiß nicht. Er hat gesagt, dass wir uns bald wiedersehen, deshalb dachte ich ...«

»Woher hast du denn den Schlittschuh?« Harry spürte den charakteristisch metallischen Geschmack auf der Zunge, und als er mit den Fingern die Haut abtastete, fand er die Ränder der Schnittwunde, aus der das Blut sickerte.

»Der lag in der Truhe.« Oleg grinste schief. »Es gab immer so viel Ärger, wenn ich die auf der Treppe liegen ließ, deshalb habe ich sie irgendwann unter den Erbsen versteckt, damit Mama sie nicht sieht. Die essen wir nämlich nie.«

Er folgte Harry, der bereits wieder auf dem Weg nach oben war.

»Zum Glück waren die Kufen frisch geschliffen, so dass ich diese Plastikstrips durchschneiden konnte. Das Schloss habe ich nicht aufgekriegt, aber ich konnte mir ein paar Löcher in die Bodenplatte kloppen, so dass ich Luft bekam. Und dann habe ich noch die Lampe zertrümmert, damit es dunkel ist, wenn er zurückkommt und den Deckel aufmacht.«

»Und mit deiner Körperwärme hast du das Eis geschmolzen, das durch die Löcher nach draußen gelaufen ist«, ergänzte Harry.

Als sie auf den Flur kamen, zog Harry Oleg zur Haustür, die er öffnete, bevor er den Arm ausstreckte und zum Nachbarhaus deutete.

»Siehst du das Licht da drüben bei den Nachbarn? Lauf rüber und bleib da, bis ich komme und dich hole. Okay?«

»Nein!«, widersprach Oleg entschlossen. »Mama …«

»Jetzt hör mir mal zu! Das Beste, was du für deine Mutter tun kannst, ist, hier auf der Stelle die Fliege zu machen.«

»Ich will sie aber finden!«

Harry packte Olegs Schultern so fest, dass dem Jungen die Tränen in die Augen stiegen.

»Wenn ich sage, lauf, dann läufst du, du verdammter Idiot!«

Er sagte diese Worte leise, doch mit solcher Wut, dass Oleg verwirrt blinzelte, eine Träne über die Wimpern rutschte und auf seine Wange fiel. Dann machte er auf dem Absatz kehrt, stürmte durch die Tür und wurde im nächsten Moment auch schon von der Dunkelheit und dem Schneetreiben verschluckt.

Harry nahm das Funkgerät und drückte den Sprechknopf. »Harry hier, seid ihr noch weit weg?«

»Beim Sportplatz, over.« Harry erkannte die Stimme von Gunnar Hagen.

»Ich bin im Haus«, teilte Harry ihm mit. »Fahrt vor das Haus, aber kommt nicht rein, bevor ich es sage, verstanden?«

»Verstanden.«

»Over und aus.«

Harry ging dem Geräusch nach, er war sich sicher, dass es aus der Küche kam. In der Türöffnung blieb er stehen und starrte auf die Tropfen, die in so rascher Folge von der Decke fielen, dass sie fast schon einen dünnen Strahl bildeten. Das Wasser war grau durch den gelösten Gips und trommelte fieberhaft auf den Küchentisch.

Harry nahm die Treppe ins Obergeschoss mit vier langen Sätzen. Schlich sich zur Schlafzimmertür. Schluckte. Starrte auf die Klinke. In der Ferne hörte er schon die Polizeisirenen näher kommen. Ein Tropfen Blut quoll aus der Wunde und platschte mit einem satten Laut aufs Parkett.

Er spürte es wie einen Druck auf der Schläfe: Das Ganze endete hier. Und es hatte eine gewisse Logik. Wie oft hatte er vor dieser Tür gestanden, in der Morgendämmerung, nach einer Nacht, die er bei ihr zu verbringen versprochen hatte. Mit schlechtem Gewissen, unschlüssig, wohl wissend, dass sie dort drinnen lag und schlief. Vorsichtig hatte er dann die Klinke nach unten gedrückt, die auf halbem Weg immer ein leises Knirschen von sich gab. Und dann wachte sie auf, sah ihn schlaftrunken an und versuchte einen strafenden Blick aufzusetzen. Bis er unter die Decke schlüpfte, sich an ihren Körper schmiegte und spürte, wie ihre Anspannung nachließ und sie wohlig brummte, wenn auch noch nicht ganz zufrieden. Und dann streichelte er sie, küsste und biss sie, war ihr Diener, bis sie auf ihm saß und keine verschlafene Königin mehr war, sondern schnurrte und jammerte, erregt und beleidigt gleichermaßen.

Als er die Finger um die Klinke schloss, erkannte seine Hand die glatte, eckige Form sofort wieder. Er drückte sie nach unten, ganz langsam und vorsichtig. Wartete auf das wohlbekannte Knirschen. Aber es kam nicht. Irgendetwas war anders. Der Widerstand des Schlosses. Hatte jemand die Federn gestrafft? Behutsam ließ er die Klinke wieder los, bückte sich zum Schlüsselloch und versuchte hindurchzusehen. Schwarz. Jemand hatte etwas hineingeschoben.

»Rakel!«, rief er. »Bist du da drin?«

Keine Antwort. Er legte sein Ohr an die Tür. Glaubte einen kratzenden Laut zu hören, war sich aber nicht sicher. Wieder legte er die Hand auf die Klinke. Zögerte. Entschied sich dagegen, ließ wieder los und ging schnell ins Badezimmer, das neben dem

Schlafzimmer lag. Dort machte er das kleine Fenster auf, zwängte seinen Oberkörper hindurch und lehnte sich nach draußen. Durch das schwarze Eisengitter vor dem Schlafzimmerfenster sickerte Licht. Er drückte Knie und Unterschenkel gegen den Rahmen des Fensters, spannte die Beinmuskeln an und streckte sich so weit wie möglich aus dem Badezimmerfenster Richtung Schlafzimmer. Vergeblich versuchte er mit den Fingern zusätzlichen Halt zwischen den rauen Blockbohlen der Hauswand zu finden, während der Schnee sich auf sein Gesicht legte und mit dem Blut verschmolz, das ihm über die Wange rann. Der Augenblick zog sich unerträglich in die Länge, die Beine pressten sich so heftig gegen den Fensterrahmen, dass er befürchtete, sie könnten jeden Moment brechen. Seine Hände krochen wie verzweifelte, fünfbeinige Spinnen über die Wand. Seine Bauchmuskeln brannten. Aber es war zu weit, es konnte nicht funktionieren. Er blickte nach unten und wusste, dass unter der dünnen Schicht Neuschnee bloß der Asphalt wartete.

Dann spürte er etwas Kaltes an seinen Fingerkuppen.

Das äußerste Gitter.

Er bekam zwei Finger um das Eisen. Drei. Dann die andere Hand. Endlich konnte er seine schmerzenden Beine vom Fensterrahmen wegziehen, pendelte kurz an der Wand und stellte dann rasch seine Schuhsohlen gegen die Fassade, um die Arme zu entlasten. Endlich konnte er ins Schlafzimmer blicken. Und sah. Sein Hirn rang noch mit den Eindrücken, doch im Grunde wusste es sofort, was es sah: das fertige Kunstwerk, dessen Skizze es bereits kannte.

Rakels Augen waren weit aufgerissen und schwarz. Sie trug ein Kleid. Tiefrot. Wie Campari. Sie war »Cochenille«. Den Hals hielt sie unnatürlich gestreckt, als versuche sie, über einen Zaun zu blicken. Aus dieser Position richtete sie ihre Augen nach unten auf ihn. Nach draußen. Ihre Schultern waren nach hinten gebogen, die Arme nicht zu sehen. Harry ging davon aus, dass sie auf dem Rücken gefesselt waren. Die Form ihrer Wangen verriet, dass sie eine Socke oder einen Lappen im Mund hatte. Rakel saß auf den Schultern eines gewaltigen Schneemanns. Ihre nackten Beine schlangen sich um den Kopf und waren vor seiner Brust verschränkt. Harry konnte ihre Muskeln zittern sehen. Sie durfte nicht fallen. Konnte nicht. Denn um ihren Hals war kein grauer, toter Draht geschlungen wie bei Eli Kvale, sondern ein glühender, weißer Kreis, wie die absurde Imitation einer alten Reklame, in der ein Kreis aus Zahnpasta dem Verbraucher Selbstvertrauen, Glück in der Liebe und ein langes, glückliches Leben versprach. Vom schwarzen Handgriff der glühenden Schneideschlinge führte eine Schnur zu einem Haken, der an der Decke über Rakels Kopf befestigt war, und von dort weiter zum anderen Ende des Raumes und zur Klinke der Tür. Die Schnur war nicht dick, hatte aber trotzdem spürbaren Widerstand geleistet, als Harry die Klinke nach unten hatte drücken wollen. Hätte er die Tür geöffnet oder auch nur die Klinke ganz hinuntergedrückt, hätte sich der glühende Draht sofort unter Rakels Kinn in ihren Hals geschnitten.

Rakel starrte Harry an, ohne zu blinzeln. Die Muskeln in ihrem Gesicht zuckten, und ihr Ausdruck wechselte zwischen Wut und nackter Angst. Die Schlinge war zu eng, als dass sie ihren Kopf unbeschadet hätte herausziehen können. Daher neigte sie ihn so, dass er nicht mit der todbringenden Schlinge in Kontakt kam, die fast vertikal um ihren Hals hing.

Sie starrte Harry an, blickte zu Boden und dann wieder zu ihm. Und Harry verstand.

In der Pfütze am Boden dümpelten bereits graue Schneeklumpen. Der Schneemann schmolz. Schnell.

Harry spannte seinen Körper an und riss mit aller Kraft an den Gitterstäben. Sie rührten sich nicht, gaben nicht einmal ein vielversprechendes Knirschen von sich. Die Eisenstangen waren zwar dünn, aber tief in den Bohlen verschraubt.

Die Gestalt im Zimmer schwankte.

»Halt durch!«, schrie Harry. »Ich komme gleich rein!«

Lüge. Diese Gitterstäbe hätte er nicht einmal mit einer Brechstange heraushebeln können. Und zum Durchsägen fehlte die Zeit. Er verfluchte ihren Vater, diesen geisteskranken Verrückten! Seine Arme begannen mittlerweile zu schmerzen. Als er die schrille Sirene des ersten Polizeiwagens hörte, der in die Einfahrt rollte, drehte er sich um. Es war einer der Spezialwagen der Einheit Delta, ein schwarzer, gepanzerter Landrover. Ein Mann in grünem Tarnanzug sprang aus dem Wagen, ging hinter dem Auto in Deckung und holte das Funkgerät heraus. Harrys eigener Apparat antwortete knackend.

»Hallo!«, rief Harry.

Der Mann sah sich verwirrt um.

»Hier oben, Chef!«

Gunnar Hagen richtete sich gerade auf, als ein Streifenwagen mit angeschaltetem Blaulicht in die Einfahrt bog.

»Sollen wir das Haus stürmen?«, brüllte Hagen nach oben.

»Nein!«, schrie Harry. »Er hat sie da drinnen angebunden. Nur ...«

»Nur was?«

Harry hob den Blick und starrte – nicht nach unten Richtung Stadt, sondern nach oben zum hellerleuchteten Holmenkollen.

»Nur was, Harry?«

»Warte!«

»Warte?«

»Ich muss nachdenken.«

Harry legte die Stirn an die kalten Gitterstäbe. Seine Arme schmerzten, so dass er die Beine beugte, um möglichst viel Gewicht auf die Füße zu verlagern. Diese Schlinge musste ja auch einen Ausschalter haben. Vermutlich am Plastikgriff. Vielleicht war es ja möglich, das Fenster einzuschlagen und eine lange Stange mit einem Spiegel ins Zimmer zu schieben, vielleicht konnten sie dann ... Aber verdammt, wie sollte man denn einen Knopf drücken können, ohne dass die ganze Chose in Bewegung geriet und ... und ...? Harry versuchte nicht an die lächerlich dünne Schicht Haut und Gewebe zu denken, die eine Halsschlagader schützte. Er rang darum, konstruktiv zu denken und die Panik zu überhören, die in seine Ohren brüllte und die Kontrolle an sich zu reißen drohte.

Sie konnten natürlich durch die Tür in das Zimmer gelangen, ohne diese zu öffnen, indem sie die Türfüllung heraussägten. Aber dafür brauchten sie eine Motorsäge. Nur – wer konnte so etwas haben? Dabei hatten doch alle hier oben an diesem Scheiß-Holmenkollen Fichten im Garten stehen ...

»Holt euch eine Motorsäge bei den Nachbarn«, brüllte Harry.

Von unten hörte er eilige Schritte. Und ein sattes Platschen aus dem Schlafzimmer. Harrys Herzschlag setzte für einen Moment aus, als er nach drinnen sah. Die ganze linke Seite des Schneemanns war weg, sie war einfach nach unten ins Wasser gerutscht. Er konnte jeden Moment ganz in sich zusammensacken. Harry sah Rakel am ganzen Körper zittern, während sie darum kämpfte, die Balance zu halten und dem weißen, tropfenförmigen Galgen zu entgehen. Sie würden es niemals mit dieser Säge schaffen, geschweige denn die Tür rechtzeitig aufbekommen.

»Hagen!« Harry hörte die schrille Hysterie in seiner Stimme. »Der Wagen hat doch ein Abschleppseil. Wirf es mir hoch und setz den Wagen bis an die Hauswand zurück.«

Harry hörte aufgeregte Stimmen, den Motor des Landrovers, der im Rückwärtsgang aufheulte, und einen Kofferraum, der geöffnet wurde.

»Hier, fang!«

Harry ließ das Gitter mit einer Hand los und drehte sich rechtzeitig genug um, um das Tau auf sich zufliegen zu sehen. Er griff ins Dunkle, bekam es sofort zu fassen und hielt es fest, während sich der Rest des Seils entrollte und zu Boden fiel.

»Mach das andere Ende am Auto fest!«

Blitzschnell schlug er den Karabinerhaken an seinem Tauende um die gekreuzten Gitterstäbe in der Mitte des Fensters und schloss den Sicherungsring. Speedcuffing.

Wieder kam ein Platschen aus dem Schlafzimmer. Harry sah gar nicht hin, es hatte sowieso keinen Sinn.

»Gib Gas!«, schrie er.

Dann packte er den Rand der Dachrinne mit beiden Händen und nutzte die Gitterstäbe als Leiter, um sich aufs Dach zu schwingen und seine Brust auf die Ziegel zu hieven. Mit geschlossenen Augen hörte er, wie der Vorwärtsgang eingelegt wurde und sich der Wagen in Bewegung setzte. Es folgte ein Knirschen. Und noch eins. Na los! Harry wusste, dass die Zeit langsamer verging, als er glaubte. Und trotzdem nicht langsam genug. Während er noch auf das erlösende Krachen wartete, stieg plötzlich die Drehzahl des Motors und ließ den Landrover wild aufheulen. Verdammt! Harry begriff, dass die Reifen auf dem Schnee durchdrehten.

Da schoss ihm ein Gedanke durch den Kopf: Er könnte ein Gebet sprechen. Aber er wusste, dass sich Gott längst entschieden hatte und das Schicksal ausverkauft war. Dieses Ticket musste er also auf dem Schwarzmarkt lösen. Doch ohne sie war seine Seele sowieso verloren. Und so erlosch dieser Gedanke wieder, als er das Gummi auf dem Asphalt hörte, das leiser werdende Heulen und das erneute Knacken.

Die großen, schweren Reifen griffen wieder.

Dann kam das Krachen. Der Motor heulte noch einmal auf, bevor er ganz verstummte. Eine Sekunde vollkommener Stille folgte. Dann knallten die Gitterstäbe dumpf auf das Autodach.

Harry schob sich behutsam rückwärts vom Dach. Er stand mit dem Rücken zum Hof auf der Dachrinne und spürte, wie sie langsam nachgab. Rasch bückte er sich, packte die Dachrinne mit beiden Händen und stieß sich mit den Füßen ab. In der Luft streckte er seinen Körper, und als er zur Hauswand zurückschwang, knickte er in der Hüfte ab und nahm mit den Beinen kräftig Schwung Richtung Schlafzimmerfenster. Die Füße hielt er senkrecht nach vorne gestreckt. In dem Moment, als das dünne alte Fensterglas mit einem trockenen Klirren unter seinen Schuhsohlen nachgab, ließ Harry die Dachrinne los. Eine Zehntelsekunde lang hatte er keine Ahnung, wo er landen würde. Unten auf dem Hof, in den gefletschten Zähnen der Scherben oder im Schlafzimmer.

Irgendetwas knallte. Eine Sicherung musste durchgebrannt sein, denn es wurde dunkel.

Harry segelte durch einen Raum aus Nichts, spürte nichts, erinnerte sich an nichts, war nichts.

Als das Licht zurückkam, dachte er nur, dass er in diesen Raum zurückwollte. Schmerzen stachen durch seinen ganzen Körper. Er lag auf dem Rücken in eiskaltem Wasser. Aber er musste tot sein, denn über ihm schwebte ein Engel in Blutrot, er sah seinen Heiligenschein im Dunkel leuchten. Im nächsten Moment meldeten sich die Geräusche wieder. Das Kratzen, das Atmen. Er sah das verzerrte Gesicht, die Panik, den weit aufgerissenen Mund mit dem gelben Ball darin und die Füße, die am Schnee nach oben zu klettern versuchten. Er wollte einfach nur die Augen schließen. Ein Laut wie ein leises Jammern. Nasser Schnee, der langsam nachgab.

Im Nachhinein konnte Harry nicht wirklich darüber Auskunft geben, was geschehen war, er erinnerte sich nur an den ekelhaften Gestank, als sich die glühende Schneideschlinge durch den Körper brannte.

In dem Augenblick, als der Schneemann endgültig zusammenbrach, sprang Harry auf. Rakel kippte nach vorn. Er riss die rechte Hand hoch und schlang den linken Arm um ihre Beine, um sie oben zu halten. Doch er wusste, es war zu spät. Fleisch zischte, seine Nasenlöcher füllten sich mit einem fetten, süßlichen Gestank, während ihm das Blut übers Gesicht lief. Er starrte nach oben. Seine rechte Hand lag zwischen dem weißglühenden Draht und ihrem Hals. Ihr Gewicht drückte seine Hand auf die Schneideschlinge, welche sich durch das Fleisch seiner Finger fraß wie ein Eierschneider durch ein weich gekochtes Ei. Und wenn sie hindurch war, würde sie Rakels Hals durchtrennen. Die Schmerzen kamen, verspätet und dumpf, wie der erst widerwillige, dann unerbittliche Stahlhammer eines Weckers. Harry kämpfte verzweifelt, auf den Beinen zu bleiben. Er musste die linke Hand freibekommen. Geblendet vom Blut, schob er Rakel auf seine Schulter und streckte die freie Hand über den Kopf. Spürte ihre Haut an seinen Fingerkuppen, die dicken Haare und die Schneideschlinge, die sich in seine Haut schnitt, bevor seine Hand endlich das harte Plastik des Handgriffs erreichte. Seine Finger fanden einen Kippschalter, schoben ihn nach rechts, ließen aber gleich wieder los, als er spürte, dass die Schlinge sich daraufhin zuzuziehen begann. Dann huschten seine Finger über einen anderen Schalter und drückten. Das Geräusch verschwand, das Licht begann zu flackern und er spürte, dass er jetzt gleich das Bewusstsein verlieren würde. Atme, dachte er, du musst doch nur wieder genug Sauerstoff ins Gehirn kriegen. Trotzdem gaben seine Knie langsam unter ihm nach. Der weißglühende Ring über ihm wurde langsam rot und dann immer dunkler, bis er schließlich schwarz war. Hinter sich hörte er das Geräusch von Glas, das unter dem Gewicht mehrerer Stiefel zermahlen wurde.

»Wir haben sie«, rief eine Stimme hinter ihm.

Harry sackte auf die Knie in das blutige Wasser, in dem unbenutzte Plastikstrips neben Schneeklumpen dümpelten. Sein Hirn schaltete sich immer wieder aus, als wäre die Stromzufuhr da drinnen unterbrochen.

Hinter ihm sagte jemand etwas, aber er bekam nur Bruchstücke mit. Krampfhaft atmete er ein und stöhnte ein »Was?«.

»Sie lebt«, wiederholte die Stimme.

Die Geräusche stabilisierten sich, und das Bild vor seinen Augen kam auch langsam zum Stillstand. Er drehte sich um. Die beiden schwarzgekleideten Männer hatten Rakel aufs Bett gesetzt und durchtrennten die Fesseln. Harrys Mageninhalt kam ohne Vorwarnung. Zwei kräftige Stöße, dann war alles aus ihm heraus. Er starrte auf das Erbrochene, das im Wasser trieb und spürte ein hysterisches Verlangen, laut zu lachen. Denn da war etwas, das aussah, als hätte er es mit ausgekotzt. Er hob die rechte Hand und starrte auf den blutigen Stumpf seines Mittelfingers, der alles bestätigte. Es war tatsächlich sein Finger, der da im Wasser schwamm.

»Oleg ...« Das war Rakels Stimme.

Harry nahm einen der Plastikstrips, legte ihn um den Mittelfingerstumpf und zog so fest zu, wie er konnte. Das Gleiche machte er mit dem rechten Zeigefinger, der bis zum Knochen durchtrennt war, aber noch immer an der Hand saß.

Dann trat er ans Bett, schob die Beamten beiseite, deckte Rakel zu und setzte sich neben sie. Die Augen, die ihn anstarrten, waren vom Schock geweitet und schwarz, und die blutenden Wunden an den beiden Seiten ihres Halses belegten, dass die Schneideschlinge auch in Berührung mit ihrer Haut gekommen war. Mit seiner unverletzten Hand nahm er die ihre.

»Oleg«, wiederholte sie.

»Er ist in Ordnung«, beschwichtigte Harry und erwiderte ihren Händedruck. »Er ist bei den Nachbarn. Es ist vorbei.«

Er sah, wie sie versuchte, ihren Blick zu fokussieren.

»Versprichst du mir das?«, flüsterte sie kaum hörbar.

»Ich verspreche es.«

»Gott sei Dank.«

Sie schluchzte einmal auf, verbarg ihr Gesicht in den Händen und begann zu weinen.

Harry blickte auf seine verstümmelte Hand. Entweder hatten die Kabelbinder seine Blutungen gestoppt oder er war leer.

»Wo ist Mathias?«, fragte er leise.

Ihr Kopf fuhr hoch, sie starrte ihn an. »Du hast doch gerade versprochen, dass ...«

»Wo ist er hin, Rakel?«

»Ich weiß es nicht.«

»Hat er nichts gesagt?«

Sie umklammerte seine Hand. »Geh jetzt nicht, Harry. Können sich da nicht andere ...«

»Was hat er gesagt?«

An dem Zucken, das durch ihren Körper ging, merkte er, wie laut er geworden war.

»Er hat gesagt, es sei vollbracht, und jetzt wolle er den Schlusspunkt setzen.« Wieder stiegen ihr Tränen in die Augen. »Und dass dieser Schluss eine Hymne an das Leben sein würde.«

»Eine Hymne an das Leben. Hat er das wirklich so gesagt?«

Sie nickte. Harry zog seine Hand weg, stand auf und trat ans Fenster. Er sah in die Nacht hinaus. Mittlerweile hatte es aufgehört zu schneien. Er blickte zu dem hellerleuchteten Monument empor, das man von fast überall in Oslo sehen konnte. Die Sprungschanze. Wie ein weißes Komma stand sie vor dem schwarzen Höhenzug. Wie ein Punkt.

Harry ging zurück zum Bett, beugte sich zu Rakel herab und küsste sie auf die Stirn.

»Wohin gehst du?«, flüsterte sie.

Harry hob seine blutige Hand an und lächelte. »Zum Arzt.«

Dann verließ er das Zimmer und wäre auf der Treppe beinahe gestolpert. Trat in das kalte, weiße Dunkel vor dem Haus, doch die Übelkeit und der Schwindel wollten ihn nicht loslassen.

Hagen stand neben dem Landrover und sprach in sein Handy. Er unterbrach das Gespräch jedoch und nickte, als Harry fragte, ob sie ihn fahren könnten.

Als Harry sich auf den Rücksitz setzte, musste er daran denken, dass Rakel Gott gedankt hatte. Sie konnte ja nicht wissen, dass ein ganz anderer die Dankbarkeit verdiente. Dass der Kauf besiegelt war und die Ratenzahlung begonnen hatte.

»Runter in die Stadt?«, erkundigte sich der Fahrer.

Harry schüttelte den Kopf und zeigte nach oben. Sein Zeigefinger wirkte seltsam einsam zwischen Daumen und Ringfinger.

Kapitel 36

21. Tag. Der Turm

Der Weg von Rakels Haus bis hinauf zum Holmenkollen dauerte drei Minuten. Sie fuhren durch den Schanzentunnel und parkten auf dem Aussichtsplatz zwischen den Souvenirbuden. Der Aufsprunghang sah aus wie ein weißer, gefrorener Wasserfall, der zwischen den Tribünen nach unten stürzte und etwa hundert Meter unter ihnen flach auslief.

»Woher willst du wissen, dass er hier ist?«, fragte Hagen.

»Weil er es mir selbst gesagt hat«, antwortete Harry. »An einer Eisbahn hat er mir gesagt, dass er von diesem Turm springen will, wenn er eines Tages sein Lebenswerk vollendet hat und so krank ist, dass sowieso nur noch der Tod auf ihn wartet. Wie eine Hymne an das Leben.« Harry zeigte zum hellerleuchteten Turm und der Anlaufspur hinauf, die sich in den schwarzen Himmel reckten. »Und er weiß auch ganz genau, dass ich das nicht vergessen habe.«

»Verrückt«, flüsterte Gunnar Hagen und blickte mit zusammengekniffenen Augen zu dem dunklen Glaskäfig hinauf, der auf der Spitze des Turmes thronte.

»Kann ich mir Ihre Handschellen leihen?«, bat Harry den Fahrer.

»Du hast doch schon welche«, wandte Hagen ein und blickte auf Harrys rechtes Handgelenk, an dem er eine Manschette seiner eigenen Handschellen befestigt hatte, während die andere geöffnet nach unten hing.

»Ich hätte aber gerne zwei«, beharrte Harry und nahm die Handschellen des Fahrers entgegen. »Kannst du mir mal kurz helfen? Mir fehlen da ein paar Finger …«

Hagen schüttelte verständnislos den Kopf, während er eine

Manschette der neuen Handschellen an Harrys anderem Handgelenk befestigte.

»Es gefällt mir gar nicht, dass du da allein hochgehen willst. Das macht mir Angst.«

»Da oben ist nicht viel Platz. Außerdem kann ich allein besser mit ihm reden.« Harry zeigte ihm Katrines Revolver. »Und den hier habe ich ja auch noch.«

»Genau davor habe ich Angst, Harry.«

Hauptkommissar Hole warf seinem Chef einen kurzen Blick zu, ehe er sich abwandte und mit seiner unverletzten linken Hand die Tür öffnete.

Der Fahrer begleitete ihn bis zum Eingang des Skimuseums, das er durchqueren musste, um zum Fahrstuhl zur Turmspitze zu kommen. Sie hatten eine Brechstange mitgenommen, um das Glas der Eingangstür zu zertrümmern, doch als sie sich näherten, sahen sie im Licht der Taschenlampe die glitzernden Scherben am Boden vor der Kasse. Irgendwo im Inneren des Museums heulte ein Alarm.

»Okay, dann wissen wir also schon mal, dass unser Mann da ist«, stellte Harry fest und überprüfte, ob der Revolver auch richtig unter dem Hosenbund am Rücken steckte. »Postieren Sie zwei Leute am rückwärtigen Ausgang, sobald die nächste Streife da ist.«

Harry übernahm die Taschenlampe, trat in die dunklen Museumsräume und hastete an den Bildern und Plakaten vorbei, die norwegische Skihelden zeigten, norwegische Flaggen, norwegisches Skiwachs, norwegische Könige und Kronprinzessinnen, alle versehen mit kurzen Texten, die keinen Zweifel daran ließen, was für eine großartige Nation Norwegen war. Auf einmal wusste Harry, warum er dieses Museum nicht ausstehen konnte.

Der Fahrstuhl befand sich am hinteren Ende des Raumes, ein enger Aufzug mit innenliegender Tür. Harry starrte die metallene Front an und spürte, wie ihm der kalte Schweiß ausbrach. Neben dem Fahrstuhl führte eine Stahltreppe nach oben.

Acht Treppenabsätze später bereute er seine Entscheidung bereits. Schwindel und Übelkeit meldeten sich wieder, und er musste sich noch einmal übergeben. Das Geräusch seiner Schritte auf dem Metall hallte durchs Treppenhaus, und die baumelnden Handschellen spielten Metallophon auf dem Geländer. Eigentlich sollte

Adrenalin durch seinen Körper fluten und ihn in Alarmbereitschaft versetzen. Aber wahrscheinlich war er einfach zu müde. Oder er wusste, dass alles längst gelaufen war. Der Handel war abgeschlossen, die Konsequenzen klar.

Harry lief weiter. Setzte die Füße auf die Stufen und versuchte gar nicht erst, leise zu sein. Er wusste, dass der andere ihn längst gehört hatte.

Die Treppe führte direkt in den dunklen Glaskäfig. Harry schaltete die Taschenlampe aus und spürte sofort den kalten Luftzug, als er sich dem letzten Absatz näherte. Ein blasser Mond schien in den etwa vier mal vier Meter großen Raum. An der Innenseite der Glaswände war ein Metallgeländer befestigt, an das sich die Touristen vermutlich mit ängstlichem Schaudern klammerten, wenn sie die Aussicht über Oslo und Umgebung genossen oder sich vorzustellen versuchten, wie es sein musste, sich mit Skiern an den Füßen auf den Absprungbalken zu setzen. Oder vom Turm zu fallen, senkrecht auf die Häuser zuzurasen und von den Zweigen der Bäume dort unten zerfetzt zu werden.

Harry betrat den Raum und wandte sich der Silhouette zu, die sich vor den Lichtern der Stadt abzeichnete. Sie saß auf der Außenseite des Geländers im Rahmen des großen, geöffneten Fensters. Daher also der kalte Luftzug.

»Schön, oder?« Mathias' Stimme klang leicht, fast fröhlich.

»Wenn du die Aussicht meinst, kann ich dir nur recht geben.«

»Ich meine nicht die Aussicht, Harry.«

Mathias ließ ein Bein aus dem Fenster baumeln. Harry blieb an der Treppe stehen.

»Und? Wer hat sie getötet, Harry? Du oder der Schneemann?«

»Was glaubst du?«

»Ich glaube, du warst es. Du bist ja so klug. Ich habe fest mit dir gerechnet. Fühlt sich beschissen an, oder? Natürlich ist es dann nicht mehr so leicht, die Schönheit in dem Ganzen zu sehen. Ich meine, wenn man gerade den Menschen getötet hat, den man über alles liebt.«

»Tja«, meinte Harry und trat einen Schritt näher. »Über dieses Thema weißt du wahrscheinlich nicht allzu viel.«

»Nicht?« Mathias lehnte den Kopf nach hinten an den Fensterrahmen und lachte. »Die erste Frau, die ich getötet habe, habe ich über alles in der Welt geliebt.«

»Warum hast du es dann getan?« Harry spürte, wie ihn die Schmerzen durchzuckten, als er die rechte Hand nach hinten zu seinem Revolver führte.

»Weil meine Mutter eine verlogene Hure war«, antwortete Mathias.

Harry schwang die Hand nach vorn und hob den Revolver. »Komm da runter, Mathias. Die Hände hoch.«

Mathias sah Harry neugierig an. »Weißt du, dass es mindestens eine zwanzigprozentige Chance gibt, dass deine Mutter nicht anders war, Harry? Mit zwanzigprozentiger Sicherheit bist du auch so ein Hurensohn. Was sagst du dazu?«

»Du hast gehört, was ich gesagt habe, Mathias.«

»Ich will es dir ein bisschen leichter machen, Harry. Zum einen weigere ich mich, deinem Befehl nachzukommen. Zum anderen kannst du ja behaupten, du hättest meine Hände nicht gesehen, und ich könnte ja eine Waffe haben. Also, schieß schon, Harry.«

»Komm da runter.«

»Oleg ist ein Hurensohn, Harry. Und Rakel war eine Hure. Du solltest mir dankbar sein, dass du sie richten durftest.«

Die losen Enden der Handschellen schlugen aneinander, als Harry die Waffe in die linke Hand nahm.

»Denk doch mal nach, Harry. Wenn du mich festnimmst, werde ich doch nur für verrückt erklärt, ein paar Jahre in die Psychiatrie abgeschoben und dann wieder freigelassen. Erschieß mich lieber gleich.«

»Du willst doch nur sterben«, erwiderte Harry und kam näher, »weil du sowieso bald an Sklerodermie krepierst.«

Mathias schlug mit der Hand gegen den Fensterrahmen. »Gute Arbeit, Harry. Du hast also überprüft, was ich dir über den Antistoff in meinem Blut gesagt habe.«

»Ich habe Idar gefragt. Und dann nachgeschlagen, was Sklerodermie bedeutet. Bei dieser Krankheit ist es irgendwie naheliegend, sich für einen anderen Tod zu entscheiden. Zum Beispiel für einen spektakulären Abgang, um damit sein sogenanntes Lebenswerk zu krönen.«

»Ich höre die Verachtung in deiner Stimme, Harry. Aber auch du wirst mich eines Tages verstehen.«

»Und was soll ich da verstehen?«

»Dass wir in der gleichen Branche arbeiten, Harry. Uns geht es beiden um die Bekämpfung von Krankheiten, aber die Krankheiten, die wir – du und ich – bekämpfen, lassen sich nicht ausrotten, deshalb sind alle Siege nur vorläufig. Vorübergehend. Unsere eigentliche Lebensaufgabe ist doch der Kampf. Und meiner endet hier. Willst du mich nicht erschießen, Harry?«

Harry begegnete Mathias' Blick. Dann drehte er den Revolver um und reichte ihn Mathias, den Schaft voraus. »Tu's doch selbst, du Arsch.«

Mathias zog eine Augenbraue hoch. Harry sah das Zögern, das Misstrauen, aus dem schließlich ein Lächeln wurde.

»Wie du willst.« Mathias streckte die Hand über das Metallgeländer und nahm die Waffe entgegen. Liebkoste den schwarzlackierten Stahl.

»Das war ein großer Fehler von dir, mein Freund«, verkündete er und richtete den Revolver auf Harry. »Du bist ein würdiger Abschluss, Harry. Die Garantie dafür, dass mein Werk in Erinnerung bleiben wird.«

Harry starrte in die schwarze Mündung und sah, wie der Hahn seinen hässlichen, kleinen Kopf hob. Auf einmal schien sich alles zu verlangsamen, während der Raum sich zu drehen begann. Mathias zielte. Harry zielte. Und schwang dann seinen rechten Arm jäh nach vorne. Die Handschelle flog mit einem leisen Zischen durch die Luft, als Mathias abdrückte. Auf das trockene Klicken folgte ein sattes Geräusch, als die Metallmanschette an seinem Handgelenk einrastete.

»Rakel hat überlebt«, erklärte Harry. »Dein teuflischer Plan ist gescheitert.«

Harry sah, wie sich Mathias' Augen erst weiteten und dann zu schmalen Schlitzen wurden. Sie starrten auf den Revolver, der keinen Schuss abgegeben hatte, und auf das Eisen an seinem Handgelenk, das ihn an Harry kettete.

»Du ... du hast die Patronen herausgenommen«, stammelte Mathias.

Harry schüttelte den Kopf. »Katrine Bratt hatte nie Patronen in ihrem Revolver.«

Mathias richtete seinen Blick auf Harry und lehnte sich nach hinten: »Komm!«

Dann ließ er sich aus dem Fenster fallen.

Harry wurde nach vorn gerissen und verlor das Gleichgewicht. Verzweifelt versuchte er sich festzuhalten, aber Mathias war zu schwer und Harry nur noch ein geschrumpfter Riese, dem es an Blut und Fleisch fehlte. Der Polizist brüllte, als er über das Stahlgeländer gezogen und durch das Fenster in den Abgrund gezerrt wurde. Ein Bild erschien vor Harrys Augen, als er die linke Hand über den Kopf nach hinten schwang: ein Stuhlbein und er selbst ganz allein in einem schmutzigen Zimmer ohne Fenster in Cabrini Green in Chicago. Er hörte das Klicken von Metall auf Metall. Dann flog er im freien Fall durch die Nacht. Der Handel war abgeschlossen.

Gunnar Hagen starrte zum Turm hinauf, doch die Schneeflocken, die jetzt plötzlich wieder fielen, verwehrten ihm die Aussicht.

»Harry!«, brüllte er abermals in sein Funkgerät. »Bist du da?«

Er ließ den Sprechknopf los, erhielt als Antwort aber nur ein leeres Rauschen.

Inzwischen waren vier Streifenwagen auf dem offenen Platz am Fuß der Schanze angekommen, aber noch immer herrschte totale Verwirrung, weil sie die Schreie, die sie vor wenigen Sekunden von oben vernommen hatten, nicht zu deuten wussten.

»Sie sind abgestürzt«, behauptete der Beamte neben Hagen. »Ich bin mir sicher. Da oben sind zwei Personen aus dem Glaskäfig gekommen.«

Resigniert ließ Gunnar Hagen den Kopf hängen. Er wusste nicht, wieso oder warum, aber für einen Moment sah er eine absurde Logik in den Geschehnissen, eine Art kosmisches Gleichgewicht.

So ein Scheißblödsinn.

Hagen konnte mittlerweile nicht einmal mehr die Streifenwagen durch das dichte Schneetreiben erkennen. Er hörte aber die heulenden Sirenen, als wären die Klageweiber bereits auf dem

Weg. Und er wusste, dass diese Geräusche demnächst auch die Geier anlocken würden: die nachrichtengeilen Journalisten, die neugierigen Nachbarn, die blutrünstigen Chefs. Sie alle kamen, um sich ihr Filetstückchen vom Kadaver zu sichern, ihren Leckerbissen. Und das Zwei-Gänge-Menü des Abends – der abscheuliche Schneemann und der abscheuliche Polizist – würde ihnen allen vorzüglich munden. Da gab es keine Logik, kein Gleichgewicht, bloß Gier und Fressen. Ein Knacken kam aus Hagens Funkgerät.

»Wir finden sie nicht! Over.«

»Sie müssen aber da sein«, rief Hagen. »Habt ihr auch die Dächer der Gebäude überprüft? Over.«

Hagen wartete und fragte sich, wie er seinem Vorgesetzten erklären sollte, dass er Harry allein hatte gehen lassen. Wie er ihm klarmachen sollte, dass er zwar Harrys Vorgesetzter, nicht aber sein Chef war, und dass er das niemals gewesen war. Aber auch dafür gab es eine Logik, und im Grunde war es ihm scheißegal, ob sie die verstanden oder nicht.

»Was ist hier los?«

Hagen drehte sich um. Es war Magnus Skarre.

»Harry ist abgestürzt«, erklärte Hagen und deutete mit einer Kopfbewegung zum Turm. »Sie suchen gerade nach seiner Leiche.«

»Leiche? Harrys Leiche? Blödsinn!«

»Blödsinn?«

Hagen wandte sich Skarre zu, der zum Turm hochstarrte. »Ich dachte, sie würden diesen Typen inzwischen kennen, Hagen.«

Hagen spürte, dass er den jungen Beamten um seine Überzeugung beneidete.

Wieder knackte das Funkgerät. »Sie sind nicht hier!«

Skarre drehte sich zu ihm, und als sich ihre Blicke begegneten, zuckte er mit den Schultern, ein wortloses »Na, was habe ich gesagt?«.

»Hey, Sie!« Hagen rief zu dem Fahrer des Landrovers hinüber und zeigte auf den Scheinwerfer auf dem Dach. »Richten Sie den Spot mal auf den Glaskäfig da oben und geben Sie mir ein Fernglas.«

Ein paar Sekunden später schnitt ein Lichtstrahl durch die Nacht.

»Sehen Sie etwas?«, fragte Skarre.

»Schnee«, erwiderte Hagen und presste sich das Fernglas auf die Augen. »Licht weiter hoch! Stopp! Moment ... Mein Gott!«

»Was denn?«

»Das gibt's doch nicht!«

Im gleichen Moment lichtete sich das Schneetreiben, wie ein Vorhang, der zur Seite gezogen wird. Hagen hörte die aufgeregten Rufe der Polizisten. Es sah aus, als würden zwei aneinandergekettete Figuren von einem Autospiegel herabbaumeln. Die untere hatte eine Hand beinahe triumphierend nach oben gestreckt, die andere Gestalt hing mit vertikal ausgestreckten Armen darüber wie ein waagrecht Gekreuzigter. Beide drehten sich leblos mit hängenden Köpfen im Wind.

Durch das Fernglas konnte Hagen die Handschelle ausmachen, die Harrys linke Hand an das Geländer des Glaskäfigs kettete.

»Das gibt's doch nicht«, wiederholte Hagen.

Es war ein Zufall, dass ausgerechnet der junge Beamte der Vermisstenstelle – Thomas Helle – neben Harry Hole hockte, als dieser wieder zu Bewusstsein kam. Vier Polizisten hatten ihn und Mathias Lund-Helgesen zurück in den Glaskäfig gezogen. Noch Jahre später sollte Helle immer wieder über die merkwürdige erste Reaktion des berüchtigten Polizisten reden:

»Er hat mich ganz wild angesehen und gefragt, ob Lund-Helgesen am Leben sei! Als wäre es seine größte Sorge, dass dieser Kerl draufgegangen sein könnte. Dabei wär das ja wohl kein besonders großer Verlust gewesen. Als ich ihm mitteilte, dass der andere am Leben ist und gerade zum Krankenwagen hinuntertransportiert wird, brüllte er, wir sollten Lund-Helgesen Schnürriemen und Gürtel abnehmen und dafür sorgen, dass er sich nicht das Leben nehmen kann. Hat man Töne? So viel Fürsorge für einen Typen, der gerade versucht hat, seine Ex umzubringen?«

Kapitel 37

22. Tag. Papa

Jonas glaubte, das Klingen der Metallstäbe gehört zu haben, war aber wieder eingeschlafen. Erst als er die halberstickten Laute hörte, schlug er die Augen auf. Es war jemand in seinem Zimmer. Sein Vater. Er saß auf seiner Bettkante.

Und die halberstickten Laute waren ein Schluchzen.

Jonas richtete sich auf. Er legte seinem Vater eine Hand auf die Schulter und spürte, wie er zitterte. Komisch, er hatte sich nie Gedanken darüber gemacht, was für schmale Schultern sein Vater hatte.

»Sie ... sie haben sie gefunden«, stieß er weinend hervor. »Mama ist ...«

»Ich weiß«, antwortete Jonas. »Ich hab es geträumt.«

Überrascht sah sein Vater ihn an. Im Mondlicht, das durch die Gardinen fiel, sah Jonas Tränen über seine Wangen laufen.

»Jetzt gibt es nur noch uns beide, Papa«, sagte Jonas.

Der Vater öffnete den Mund. Einmal. Zweimal. Aber es kam kein Laut über seine Lippen. Dann streckte er die Arme aus, schlang sie um Jonas und drückte ihn an sich. Hielt ihn fest. Jonas legte seinen Kopf an den Hals seines Vaters und spürte, wie die warmen Tränen seine Kopfhaut benetzten.

»Weißt du was, Jonas?«, flüsterte er von Tränen erstickt. »Ich hab dich so lieb. Du bist das Kostbarste, was ich habe. Du bist mein Junge. Hörst du? Mein Junge. Und das wirst du immer bleiben. Wir werden es schaffen, nicht wahr?«

»Ja, Papa«, erwiderte Jonas flüsternd. »Wir schaffen das. Du und ich.«

Kapitel 38

Dezember 2004. Schwäne

Der Dezember war gekommen, und vor den Fenstern des Krankenhauses lagen die Felder braun und kahl unter dem stahlgrauen Himmel. Auf der Autobahn kratzten die Reifen mit ihren Spikes über den trockenen Asphalt, während die Fußgänger mit hochgeschlagenem Kragen und verschlossenem Gesicht über die Kreuzungen hasteten. Nur im Innern der Häuser rückten die Menschen näher zusammen. Und auf dem Tisch im Krankenhauszimmer verkündete eine einsame Kerze den ersten Adventssonntag.

Harry blieb in der Tür stehen. Ståle Aune saß aufrecht im Bett und hatte allem Anschein nach gerade etwas Lustiges gesagt, denn die Leiterin der Kriminaltechnik, Beate Lønn, lachte noch immer. Auf ihrem Schoß saß ein rotbackiges Baby mit kugelrunden Augen, das Harry mit offenem Mund anstarrte.

»Mein Freund!«, brummte Ståle, als er den Polizisten erblickte.

Harry trat ein, umarmte Beate und reichte Ståle Aune die Hand.

»Du siehst besser aus als neulich«, stellte Harry fest.

»Sie haben gemeint, dass ich noch vor Weihnachten nach Hause kann«, erklärte Aune und drehte Harrys Hand um. »Das ist ja eine Teufelsklaue. Was ist passiert?«

Harry ließ die beiden seine rechte Hand bestaunen. »Der Mittelfinger ist abgetrennt worden und war auch nicht mehr zu retten, aber im Zeigefinger haben sie die Sehnen wieder zusammengenäht. Die Nervenenden wachsen jetzt einen Zentimeter pro Monat und versuchen sich wiederzufinden. Die Ärzte meinen aber, ich muss damit rechnen, dass die Innenseite für immer taub bleiben wird.«

»Ein hoher Preis.«

»Ach was«, sagte Harry. »Pipifax.«

Aune nickte.

»Weiß man inzwischen, wann die Sache vor Gericht kommt?«, erkundigte sich Beate, die aufgestanden war, um das Kind in den Softbag zu legen.

»Nein«, antwortete Harry und verfolgte die effektiven Bewegungen der Kriminaltechnikerin.

»Die Verteidigung wird versuchen, Lund-Helgesen für verrückt erklären zu lassen«, meinte Aune, der die volkstümliche Ausdrucksweise vorzog. Seiner Meinung nach war dieses Wort nicht nur äußerst zutreffend, sondern überdies höchst poetisch. »Und um damit zu scheitern, bräuchte es wirklich einen sehr, sehr schlechten Psychologen.«

»Ja, ja, aber er wird so oder so lebenslänglich bekommen«, vermutete Beate, legte den Kopf auf die Seite und strich die Babydecke glatt.

»Nur schade, dass lebenslänglich nicht gleich lebenslänglich ist«, brummte Aune und streckte seine Hand nach dem Wasserglas aus, das auf dem Nachttischchen stand. »Je älter ich werde, desto mehr neige ich zu der Ansicht, dass Bösartigkeit nun mal Bösartigkeit ist, ob einer nun geisteskrank ist oder nicht. Wir sind alle mehr oder weniger für böse Handlungen disponiert, aber diese Veranlagung befreit uns nicht von Schuld. Im Grunde sind wir doch alle krank und haben eine gestörte Persönlichkeit. Wobei wir nur durch unsere Handlungen definieren, wie krank wir sind. Man redet immer davon, dass vor Gericht alle gleich sind, aber das ist doch sinnlos, solange in Wirklichkeit niemand gleich ist. Während der Pest wurden Matrosen sofort über Bord geworfen, wenn sie auch nur husteten. Verständlich. Denn die Gerechtigkeit ist ein stumpfes Messer, sowohl in der philosophischen Diskussion als auch vor Gericht. Das Einzige, was wir haben, meine Lieben, sind doch ein paar glückliche oder eben weniger glückliche Krankheitsbilder.«

»Tja.« Nachdenklich starrte Harry auf den bandagierten Stumpf seines Mittelfingers. »In diesem Fall ist es lebenslänglich.«

»Bitte?«

»Das weniger glückliche Krankheitsbild, meine ich.«

Schweigen legte sich über den Raum.

»Hab ich euch schon erzählt, dass man mir eine Fingerprothese angeboten hat?«, fragte Harry und wedelte mit seiner rechten Hand herum. »Aber im Grunde gefällt es mir so. Vier Finger. Wie im Comic.«

»Was hast du mit dem Finger gemacht, der da mal war?«

»Ich wollte ihn erst dem Anatomischen Institut vermachen, aber die haben dankend abgelehnt. Also werde ich ihn wohl ausstopfen lassen und bei mir auf den Schreibtisch legen. Wie Hagen seinen japanischen kleinen Finger. Ich dachte mir, ein steifer Mittelfinger wäre doch ein passender Willkommensgruß in Harry Holes Büro.«

Die zwei anderen lachten.

»Wie geht's denn Oleg und Rakel?«, erkundigte sich Beate.

»Überraschend gut«, erwiderte Harry. »Die sind echt hart im Nehmen.«

»Und Katrine Bratt?«

»Besser. Ich habe sie letzte Woche besucht. Sie fängt im Februar wieder an. Bei der Sitte in Bergen.«

»Wirklich? Wollte sie in ihrem Eifer nicht sogar Leute erschießen?«

»Nee, Fehlanzeige, wie sich herausstellte, hatte sie immer nur einen ungeladenen Revolver dabei. Deshalb hat sie es auch gewagt, den Abzug so fest zu drücken, dass sich der Hahn gehoben hat. Ich hätte das schon früher kapieren müssen.«

»Wieso?«

»Wenn man von einer Dienststelle auf eine andere wechselt, gibt man seine Dienstwaffe ab und bekommt eine neue und zwei Schachteln Patronen. Und in ihrer Schreibtischschublade befanden sich eben zwei ungeöffnete Schachteln.«

Sie schwiegen einen Augenblick.

»Schön, dass sie gesund ist«, meinte Beate und streichelte dem Baby über die Haare.

»Ja«, stimmte Harry abwesend zu. Es hatte wirklich so ausgesehen, als ginge es ihr besser. Als er Katrine in der Wohnung ihrer Mutter in Bergen besucht hatte, war sie gerade nach einer langen Joggingtour im Sandviksfjellet aus der Dusche gekommen. Während ihre Mutter Tee servierte, erzählte sie mit noch nassen Haaren und roten Wangen, wie der Fall ihres Vaters zu einer richtigen Besessenheit geworden war. Sie bat Harry um Verzeihung dafür, ihn in die Sache hineingezogen zu haben. Aber in ihren Augen konnte er dabei keinerlei Bedauern erkennen.

»Mein Psychiater ist der Meinung, ich sei nur ein bisschen extremer als die meisten anderen Menschen«, erzählte sie lachend und zuckte mit den Schultern. »Aber das ist jetzt erledigt. Es hat mich seit meiner Kindheit verfolgt, doch jetzt ist der Name meines Vaters endlich reingewaschen, und ich kann wieder vorwärtsgehen im Leben.«

»Und dann willst du ausgerechnet in der Sitte Akten stapeln?«

»Lass mich erst einmal da anfangen, dann sehen wir weiter. Auch Ministerpräsidenten schaffen mitunter ein Comeback.«

Dann huschte ihr Blick aus dem Fenster über den Fjord. Vielleicht in Richtung Finnøy. Als Harry gegangen war, wusste er, dass sie innerlich noch immer verletzt war und es wohl auch immer bleiben würde.

Er blickte auf seine Hand. Aune hatte recht: Jedes Baby war bei der Geburt ein perfektes Wunder, und das Leben im Grunde nur ein fortlaufender Zerstörungsprozess.

Eine Schwester stand in der Türöffnung und räusperte sich: »Es wird Zeit für ein paar Spritzen, Herr Aune.«

»O nein, ersparen Sie mir das, Schwester.«

»Hier wird niemandem etwas erspart.«

Ståle Aune seufzte. »Schwester, was ist schlimmer? Jemandem, der leben will, das Leben zu nehmen, oder jemandem, der sterben will, den Tod zu verwehren?«

Beate, die Schwester und Ståle lachten, und niemand bemerkte, wie Harry auf seinem Stuhl zusammenzuckte.

Harry lief den steilen Hang vom Krankenhaus zum Sognsvann hoch. Es waren nur wenige Menschen dort, bloß die treue Schar der Sonntagsspaziergänger, die ihre Runde um den See machten. Rakel wartete an der Schranke auf ihn.

Sie umarmten sich und begannen schweigend ihre Runde. Die Luft war eiskalt, und die Sonne schien matt von einem blassblauen Himmel. Trockenes Laub knisterte und löste sich unter ihren Sohlen auf.

»Ich bin schlafgewandelt«, brach Harry schließlich das Schweigen.

»Tatsächlich?«

»Ja, und vermutlich mache ich das schon eine ganze Weile.«

»Es ist gar nicht so leicht, immer und überall wirklich voll da zu sein«, meinte sie.

»Nein, nein.« Er schüttelte den Kopf. »Ich meine das wörtlich. Ich glaube, ich war auf und bin nachts durch die Wohnung gelaufen. Ich war in der Küche und habe nasse Fußspuren auf dem Boden gesehen. Und dann merkte ich, dass ich vollkommen nackt war, abgesehen von meinen Gummistiefeln. Es war mitten in der Nacht, und ich hatte einen Hammer in der Hand.«

Rakel sah lächelnd zu Boden. Sie veränderte ihre Schrittlänge, so dass sie wieder im selben Takt liefen. »Ich bin auch eine Weile schlafgewandelt. Zu Beginn meiner Schwangerschaft.«

»Aune hat mir gesagt, dass Erwachsene in Stressphasen manchmal dazu neigen.«

Am Ufer des Sees blieben sie stehen. Beobachteten ein Schwanenpaar, das scheinbar ohne jede Bewegung lautlos über die graue Fläche glitt.

»Ich wusste von Anfang an, wer Olegs Vater war«, erklärte sie. »Nur noch nicht, als er von seiner Freundin in Oslo die Nachricht bekam, sie sei schwanger.«

Harry füllte seine Lungen mit der eiskalten Luft. Spürte, wie es stach und nach Winter schmeckte. Er schloss die Augen, wandte das Gesicht zur Sonne und hörte ihr zu.

»Als ich es herausfand, hatte er gerade seine Entscheidung getroffen und sich von Moskau nach Oslo zurückversetzen lassen. Ich hatte zwei Alternativen. Dem Kind in Moskau einen Vater zu geben, der ihn lieben und für ihn sorgen würde wie für sein eigenes Kind, solange er es für sein eigenes Kind hielt. Oder Oleg hätte eben gar keinen Vater gehabt. Es war absurd. Du weißt, was ich von Lügen halte. Hätte mir jemand gesagt, dass ich – ausgerechnet ich – mich eines Tages entscheiden würde, für den Rest meines Lebens mit einer Lüge zu leben, hätte ich das sofort von mir gewiesen. Wenn man jung ist, kommt einem alles so leicht vor. Man weiß so wenig über die unmöglichen Entscheidungen, die man irgendwann einmal treffen muss. Und hätte ich nur für mich selbst die Verantwortung übernehmen müssen, wäre die Entscheidung ja auch einfach gewesen. Aber es gab so viele Rücksichten zu nehmen. Sollte ich Fjodor vor den Kopf stoßen und seine Familie kränken und noch dazu das Leben dieses Mannes in Oslo und seiner Familie kaputtmachen? Außerdem musste ich auch an Oleg denken. Schließlich ging es ja in erster Linie um ihn.«

»Ich verstehe«, sagte Harry. »Ich verstehe das alles.«

»Nein«, widersprach sie. »Du verstehst nicht, warum ich dir das nicht eher erzählt habe. Dir gegenüber hätte ich keine Rücksichten zu nehmen brauchen. Du musst doch glauben, dass ich mich als besserer Mensch darstellen wollte, als ich es wirklich war.«

»Das glaube ich nicht«, meinte Harry. »Ich glaube nicht, dass du ein besserer Mensch bist, als du es bist.«

Sie neigte den Kopf zur Seite, so dass er seine Schulter berührte.

»Glaubst du, es stimmt, was man über Schwäne sagt?«, fragte sie. »Dass die sich treu sind bis zum Tod?«

»Ich glaube, dass sie an den Versprechen festhalten, die sie sich gegeben haben«, antwortete Harry.

»Und was für Versprechen geben sich Schwäne?«

»Keine, nehme ich an.«

»Dann redest du jetzt von dir selbst? Ich mochte dich eigentlich lieber, als du Versprechen gegeben und dann gebrochen hast.«

»Willst du noch mehr Versprechen von mir?«

Sie schüttelte den Kopf.

Als sie weitergingen, hakte sie sich bei ihm ein.

»Ich wünschte, wir könnten noch einmal von vorn anfangen«, seufzte sie. »So tun, als wäre nichts geschehen.«

»Ich weiß.«

»Aber du weißt auch, dass das nicht geht.«

Harry hörte, wie sie versuchte, es wie eine Feststellung klingen zu lassen. Aber mit einem winzigen Fragezeichen am Ende.

»Ich denke darüber nach, vielleicht von hier wegzugehen«, verkündete er.

»Ach ja? Wohin denn?«

»Ich weiß nicht. Such nicht nach mir. Besonders nicht in Nordafrika.«

»Nordafrika?«

»Das ist eine Marty-Feldman-Replik aus einem Film. Er will abhauen, gleichzeitig aber auch gefunden werden.«

»Ich verstehe.«

Ein Schatten huschte über sie und glitt weiter über den graugelben Waldboden. Sie blickten auf. Es war einer der Schwäne.

»Wie ging das in dem Film aus?«, wollte Rakel wissen. »Haben sie sich gefunden?«

»Natürlich.«

»Wann kommst du zurück?«

»Nie«, sagte Harry. »Ich komme nie mehr zurück.«

In einem kalten Keller in einem Haus in Tøyen standen zwei besorgte Repräsentanten der Wohnungsbaugenossenschaft und starrten einen Mann in einem Overall an, der eine Brille mit außergewöhnlich dicken Brillengläsern trug. Sein Atem zeichnete sich wie weißer Kalkstaub vor seinem Mund ab, während er redete:

»Das ist ja das Besondere an Schimmel. Man sieht nicht, dass er da ist.«

Er machte eine Pause. Legte den Mittelfinger auf die Haarsträhne, die auf seiner Stirn klebte.

»Ist er aber.«

Jo Nesbø

Der Erlöser

Kriminalroman

ISBN 978-3-548-26968-9
www.ullstein-buchverlage.de

Oslo im Weihnachtslichterglanz, ein kaltblütiger Mörder und ein Kommissar, dessen Leben aus den Fugen zu geraten droht. Harry Hole liefert sich ein atemloses Duell mit einem kroatischen Auftragskiller, in dem er einen ebenbürtigen Gegner findet.

»Ohne Zweifel der beste skandinavische Kriminalroman des Jahres.« *Anne Holt*

»Ein Roman für jeden Bewunderer anspruchsvoller Kriminalliteratur.« Friedrich Ani, *Süddeutsche Zeitung*

»Jo Nesbø – die neue Krimimarke aus dem hohen Norden! Er schildert so intensiv, dass einem beim Lesen das Herz nicht nur vor Aufregung bis zum Hals schlägt, sondern auch vor Freude.«
Bild am Sonntag

»Exotisch und echt scharf.« Tobias Gohlis,
Buchkultur

UB489

ullstein